Inf XVI, XXI; Inf 1u 9
Par XXIII, XXV

DANTE ALIGHIERI

T.S. Eliot Aufsatz von Semiotik ordnen

# Die Göttliche Komödie

ÜBERSETZT VON
HERMANN GMELIN



MIT ANMERKUNGEN
UND EINEM NACHWORT VON
RUDOLF BAEHR

PHILIPP RECLAM JUN. STUTTGART

Umschlagabbildung nach einem Holzschnitt
der ersten durchgehend illustrierten italienischen Ausgabe
der *Commedia*, Brescia 1487.

Universal-Bibliothek Nr. 796

Lizenzausgabe mit Genehmigung des Verlages Ernst Klett, Stuttgart

Satz: Herder Druck, Freiburg i. Br.
Druck und Bindung: Reclam, Ditzingen
Printed in Germany 1993

ISBN 3-15-000796-8

# VORWORT DES ÜBERSETZERS

Die vorliegende Übersetzung der Göttlichen Komödie möchte dem deutschen Leser nach Möglichkeit eine wort- und satzgetreue Wiedergabe des italienischen Textes in einer dem gegenwärtigen deutschen Sprachgefühl angemessenen Sprache bieten. Es wurde versucht, unter Verzicht auf jegliches poetische Experiment die Erhabenheit und Nüchternheit des Danteschen Stiles und die Eigenart seines Satzbaues und seiner Gedankenführung in einer verständlichen Form nachzubilden, ohne jedoch seinen Erfindungen auszuweichen. Daß dabei dem Grundsatz der wortgetreuen Übertragung zuliebe auch manche Wendung übertragen werden mußte, die im Urtext durch den Reim bedingt und geadelt ist und in der Übersetzung ohne diesen Glanz gewaltsam wirkt, ist ein entschuldbarer Mangel dieser wie jeder reimlosen Übersetzung. Nur in dem einen Punkte weicht die Übersetzung von dem Grundsatz der Treue ab: es wurde auf den Reim verzichtet, denn die deutsche Sprache besitzt keine solche Menge vollklingender weiblicher Reime wie die italienische, und ein Reimen der Göttlichen Komödie, wie es für Teile in den Übertragungen von Stefan George gelungen ist, hätte bei der Übersetzung der gesamten Komödie notwendig zu Entstellungen des Sprachbildes führen müssen und weiter vom Urtext entfernt als eine nur satzgetreue metrische Übersetzung.
Der Verlag Ernst Klett, Stuttgart, bei dem die zweisprachige Ausgabe der Göttlichen Komödie in 3 Bänden erschienen ist, hat durch Erteilung einer Lizenz an den Verlag Reclam diese wohlfeile Ausgabe ermöglicht.
Die Inhaltsangaben sind aus der großen Ausgabe übernommen.
Das Nachwort und die Anmerkungen hat Dr. Rudolf Baehr verfaßt.

Kiel, Januar 1954 *Hermann Gmelin*

# Inferno

# Die Hölle

## ERSTER GESANG

*In einer Mischung von müder Trauerstimmung und allegorischem Tiefsinn schildert Dante den Beginn seiner Jenseitswanderung. Angstvoll hat er sich in einem dichten Walde verirrt, und als er dem in der Morgensonne des Karfreitags 1300 leuchtenden Berge der Tugend zustrebt, wird er von drei gefährlichen Tieren, dem Panther, Sinnbild der Fleischeslust, dem Löwen, Sinnbild des Hochmuts, und der Wölfin, Sinnbild der Habgier, abgedrängt in ein finsteres Tal. Dort tritt ihm eine helfende Gestalt entgegen, die sich als Virgil zu erkennen gibt, ihm einen Retter Italiens verkündet und sich ihm als Führer durch die Reiche des Jenseits anbietet, Hölle und Läuterungsberg, während er den Himmel nicht betreten darf und dafür Beatrices Geleit verspricht.*

Grad in der Mitte unsrer Lebensreise 1
Befand ich mich in einem dunklen Walde,
Weil ich den rechten Weg verloren hatte.
Wie er gewesen, wäre schwer zu sagen, 4
Der wilde Wald, der harte und gedrängte,
Der in Gedanken noch die Angst erneuert.
Fast gleichet seine Bitternis dem Tode, 7
Doch um des Guten, das ich dort gefunden,
Sag ich die andern Dinge, die ich schaute.
Wie ich hineinkam, kann ich kaum berichten, 10
So war ich schwer vom Schlaf zu jener Stunde,
Da ich den wahren Weg verlassen hatte.
Doch als ich dort zum Fuße eines Hügels 13
Gekommen war am Ende jenes Tales,
Das mir das Herz so sehr mit Angst gepeinigt,
Blickt' ich nach oben und sah seine Schultern 16
Schon von den Strahlen des Gestirns bekleidet,
Das uns auf jedem Pfade richtig führet.
Darauf ward meine Angst ein wenig stiller, 19
Die mir im See des Herzens angestanden,
Die Nacht, die ich verbracht in solchen Qualen.
Und wie ein Mensch noch mit gepreßtem Atem, 22
Der sich vom Meere an den Strand gerettet,
Zurückschaut nach den aufgeregten Wassern,
So tat mein Geist, der, immer noch im Flüchten, 25
Sich umgewandt, den Durchgang zu betrachten,
Den nie ein Wesen lebend noch verlassen.

Erst gab ich meinem müden Leibe Ruhe,
Dann ging ich weiter durch die öde Wüste,
Fest immer mit dem untern Fuße tretend.
Und siehe, beinah beim Beginn des Hanges
Erschien ein Panther, leicht und sehr behende,
Der war bedeckt mit einem bunten Felle.
Er wollt' mir nicht mehr aus den Augen gehen,
Vielmehr hat er mir so im Weg gestanden,
Daß ich mich mehrmals schon zur Umkehr wandte.
Es war die Zeit der ersten Morgenstunde,
Die Sonne stieg empor mit jenen Sternen,
Die bei ihr waren, als die Liebe Gottes
Die schöne Welt zum erstenmal bewegte.
So hatt' ich Grund, auf Gutes nur zu hoffen
Vom bunten Felle jenes wilden Tieres,
Der Morgenstunde und dem schönen Frühling;
Doch nicht so sehr, daß ich nicht fürchten mußte
Das Bild des Löwen, der mir dann erschienen.
Er schien gerade auf mich zuzukommen,
Das Haupt erhoben und mit gierigem Hunger,
Daß selbst die Luft vor ihm erbeben mußte.
Und eine Wölfin kam, die schien beladen
In ihrer Magerkeit mit allen Lüsten
Und stürzte viele Menschen ins Verderben.
Die Wölfin brachte mich so in Bedrängnis,
Und so sehr hat ihr Anblick mich geängstigt,
Daß ich die Hoffnung auf den Berg verloren.
Und so wie einen, der sich gern bereichert,
Wenn für ihn Zeiten des Verlustes kommen,
In allem Denken sich betrübt und wehklagt;
So machte mich das ruhelose Untier,
Das mir entgegenkam und mich allmählich
Dorthin vertrieb, wo keine Sonne scheinet.
Indessen ich im niedern Grund verkommen,
Hat sich vor meinen Augen dargeboten
Ein Mann, der stumm erschien vom langen Schweigen.
Als ich den sah in jener großen Wüste,
»Erbarm dich meiner«, rief ich ihm entgegen,
»Wer du auch seist, ob wahrer Mensch, ob Schatten!«
Er gab zur Antwort: »Nicht ein Mensch, das war ich,
Und meine Eltern waren einst Lombarden,
Und beide hatten Mantua zur Heimat.

Ich ward *sub Julio,* wenn auch spät, geboren 70
Und lebte in Augustus' Rom, des guten,
Zur Zeit der falschen, lügnerischen Götter.
Ein Dichter war ich, sang von dem gerechten 73
Sohn des Anchises, der von Troja aufbrach,
Nachdem das stolze Ilion niederbrannte.
Doch du, was kehrst du wieder ins Verderben? 76
Was steigst du nicht empor zum seligen Berge,
Der Ursach ist und Anfang jeder Freude?«
»So bist du der Vergil, bist jene Quelle, 79
Die einen solchen Strom der Sprache spendet?«
Sprach ich zu ihm mit schamgebeugter Stirne.
»O du, der andern Dichter Ehr und Leuchte, 82
Es helfe mir der Eifer und die Liebe,
Die mich in deinem Buche forschen ließen.
Du bist mein Vorbild und du bist mein Meister, 85
Du ganz allein bist der, dem ich verdanke
Den schönen Stil, der mich zu Ehren brachte.
Sieh dort das Tier, vor dem ich mich geflüchtet. 88
Errette mich vor ihm, ruhmreicher Weiser,
Es läßt mich noch in allen Adern beben.«
»Du mußt auf einem andern Wege gehen«, 91
Sprach er, da er in Tränen mich erblickte,
»Wenn du aus dieser Wildnis willst entfliehen.
Denn dieses Tier, vor dem du Hilfe schrieest, 94
Läßt keinen seines Wegs vorüberziehen,
Es hindert ihn so sehr, daß es ihn tötet.
Es ist so sündig von Natur und böse, 97
Daß seine wilde Gier niemals gestillt wird
Und nur noch größer wird nach jedem Fraße.
Viel sind der Tiere, denen es sich gattet, 100
Und werden immer mehr, bis daß der Veltro
Einst kommen wird, der es in Schmerzen tötet.
Der wird sich nicht von Geld und Ländern nähren, 103
Vielmehr von Tugend, Weisheit und von Liebe,
Und sein Geschlecht liegt zwischen beiden Feltro.
Er wird das schlichte Land Italien retten, 106
Für das Camilla einst verstarb, die Jungfrau,
Nisus, Eurialus und Turnus fielen.
Der wird es dann durch alle Städte jagen, 109
Bis er zur Hölle es zurückgetrieben,
Von wo dereinst der Neid es ausgesendet.

Drum meine ich, zu deinem eignen Heile,
Sollst du mir folgen, und ich will dich führen,
Von hier dich zu dem ewigen Ort geleiten.
Dort wirst du die Verzweiflungsschreie hören
Und sehn die alten schmerzenvollen Geister,
Die alle ihren zweiten Tod beklagen.
Und sehen wirst du, die zufrieden wandeln
Im Feuer, weil sie noch die Hoffnung haben,
Wann immer, zu den Seligen zu kommen.
Wenn du zu diesen dann empor willst steigen,
Kommt eine Seele, die dich würdiger führet,
Sie laß ich zum Geleit dir, wenn ich scheide;
Denn jener Kaiser, der dort oben herrschet,
Verbietet, da ich sein Gesetz nicht übte,
Daß seine Stadt von mir betreten werde.
Er herrschet überall, dort ist er König,
Dort hat er seine Stadt und seine Wohnung.
O glücklich, wen er dorthin hat erkoren!«
Und ich zu ihm: »O Dichter, laß dich bitten
Bei jenem Gotte, den du noch nicht kanntest,
Um mich aus dem und Schlimmerem zu retten,
Du wollst mich dorthin, wo du sagst, geleiten,
So daß ich Petri Pforte schauen möge
Und jene, die dir also traurig scheinen.«
Dann brach er auf, und ich begann zu folgen.

## ZWEITER GESANG

*Im Dunkel der Nacht überkommt Dante tiefe Mutlosigkeit, so daß er auf die Jenseitsreise verzichten will, die vor ihm nur Äneas und Paulus unternommen hatten. Aber Virgil ermutigt ihn wieder, indem er ihm schildert, wie himmlische Frauen sich um seine Rettung bemüht haben. Die Jungfrau Maria selbst hatte Mitleid mit ihm und hat Lucia gebeten, ihm ihre Hilfe zu senden, und Lucia hat Beatrice ermahnt, ihrem Verehrer Dante zu helfen. Dann ist Beatrice zur Vorhölle niedergestiegen und hat Virgil zum Begleiter Dantes für die Jenseitsreise erkoren. Diese Rede Virgils richtet Dantes Mut wieder auf, daß er die schwere Reise antritt.*

Der Tag verschwand, es nahm der dunkle Äther 1
Den Lebewesen allen auf der Erde
Die Lasten ab, und ich allein nur mußte
Mich vorbereiten zu dem schweren Kriege 4
Der Wanderung und auch zugleich des Mitleids;
Ihn wird Gedächtnis, das nicht irret, schildern.
O Musen, hohe Kunst, nun wollt mir helfen! 7
Gedächtnis, das geschrieben, was ich schaute,
Hier soll sich deine Vornehmheit erweisen!
Und ich begann: »O Dichter, der mich leitet, 10
Schau her auf meine Kraft, ob sie auch mächtig,
Eh du dem hohen Weg mich anvertrauest.
Du sagst, daß einstens schon des Silvius Vater, 13
Noch sterblich, zu unsterblichen Gefilden
Hinunterstieg mit allen seinen Sinnen.
Doch wenn der Gegner aller bösen Dinge 16
Ihm höflich war, weil er die hohe Wirkung
Bedachte, wie sie dem entspringen sollte,
So wird es dem Verständigen würdig scheinen; 19
Er war dem hohen Rom und seinem Reiche
Zum Vater auserwählt im höchsten Himmel.
Rom und das Reich, wenn ich die Wahrheit sage, 22
Sie waren vorbestimmt zum heiligen Orte,
Wo der Nachfolger Petri sitzen sollte.
Durch diese Reise, die du an ihm rühmest, 25
Erfuhr er Dinge, die zur Ursach wurden
Für seinen Sieg und für des Papstes Mantel.
Dann stieg hinab der Auserwählte Gottes, 28
Von dort die Kraft zu holen für den Glauben,
Der Anfang ist zum Wege der Erlösung.
Doch was steig ich hinunter? Wer erlaubt es? 31
Ich bin Äneas nicht, nicht Paulus bin ich,
Und niemand wird mich dafür würdig halten.
Drum, wenn ich mich hinunterführen lasse, 34
Fürcht' ich, man wird mich drob vermessen nennen,
Doch du bist weise und kannst besser denken.«
Und so wie der, der nicht will, was er wollte, 37
Und neuen Vorsatz für den alten tauschet,
So daß er sein Beginnen ganz verlassen,
So ist mir an dem dunklen Hang geschehen, 40
Dieweil ich in Gedanken durchgestanden
Die Reise, die ich erst so frisch begonnen.

»Sofern ich deine Worte recht verstanden«, 43
Gab mir zur Antwort des Großmütigen Schatten,
»Hat Feigheit deine Seele angefochten.
Sie hat die Menschen oft zurückgehalten 46
Und sie von großen Taten abgewendet,
Wie falsche Bilder Tiere, wenn sie scheuen.
Damit du dich von solcher Furcht befreiest, 49
Will ich dir sagen, warum ich gekommen
Und was ich bei dem ersten Mitleid hörte.
Ich war bei denen, deren Los im Schweben; 52
Da rief mich eine Frau, so schön und selig,
Daß ich sie bitten mußte zu befehlen.
Mehr als ein Stern war ihrer Augen Leuchten, 55
Und sie begann so süß und leis zu sprechen
Mit Engelstimme in der eignen Sprache.
›O du aus Mantua, höfliche Seele, 58
Von der der Ruhm in unsrer Welt noch dauert
Und dauern wird, solang die Welt bestehet:
Mein Freund, doch nicht zugleich der Freund des Glückes, 61
Ist an dem öden Strande so behindert
Auf seinem Weg, daß er aus Furcht sich wendet.
Ich fürchte fast, er ist schon so verirret, 64
Daß ich zu spät zu seiner Hilfe eilte,
Nach dem, was ich im Himmel von ihm hörte.
Nun geh und hilf mit deinem schmucken Worte 67
Und allem, was zu seiner Rettung nötig,
Ihm, daß ich selbst darob getröstet werde.
Ich bin Beatrice, die dich zu ihm sendet. 70
Ich komm von dort, wohin ich gerne kehre.
Die Liebe trieb mich, daß ich reden mußte.
Wenn ich hernach vor meinen Herren trete, 73
Will ich ihm oft zu deinem Lobe reden.‹
Dann schwieg sie, und ich selbst begann zu sagen:
›O tugendhafte Frau, durch die alleine 76
Die Menschheit alle Dinge überraget,
Die dort der kleinste Himmelskreis umschließet,
So sehr ist dein Befehl mir eine Freude, 79
Daß, wenn ich schon gehorcht, mir's langsam schiene,
Du brauchst nicht weiter deinen Wunsch zu sagen.
Doch sage mir den Grund, der dich getrieben, 82
Zu dieser Mitte hier herabzusteigen
Von jenen Höhn, nach denen du dich sehnest.‹

›Da du es einmal so genau willst wissen, 85
Sag ich es kurz‹, so kam die Antwort wieder,
›Warum ich mich nicht fürchte, herzukommen.
Man muß sich nur vor solchen Dingen fürchten, 88
Die uns zu schaden eine Macht besitzen,
Vor andern nicht, denn sie sind nicht gefährlich.
Ich bin zum Glück von Gott also geschaffen, 91
Daß euer Elend mich nicht kann berühren,
Und keine Flamme dieses Brands mir schadet.
Im Himmel eine edle Frau hat Mitleid 94
Mit dieser Not, zu der ich dich entsende;
Ein hartes Urteil bricht sie so dort oben.
Sie war es, die Lucia zu sich holte 97
Und sprach: ›Nun wird dich dein Getreuer brauchen,
Und ich will deiner Hilfe ihn empfehlen.‹
Lucia, Feindin jeder harten Seele, 100
Stand auf und kam zu meinem Sitz herüber,
Dort, wo ich mit der alten Rahel weilte,
Und sprach: ›Beatrice, wahre Gottesfreude, 103
Was hilfst du dem nicht, der dich so sehr liebte,
Daß er sich deinetwegen ausgezeichnet?
Hörst du denn nicht den Jammer seiner Klage, 106
Siehst du denn nicht den Tod, der ihn bedrohet
Auf jenen Fluten, schlimmer als die Meere?‹
Nie sah man auf der Welt die Menschen schneller 109
Zum Nutzen eilen und den Schaden fliehen,
Als ich nach diesen Worten mich beeilte.
Ich kam hernieder von dem seligen Sitze, 112
Auf deine ehrenwerte Sprache trauend,
Die dich und alle, die sie hörten, ehret.‹
Nachdem sie so zu mir gesprochen hatte, 115
Wandt sie die lichten Augen voll von Tränen;
Das machte mich noch eifriger zu kommen.
Ich bin zu dir gekommen, wie sie wollte. 118
Ich habe dich befreit von jenem Tiere,
Das dir den kurzen Weg zum Berge sperrte.
Was hast du nun, warum bleibst du noch stehen? 121
Was hegst du soviel Feigheit noch im Herzen?
Was läßt du Kühnheit nicht und Freimut walten?
Wenn drei von jenen segensreichen Frauen 124
Am Hof des Himmels für dich Sorge tragen,
Und meine Worte dir soviel versprechen?«

So wie geschlossen und gebeugt die Blümlein 127
Vom Frost der Nacht, beim ersten Schein der Sonne
Aufrecht und offen sich am Stengel heben,
So hob ich mich aus meinen müden Kräften, 130
Und soviel gute Kühnheit floß zum Herzen,
Daß ich mit freiem Mute also sagte:
»O Mitleidvolle, die mir so geholfen, 133
Und du so höflich, der so schnell gehorchte
Dem wahren Wort, das sie zu dir gesprochen!
Du hast mit Sehnsucht so mein Herz beweget 136
Durch deine Worte, daß ich gerne komme
Und meinem alten Vorsatz wieder folge.
Nun geh, uns beide treibt der gleiche Wille, 139
Du bist der Führer, bist der Herr und Meister.«
So ich zu ihm, und als er aufgebrochen,
Hab ich den wilden, hohen Gang begonnen. 142

## DRITTER GESANG

*Die Wanderer treten durch das Höllentor ein und hören den Tumult der Vorhölle, wo sich die lauen Seelen befinden, die weder gut noch böse waren und in rastlosen Scharen umherlaufen, von Ungeziefer gepeinigt. Dann gelangen sie an das Ufer des Acheron, wo sich die bösen Seelen aus allen Ländern sammeln und von Charon an das jenseitige Ufer übergesetzt werden. Charon weist Dante als Lebenden zuerst ab, bis ein Wort Virgils ihn beruhigt. Ein Erdbeben erschüttert die Vorhölle, und Dante fällt vor Schrecken ohnmächtig nieder.*

DURCH MICH GEHT MAN HINEIN ZUR STADT DER TRAUER, 1
DURCH MICH GEHT MAN HINEIN ZUM EWIGEN SCHMERZE,
DURCH MICH GEHT MAN ZU DEM VERLORNEN VOLKE.
GERECHTIGKEIT TRIEB MEINEN HOHEN SCHÖPFER, 4
GESCHAFFEN HABEN MICH DIE ALLMACHT GOTTES,
DIE HÖCHSTE WEISHEIT UND DIE ERSTE LIEBE.
VOR MIR IST KEIN GESCHAFFEN DING GEWESEN, 7
NUR EWIGES, UND ICH MUSS EWIG DAUERN.
LASST JEDE HOFFNUNG, WENN IHR EINGETRETEN.

Die Worte sah ich dort in dunkler Farbe
Zu Häupten eines Tores angeschrieben
Und sprach: »Mein Meister, hart ist die Bedeutung.«
Und er zu mir, wie einer, der behutsam:
»Hier muß man jeden Argwohn von sich lassen,
Und jede Feigheit muß des Todes sterben.
Wir sind zum Ort gekommen, wo ich sagte,
Daß du die schmerzenvollen Leute findest,
Die der Erkenntnis Gut verloren haben.«
Dann hat er seine Hand gelegt in meine
Mit froher Miene, dies war mir zum Troste,
Und führte mich zu den geheimen Dingen.
Dort hört ich Seufzer, Klagen, Weherufe
In einer sternenlosen Nacht ertönen,
Weshalb ich erst in Tränen ausgebrochen.
Verschiedne Sprachen, wilde Schreckenslaute,
Worte des Schmerzes und Geschrei des Zornes,
Schrille und heisre Stimmen, Händeschlagen,
Vollführten ein Getümmel, das ohn' Ende
In diesen zeitlos trüben Lüften kreiset,
Wie Sand, gejagt in einem Wirbelsturme.
Und ich, dem schon das Haupt umwand das Grauen,
Sprach: »Meister, was ist das, was ich dort höre,
Was für ein Volk, von Schmerzen überwältigt?«
Und er zu mir: »Solch elend Leben müssen
Die trüben Seelen jener Menschen führen,
Die ohne Lob und ohne Schande lebten.
Vermischt sind sie mit jenem bösen Chore
Der Engel, die einst, weder abgefallen
Von Gott, noch ihm getreu, allein gestanden.
Der Himmel will sich nicht mit ihnen schänden,
Und auch die tiefe Hölle schließt sich ihnen,
Damit die Sünder sich nicht rühmen können.«
Und ich: »Mein Meister, sag mir, was ist ihnen
So hart, daß sie so heftig klagen müssen?«
Er gab zur Antwort: »Kurz will ich berichten.
Sie haben keine Hoffnung, je zu sterben,
Und also niedrig ist ihr blindes Leben,
Daß sie ein jedes andre Los beneiden.
Die Erde läßt von ihnen keine Spuren,
Von Recht und Mitleid werden sie verachtet.
Sprich nicht von ihnen, schau und geh vorüber.«

Und als ich um mich schaut', sah ich ein Zeichen
Mit solcher Schnelligkeit im Kreise laufen,
Daß jede Ruhe ihm versagt sein mußte.
Und hinter ihm sah ich so große Scharen
Von Leuten, daß ich niemals glauben mochte,
Daß je dem Tod so viele schon verfallen.
Und als ich manchen dort erkennen konnte,
Sah und erkannte ich den Schatten dessen,
Der feig die große Weigerung begangen.
Alsbald verstand ich und war dessen sicher,
Daß dies die Reihen jener Schlechten waren,
Die Gott und seinen Feinden auch mißfallen.
Die Elenden, die niemals lebend waren,
Erschienen nackt und wurden ganz zerstochen
Von Mücken und von Wespen, die dort waren.
Sie ließen Blut auf den Gesichtern rieseln,
Mit Tränen untermischt, bis zu den Füßen,
Wo es getrunken ward von eklen Würmern.
Und als ich weiter in die Ferne schaute,
Da sah ich Volk am Ufer eines Stromes
Und sprach: »Mein Meister, nun sei mir gestattet,
Zu wissen, wer sie sind, und welche Sitte
Sie so bereit zur Überfahrt läßt scheinen,
Wie ich erkenne bei dem schwachen Lichte.«
Und er zu mir: »Dies sollst du bald erfahren,
Wenn unsrem Gange Halt gebieten werden
Des Totenflusses traurige Gestade.«
Da schlug ich meine Augen schamvoll nieder;
Daß nicht mein Reden ihm beschwerlich werde,
Ging ich nun schweigend bis zum Fluß hinüber.
Und siehe, zu uns kam auf einem Schiffe
Ein Greis mit den vom Alter weißen Haaren
Und rief uns zu: »Weh euch, ihr schlechten Seelen.
Hofft nicht, daß jemals ihr den Himmel sehet.
Ich will euch an das andre Ufer führen
In ewige Finsternis, in Frost und Hitze.
Und du, die du dort stehst, lebendige Seele,
Heb dich hinweg von denen, die gestorben.«
Doch als er sah, daß ich mich nicht entfernte,
Sprach er: »Auf andrem Weg, durch andre Häfen
Kommst du zum Strand, nicht hier mit diesem Kahne.
Ein leichtres Schifflein wird dich tragen müssen.«

Da sprach zu ihm der Führer: »Ruhig, Charon! 94
So will man es dort oben, wo das Können
Dem Wollen folgt, mehr sollst du jetzt nicht fragen.«
Dann ruhten wieder die behaarten Wangen 97
Des Fährmanns auf dem fahlen Sumpfgewässer,
Der um die Augen Flammenräder hatte.
Die Seelen dort, die nackt und müde waren, 100
Entfärbten sich und schlugen mit den Zähnen,
Sobald sie seine rauhen Worte hörten.
Sie fluchten Gott und ihren Anverwandten, 103
Der ganzen Menschheit, Ort und Zeit und Samen,
Aus denen sie gekommen und geboren.
Dann zogen sie sich allesamt zusammen 106
Mit heftigem Weinen an das böse Ufer,
Das jeden aufnimmt, der Gott nicht gefürchtet.
Charon, der Geist mit seinen Feueraugen, 109
Hat sie mit einem Zeichen all versammelt,
Schlägt mit dem Ruder jeden, der noch zögert.
Wie sich im Herbste alle Blätter lösen, 112
Eins um das andre, bis die ganzen Zweige
Der Erde ihre Kleider wiedergeben,
So taten dort die bösen Adamskinder. 115
Sie stürzten sich vom Ufer nacheinander
Auf Zeichen, wie der Vogel auf den Lockruf.
Dann ziehn sie weiter auf den dunklen Wogen, 118
Und eh sie drüben an das Land gestiegen,
Ist hier schon eine neue Schar versammelt.
»Mein Sohn«, sprach da zu mir der gütige Meister, 121
»All die, die in dem Zorne Gottes sterben,
Die kommen hier zuhauf aus allen Ländern
Und sind bereit, den Fluß zu überschreiten. 124
So sehr sind sie von Gottes Recht getrieben,
Daß ihre Furcht in Sehnsucht sich verwandelt.
Hierher kommt niemals eine gute Seele, 127
Drum wenn sich Charon über dich beklagte,
So weißt du nun, was das bedeuten sollte.«
Nach diesen Worten hat der dunkle Boden 130
So sehr gebebt, daß sich von diesem Schrecken
Der Geist noch heute mir im Schweiße badet.

Ein Wind kam aus der tränenreichen Erde, 133
Es blitzte so mit einem roten Lichte,
Daß all mein Fühlen überwältigt wurde;
Und ich fiel nieder wie ein Mensch im Schlafe. 136

## VIERTER GESANG

*Als Dante plötzlich aus dem Schlaf aufgeweckt wird, befindet er sich im ersten Höllenkreise, dem Aufenthalt der Ungetauften, die nicht verdammt sind, aber auch keine Hoffnung auf den Himmel haben. Nur die Gestalten des Alten Bundes sind bei Christi Höllenfahrt erlöst worden, die des Heidentums müssen in der Hölle verbleiben. Um ein Feuer geschart finden die Wanderer die Dichter des Altertums, die Dante in ihren Kreis aufnehmen. Und in einer Festung auf grünem Rasen, dem Virgilschen Elysium verwandt, begegnet Dante den Helden und Weisen des Heidentums aus Dichtung und Geschichte. Als er sie verlassen, sind auch die Dichter verschwunden, und er wandert mit Virgil allein weiter im Dunkel.*

Den festen Schlaf in meinem Kopf zerschlug mir 1
Ein schwerer Donner, daß ich mich geschüttelt
Wie einer, der gewaltsam aufgeweckt wird.
Das ausgeruhte Auge ließ ich schweifen, 4
Indem ich mich erhob und schärfer spähte,
Um zu erkennen, wo ich hingeraten.
In Wahrheit nun befand ich mich am Rande 7
Des schmerzenvollen, abgrundtiefen Tales,
Das widerhallt von Klagen ohne Ende.
So dunkel war es, tief und so voll Nebel, 10
Daß ich die Blicke wohl zum Grunde bohrte,
Doch nichts dort unten unterscheiden konnte.
»Nun steigen wir hinab zur blinden Tiefe«, 13
Begann der Dichter, gänzlich sich verfärbend,
»Ich geh zuerst, du wirst als zweiter folgen.«
Und ich, der seine Blässe wohl bemerkte, 16
Sprach: »Wie soll ich denn gehn, wenn du dich fürchtest,
Der sonst in meinen Zweifeln mich getröstet?«

Und er zu mir: »Die Qualen dieser Leute, 19
Die drunten sind, verfärbten mir das Antlitz
Vor Mitleid, was du dann für Furcht gehalten.
Gehn wir, es treibet uns des Weges Länge.« 22
So trat er selbst und ließ mich mit sich treten
Zum ersten Kreise, der den Abgrund gürtet.
Dort gab es, wenn man auf das Hören achtet, 25
Kein andres Klagen als nur Seufzerlaute,
Die jene ewige Luft erzittern ließen.
Und dies geschah durch Schmerzen ohne Qualen, 28
Bei jenen Scharen, die gar groß und viele,
Von Kindern und von Frauen und von Männern.
Der gute Meister sagte zu mir: »Warum 31
Fragst du nicht, welche Geister hier zu sehen?
Nun sollst du wissen, eh du weiterschreitest,
Daß sie nicht sündigten, doch die Verdienste 34
Genügten nicht, da noch die Taufe fehlte,
Die erst das Tor zu deinem Glauben öffnet.
Und wenn sie vor dem Christentume lebten, 37
So haben sie nicht richtig Gott verehret.
Ich selbst gehöre auch zu diesen Leuten.
Durch solche Mängel, nicht durch andre Sünde, 40
Sind wir verloren, und nichts andres drückt uns,
Als daß wir hoffnungslos in Sehnsucht leben.«
Ein großer Schmerz faßt' mich, als ich dies hörte, 43
Denn Leute konnt ich sehn von hohem Werte,
Die dort in jenem Vorhof bleiben mußten.
»Sag mir, mein Herr, o sage mir, mein Meister«, 46
Begann ich da, weil ich mich sichern wollte
Im Glauben, der den Irrtum stets besieget:
»Kam jemals einer frei, ob durch die eignen 49
Verdienste oder fremde und ward selig?«
Und jener, der mein dunkles Wort verstanden,
Gab Antwort mir: »Ich war erst neu gekommen, 52
Da sah ich einen Mächtigen sich nahen,
Der trug auf seinem Haupt des Sieges Krone.
Er nahm den Schatten unsres ersten Vaters 55
Mit sich und Abel, seinen Sohn, und Noah,
Moses mit den Gesetzen und den frommen
Erzvater Abraham, David, den König, 58
Jakob mit seinem Vater und den Söhnen,
Mit Rahel auch, für die er soviel wirkte;

Und viele andre noch, und macht' sie selig. 61
Und du sollst wissen, daß vor diesen Leuten
Seelen von Menschen nicht gerettet wurden.«
Wir hatten nicht gehalten im Gespräche, 64
Wir gingen immer weiter in dem Walde,
Dem Walde, sag ich, dicht gescharter Geister.
Noch waren wir nicht allzuweit gegangen 67
Seit meinem Schlaf, als ich ein Feuer schaute,
Das halb im Kreis die Finsternis besiegte.
Wir waren noch in einiger Entfernung. 70
Doch nicht so weit, daß ich nicht schon erkannte,
Daß ehrenvolle Leute dort versammelt.
»O aller Wissenschaft und Künste Zierde, 73
Wer sind die Leute, die so hoch in Ehren,
Daß sie dort von den andern abgesondert?«
Und er zu mir: »Der ehrenvolle Name, 76
Den sie in deinem Leben droben tragen,
Erwirbt im Himmel ihnen solche Gnade.«
Indessen konnt ich eine Stimme hören: 79
»Die Ehre gebet unserem hohen Dichter,
Sein Schatten kehrt zurück, der uns verlassen.«
Nachdem die Stimme sich verloren hatte, 82
Sah ich vier große Schatten, die sich nahten;
Nicht froh, nicht traurig waren ihre Mienen.
Der gute Meister hat zu mir gesprochen: 85
»Schau hin auf jenen mit dem Schwert in Händen,
Der als ein Herr einhergeht vor den Dreien.
Das ist Homer, der höchste Fürst der Dichter, 88
Der nächste ist Horaz mit den Satiren,
Ovid der dritte, und zuletzt Lukanus.
Da sie sich aber alle mit mir teilen 91
Den Namen, den die eine Stimme nannte,
Ehren sie mich, und das ist recht und billig.«
So sah ich nun vereint die schöne Schule 94
Des Herren mit der höchsten Kunst des Sanges,
Der andre wie ein Adler überflieget.
Nachdem sie etwas sich besprochen hatten, 97
Wandten sie sich zu mir mit ihrem Gruße;
Darüber mußte wohl mein Meister lächeln.
Dann taten sie mir noch viel mehr der Ehre, 100
Denn sie empfingen mich in ihrem Kreise,
Daß ich bei soviel Geist der Sechste wurde.

So sind wir bis zum Lichte hingegangen,
Von Dingen redend, die ich gern verschweige,
So wie ich gerne dort davon geredet.
Dann kamen wir vor eine stolze Festung,
Die siebenmal umfaßt mit starken Mauern
Und rings geschützt von einem schönen Bache.
Den kreuzten wir, als wär er fester Boden.
Durch sieben Tore schritt ich mit den Weisen,
Dann kamen wir auf eine grüne Wiese.
Es waren Leute dort mit ruhigen Augen,
Und große Hoheit stand auf ihren Stirnen,
Sie sprachen wenig und mit sanfter Stimme.
Wir hielten uns so auf der einen Seite,
An einem offnen, lichten, hohen Orte,
Daß wir sie alle übersehen konnten.
Gerade vor uns auf dem grünen Rasen
Hat man die hohen Geister mir gewiesen,
An deren Anblick ich mich selbst berausche.
Ich sah Elektra dort mit viel Gefährten,
Dabei erkannt ich Hektor und Äneas,
Cäsar, bewaffnet, mit den Falkenaugen.
Ich sah Camilla und Penthesilea
Zur andern Seite, sah König Latinus
Neben Lavinia, seiner Tochter, sitzen.
Ich sah Brutus, der einst verjagt Tarquinius,
Lucrezia, Julia, Marzia und Cornelia,
Und Saladin allein beiseite stehend.
Als ich die Brauen hob ein wenig höher,
Sah ich den Meister derer, die da wissen,
In einem Kreis von Philosophen sitzen.
Alle bewundern ihn, es ehrt ihn jeder.
Dort konnt ich Sokrates und Plato sehen,
Die ihm vor allen andern nahe standen.
Demokritus, für den die Welt ein Zufall,
Diogenes, Anaxagoras und Thales,
Empedokles und Heraklit und Zeno.
Ich sah den, der die Eigenschaften kannte,
Ich meine Dioskorides, und Orpheus
Und Tullius, Linus, Seneca, den Weisen,
Euklid, den Geometer, Ptolemäus,
Hippokrates, Galien und Avicenna,
Averroes, den großen Kommentator.

Nicht alle kann ich hier erschöpfend schildern. 145
Denn also treibet mich die große Sache,
Daß oftmals mir die Worte fehlen müssen.
Aus Sechsen sind wir wieder Zwei geworden, 148
Auf andrem Wege führt der weise Führer
Mich aus der Stille in die lauten Lüfte,
Und ich kam dorthin, wo kein Licht mehr leuchtet. 151

## FÜNFTER GESANG

*Beim Abstieg zum zweiten Kreise, wo die Wollüstigen büßen, werden die Wanderer von Minos empfangen, der mit seinem Schweife den Sündern ihren Platz in der Hölle anweist. Der Höllensturm jagt hier die Sünder wie Vogelschwärme umher, und Virgil zeigt Dante die Bekanntesten: Semiramis, Dido, Kleopatra, Helena, Achilles, Paris und Tristan unter vielen anderen Rittern und Damen. Dann ruft Dante aus der Schar der Sünder das Liebespaar von Rimini herbei, um seine Geschichte zu hören: Paolo Malatesta und die schöne Gattin seines Bruders, Francesca, die einander liebten und von dem Gatten erschlagen wurden. Aus Mitleid mit ihrem Lose bricht Dante ohnmächtig zusammen.*

So stieg ich nieder aus dem ersten Kreise 1
Zum zweiten, der ein kleinres Rund umgürtet
Und desto größern Schmerz, der spornt zum Klagen.
Dort stehet Minos schrecklich, zähnefletschend, 4
Er muß am Eingang alle Sünden prüfen,
Er richtet und befiehlt mit seinem Schweife.
Ich meine, wenn die unheilvolle Seele 7
Vor ihn getreten, muß sie alles beichten,
Dann kann der Kenner aller Sünden sehen,
An welchen Ort der Hölle sie gehöre. 10
Er gürtet mit dem Schweif sich soviel Male
Als Stufen sind, die sie hinab muß steigen.
Und immer sieht man viele vor ihm stehen. 13
Sie treten nacheinander zum Gerichte,
Sie sprechen, hören und gehn dann nach unten.
»O du, der kommt zum schmerzenvollen Orte«, 16
Rief Minos mich, als er mich kaum gesehen,
Und unterbrach die Handlung seines Amtes.

»Schau, wie du eintrittst und wem du vertrauest; 19
Laß von des Eingangs Weite dich nicht täuschen.«
Da sagt' mein Führer ihm: »Was soll das Schreien?
Du sollst ihm seinen Schicksalsgang nicht hindern; 22
So will man es dort oben, wo das Können
Dem Wollen folgt, mehr sollst du jetzt nicht fragen.«
Nun fangen jene schmerzenvollen Laute 25
Zu tönen an, nun bin ich angekommen
Dort, wo das große Weinen mich erschüttert.
Ich kam zum Ort, wo jedes Licht verstummte, 28
Der brüllte wie ein Meer in großem Sturme,
Wenn es von Winden hin- und hergeschlagen.
Der Sturm der Hölle, der dort niemals rastet, 31
Der treibt die Geister hin in seinem Wirbel
Und dreht und schüttelt sie zu ihrer Plage.
Und wenn sie nahe an den Abgrund kommen, 34
Dann tönen Schreien, Weinen, Weheklagen,
Dann hört man sie dort Gottes Kraft verfluchen.
Ich wußte, daß zu solchen Höllenqualen 37
Verdammt die Sünder aller Fleischeslüste,
Die die Vernunft den Wünschen unterwerfen.
Und wie die Stare in den kalten Tagen 40
Die Flügel heben oft in großen Scharen,
So flogen vor dem Wind die bösen Geister.
Er treibt sie hin und her und auf und nieder, 43
Und keine Hoffnung kann sie jemals trösten
Auf Ruhe, nicht einmal auf kleinre Plage.
Und wie die Kraniche, die klagend singen, 46
Sich in der Luft zu langen Reihen scharen,
So sah ich Schatten, unter Weheklagen,
Von jenem Sturm getrieben, nahe kommen 49
Und sprach: »Mein Meister, sag mir, wer sind jene
Leute, die so die schwarzen Lüfte plagen?«
»Die erste von den Seelen, deren Leben 52
Du wissen willst«, hat jener da gesprochen,
»War Kaiserin von vielen Völkerschaften.
Der Wollust Lastern war sie so ergeben, 55
Daß sie die Lüste im Gesetz erlaubte,
Um sich vom Tadel, der sie traf, zu lösen.
Es ist Semiramis, von der geschrieben, 58
Daß sie dem Ninus, ihrem Gatten, folgte;
Ihr Land war das, wo jetzt der Sultan herrschet.

Die nächste hat aus Liebe sich getötet
Und brach Sichäus' Asche ihre Treue.
Dann kommt Kleopatra mit ihren Lüsten.
Helena siehst du, die so böse Zeiten
Der Welt gebracht, du siehst Achill, den großen,
Der noch zuletzt mit Liebe kämpfen mußte.
Du siehst Paris, Tristan.« Und mehr als tausend
Schatten hat er mit Fingern mir gewiesen,
Die Liebe aus dem Leben fortgetrieben.
Als ich von meinem Lehrer so vernommen
Der alten Ritter und der Frauen Namen,
Hat Mitleid mich gepackt und fast verwirret.
Ich sagte: »Dichter, gerne möcht ich sprechen
Mit jenen zwein, die dort zusammen kommen
Und die so leicht vom Wind getragen scheinen.«
Und er zu mir: »Gib acht, wenn sie uns näher
Gekommen sind, dann kannst du bei der Liebe,
Die sie getrieben, bitten, und sie kommen.«
Sobald der Wind sie zu uns her bewegte,
Hob ich die Stimme: »Ihr betrübten Seelen,
Kommt her zu uns und sprecht, wenn ihr es dürfet!«
Wie Tauben, von der Sehnsucht angerufen,
Mit offnen, festen Flügeln, durch die Lüfte
Zum lieben Neste fliegen voll Verlangen,
So kamen sie heraus aus Didos Scharen
Zu uns geflogen durch die bösen Lüfte;
So mächtig war das liebevolle Rufen.
»Du gütiges und gnadenreiches Wesen,
Das durch die dunkle Luft zu uns gekommen,
Die wir die Welt mit unsrem Blute färbten,
Wenn unser Freund der Herr der Welten wäre,
Wir würden ihn um deinen Frieden bitten,
Dieweil du Mitleid hast mit unsrer Sünde.
Wir wollen, was du gerne hörst und redest,
Von dir auch hören und dir gerne sagen,
Solang der Wind, wie er jetzt tut, sich leget.
Es liegt das Land, wo ich geboren wurde,
Am Meeresstrande, wo der Po zum Frieden
Mit seinen Nebenflüssen niederfließet.
Liebe, die schnell ein edles Herz ergreifet,
Hat jenen für den schönen Leib ergriffen,
Den ich verlor, noch muß die Art mich schmerzen.

Liebe, der kein Geliebtes kann entgehen, 103
Griff mich nach ihm mit mächtigem Verlangen,
Das, wie du siehst, mich heut noch nicht verlassen.
Liebe hat uns geführt zu einem Tode. 106
Caina harret des, der uns getötet.«
Dies sind die Worte, die von ihnen kamen.
Seit ich die hartgeprüften Seelen hörte, 109
Senkt' ich das Haupt und hielt es solang nieder,
Bis daß der Dichter zu mir sprach: »Was denkst du?«
Als ich die Antwort gab, da sagt ich: »Wehe, 112
Wieviel süße Gedanken, wieviel Sehnsucht
Hat jene zu dem Ort der Qual geführet?«
Dann hab ich mich an sie gewandt zur Antwort 115
Und sagte noch: »Francesca, deine Qualen
Erregen mich zum Mitleid und zum Weinen;
Doch sage mir: Zur Zeit der süßen Seufzer, 118
Womit und wie hat Liebe euch gewähret,
Daß ihr erkannt die zweifelhaften Wünsche?«
Und sie zu mir: »Kein andrer Schmerz ist größer, 121
Als zu gedenken an des Glückes Zeiten
Im Elend; dies kann auch dein Lehrer sagen.
Doch wenn die erste Wurzel zu erkennen 124
Von unsrer Liebe du so sehr begehrest,
Dann will ich tun wie der, der weint und redet.
Wir lasen eines Tages zum Vergnügen 127
Von Lancelot, wie ihn die Liebe drängte;
Alleine waren wir und unverdächtig.
Mehrmals ließ unsre Augen schon verwirren 130
Dies Buch und unser Angesicht erblassen,
Doch eine Stelle hat uns überwältigt.
Als wir gelesen, daß in seiner Liebe 133
Er das ersehnte Antlitz küssen mußte,
Hat dieser, der mich niemals wird verlassen,
Mich auf den Mund geküßt mit tiefem Beben. 136
Verführer war das Buch und der's geschrieben.
An jenem Tage lasen wir nicht weiter.«
Indes der eine Geist also gesprochen, 139
Weinte der andre so, daß ich aus Mitleid
Ohnmächtig wurde, wie wenn ich gestorben.
Und ich fiel nieder wie ein toter Körper. 142

## SECHSTER GESANG

*Nach dem Erwachen befinden sich die Wanderer im dritten Kreise, wo die Schlemmer in einem ewigen eisigen Regen zu Boden liegen. Der Höllenhund Cerberus muß von Virgil durch einen Wurf Erde zur Ruhe gebracht werden. Einer der Verdammten, der Florentiner Ciacco, erhebt sich und redet Dante an, um ihm das Schicksal der Florentiner Parteien zu weissagen, die Vertreibung der Donati durch die Cerchi und den drei Jahre darauf erfolgenden Umschwung mit Hilfe des Papstes Bonifaz VIII., indessen Dante ihn nach dem Lose bekannter politischer Führer fragt. Endlich erfährt Dante von Virgil noch einiges über das allgemeine Schicksal der Verdammten.*

Als das Bewußtsein wiederkehrte, welches
   Aus Mitleid mit den beiden mir geschwunden,
   Das ganz mit Tränen mich verwirret hatte,
Da sah ich neue Qualen und Gequälte
   Rings um mich her, wohin ich mich bewegte,
   Wie ich mich wenden, wie ich schauen mochte.
Ich bin im dritten Kreise, in dem Regen,
   Dem ewigen, verfluchten, kalten, schweren,
   Der niemals seine Zeit und Art verändert.
Ein grober Hagel, Schnee und dunkles Wasser
   Muß aus den finstern Lüften niederstürzen.
   Es stinkt die Erde, die davon getränkt wird.
Cerberus, grausam mißgestaltes Untier,
   Bellt, einem Hunde gleichend, aus drei Mäulern
   Die Leute an, die dort hineingeraten.
Rot ist ein Aug, die Mähne schwarz und fettig,
   Und groß der Bauch, die Tatzen voll von Klauen;
   Er kratzt und schindet und zerreißt die Geister.
Der Regen läßt sie heulen wie die Hunde,
   Mit einer Seite schützen sie die andre,
   Oft wenden sie sich um, die armen Sünder.
Als Cerberus uns sah, der große Drache,
   Riß er die Mäuler auf und zeigt' die Zähne.
   Kein Glied an seinem Leibe hielt er stille.
Da griff mein Führer mit den beiden Händen
   Tief in die Erde, und mit vollen Fäusten
   Warf er hinein sie in die gierigen Schlünde.

Und wie ein Hund in seinem Bellen einhält
Und sich beruhigt, wenn er das Fressen kauet,
Und nichts als dieses zu verschlingen trachtet,
So taten jene schmutzigen Gesichter
Des Teufels Cerberus, der sonst die Seelen
So anbellt, daß sie gerne taub sein möchten.
Wir gingen über jene Schatten, welche
Der Regen niederschlägt, und unsre Sohlen,
Die traten auf ihr Nichts, das Mensch geschienen.
Man sah sie alle flach am Boden liegen,
Nur einer hob sich schnell empor zum Sitzen,
Als er uns im Vorübergehn erblickte.
»O du, der du hier durch die Hölle wanderst«,
Sprach er zu mir, »erkenn mich, wenn's dir möglich;
Du bist, bevor ich starb, geboren worden.«
Und ich zu ihm: »Die Angst, in der du lebest,
Hat dich vielleicht gelöscht in meinem Geiste,
So daß mir scheint, ich hab dich nie gesehen.
Doch sag mir, wer du bist, der du geraten
An solch qualvollen Ort, in solche Strafe,
Denn größre gibt's, doch keine so abscheulich.«
Und er zu mir: »So voll von bösem Neide
Ist deine Heimat, daß der Sack am Bersten.
Dort lebt ich auch dereinst im hellen Leben.
Ihr, meine Bürger, nanntet mich den Ciacco;
Von wegen der verruchten Schuld des Schlundes
Muß ich, wie du hier siehst, im Regen liegen.
Und nicht allein bin ich als trübe Seele,
Denn diese alle leiden gleiche Strafe
Für gleiche Schuld.« Mehr hat er nicht gesprochen.
Ich gab zur Antwort: »Ciacco, deine Trübsal
Drückt mich so sehr, daß ich fast weinen möchte.
Doch sag mir, wenn du kannst, wohin die Bürger
In der zerspaltnen Stadt dann kommen werden,
Ob einer noch gerecht ist, und die Gründe,
Warum sie solche Zwietracht überkommen.«
Und er zu mir: »Nach einem langen Streite
Kommt es zum Kampf, dann wird die wilde Hälfte
Die andre grausam aus der Stadt verjagen.
Hernach muß diese gleichfalls wieder sinken,
Drei Jahre später, und die andern steigen
Mit Hilfe dessen, der zur Stund noch schwankend.

Hoch wird sie lange Zeit die Stirnen tragen,
Und hält die andre unter schweren Lasten,
So sehr die sich empört und klagt darüber.
Gerecht sind zwei, doch will sie keiner hören.
Hochmut und Neid und Habsucht sind die Funken,
Die alle Herzen dort entzündet haben.«
Hier schloß er seine klagenreiche Rede.
Und ich zu ihm: »Noch weiter möcht ich hören,
Und mehr noch mögst du mir der Rede schenken.
Tegghiai und Farinata, würdige Männer,
Jacopo Rusticucci, Arrigo und Mosca
Und alle, deren Geist das Gute wollte,
Sag mir, wo sind sie, und laß mich sie finden,
Denn große Sehnsucht treibet mich zu wissen,
Ob Himmelsglück, ob Höllengift sie spüren.«
Und er: »Dort bei den schwärzeren der Seelen.
Verschiedne Schuld hat sie zum Grund gestoßen.
Du wirst sie sehn, wenn du so tief hinabsteigst.
Doch kommst du wieder auf die schöne Erde,
Dann bitt ich dich, von mir dort zu erzählen.
Mehr sag ich nicht und geb nicht weiter Antwort.«
Dann drehte er verquert die graden Augen,
Warf einen Blick nach mir, der Kopf sank nieder,
Und damit fiel er zu den andern Blinden.
Der Führer sagte mir: »Nun wird er schlafen,
Bis einst der Engel die Trompete bläset,
Wenn ihnen ihres Feindes Macht wird kommen.
Dann findet jeder zu dem traurigen Grabe,
Gestalt und Fleisch wird er dort wiederfinden,
Und hört, was widerhallt in Ewigkeiten.«
So überquerten wir die schmutzige Mischung
Der Schatten und des Regens, langsam schreitend,
Und etwas von dem künftigen Leben redend.
Weshalb ich sagte: »Meister, diese Qualen,
Sollen sie wachsen nach dem großen Spruche
Oder sich mildern oder gleich noch brennen?«
Und er zu mir: »Gedenke an dein Wissen,
Das lehrt, wenn eine Sache noch vollkommner,
Fühlt sie das Gute mehr und auch die Schmerzen.
Obwohl nun alle die verdammten Leute
In Wahrheit nie Vollkommenheit erreichen,
So möchten sie doch später mehr erhoffen.«

Wir gingen weiter in des Weges Kurve 112
Und sprachen viel, was ich hier nicht berichte.
Dann kamen wir zur Stelle, wo man absteigt.
Dort war Plutus, der große Feind, zu finden. 115

## SIEBENTER GESANG

*Am Eingang des vierten Kreises, in dem die Geizigen und Verschwender büßen, muß erst der Wächter Plutus von Virgil beschwichtigt werden. Dort toben die Sünder mit Geschrei und schweren Lasten gegeneinander wie Meereswogen. Unter ihnen sieht Dante viele Geistliche, kann sie aber wegen des Schmutzes nicht unterscheiden. Virgil erklärt nun Dante das Wirken der Fortuna auf Erden, das er dem Wirken der Engel im Himmel vergleicht. Dann steigen die Wanderer zum nächsten Graben hinab, wo die Zornigen im Sumpfe watend oder unterm Wasser mit Fäusten und Zähnen gegeneinander wüten.*

»Pape Satan, Pape Satan Aleppe ...« 1
Begann da Plutus mit der heisern Stimme,
Und jener edle Weise, alles wissend,
Sprach mir zum Troste: »Laß dich nicht beirren 4
Durch deine Furcht. Soviel er auch vermöchte,
Den Felsenabstieg kann er nicht verwehren.«
Dann wandt er sich zu dem geblähten Maule 7
Und sprach: »Verfluchter Wolf, laß nun das Schreien;
Verzehr dich drinnen durch das eigne Wüten.
Nicht ohne Ursach schreiten wir zur Tiefe. 10
So will man es dort oben, wo die Rache
Dem stolzen Aufruhr Michael bereitet.«
Wie die vom Winde aufgeblähten Segel 13
In Falten fallen, wenn der Mast gebrochen,
So fiel zur Erde hin das grause Untier.
Wir stiegen nieder in den vierten Graben, 16
Und nahmen mehr von jenem Schmerzensufer,
Das alles Weh der Welt in sich versammelt.
Gerechter Gott, wer drängte dort zusammen 19
So viele neue Pein, die ich gesehen,
Und warum zerrt uns so sehr unsre Sünde?

Wie es geschieht mit der Charybdis Wogen, 22
Die sich mit denen, die sie treffen, brechen,
So tanzen dort die Leute ihren Reigen.
Dort sah ich mehr als anderswo Gedränge. 25
Von beiden Seiten unter lautem Brüllen
Wälzten sie Lasten mit der Kraft der Schultern.
Sie stießen aufeinander, und dann wandte 28
Sich jeder um, sie schrieen sich entgegen:
»Was hältst du fest?« »Was streust du in die Winde?«
So drehten sie sich in dem finstern Kreise 31
Auf beiden Seiten bis zum Gegenpunkte
Und schrieen immer ihre eigne Schande.
Dann kehrte jeder um, wenn er gekommen 34
Auf seinem Halbkreis zu dem nächsten Streite.
Und ich, dem sich das Herz zusammenkrampfte,
Sprach: »Du, mein Meister, wollest mir erklären, 37
Was das für Leute sind, und ob zur Linken
Denn lauter Geistliche die Tonsurierten.«
Und er zu mir: »Sie alle waren schielend 40
So sehr am Geiste in dem frühern Leben,
Daß sie im Geben nie das Maß getroffen.
Recht deutlich muß es ihre Stimme bellen, 43
Wenn sie am Ort des Kreises angekommen,
Wo sie die gegenteilige Schuld entzweiet.
Die waren Priester, die kein Haar mehr tragen 46
Auf ihrem Kopf, und Päpste, Kardinäle,
In denen war der Geiz zu höchst gestiegen.«
Und ich: »Mein Meister, unter diesen Leuten 49
Müßt ich doch einige recht wohl erkennen,
Die sich mit solchen Lastern einst beschmutzten.«
Und er zu mir: »Ein eitles Unterfangen. 52
Das wüste Leben, das sie einst befleckte,
Verbirgt sie jetzt vor jeglichem Erkennen.
Sie müssen ewig aufeinanderstoßen; 55
Die einen steigen mit geballten Fäusten
Einst aus dem Grab, die andern mit der Glatze.
Schlecht Geben und schlecht Nehmen hat sie alle 58
Der schönen Welt entführt zu diesem Zanke;
Darüber will ich nun kein Wort verlieren.
Hier kannst du, Sohn, die kurze Posse sehen 61
Der Güter, die Fortuna zugewiesen,
Um die das Menschenvolk sich also streitet.

Denn alles Gold, das unterm Mond sich findet 64
Und sich befand, wird von den müden Seelen
Nicht einer einzigen Ruhe geben können.«
»Meister«, sprach ich, »nun mußt du mir auch sagen 67
Von der Fortuna, die du eben nanntest:
Was ist sie, die die Welt so sehr beherrschet?«
Und er zu mir: »Einfältige Kreaturen, 70
Wieviel Unwissenheit hat euch befangen!
Nun sollst du meinen Spruch zur Kenntnis nehmen.
Der, dessen Wissen alles überschreitet, 73
Erschuf die Himmel und gab ihnen Führer,
So daß sie alle zueinander strahlen
Und gleichermaßen all ihr Licht verbreiten. 76
So gab er auch der Erde Kostbarkeiten
Ein Wesen, das sie ordne und sie führe
Und das beizeiten alle eitlen Güter 79
Von Volk zu Volk, von Haus zu Hause wandle,
Ganz unbekümmert um den Sinn der Menschen.
Denn eins der Völker herrscht, das andre duldet; 82
Sie folgen all dem Richterspruche jener,
Die sich verbirgt wie in dem Gras die Schlange.
Und eure Weisheit kann sie gar nicht stören. 85
Sie sorgt und richtet in dem eignen Reiche,
Wie andre Engel in dem ihren herrschen.
Und ihre Wandlungen sind ohne Ruhe. 88
Notwendigkeit treibt sie zu steter Eile.
So oft geschieht es, daß ein Wechsel folget.
Das ist sie, die so oft ans Kreuz geschlagen 91
Von jenen grade, die sie loben sollten,
Und sie zu Unrecht tadeln und beschimpfen.
Doch sie lebt selig und kann dies nicht hören. 94
Mit allen andern Erstgeschaffnen fröhlich
Dreht sie das Rad, der Seligkeit sich freuend.
Nun steigen wir hinab zu größrem Elend. 97
Schon sinket jeder Stern, der aufgestiegen,
Als ich aufbrach, wir müssen uns beeilen.«
Wir gingen durch den Kreis zum andern Rande, 100
Zu einer heißen Quelle, deren Wasser
Sich in den Anfang eines Grabens stürzen.
Das Wasser war noch dunkler als der Purpur, 103
Und wir, begleitet von den grauen Wogen,
Traten dort unten ein auf andrem Wege.

Dort wird ein Sumpf mit Namen Styx gebildet
Von jenem trüben Fluß, wenn er am Fuße
Des bösen, grauen Strandes angekommen.
Und ich, der ich mit Spannung ringsum schaute,
Sah dort ein schmutzig Volk in jenem Sumpfe;
Sie waren alle nackt, mit bösen Mienen.
Sie schlugen sich, und nicht nur mit den Händen,
Mit Köpfen, mit der Brust und mit den Füßen,
Indem sie mit den Zähnen sich zerfleischten.
Der gute Meister sagte: »Sohn, nun siehst du
Die Seelen derer, die der Zorn besiegte,
Und außerdem sollst du als sicher glauben,
Daß unterm Wasser Leute sind, die seufzen;
Sie lassen oben noch das Wasser sprudeln,
Wie dir das Auge sagt, wohin du schauest.
Gedrängt im Schlamme sagen sie: ›Wir waren
Elend im süßen, sonnenfrohen Äther,
Da wir im Innern Unlustnebel trugen.
Jetzt müssen wir im schwarzen Kote büßen.‹
Dies Lied hört man in ihren Kehlen gurgeln,
Sie können's nicht mit klaren Worten sagen.«
So haben wir ein großes Stück umgangen
Des schmutzigen Brunnens, zwischen Schlamm und Ufer,
Den Blick zu denen, die den Kot verschlucken,
Und kamen dann zuletzt zu einem Turme.

## ACHTER GESANG

*Im fünften Kreise, dem Sumpf der zornigen Seelen, gelangen die Wanderer an einen Turm, von dem aus ein Feuerzeichen den Fährmann Phlegias herbeiruft, der sie über die Styx fährt. Im Sumpfe naht sich ihnen der Geist des hoffärtigen Florentiners Filippo Argenti, den Dante, zur Freude Virgils, schroff zurückweist, und der dann von den anderen Geistern mißhandelt wird. Dann gelangt der Kahn zu der inneren Höllenstadt mit ihren feurigen Türmen und eisenfarbenen Mauern. Am Eingang angekommen, werden die Wanderer von Tausenden von Teufeln aufgehalten, die in ihrer Bosheit Dante von Virgil zu trennen versuchen und vor diesem das Tor verschließen, bis ein Bote des Himmels es ihm öffnet.*

Ich fahre fort und sage, daß, noch ehe 1
Wir an dem Fuß des Turmes angekommen,
Sich unsre Blicke nach der Zinne hoben,
Dieweil wir dort zwei Flämmchen blinken sahen 4
Und von so ferne eine Antwort geben,
Daß es das Auge kaum erfassen konnte.
Ich wandte mich zum Meere alles Wissens 7
Und fragte: »Was soll dies? Und welche Antwort
Gibt jenes andre Feuer? Und wer macht es?«
Und er zu mir: »Dort auf den schmutzigen Wogen 10
Kannst du schon merken, was uns hier erwartet,
Wenn es dir nicht verbirgt der Rauch des Sumpfes.«
Niemals trieb eine Sehne ihre Pfeile 13
In solchem schnellen Fluge durch die Lüfte,
Wie ich ein kleines Schifflein dort gesehen
Zu uns heran auf jenen Wassern schwimmen, 16
Von einem einzigen Fährmann nur gesteuert,
Der rief: »Nun bist du hier, verdammte Seele!«
»Phlegyas, Phlegyas, du schreist vergeblich«, 19
Sprach da mein Herr zu ihm: »Bei diesem Male
Sind wir nur dein, solang wir übersetzen.«
Wie jemand, der von großem Trug erfahren, 22
Den man ihm antut, und sich darob ärgert,
So ging es Phlegyas in seinem Zorne.
Mein Führer stieg hinunter in die Barke, 25
Dann ließ er mich nach ihm hinuntertreten,
Und erst als ich einstieg, schien sie beladen.
Sobald wir beide in dem Boote waren, 28
Stieß es ins Wasser mit dem alten Buge,
Viel tiefer als es sonst gewohnt gewesen.
Indessen wir den toten Sumpf durchfuhren, 31
War einer ganz voll Schlamm zu mir geraten
Und sprach: »Wer bist du, der zu früh gekommen?«
Und ich zu ihm: »Ich komme, nicht zu bleiben. 34
Doch wer bist du, der sich so schmutzig machte?«
Er gab zur Antwort: »Siehe, wie ich weine!«
Und ich zu ihm: »Mit Klagen und mit Weinen, 37
Verfluchter Geist, sollst du hier unten bleiben;
Ich kenne dich, trotz allem deinem Schmutze.«
Da streckt er nach dem Boote beide Hände, 40
Weshalb der Meister ihn zurückgestoßen
Und sagte: »Scher dich zu den andern Hunden!«

Dann hat er mit den Armen mich umschlungen
Und küßte mich und sprach: »Erzürnte Seele,
Gebenedeit sei die, die dich geboren.
Hochmütig ist er auf der Welt gewesen,
Und keine Güte schmückt sein Angedenken.
So ist hier unten auch sein Schatten wütend.
Wie mancher spielt dort einen großen König,
Und hier muß er im Kot wie Schweine stehen
Und kann nur grausame Verachtung ernten.«
Und ich: »O Meister, gar zu gerne möcht ich
Ihn untertauchen sehn in dieser Brühe,
Bevor wir diesen See verlassen haben.«
Und er zu mir: »Noch ehe du das Ufer
Erblicken kannst, wirst du befriedigt werden;
Ein solcher Wunsch darf dir wohl Freude bringen.«
Und bald darauf hab ich gesehn, wie jenen
Die schmutzigen Leute übel zugerichtet,
Wofür ich Gott noch heute lob' und preise.
Und alle riefen: »Auf Filippo Argenti!«
Wobei der wirre Geist des Florentiners
Sich selber mit den Zähnen noch zerfleischte.
Dort ließen wir ihn; mehr will ich nicht sagen.
Doch in den Ohren gellten Schmerzenslaute,
Weshalb ich mit den Augen vorwärts spähte.
Der gute Meister sagte: »Nun, mein Söhnlein,
Nahn wir der Stadt, die nach dem Dis benannt ist,
Mit schweren Sündern und mit vielen Wächtern.«
Und ich: »Meister, schon kann ich ihre Türme
Dort unten gut in jenem Tal erkennen,
So rot, als wenn sie sich aus Feuersgluten
Erhoben.« Er zu mir: »Das ewige Feuer,
Das drinnen glühet, läßt sie rot erscheinen,
Wie du es siehst, hier in der untern Hölle.«
Wir kamen nunmehr in die tiefen Gräben,
Die dieses hoffnungslose Land umschließen;
Die Mauern waren, wie mir schien, von Eisen.
Nicht ohne vorher weit umherzukreuzen,
Gelangten wir dorthin, wo unser Fährmann
»Steigt aus« uns laut zurief, »hier ist der Eingang!«
Und mehr als tausend sah ich an den Toren
Vom Himmel Abgestürzte, die uns bissig
Zuriefen: »Wer ist der, der nicht gestorben,

Doch durch das Reich der Toten wandeln möchte?« 85
Da gab mein weiser Meister ihnen Zeichen,
Daß er sie im geheimen sprechen wollte.
So hielten sie ein wenig ein im Wüten 88
Und sagten: »Komm allein, und er soll gehen,
Der sich erkühnt, in dieses Reich zu treten.
Er geh allein den tollen Weg zurücke 91
Und sehe, ob er kann; und du bleibst bei uns,
Der du ihn führtest durch so dunkle Lande.«
Bedenk, o Leser, wie sehr ich verzweifelt, 94
Als ich vernommen die verruchten Worte
Und niemals wieder heimzukehren glaubte.
»O lieber Führer du, der mehr als sieben 97
Mal mich gerettet hat und mich gezogen
Aus höchster Not, die mir entgegenwirkte,
Verlaß mich nicht«, sprach ich, »so tief geschlagen, 100
Und wenn das Weitergehen uns versagt ist,
Laß schnell zusammen uns den Rückweg suchen.«
Und jener Herr, der dorthin mich geleitet, 103
Sprach zu mir: »Fürchte nichts, denn unsre Reise
Kann keiner hindern, da Er sie erlaubte.
Hier wart auf mich und gib dem müden Geiste 106
Zur Stärkung von der guten Hoffnung Speise;
Ich will dich in der Tiefe nicht verlassen.«
So ging er weg und ließ mich ganz alleine, 109
Der liebe Vater, und ich blieb in Zweifeln,
Daß Ja und Nein in meinem Kopfe stritten.
Nicht hören konnt ich, was er ihnen sagte, 112
Doch war er dort bei ihnen noch nicht lange,
Als plötzlich alle schnell nach innen liefen.
Die Tore schlossen sie, die bösen Feinde, 115
Vor meinem Herrn, der draußen bleiben mußte;
Er kam zu mir zurück langsamen Schrittes,
Den Blick zur Erde und die Brauen ohne 118
Jeglichen Mut, und sagte unter Seufzern:
»Wer sperrt den Weg uns zu den Schmerzensstätten?«
Und sprach zu mir: »Wenn ich mich so erzürne, 121
Erschrick nicht, denn ich will den Streit bestehen,
Was immer drinnen eingefädelt werde.
Die Frechheit ist bei ihnen gar nichts Neues. 124
Sie übten sie an dem bekannteren Tore,
Das heut noch offen ohne Schloß und Riegel.

An jenem Tor sahst du die tote Inschrift. 127
Und schon diesseits davon, den Hang hernieder,
Ohne Geleit die Kreise all durchschreitend,
Steigt einer, dem sich diese Stadt wird öffnen.« 130

## NEUNTER GESANG

*Durch die Bosheit der Teufel am inneren Höllentor aufgehalten, erzählt Virgil Dante zum Troste seine erste Höllenfahrt. Dann erscheinen am Höllentor die Furien, und Virgil schützt Dantes Antlitz vor dem versteinernden Blick der Medusa. Endlich erscheint im Sturme ein Engel Gottes und öffnet den Wanderern das Tor. Sie treten ins Innere und befinden sich im sechsten Kreise der Hölle, wo die Ketzer in Flammengräbern büßen.*

Die Farbe, mit der Feigheit mich gezeichnet, 1
Als ich des Führers Wiederkehr bemerkte,
Ließ ihn nur um so mehr verschwiegen werden.
Aufmerksam hielt er inne, um zu horchen, 4
Denn mit dem Auge drang er nicht ins Weite,
So dunkel war die Luft und dicht der Nebel.
»Und dennoch müssen wir den Streit gewinnen«, 7
Sprach er, »wenn nicht... ein solcher will uns helfen:
O wie sehr wart ich schon auf seine Ankunft!«
Ich merkte wohl, wie er verdecken wollte 10
Den Anfang mit den Worten, die drauf folgten
Und die nicht zu den ersten Worten paßten.
Doch trotzdem gab mir, was er sagt', zu fürchten, 13
Denn ich bezog die abgebrochne Rede
Vielleicht auf Schlimmres, als er sagen wollte.
»Steigt denn zu diesem Grund des traurigen Tales 16
Jemals ein Geist des ersten Kreises nieder,
Dem nur die Hoffnungslosigkeit zur Plage?«
Die Frage stellte ich, und er: »Nur selten 19
Geschieht's«, antwortet' er, »daß von den Unsern
Einer den Weg beschreitet, den ich gehe.
Wahr ist's, daß ich schon einmal drunten weilte, 22
Beschworen von der grausigen Erichtho,
Die Schatten zu den Leibern hat gerufen.

Ich war erst kurz von meinem Fleisch geschieden,
Als sie mich einst in diese Mauern schickte,
Um einen Geist aus Judas' Kreis zu holen.
Er ist vor allen Orten tief und dunkel
Und fern vom Himmel, der mit allen kreiset;
Ich weiß den Weg, drum kannst du sicher gehen.
Der Sumpf mit seinem mächtigen Gestanke
Umgürtet ringsum diese Stadt der Schmerzen,
Die wir nicht ohne Zorn betreten können.«
Und andres sagt' er, doch ich hab's vergessen,
Denn meine Augen waren ganz gerichtet
Zum hohen Turme mit der Feuerzinne,
Wo ich mit einem Male aufgerichtet
Drei blutbefleckte Höllenfurien schaute,
Die Glieder und Gestalt von Weibern hatten,
Und die mit Schlangen grün umgürtet waren;
Nattern und Vipern hatten sie als Haare,
Mit denen sie die wilden Schläfen kränzten.
Und der, der wohl die Dienerinnen kannte
Von jener Königin des ewigen Weinens:
»Sieh hier«, sprach er, »die grimmigen Erinnyen.
Dies ist Megära auf der linken Seite,
Jene, die weint zur Rechten, ist Alekto,
Tisiphone steht mitten.« Darauf schwieg er.
Die Brust zerriß sich jede mit den Nägeln,
Sie schlugen mit den Händen, und sie schrieen,
Daß ich mich ängstlich an den Führer schmiegte.
»Medusa, komm, wir wollen ihn versteinern«,
So riefen alle, mit dem Blick nach unten.
»Schlecht rächten wir an Theseus seinen Angriff.«
»Kehr dich nach hinten und verhüll dein Antlitz,
Denn wenn sich Gorgo zeigt und du sie sähest,
Gäb es für dich nach oben keine Heimkehr.«
So sprach der Meister, und er selber wandte
Mich um; so wenig traut' er meinen Händen,
Daß er mit seinen eignen mich verhüllte.
O ihr mit unverdorbenem Verstande,
Betrachtet doch die Lehre, die im Schleier
Der dunklen Verse mag verborgen liegen!
Schon hörte man auf jenen trüben Wogen
Sich einen Donnerton voll Schrecken nahen,
Von dem die beiden Ufer beben mußten.

Nicht anders war es als ein Wind, der brausend
Aus Wärmewiderstreiten sich erhoben;
Er peitscht den Wald und spaltet ohne Halten
Die Äste, reißt sie ab und trägt sie weiter;
Mit Staubeswolken bläht er sich im Stolze
Und treibt zur Flucht das Raubtier und die Hirten.
Die Augen gab er frei und sprach: »Nun richte
Den Blick hinauf zu jenem alten Schaume,
Dort, wo der Rauch am beißendsten geworden.«
So wie die Frösche vor der bösen Schlange
Im Wasser alle plötzlich untertauchen,
Bis endlich jeder auf dem Grunde kauert,
So sah ich mehr als tausend tote Seelen
Vor einem flüchten, der auf seinem Wege
Die Styx durchquerte mit den trocknen Sohlen.
Vom Antlitz wehrte er die dicken Wolken,
Indem er oft die Linke dorthin führte;
Und nichts als diese Mühe schien ihm lästig.
Wohl merkte ich, daß er ein Himmelsbote,
Und wandte mich zum Meister, und er winkte,
Ich solle schweigen und mich vor ihm beugen.
Wie schien er mir voll zorniger Verachtung!
Er kam zum Tore, und mit einem Zweiglein
Schloß er es auf, da gab's kein Widerstreben.
»Vom Himmel Ausgestoßene, Verdammte«,
Begann er auf der schreckensreichen Schwelle,
»Wer hat euch diese Frechheit eingegeben?
Was sträubt ihr euch denn gegen jenen Willen,
Dem ihr doch nie das Ziel verrücken könnet
Und der euch öfters schon den Schmerz vermehrte?
Was nützt es, gegen Schicksal anzurennen?
Dem Cerberus, wenn ihr euch wohl erinnert,
Ist Kinn und Kehle davon kahl geblieben.«
Dann wandt er sich zurück die schmutzige Straße
und sagte nichts zu uns, doch tat wie einer,
Den andre Sorgen brennen und bedrängen
Als Sorgen derer, die nun vor ihm stehen.
Wir aber schritten vorwärts nach dem Lande,
Da uns sein heiliges Wort gesichert hatte.
Wir traten ohne jeden Streit nach innen.
Und ich, der ich mir zu betrachten wünschte,
Was jene Festung in sich eingeschlossen,

Ließ, als wir drinnen, meine Blicke schweifen
Und sah allüberall in große Weiten,
Von Schmerzen voll und voll von bösen Qualen.
So wie in Arles, wo sich die Rhône stauet,
Und wie in Pola an Carnaros Ufer,
Der dort Italiens Grenze schließt und badet,
Die Gräber auf dem Boden sich verteilen,
So lagen sie auch hier auf allen Seiten,
Nur daß sie bittrer noch beschaffen waren.
Denn um die Gräber sah man Flammen brennen,
Von denen sie so durch und durch erglühten,
Daß Eisen selbst darin geschmolzen würde.
Und alle ihre Deckel standen offen,
Und daraus kamen solche Klagelaute,
Die wohl von elenden Verbrannten kamen.
Und ich: »O Meister, wer sind jene Leute,
Die in den Särgen dort begraben liegen
Und solche Schmerzensseufzer von sich geben?«
Und er zu mir: »Dies ist der Ort der Ketzer
Mit ihrem Anhang jeder Art, und voller,
Als du es annimmst, sind die Feuergräber.
Die Gleichen sind mit Gleichen dort begraben,
Und von verschiedner Hitze sind die Särge.«
Und als er zu der Rechten sich gewendet,
Ging's zwischen Martern hin und hohen Wänden.

## ZEHNTER GESANG

*Im sechsten Kreise, wo die Ketzer in Flammengräbern büßen, gehen die Wanderer zwischen den Gräbern dahin. Dort wird Dante von zwei Florentinern angeredet: Farinata degli Uberti, dem Ghibellinenführer, der Dantes Partei schweres Leid zugefügt hatte, aber die Zerstörung von Florenz verhinderte, weshalb ihm Dante trotz grimmiger Gegnerschaft seine Achtung nicht versagt; und Cavalcanti, dem Vater seines Freundes, voll Sorge um das Schicksal seines Sohnes, das ihm gemäß der weitsichtigen Bewußtseinsart der Verdammten nicht bekannt ist. Farinata prophezeit Dante ein hartes Los und nennt ihm andere Ketzer, den Kardinal Ubaldini und Kaiser Friedrich II. Virgil verspricht*

*Dante eine genauere Deutung seines Lebens durch Beatrice, und die Wanderer gehen weiter zum Rande des siebenten Kreises.*

Nun schritt dahin durch eine enge Gasse 1
Zwischen des Landes Mauern und den Martern
Mein Meister, und ich hinter seinen Schultern.
»O höchste Tugend, die mich durch die Kreise 4
Der Sünder führt«, sprach ich, »wie's dir gefällig,
Rede zu mir und stille mein Verlangen.
Die Leute, die dort in den Gräbern liegen, 7
Kann man sie sehn? Schon sind die Deckel alle
Geöffnet, und es hält auch niemand Wache.«
Und er zu mir: »Sie werden all verschlossen, 10
Wenn sie von Josaphat einst wiederkehren
Mit ihren Leibern, die sie droben ließen.
Es liegen hier an diesem Ort begraben 13
Mit Epicurus alle seine Schüler,
Die mit dem Leib die Seele sterben lassen.
Doch wirst du auf die Frage, die du tatest, 16
Hier drinnen alsobald befriedigt werden,
Und auch mit deinem Wunsch, den du verschwiegen.«
Und ich: »Mein guter Führer, ich verberge 19
Dir nicht mein Herz, ich will nur wenig reden,
Du hast mich früher schon dazu bewogen.«
»Toskaner, der du durch die Stadt des Feuers 22
Lebendig schreitest und so ehrbar redest,
Du wollest hier an diesem Orte rasten.
An deiner Sprache kann man wohl erkennen, 25
Daß du im edlen Vaterland geboren,
Dem ich vielleicht allzu beschwerlich wurde.«
Urplötzlich konnt ich diese Laute hören 28
Aus einem Grabe; darum trat ich furchtsam
Ein wenig näher hin zu meinem Führer.
Er sprach zu mir: »Kehr um, was willst du machen? 31
Sieh Farinata, der sich aufgerichtet;
Vom Gürtel aufwärts kannst du ganz ihn sehen.«
Ich tauchte meine Augen schon in seine, 34
Und er erhob nun seine Brust und Stirne,
Als wollte er die Hölle tief verachten.
Da schoben mich die mutigen und schnellen 37
Hände des Führers zu ihm durch die Gräber.
Er sagte: »Deine Worte seien deutlich.«

Sobald ich an des Grabes Fuß getreten,
Prüft' er mich kurz und hat dann fast verächtlich
Zu mir gesagt: »Wer waren deine Ahnen?«
Ich, der ich gerne zu gehorchen wünschte,
Verschwieg ihm nichts und sagt ihm alles offen;
Drauf hob er seine Brauen nur ein wenig
Und sagte: »Fürchterlich verfeindet waren
Sie mir und meinen Vätern, meinem Anhang,
So daß ich zweimal sie verjagen mußte.«
»Du jagtest sie, jedoch sie kamen wieder«,
Sprach ich, »von allen Seiten beide Male,
Die Kunst hat Euer Anhang noch zu lernen.«
Da ist aus seinem Grabe aufgestanden
Ein Schatten, neben diesem, bis zum Kinne.
Ich glaub, er hat sich auf die Knie erhoben.
Er schaute rings um mich, als wollt er sehen,
Ob sonst kein andrer sei mit mir gekommen,
Doch als schon ganz erloschen sein Vermuten,
Sprach er und weint': »Wenn durch den blinden Kerker
Du gehst um deines hohen Geistes willen,
Wo ist mein Sohn? Ist er nicht mitgekommen?«
Und ich zu ihm: »Ich komme nicht alleine.
Der, der dort wartet, hat mich hergeleitet.
Vielleicht hat Euer Guido ihn verachtet.«
Sein Wort und auch die Gattung seiner Strafe,
Die hatten mir den Namen schon verraten;
Darum war meine Antwort so vollkommen.
Sofort erhob er sich und rief: »Was sagst du?
Er hat? So ist er also nicht mehr lebend?
Trifft nicht das süße Licht mehr seine Augen?«
Und als er merkte, daß ich etwas zögernd,
Bevor ich eine Antwort ihm gegeben,
Fiel er zurück und war nicht mehr zu sehen.
Der andre Großgemute, dessen Bitte
Mich angehalten, blieb mit gleicher Miene,
Dreht' nicht den Hals und bog nicht seine Seite.
»Und wenn«, so fuhr er in der ersten Rede
Nun fort, »sie diese Kunst noch lernen müssen,
So quält mich das viel mehr als dieses Bette.
Doch wird nicht fünfzigmal sich wieder füllen
Des Mondes Antlitz, der hier unten herrschet,
Eh du gelernt die gleiche harte Schule.

Und so du jemals zu der süßen Erde 82
Heimkehrst, sag mir, warum dies Volk den Meinen
So unbarmherzig ist in allen Dingen.«
Und ich zu ihm: »Der Kampf und das Gemetzel, 85
Das einst die Arbia rot vom Blute färbte,
Läßt solche Bitten tun in unsrem Tempel.«
Da schüttelt' er das Haupt mit tiefem Seufzen. 88
»Dort war ich nicht allein«, sprach er, »und wahrlich
Wär ich nicht ohne Grund gefolgt den andern.
Doch dort war ich allein, wo alle wollten, 91
Daß man Florenz vom Boden tilgen sollte,
Derjenige, der offen es beschützte.«
»Wenn jemals Eure Erben Ruhe finden«, 94
So bat ich ihn, »dann löset mir den Knoten,
Der hier mein Denken in sich hat verschlungen.
Es scheint, daß Ihr, wenn ich es recht vernommen, 97
Das vor Euch seht, was uns die Zukunft bringet,
Und mit der Gegenwart ergeht's Euch anders.«
»Wir sehn wie der, der mit den schwachen Augen 100
Die Dinge sieht«, sprach er, »die von uns ferne;
So weit reicht noch das Licht des höchsten Führers!
Wenn sie uns näher rücken oder nah sind, 103
Versagt der Geist, und wenn's uns keiner kündet,
Wissen wir nichts von Eurem Menschenleben.
Nun weißt du auch, daß einstens ganz gestorben 106
Uns die Erkenntnis sein wird an dem Tage,
An dem sich schließen wird der Zukunft Pforte.«
Da sprach ich, wie von einer Schuld gepeinigt: 109
»So saget also dem, der niederstürzte,
Sein Sohn ist noch den Lebenden verbunden.
Und wenn ich in der Antwort erst verstummte, 112
So laßt ihn wissen, es ist nur geschehen,
Weil ich des Irrtums dachte, den Ihr löstet.«
Schon hat mein Meister mich zu sich gerufen; 115
Drum hab ich schneller jenen Geist gebeten,
Er möcht mir sagen, wen er bei sich habe.
Er sagte mir: »Ich lieg mit mehr als tausend. 118
Hier drinnen ist der Kardinal und Friedrich
Der Zweite; von den andern will ich schweigen.«
Dann barg er sich. Ich wandte meine Schritte 121
Zum alten Dichter hin und überdachte
Die Rede, die so feindlich mir erschienen.

Er schritt voran, und dann sprach er im Gehen
Zu mir: »Warum bist du so sehr verwirret?«
Und ich gab Antwort ihm auf seine Frage.
»Bewahr in deinem Geiste, was du hörtest
An Widrigem«, befahl mir jener Weise,
»Und nun gib hierher acht«; er hob den Finger.
»Kommst du erst vor das Strahlenantlitz jener,
Die mit dem schönen Auge alles siehet,
Wird sie dir deines Lebens Reise sagen.«
Dann wandt er seine Schritte nach der Linken.
Wir gingen von der Mauer hin zur Mitte
Auf einem Weg, der auf ein Tal hin mündet,
Das mit Gestank die Luft bis oben füllte.

## ELFTER GESANG

*Am Rande der inneren Hölle, aus der ein unerträglicher Gestank aufsteigt, rasten die Wanderer im Schutze eines Grabes, und Virgil erklärt Dante die Gliederung der Hölle. Die innere Hölle umfaßt drei Kreise. Von diesen ist der erste, der siebente Kreis, in dem die Gewalttätigen büßen, wieder abgestuft in drei Stufen, Gewalttätige gegen den Nächsten, gegen sich selbst und gegen Gott. Der nächste Kreis ist das Reich der Betrüger, die zur Missetat den Bruch des Vertrauens fügen; und zuunterst, in der Umgebung des gestürzten Luzifer, der den Mittelpunkt der Erde einnimmt, büßen die Verräter. Endlich erklärt Virgil Dante noch mit einem Hinweis auf die Ethik des Aristoteles den Unterschied dieser Übeltäter von den Sündern aus bloßer Unmäßigkeit, die weiter oben büßen.*

Am äußern Rande eines hohen Ufers,
Das große Felsenriffe ringsum formten,
Gelangten wir zu härterem Gedränge.
Dort haben wir uns von dem schauderhaften
Gestank, der aus dem tiefen Abgrund aufsteigt,
Zurückgezogen hinter einen Deckel
Von einem großen Grab, auf dem die Inschrift
Zu lesen war: »Hier liegt Papst Anastasius,
Den einst Photin vom rechten Weg entführte.«

»Wir müssen etwas später abwärts steigen,
Damit sich unser Sinn erst eingewöhne
Und dann den üblen Atem nicht mehr achte.«
So sprach der Meister; und ich: »Nun ersinne
Etwas«, sagt ich, »daß nicht verlorengehe
Die Zeit.« Und er: »Das ist's, woran ich denke.«
»Mein Sohn, von diesem Felsen hier umschlossen«,
So sagt' er dann, »befinden sich drei Kreise,
In Stufen abwärts, wie die jetzt verlaßnen.
Voll sind sie alle von verdammten Geistern;
Doch daß hernach der Anblick dir genüge,
Hör jetzt, warum und wie sie Strafe leiden.
Von jeder Bosheit, die der Himmel hasset,
Ist Unrecht Zweck, und jeder dieser Zwecke
Kann, sei's mit Trug, sei's mit Gewalt, verletzen.
Da aber der Betrug den Menschen eigen,
Mißfällt er Gott am meisten, und drum liegen
Betrüger tiefer und in größern Schmerzen.
Gewalttat führt zum ganzen ersten Kreise,
Doch weil man drei Personen kann verletzen,
Ist dreifach er gestuft und unterschieden.
Man kann Gott und sich selbst und seinen Nächsten
Gewalt antun, sei's ihm, sei's seinen Sachen,
Wie du noch klar von mir wirst hören können.
Tod mit Gewalt und schmerzensreiche Wunden
Fügt man dem Nächsten zu und seiner Habe,
Verderb und Brand und räuberischen Schaden.
Drum werden Mörder und, die wen verletzen,
Verwüster, Räuber allesamt gepeinigt
Im ersten Streifen in verschiednen Scharen.
Es kann der Mensch die eignen Hände legen
An sich und seine Habe, drum bereuen
Im zweiten Streifen ohne jeden Nutzen
Alle, die selbst sich eurer Welt beraubten
Und die vergeuden ihre eignen Güter,
Und weinen dort, wo sie sich freuen sollten.
Gewalt kann man auch an der Gottheit üben,
Kann sie im Herzen leugnen und verfluchen
Und der Natur und ihres Segens spotten.
Und drum sind mit des untern Streifens Zeichen
Die von Sodom und von Cahors gestempelt
Und wer Gott mit des Herzens Wort verspottet.

Betrug, der jegliches Gewissen peinigt, 52
Kann man an dem verüben, der vertraute,
Und auch an dem, der kein Vertrauen schöpfte.
Die Art ist so, daß sie von hinten tötet 55
Das Band der Liebe, das Natur geschaffen,
Und darum nisten in dem zweiten Kreise
Die Heuchler, Schmeichler und die Zauberkünstler, 58
Die Fälscher, Diebe und die Simonisten,
Die Kuppler, Schwindler und dergleichen Auswurf.
Die zweite Art läßt die naturgeschaffne 61
Liebe vergessen und auch noch die andre,
Aus der entstand besonderes Vertrauen;
Drum wird im engsten Kreise, an dem Punkte 64
Des Weltalls, an dem Satan seinen Sitz hat,
Ewig gepeinigt, wer Verrat begangen.«
Und ich: »O Meister, völlig klar entwickelt 67
Es dein Verstand, und ganz genau zergliedert
Er diesen Abgrund und das Volk darinnen.
Doch sag mir: Die dort in dem fetten Sumpfe, 70
Die von dem Wind, vom Regen so zerschlagen,
Und die sich mit so rauhem Wort begegnen,
Was werden sie nicht in der glühend roten 73
Stadt drin bestraft, wenn ihnen Gott so zürnet,
Und wenn nicht, warum müssen sie so büßen?«
Und er zu mir: »Warum mag also irren«, 76
Sprach er, »dein Geist, aus den gewohnten Bahnen,
Und dein Verstand nach andern Wegen schauen?
Erinnerst du dich nicht mehr an die Worte, 79
Mit denen deine Ethik dargelegt hat
Die drei Anlagen, die der Himmel hasset,
Unmäßigkeit und Bosheit und die tolle 82
Vertierung, und daß bloß unmäßig Wesen
Gott weniger verletzt und milder findet?
Und wenn du diese Lehre wohl betrachtest 85
Und dir im Geiste vorstellst, wer die Sünder,
Die weiter oben ihre Strafe leiden,
So siehst du wohl, weshalb von diesen Bösen 88
Sie abgetrennt sind und mit mindrem Zorne
Gottes Gerechtigkeit sie droben peinigt.«
»O Sonne, die du jede Blindheit heilest, 91
Du machst mir solche Freude mit Erklären,
Daß ich, so gern wie wissen, zweifeln möchte.

Nun wende dich ein wenig noch nach hinten«, 94
Sprach ich, »dorthin, wo, wie du sagst, der Wucher
Die Güte Gottes trifft, und lös den Knoten.«
»Philosophie«, sprach er, »die recht verstanden, 97
Lehrt uns nicht nur an einer einzigen Stelle,
Wie die Natur in ihrem ganzen Laufe
Aus Gottes Geist und seiner Kunst geflossen, 100
Und wenn du dein Physikbuch recht beachtest,
So findest du schon auf den ersten Seiten,
Daß Eure Kunst ihr folgt so weit als möglich, 103
So wie die Schüler ihrem Meister folgen,
So daß sie Gottes Enkelin zu nennen.
Von diesen beiden, wenn du wohl betrachtest 106
Die Genesis am Anfang, muß die Menschheit
Ihr Leben selbst und ihren Fortgang nehmen.
Doch da der Wuchrer andre Wege wandelt, 109
Verachtet er Natur und die ihr folget,
Da er auf andres seine Hoffnung setzte.
Doch folge nun, ich möchte gerne gehen, 112
Die Fische blinken schon am Horizonte,
Schon liegt der Wagen auf des Caurus Spuren,
Und drüben steigt man von dem Rand hinunter.« 115

## ZWÖLFTER GESANG

*Über einen Felsensturz, der dem der Etschklause bei Trient vergleichbar ist und bei der Höllenfahrt Christi entstand, gelangen die Wanderer zum siebenten Kreise hinunter, wo die Gewalttätigen büßen. Dort muß Virgil erst den Wächter, das Ungeheuer Minotaurus von Kreta, durch seine Worte bändigen. Dann sehen sie den Blutstrom vor sich liegen, in dem alle Seelen kochen, die ihrem Nächsten Gewalt angetan haben. Am Ufer entlang jagen die Pferdemenschen, die Kentauren, mit ihren Pfeilen und treiben die Seelen in den Blutstrom zurück, wenn sie ihm entsteigen wollen. Virgil erbittet sich von ihnen Geleit, und der Kentaur Nessus nimmt Dante auf den Rücken, um ihn durch eine Furt des Stromes zu tragen. Sie sehen nun, wie die Seelen je nach der Größe ihrer Sünde verschieden tief eingetaucht sind, und Nessus nennt ihnen Namen von Tyrannen des Altertums und der Gegenwart, Alexander und Dionys von Syrakus, Azzolino und Obizzo von Este,*

*Guido von Montfort, der Heinrich von England in einer Kirche ermordet hatte, sowie die tief unten Kochenden: Attila, Pyrrhus, Sextus Pompeius und bekannte Straßenräuber der Gegenwart, Rinier da Corneto und Rinier Pazzo.*

Es war der Ort, wo wir vom Strand zu steigen 1
Gekommen waren, felsig und ob dessen,
Der dort war, jedem Auge voller Grauen.
Wie jener Felsensturz, der in der Flanke 4
Diesseits von Trient einst die Etsch getroffen
Durch Erderschütterung oder schwache Stütze,
Daß von des Berges Gipfel, wo er anfing, 7
Zur Ebne so der Felsen steil geworden,
Daß kaum ein Weg zum Abstieg noch verblieben,
So war der Weg, der dort zum Abgrund führte; 10
Und an dem Rande des gebrochnen Grabens
Sah man die Schande Kretas ausgebreitet,
Die in der falschen Kuh empfangen wurde. 13
Als sie uns sah, hat sie sich selbst gebissen,
Wie einer, den der Zorn im Innern peinigt.
Mein Weiser rief ihr zu: »Du wirst wohl glauben, 16
Hier sei der Herzog von Athen gekommen,
Der droben auf der Welt den Tod dir brachte.
Scher dich hinweg, Untier, denn dieser kommt nicht 19
Gesendet und belehrt von deiner Schwester,
Er kommt, um eure Strafen zu betrachten.«
So wie ein Stier, der sich noch losgerissen, 22
Wenn er den Todesstreich schon hat empfangen
Und nicht mehr gehn kann, nur noch blindlings hüpfen,
So sah ich Minotaurus sich gebärden. 25
Und jener Kluge rief: »Lauf zu dem Durchlaß;
Solang er tobt, mußt du hinuntersteigen.«
So nahmen wir den Weg den Hang hinunter 28
Auf jenen Steinen, die sich oft bewegten
Vor meinen Füßen von der seltnen Schwere.
Ich ging nachdenklich. Jener sprach: »Du denkst wohl 31
An diesen Felsensturz, der dort bewacht wird
Von jenes Untiers Zorn, den ich erstickte.
Nun sollst du wissen, daß beim vorigen Male, 34
Als ich hinabstieg zu der untern Hölle,
Die Felsen noch nicht abgefallen waren.

Doch sicher, wenn ich richtig mich erinnre,
Kurz eh der kam, der aus dem obern Kreise
Satan die große Beute weggenommen,
Da hat das schmutzige Tal auf allen Seiten
So sehr gezittert, daß ich dacht', das Weltall
Sei liebentbrannt, wodurch, wie manche glauben,
Die Welt mehrmals in Chaos schon verwandelt;
Und damals ist auch dieser alte Felsen
Hier und an andern Stellen abgebrochen.
Doch richt' die Augen auf das Tal, es naht sich
Der Strom von Blut, in dem die alle kochen,
Die mit Gewalt an andern sich vergangen.«
O blinde Habgier, zornentbranntes Wüten,
Das uns im kurzen Leben also stachelt,
Um uns im ewigen so hinabzutauchen.
Ich sah hinein in einen breiten Graben,
Der dort geschweift den ganzen Kreis umfaßte,
Wie mein Begleiter schon berichtet hatte.
Und zwischen Fels und Strom sah man in Reihen
Mit Pfeil und Bogen längs Kentauren laufen,
Wie sie auf Erden zu der Jagd gegangen.
Als sie uns kommen sahen, hielten alle.
Und drei sind aus der Schar hervorgetreten
Mit Bogen und bereitgestellten Pfeilen.
Und einer rief von fern: »Zu welcher Marter
Kommt ihr herabgestiegen diesen Abhang?
Antwortet dort, sonst schieß ich mit dem Bogen.«
Mein Meister sagte: »Unsre Antwort werden
Wir Chiron geben drüben aus der Nähe;
Zum Unglück war dein Wille stets so eilig.«
Dann faßt' er mich und sagte: »Dies ist Nessus;
Er starb der schönen Deianira wegen
Und übte für sich selber seine Rache.
Inmitten steht und schaut zur Brust hernieder
Der große Chiron, der Achill erzogen,
Als dritter Pholus, der voll Zorn gewesen.
Am Graben lang ziehn sie zu abertausend
Und treffen jede Seele, die vom Blute
Mehr, als die Schuld es zuläßt, aufgestiegen.«
Wir traten näher zu den flinken Tieren.
Chiron nahm einen Pfeil, und mit der Kerbe
Strich er den Bart sich hinter seine Backen.

Als er dem großen Mund so Luft geschaffen,
Sprach er zu den Gefährten: »Könnt ihr sehen,
Daß der dort hinten, was er tritt, beweget?
So pflegen nicht zu tun der Toten Füße.«
Mein guter Führer stand schon vor dem Leibe,
Wo seine zwei Naturen sich vereinen,
Und sprach: »Gewiß, er lebt, und so alleine
Muß ich ihm diese finstre Tiefe zeigen;
Notwendigkeit treibt ihn und nicht Vergnügen.
Sie kam herab vom Hallelujasingen,
Die dieses neue Amt mir aufgetragen.
Er ist kein Räuber, ich kein Dieb gewesen.
Doch bei der Kraft, durch die ich meine Schritte
Bewegen darf auf diesen wilden Wegen,
Gib einen von den Deinen zum Geleite,
Der uns zum Übergang des Stromes führe
Und diesen hier auf seinem Rücken trage,
Denn er kann nicht als Geist die Luft durchziehen.«
Chiron hat sich zur Rechten hingewendet
Und sprach zu Nessus: »Gib du das Geleite,
Und schütze sie, wenn andre Scharen kommen.«
Wir zogen ab mit unsrem treuen Führer
Entlang dem Ufer jenes roten Brodels
Beim lauten Schreien der gekochten Seelen.
Ich sah, die eingetaucht bis zu den Brauen.
Da sagte der Kentaur: »Dies sind Tyrannen,
Die einst nach Beute und nach Blut begehrten.
Hier weinen sie ob ihrer harten Sünden;
So Alexander, Dionys der wilde,
Der einst Sizilien böse Jahre brachte.
Und jene Stirne mit den schwarzen Haaren
Ist Azzolino, jener andre, blonde,
Ist Obizzo von Este, welcher wahrlich
Von seinem Bastard in der Welt getötet.«
Da wandt ich mich zum Dichter, und er sagte:
»Er sei dir nun der erste, ich der zweite.«
Nach kurzem Weg hat der Kentaur gehalten
Bei Leuten, die man bis zu ihrem Halse
Aus jenem Brodel konnte ragen sehen.
Dort zeigte er abseits mir eine Seele
Und sprach: »Der spaltete im Schoße Gottes
Das Herz, das an der Themse noch in Ehren.«

Dann sah ich Leute, die sich aus dem Strome 121
Mit ihrem Kopf und mit der Brust erhoben,
Und unter diesen konnt ich manchen kennen.
So ward das Blut allmählich immer flacher, 124
So daß es nur noch ihre Füße deckte.
Dort haben wir den Graben überschritten.
»So wie auf dieser Seite du gesehen, 127
Daß sich der Brodel mehr und mehr verflachte«,
Sprach der Kentaur, »so mußt du mir auch glauben,
Daß auf der andern Seite immer tiefer 130
Sein Grund hinabdringt, bis er dorthin reichet,
Wo die Tyrannen drunten stöhnen müssen.
Dorthin hat Gottes Recht hinabgestoßen 133
Den Attila, die Geißel dieser Erde,
Pyrrhus und Sextus, ewig müssen fließen
Die Tränen, die es mit der Hitze preßte 136
Aus Rinier da Corneto und Rinier Pazzo,
Die auf den Straßen solchen Raub getrieben.«
Dann kehrt' er um und überschritt die Pfütze. 139

## DREIZEHNTER GESANG

*Nachdem die Wanderer den Blutstrom überschritten haben, gelangen sie in den zweiten Streifen des siebenten Höllenkreises, den Wald der Selbstmörder, wo die Seelen gestaltlos in wilde Sträucher gebannt sind, die von den Harpyien zerzaust werden. Virgil läßt Dante einen Zweig abreißen, und die verwundete Seele klagt und gibt sich als Pier della Vigna zu erkennen, den Kanzler des Kaisers Friedrich II., der aus Gram über seinen Sturz sich das Leben genommen hatte; er belehrt Dante über das Los der Selbstmörder. Dann rasen wie eine Eberjagd die Seelen der Verschwender durch den Wald, von Hunden in Stücke gerissen und ihrerseits die in die Sträucher gebannten Seelen der Selbstmörder verletzend. Von diesen redet ein unbekannter Florentiner Dante an und prophezeit ihm das Unheil seiner Vaterstadt.*

Noch war nicht drüben Nessus angekommen, 1
Als wir schon diesseits einen Wald betraten,
In dem man keinen Pfad erkennen konnte.

Nicht grünes Laub, nein, nur von dunkler Farbe,
Nicht glatte Zweige, sondern krumm und knorrig,
Nicht Früchte gab es dort, nur giftige Dornen.
Nicht haben solch ein rauh und dicht Gestrüppe
Die wilden Tiere, denen so verhaßt ist
Das Ackerland von Cecina und Corneto.
Hier sind der häßlichen Harpyien Nester,
Die die Trojaner einst von den Strophaden
Mit Trauerkunde künftigen Unheils jagten.
Weit sind die Flügel, menschlich Köpf und Hälse,
Am Fuße Krallen und am Bauch Gefieder;
Sie sitzen klagend auf den wüsten Bäumen.
Der gute Meister: »Eh du weiter schreitest,
Vernimm, daß du im zweiten Streifen weilest«,
Sprach er zu mir, »und weilen wirst so lange,
Bis du zum grauenvollen Sand gekommen.
Drum blick genau umher, und du wirst sehen
Dinge, die meinem Wort mißtrauen ließen.«
Ich hört auf allen Seiten Weheklagen,
Doch konnt ich keinen Menschen sehn, der klagte,
Weshalb ich voll Verwirrung angehalten.
Ich glaub, er glaubte, daß ich glauben könnte,
Daß soviel Stimmen aus den Zweigen kämen
Von Leuten, die vor uns verborgen waren.
Drum sprach der Meister: »Wenn du nur ein Zweiglein
Von einer dieser Pflanzen abgerissen,
Wird, was du meinst, sich ganz als falsch erweisen.«
Da streckte ich die Hand ein wenig vorwärts
Und griff ein Zweiglein eines großen Strauches,
Und alsbald schrie sein Stamm: »Warum so reißen?«
Als er sich dann gefärbt mit dunklem Blute,
Rief er aufs neue: »Warum mich zerreißen?
Kannst du denn gar kein Mitleid mit mir haben?
Wir waren Menschen, jetzt sind wir Gestrüppe.
Wohl müßte deine Hand uns milder fassen,
Wenn Schlangenseelen wir gewesen wären.«
So wie aus einem grünen Zweig beim Brennen
Des einen Endes der am andern seufzet
Und zischelt von dem ausgeströmten Dampfe,
So kam zu gleicher Zeit aus diesem Splitter
Blut und die Worte; drum ließ ich die Spitze
Zu Boden fallen und blieb starr vor Schrecken.

»Wenn er schon früher hätte glauben können«, 46
Sprach da mein Weiser, »o verletzte Seele,
Das, was er dort in meinem Vers gelesen,
Hätt er nicht mit der Hand nach dir gegriffen; 49
Doch das Unglaubliche hat mich bewogen,
Ihn tun zu lassen, was ich selbst bedaure.
Doch sag ihm, wer du warst, daß er an Stelle 52
Von einer Sühne deinen Ruhm erneure
Auf Erden, da die Rückkehr ihm gestattet.«
Der Stamm sprach: »So sehr lockt dein süßes Reden, 55
Daß ich nicht schweigen kann; ihr mögt erlauben,
Daß ich ein wenig im Gespräch verweile.
Ich bin es, der die beiden Schlüssel hatte 58
Zum Herzen Friedrichs, und so sanft bewegte
Ich sie beim Schließen und beim Öffnen immer,
Daß ich fast allen sein Geheimnis sperrte. 61
Treu war ich in dem ehrenvollen Amte,
Daß ich darob den Schlaf und Puls verloren.
Die Dirne, die die lustbegierigen Augen 64
Niemals vom Haus des Kaisers abgewendet,
Der Tod der Menschen und der Höfe Laster,
Entflammte gegen mich die Geister alle, 67
Und sie entflammten wiederum den Kaiser,
So daß mir Glück und Ehr zu Trauer wurden.
Da ließ mein Geist, voll grimmiger Verachtung, 70
Im Glauben, durch den Tod die Schmach zu fliehen,
Mich gegen mich Gerechten unrecht handeln.
Bei den verwunschnen Wurzeln dieses Holzes 73
Schwör ich euch, daß ich nie die Treu gebrochen
An meinem Herrn, der jeder Ehre würdig.
Wenn einer von euch heimkehrt auf die Erde, 76
So mög er droben mein Gedächtnis heben,
Das noch darniederliegt vom Schlag des Neides.«
Nach kurzem Warten sprach zu mir der Dichter: 79
»Da er nun schweigt, mußt du die Stunde nützen.
Drum sprich und frag, was du noch wissen möchtest.«
Und ich zu ihm: »Du magst ihn weiter fragen 82
Nach allem, was du glaubst, daß ich gern höre.
Ich kann es nicht, so sehr geht mir's zu Herzen.«
Drum sprach er weiter: »Wenn dir das geschehe, 85
Freigebig, was du durch dein Wort erbeten,
Du eingeschloßner Geist, mög dir gefallen,

Daß du uns sagst, wie sich die Seele bindet 88
In diese Knorren, und wenn es dir möglich,
Sag uns, ob eine je sich daraus löset.«
Da blies der Ast gar stark, worauf sein Zischen 91
Sich umgewandelt hat in diese Stimme:
»Kurz will ich eine Antwort euch erteilen.
Wenn sich die wilde Seele von dem Leibe, 94
Von dem sie selber sich gerissen, trennte,
Schickt Minos sie zu diesem siebten Graben.
Sie fällt in diesen Wald, doch ohne Regel, 97
Nur dorthin, wo das Schicksal sie geworfen,
Dort muß sie keimen wie die Samenkörner.
Sie wächst zum Schößling und zum wilden Strauche, 100
Und die Harpyien, in den Blättern weidend,
Bereiten Schmerz, und diesem Schmerz ein Fenster.
Wie andre werden wir die Leiber suchen, 103
Doch keiner darf sich wieder in sie kleiden,
Denn was man selbst sich nahm, darf man nicht haben.
Wir schleppen sie hierher, und in dem Walde 106
Der Trauer werden unsre Leiber hängen,
Jeder am Baume seines Schattens lastend.«
Wir standen noch an jenem Stamme lauschend, 109
Im Glauben, daß er mehr noch sagen werde,
Als uns ein lautes Brausen überraschte,
Ganz ähnlich wie wenn einer auf dem Anstand 112
Das Wildschwein und das Jagen hören würde,
Der Tiere Trampeln und der Äste Prasseln.
Da kamen zweie von der linken Seite, 115
Nackt und zerkratzt und also heftig fliehend,
Daß das Gestrüpp des Waldes ringsum krachte.
Der Vordre schrie: »Komm zu mir, Tod, komm zu mir!« 118
Der andre, dem er noch zu langsam rannte,
Rief wieder: »Lano, nicht so flink gewesen
Sind deine Beine beim Gefecht von Toppo!« 121
Und da ihm wohl der Atem ausgegangen,
Blieb er verstrickt in einem Strauche hängen.
Und hinter ihnen war der Wald bevölkert 124
Von wilden, schwarzen Hündinnen, die liefen
Wie Doggen, von der Kette losgelassen.
Sie griffen den Versteckten mit den Zähnen 127
Und rissen ihn in lauter kleine Stücke,
Dann trugen sie hinweg die wehen Glieder.

Da nahm bei meiner Hand mich mein Begleiter 130
Und führt' mich zu dem Strauche, der nun weinte
Sinnlos aus seinen blutbefleckten Wunden.
»O Jacopo«, sprach er, »von Sant'Andrea, 133
Was half dir, daß du bei mir Hilfe suchtest?
Was trag ich Schuld an deinem schlechten Leben?«
Als dann mein Meister bei ihm angehalten, 136
Sprach er: »Wer warst du, der aus soviel Wunden
Im Blute ausströmt schmerzenvolle Rede?«
Und er zu uns: »Ihr Seelen, die gekommen, 139
Um hier zu sehn die ehrenlose Hetze,
Die meine Blätter so von mir gerissen,
O sammelt sie am Fuß des traurigen Strauches. 142
Ich komme aus der Stadt, die sich den Täufer
Statt ihres ersten Schutzherrn nahm, und dieser
Wird ewig sie mit seiner Kunst betrüben. 145
Und wenn nicht an dem Übergang des Arno
Noch jetzt ein Stück von ihm geblieben wäre,
So hätten jene Bürger, die sie wieder 148
Auf der von Attila gelaßnen Asche
Aufbauten, dieses Werk umsonst begonnen.
Ich machte mir mein eignes Haus zum Galgen.« 151

## VIERZEHNTER GESANG

*Aus dem Walde der Selbstmörder kommen die Wanderer in den dritten Streifen des siebenten Höllenkreises, die Sandwüste, in der die Gotteslästerer in einem ewigen Feuer büßen. Unter ihnen bricht auf die Frage Dantes der Riese Capaneus in eine Schimpfrede gegen Jupiter aus und wird von Virgil mit harten Worten verdammt. Am Waldrand weitergehend, gelangen die Wanderer zu dem Blutfluß Phlegethon, den Dante dem heißen Bulicame von Viterbo vergleicht, und Virgil beschreibt Dante den sagenhaften Greis von Kreta, das Sinnbild der Menschheit mit ihren verschiedenen Zeitaltern und ihren Tränen, aus denen die Flüsse der Hölle gespeist werden.*

Da mich die Liebe zu dem Heimatlande 1
Ergriffen, sammelt ich die losen Blätter
Und gab sie dem zurück, der schon verstummte.

Dann kamen wir zur Grenze, wo sich trennen 4
Der zweite und der dritte Streif und schrecklich
Die Künste der Gerechtigkeit zu sehen.
Die neuen Dinge richtig zu beschreiben, 7
Sag' ich, daß wir in ein Gefilde kamen,
Das jedes Grün aus seinem Schoß verbannte.
Der schmerzenvolle Wald hält es umschlossen 10
Ringsum, wie ihn umschließt der böse Graben.
Dort hielten wir an seinem äußern Saume.
Die Ebne war von heißem, dichtem Sande, 13
Von gleicher Art geschaffen wie die Wüste,
In die dereinst die Füße Catos traten.
O Rache Gottes, wie sehr muß dich fürchten 16
Ein jeder, der die Schilderung gelesen
Des, was vor meinen Augen dort erschienen.
Von nackten Seelen sah ich viele Scharen, 19
Die alle miteinander elend weinten,
Doch büßten nach verschiedenen Gesetzen.
Die einen lagen rücklings auf dem Boden, 22
Und andre saßen in sich selbst versunken,
Und wieder andre sah man ständig wandeln.
Die sich umherbewegten, waren viele, 25
Die weniger, die dort in Qualen lagen,
Doch hatten sie im Schmerz die Zunge loser.
Auf jenem ganzen Sande sah man langsam 28
Von Feuer große Flocken niederregnen
Wie auf den Alpen Schnee bei Windesstille.
Wie Alexander in den heißen Landen 31
Von Indien sah auf seine Heere Flammen
Herniederfallen, bis zur Erde brennend,
Weshalb er von den Scharen sie am Boden 34
Zertreten ließ, weil ihre Feuerdämpfe
Am besten einzeln auszulöschen waren,
So sah man dort das ewige Feuer fallen. 37
Davon erglomm der Sand, wie sich der Zunder
Am Stahl entzündet, und der Schmerz war doppelt.
Und ohne je zu ruhen, schlugen um sich 40
Die armen Hände, die nach allen Seiten
Den neuen Brand von sich zu schütteln suchten.
Ich sprach: »Mein Meister, der du alle Dinge 43
Bewältigst, außer jenen harten Teufeln,
Die an der Pforte uns entgegentraten,

Wer ist der Große, der, wie es mir scheinet, 46
Des Brands nicht achtend, krumm und trotzig daliegt,
Und den der Regen, wie es scheint, nicht peinigt?«
Er selber aber, der vernommen hatte, 49
Wie über ihn ich meinen Führer fragte,
Schrie: »Wie ich lebend war, bin ich als Toter.
Mag Jupiter auch seinen Schmied ermüden, 52
Dem er voll Zorn den scharfen Blitz genommen,
Mit dem er mich am letzten Tag getroffen,
Und mag er alle andern auch ermüden 55
Im Ätna drunten in der schwarzen Schmiede
Und schreien: ›Freund Vulkan, komm doch zu Hilfe!‹
Wie er einst mußte in der Schlacht von Phlägra, 58
Mag er auf mich mit allen Kräften zielen,
So wird er doch sich nicht der Rache freuen.«
Da sprach mit so gewaltiger Kraft mein Führer, 61
Wie ich ihn nie zuvor vernommen hatte:
»O Capaneus, daß dir nie gebrochen
Dein Hochmut, das ist deine schwerste Strafe. 64
Kein andres Leiden als dein eignes Rasen
Wär ein vollkommner Schmerz für deine Tollheit.«
Dann wandt er sich zu mir mit milder Stimme: 67
»Der dort war einer von den Sieben, welche
Vor Theben lagen, und es scheint, er hatte
Und hat noch heut vor Gott nur wenig Achtung, 70
Doch, wie ich ihm gesagt hab, ist sein Lästern
Für seine Brust die wohlverdiente Zierde.
Nun folg' mir und gib acht, mit deinen Füßen 73
Nicht weiter in den heißen Sand zu treten;
Du mußt dich immer an den Waldrand halten.«
Wir kamen schweigend dorthin, wo ein kleines 76
Bächlein gesprungen kommt aus jenem Walde,
So rot, daß es mich jetzt noch davor schaudert.
Wie aus dem Bulicame Wasser sprudelt, 79
Das dann die Dirnen unter sich verteilen,
So floß auch dieses durch den Sand hinunter.
Sein Bett war unten und auf beiden Seiten 82
Mit Stein belegt, und auch die beiden Ufer,
So daß ich merkte, wo man durchgehn konnte.
»Von allen Dingen, die ich dir gewiesen, 85
Seitdem wir durch das Tor hereingetreten,
Des Schwelle niemand kann verboten werden,

Hat nichts sich deinen Augen dargeboten, 88
Was mehr zu merken wär als dieses Bächlein,
Das über sich die Flämmchen alle löschet.«
Die Worte hat mein Führer da gesprochen. 91
Drum bat ich ihn, die Speise mir zu reichen,
Nach der er mir den Hunger eingegeben.
»Im weiten Meer liegt eine wüste Insel«, 94
So sprach er alsdann, »die sie Kreta nennen;
Die Welt war keusch einst unter deren König.
Dort liegt ein Berg, der einstmals fröhlich lachte 97
Von Grün und Wassern, den sie Ida nannten.
Jetzt ist er wie ein altes Ding verlassen.
Rhea hat ihn erwählt zur treuen Wiege, 100
Für ihren Sohn, und, besser ihn zu bergen,
Ließ sie, so oft er weint', Geschrei erheben.
Ein großer Greis steht aufrecht in dem Berge, 103
Der seine Schulter gen Damiette wendet
Und der nach Rom schaut wie in seinen Spiegel.
Aus feinem Golde ist sein Haupt gebildet, 106
Und Brust und Arme sind aus reinem Silber,
Aus Kupfer ist er dann bis zu den Lenden,
Von dort bis unten aus erlesnem Eisen, 109
Nur daß sein rechter Fuß aus Ton geformt ist,
Und darauf steht er mehr als auf dem andern.
Und alle Teile, nur das Gold nicht, spaltet 112
Ein Riß, aus welchem Tränen niederrinnen,
Die dann vereint aus jener Höhle brechen.
Ihr Lauf kommt nun in dieses Tal gesickert, 115
Um Acheron, Styx, Phlegethon zu bilden;
Dann fließen sie durch diesen engen Graben
Dorthin hinab, wo nichts mehr abwärts steiget. 118
So wird Kozytus, und was jener Sumpf ist,
Das wirst du sehn, drum will ich's hier verschweigen.«
Und ich zu ihm: »Wenn aber das Gewässer 121
Also von unsrer Welt her kam geflossen,
Warum erscheint's uns erst an diesem Strande?«
Und er zu mir: »Daß dieser Ort sich rundet, 124
Weißt du, und wenn du auch schon weit gegangen,
Zur Linken immer nach der Tiefe steigend,
Hast du noch nicht den ganzen Kreis durchlaufen; 127
Drum, wenn sich uns auch etwas Neues zeiget,
Darf es dein Antlitz nicht verwundert machen.«

Ich sprach: »Mein Meister, wo kann ich denn finden 130
Lethe und Phlegethon? Vom einen schweigst du
Und sagst vom andern, daß er hier entspringe.«
»Ich hab an allen deinen Fragen Freude«, 133
Gab er zur Antwort, »doch der rote Brodel
Hätt' eine lösen können, die du tatest.
Du siehst noch Lethe, fern von diesem Graben, 136
Dort, wo die Seelen sich zu waschen gehen,
Wenn die bereute Schuld von ihnen abfällt.«
Dann sprach er: »Nun ist's Zeit, sich zu entfernen 139
Von diesem Wald. Komm, folge meinen Schritten,
Die Ufer sind der Weg, da sie nicht brennen
Und über ihnen jeder Dampf erloschen.« 142

## FÜNFZEHNTER GESANG

*Im dritten Streifen des siebenten Höllenkreises, wo die Sünder gegen Gott und Natur büßen, schreiten die Wanderer auf dem Uferdamm des Phlegethon am Rande der Sandwüste weiter und begegnen einer Schar von Sodomiten, die durch das nächtliche Dunkel nach ihnen spähen. Unter ihnen erkennt Dante seinen verehrten Lehrer Brunetto Latini, der ihn eine Strecke Weges begleitet und ihm sein hartes Schicksal und seinen Ruhm prophezeit. Dante sagt ihm Dank und ist bereit, dem Schicksal die Stirn zu bieten. Endlich zeigt ihm Brunetto einige der Sünder, den Grammatiker Priscian, den Rechtsgelehrten Francesco D'Accorso und den Bischof Andrea dei Mozzi, den der Papst Bonifaz VIII. nach Vicenza versetzt hatte. Dann muß Brunetto selbst wieder hinter den Sündern herlaufen.*

Nun trägt uns eins der beiden harten Ufer, 1
Indes der Dunst des Bächleins Schatten spendet
Und Damm und Wasser vor dem Feuer schützet.
So wie die Flamen von Zuidzand bis Brügge, 4
Die Fluten fürchtend, die sich auf sie stürzen,
Mit einem Wall dem Meere Halt gebieten,
Und wie die Paduaner an der Brenta, 7
Die Burgen und die Dörfer zu beschützen,
Bevor in Kärnten sich die Wärme meldet;

Nach solchem Bilde waren jene Dämme 10
Gebaut, wenn sie auch nicht so hoch und mächtig
Der Meister, wer er immer sei, geschaffen.
Schon waren wir so weit vom Walde ferne, 13
Daß ich ihn nicht mehr hätte sehen können,
Hätt' ich mich auch nach hinten umgewendet,
Als wir von Seelen einer Schar begegnet, 16
Die längs dem Ufer kam, und eine jede
Beschaut' uns, wie die Leute oft bei Neumond
Einander abends anzuschauen pflegen. 19
Und also spitzten sie auf uns die Brauen,
Wie nach dem Öhre schaut ein alter Schneider.
Und so beäugt von allen diesen Leuten, 22
Ward ich erkannt von einem, der am Saume
Mich griff und laut ausrief: »Was für ein Wunder!«
Und ich, als er die Arme nach mir streckte, 25
Hab ihn des Brandes wegen scharf betrachtet,
So daß sein ausgesengtes Angesichte
Mir ihn zu kennen nicht verbieten konnte. 28
Ich beugte mein Gesicht zu seinem nieder
Und fragte: »Seid denn Ihr hier, Herr Brunetto?«
Und er: »Mein Sohn, es soll dir nicht mißfallen, 31
Wenn Brunetto Latini noch ein Stückchen
Mit dir zurückgeht und die andern ziehn läßt.«
Ich sprach zu ihm: »Ich bitte Euch von Herzen. 34
Und wenn Ihr wollt, daß ich mich mit Euch setze,
So sei's wenn mein Begleiter es gestattet.«
»O Sohn«, sprach er, »wer sich aus dieser Herde 37
Ein wenig aufhält, muß dann hundert Jahre
Hier ohne Schutz im Feuerbrande liegen.
Darum geh weiter, und ich will dir folgen; 40
Dann werd' ich wieder meine Schar erreichen,
Die klagend hinzieht ob der ewigen Qualen.«
Ich wagte nicht, vom Weg hinabzusteigen, 43
Um gleich mit ihm zu gehn, doch senkt' ich nieder
Das Haupt, wie wenn man mit Verehrung wandelt.
Er fragte: »Welches Schicksal, welche Fügung 46
Führt vor dem letzten Tag dich hier herunter?
Und wer ist der, der dir den Weg gewiesen?«
Zur Antwort: »Droben in dem hellen Leben«, 49
Sprach ich, »verlor ich mich in einem Tale,
Bevor ich noch erlangt des Lebens Fülle.

Erst gestern morgen wandt ich ihm den Rücken. 52
Der hier erschien mir, als ich dorthin kehrte.
Nun führt er heimwärts mich auf dieser Straße.«
Und er zu mir: »Folgst du nur deinem Sterne, 55
So wirst du einen stolzen Hafen finden,
Wenn ich mich recht versah im schönen Leben.
Und wenn ich nicht so früh gestorben wäre, 58
Hätt' ich dich wohl bestärkt in deinem Werke,
Da ich den Himmel dir so gütig wußte.
Doch jene bösen, undankbaren Leute, 61
Die einst von Fiesole herabgestiegen
Und noch etwas vom Berg und Felsen haben,
Die werden dir zum Feind ob deiner Tugend, 64
Und das mit Recht, denn zwischen sauren Schlehen
Kann nie der süße Feigbaum Früchte tragen.
Ein alter Ruf der Welt nennt sie die Blinden, 67
Ein geizig Volk und neidisch und vermessen;
Von ihren Sitten trachte frei zu bleiben.
Dein Schicksal wird dir soviel Ehre bringen, 70
Daß beide Teile nach dir hungern werden,
Doch reicht ihr Schnabel nicht zu diesem Kraute.
Das Fiesolaner Raubvieh soll im eignen 73
Mist wühlen und die Pflanze nicht berühren,
Wenn eine wachsen kann auf ihrem Kote,
In der der heilige Samen wieder auflebt 76
Von jenen Römern, die verblieben damals,
Als solcher Bosheit Nest gegründet wurde.«
»Wenn alle meine Wünsche sich erfüllten«, 79
Gab ich zur Antwort, »wäret Ihr noch heute
Nicht von der Menschen Leben ausgestoßen.
Denn tief im Geiste lebt mir und ergreift mich 82
Das liebe, gute, väterliche Antlitz
Von Euch, da Ihr mich Schritt um Schritt im Leben
Gelehrt habt, wie man sich verewigen könne. 85
Und wie sehr mir dies lieb, solang ich lebe,
Muß man an meiner Rede wohl erkennen.
Was Ihr gesagt von meinem Leben, schreib ich 88
Mir auf und laß mit andrem es erläutern
Von einer Frau, die's kann, wenn ich sie finde.
Jedoch soviel will ich Euch jetzt schon sagen, 91
Sofern nur mein Gewissen frei von Vorwurf,
Daß ich dem Schicksal, wie es will, mich biete.

Nicht neu ist solche Kunde meinen Ohren. 94
Mag immerhin ihr Rad Fortuna drehen,
Wie's ihr beliebt, und seinen Karst der Bauer.«
Da wandte sich mein Meister nach der Rechten 97
Zu mir zurück und schaute mir ins Auge
Und sprach: »Dies wird ein guter Hörer merken.«
Doch hab ich drum nicht weniger gesprochen 100
Mit Herrn Brunetto, fragend, wer von seinen
Gefährten die berühmtesten und größten.
Und er zu mir: »Wohl soll man einige kennen, 103
Doch von den andern soll man lieber schweigen,
Auch ist die Zeit zu kurz für soviel Reden.
Im ganzen wisse, daß sie alle geistlich, 106
Gelehrte, groß einst und mit großen Namen,
Doch auf der Welt befleckt vom gleichen Laster.
Dort geht Priscian in jener traurigen Menge 109
Und Francesco d'Accorso, und du hättest,
Wenn du nach solchem Schmutz Verlangen trügest,
Auch den gesehn, der von dem Knecht der Knechte 112
Vom Arno ward zum Bacchiglion gesendet,
Wo er die bös gespannten Sehnen beugte.
Mehr könnt ich nennen, doch das Gehn und Reden 115
Ist weiter mir versagt, ich seh' dort drüben
Schon neue Wolken aus dem Sande steigen.
Ich darf nicht gehn mit denen, die dort kommen. 118
Es sei dir mein Tesoro noch empfohlen,
In dem ich weiterlebe; dies genügt mir.«
Dann kehrt' er um, und alsdann glich er denen, 121
Die in Verona auf dem Plane laufen
Zum grünen Tuch, und er glich unter ihnen
Dem Unterlegnen nicht, vielmehr dem Sieger. 124

## SECHZEHNTER GESANG

*Am Rande des dritten Streifens des siebenten Höllenkreises, der Sandwüste der Sodomiten, wo schon die abstürzenden Wasser des Phlegethon rauschen, werden die Wanderer von drei Gestalten angehalten, die sich als Florentiner Feldherren zu erkennen geben und denen Dante höchste Verehrung entgegenbringt. Besorgt fragen sie ihn nach dem Leben der Heimatstadt und bitten ihn, auf*

*Erden droben für sie einzutreten. Als die Seelen weitergeeilt sind, kommen die Wanderer an den Absturz des Phlegethon, den Dante dem Wasserfall des Montone bei San Benedetto vergleicht. Virgil wirft ein Seil hinab, und darauf erscheint taucherartig die Gestalt des Drachens Geryon aus der finsteren Tiefe.*

Wir waren dort, wo man das Rauschen hörte 1
Des Wassers, das zum nächsten Kreise stürzte,
So ähnlich klang es wie der Bienen Summen,
Als drei der Geister miteinander kamen 4
Im Lauf aus einer Schar, die in dem Regen
Der heißen Qualen dort vorübereilte.
Sie kamen auf uns zu und riefen alle: 7
»Halt an, du, der dem Kleide nach uns einer
Aus unsrem bösen Heimatlande scheinest.«
Weh, was für Wunden trugen ihre Glieder, 10
Neue und alte, von dem Feuerbrande!
Noch schmerzt es mich, wenn ich mich nur erinnre.
Auf ihre Rufe achtete mein Lehrer; 13
Er wandte sich zu mir und sprach: »Nun warte,
Vor diesen müssen wir uns höflich zeigen.
Und wäre nicht das Feuer, das verschleudert 16
Die Art des Ortes, möcht' ich beinah sagen,
Daß du dich mehr als sie beeilen müßtest.«
Es riefen wieder, als wir hielten, jene 19
Die alte Klage; und als sie uns nahe,
Da kreisten alle drei in einem Rade.
So wie die Ringer, die gesalbt und nackend 22
Nach ihrem Griff und ihrem Vorteil schauen,
Bevor sie noch im Kampfe sich geschlagen,
So hatte jeder kreisend seine Blicke 25
Nach mir gewandt, so daß des Halses Wendung
Dem Weg der Füße stets entgegenstrebte.
»Wenn in dem Elend dieses lockern Bodens 28
Wir dir verächtlich sind mit unsern Bitten«,
Sprach einer, »und dem wundgebrannten Anblick,
Mag unser Ruhm dir doch die Seele beugen, 31
Zu sagen, wer du bist, der durch die Hölle
So sicher mit lebendigen Füßen schreitet.
Dieser, auf dessen Spuren ich hier wandle, 34
Obwohl er völlig nackend und geschunden,
War einst von höherem Stande, als du annimmst.

Er war der Enkelsohn der guten Waltraud, 37
Hieß Guido Guerra, und in seinem Leben
Vollbracht er viel mit dem Verstand und Schwerte;
Der andre, der nach mir im Sande schreitet, 40
Tegghiaio Aldobrandi, dessen Stimme
Im Leben droben etwas gelten sollte.
Und ich, der ich mit ihnen hier im Bunde, 43
War Jacob Rusticucci, und gewißlich
Bringt mir mein böses Weib den größten Schaden.«
Wenn ich vorm Brand mich hätte schützen können, 46
Hätt' ich mich unter sie hinabgeworfen;
Mein Lehrer, glaub ich, hätt' es zugelassen.
Doch weil ich hätte mich verbrennen können, 49
Besiegte Furcht mir meinen guten Willen,
Der mich begierig macht', sie zu umarmen.
Dann sprach ich wieder: »Nicht Verachtung, Trauer 52
Erfüllte mich ob Eurem Leid im Innern,
So daß ich langsam nur mich davon löse,
Sobald mir erst mein Herr die Worte sagte, 55
Nach denen ich vermutete, daß Leute,
Wie Ihr es seid, entgegenkommen würden.
Aus Eurer Stadt bin ich, und Eure Taten 58
Und Eure edlen Namen hab ich immer
Mit Liebe angehört und ausgesprochen.
Ich laß die Galle für die süßen Früchte, 61
Die von dem wahren Führer mir versprochen,
Doch muß ich erst zur Tiefe niedersteigen.«
»Wenn lange noch dir deine Glieder leite 64
Die Seele«, gab mir jener da zur Antwort,
»Und wenn dein Ruhm nach deinem Tode leuchte,
So sage mir, ob Höflichkeit und Tugend 67
In unsrer Stadt noch so wie einstmals wohnen;
Sag, ob sie gänzlich von dort ausgezogen.
Guglielm Borsiere nämlich, der seit kurzem 70
Erst mit uns duldet, dort bei den Gefährten,
Macht uns gar sehr betrübt mit seinen Reden.«
»Von neuen Leuten und dem Schnellverdienen 73
Ist Hochmut und Vermessenheit gekommen
In dich, Florenz, so daß du schon voll Klagen.«
So rief ich mit erhobenem Gesichte, 76
Und jene drei, die diese Antwort hörten,
Beschauten sich, wie man die Wahrheit anschaut.

»Wenn es dich sonst so wenig Mühe kostet, 79
Jemand genugzutun«, war ihre Antwort,
»Dann glücklich du, der du so gut geredet.
Drum wenn du diesem dunklen Ort entkommen 82
Und wiedersehen darfst die schönen Sterne,
Und wenn du gerne sagst: ›ich bin gewesen‹,
Dann sieh, daß du den Leuten von uns redest.« 85
Drauf lösten sie den Kreis, und beim Enteilen
Erschienen Flügeln gleich die schnellen Füße.
Man hätte nicht ein Amen sagen können, 88
So schnell wie sie von dort verschwunden waren;
Weshalb mein Meister an den Aufbruch mahnte.
Ich folgte ihm, und schon nach wenig Schritten 91
War uns so nahgerückt des Wassers Rauschen,
Daß kaum man noch ein Wort vernehmen konnte.
Wie jener Fluß, der in dem eignen Bette 94
Zuerst vom Vesoberg nach Osten fließet,
Am linken Hang des Apenningebirges,
Der oben Acquacheta heißt, bevor er 97
Zu seinem tiefern Bett herabgestiegen,
Und der in Forli seinen Namen ändert,
Dort bei San Benedetto von den Bergen 100
Herniederrauscht in einem Wasserfalle,
Am Orte, wo für tausend Raum sein sollte,
So hörten wir an einem steilen Hange 103
Die dunklen Wasser laut hinunterbrausen,
Daß sie in kurzer Zeit das Ohr betäubten.
Ich hatte noch ein Seil um mich gegürtet, 106
Mit dem ich einstens hatte fangen wollen
Den Panther mit dem buntgefleckten Felle.
Das hab ich nunmehr ganz von mir gelöset, 109
So wie der Führer mir befohlen hatte,
Und gab es ihm, zu einem Knäul geschlungen.
Da wandt' er sich zu seiner rechten Seite, 112
Und etwas abseits von dem äußern Rande
Warf er's hinab in jenen tiefen Abgrund.
»Es muß wohl eine Neuigkeit entsprechen«, 115
So sagt ich bei mir selbst, »dem neuen Zeichen,
Dem also meines Meisters Augen folgen.«
O wie man Vorsicht walten lassen müßte 118
Bei solchen, die nicht nur die Werke sehen,
Vielmehr mit ihrem Sinn Gedanken lesen!

Er sprach zu mir: »Bald wird nach oben kommen, 121
Was ich erwarte und was du dir dachtest,
Sogleich wird's deinen Blicken sich enthüllen.«
Der Wahrheit, die des Truges Antlitz bietet, 124
Muß man die Lippen, wenn man kann, verschließen,
Denn schuldlos wird man drob sich schämen müssen.
Doch hier kann ich nicht schweigen; bei den Tönen 127
Von dieser Commedia, Leser, schwör ich,
Wenn sie nicht lange Gunst entbehren möge,
Daß ich durch jene dicken, finstern Lüfte 130
Dort einen Körper sah nach oben schwimmen,
Verwunderlich für alle sichern Herzen,
Wie einen Mann, der in die Tiefe tauchte, 133
Den Anker loszumachen, der gehalten
Von Klippen oder andern Meergebilden,
Nach oben tastend und die Füße schleppend. 136

## SIEBZEHNTER GESANG

*Am Absturz vom siebenten zum achten Höllenkreis hat Virgil den Drachen Geryon, Sinnbild der Falschheit, herbeigerufen, der die Wanderer auf seinem Rücken hinuntertragen soll. Während Virgil mit dem Ungeheuer verhandelt, sucht Dante kurz die abseits im heißen Sande büßenden Wucherer auf, die sich an ihren wappengeschmückten Beuteln ergötzen und wie Hunde in Sonnenglut und Mückenplage um sich schlagen. Dann besteigt er mit Grauen den Rücken des Ungeheuers, das die Wanderer langsam in großen Bogen durch die dunklen Lüfte in den Abgrund trägt.*

»Hier kommt das Ungetüm mit spitzem Schwanze, 1
Das Berge nimmt und Mauern bricht und Waffen,
Hier kommt es, das die ganze Welt verstänkert.«
So hat mein Führer da zu mir gesprochen, 4
Und winkte ihm, daß es zum Rande käme
Nah an das Ende unsres Marmorweges.
Und jene schmutzige Gestalt des Truges 7
Erschien und landete mit Kopf und Brüsten,
Doch zog sie ihren Schwanz nicht an das Ufer.

Ihr Antlitz war das eines rechten Mannes, 10
So gütig war nach außen ihre Miene,
Und eine Schlange war der Rest des Leibes.
Die Pranken waren zottig bis zur Schulter 13
Und Brust und Rücken und die beiden Seiten
Mit Knoten und mit Schnörkeln überzogen.
Mehr Farben haben nie in Grund und Muster 16
Der Tücher Türke und Tatar gewoben
Und nie Arachne dem Geweb verliehen.
Wie manchmal an dem Ufer Kähne liegen, 19
Die halb am Lande, halb ins Wasser tauchen,
Und so wie dort bei den gefräßigen Deutschen
Der Biber sich in seinem Kriege anstellt, 22
So stand das böseste der Ungeheuer
Am Rande, wo der Stein den Sand begrenzte.
Im Leeren schlug es um sich mit dem Schwanze 25
Und wand nach oben seine giftige Gabel,
Die ihre Spitze zückte wie Skorpione.
Der Führer sprach: »Wir müssen unsre Schritte 28
Jetzt etwas weiter wenden zu dem bösen
Getier, das sich dort drüben niederlegte.«
So stiegen wir hinab zur rechten Seite, 31
Und nur zehn Schritte machten wir am Rande,
Um gut dem Sand und Feuer auszuweichen.
Und als wir bei ihm angekommen waren, 34
Sah ich ein wenig weiter in dem Sande
Ganz nah dem tiefen Abgrund Leute sitzen.
Da sprach der Meister: »Daß du volle Kenntnis 37
Von diesem Kreise mit dir nehmen mögest,
Geh hin und schaue, wie sie sich betragen.
Doch sollst du kurz nur im Gespräch verweilen. 40
Bis du zurückkehrst, spreche ich mit diesem,
Daß er uns seine starken Schultern leihe.«
So ging ich noch einmal zum letzten Saume 43
Von jenem siebten Kreise ganz alleine
Dorthin, wo die betrübten Seelen saßen.
Aus ihren Augen brachen ihre Schmerzen. 46
Sie kämpften überall mit ihren Händen
Bald mit dem Dampf, bald mit dem heißen Sande.
Nicht anders tun zur Sommerszeit die Hunde, 49
Die sich mit Schnauze oder Pfote wehren
Vor Flöhen, Mücken oder Bremsenstichen.

Als ich in einige Gesichter blickte, 52
Auf die das schmerzenvolle Feuer regnet,
Erkannt ich keinen, doch ich konnte sehen,
Ein jeder trug am Halse einen Beutel 55
Mit eignem Zeichen und mit eigner Farbe,
Und dieser schien ihm eine Augenweide.
Und als ich forschend unter sie getreten, 58
Da sah ich Blau auf einem gelben Beutel,
Das trug Gesicht und Haltung eines Löwen.
Dann, als ich weiter mit den Blicken schweifte, 61
Da sah ich einen andern, blutig roten,
Der zeigte eine Gans so weiß wie Butter.
Und einer, der mit einer dicken blauen 64
Sau seinen weißen Sack bezeichnet hatte,
Der sagte: »Was willst du in diesem Graben?
Scher dich hinweg, und weil du noch am Leben, 67
So wisse, daß mein Nachbar Vitaliano
Hier sitzen wird zu meiner linken Seite.
Bei Florentinern sitz ich Paduaner, 70
Und oft betäuben sie mir meine Ohren
Mit dem Geschrei: ›Der größte Herr soll kommen
Und seine Tasche mit drei Böcken bringen!‹« 73
Dann zog er schief das Maul und streckt' die Zunge
Heraus, wie Ochsen, die die Nase lecken.
Aus Furcht, ich könnte durch Verweilen kränken 76
Den, der zuvor zur Kürze mich ermahnte,
Kehrt' ich zurück von jenen müden Seelen.
Und ich fand meinen Führer auf den Rücken 79
Des wilden Ungeheuers schon gestiegen.
Er sprach zu mir: »Nun zeig dich kühn und tapfer.
Nunmehr muß man auf solche Stufen treten. 82
Steig vorne auf, denn ich will mitten sitzen,
So daß der Schwanz dir keinen Schaden antut.«
Wie einer, der des Wechselfiebers Schauern 85
So nahe ist, daß schon die Nägel blau sind
Und er schon zittert bei des Schattens Anblick,
So wurde ich bei den besagten Worten, 88
Doch drohte mir darob das Schamempfinden,
Das Diener tüchtig macht bei guten Herren.
Ich setzte mich auf jene Riesenschultern 91
Und wollte sprechen, doch die Stimme kam nicht,
Wie ich geglaubt: »Halt du mich mit den Armen.«

Doch er, der andre Male mir geholfen 94
In andern Nöten, hat, sobald ich oben,
Mit seinen Armen mich ganz fest umschlungen,
Und sagte: »Nun, Geryon, kannst du ziehen, 97
Nimm weite Bogen und ein leicht Gefälle.
Bedenk die seltne Last, die du zu tragen.«
So wie ein Nachen aus dem Hafen gleitet 100
Allmählich rückwärts, so schwamm er von dannen,
Und als er völlig sich im Freien fühlte,
Dreht er den Schwanz, wo erst die Brust gewesen, 103
Und spannte ihn und schnellte wie die Aale
Und ruderte die Luft mit seinen Pranken.
Ein größrer Schreck ist, glaub' ich, nicht entstanden, 106
Als Phaëthon die Zügel losgelassen,
Wovon der Himmel heute noch gezeichnet,
Auch nicht, als Ikarus, der Arme, fühlte, 109
Wie sich im heißen Wachs die Federn lösten,
Indes sein Vater rief: »Falsch ist die Straße!«,
Als meiner war, da ich mich rings umgeben 112
Von Luft nur sah, und jeder andre Anblick
Als der des Ungetümes mir entschwunden.
Es ruderte dahin mit ruhigen Zügen, 115
In Kreisen abwärts, daß ich's nur bemerkte
Am Wind, der mein Gesicht von unten streifte.
Ich konnte schon zur Rechten aus dem Abgrund 118
Dort unter uns ein schrecklich Rauschen hören,
Weshalb ich vorgeneigt hinunterschaute.
Da ward ich ängstlicher noch abzustürzen, 121
Weil ich dort Feuer sah und Klagen hörte,
So daß ich zitternd mich zusammenduckte.
Dann sah ich, was ich vorher nicht gesehen, 124
Den Abstieg und das Kreisen an den Plagen,
Die auf verschiednen Seiten näher kamen.
So wie der Falke, der genug geflogen, 127
Den nicht mehr Vogel oder Beute locken,
Beim Ruf des Falkners: »Ach, du gehst schon nieder!«
Sich müde senkt, wo er erst schnell gestiegen, 130
In hundert Kreisen, und dann bös und zornig
Sich fern von seinem Meister niederlässet,

So setzte uns Geryon auf dem Grunde 133
Am Fuße des zerrißnen Felsens nieder,
Und als er unsre Leiber abgeladen,
Flog er davon so wie ein Pfeil vom Bogen. 136

## ACHTZEHNTER GESANG

*Die Wanderer sind im achten Kreise der Hölle angelangt, dem Kreise der Betrüger, in dem zehn konzentrische Gräben das innerste Höllenloch umkreisen. Sie werden von den Wanderern auf brückenartigen Felsenklippen überschritten, von denen sie zu den Sündern hinunterblicken. Im ersten Graben begegnen sich in zwei entgegengesetzten dichten Zügen die Kuppler und die Verführer, von Teufeln vorwärtsgepeitscht; unter ihnen erkennt Dante einen unwürdigen Bolognesen, aber auch die edle Gestalt des Jason. Im zweiten Graben sehen die Wanderer die Schmeichler und Dirnen im Kote waten, unter ihnen den Lucchesen Interminei und Thais, die berühmte Buhlerin des Altertums.*

Ein Ort der Hölle, die Verbrechergruben, 1
Ist ganz aus Stein, und von des Eisens Farbe,
So wie die Mauer, die ihn rings umgürtet.
Und in der Mitte dieses bösen Feldes 4
Klafft tief und weit ein Loch gleich einem Brunnen,
Von dessen Form ich später sagen werde.
Der Gürtel, der verbleibt und der sich rundet 7
Zwischen dem Brunnen und dem hohen Felsen,
Ist unterteilt in zehn verschiedne Gruben.
Wie oftmals, um die Mauern zu beschützen, 10
Mehrere Gräben eine Burg umgürten
Und wie sie also das Gelände formen,
Ein solches Bild ergaben hier die Gruben. 13
Und wie bei solchen Burgen von der Schwelle
Zum äußern Rande kleine Brücken führen,
So führten von dem Fuß der Mauer Klippen 16
Hinüber, die die Gräben überquerten
Bis zu dem Loch, an dem sie alle münden.
An diesem Orte setzte uns Geryon 19
Von seinem Rücken nieder, und der Dichter
Hielt sich nach links, ich folgte seinen Schritten.

Zur Rechten konnt ich neues Elend sehen 22
Und neue Plagen, neue Plagegeister,
Mit denen war erfüllt die erste Grube.
Im Grunde gingen nackt und bloß die Sünder; 25
Diesseits der Mitte kamen sie entgegen,
Jenseits in unsrer Richtung, doch viel schneller;
So wie in Rom im Jubiläumsjahre 28
Des großen Andrangs wegen auf der Brücke
Die Leute einen Weg gefunden haben,
Daß auf der einen Seite mit den Blicken 31
Zu dem Kastell sie nach Sankt Peter gehen
Und auf der andern Seite nach dem Berge.
Und da und dort auf jenem dunklen Felsen 34
Sah ich gehörnte Teufel, die mit großen
Peitschen sie auf den Rücken grausam schlugen.
O wie sie ihre Fersen schleunig hoben 37
Beim ersten Streich! Und keiner mochte warten,
Bis er zum zweiten-, drittenmal getroffen.
Indes ich weiterging, traf ich auf einen 40
Mit meinen Augen, und ich sagte sogleich:
»Den hab ich erst vor kurzem noch gesehen.«
Drum blieb ich stehen, um ihn zu erkennen. 43
Auch hielt mein lieber Führer mit mir inne
Und ließ mich noch ein Stück nach hinten gehen.
Und der Gepeitschte wollte sich verbergen. 46
Er beugte sich nach vorne, doch vergebens.
Ich sprach zu ihm: »Der du die Augen senkest,
Sofern die Züge, die du trägst, nicht trügen, 49
Bist Venedico du, Caccianemico,
Doch was führt dich zu dieser scharfen Beize?«
Und er zu mir: »Nur ungern steh ich Rede, 52
Doch zwingt mich dazu deine klare Sprache,
Die mich an unsre alte Welt erinnert.
Ich bin's gewesen, der Ghisolabella 55
Einst des Marchese Lüsten ausgeliefert,
Was immer sagt die schmutzige Geschichte.
Ich büße nicht als einziger Bolognese. 58
An Büßern gibt es mehr in dieser Grube,
Als Zungen überhaupt zu sagen lernten
›Sipa‹ dort zwischen Sávena und Reno. 61
Und wenn du dafür Zeugnis haben möchtest,
So denke nur an unsern geizigen Busen.«

Wie er so sprach, schlug ihn mit seiner Peitsche 64
Ein Teufel, welcher schrie: »Scher dich von hinnen,
Kuppler, hier gibt es keine feilen Weiber.«
Ich ging, um meinen Führer einzuholen, 67
Dann kamen wir dahin nach wenig Schritten,
Wo sich ein Riff erhob vom Grabenrande.
Ganz leicht sind wir darauf emporgestiegen, 70
Dann wandten wir nach rechts uns auf dem Felsen
Und ließen hinter uns die ewigen Kreise.
Und als wir dahin kamen, wo darunter 73
Die Höhlung ist, wo die Gepeitschten durchziehn,
Da sprach der Führer: »Nun halt an und lenke
Auf dich den Blick der andern Übeltäter, 76
Deren Gesichter du noch nicht gesehen,
Weil sie in gleicher Richtung mit uns gingen.«
Vom alten Brückenbogen sahn wir Scharen, 79
Die auf der andern Seite nahe kamen,
Und die die Peitsche gleichermaßen antreibt.
Der gute Meister, ohne meine Frage, 82
Sprach da zu mir: »Schau dorthin auf den Großen,
Der keine Träne zeigt in seinem Schmerze.
Wieviel hat er vom König noch behalten! 85
Es ist Jason, der einst mit Herz und Klugheit
Das Goldne Vlies denen von Kolchos raubte.
Er ist zur Insel Lemnos auch gekommen, 88
Nachdem die kühnen, mitleidlosen Weiber
Dort alle ihre Männer totgeschlagen.
Dort hat mit Zeichen und mit schönen Worten 91
Er Hypsipyle selbst umgarnt, die junge,
Die vorher alle andern erst umgarnte.
Er hat sie schwanger dort allein gelassen. 94
Die Schuld hat ihn mit dieser Qual getroffen,
Und auch Medea findet hier die Rache.
Bei ihm sind die, die solcherart betrügen, 97
Und dies sei dir genug vom ersten Graben
Zu wissen und von denen, die er bändigt.«
Wir waren dort schon, wo die enge Brücke 100
Sich überkreuzt mit jenem zweiten Damme
Und einen zweiten Bogen schwingt von diesem.
Dort hörten wir auch schon die Leute klagen 103
Im nächsten Graben, mit den Mäulern schnaubend,
Und sahn, wie sie sich mit den Händen schlugen.

Das Ufer war mit Schimmel überzogen 106
Vom Dunst von drunten, der sich dran geschlagen
Und der die Augen und die Nase beizte.
Der Graben ist so tief, daß keine Aussicht 109
Genug ist, ohne auf den Brückenbogen
Emporzusteigen, wo das Riff am höchsten.
Dort standen wir, und drunten in dem Graben 112
Da sah ich Leute eingetaucht im Kote,
Der schien geschöpft aus menschlichen Aborten.
Und während meine Augen drunten forschten, 115
Erschien ein Kopf, der so vom Kote triefte,
Daß man nicht sah, ob geistlich oder weltlich.
Der schrie mich an: »Warum bist du so gierig, 118
Mich mehr als andre Garstige zu sehen?«
Und ich zu ihm: »Wenn ich mich recht erinnre,
Hab ich dich schon mit trocknem Haar gesehen. 121
Du bist Alessio Interminei von Lucca,
Darum betracht' ich dich vor allen andern.«
Und darauf er, sich seinen Schädel schlagend: 124
»Das Schmeicheln hat mich hier hereingetrieben,
An dem sich meine Zunge nie gesättigt.«
Drauf sprach mein Führer: »Du mußt dein Gesichte 127
Nun noch ein wenig weiter vorwärts strecken,
So daß du mit den Augen dorthin reichest
Zu jenem kotbedeckten, struppigen Weibe, 130
Das sich dort kratzt mit seinen schmutzigen Krallen
Und das bald aufrecht steht, bald niederkauert.
Es ist Thais, die Dirne, die dem Buhlen 133
Zur Antwort gab auf seine Frage, ob er
Bei ihr in Gnade stehe: ›Ganz erstaunlich!‹
Nun aber haben wir genug gesehen.« 136

## NEUNZEHNTER GESANG

*Auf Virgils Rücken gelangt Dante hinunter in den dritten Graben des achten Höllenkreises, wo die Simonisten, die mit Ämtern der Kirche Handel getrieben haben, köpflings in Felsenlöchern büßen, aus denen ihre brennenden Füße herausragen. Wie ein Beichtvater spricht Dante mit Papst Nikolaus III., der glaubt, sein Nachfolger im Felsenloche, Papst Bonifaz VIII., sei schon gekom-*

*men, und der bereits die Ankunft eines weiteren Büßers, Papst Clemens' V., ankündigt. Mit scharfen Worten und mit Bildern aus der Apokalypse geißelt Dante die Verweltlichung der Kirche, die mit der Konstantinischen Schenkung des Kirchenstaates an die Päpste begonnen hatte, worauf Virgil, erfreut über Dantes heiligen Zorn, ihn zur nächsten Klippe emporträgt.*

O Zaubrer Simon, elendes Gefolge, 1
Die ihr die Gaben Gottes, die mit Güte
Vermählt sein müssen, um des Goldes willen
Und um des Silbers willen habt geschändet! 4
Nun soll für euch auch die Trompete blasen,
Dieweil ihr büßen müßt im dritten Graben.
Schon waren wir an seinem Nachbargraben 7
Emporgestiegen auf der Klippe Gipfel,
Die mitten über diesen Graben ragte.
O höchste Weisheit, welche großen Künste 10
Zeigt Himmel, Erde und die böse Hölle,
Und wie gerecht hat deine Kraft gerichtet!
Ich sah dort an den Hängen und im Grunde 13
Den fahlen Stein von Löchern überzogen
Von gleicher Weite und von gleicher Rundung.
Sie schienen mir nicht enger und nicht weiter 16
Als die in meinem schönen San Giovanni,
Die dort den Priestern dienen bei der Taufe.
Das eine hab ich, noch sind's nicht viel Jahre, 19
Zerschlagen, weil ein Kindlein drein gefallen;
Dies sei für jeden ein untrüglich Zeichen.
Aus jedem Schlunde sah man aufwärts ragen 22
Die Füße und die Beine eines Sünders
Bis zu den Waden, und der Rest war drinnen.
An allen diesen brannten beide Sohlen, 25
Weshalb so heftig die Gelenke zuckten,
Daß sie ein jedes Tau zerrissen hätten.
Wie sonst, wenn fettgetränkte Stoffe brennen, 28
Die Flammen auf dem höchsten Ende zucken,
So gings hier von den Fersen zu den Zehen.
»Wer ist es, Meister, der sich so muß plagen 31
Und ärger zucken muß als die Gefährten«,
Sprach ich, »und den ein röter Licht verzehret?«

Und er zu mir: »Wenn du willst, daß hinunter 34
An jenen tiefen Abhang ich dich trage,
Wirst du von ihm und seinen Sünden hören.«
Und ich: »Gern tu ich das, was dir genehm ist. 37
Du bist der Herr und weißt, von deinem Willen
Weich ich nicht ab, und weißt, was ich verschweige.«
Dann kamen wir zum vierten Grabenrande; 40
Wir kehrten um und stiegen nach der Linken
Zu dem durchlöcherten und engen Grunde.
Der gute Meister setzt' mich noch nicht nieder 43
Vom Rücken, sondern trug mich zu dem Loche
Dessen, der also weinte mit den Füßen.
»Wer du auch seist, der auf dem Kopfe stehet, 46
Traurige Seele, wie ein Pfahl im Boden«,
Sprach ich ihn an, »laß, wenn du kannst, dich hören.«
Ich stand dort wie ein Bruder vor dem falschen 49
Mörder, der, wenn er in das Loch geschlagen,
Den Beichtiger ruft, um noch den Tod zu bannen.
Er aber schrie: »Stehst du denn schon dort oben, 52
Stehst du denn schon dort oben, Bonifatius?
Dann hat die Schrift um Jahre mir gelogen.
Hast du das Gut schon so schnell satt bekommen, 55
Um dessetwillen du dich nicht gescheut hast,
Die Schöne zu ergaunern und zu prellen?«
So wurde mir wie denen, die fast glauben, 58
Weil sie der andern Antwort nicht verstehen,
Man höhne ihrer, und die dann verstummen.
Da sprach Virgil: »Du mußt ihm sogleich sagen: 61
›Ich bin nicht der, ich bin nicht der Vermeinte‹.«
Und ich gab Antwort so, wie mir geboten,
Worauf der Geist die Füße ganz verkrümmte 64
Und seufzend sprach mit weinerlicher Stimme
Zu mir: »Was willst du also von mir wissen?
Wenn dir so viel dran liegt, wer ich gewesen, 67
Daß du darum an dies Gestad gekommen,
So wisse denn, ich trug den großen Mantel.
Und wahrlich war ich einst der Sohn der Bärin, 70
So gierig, meine Bärlein zu befördern,
Daß ich dort Gelder, hier mich selbst einsteckte.
Und unter meinem Kopfe sind die andern, 73
Die mir in Simonie vorangegangen,
Fest eingekeilt in diese Felsenspalte.

Ich werde ebenso hinunterfallen, 76
Wenn der kommt, den ich erst in dir vermeinte,
Als ich so plötzlich meine Frage stellte.
Doch fühlt' ich länger schon die Füße brennen 79
Und bin so köpflings in dem Loch gewesen,
Als er gepflanzt sein wird mit roten Füßen.
Denn nach ihm kommt mit noch viel wüsterem Werke 82
Von Westen her ein Hirte ohne Ordnung,
Der mich und ihn wird überdecken müssen.
Er ist ein neuer Jason, wie zu lesen 85
Im Makkabäerbuch, und wie dem milde
Sein König war, ist ihm der Herr von Frankreich.«
Ich weiß nicht, war ich dort zu sehr vermessen. 88
Denn ich gab ihm auf diese Art zur Antwort:
»So sag mir nun, wie groß der Schatz gewesen,
Den unser Herr von Petrus einst gefordert, 91
Als er die Schlüssel in die Hand ihm legte.
Gewiß gebot er nur: ›Du sollst mir folgen.‹
Und weder Petrus noch die andern nahmen 94
Gold oder Silber von Matthias, als er
Anstatt der bösen Seele auserkoren.
Drum bleibe dort, dich trifft mit Recht die Strafe, 97
Und hüte wohl die bös erworbnen Gelder,
Mit denen du dich gegen Karl erkühntest.
Und wenn es mir nicht gar verbieten würde 100
Die Ehrfurcht vor den allerhöchsten Schlüsseln,
Die du im frohen Leben einst besessen,
So würd ich noch viel härtre Worte brauchen, 103
Denn euer Geiz bringt unsrer Welt Betrübnis,
Er tritt die Guten und erhebt die Schlechten.
Euch Hirten hat erkannt der Gottesbote, 106
Als er einst jene, auf den Wassern thronend,
In Buhlerei mit Königen gesehen,
Die mit den sieben Köpfen ist geboren 109
Und der von den zehn Hörnern der Verstand kam,
Solang die Tugend ihrem Gatten lieb war.
Zum Gotte machtet ihr euch Gold und Silber. 112
Was unterscheidet euch von Götzendienern,
Als daß ihr hundert und sie einen haben?
O Konstantin, wie vielen Unheils Mutter 115
War nicht dein Glaube, aber jene Schenkung,
Die du dem ersten reichen Vater machtest!“

Und während ich ihm solche Töne spielte, 118
Ob Zorn, ob das Gewissen ihn bedrängte,
Er stieß gar heftig mit den beiden Sohlen.
Ich glaube wohl, mein Führer fand Gefallen, 121
Mit so befriedigtem Gesichte folgte
Er jedem Tone meiner wahren Worte.
Er hat mit beiden Armen mich umschlungen; 124
Indem er fest mich an die Brust erhoben,
Stieg er den Weg zurück, den er gekommen.
Er ward nicht müde, mich an sich zu pressen; 127
So trug er mich zum Scheitel jenes Bogens,
Den Weg vom vierten zu dem fünften Damme.
Dort setzte er die Last ganz sanft zu Boden, 130
Sanft wegen jener steilen, wilden Klippe,
Die selbst den Ziegen harte Steige wäre.
Dann hat sich mir ein neues Tal erschlossen. 133

## ZWANZIGSTER GESANG

*Im vierten Graben des achten Höllenkreises sehen die Wanderer von der Felsenklippe aus die Seelen der Wahrsager und Zauberer, die durch eine grauenvolle Verrenkung des Leibes bestraft sind, das Angesicht nach hinten gewendet. Unter ihnen zeigt ihm Virgil den antiken Zauberer Amphiaraus und den Seher Tiresias aus Theben, den etruskischen Wahrsager Aruns, der in den Bergen von Carrara hauste, und Manto, die Tochter des Tiresias, die sagenhafte Gründerin von Mantua, der Heimat Virgils. Ihr Anblick gibt Virgil den Anlaß zu einer Schilderung seines schönen oberitalienischen Heimatlandes. Endlich zeigt Virgil Dante noch andere Wahrsager, Eurypylus, der mit Kalchas die Griechen beriet, Michele Scotto, den Astrologen des Kaisers Friedrich II., Guido Bonatti, einen Astrologen auf Forlì, Asdente, einen zaubernden Schuster aus Parma, und viele Frauen, die der Zauberei verfallen waren.*

Von einer neuen Strafe muß ich dichten; 1
Sie gibt den Stoff zum zwanzigsten Gesange
Des ersten Lieds, das von den Sündern handelt.

Ich hatte ganz und gar mich hingegeben
Dem Anblick eines neu entdeckten Grundes,
Der sich benetzte mit gequältem Weinen.
Und ich sah Leute in dem runden Graben,
Die kamen stumm und weinend so geschritten
Wie Prozessionen hier auf dieser Erde.
Und als ich meine Blicke tiefer senkte,
Da sah ich jeden zauberisch verwandelt
Vom Kinn hinab bis zum Beginn des Rumpfes.
Zum Rücken nämlich standen die Gesichter,
Und alle mußten darum rückwärts gehen,
Weil sie nach vorwärts nicht mehr schauen konnten.
Vielleicht hat einmal durch die Macht der Lähmung
Sich einer dergestalt verrenken können,
Doch sah ich's nie und möcht es schwerlich glauben.
So wahr dir Gott, o Leser, fruchten lasse
Das hier Gelesne, magst du selber denken,
Ob mir das Auge trocken bleiben konnte,
Als ich dort unser Bild so sehr verschroben
Gesehn, daß aus den Augen ihre Tränen
Herunterfielen auf die Hinterbacken.
Da weint ich wahrlich, angelehnt am Felsen
Der harten Klippe, so daß mein Begleiter
Mich fragte: »Bist auch du von jenen Dummen?
Hier lebt das Mitleid, wenn es recht erstorben.
Wer ist wohl noch verworfener als einer,
Der Mitleid hat mit den von Gott Verdammten?
Richt auf das Haupt und sieh den, dem die Erde
Sich aufgetan vor der Thebaner Augen,
Worauf sie alle riefen: ›Wohin fällst du,
Amphiaraus? Willst du dem Krieg entfliehen?‹
Er aber stürzte immer mehr zur Tiefe
Bis zu Minos, dem keiner je entgangen.
Sieh, wie ihm seine Brust zum Rücken wurde;
Weil er zu weit nach vorwärts schauen wollte,
Schaut er zurück und muß nach rückwärts schreiten.
Sieh auch Tiresias, der sich so verwandelt,
Als er aus einem Mann zum Weibe wurde
Und alle seine Glieder ausgewechselt;
Und der dann noch einmal hat schlagen müssen
Die zwei verschlungnen Schlangen mit der Rute,
Bevor er wieder Mannsgestalt erhalten.

Aruns siehst du an seinem Bauche rücklings, 46
Der im Gebirg von Luni, dort wo rodet
Der Carrarese, der am Fuße wohnet,
Im weißen Marmor eine Höhle hatte 49
Als Wohnung; dort hat er durch nichts behindert
Die Sterne und das Meer betrachten können.
Und jene, die mit aufgelösten Zöpfen 52
Die Brüste deckt, die von dir abgewendet,
Und deren Haar ganz auf der andern Seite,
Ist Manto, die durch viele Länder irrte 55
Und die sich niederließ, wo ich geboren,
Wovon ich gern dir noch erzählen möchte.
Als einst ihr Vater mußt das Leben lassen 58
Und als des Bacchus Stadt geknechtet wurde,
Da ist sie lange durch die Welt gewandert.
Es liegt im schönen Land Italien droben 61
Ein See am Fuß der Alpen, die das deutsche
Land bei Tirol umziehn, der heißt Benacus.
Dort rieseln mehr als tausend Quellen nieder 64
Am Berg von Val Camonica bis Garda,
Die alle sich in diesem See vereinen.
Ein Ort ist mitten, wo die Oberhirten 67
Von Brescia, von Trient und von Verona
Den Segen haben, wenn sie dorthin gehen.
Es liegt Peschiera, eine schöne Festung, 70
Stark gegen die von Bergamo und Brescia,
Dort wo die Ufer sich am tiefsten senken.
Dort müssen alle Wasser niederstürzen, 73
Die in Benacus' Schoß nicht bleiben können,
Und dann als Fluß durch grüne Weiden fließen.
Sobald dies Wasser dort beginnt zu strömen, 76
Heißt es nicht mehr Benacus, sondern Mincio,
Bis nach Governo, wo zum Po es mündet.
Zum Flachland kommt es dann nach kurzem Laufe, 79
In dem es sich zum Sumpfe ausgebreitet
Und oft im Sommer schon viel Schaden brachte.
Dorthin ist jenes wilde Weib gekommen 82
Und fand ein Land inmitten jener Sümpfe,
Noch unbebaut und fern von Menschensiedlung.
Dort blieb sie, jedem Umgang zu entfliehen, 85
Und trieb mit ihren Dienern ihre Künste;
Dort lebte sie, und dort ward sie begraben.

Dann haben Leute, die zerstreut erst wohnten, 88
Sich dort versammelt an dem sichern Orte,
Der rings umgeben war von jenem Sumpfe.
Sie bauten ihre Stadt auf den Gebeinen, 91
Und ihr zulieb, die diesen Ort gefunden,
Ward ohne Zauber Mantua ihr Name.
Einst hatte sie weit mehr noch an Bewohnern, 94
Bevor die Blödigkeit von Casalodi
Durch Pinamonte den Betrug erlitten.
Drum merke dir, wenn jemals du den Ursprung 97
Von meiner Heimat anders hörst erzählen,
Soll keine Lüge mehr die Wahrheit schmälern.«
Und ich: »Mein Meister, mir sind deine Reden 100
So sehr gewiß und so des Glaubens würdig,
Daß andre nur erloschne Kohlen wären.
Doch sag mir von den Leuten, die sich nahen, 103
Ob du noch einen siehst, der wert zu nennen;
Ein solcher nur kann meinen Geist berühren.«
Da sagt' er mir: »Sieh jenen, dem vom Kinne 106
Der Bart herniederwallt zum dunklen Rücken.
Er war, als Griechenland entleert von Männern,
So daß sie kaum noch in der Wiege lagen, 109
Ein Augur und verkündete mit Kalchas
In Aulis, wann das erste Tau zu kappen.
Eurypylus hieß er. Von ihm berichtet 112
Mein tragisches Gedicht an einer Stelle;
Du weißt es wohl, weil es dir ganz bekannt ist.
Der andre, der so schmal ist in den Hüften, 115
War Michel Scotto, der verstand vollkommen
Das Spiel der magischen Betrügereien.
Guido Bonatti siehst du, siehst Asdente, 118
Der lieber mit dem Leder und dem Faden
Jetzt nähen möchte, doch zu spät bereut er.
Du siehst die Elenden, die ihre Nadel, 121
Webstuhl und Spindel für den Zauber ließen;
Sie trieben Hexerei mit Bild und Kräutern.
Doch komm nun mit, denn Kain mit den Dornen 124
Steht schon inmitten beider Himmelshälften,
Um bei Sevilla in das Meer zu tauchen.

Und gestern ist ja Vollmond schon gewesen; 127
Du mußt dich wohl erinnern, denn bisweilen
Kam er im tiefen Walde dir zustatten.«
So sprach er, und wir gingen beide weiter. 130

## EINUNDZWANZIGSTER GESANG

*Im fünften Graben des achten Höllenkreises kommen die Wanderer zu den Betrügern, die im kochenden Peche büßen und von Teufeln mit Bratspießen untergetaucht werden. Unter ihnen ist ein Beamter aus Lucca, der soeben ins Pech geworfen wird. Dante muß sich verstecken, und Virgil verhandelt mit dem Oberteufel Malacoda. Dieser berichtet ihm, daß die Brücke durch das Erdbeben bei Christi Tod eingestürzt ist, und gibt hinterlistig ein freies Geleit bis zur nächsten Brücke, die gar nicht existiert. Die Gesten der begleitenden Teufel lassen die Wanderer Böses befürchten.*

Von Brück zu Brücke gingen wir und sprachen 1
Von andern Dingen, die in meinem Liede
Ich nicht besinge, und wir standen oben
Und machten halt, um eine andre Grube 4
Der Übeltäter und ihr Leid zu sehen;
Und diese war von ganz besondrem Dunkel.
So wie im Arsenal der Venezianer 7
Das zähe Pech im Winter pflegt zu kochen,
Um ihre lecken Schiffe herzustellen,
Die nicht mehr fahren können, und der eine 10
Baut sich ein neues Schiff, der andre bessert
Die Seiten aus nach vielen langen Reisen;
Der eine flickt am Bug, am Heck der andre, 13
Der macht sich Ruder, jener windet Taue,
Und wieder andre stopfen Segeltücher.
So kochte dickes Pech im Graben drunten, 16
Durch Gottes Kunst und nicht von einem Feuer;
Und kleben sah man's überall am Ufer.
Ich sah das Pech, doch sah ich drin nichts andres 19
Als Blasen, von der Hitze aufgetrieben,
Die erst sich blähten, dann zusammenfielen.

Indes ich aufmerksam hinunterschaute,
Hat mich mein Führer mit den Worten: »Sieh nur!«
Zu sich gezogen, weg von meiner Stelle.
Da wandt ich mich, wie einer, der recht eilig
Das sehen möchte, was er fliehen sollte,
Und dem ein schneller Schreck den Mut genommen,
So daß er schaut und doch zugleich schon aufbricht;
Und ich sah hinter uns auf jener Brücke
Im Laufschritt einen schwarzen Teufel kommen.
Wie grimmig sah er aus in seiner Miene,
Und wie gefährlich schien mir seine Haltung,
Die offnen Flügel und die leichten Füße!
Auf seiner Schulter, die gar hoch und spitzig,
Trug er mit beiden Hüften einen Sünder,
Den faßt er fest an seiner Füße Sehnen.
Von unsrer Brücke rief er: »Malebranche,
Hier bring ich einen Herrn der Heiligen Zita,
Den taucht mir unter, ich will wiederkehren
Zu jener Stadt, die voll von solchen Sündern,
Weil jeder dort betrügt, nur nicht Bonturo.
Das Nein wird dort zum Ja um Geldes willen.«
Hinunter warf er ihn und lief am Felsen
Zurück; nie sah ich losgelaßne Hunde
In solcher Eile einen Dieb verfolgen.
Der Sünder tauchte, kam verkehrt nach oben,
Jedoch die Teufel, unter unsrer Brücke,
Die schrien: »Hier hilft dir nicht das Heilige Antlitz,
Hier mußt du anders schwimmen als in Serchio.
Drum, wenn du unsern Krallen willst entfliehen,
Darfst du hier aus dem Pech empor nicht tauchen.«
Dann tauchten sie ihn ein mit hundert Haken
Und schrien ihm zu: »Hier mußt du drunten tanzen
Und, wenn du kannst, im Dunkel was erwischen!«
Nicht anders läßt der Koch die Küchenjungen
Das Fleisch mit ihren Gabeln untertauchen
Im Kessel, daß es nicht nach oben schwimme.
Der gute Meister sprach: »Daß man nicht merke,
Daß du hier bist, mußt du dich jetzt verstecken
Bei einem Felsen, der dir Schutz gewähre.
Und wie man immer mich bedrohen möge,
Brauchst du nichts fürchten, denn ich kenn die Dinge,
Ich war schon einmal hier in diesen Händeln.«

Dann überschritt er jene Brückenhöhe,
Und als er an dem sechsten Ufer ankam,
Da war ihm eine sichre Stirn vonnöten.
Mit gleicher Wut und gleichem Vorwärtsstürmen
Wie Hunde sich auf einen Bettler stürzen,
Der alsbald bettelt, wo er angekommen,
So stürzten jene aus dem Brückenbogen
Und wandten auf ihn alle ihre Haken;
Jedoch er schrie: »Daß keiner sich vergreife!
Bevor ihr mich mit euren Haken anrührt,
Tret einer von euch vor, um mich zu hören,
Dann könnt ihr ja beschließen, mich zu fassen.«
Sie schrieen alle: »Vorwärts, Malacoda!«
Worauf sich einer rührt', die andern blieben.
Und er trat vor und fragte: »Wozu kommst du?«
»Glaubst du denn, Malacoda, mich zu sehen
Hierher gekommen«, sprach darauf mein Meister,
»Gefeit vor allen euren Fechterkünsten,
Wenn Gott nicht und das Schicksal also wollen?
Laß uns nur gehn, es ist des Himmels Wille,
Daß ich den wilden Weg hier einem zeige.«
Daraufhin war sein Hochmut so gebrochen,
Daß er den Haken ließ zu Boden fallen
Und zu den andern sprach: »Laßt ihn in Ruhe!«
Mein Führer sagte mir: »Der du versteckt bist,
Dort unter Steinen an der Brücke hockend,
Jetzt kannst du ruhig wieder zu mir kommen.«
Drum trat ich vor, um zu ihm hinzueilen.
Und alle Teufel stürzten sich nach vorne,
So daß ich einen Wortbruch fürchten mußte.
So furchtsam sah ich einstens die Soldaten,
Die nach dem Pakte aus Caprona kamen
Und die sich zwischen soviel Feinden sahen.
Ich drängte mich mit meinem ganzen Leibe
An meinen Führer und verwandt' kein Auge
Von ihrer Miene, die nichts Gutes zeigte.
Sie senkten ihre Gabeln: »Soll ich stechen«,
Sprach einer zu dem andern, »in den Buckel?«
Und Antwort kam: »Du kannst ihm eins versetzen.«
Doch jener Teufel, der mit meinem Führer
Gesprochen hatte, wandte sich zu ihnen
Und sprach: »Laß ihn in Ruhe, Scarmiglione!«

Und dann zu uns: »Auf dieser Felsenbrücke
Kann man nicht weitergehn; es liegt zerborsten
Der ganze sechste Bogen tief im Grunde.
Und wenn ihr trotzdem weiterkommen wollet,
So gehet fort auf diesem Felsenrande,
Bald kommt ein andres Riff, das dient als Brücke.
Es waren gestern, nur fünf Stunden später,
Tausendzweihundertsechsundsechzig Jahre
Genau vergangen, seit der Fels geborsten.
Ich schick in gleicher Richtung meine Leute
Zu sehn, ob einer wagt, nach Luft zu schnappen;
Geht nur mit ihnen, sie sind gar nicht böse.«
»Vortreten, Alichino, Calcabrina«,
Befahl er nun den Leuten, »und Cagnazzo;
Und Barbariccia soll die Gruppe führen.
Auch Libicocco vor und Draghignazzo,
Ciriatto mit den Hauern, Graffiacane,
Farfrello und der tolle Rubicante.
Ihr späht umher auf dem gekochten Leime,
Und jene schützt ihr bis zur nächsten Klippe,
Die unversehrt noch überbrückt den Graben.«
»Weh mir, mein Meister, was muß ich hier sehen«,
Sprach ich, »verzichten wir auf dies Geleite;
Wenn du den Weg weißt, ich hab kein Verlangen.
Wenn du so aufgemerkt, wie du gewohnt bist,
Siehst du denn nicht, wie sie die Zähne fletschen
Und mit den Brauen Unheil uns bedeuten?«
Und er zu mir: »Du brauchst dich nicht zu fürchten,
Laß sie nur ruhig auf ihre Weise grinsen,
Es gilt ja doch nur den im Pech Gekochten.«
Sie schwenkten um zum linken Felsendamme.
Zuerst jedoch gab jeder seinem Führer
Ein Zeichen mit der Zunge und den Zähnen;
Er hat darauf trompetet mit dem Hintern.

## ZWEIUNDZWANZIGSTER GESANG

*Nach dem seltsamen Signal brechen die Wanderer in Begleitung der Teufelsrotte auf und betrachten die im Pechgraben auftauchenden Betrüger, die beim Anblick der Teufel sofort verschwin-*

*den. Die Teufel fischen einen Sünder heraus, und unter dem Schutze Virgils erzählt er seine Geschichte und nennt andere Betrüger, Bruder Gomita aus Gallura und Michele Zanche aus Logodoro. Er verspricht, noch mehr Italiener heranzupfeifen, wenn die Teufel beiseite treten. Durch diese List entkommt er, und die Teufel geraten selbst in Streit. Zwei von ihnen fallen in das Pech, und während die Rotte sich um ihre Rettung bemüht, machen sich die Wanderer auf und davon.*

Ich sah schon Ritter, die im Aufbruch waren, 1
Und Sturmangriffe sah ich und Paraden
Und manchmal auch den Anfang eines Rückzugs;
Auch Späher sah ich wohl in euren Feldern, 4
Ihr Aretiner, sah Streifscharen ziehen,
Turniere schlagen und zum Zweikampf reiten,
Oft mit Trompeten, oft mit Glockenläuten, 7
Mit Trommeln und mit andern Burgsignalen,
Auf heimische sowie auf fremde Arten;
Doch mit so eigentümlichem Gebläse 10
Sah ich nie Reiter oder Fußvolk ziehen,
Noch Schiffer je mit Erd- und Himmelszeichen.
Mit den zehn Teufeln schritten wir von dannen. 13
Ein bös Geleit; doch hält man's mit den Frommen
Beim Kirchgang und im Wirtshaus mit den Schlemmern.
Ganz nach dem Peche stand indes mein Sinnen, 16
Um das Gehaben jener Schlucht zu sehen
Und aller Leute, die darinnen brieten.
Wie die Delphine, wenn sie den Matrosen 19
Mit ihres Rückens Rundung Zeichen geben,
Daß sie mit ihrem Schifflein flüchten müssen,
So zeigte, um die Qualen zu erleichtern, 22
Der Sünder einer manchmal seinen Rücken
Und ließ ihn blitzschnell wieder untertauchen.
Und wie am Rande eines Wassergrabens 25
Die Frösche hocken mit dem Maul im Freien
Und ihre Füße und den Leib verbergen,
So hockten überall umher die Sünder, 28
Doch immer, wenn sich Barbariccia nahte,
Verschwanden sie sofort im heißen Brodel.
Ich sah, noch krampft sich mir das Herz zusammen, 31
Einen verweilen, wie es oftmals vorkommt,
Daß ein Frosch sitzenbleibt, der andre flüchtet.

Und Graffiacan, der ihm recht nah gekommen, 34
Bekam ihn am verpichten Schopf zu fassen
Und zog ihn hoch wie eine nasse Otter.
Ich wußte jetzt schon alle ihre Namen, 37
So hatt ich sie gemerkt bei ihrer Auswahl,
Und achtete darauf, wenn sie gerufen.
»Du, Rubicante, stoß ihn in den Buckel 40
Mit deinem Bratspieß, um sein Fell zu schlitzen«,
So riefen alle Teufel miteinander.
Und ich: »Mein Meister, suche zu erfahren, 43
Wer ist der Unglückselige, der also
In seiner Gegner Hände ist gefallen.«
Mein Führer machte sich an seine Seite 46
Und fragt' ihn, wer er sei, und jener sagte:
»Ich stamme aus dem Königreich Navarra.
In eines Herren Dienst gab meine Mutter 49
Mich, dessen Vater ein Rebell gewesen,
Der sich und seine Habe selbst zerstörte.
Dann in Tebaldos Haus, des guten Königs, 52
Hab ich mich der Betrügerei ergeben;
Das muß ich hier in dieser Hitze büßen.«
Und Ciriatto, dem auf beiden Seiten 55
Ein Wildschweinhauer aus dem Maule ragte,
Der ließ ihn fühlen, wie er beißen konnte.
Die Maus befand sich unter bösen Katzen. 58
Doch Barbariccia schloß ihn in die Arme
Und rief: »Zurück, solange ich ihn halte!«
Und darauf wandt er sich zu meinem Meister: 61
»Frag du ihn weiter, willst du mehr noch wissen
Von ihm, bevor die andern ihn zerreißen.«
Der Führer: »Sag nun von den andern Sündern, 64
Kennst du auch einen Italiener drunten
Vom Pech bedeckt?« Und er: »Ich komm gerade
Von einem, der aus jener Gegend stammte; 67
O wär ich doch mit ihm noch unterm Peche,
Dann hätt ich Spieß und Krallen nicht zu fürchten.«
Und Libicocco: »Allzulange dauerts«, 70
Sprach er und griff den Arm mit seiner Gabel,
So daß er einen Fetzen davon abriß.
Auch Draghignazzo wollte nach ihm greifen, 73
An seine Füße, doch der Oberteufel
Sah rings umher mit einem bösen Blicke.

Als sie ein wenig sich beruhigt hatten,
Hat den, der seine Wunde noch beschaute,
Ganz unverweilt mein Führer angesprochen:
»Wer war es denn, von dem du, wie du sagtest,
Zum Unheil dich getrennt, um hier zu landen?«
Er gab zur Antwort: »Fra Gomita war es,
Der von Gallura, Ausbund allen Truges,
Der seines Herren Feinde hüten sollte
Und so getan, daß jeder sich dran freute.
Geld nahm er an und ließ sie gütlich laufen,
So wie er sagt, und auch in andern Ämtern
War er kein Klein-, vielmehr ein Großbetrüger.
Mit ihm verkehrt auch Herr Michele Zanche
Aus Logodoro; klatschend von Sardinien
Sind ihre beiden Zungen unermüdlich.
Weh mir, seht den dort seine Zähne fletschen!
Ich würde mehr erzählen, doch ich fürchte,
Er spannt darauf, mir meinen Grind zu kratzen.«
Der Oberteufel trat zu Farfarello,
Der mit den Augen schielte, um zu stechen,
Und rief: »Geh dort hinüber, böser Vogel.«
»Wenn's euch beliebt, Toskaner und Lombarden«,
So sprach der Eingeschüchterte aufs neue,
»Zu hören und zu sehn, laß ich sie kommen.
Jedoch die Malebranche müssen weggehn,
Damit sie nichts von deren Rache fürchten,
Und ich, der ich an dieser Stelle bleibe,
Will ganz alleine sieben kommen lassen
Mit einem Pfiff, so wie es unser Brauch ist,
Wenn einer von uns sich nach draußen wagte.«
Cagnazzo hob bei diesem Wort die Schnauze
Und schüttelte den Kopf: »Hört, welche Bosheit
Er ausgedacht, um in das Pech zu tauchen.«
Doch jener, auch nicht arm an listigen Kniffen,
Gab ihm zur Antwort: »Allzu tückisch bin ich,
Wenn ich den Meinen größern Schmerz verschaffe!«
Alichin hielt sich nicht und rief den andern
Zum Trotze: »Wenn du dich hinab willst stürzen,
Dann will ich hinter dir nicht galoppieren,
Vielmehr im Fluge übers Pech dir folgen.
Gehn wir vom Damm, am Hang uns zu verstecken,
Zu sehn, ob du allein mehr als wir taugest.«

Nun hörst, o Leser, du ein neues Schauspiel. 118
Ein jeder wandte sich zur andern Seite,
Und der zuerst, der sich am meisten sträubte.
Der Navarrese hat die Zeit ergriffen; 121
Er schloß die Beine, und mit einem Sprunge
War er davon und ihrem Plan entronnen.
Da packte jeden Teufel gleich die Reue, 124
Am meisten den, der am Entweichen schuldig,
Drum flog er los und schrie: »Dir will ich kommen!«
Doch half es nichts, denn schneller als die Flügel 127
War doch die Angst; der andre tauchte unter,
Und jener hob die Brust empor zum Fluge.
Genau so sieht man plötzlich eine Ente, 130
Wenn sich der Falke naht, ins Wasser tauchen,
Indes er zornig und geschlagen umkehrt.
Doch Calcabrina, wütend ob des Streiches, 133
Flog hinterher und freute sich, daß jener
Nun frei geworden, um mit ihm zu raufen.
Und als ihm der Betrüger aus den Augen, 136
Wandt er die Krallen gegen den Kumpanen,
Sie kamen ins Gemenge überm Graben.
Doch war der andre ein gewandter Sperber 139
Mit gutem Griff, und darum fielen beide
Mitten hinein in jenen heißen Brodel.
Die Hitze war ein gutes Trennungsmittel, 142
Doch an das Fliegen war nicht mehr zu denken,
Da ihre Flügel ganz vom Peche klebten.
Barbariccia, betrübt mit seinen Leuten, 145
Hieß viere auf das andre Ufer fliegen
Mit allen Spießen und so schnell sie konnten.
Sie stiegen da und dort zum Ufer nieder 148
Und streckten Haken aus nach den Geleimten,
Die ganz verbrannt schon waren in dem Peche.
Wir aber ließen sie in dieser Patsche. 151

## DREIUNDZWANZIGSTER GESANG

*Von den rachsüchtigen Teufeln verfolgt, gehen die Wanderer weiter und lassen sich bei ihrem Herannahen eilig in den sechsten Graben hinuntergleiten. Hier büßen die Heuchler, die unter der*

*Last schwerer, vergoldeter Bleimäntel einherschreiten müssen, ähnlich denen, die Kaiser Friedrich II. zur Bestrafung von Majestätsbeleidigern eingeführt hatte. Zwei der Sünder geben sich zu erkennen, Bolognesen aus dem Marienorden, die man Lustige Brüder nannte und die als Stadtrichter in Florenz gewirkt hatten. Während Dante sie anredet, wird ihm Kaiphas gezeigt, der dort als Gekreuzigter am Boden liegt, von den Füßen der Büßenden getreten. Virgil fragt nach dem Übergang zum nächsten Graben und muß erfahren, daß die Teufel ihn belogen haben. Zornig gehen die Wanderer weiter zu den Felstrümmern, auf denen sie aus dem Graben steigen können.*

Schweigsam, allein und ohne ein Geleite,
So gingen wir dahin, hintereinander,
Wie Minoriten ihre Straße ziehen.
Ich mußte bei dem vorgefallnen Zanke
An jene Fabel des Äsopus denken,
Wo er vom Frosch und von der Maus berichtet;
Denn besser kann nicht ›so‹ zu ›eben‹ passen,
Wie die zu jenem, wenn man überlegend
Den Anfang und das Ende wohl verbindet.
Und wie Gedanke aus Gedanke vorbricht,
So kam aus diesem plötzlich mir ein neuer,
Der meine erste Angst verdoppeln mußte.
Ich dachte so: »Durch uns sind diese Leute
Hereingefallen, und mit einem Streiche,
Der ihnen sicher großen Schaden brachte.
Wenn nun ihr Zorn noch ihre Bosheit steigert,
So werden sie noch wilder uns verfolgen
Als Hunde einen Hasen, den sie jagen.«
Schon fühlt ich, wie sich meine Haare sträubten
Aus Furcht, und lauschte rückwärts voller Spannung.
Da sagt ich: »Meister, wenn du jetzt nicht schleunigst
Uns beide bergen kannst, so wird mir bange
Vor jenen Malebranche; sie sind nahe,
Ich seh sie so, als ob ich sie schon hörte.«
Und jener: »Wenn ich auch ein Spiegel wäre,
Würd ich von außen doch dein Bild nicht schneller
Erfassen, als ichs innerlich ergreife.
Grad eben kam zu mir erst dein Gedanke
Mit ähnlichem Gebaren und Gesichte,
Daß ich aus beiden gleichen Schluß gezogen.

Sofern der rechte Hang nur so beschaffen, 31
Daß wir zum andern Graben steigen können,
Entkommen wir der Hetzjagd, die du fürchtest.«
Noch hat er diesen Ratschlag nicht beendet, 34
Als ich sie kommen sah mit offnen Flügeln
Ganz in der Nähe, um uns einzuholen.
Mein Führer nahm mich sogleich an den Händen 37
Wie eine Mutter, die beim Lärm erwachte
Und nebenan schon sieht die Flammen brennen;
Sie nimmt das Kind und flieht und mag nicht halten, 40
Mehr an das Kind als an sich selber denkend,
Daß sie auch nur mit einem Hemd sich kleidet.
Und von dem Rande jenes harten Hanges 43
Ließ er sich steil am Felsen niedergleiten,
Der eine Seite deckt zum andern Graben.
Niemals floß Wasser schneller durch die Rinne, 46
Um auf dem Land ein Mühlenrad zu treiben,
Auch wenn es schon am nächsten bei den Schaufeln,
Als dort mein Meister niederglitt am Hange 49
Und mich in seinen Armen mit sich führte,
Als wäre ich sein Kind, nicht sein Gefährte.
Kaum waren wir dort unten auf die Sohle 52
Gelangt, als jene auf dem Damm erschienen
Grad über uns, doch war nichts mehr zu fürchten,
Denn jene hohe Vorsehung, die ihnen 55
Den Dienst im fünften Graben zugewiesen,
Gestattet ihnen nicht, ihn zu verlassen.
Dort unten trafen wir gefärbte Leute, 58
Die kamen langsam nur einhergegangen,
Weinend, mit müdem und gebrochnem Ausdruck.
Sie trugen Mäntel, die mit den Kapuzen 61
Die Augen deckten, nach dem gleichen Schnitte,
Wie sie die Cluniazensermönche tragen.
Vergoldet sind sie außen, daß es blendet, 64
Doch innen ganz von Blei und so gewichtig,
Daß die von Friedrich wie aus Stroh erscheinen.
O Mantel, der du drückst in Ewigkeiten! 67
Wir wendeten uns auch zur linken Seite
Wie sie und hörten auf die traurige Klage.
Doch ob der Lasten gingen jene Leute 70
So müd und langsam hin, daß wir bei jedem
Der Schritte neue Nachbarn bei uns hatten.

Ich sprach zu meinem Führer: »Such du einen, 73
Des Name und des Taten uns bekannt sind,
Und halte Ausschau, während wir so gehen.«
Und einer, der das Toskerwort verstanden, 76
Rief hinter uns: »Verkürzet eure Schritte,
Die ihr so eilet durch die finstern Lüfte.
Vielleicht kann ich dir bieten, was du suchtest.« 79
Da wandte sich der Führer mit den Worten:
»Halt ein und richte dich nach seinen Schritten.«
Ich wartete und sah, wie zwei im Antlitz 82
Zu mir zu kommen große Sehnsucht zeigten,
Doch hat sie Last und Enge aufgehalten.
Als wir uns nahten, blickten ohne Worte 85
Sie zu mir her mit schief gedrehten Augen,
Dann sagten sie, einander zugewendet:
»Der dort scheint lebend nach der Art zu sprechen. 88
Und wenn sie tot sind, welches Vorrecht läßt sie
Frei von der Last des schweren Mantels wandeln?«
Dann sagten sie zu mir: »Toskaner, der du 91
Zur Schar der traurigen Heuchler bist gekommen,
Verschmähe nicht, uns, wer du bist, zu sagen.«
Und ich: »Ich bin geboren und erwachsen 94
In jener großen Stadt am schönen Arno
Und kam hierher mit meinem alten Leibe.
Doch ihr, wer seid ihr, denen soviel Tränen, 97
Soweit ich sehe, auf die Wangen quellen,
Und welche Strafe läßt euch also glänzen?«
Der eine gab zur Antwort: »Ach, die gelben 100
Mäntel sind ganz aus Blei, so schwer zu tragen,
Daß sie die Waage also ächzen lassen.
Wir waren Lustige Brüder, Bolognesen; 103
Ich Catalano, jener Loderingo
Genannt, und deine Stadt hat uns berufen,
Wie man sonst einen nur zu rufen pflegte, 106
Den Frieden zu erhalten; doch wir trieben
Es so, daß mans noch sehn kann am Gardingo.«
Und ich begann: »O Brüder, eure Sünden ...«; 109
Doch weiter kam ich nicht, denn ich erblickte
Am Boden einen, der ans Kreuz geschlagen.
Als er mich sah, begann er sich zu winden 112
Und tiefe Seufzer in den Bart zu hauchen.
Und Bruder Catalan, der dies bemerkte,

Sprach zu mir: »Der Gekreuzigte dort unten
Riet einst den Pharisäern an, sie sollten
Des Volkes wegen einen Menschen martern.
Nun liegt er nackend quer auf dieser Straße,
Wie du ihn siehst, und also muß er fühlen
Die Last von allen, die darüberschreiten.
Und ebenso muß auch sein Schwäher liegen
In diesem Graben und die andern Räte,
Die einst den Juden solches Unheil brachten.«
Da sah ich, wie Virgil sich über jenen
Verwunderte, der dort im ewigen Banne
So jämmerlich erschien ans Kreuz genagelt.
Dann sprach er zu dem Bruder diese Worte:
»Wenns euch erlaubt ist, wollet uns doch sagen,
Ob sich zur rechten Hand ein Ausgang findet,
Durch den wir beide durchgelangen können,
Ohne die schwarzen Engel zu bemühen,
Daß sie uns fort aus diesem Grunde führen.«
Er gab zur Antwort: »Näher, als du hoffest,
Liegt hier ein Fels, der von dem äußern Kreise
Hinabführt über alle bösen Gräben,
Nur hier an diesem ist er abgebrochen.
Ihr könnt auf seinen Trümmern aufwärts steigen,
Die Hang und Grund in großen Mengen füllen.«
Der Führer ließ das Haupt ein wenig sinken;
Dann sagt er: »Schlecht hat uns unterrichtet
Der, welcher drüben nach den Sündern angelt.«
Der Bruder drauf: »Ich hörte in Bologna
Vom Teufel manche Sünden, dabei hört ich,
Er sei ein Lügner und der Lügen Vater.«
Da schritt der Führer fort mit großen Schritten,
Vom Zorn etwas verwirrt in seinem Antlitz.
Auch ich nahm Abschied von den Mantelträgern
Und folgte seiner teuren Füße Spuren.

## VIERUNDZWANZIGSTER GESANG

*Die Beklemmung Dantes über die Bosheit der Teufel wird durch Virgil abgewendet, der ihn über die Felsentrümmer emporführt auf den nächsten Damm, der den sechsten vom siebenten Graben trennt. Virgil ermahnt Dante, dem Ruhm zuliebe seine Trägheit zu überwinden, und die Dichter begeben sich zum Brückenbogen zwischen dem siebenten und dem achten Graben, um von dort aus die Sünder des siebenten Grabens besser zu erkennen. Es sind die Diebe, die, von Schlangen zerfressen und plötzlich in Asche zerfallend, immer wieder sich erheben müssen. Ein Dieb aus Pistoja, Vanni Fucci, muß seine Sünde berichten und verkündet Dante zugleich, um ihn zu kränken, das Unglück seiner florentinischen Heimat.*

Zur Zeit des frühen Jahres, da die Sonne 1
Ihr Haar im Bild des Wassermannes badet
Und schon die Nächte mit dem Tag sich gleichen,
Und da der Reif dort oben auf der Erde 4
Dem Bilde seiner weißen Schwester ähnelt,
Doch kurz nur dauert seine zarte Zeichnung;
Da steht der Bauer, dem der Vorrat mangelt, 7
Am Morgen auf und schaut und sieht die Äcker
Ganz weiß bezogen, schlägt sich in die Seiten
Und geht nach Haus und klagt in allen Ecken, 10
Ein Armer, der nicht weiß, was zu beginnen.
Dann kehrt er um und findet wieder Hoffnung,
Wenn er das Bild der Erde sieht verwandelt 13
In kurzer Zeit; er greift zu seinem Stabe
Und treibt die Schafe aus auf ihre Weide.
Auf solche Art ließ mich der Meister zittern, 16
Als sich ihm seine Stirne so verfinstert',
Und auch so schnell kam Heilung für das Übel;
Denn als wir an die Brückentrümmer kamen, 19
Wandt' er zu mir sich mit dem guten Blicke,
So wie beim erstenmal am Fuß des Berges.
Die Arme öffnet' er nach kurzem Planen 22
Bei sich, nachdem er auf die Trümmerhaufen
Zuerst geschaut, und hat mich festgehalten.
Und so wie einer, der zugleich beim Werke 25
Auch abschätzt und den Blick nach vorwärts richtet,
So hat er, während er mich aufgehoben
Auf einen Fels, schon eine andere Klippe 28
Erspäht und sagte: »Dort mußt du dich halten,
Doch prüfe, ob sie dich auch tragen werde.«

Das war kein Weg für Leute mit den Mänteln, 31
Da wir doch schon, er leicht und ich gehoben,
Von Fels zu Fels zu steigen kaum vermochten.
Und wenn von dem nicht zu dem nächsten Graben 34
Der Aufstieg kürzer als der Abstieg wäre,
So wär ich wohl, er auch vielleicht, erlegen.
Jedoch weil abwärts die Verbrechergruben 37
Zum tiefsten Abgrund allesamt sich senken,
So bringt es jedes Grabens Lage mit sich,
Daß ein Damm immer tiefer als der andere. 40
So kamen wir doch endlich auf die Höhe,
Wo sich nach unten neigt die letzte Klippe.
So sehr war mir der Atem ausgegangen, 43
Als ich dort stand, daß ich nicht weiter konnte,
Drum setzt ich mich sofort an jener Stelle.
»Jetzt mußt du deine Trägheit überwinden«, 46
Sprach da mein Meister, »denn in Federbetten
Und in den Kissen kommt man nicht zum Ruhme.
Wer aber ohne Ruhm verzehrt sein Leben, 49
Der läßt auf Erden keine andern Spuren
Als Rauch in Lüften oder Schaum auf Wellen.
Drum steh nun auf, besiege die Beklemmung 52
Mit deinem Geist, der aller Schlachten Sieger,
Wenn er nicht unterliegt des Leibes Schwere.
Noch höhere Stufen wirst du steigen müssen; 55
Nicht ist's genug, von diesen aufzubrechen;
Verstehst du mich, laß dir's zur Lehre dienen.«
Da stand ich auf und tat nun so, als reichte 58
Mein Atem weiter, als ich wirklich fühlte,
Und sagte: »Geh, ich bin jetzt stark und mutig.«
Wir gingen auf der Felsenklippe weiter, 61
Und die war zackig, eng und voll Beschwernis
Und steiler, viel mehr als die frühern waren.
Ich sprach im Gehen, um nicht schwach zu scheinen, 64
Und eine Stimme kam vom andern Graben,
Die war nicht fähig, Worte zu gestalten.
Ich weiß nicht, was sie sprach, obwohl ich oben 67
Auf jener Brücke Bogen schon gestanden,
Doch schien mir zornentbrannt, der dort gesprochen.
Ich sah hinab, doch die lebendigen Augen, 70
Die konnten durch die Nacht zum Grund nicht dringen,
Weshalb ich: »Meister, laß uns übersteigen

Zum nächsten Damme und den Hang hinunter, 73
Denn wie ich höre hier und nicht verstehe,
So schau ich auch und kann doch nichts erkennen.«
»Die Antwort«, sprach er, »will ich gleich dir geben, 76
Indem ich handle, denn die rechte Bitte,
Die muß man schweigend durch die Tat gewähren.«
Wir stiegen nieder an dem Brückenkopfe, 79
Dort wo er anstößt an den achten Graben;
Nun erst konnt' ich den Abgrund deutlich sehen.
Dort unten war ein schreckliches Gedränge 82
Von Schlangen, ein so wüstes Durcheinander,
Heut noch gerinnt mein Blut, wenn ich dran denke.
Jetzt kann sich nicht mehr Libyens Wüste rühmen, 85
Die Wasserschlangen, spitze und erhobne,
Hervorbringt, Ottern auch und Ringelnattern.
Sie hat so viele böse Unheilswürmer 88
Zusammen mit Äthiopien nicht geboren
Und allen Ländern an dem Roten Meere.
Und mitten in dem scheußlichen Gedränge 91
Sah man voll Schrecken nackte Leute rennen,
Die weder Schutz noch Heliotropen fanden.
Die Hände banden Schlangen auf den Rücken, 94
Und diese fraßen sich mit Kopf und Schwänzen
Durch ihre Lenden, vorn geschürzt zum Knoten.
Da stürzt' auf einen, der in unsrer Nähe, 97
Sich eine Schlange, die ihn ganz durchbohrte,
Wo Hals und Schultern sich zusammenfügen.
Man kann das O und I nicht so schnell schreiben, 100
Wie jener da entzündet ward und brannte
Und ganz als Asche in sich niederstürzte.
Und als er so vernichtet lag am Boden, 103
Da fügt' die Asche selbst sich neu zusammen
Und wurde plötzlich der, der er gewesen.
So stirbt nach den Berichten der Gelehrten 106
Der Phönix, um dann wieder aufzustehen,
Sobald fünfhundert Jahre sind vergangen.
Er nimmt nicht Korn noch Gras in seinem Leben, 109
Er nährt sich nur von Weihrauchtropfen, Balsam;
Und Nard und Myrrhen sind sein letztes Lager.
Wie einer stürzt durch die Gewalt des Teufels, 112
Er weiß nicht wie, zur Erde hingezogen,
Wohl auch durch andre Lähmung, die ihn fesselt,

Wenn er nun aufsteht, um sich umzuschauen,
So ganz verwirrt von seinem großen Schrecken,
Den er erlebt, und dann im Umschaun seufzend,
So war der Sünder, der sich nun erhoben.
O Gottes Macht, wie groß ist deine Strenge,
Die solche Schläge uns zur Strafe sendet!
Der Führer fragte ihn, wer er gewesen.
Er gab zur Antwort: »Ich fiel aus Toscana
Vor kurzer Zeit in diesen wilden Abgrund.
Ich lebte wie das Vieh und nicht wie Menschen,
Denn ich war Bastard; ich bin Vanni Fucci,
Ein Tier, Pistoja war die rechte Höhle.«
Und ich zum Führer: »Sag ihm, er soll bleiben,
Und frag ihn, welche Schuld ihn hergetrieben;
Ich kannte ihn voll blutiger Leidenschaften.«
Der Sünder, der verstand, hat ohne Täuschung
Zu mir den Sinn und das Gesicht gewendet
Und sich dabei verfärbt vor Scham und Trauer.
Er sprach: »Mehr schmerzt, daß du mich hier getroffen
Und mich in meinem Elend so gesehen,
Als mich der Abschied von dem Leben schmerzte.
Ich kann nicht weigern, was du mich gebeten.
Ich kam herunter, weil ich in der Kirche
Zum Dieb am schönen Meßgerät geworden;
Und fälschlich ward ein anderer beschuldigt.
Jedoch damit dich nicht mein Anblick freue,
Wenn du den finstern Ort jemals verlässest,
Öffne dein Ohr vor meinem Wort und höre:
Pistoja wird die Neri erst verlieren,
Dann wird Florenz Gesetz und Leute wechseln.
Mars läßt in Valdimagra Dünste steigen,
Es wird sich ganz in finstre Nebel hüllen,
Und mit gewaltigen und heftigen Stürmen
Wird auf Campo Picen der Kampf entbrennen.
Er wird dann plötzlich alle Nebel spalten,
Und jeder Bianco wird getroffen werden.
Das sag ich dir, daß es dich schmerzen möge.«

## FÜNFUNDZWANZIGSTER GESANG

*Nach dem Gespräch mit dem Dieb im siebenten Graben des achten Höllenkreises, das dieser mit einer obszönen Gebärde gegen Gott beschließt, preist Dante die Schlangen, die hier die Sünder peinigen. Dann kommt der Kentaur Cacus, der Räuber vom Berge Aventinus, den Herkules erschlug, dahergelaufen, von Schlangen verfolgt. Nach ihm erkennt Dante drei Florentiner, an denen er die schauerlichsten Verwandlungen beobachtet. Der eine verschmilzt sich mit einem Drachen zum Untier, auf den andern stürzt sich ein anderer Drache und tauscht mit ihm Zug um Zug die Menschengestalt.*

Am Ende seiner Rede hob der Räuber 1
Die Hände hoch mit beiden Feigenzeichen
Und schrie: »Nimm, Gott, ich werf sie dir entgegen!«
Seit jenem Tag sind mir die Schlangen Freunde, 4
Denn eine hat ihm seinen Hals umschlungen,
Als sagte sie: »Du darfst nicht weiterreden.«
Und eine andre fesselt' ihm die Arme 7
Und knotete sich selbst so fest nach vorne,
Daß er auch keinen Ruck mehr machen konnte.
Pistoja, o Pistoja, warum willst du 10
Nicht lieber ewiglich in Asche fallen,
Da du im Bösen größer als die Ahnen.
In allen jenen dunklen Höllengräben 13
Sah ich nicht einen, der Gott so verhöhnte,
Nicht einmal jenen, der vor Theben stürzte.
Er floh und ließ kein Wort mehr von sich hören, 16
Und ich sah wütend hergelaufen kommen
Einen Kentaur, der schrie: »Wo ist der Freche?«
Maremma, glaub ich, birgt nicht so viel Schlangen, 19
Wie er sie auf dem Rücken sitzen hatte
Bis dahin, wo das Menschenantlitz anfängt.
Auf seinen Schultern, hinter seinem Kopfe, 22
Die Flügel ausgebreitet, saß ein Drache,
Der jeden anbrennt, der ihm je begegnet.
Mein Meister sagte zu mir: »Dies ist Cacus, 25
Der unterm Fels des Berges Aventinus
Einst viele Male Blut hat fließen lassen.

Er geht auf andrem Weg als seine Brüder,
Weil er dereinst mit Hinterlist gestohlen
Die große Herde, die bei ihm geweidet.
Da machte seiner Räuberei ein Ende
Herkules' Keule, die wohl hundert Schläge
Ihm gab; er selber spürte kaum noch zehne.«
Indem er also sprach, lief jener weiter,
Und uns zu Füßen nahten sich drei Geister,
Die ich und auch mein Führer erst bemerkten,
Als sie uns zugerufen: »Wer seid ihr denn?«
Drauf setzten dem Gespräche wir ein Ende
Und haben dann nur noch auf sie geachtet.
Ich hab sie nicht gekannt, doch ist's geschehen,
Wie es durch Zufall öfters einmal vorkommt,
Daß einer einen andern nennen mußte;
Und sagte: »Wo ist Cianfa wohl geblieben?«
Weshalb ich, zur Verständigung des Führers,
Den Finger über Kinn und Nase legte.
Und wenn du jetzt, o Leser, mir zu glauben,
Was ich dir sage, zögerst, nimmt's nicht wunder,
Denn ich, der es gesehn, kann's selbst kaum glauben.
Als ich auf sie die Augen hingewendet,
Da stürzte eine Schlange mit sechs Füßen
Auf einen zu und hat ihn ganz ergriffen.
Den Bauch umschlang sie mit den Mittelfüßen,
Die Vorderfüße faßten nach den Armen,
Dann hat sie beide Backen angebissen.
Die Hinterfüße streckt' sie längs den Schenkeln
Und hat den Schwanz dazwischen durchgezogen
Und hinter seinem Rücken hochgeschlagen.
Nie hat an einem Baume sich der Efeu
So festgeschlungen wie das Ungeheuer
Umklammert hatte diese fremden Glieder.
Und dann, als wären sie aus heißem Wachse,
Verschmolzen sie und mischten ihre Farben,
Und keiner glich mehr dem, der er gewesen;
So wie auf dem Papier im Feuerbrande
Allmählich eine dunkle Farbe vorrückt,
Die noch nicht schwarz ist, und das Weiße auslöscht.
Die andern schauten beide, und ein jeder
Schrie: »Wehe, Agnel, wie du dich veränderst!
Sieh, nun bist du nicht zweie und nicht einer!«

Schon waren beide Köpfe eins geworden;
Beide Gesichter schienen sich zu mischen
In ein Gesicht, drin beide sich verloren.
Die Arme wurden zwei aus vier Gebilden;
Aus Schenkeln, Füßen, Bauch und Brustkorb wurden
Gliedmaßen, die man nie zuvor gesehen.
Verschwunden waren alle frühern Formen.
Die Mißgeburt erschien als zwei und keiner
Vor uns, und so verschwand sie langsam schreitend.
Eidechsen gleich, die von der großen Hitze
Des Sommers aufgepeitscht, die Hecken wechseln
Und wie der Blitz die Straße überqueren,
So kam nun auf die Leiber zugelaufen
Der beiden andern eine Feuerschlange,
Bläulich und schwarz, so wie die Pfefferkörner.
Und an der Stelle, wo die erste Nahrung
Uns kommt, hat sie den einen angebissen,
Da fiel sie ausgestreckt vor ihm zu Boden.
Der schaute wortlos nur empor zu jener
Und rührte seine Füße nicht und gähnte,
Als ob ihn Fieber oder Schlaf ergriffen.
Er hat die Schlange, diese ihn betrachtet.
Aus seiner Wunde wie aus ihrer Schnauze
Kam starker Rauch, der sich von beiden mischte.
Nun mag Lukan verstummen, der geschrieben
Vom Elend des Sabellus und Nassidius,
Und darauf hören, was sich hier ereignet.
Nun mag Ovid von Arethusa schweigen
Und Kadmus; macht er ihn zu einer Schlange
Und sie zur Quelle, will ich's ihm nicht neiden.
Denn niemals hat er zwei Naturgebilde
Stirn gegen Stirn verwandelt, so daß beide
Bereit gewesen, ihren Stoff zu tauschen.
Und sie vertauschten sich in solcher Weise:
Die Schlange spaltete den Schweif zur Gabel,
Und der Gebißne schloß in eins die Füße.
Die Beine und die Schenkel miteinander
Vereinigten sich so, daß ihre Fugen
Nach kurzer Zeit nicht mehr zu sehen waren.
Und der gespaltne Schweif nahm die Gestalt an,
Die dort verloren ging, und seine Hülle
Ward weich, indessen jene sich verhärtet.

Ich sah die Arme in die Schultern schwinden, 112
Und sah am Tier sich beide kurzen Füße
So viel verlängern wie beim andern kürzen.
Die Hinterbeine schlossen sich zusammen 115
Und bildeten das Glied, das man verheimlicht,
Und das des Sünders teilte sich in zweie.
Indes der Rauch sie beide noch umhüllte 118
Mit neuer Farbe, schuf er einem oben
Das Haar und ließ beim andern es verschwinden.
Einer stand auf, der andere fiel zu Boden. 121
Sie sahn sich ständig in die bösen Augen,
Indem sie drunter die Gesichter tauschten.
Der Aufgestandne zog es nach den Schläfen, 124
Und aus des Stoffes Überflusse formten
Die Ohren sich, indes die Backen schwanden.
Was nicht nach hinten rutschte, sondern anhielt, 127
Daraus entstand die Nase im Gesichte,
Und auch die Lippen schwollen, soweit nötig.
Doch der am Boden lag, schob seine Schnauze 130
Nach vorn und zog in seinen Kopf die Ohren,
So wie die Schnecke ihre Hörner einzieht.
Die Zunge, die noch ganz und gut zum Reden 133
Zuvor gewesen, teilte sich, beim andern
Schloß die Geteilte sich; der Rauch verzog sich.
Die Seele, die zum Tiere sich verwandelt, 136
Ist zischend durch den Graben hin entflohen,
Der andre spuckte hinterher mit Worten.
Dann kehrte er nach ihm den neuen Rücken 139
Und sprach zum andern: »Nun soll Buoso drunten,
Wie ich es tat, auf allen vieren kriechen.«
Derart sah ich den siebenten der Haufen 142
Sich immerzu verwandeln; man verzeihe
Mir ob der Neuheit, wenn die Feder strauchelt.
Und wenn auch meine Augen dort ein wenig 145
Verwirrt geworden und der Geist sich trübte,
Konnten doch jene so geheim nicht fliehen,
Daß ich Puccio Sciancato nicht erkannte. 148
Er war der einzige der drei Genossen,
Die erst gekommen, der dort nicht verwandelt;
Der andre der, durch den Gaville trauert. 151

## SECHSUNDZWANZIGSTER GESANG

*Nach einer Strafrede auf Florenz steigen die Wanderer auf den Damm, von dem sie zum achten Graben des achten Höllenkreises hinabsehen, wo die hinterlistigen Ratgeber büßen. Wie Glühwürmchen im Tale oder wie die Feuerwolke des Wagens des Elias schweben die Sünder in Flämmchen gehüllt durch den Graben. Aus einer Doppelflamme, in der Odysseus und Diomedes büßen, spricht auf die Bitte Virgils die Seele des Odysseus und berichtet über seine letzte Fahrt, auf der ihn sein unbezwingbarer Forscherdrang über die Säulen des Herkules hinaus in den südlichen Atlantik zum Untergange trieb.*

Freu dich, Florenz, daß du so groß geworden, 1
Um über Land und Meere hinzufliegen,
Und durch die Hölle sich dein Name breitet!
So hab ich bei den Dieben fünf von deinen 4
Bürgern gefunden; drob muß ich mich schämen,
Und auch dir selber bringt es wenig Ehre.
Doch wenn man kurz vor Morgen Wahres träumet, 7
So wirst du wohl nach kurzer Zeit schon hören,
Was Prato und die andern dir bereiten.
Wenn es schon käme, wär es nicht zu zeitig. 10
O käm es doch, da es wird kommen müssen;
Es dünkt mich schwerer, wenn ich älter werde.
Wir gingen weiter, und auf jenen Stufen, 13
Auf deren Schutt wir abgestiegen waren,
Stieg nun mein Führer auf und zog mich mit sich.
Und weiterschreitend auf dem wüsten Wege 16
Durch Fels- und Trümmerhaufen dieser Klippe,
Konnt unser Fuß der Hände nicht entbehren.
Dort hat es mich geschmerzt und schmerzt noch heute, 19
Wenn ich bedenke, was ich dort gesehen,
Und fester halt ich meines Geistes Zügel,
Daß er der Tugend Führung nicht entlaufe 22
Und daß, wenn gute Sterne oder Mächte
Mir Gutes zugedacht, ich mir's nicht raube.
So wie der Bauer, der am Hügel rastet 25
Zur Zeit, in der das große Licht der Erde
Sein Angesicht am wenigsten verhüllet,

Sobald die Fliegen vor den Schnaken weichen, 28
Glühwürmchen vor sich sieht im Tale drunten,
Dort wo er pflügt und seine Trauben erntet,
Von so viel Flämmchen sah ich drunten glänzen 31
Den achten Graben, wie ich wohl bemerkte,
Sobald ich dort stand, wo der Grund zu sehen.
Und so wie der, der sich durch Bären rächte, 34
Den Wagen des Elias sah entfliehen,
Da ihn die Pferde hoch zum Himmel zogen,
Daß seine Augen nicht mehr folgen konnten 37
Und er nur noch die Flamme hat gesehen,
Die wie ein Wölkchen in die Lüfte schwebte;
So schwebten alle Lichter in dem Grunde 40
Des Grabens, keines zeigte seine Beute,
Und jedes barg doch in sich einen Sünder.
Ich stand und schaute von dem Brückenbogen; 43
Hätt ich mich nicht an einem Fels gehalten,
Ich wäre abgestürzt auch ungestoßen.
Mein Führer, der mich sah in solcher Spannung, 46
Der sagte: »In den Flammen sind die Seelen,
Und jede hüllt sich ein in ihrem Brande.«
»Mein Meister«, sprach ich, »da ich's von dir höre, 49
Bin ich noch sichrer, doch ich hab vermutet,
Daß es so sei, und wollte dich schon fragen:
Wen birgt die Flamme, die am obern Ende 52
Gespalten ist und scheint wie jenes Feuer,
Wo mit dem Bruder Eteokles brannte?«
Er gab zur Antwort: »In der Flamme büßen 55
Ulyss und Diomedes, und sie müssen
Zur Strafe wie zum Haß gemeinsam laufen.
Und in der Flamme müssen sie beklagen 58
Die Hinterlist des Pferdes, das die Pforte
Geöffnet für der Römer edlen Samen.
Auch wird die List gebüßt, die nach dem Tode 61
Deidamia noch um Achill läßt klagen,
Und das Palladium findet seine Strafe.«
»Wenn sie in dieser Flamme reden können«, 64
Sprach ich, »mein Meister, möcht ich sehr dich bitten
Und wiederum und tausendmal dich bitten,
Du mögest mir das Warten nicht verbieten, 67
Bis die gehörnte Flamme hergekommen;
Sieh, wie ich mich aus Sehnsucht zu ihr neige!«

Und er zu mir: »Was du gewünscht, ist würdig
Des höchsten Lobes, gern will ich's erfüllen,
Jedoch gebiete deiner Zunge Schweigen.
Laß mich nur sprechen; ich hab wohl begriffen
Das, was du willst; sie könnten deine Rede
Vielleicht verachten, weil sie Griechen waren.«
Und als die Flamme so weit hergekommen,
Daß Ort und Zeit dem Führer passend schienen,
Da hört ich ihn auf solche Weise sprechen:
»O ihr, die ihr zu zwein im gleichen Feuer,
Wenn ich im Leben es um euch verdiente,
Wenn ich's ein wenig oder sehr verdiente,
Als ich dereinst das hohe Lied geschrieben,
So haltet an; und einer von euch sage,
Wo er im Tode fand sein letztes Lager.«
Das größre Hörnlein der antiken Flamme
Begann sich zu bewegen und zu rauschen
Wie Feuer, das vom Winde angeblasen.
Dann ließ es hin und her die Spitze wehen
Wie eine Zunge, welche sprechen wollte,
Gab eine Stimme von sich, und die sagte:
»Als ich von Kirke aufbrach, die mich über
Ein ganzes Jahr dort bei Gaëta festhielt,
Bevor Äneas noch es so benannte,
Hat weder Vaterglück noch Sohnesehrfurcht
Zum alten Vater, noch die rechte Liebe,
Die doch Penelope beglücken sollte,
In mir die heiße Glut besiegen können,
Die mich hinaustrieb, nach der Welt zu forschen
Und nach den Lastern und dem Wert der Menschen.
Ich bin hinaus aufs offene Meer gefahren
Mit einem einzigen Schiff und den Gefährten,
Den wenigen, die niemals mich verließen.
Ich sah die beiden Ufer bis nach Spanien,
Bis nach Marokko, sah Sardiniens Insel
Und alle, die noch rings im Meere liegen.
Wir waren alt schon, ich und die Gefährten,
Als wir an jene Meeresenge kamen,
Wo Herkules die Zeichen aufgerichtet,
Damit die Menschen nicht mehr weiterführen.
Zur Rechten ließ ich hinter mir Sevilla,
Zur Linken hatt ich Ceuta schon verlassen.

›O Brüder‹, sprach ich, ›die durch hunderttausend
Gefahren hier im Westen angekommen,
An diesem eurem kurzen Lebensabend,
Der unsern wachen Sinnen noch verblieben,
Sollt ihr euch der Erforschung nicht verschließen,
Der Sonne folgend, unbewohnter Länder.
Bedenkt, aus welchem Samen ihr gekommen.
Ihr seid nicht da, zu leben wie die Tiere,
Ihr sollt nach Tugend und nach Wissen streben.‹
Ich machte die Gefährten so begierig
Durch diese kurze Rede auf die Reise,
Daß ich sie kaum noch hätte halten können.
Wir wandten unser Hinterschiff gen Morgen,
Die Ruder hoben wir zum tollen Fluge,
Und immer weiter drangen wir zur Linken.
Und alle Sterne schon des andern Poles
Sah man zur Nacht und unsern schon gesunken,
So daß er nicht mehr aus dem Meere tauchte.
Fünfmal war schon entzündet und erloschen
Das Licht des Monds im Auf- und Untergange,
Seit wir die hohe Fahrt begonnen hatten.
Da ist vor uns ein Berg emporgestiegen
In dunkler Ferne; der schien so gewaltig,
Wie ich es nie zuvor gesehen hatte.
Wir freuten uns, doch ward es bald zum Unheil,
Denn von dem neuen Lande kam ein Strudel
Und schüttelte des Schiffes Vorderseite.
Dreimal ließ er's mit allen Wassern kreisen,
Beim vierten Male ging das Heck nach oben,
Der Bug nach unten, wie's dem Herrn gefallen,
Bis über uns die Wogen sich geschlossen.«

## SIEBENUNDZWANZIGSTER GESANG

*Als Odysseus die Wanderer verlassen hat, begegnen sie weiter im achten Graben des achten Höllenkreises einer Flamme, aus der die Stimme tönt wie aus dem Stier des Phalaris. Aus der Flamme spricht Guido von Montefeltro zu ihnen und erhält auf seine Bitte von Dante Auskunft über den Zustand seiner Heimat Romagna: über Ravenna und Cervia, über Forli, wo die Ordelaffi herrschen, über Rimini, das die Malatesta mißhandeln, über Faenza und Imola unter der Herrschaft der Pagani, über Cesena am Savio. Zum Danke berichtet Guido von Montefeltro, der nicht glaubt, daß Dante zur Welt zurückkehrt, über sein Schicksal: wie er erst reumütig Franziskaner geworden, aber dann, von Papst Bonifaz VIII. zu einem hinterlistigen Ratschlag bewogen, vom Teufel geholt wurde und ewig büßen muß.*

Schon stand die Flamme still und aufgerichtet 1
　Und sprach nicht mehr und machte sich von dannen
　Beim Abschiedsgruße meines lieben Dichters;
Da ist ein andrer hinter ihr gekommen, 4
　Der lenkte unsern Blick auf seine Spitze
　Durch einen dumpfen Ton aus seinem Innern.
Wie in Sizilien der Stier, der erstmals 7
　Vom Heulen dessen tönte, nicht zu Unrecht,
　Der ihm mit seiner Feile Form gegeben;
Er brüllte mit der Stimme des Gequälten, 10
　So daß er, ob er gleich aus Erz gebildet,
　Doch selbst vom Schmerz getroffen scheinen mußte;
So haben, da sie keinen Ausweg fanden, 13
　Zuerst vom Feuer sich in dessen Stimme
　Verwandeln müssen seine Schmerzensworte.
Doch als sie ihren Weg gefunden hatten 16
　Hinauf zur Spitze und sie mit der Schwingung
　Der Sprache auf dem Durchzug zucken ließen,
Da hörten wir: »O du, dem meine Worte 19
　Gegolten, der lombardisch sprach soeben
　Und sagte: ›Geh nur, ich will nicht mehr drängen.‹
Wenn ich auch wohl ein wenig spät gekommen, 22
　Verschmäh nicht, mit mir im Gespräch zu weilen;
　Sieh, wie ich's nicht verschmähe, der ich brenne.
Wenn du in diese blinde Welt soeben 25
　Herabgefallen aus dem schönen Lande
　Italien, wo ich meine Schuld begangen,
Sag, ob Romagna Krieg hat oder Frieden, 28
　Denn ich war aus den Bergen bei Urbino
　Und bei dem Joch, aus dem der Tiber herkommt.«
Ich beugte mich noch angespannt nach unten, 31
　Als mich mein Führer an die Seite rührte
　Und sagte: »Sprich nur du, er ist Lateiner.«

Und ich, der ich schon wußte, was zu sagen, 34
Begann zu ihm zu sprechen ohne Zögern:
»O Seele, die dort unten noch verborgen,
Dein Land Romagna ist und war auch niemals 37
Vom Kriege frei im Herzen der Tyrannen,
Doch hab ich keinen offnen dort gelassen.
Ravenna geht es wie seit vielen Jahren, 40
Vom Adler von Polenta wohl behütet,
Der Cervia auch bedeckt mit seinen Flügeln.
Die Stadt, die lange Proben hat bestanden 43
Und die Franzosen schlug zu blutigen Haufen,
Ist wieder im Besitz der grünen Tatzen.
Und aus Verucchio auch die beiden Hunde, 46
Die mit Montagna böse erst verfahren,
Bohren die Zähne in die alten Wunden.
Die Städte am Lamone und am Santerno, 49
Die führt der Löwe auf dem weißen Felde,
Der oft im Jahre seinen Anhang wechselt.
Und die, an der die Savio fließt vorüber, 52
So wie sie zwischen Berg und Tal gelegen,
So lebt sie zwischen Tyrannei und Freiheit.
Nun bitt ich dich, erzähl, wer du gewesen, 55
Erweise dich nicht härter als die andern,
Sofern dein Name in der Welt bestehe.«
Nachdem das Feuer erst ein wenig rauschte 58
Auf seine Art, bewegte sich die Spitze
Nach allen Seiten, dann kam diese Stimme:
»Wenn ich müßt glauben, meine Antwort ginge 61
An jemand, der zur Welt wird wiederkehren,
So würde meine Flamme nicht mehr zucken.
Jedoch weil niemals aus dem tiefen Grunde 64
Ein Wesen, hör ich richtig, lebend heimkehrt,
Kann ich dir ohne Schande Antwort geben.
Ich war Soldat und später Franziskaner 67
Und glaubte, mit dem Stricke abzubüßen.
Gewißlich hätte sich erfüllt mein Glaube,
Hätt mich der Papst, der Teufel mag ihn holen, 70
Zurückgeführt nicht zu den alten Sünden;
Wie und warum, das sollst du nunmehr hören.
Solange ich Gestalt aus Fleisch und Knochen 73
Vom Mutterleibe, waren meine Werke
Nicht eines Löwen, nein, des Fuchses würdig.

Die Hinterlist und alle dunklen Schliche 76
Hab ich gekannt und übte solche Künste,
Daß bald mein Ruf hinausdrang aus dem Lande.
Als ich schon angelangt in jenem Teile 79
Des Lebens, da ein jeder seine Segel
Einziehen sollte und die Taue sammeln
Da tat mir leid, was mir zuvor gefallen; 82
Ich beichtete und beugte mich der Reue.
Dies hätte, ach mir Armen, wohl geholfen;
Jedoch der Fürst der neuen Pharisäer, 85
Der führte Krieg am Rand des Lateranus,
Und nicht mit Sarazenen oder Juden,
Nein, Christen waren all seine Feinde, 88
Und keiner hatte Akkon miterobert,
Keiner war Kaufmann in des Sultans Landen.
Da hat er nicht sein hohes Amt, nicht Weihen 91
Bei sich bedacht, bei mir nicht jenen Gürtel,
Der die Gegürteten einst magrer machte;
Vielmehr wie Konstantin sich durch Sylvester 94
Vom Aussatz heilen ließ am Berg Sorakte,
Verlangte dieser mich zu seinem Arzte,
Um seines Hochmuts Fieber auszuheilen. 97
Er wollte Rat, ich hüllte mich in Schweigen,
Dieweil mir seine Worte trunken schienen.
Da sagte er: ›Dein Herz hat nichts zu fürchten. 100
Schon jetzt sprech ich dich frei; du sollst mich lehren,
Wie ich mir Palestrina unterwerfe.
Den Himmel kann ich öffnen und verschließen, 103
Das weißt du wohl; dafür hab ich zwei Schlüssel,
Die mein Vorgänger nicht zu schätzen wußte.‹
Damals bewegten mich die schweren Gründe, 106
Daß mir das Schweigen schlimmer noch erschienen.
Ich sagte: ›Vater, da du mich gereinigt
Von jener Sünde, der ich jetzt verfalle: 109
Durch viel Versprechen und durch wenig Halten
Wirst du auf deinem hohen Stuhle siegen.‹
Franziskus kam zu mir bei meinem Tode, 112
Mich abzuholen, doch ein schwarzer Engel
Sprach zu ihm: ›Laß ihn los, du tust mir Unrecht.
Zu meinen Knechten muß er mit hinunter, 115
Weil er den trügerischen Rat gegeben;
Seitdem bin ich auf seiner Spur gewesen.

Gelöst kann niemand werden ohne Reue, 118
Bereun zugleich und wollen kann auch keiner,
Ein solcher Widerspruch ist niemals möglich.‹
Ich Elender, wie hab ich mich geschüttelt, 121
Als er mich faßte und mir sagte: ›Wahrlich,
Du hast wohl nicht gedacht, ich wäre logisch!‹
Zu Minos bracht er mich; der hat acht Male 124
Den Schwanz gelegt um seinen harten Buckel
Und dann aus großer Wut hineingebissen.
Er sagte: ›Der muß in das diebische Feuer‹, 127
Drum bin ich, wie du siehst, hierher gefallen
Und muß in diesem Kleide weinend wandern.«
Nachdem sie ihre Rede so vollendet, 130
Ist diese Flamme klagend fortgezogen,
Indem sie ihre Spitze wand und peitschte.
Wir gingen weiter, ich mit meinem Führer, 133
Den Fels hinan bis auf den nächsten Bogen;
Der deckt den Graben, wo die Sünder büßen,
Die durch die Saat der Zwietracht sich vergangen. 136

## ACHTUNDZWANZIGSTER GESANG

*Um das Bild des neunten Grabens des achten Höllenkreises, wo die Zwietrachtstifter büßen, zu veranschaulichen, vergleicht es Dante mit einer Versammlung der Verwundeten aller Schlachten, die Apulien je gesehen hat vom Altertum bis zur Niederlage Konradins bei Tagliacozzo. Dort begegnen die Wanderer Mahomet, der den Untergang des Ketzers Fra Dolcin vorhersagt, und Pier da Medicina, der die Ermordung der Herren von Fano durch Malatesta von Rimini vorhersagt und ihnen Curio zeigt, der Cäsar den Rat zum Überschreiten des Rubicon gab. Endlich werden sie noch von zwei anderen Zwietrachtstiftern angesprochen: Mosca Lamberti, der die Florentiner gegen Buondelmonte aufstachelte, und dem Trobador Bertran de Born, der das Haupt in der Hand tragen muß, weil er Heinrich II. von England und seinen Sohn Richard entzweit hatte.*

Wer könnte, selbst mit ungereimten Worten, 1
Jemals erschöpfen all das Blut, die Wunden,
Die ich dort sah, auch wenn er oft erzählte?

Versagen würde wahrlich jede Zunge, 4
Es wäre unser Geist und unsre Sprache
Nicht groß genug, um alle zu umfassen.
Wenn sich versammeln würden alle Menschen, 7
Die jemals in dem glücklichen Apulien
Ihr Blut in Schmerzen haben fließen lassen
Von den Trojanern und dem langen Kriege, 10
In dem der Ringe viel erbeutet wurden,
Wie es bei Livius heißt, der sich nicht irrte;
Und jene, die die Schläge spüren mußten, 13
Weil sie dem Robert Guiscard widerstanden,
Und andre, deren Knochen man noch findet
Bei Ceperan, wo die Apulier alle 16
Verrat geübt, und dort bei Tagliacozzo,
Wo ohne Kampf der alte Alard siegte;
Und wer zerrissen zeigte seine Glieder 19
Und wer verstümmelt, wäre gar nichts gegen
Die Art der Leute in dem neunten Graben.
Ein Faß, das Spund und Dauben hat verloren, 22
Ist nicht so aufgerissen wie dort einer,
Der war zerschlitzt vom Kinn bis an die Lenden.
Zwischen den Beinen hing das Eingeweide, 25
Das Herz lag offen, nebst dem traurigen Sacke,
Der das, was man verzehrt, in Kot verwandelt.
Indes ich ihn genau betrachten wollte, 28
Sah er mich an und riß mit beiden Händen
Die Brust sich auf: »Sieh, wie ich mich zerreiße!
Schau her, wie Mahomet verstümmelt wurde! 31
Vor mir siehst du in Klagen Ali schreiten,
Das Haupt vom Kinn bis an den Schopf gespalten.
Und alle andern, die dir hier begegnen, 34
Die waren Stifter von Gezänk und Zwietracht
Im Leben, darum sind sie so zerspalten.
Ein Teufel ist dort hinten, der uns alle 37
So grausam schlägt, indem er mit dem Schwerte
Aufs neue jeden dergestalt verwundet,
Wenn wir die Schmerzensstraße rings gegangen; 40
Denn unsre Wunden haben sich geschlossen,
Bevor wir jeweils zu ihm wiederkehren.
Doch wer bist du, der von dem Felsen herschaut, 43
Vielleicht die Strafe noch hinauszuschieben,
Die dir für deine Schuld zuteil geworden?«

»Der Tod traf ihn noch nicht, und keine Sünde«, 46
Sprach da mein Meister, »führt ihn zu den Qualen;
Nur um ihm die Erfahrung zu gewähren,
Muß ich, der ich gestorben bin, hier unten 49
Von Kreis zu Kreis ihn durch die Hölle führen,
Und das ist wahr, so wahr ich zu dir spreche.«
Als sie dies hörten, haben mehr als hundert 52
Im Graben halt gemacht, mich zu betrachten,
Verwundert, ihrer Qualen ganz vergessen.
»Der du wohl bald zurückkehrst zu der Sonne, 55
Nun sag auch Fra Dolcin, er soll mit Speise,
Will er nicht alsbald mir nach unten folgen,
Sich wohl versorgen, daß das Schneegestöber 58
Die Novaresen nicht zum Siege führe,
Denn anders können sie ihn kaum bezwingen.«
Indem er seinen Fuß erhob zum Aufbruch, 61
Hat Mahomet mir diesen Spruch verkündet,
Dann setzte er ihn nieder, um zu gehen.
Ein andrer, dem die Gurgel aufgerissen 64
Und dem die Nase bis zur Wurzel fehlte
Und dem nur noch ein einziges Ohr geblieben,
Stand da, indem er voll Verwundrung schaute, 67
Den andern gleich; er öffnete als erster
Die Kehle, die von außen ganz verblutet,
Und sprach: »O du, den keine Schuld verurteilt 70
Und den ich in Italien einst gesehen,
Wenn allzu große Ähnlichkeit nicht trüget,
Erinnre dich an Pier da Medicina, 73
Wenn du je wiederkehrst zur schönen Ebne,
Die von Vercelli bis zum Meer sich breitet,
Und sag den beiden besten Herrn in Fano, 76
Dem Herrn Guido und auch Herrn Angiolello,
Daß, wenn wir hier die Zukunft richtig sehen,
Sie einst aus ihrem Schiff geworfen werden 79
Und in Cattolica ertrinken müssen
Durch eines schändlichen Tyrannen Tücke.
Es hat von Cyperns Insel bis Mallorca 82
Neptunus nie gesehn ein solch Verbrechen,
Nicht von Piraten, nicht von Argo's Männern;
Denn der Verräter mit dem einen Auge, 85
Der jene Stadt beherrscht, die mein Gefährte
Am liebsten nie gesehen haben möchte,

Wird sie zu sich zur Unterredung bitten 88
Und so behandeln, daß um gute Winde
Sie am Focara nicht zu beten brauchen.«
Und ich zu ihm: »Erkläre nun und sage, 91
Wenn du begehrst, daß ich dort von dir künde,
Wer jener ist, dem solcher Anblick bitter.«
Da legte er die Hände an den Kiefer, 94
Den Mund zu öffnen einem der Gefährten,
Und schrie: »Der ist es, und er kann nicht sprechen.
In der Verbannung hat er die Bedenken 97
Bei Cäsar unterdrückt, indem er sagte,
Daß dem Gerüsteten das Zögern schade.«
Wie ist mir Curio da verstört erschienen 100
Mit abgeschnittner Zunge in dem Schlunde,
Der einst mit seinem Wort so kühn gewesen.
Und einer, dem die beiden Hände fehlten, 103
Erhob die Stümpfe in die finstern Lüfte,
So daß das Blut ihm das Gesicht beschmutzte,
Und schrie: »Gedenke auch des armen Mosca, 106
Der einst gesagt hat: ›Siegen wird, wer handelt‹,
Zum großen Unheil des Toskanervolkes.«
Und ich ergänzt': »Und deines Hauses Ende.« 109
Worauf er, Schmerz um Schmerzen in sich häufend,
Weglief wie einer außer sich vor Trauer.
Doch ich blieb dort und blickte auf die Scharen 112
Und schaute Dinge, die ich scheuen würde,
So ohne weiteren Beweis zu schildern,
Wenn mich nicht mein Gewissen drin bestärkte, 115
Ein gut Geleite, das den Menschen sichert
Und ihn mit dem Gefühl der Reinheit wappnet.
Ich sah gewiß und glaub es noch zu sehen, 118
Dort einen Körper ohne Kopf einhergehn,
So wie die andern in der traurigen Herde.
Er trug das abgeschlagne Haupt am Schopfe 121
In seiner Hand, wie die Laterne hängend,
Das sah uns an mit einem Rufe: »Weh mir!«
Er war sich selber seine eigne Leuchte, 124
Sie waren zwei in einem, einer zweie;
Wie's möglich, weiß nur der, der es befohlen.
Als er genau am Fuß der Brücke ankam, 127
Hob er den Arm empor mit seinem Kopfe,
Um seine Worte nah an uns zu richten.

Die waren: »Hier siehst du die schwere Strafe,
Der atmend kam, die Toten zu besuchen,
Sieh, ob es eine gibt, die dieser gleiche.
Und damit du auch von mir künden mögest,
Vernimm, ich bin Bertram von Born und habe
Dem jungen König schlechten Rat gegeben.
Ich schuf die Feindschaft zwischen Sohn und Vater;
Achitophel hat Absalom nicht ärger
Dereinstens gegen David aufgestachelt.
Weil ich so nah verwandte Menschen trennte,
Muß ich mein Hirn nun abgetrennt auch tragen
Von seinem Ursprung, der in diesem Rumpfe.
Also vollzieht an mir sich die Vergeltung.«

## NEUNUNDZWANZIGSTER GESANG

*Virgil ermahnt Dante zum Weiterschreiten, da dieser sich im Kreise der Zwietrachtstifter noch bei seinem Vetter Geri del Bello aufhalten will, der ihm mit drohendem Finger die nicht geübte Blutrache zum Vorwurf gemacht hat. Dann schauen die Wanderer von der Felsenbrücke in den zehnten Graben des achten Höllenkreises hinunter, wo die Fälscher mit ekelhaften Krankheiten büßen. Unter ihnen geben sich zwei Sieneser Alchimisten, Griffolino und Capocchio, zu erkennen und nennen den Wanderern die Namen weiterer Sünder aus Siena.*

Die vielen Leute und die vielen Wunden,
Die hatten meine Augen so benommen,
Daß sie sich dort noch lang zu weinen sehnten.
Jedoch Virgil sprach: »Was willst du denn sehen?
Warum läßt du so lang die Blicke haften
Auf jenen traurigen, zerhackten Schatten?
So tatest du nicht in den andern Gräben.
Bedenk, wenn du sie alle zählen wolltest,
Dies Tal erstreckt sich zweiundzwanzig Meilen.
Schon zieht der Mond dahin zu unsern Füßen;
Es ist uns nur noch wenig Zeit gegeben,
Und andres gibt's, was du noch nicht gesehen.«

»Wenn du«, so hab ich ihm darauf erwidert, 13
»Den Grund gewußt, warum ich sie betrachtet,
Hättst du vielleicht zu bleiben mir gestattet.«
Der Führer ging, ich folgte seinen Schritten 16
Und bildete im Gehen schon die Antwort,
Indem ich sagte: »Dort in jener Höhle,
Die meine Augen so gefesselt hatte, 19
Scheint mir ein Geist aus meinem eignen Blute
Die Schuld, die man dort heimzahlt, zu beweinen.«
Da sprach mein Meister: »Nun sollst du nicht länger 22
Von ihm dir deinen Sinn verstricken lassen;
Gib acht auf andres, er mag drunten bleiben.
Ich sah, wie er auf dich am Fuß der Brücke 25
Gezeigt hat, mit dem Finger heftig drohend,
Und hörte ihn Geri del Bello nennen.
Du warst indessen so sehr angezogen 28
Von dem, der Altaforte einst besessen,
Daß du nicht dorthin schautest, so entschwand er.«
»O du mein Führer, sein gewaltsam Ende, 31
Für das er Rache nicht gefunden«, sprach ich,
»Durch einen, der mit ihm die Schande teilte,
Das macht' ihn zornig, darum ist er wortlos 34
Von mir gegangen, wie ich glauben möchte;
Darob hab ich mit ihm noch größres Mitleid.«
So sprachen wir bis zu der ersten Stelle, 37
Wo von dem Riff das andre Tal zu sehen,
Wenn's heller wäre, bis zum tiefsten Grunde.
Als wir im letzten Kreuzgang angekommen 40
Der Malebolge, so daß seine Brüder
Für unsre Augen zu erkennen waren,
Da trafen mich verschiedene der Klagen 43
Wie Pfeile mit des Mitleids Eisenspitze,
So daß ich mit der Hand die Ohren deckte.
So wie wenn man von Juli bis September 46
Die Kranken der Spitäler Valdichianas,
Aus der Maremma und Sardinien alle
In einem Graben hier versammelt hätte, 49
So war es dort, solch ein Gestank erhob sich,
Wie er aus faulen Gliedern pflegt zu kommen.
Wir stiegen nieder zu dem letzten Rande 52
Des langen Felsens, auf der linken Seite,
Und nunmehr sah man deutlicher die Bilder

Im Grunde drunten, wo die unfehlbare
Gerechtigkeit, des Herren strenge Botin,
Die Fälscher straft, die sie auf Erden findet.
Ich glaube nicht, daß man ein größres Elend
Beim kranken Volk Äginas sehen konnte,
Als aus der Luft die große Seuche tobte,
So daß die Wesen bis zum kleinsten Wurme
Zu Boden fielen und die alte Menschheit,
So wie die Dichter sicher uns berichten,
Sich aus der Emsen Brut erneuern mußte;
Als hier in diesem dunklen Tal zu sehen
Die Geister, in verschiednen Haufen schmachtend.
Die lagen auf dem Bauch, und jene lehnten
Sich an des Nachbarn Rücken, andre krochen
Auf allen Vieren durch den traurigen Graben.
Wir gingen langsam weiter ohne Worte,
Wir schauten nur und hörten auf die Kranken,
Die sich vom Boden nicht erheben konnten.
Ich sah zwei sitzen, aneinander lehnend,
So wie man Pfannen auf dem Herde anlehnt,
Von Kopf bis Fuß mit Krätze überzogen.
Nie sah ich einen Knecht den Striegel führen,
Wenn er von seinem Herrn erwartet wurde,
Noch auch von dem, der ungern wach geblieben,
Wie beide dort mit ihren eignen Nägeln
Sich selber kratzten ob des wilden Juckens,
Vor dem sie sich nicht mehr zu retten wußten.
So rissen dort den Schorf vom Leib die Nägel
Wie mit dem Messer Schuppen von den Karpfen
Und andern Fischen, die noch größre haben.
»O du, der mit den Fingern sich enthäutet«,
Hat da mein Führer einen angesprochen,
»Und der du sie als Zangen oft verwendest,
Sag uns, ob ein Lateiner unter denen,
Die hier versammelt, so dir deine Nägel
Zu dieser Arbeit ewig reichen mögen.«
»Lateiner sind wir, die du so verstümmelt
Hier beide siehst«, gab einer klagend Antwort,
»Doch wer bist du, der kam, nach uns zu fragen?«
Der Führer sprach: »Ich kam herabgestiegen
Mit diesem Lebenden von Ring zu Ringe
Und bin gewillt, die Hölle ihm zu zeigen.«

Das riß sie los aus dem Zusammenlehnen, 97
Und zitternd wandte sich zu mir ein jeder,
Mit andern, die nun davon reden hörten.
Der gute Meister, ganz zu mir gewendet, 100
Sprach: »Sag zu ihnen, was du sagen möchtest.«
Und ich begann, da er es haben wollte:
»Wenn euer Angedenken nicht vergehe 103
Auf Erden droben in dem Geist der Menschen,
Vielmehr noch lebe unter vielen Sonnen,
So sagt mir, wer ihr seid, aus welchem Volke; 106
Und eure garstige und ekle Strafe
Soll euch nicht schrecken, euch mir kundzugeben.«
»Ich stamme aus Arezzo, mich verbrannte«, 109
Antwortet' einer, »Albero da Siena,
Doch was, wofür ich starb, führt mich nicht hierher,
Wohl hab ich ihm gesagt, im Scherze redend: 112
›Ich könnt im Flug mich in die Lüfte heben‹,
Und jener, der mehr Lust als Geist besessen,
Hat mich gedrängt, ihm meine Kunst zu zeigen; 115
Nur weil ich ihn zum Dädalus nicht machte,
Ließ er durch seinen Vater mich verbrennen.
Doch in den letzten Graben von den zehnen 118
Ließ Minos, der nicht irren kann, mich werfen,
Weil ich auf Erden Alchimie getrieben.«
Ich sprach zum Dichter: »Hat es je gegeben 121
So eitle Leute wohl wie die Sienesen?
Fürwahr, selbst die Franzosen sind nicht eitler.«
Da gab der andre Kranke, der mich hörte, 124
Zur Antwort mir: »Nur ausgenommen Stricca,
Der seine Wirtschaft so mit Maßen führte,
Und Niccolò, der einst die üppige Sitte 127
Der Nelken als der erste hat erfunden
Im Garten, wo gedeiht ein solcher Same;
Und ausgenommen auch die Schar, in welcher 130
Caccia d'Ascian Weinberg und Wald verspielte
Und Abbagliato seinen Geist verspritzte.
Doch daß du weißt, wer gegen die Sienesen 133
Dir so geholfen, schärfe deine Blicke,
Daß mein Gesicht dir gut ins Auge falle;

Dann wirst du sehn, ich bin Capocchios Schatten; 136
Ich hab gefälscht mit Alchimie Metalle,
Und du mußt wissen, so wie ich dich kenne,
Ich war ja der Natur ein guter Affe.« 139

## DREISSIGSTER GESANG

*Dante vergleicht die Raserei der Fälscher im zehnten Graben des achten Höllenkreises mit dem Wahnsinn des Athamas, der gegen Weib und Kinder wütete, und mit dem der Hecuba beim Tode ihrer Kinder. Rasend fällt ein anderer Toskaner über Capocchio her, während Griffolino den Wanderern neue Sünder schildert: Myrrha, die in verwandelter Gestalt mit dem eigenen Vater buhlte, und Gianni Schicchi, der ein Testament fälschte. Dann sieht Dante den von Wassersucht aufgeschwellten Falschmünzer Adamo, der ihm seine Sehnsucht nach den Bächlein der Heimat klagt und seine Verführer verflucht, um endlich in einen widerlichen Streit mit dem Griechen Sinon zu geraten.*

Zur Zeit, da wegen Semele die Juno 1
Einst dem Geschlechte der Thebaner zürnte,
So wie sie es in vielen Fällen zeigte,
Ward Athamas von Wahnsinn so ergriffen, 4
Daß er beim Anblick seines Weibes, welches
Mit einem Sohn auf jedem Arm einherkam,
Ausrief: »Laß uns in einem Netze fangen 7
Die Löwin und die Löwlein, wenn sie kommen!«
Dann brauchte er die mitleidlosen Tatzen
Und packte einen, der Learch sich nannte, 10
Und schleudert' ihn im Schwung an einen Felsen,
Und jene warf ins Meer sich mit dem andern.
Und als das Schicksal einst nach unten wandte 13
Die Größe Trojas in der höchsten Kühnheit,
So daß der König mit dem Reiche stürzte,
Hat Hecuba voll Jammer und voll Elend, 16
Als sie Polyxena im Tod gesehen
Und als sie Polydorus an dem Strande
Des Meeres noch entdeckt in ihrer Trauer, 19
Wahnsinnig aufgebellt so wie die Hunde,
So sehr hat ihr der Schmerz den Geist umnachtet.

Doch weder Thebens Tollheit noch die Trojas
Hat man bei keinem je so wild gesehen,
An Tieren nicht und nicht an Menschengliedern,
Wie ich zwei Schatten bleich und nackend schaute,
Die, um sich beißend, so gelaufen kamen
Wie Schweine, wenn der Kofen sich geöffnet.
Der eine fiel Capocchio an und biß ihn
Ganz tief in seinen Hals hinein und schleppte
Ihn fort, daß ihm den Bauch der Boden kratzte.
Der Aretiner, der verblieb, sprach zitternd
Zu mir: »Der Tolle dort ist Gianni Schicchi;
In seiner Tollwut plagt er so die andern.«
»So wahr der andre«, sagt' ich, »mit den Zähnen
Dich nicht zerfleische, laß dich's nicht verdrießen
Zu sagen, wer er ist, bevor er wegläuft.«
Und er zu mir: »Es ist die alte Seele
Der Myrrha, welche außer aller Sitte
Verbrecherisch mit ihrem Vater buhlte.
Sie ging mit ihm so weit in ihrer Sünde,
Daß sie die eigene Gestalt verfälschte,
So wie der andre, der sich dort davonmacht,
Der einst des besten Stücks der Herde wegen
Buoso Donatis Stelle eingenommen,
Sein Testament verfaßt und unterschrieben.«
Und als die beiden Wütenden vorüber,
Auf die ich meine Blicke erst gerichtet,
Wandt ich die Augen zu den andern Sündern.
Und ich sah einen, der glich einer Laute,
Wenn man ihm seinen Leib an jener Stelle,
Wo er sich spaltet, abgeschnitten hätte.
Die schwere Wassersucht, die unsre Glieder
So sehr entstellt mit schlecht gebrauten Säften,
Daß das Gesicht zum Leibe nicht mehr passend,
Ließ jenem dort die Lippen offen stehen
Wie von der Schwindsucht jemand, der im Durste
Die nach dem Kinn und die nach oben aufstülpt.
»O ihr, die ihr so ohne Strafe wandelt,
Warum, das weiß ich nicht, im Land der Schmerzen«,
Sprach er zu uns, »nun schauet und beachtet
Das Elend, das dem Herrn Adamo wurde;
Ich hatte lebend reichlich, was ich wollte,
Jetzt sehn ich mich nach einem Wassertropfen.

Die Bächlein, die von jenen grünen Hügeln
Des Casentino in den Arno fließen
In ihren molligen und kühlen Betten,
Die sind mir stets vor Augen, nicht vergeblich;
Weil mehr an mir noch ihre Bilder zehren
Als meine Krankheit und die Wangen schmälern.
Gerechtigkeit, die strenge, mich zu strafen,
Holt ihre Mittel von dem Ort der Sünde,
Um meine Seufzer schneller vorzupressen.
Dort liegt Romena, wo ich jene Münze
Gefälscht, auf welche man den Täufer prägte,
Weshalb man droben meinen Leib verbrannte.
Doch wenn ich hier die traurige Seele fände
Sei's Guidos, Alexanders, sei's des Bruders,
Würd ich dafür die Brandaquelle geben.
Der eine ist schon hier, wenn mir die Schatten,
Die wütend ringsum ziehn, die Wahrheit sagten,
Doch hilft's mir nichts, denn steif sind meine Glieder.
Wenn ich auch nur um so viel leichter wäre,
Daß ich in hundert Jahren einen Zollbreit
Mich rühren könnte, wär ich schon gegangen,
Ihn unter diesem eklen Volk zu suchen,
Obwohl es sich im Kreis elf Meilen ausdehnt
Und mehr als eine halbe in die Breite.
Durch ihre Schuld bin ich bei diesen Leuten;
Sie brachten mich dazu, daß ich die Gulden
Mit drei Karaten Kupfer hab geschlagen.«
Und ich zu ihm: »Wer sind die beiden Sünder,
Die dampfen wie im Winter unsre Hände
Und dicht an deiner rechten Seite liegen?«
»Hier fand ich sie; sie zeigten keine Regung«,
Sprach er, »seit ich in diese Krippe stürzte;
Ich glaub, sie werden ewig liegen bleiben.
Eins ist die Falsche, die einst Joseph schmähte,
Das andre ist der falsche Grieche Sinon,
Und ihr Gestank kommt von dem starken Fieber.«
Und eins von beiden, dem es wohl nicht paßte,
Daß man so dunkel seinen Namen nannte,
Hat mit der Faust ihm auf den Bauch geschlagen.
Der tönte laut, als wär er eine Trommel,
Und Herr Adamo schlug ihm ins Gesichte
Mit seiner Faust, die wahrlich auch nicht weicher,

Und sagte: »Ist es mir auch nicht gestattet,
Mich zu bewegen mit den schweren Gliedern,
So ist mein Arm doch noch zum Schlagen locker.«
Er gab zur Antwort: »Als du auf dem Wege
Zum Scheiterhaufen, war er nicht so tüchtig,
Doch um so mehr, als er die Münze prägte.«
Der Wassersüchtige: »Das kann ich nicht leugnen;
Doch hast du damals nicht so wahr gesprochen,
Als man bei Troja nach der Wahrheit fragte.«
»Ich sagte Falsches, du gabst falsche Münze«,
Sprach Sinon: »ich bin hier für eine Sünde,
Und du für mehr als jeder andre Teufel.«
»Erinnre dich, Meineidiger, des Pferdes«,
Sprach jener mit dem aufgeblähten Bauche,
»Und ärgre dich, daß es der Welt bekannt ist.«
Der Grieche: »Du sollst an dem Durst dich ärgern,
Von dem die Zunge platzt, am faulen Wasser,
Das dir den Bauch vor deinen Augen anschwellt.«
Da sprach der Münzer: »So reißt du das Maul auf,
Um, wie du stets gewohnt, noch mehr zu lästern;
Doch wenn ich dürste und mich bläht das Wasser,
Hast du den Brand und Schmerzen in dem Kopfe;
Und an dem Spiegel des Narziß zu lecken,
Müßt man dich nicht mit vielen Worten laden.«
Ich war noch ganz gespannt, auf sie zu hören.
Da sprach mein Meister zu mir: »Sieh nur, siehe!
Nun hätt ich beinah Grund, mit dir zu zanken.«
Als ich ihn zornig zu mir sprechen hörte,
Wandt ich mich um zu ihm so voll Beschämung,
Daß sie noch heut mir im Gedächtnis umgeht.
Und so wie der, der träumt von einem Unheil
Und der sich wünscht im Traume, nur zu träumen,
Daß er das Wirkliche unwirklich möchte,
So ward auch mir; ich konnte nicht mehr sprechen,
Mich zu entschuldigen, und habe dadurch
Mich, ohne daß ich's wußte, doch entschuldigt.
»Geringre Scham tilgt größere Verfehlung«,
So sprach mein Meister, »als du sie begangen;
Du darfst dich aller Traurigkeit entschlagen.

Stell dir nur vor, daß ich dich stets begleite, 145
  Wenn dich der Zufall wieder einmal führte
  Zu Leuten, die in solchem Streit begriffen,
Denn niedrig ist der Wunsch, dies anzuhören.« 148

## EINUNDDREISSIGSTER GESANG

*Beim Verlassen des zehnten Grabens des achten Höllenkreises gelangen die Wanderer an den Rand des neunten Höllenkreises, aus dem die Gestalten der Riesen wie Türme emporragen. Nimrod empfängt sie mit einem Hornsignal und mit wüstem, unverständlichem Geschrei. Dann kommen sie zu dem gefesselten Ephialtes und zu Anteus, der frei ist und dessen Bewegungen einem Erdbeben gleichen. Auf Virgils Bitte setzt er die Wanderer nieder in den letzten Höllengrund.*

Die gleiche Zunge, die mich erst verletzte, 1
  So daß sie mir die beiden Wangen färbte,
  Hat mir hernach die Heilung auch bereitet.
So hör ich, daß einst des Achilles Lanze 4
  Und seines Vaters Ursach werden konnte
  Zuerst von trauriger, dann guter Wirkung.
Wir wandten jenem Jammertal den Rücken 7
  Auf seinem Damme, der es rings umgürtet,
  Und kreuzten diesen ohne alle Worte.
Dort war nicht Nacht und nicht das Licht des Tages, 10
  So daß die Blicke kurz nur reichen konnten,
  Jedoch ich hört ein lautes Hörnerblasen,
Das jeden Donner übertroffen hätte; 13
  Es leitete mich seiner Bahn entgegen
  Und lenkte meine Augen zu dem Orte.
Nach jener schmerzensreichen Niederlage, 16
  Da Carolus die heilige Schar verloren,
  Hat Roland selbst so schrecklich nicht geblasen.
Erst kurz hatt ich das Haupt dahin gewendet, 19
  Da sah ich, wie mir schien, viel hohe Türme
  Und rief: »Mein Meister, welche Stadt ist dieses?«
Und er zu mir: »Weil durch die Finsternisse 22
  Du mit den Augen allzu weit gedrungen,
  Geschieht's, daß deine Blicke sich verwirren.

Wenn du dorthin gekommen, wirst du sehen, 25
Wie sehr die Sinne aus der Ferne trügen,
Darum mußt du ein wenig weiter gehen.«
Dann hat er freundlich meine Hand genommen, 28
Und sprach: »Bevor wir näher noch getreten,
Damit die Sache weniger dich befremde,
Versteh, es sind nicht Türme, sondern Riesen; 31
Sie stehen rings am Rande in dem Schachte
Vom Nabel abwärts alle miteinander.«
So wie wenn sich der Nebel hat gelichtet, 34
Der Blick allmählich wieder kann erkennen,
Was ihm der Dunst im Äther erst verborgen,
So ist in jenen dicken, schwarzen Lüften, 37
Indes wir näher an das Ufer kamen,
Geflohn der Irrtum und die Furcht gewachsen;
Denn so wie oben auf dem runden Umkreis 40
Montereggion umgeben ist mit Türmen,
So war das Ufer an dem Höllenschachte
Dort überschattet von den Oberkörpern 43
Der finstern Riesen, die im Himmel droben
Jupiter noch bedroht mit seinem Donner.
Und ich erkannt' schon das Gesicht von einem, 46
Die Schultern, Brust und einen Teil des Bauches
Und längs den Rippen hängend beide Arme.
Natur hat wahrlich, als sie solche Wesen 49
Zu schaffen aufgehört, ganz recht gehandelt,
Dem Mars nicht solche Schlächter mehr zu liefern.
Wenn auch den Walfisch und den Elefanten 52
Sie nicht bereut, so wird, wer scharf betrachtet,
Dies um so mehr für klug und richtig halten;
Denn wo die Überlegung des Verstandes 55
Sich zu der Kraft gesellt und bösem Willen,
Da kann man keine Gegenwehr mehr leisten.
Sein Angesicht erschien mir lang und riesig, 58
So wie in Rom der Zapfen von Sankt Peter,
Und dem entsprechend war der Rest der Glieder,
So daß das Ufer, das die untre Hälfte 61
Ihm überdeckte, so viel doch nach oben
Noch sehen ließ, daß bis zu seiner Mähne
Drei Friesen schwerlich hätten reichen können; 64
Denn ich sah wohl noch dreißig große Spannen
Von dort, wo man den Mantel knöpft, nach unten.

»Raphel maì amech izabì almi«,
So schrie er plötzlich mit dem wilden Munde,
Dem weichre Lieder nicht geziemend waren.
Mein Führer sprach zu ihm: »Du dumme Seele,
Blas in dein Horn doch, um dich auszutoben,
Wenn Zorn und Leidenschaft dich überkommen.
Such nur am Hals, da findest du den Riemen,
An dem es hängt, du aufgeregte Seele,
Und sieh, wie's auf die Riesenbrust dir baumelt.«
Dann sagt' er mir: »Er muß sich selbst verklagen;
Es ist Nimrod, durch dessen böses Denken
Auf Erden nicht nur eine Sprache gültig.
Wir lassen ihn und sprechen nicht ins Leere,
Denn jede Sprache ist für ihn die gleiche,
Wie seine für die andern, unverständlich.«
Wir gingen also unsres Weges weiter
Zur Linken, und nach einem Bogenschusse
Stand einer da noch größer und noch wilder.
Wer ihn zu fesseln je die Kraft besessen,
Das weiß ich nicht, doch trug er eine Kette,
Die vorn den rechten Arm, den linken hinten
In Fesseln hielt und ihn umschlungen hatte
Vom Halse abwärts, daß der Oberkörper
Zum fünften Male war damit umwunden.
»Der Übermütige hat erproben wollen
Am höchsten Jupiter einst seine Kräfte«,
So sprach mein Führer; »dies ist seine Strafe.
Ephialtes heißt er und war bei den Kämpfen,
Wo vor den Riesen selbst die Götter bangten;
Jetzt kann er seine Arme nicht mehr rühren.«
Und ich zu ihm: »Wenn es uns möglich wäre,
So möchte ich den Riesen Briaräus,
Das Ungetüm, mit meinen Augen sehen.«
Er gab zur Antwort: »Den Anteus siehst du
Hier nebenan, der spricht und ist in Freiheit;
Der wird uns auf den Grund der Hölle setzen.
Der, den du sehen willst, ist weiter drüben,
Er ist gebunden und gebaut wie dieser,
Nur ist er im Gesichte noch viel wilder.«
Nie hat ein noch so starkes Erdenbeben
So mächtig einen Turm erschüttern können,
Wie Ephialtes dort sich schütteln mußte.

Da hab ich mehr denn je den Tod gefürchtet,
Und beinah hätt mich schon der Schreck getötet,
Wenn ich die Ketten nicht gesehen hätte.
Wir gingen alsdann unsres Weges weiter
Und kamen zu Anteus, der fünf Ellen
Gut ohne Kopf aus jenem Brunnen ragte.
»O du, der einst in jenem glücklichen Tale,
Dem Scipio seinen großen Ruhm verdankte,
Da Hannibal geflohen mit den Seinen,
Als Beute tausend Löwen hast gewonnen,
So daß, wenn du mit deinen andern Brüdern
Zum Kampf gezogen wärest, darf man glauben,
Die Erdensöhne hätten siegen müssen.
Setz uns hinab, und laß dich's nicht verdrießen,
Dorthin, wo der Kozytus eingefroren.
Laß uns nicht Tityos und nicht Typhon suchen;
Der hier kann geben, was man wünscht hier unten,
Drum beuge dich und rümpfe nicht die Nase.
Er kann dir in der Welt noch Ruhm verschaffen,
Denn lebend ist er und wird lang noch leben,
Wenn Gnade vor der Zeit ihn nicht wird rufen.«
So sprach mein Meister. Jener streckte eilig
Die Hände meinem Führer schon entgegen,
Die Herkules dereinst hat spüren müssen.
Virgil, als er sich fassen fühlte, sagte
Zu mir: »Komm her zu mir, daß ich dich fasse.«
Dann machte er aus sich und mir ein Bündel.
Genau so wie beim Garisendaturme,
Der überhängt, wenn eine Wolke drüber
Hinzieht, man glaubt, er neige sich herunter,
So schien Anteus sich, da ich ihn ansah,
Herabzubeugen, und zu jener Stunde
Hätt ich mich anderswo befinden mögen.
Doch leicht hob er uns nieder zu dem Grunde,
Der Luzifer und Judas hat verschlungen.
Doch blieb er nicht in der gebeugten Haltung;
Er hat sich wie ein Mast im Schiff erhoben.

## ZWEIUNDDREISSIGSTER GESANG

*Die Wanderer befinden sich im neunten Höllenkreis, wo die Verräter in einem eisigen See bis zum Halse eingefroren sind, in der Kaina die Verräter an Verwandten, in der Antenora die politischen Verräter. Dante trifft unter ihnen eine Reihe von Italienern, die ihre Namen verschweigen möchten, aber teilweise sich gegenseitig verraten. Endlich stößt Dante auf zwei Schädel, von denen der eine am andern nagt: Graf Ugolino und der Erzbischof Ruggieri von Pisa.*

Wenn ich die harten, rauhen Verse hätte, 1
Wie sie dem traurigen Abgrund ziemen würden,
Zu welchem alle andern Felsen führen,
So könnte ich den Saft aus meinem Stoffe 4
Viel besser pressen; doch weil sie mir fehlen,
Geh ich nicht furchtlos an die weitre Rede.
Denn nicht zum Scherze ist das Unterfangen, 7
Den Grund des Universums zu beschreiben,
Und nicht für Kindlein, die die Mutter rufen.
Es mögen meinem Lied die Frauen helfen, 10
Die einst bei Thebens Bau Amphion halfen,
Daß Sache sich und Wort nicht unterscheiden.
O ihr vor allem Abschaum der Gebornen, 13
Dort an dem Orte, der mir hart zu schildern,
Ihr wäret besser Schafe oder Ziegen!
Als wir im dunklen Brunnen drunten waren, 16
Zu Füßen unsres Riesen, noch viel tiefer,
Und ich die hohen Wände noch beschaute,
Da hört ich sagen: »Acht auf deine Schritte! 19
Geh so, daß du nicht trittst mit deinen Füßen
Die Köpfe deiner armen, müden Brüder!«
Da wandt ich mich und sah vor meinen Augen 22
Und mir zu Füßen einen See, der hatte
Vom Frost die Form des Glases, nicht des Wassers.
In ihrem Lauf ist nicht so dick bezogen 25
Zur Winterszeit in Österreich die Donau
Und nicht der Don dort unterm kalten Himmel,
Wie hier der See, so daß, wenn Tambernik 28
Darauf gefallen oder Pietrapana,
Er selbst am Rande nicht gesprungen wäre.

Und wie mit ihrem Maule aus dem Wasser 31
Die Frösche quaken, wenn die Zeit gekommen,
In der die Bäurin denkt ans Ährenlesen,
So steckten bis zum Antlitz, blaugefroren, 34
Die schmerzenvollen Schatten in dem Eise,
Die Zähne klappernd nach der Art der Störche.
Ein jeder senkte sein Gesicht nach unten, 37
Der Mund bezeugt' die Kälte, und des Herzens
Betrübnis gab das Auge zu erkennen.
Als ich mich etwas umgesehen hatte, 40
Schaut ich zu meinen Füßen und sah zweie
So dicht beisammen, daß ihr Haar sich mischte.
»Sagt mir, die ihr so Brust an Brust euch dränget, 43
Wer seid Ihr?« Und sie bogen ihre Hälse;
Und als sie das Gesicht emporgerichtet,
Troffs von den Augen, die im Innern weinten, 46
Hernieder auf die Lippen, und die Kälte
Macht' ihre Tränen hart und schloß sie wieder.
Nie hat die Klammer Holz an Holz gefesselt 49
So fest wie sie, weshalb sie wie zwei Böcke
Zusammenstießen, als der Zorn sie packte.
Und einer, der vom Frost die beiden Ohren 52
Verloren hatte, das Gesicht nach unten,
Der sprach: »Was willst du so in uns dich spiegeln?
Und willst du wissen, wer die beiden waren? 55
Das Tal, durch das Bisenzo kommt geflossen,
Gehörte ihnen und dem Vater Albert.
Sie sind aus einem Leib; du kannst Kaina 58
Durchsuchen und du findest keinen Schatten,
Der mehr verdiente, so im Eis zu liegen;
Nicht jener, dem dereinstens Brust und Schatten 61
Artus durchbohrt mit einem einzigen Stoße,
Auch nicht Focaccia, nicht der mit dem Haupte
Mich so beschattet, daß ich wenig sehe. 64
Er trug den Namen Sassol Mascheroni;
Wenn du Toskaner bist, wirst du ihn kennen.
Und um mir weitre Reden zu ersparen, 67
Vernimm, ich war der Camicion dei Pazzi
Und warte auf Carlin, der mich entlaste.«
Dann sah ich tausend andere Gesichter 70
Blau von der Kälte; darum wird es ewig
Mich schaudern vor den eingefrornen Pfützen.

Und während wir zur Mitte weiterschritten, 73
In welcher alle Schwere sich vereinigt,
Und ich erzitterte vom ewigen Schatten,
Ich weiß nicht, ob es Wille, Schicksal, Zufall 76
Gewesen, als wir durch die Köpfe gingen,
Da stieß ich heftig mit dem Fuß an einen.
Er schalt mich klagend: »Warum mich so treten, 79
Wenn du die Rache nicht vergrößern wolltest
Für Montaperti, was willst du mich plagen?«
Und ich: »Mein Meister, hier mußt du noch warten, 82
Daß ich um diesen meinen Zweifel löse;
Dann folg ich dir, solang du willst, in Eile.«
Der Führer hielt, ich aber sprach zu jenem, 85
Den ich noch immer heftig fluchen hörte:
»Wer bist du, der du so beschimpfst die Leute?«
»Wer bist denn du, der in Antenors Grube«, 88
Gab er zur Antwort, »uns die Backen anstößt,
Daß es zu stark wär, wenn du noch am Leben?«
»Ich bin noch lebend, und es kann dich freuen«, 91
War meine Antwort, »wenn der Ruhm dir teuer,
Daß ich mit andern deinen Namen nenne.«
Und er zu mir: »Das Gegenteil begehr ich. 94
Geh weg von hier und laß mir meine Ruhe,
Denn übel schmeichelst du in diesem Loche.«
Da hab ich ihn an seinem Schopf ergriffen 97
Und sprach: »Du wirst mir deinen Namen sagen,
Sonst wird dir hier kein einziges Haar mehr bleiben.«
Und er zu mir: »Du magst mich noch so rupfen, 100
Ich sag und zeige nicht, wer ich gewesen,
Und haust du tausendmal mir auf den Schädel.«
Ich hatte in der Hand schon seine Haare 103
Und einige Büschel ihm schon ausgerissen,
Indes er bellte, das Gesicht nach unten,
Als noch ein andrer rief: »Was hast du, Bocca? 106
Kann dir das Kieferklappern nicht genügen?
Mußt du noch bellen? Welcher Teufel plagt dich?«
»Nunmehr«, sprach ich, »brauchst du gar nicht zu reden, 109
Du garstiger Verräter, deine Schande
Werd ich wahrhaftig in der Welt verkünden.«
»Geh fort«, sprach er, »und was du willst, erzähle; 112
Doch schweige nicht, wenn du von hier hinauskommst,
Von dem, der jetzt so locker mit der Zunge.

Er weint hier über das französische Silber.
›Ich sah‹, so kannst du sagen, ›den von Duera
Dort, wo die Sünder frisch gehalten werden.‹
Und fragt man dich, wer sonst noch drunten weile,
Du hast zur Seite den von Beccheria,
Dem einst Florenz die Gurgel abgeschnitten.
Gianni dei Soldanier ist, glaub ich, drüben
Mit Ganelon vereint und Tebaldello,
Der in der Nacht Faenza hat geöffnet.«
Wir hatten diesen Sünder schon verlassen,
Da sah ich zwei vereist in einem Loche;
Der Kopf des einen schien der Hut des andern.
Wie in das Brot gebissen wird aus Hunger,
So biß der obre jenen mit den Zähnen
Dort, wo das Hirn dem Nacken sich verbindet.
Nicht anders sah man einst Tydeus nagen
Voll tiefem Haß des Menalippus Schläfen,
Als der hier an des andern Schädel nagte.
»O du, der durch so tierisches Gebaren
Den Haß auf den, den du verzehrst, bekundet,
Sag mir den Grund«, sprach ich, »und ich verspreche,
Wenn du ein Recht hast, über ihn zu klagen
Und ihr und seine Sünden mir bekannt sind,
So will ich droben in der Welt dich lohnen,
So wahr mir meine Zunge nicht vertrockne.«

## DREIUNDDREISSIGSTER GESANG

*Der am Schädel seines Gegners nagende Sünder erzählt Dante seine Geschichte; es ist Graf Ugolino della Gherardesca, der seine Vaterstadt Pisa an die Guelfen verraten hatte und den der Erzbischof Ruggieri dafür mit seinen Söhnen im Gefängnis verhungern ließ. Dann gehen die Wanderer weiter zum innersten Kreise des Eissees, der Tolomea, wo die Verräter an Tischgenossen eingefroren sind. Einer der Sünder bittet Dante, ihm das Eis von den Augen zu lösen, und erklärt ihm, daß hier unten manche Verräterseele weilt, deren Leib von einem Teufel besessen noch droben wandelt.*

Der Sünder hob von seinem wilden Fraße
Den Mund empor und wischt' ihn mit den Haaren
Des Kopfes, den er hinten angefressen.
Dann fing er an: »Du willst, daß ich erneure
Die wilden Schmerzen, die das Herz mir drücken
Beim Denken schon, bevor ich davon rede.
Wenn aber meine Worte Samen werden
Zur Schande des Verräters, den ich nage,
So wirst du mich in Tränen reden sehen.
Ich weiß nicht, wer du bist, auf welche Weise
Du hergekommen, doch ein Florentiner
Scheinst du mir wahrlich nach der Art zu reden.
Ich war Graf Ugolino, mußt du wissen,
Und dieser ist der Erzbischof Ruggieri;
Nun sag ich dir, warum ich ihm so nahe.
Daß durch die Wirkung seines bösen Sinnes
Ich, der ich ihm vertraut, gefangen wurde
Und dann getötet, brauch ich nicht zu sagen.
Doch was du droben noch nicht hören konntest,
Wie grausig nämlich mir der Tod gewesen,
Das höre nun, und wie er mich gequält hat.
Es hat ein kleiner Spalt in jenem Turme,
Der nach mir nur der Hungerturm wird heißen
Und der noch viele andre wird verschließen,
Durch seine Öffnung mich erkennen lassen
Mehr Monde schon, als mir der Traum gekommen,
Der mir der Zukunft Schleier aufgerissen.
Der hier erschien mir als der Herr und Meister;
Er jagte Wolf und Wölflein zu dem Berge,
Der den Pisanern Luccas Anblick hindert,
Mit magern Hunden, wilden und durchtriebnen,
Gualandi und Sismondi und Lanfranchi
Hat er vor seiner Jagd einhergetrieben.
Nach kurzem Lauf schon schienen mir ermüdet
Vater und Söhne; mit den scharfen Hauern
Sah ich, wie ihre Flanken aufgerissen.
Und als ich vor dem Morgenlicht erwachte,
Hört ich im Schlafe meine Kinder weinen,
Die bei mir waren, und nach Brot verlangen.
Du bist recht grausam, kann dich dies nicht rühren,
Wenn du bedenkst, was meinem Herzen drohte,
Und wenn du hier nicht weinst, wann willst du weinen?

Sie wachten schon; es nahte sich die Stunde,
Da man die Nahrung uns zu bringen pflegte,
Doch jedem ahnte schlimm aus seinem Traume.
Ich aber hörte drunten schon vernageln
Das Tor des grausigen Turmes, und ich schaute
Ins Antlitz meiner Söhne ohne Worte.
Ich weinte nicht, ich ward zu Stein im Innern;
Sie weinten, und mein kleiner Anselmuccio
Sagte: ›Du schaust so, Vater, fehlt dir etwas?‹
Drum weint ich nicht und gab auch keine Antwort
Den ganzen Tag und auch die Nacht, die folgte,
Bis von der Erde schwand die zweite Sonne.
Sobald ein wenig Licht hereingedrungen
Zum schmerzensreichen Kerker, konnt ich sehen
In vier Gesichtern meinen eignen Anblick.
Da biß ich mich vor Schmerz in beide Hände,
Und jene, welche glaubten, daß aus Hunger
Ich so getan, sind sogleich aufgestanden
Und sagten: ›Vater, unser Schmerz wär kleiner,
Wenn du von uns würdst essen, denn du schenktest
Dies arme Fleisch uns, du sollst es auch nehmen.‹
Da war ich still, sie mehr nicht zu betrüben;
Den und den nächsten Tag schwiegen wir alle.
Was tatst du dich nicht auf, o harte Erde!
Als wir zum vierten Tag gekommen waren,
Warf Gaddo sich mir lang zu meinen Füßen
Und sprach: ›Mein Vater, kannst du mir nicht helfen?‹
So starb er, und so wahr du mich hier siehest,
Sah ich die dreie nacheinander fallen
Am fünften und am sechsten Tag; ich selber,
Schon blind, begann um sie herumzukriechen.
Zwei Tage rief ich sie, als sie gestorben;
Dann war der Hunger stärker als die Trauer.«
Nach diesem Wort griff er, die Augen rollend,
Den armen Schädel wieder mit den Zähnen
Und nagte kräftig, wie ein Hund den Knochen.
O Pisa, Schandmal du des ganzen Volkes
Im schönen Lande, wo das Si ertönet,
Da deine Nachbarn dich nicht strafen mögen,
Soll sich Capraja und Gorgona rühren,
Des Arno Wasser an der Mündung stauen,
So daß er in dir jedermann ersäufe.

Denn wenn Graf Ugolino angeschuldigt, 85
Daß er dir die Kastelle hat verraten,
So durftest du die Söhne nicht so quälen.
Unschuldig machte doch das Kindesalter, 88
Du neues Theben, Hugo und Brigata
Und die zwei andern, die mein Lied noch nannte.
Wir gingen weiter, wo des Eises Fläche 91
Mit rauher Macht noch andre Leute fesselt;
Sie schaun nicht abwärts, sie sind umgewendet.
Das Weinen selber hindert dort das Weinen. 94
Verschlossen sind dem Schmerz die Augen oben;
Er geht nach innen, die Bedrängnis mehrend.
Die ersten Tränen bilden eine Kruste 97
Und füllen wie kristallene Visiere
Die ganze Höhle unter ihren Brauen.
Und wenn auch durch die Kälte jedes Fühlen, 100
So wie es oft bei einer Schwiele vorkommt,
Aus meinem Angesichte war verschwunden,
So glaubte ich doch einen Wind zu spüren 103
Und fragte: »Woher bläst es denn, mein Meister?
Ist nicht hier unten jeder Hauch vergangen?«
Und er zu mir: »Bald wirst du dahin kommen, 106
Wo dir das Aug wird darauf Antwort geben
Und du des Windes Grund wirst sehen können.«
Und einer, den die kalte Kruste plagte, 109
Der schrie uns an: »Ihr mitleidlosen Seelen,
Da euch die letzte Grube vorbehalten,
Nehmt mir den harten Schleier vom Gesichte, 112
Daß ich den Schmerz des Herzens von mir ströme,
Noch eh die Tränen wieder festgefroren.«
Drauf ich zu ihm: »Wenn du um Hilfe bittest, 115
So sag mir, wer du warst; ich will hinunter
Zum Grund des Eises, wenn ich dir nicht helfe.«
Er gab zur Antwort: »Bruder Alberigo 118
Bin ich, der mit der Frucht des bösen Gartens,
Und hier empfange ich für Feigen Datteln.«
»Oh«, fragt ich ihn, »bist du auch schon gestorben?« 121
Und er zu mir: »Wie's meinem Leibe droben
Auf Erden geht, das kann ich nicht mehr wissen.
Den Vorteil hat die Tolomeagrube, 124
Daß oftmals Seelen hier herunterfallen,
Bevor der Tod sie dazu angestoßen.

Und damit du von dem Gesichte lieber 127
Mir die verglasten Tränen lösen mögest,
Vernimm, daß jeder Seele beim Verrate,
Wie ich ihn tat, der Leib von einem Teufel 130
Genommen wird, der ihn bewohnt so lange,
Bis seine Zeit erst völlig abgelaufen.
Sie stürzt in diesen tiefen Schacht herunter; 133
Indes vielleicht der Leib noch droben wandelt
Des Schattens, der hier unten eingefroren.
Du mußt es wissen, denn du kommst soeben: 136
Es ist Herr Branca D'Oria; viele Jahre
Sind schon vergangen, seit er so verschlossen.«
»Ich glaube«, sagt ich ihm, »du willst mich foppen, 139
Denn Branca D'Oria ist ja nicht gestorben,
Er ißt und trinkt und schläft und trägt noch Kleider.«
»Im Graben droben bei den Malebranche«, 142
Sprach er, »dort, wo das zähe Pech muß kochen,
War Michel Zanche noch nicht angekommen,
Als er an seiner Stelle einen Teufel 145
Im eignen Leibe ließ und im Verwandten,
Der den Verrat mit ihm vereint begangen.
Doch streck nunmehr herunter deine Hände, 148
Tu mir die Augen auf.« Ich tat's mitnichten;
Und höflich war es, an ihm grob zu handeln.
O Genovesen, die von jeder Sitte 151
So weit entfernt und voll von allen Lastern,
Was seid ihr noch nicht aus der Welt vertrieben?
Denn bei dem schlimmsten Geiste der Romagna 154
Fand einen solchen ich von euch, des Werke
Die Seele im Kozytus frieren lassen,
Indes sein Leib noch droben lebend wandelt. 157

## VIERUNDDREISSIGSTER GESANG

*Die Wanderer gelangen in die unterste Höllentiefe, wo der vom Himmel gestürzte Luzifer im Eise steckt. Er zermalmt in seinen drei Mäulern die Erzverräter Judas, Brutus und Cassius. An sei-nem Felle klettert Virgil mit Dante, den Mittelpunkt der Erde überwindend, durch den Höhlengang, der die Wanderer auf die südliche Erdoberfläche emporführt an das Gestade des Läute-*

*rungsberges. Dort treten sie aus einer Felsenspalte wieder hinaus in das Licht der Sonne.*

»Vexilla regis prodeunt inferni 1
Dort auf uns zu, drum mußt du vorwärts schauen«,
So sprach mein Meister, »ob du ihn erkennest«.
Wie, wenn ein dichter Nebel sich verbreitet 4
Oder in Dunkel eingehüllt die Erde,
Windmühlen aus der Ferne uns erscheinen,
So glaubte ich dort einen Bau zu sehen; 7
Da trat ich rückwärts hinter meinen Führer
Des Windes wegen, weil kein andrer Schutz war.
Schon war ich, nur mit Furcht kann ich's beschreiben, 10
Dort, wo die Schatten alle eingefroren
Durchschimmernd wie ein Splitter unterm Glase.
Die einen liegend, andre aufgerichtet, 13
Die mit dem Kopf und jene mit den Sohlen,
Und andre das Gesicht zum Fuß gebogen.
Als wir so weit nach vorne hingetreten, 16
Daß meinem Meister schien die Zeit gekommen,
Das Wesen, das einst schön war, mir zu zeigen,
Da trat er vor mir weg und hieß mich halten. 19
»Hier ist der Dis«, sprach er, »und hier die Stelle,
Wo du dich wappnen mußt mit großer Stärke«.
Wie ich nun stumm und eisig dort geworden, 22
Darfst du nicht fragen, Leser, und ich schreibe
Es nicht, weil jedes Wort vergeblich wäre.
Ich war nicht tot und war auch nicht lebendig; 25
Denk nun bei dir, wenn dir Verstand gegeben,
Wie ich geworden, weder dies noch jenes.
Der Herrscher über jenes Reich der Schmerzen 28
Hob sich mit halber Brust dort aus dem Eise.
Ich mag wohl eher einem Riesen gleichen,
Als Riesen selbst an seinem Arm gemessen. 31
Stell dir nun vor, wie seine ganze Größe
Sein mag, die solchem Teile wird entsprechen.
Wenn er so schön war wie er jetzo häßlich, 34
Und gegen seinen Schöpfer aufgestanden,
So muß von ihm wohl alle Trauer kommen.
O wie sehr hab ich mich verwundern müssen, 37
Daß drei Gesichter an dem Kopf zu sehen,
Das eine vorn, das war von roter Farbe;

Dazu zwei andre, die daneben waren, 40
Genau inmitten jeder Schulter eines,
Und sie vereinten oben sich am Scheitel,
Das rechte schien mir zwischen weiß und safran, 43
Das linke aber war so anzuschauen
Wie die, die von des Niles Ufer kommen.
Zwei große Flügel ragten unter jedem, 46
Wie sie ein solcher Vogel haben mußte;
Nicht größer sind der Meeresschiffe Segel.
Sie hatten keine Federn, sondern waren 49
Nach Art der Fledermäuse, und ihr Flattern
Ließ dreifach einen Wind von dorther wehen.
Davon war der Kozytus ganz gefroren. 52
Er weinte aus sechs Augen, von drei Kinnen
Rann mit den Tränen blutgemischter Speichel.
In jedem Maul zermalmt' er einen Sünder 55
Mit seinen Zähnen, wie um Flachs zu brechen,
So daß er drei auf diese Weise quälte.
Dem Vordern war viel schlimmer als das Beißen 58
Der Krallen Griff, denn oftmals ist der Rücken
Von seiner ganzen Haut entblößt geblieben.
»Die Seele, die dabei am meisten leidet, 61
Ist Judas, der Verräter«, sprach mein Meister.
»Der Kopf ist drin, die Beine zappeln draußen.
Von beiden andern, mit dem Kopf nach unten, 64
Ist, der vom schwarzen Schopf herabhängt, Brutus;
Sieh, wie er sich in stummen Schmerzen windet;
Der andre Cassius, mit den starken Gliedern. 67
Jedoch die Nacht kommt, es ist Zeit geworden
Zum Aufbruch, da wir alles nun gesehen.«
Ich hab' ihm, wie er wollt, den Hals umschlungen, 70
Und er ergriff die rechte Zeit und Stelle,
Und als die Flügel sich genug geöffnet,
Hielt er sich fest an den behaarten Flanken 73
Und ließ sich an den wilden Büscheln zwischen
Dem Eise nieder und dem dichten Felle.
Als wir dort angekommen, wo der Schenkel 76
Gerade in die breite Hüfte mündet,
Da wandt der Führer voller Sorg und Mühe
Den Kopf dahin, wo erst die Füße waren, 79
Und hielt sich an dem Fell, als wollt er steigen,
Daß ich zur Hölle umzukehren glaubte.

»Halt dich gut fest, denn über solche Stufen«, 82
Sprach da mein Meister keuchend und ermattet,
»Muß man vom großen Übel sich entfernen.«
Dann kroch er durch die Spalte eines Felsens 85
Und setzte mich an ihrem Rande nieder
Und schwang sich zu mir mit geschicktem Fuße.
Ich hob die Augen auf und glaubt, ich würde 88
Luzifer sehen, wie ich ihn verlassen;
Ich sah, wie er die Beine aufwärts streckte.
Ob ich da in Verwirrung wohl geraten, 91
Das mögen stumpfe Leute denken, welche
Nicht sehn, durch welchen Punkt wir durchgegangen.
»Erheb dich auf die Füße«, sprach mein Meister, 94
»Das Ziel ist weit, der Weg ist sehr beschwerlich.
Schon steht die Sonne in der dritten Stunde.«
Es war dies nicht ein Saal wie von Palästen, 97
Wo wir nun standen, sondern rohe Höhlung
Mit schlechtem Boden und mit kargem Lichte.
»Bevor ich aus dem Abgrund mich befreie, 100
Mein Meister«, sprach ich, als ich aufgestanden,
»Sollst du ein wenig meinen Irrtum klären.
Wo ist das Eis, und wie ist dieser also 103
Verkehrt gestellt, und wie kann denn die Sonne
So schnell vom Abend bis zum Morgen eilen?«
Und er zu mir: »Du wähnst dich wohl noch jenseits 106
Vom Mittelpunkt, wo ich mich an die Zotten
Des Bösen hängte, der die Welt durchlöchert.
Du warst noch jenseits so lang, als ich abstieg. 109
Als ich mich drehte, ging der Punkt vorüber,
Zu dem das Schwere strebt von allen Seiten.
Du bist nun unter jener Himmelshälfte, 112
Die der entgegen überm großen Sande,
In deren Mitte einst der Mensch gestorben,
Der sündenlos geboren war und lebte. 115
Du hast die Füße auf dem kleinen Kreise,
Der Gegenseite ist für die Giudecca.
Hier ist es Morgen, wenn es drüben Abend. 118
Und der, des Haare uns als Treppe dienten,
Steckt noch so drinnen wie er vorher steckte.
Auf dieser Seite stürzte er vom Himmel, 121
Und was an Erde einst sich hier gebreitet,
Hat sich aus Furcht verhüllt mit einem Meere

Und kam zu unsrer Hälfte; und die andre,
Die hier erscheint und sich nach oben wölbte,
Schuf wohl, um ihn zu fliehen, diese Höhle.«
Ein Raum ist dort, von Luzifer so ferne
Als drüben sich das große Grab erstreckte,
Man sieht ihn nicht, man kann ihn nur erkennen
Am Rauschen eines Bächleins, das im Felsen
In einem Bett hinabfließt, das es selber
Mit dem gewundenen Laufe schuf, ganz langsam.
Durch die verborgne Höhlung sind mein Führer
Und ich zurückgekehrt zur lichten Erde,
Und ohne erst um Ruhe uns zu kümmern,
Hinaufgestiegen, er voran, ich folgend,
So lang bis ich ein Stück der schönen Bilder
Des Himmels durch ein rundes Loch erblickte.
Dann traten wir hinaus und sahn die Sterne.

# Purgatorio

# Der Läuterungsberg

## ERSTER GESANG

*Der Gesang schildert die ersten Schritte Dantes und Virgils im Vorpurgatorio. Dante kündigt einen höheren Ton für diesen zweiten Teil seines Gedichtes an, indem er an den mythologischen Wettstreit der Muse Kalliope mit den Pieriden erinnert. Die beiden Wanderer haben die Hölle verlassen und befinden sich, wie die Konstellation von Venus und den Fischen andeutet, in der Morgendämmerung des Ostertages 1300 auf einer einsamen Insel der südlichen Halbkugel, auf der sich der Läuterungsberg erhebt. Hier treffen sie als Wächter den Cato der römischen Geschichte, der als Vorbild der römischen Tugend bei der Höllenfahrt Christi erlöst worden ist. Ehrfürchtig bitten sie ihn um Durchlaß. Streng, aber gerecht antwortet er und gibt dem göttlichen Willen nach, der die Wanderung leitet. Er weist sie zum Strande, wo Virgil Dante mit dem Schilf der Demut gürten und sein Antlitz im Tau waschen soll. Auf dem Naturhintergrunde der Morgendämmerung am Meeresstrande hebt sich das strenge Gespräch ab, und der ganze Gesang ist erfüllt von der noch etwas schlaftrunkenen, aber gespannten und erwartungsvollen Stimmung der morgendlichen Reisenden. Zugleich ist er, wie das ganze Purgatorio, durchschimmernd von geheimnisvollem allegorischem Doppelsinn. Virgil ist das Sinnbild der irdischen Weisheit, die Dante nach Gottes Willen führt, Cato das Sinnbild der politischen und geistigen Freiheit, aber auch der sittlichen Strenge, das Viergestirn des Südpols, das über dem Läuterungsberg steht, bedeutet die vier Kardinaltugenden, die der Menschheit seit der Vertreibung aus dem Paradiese nicht mehr leuchten. Der neue Teil der Wanderung wird eingeleitet durch die zarten Symbole des Schilfes und des Taues, Demut und Reinheit, und das wegweisende Licht der Sonne, die Gottes Gnade bedeutet.*

Auf beßrer Wogen Fährte soll die Segel 1
Nunmehr das Schifflein meines Geistes heben,
Das kaum entflohen solchem grausen Meere.
Und singen will ich von dem zweiten Reiche, 4
In welchem sich der Menschen Geister läutern
Und für des Himmels Höhen würdig werden.
Hier soll die tote Dichtung neu erstehen, 7
O heilige Musen, da ich euch gehöre,
Hier soll Kalliope ein wenig steigen.

Ich will mein Lied in jenem Tone singen,
Der einst die armen Elstern so geschlagen,
Daß sie niemals Vergebung hoffen konnten.
Des Ostens milde, saphirblaue Farbe,
Die widerstrahlte in dem heitern Bilde
Der reinen Luft bis zu dem ersten Kreise,
Bereitet' meinen Augen wieder Freude,
Sobald ich jene tote Luft verlassen,
Die mir die Augen und das Herz betrübte.
Der schöne Stern, der uns zum Lieben mahnet,
Erfüllt' den Osten ganz mit seinem Lächeln
Und hüllt' die Fische ein, die bei ihm waren.
Ich wandte mich nach rechts, um zu betrachten
Den andern Pol, und sah ein Viergestirne,
Das vor mir nur die ersten Menschen sahen.
Der Himmel schien sich ihres Lichts zu freuen.
O du verlaßnes, nördliches Gefilde,
Du mußt den Anblick dieser Sterne missen!
Als ich mich dann von ihrem Bilde trennte,
Ein wenig nach dem andern Pol gewendet,
Wo schon der Wagen meinem Blick entschwunden,
Da sah ich einsam einen Greis erscheinen,
Der wert, mit solcher Ehrfurcht anzuschauen,
Wie jeder Sohn sie seinem Vater schuldet.
Lang war sein Bart, mit weißem Haar durchzogen,
Es glich dem weißen Haare seines Hauptes
Und floß im Doppelstreif zur Brust hernieder.
Die Strahlen jenes heiligen Viergestirnes
Schmückten sein Antlitz so mit ihrem Lichte,
Als ob er in der hellen Sonne stünde.
»Wer seid ihr, die dem blinden Fluß zum Trotze
Entflohen aus dem ewigen Gefängnis?«
Sprach er, und rührte seine würdigen Haare.
»Wer führt' euch her, und was war eure Leuchte,
Da ihr aus jener tiefen Nacht entkommen,
Die ewig schwarz erfüllt das Tal der Hölle?
Ist das Gesetz des Abgrunds so gebrochen
Oder im Himmel neuer Plan erfunden,
Daß ihr, Verdammte, kommt zu meinen Grotten?«
Da hat mein Führer gleich mich angehalten,
Mit Wort und mit Gebärden mir bedeutend,
Ich sollte Knie und Stirn in Ehrfurcht beugen.

Drauf er: »Ich komme nicht aus eignem Willen;
Vom Himmel kam die Frau, durch deren Bitten
Ich diesen hier in mein Geleit genommen.
Doch da dein Wunsch ist, mehr noch zu erfahren
Von unsrem Stand und unsrem wahren Sinne,
Kann ich mich deinem Wunsche nicht verschließen.
Dieser sah niemals seine letzte Stunde;
Doch brachte ihn sein Wahnsinn ihr so nahe,
Daß nur noch eine kleine Spanne fehlte.
Wie du schon weißt, ich ward zu ihm gesendet,
Um ihn zu retten; keine andern Wege
Gab es für ihn, als den, den ich beschritten.
Gezeigt hab' ich ihm die verdammten Menschen;
Und jetzt will ich ihm jene Geister zeigen,
Die unter deiner Obhut hier sich läutern.
Wie ich ihn führte, wäre lang zu sagen:
Von oben eine Kraft kommt mir zu Hilfe,
Daß ich ihn vor dich führe, dich zu hören.
Nun möge dir sein Kommen wohlgefallen.
Die Freiheit will er suchen, die so teuer,
Wie der wohl weiß, der ihr sein Leben opfert.
Du weißt es, denn für sie war dir nicht bitter
In Utica der Tod, wo du gelassen
Das Kleid, das einst am Jüngsten Tag erstrahlet.
Wir brachen nicht die ewigen Gesetze,
Denn dieser lebt, ich bin nicht Minos hörig,
Ich bin vom Kreise, wo die keuschen Augen
Der Marzia sind, die immer noch dich bittet,
O heiliges Herz, du sollst für dein sie halten:
Um ihrer Liebe willen sei uns milde.
Laß uns durch deine sieben Reiche ziehen:
Den Dank will ich von dir ihr überbringen,
Wenn wir dort unten von dir reden dürfen.«
»Marzia hat meinen Augen so gefallen«,
Sprach er, »dereinst, als ich noch drüben weilte,
Daß ich ihr alle Wünsche gern erfüllte.
Nun, da sie hinterm bösen Strome wohnet,
Rührt sie mich nicht mehr, des Gesetzes wegen,
Das kam, als ich herausgelassen wurde.
Wenn aber eine Himmelsfrau dich sendet,
Wie du gesagt, so brauchst du gar kein Schmeicheln,
Du mußt mich nur in ihrem Namen bitten.

Drum geh und sorge, diesen hier zu gürten
Mit glattem Schilf, und sein Gesicht zu waschen,
Daß jede Spur von Schmutz daraus verschwinde,
Denn ungebührlich wäre, hinzutreten
Mit den vom Dunste noch getrübten Augen
Zum ersten Diener aus dem Paradiese.
Es ist die kleine Insel rings am Rande
Dort unten, wo die Wellen an sie schlagen,
Mit Schilf bewachsen auf dem weichen Grunde.
Ein anderes Gewächs, dem Blätter sprießen
Und feste Zweige, kann dort nicht gedeihen,
Weil es dem Schlag der Wellen sich nicht füget.
Hernach sollt ihr hierher nicht wiederkehren;
Die Sonne, die soeben aufgegangen,
Wird euch zum Berg den bessern Aufstieg zeigen.«
Dann war er weg. Ich hatte mich erhoben
Und ohne Worte ganz mich hingewendet
Zu meinem Führer, mit den Augen forschend.
Er aber sprach: »Mein Sohn, folg meinen Schritten.
Gehn wir zurück, denn hier scheint sich zu senken
Der Plan hinab zu seinem untern Rande.«
Der Tag besiegte jetzt die Morgenstunde,
Die vor ihm floh, so daß ich in der Ferne
Der Meereswellen Glitzern schon erkannte.
Wir schritten hin auf dem verlaßnen Plane
Wie jemand, der zum Wege wiederkehret,
Und solang dünkt es ihm, umsonst zu gehen.
Dort an der Stelle, wo der Tau des Morgens
Noch mit der Sonne streitet und im Hauche
Des Morgenwindes langsam nur entschwindet,
Hat freundlich zu dem Grase niedergreifend
Mein Meister beide Hände ausgebreitet;
Und ich, der seine Absicht wohl erkannte,
Hielt ihm entgegen die verweinten Wangen:
Dort hat er endlich ganz mir reingewaschen
Die wahre Farbe, die die Hölle trübte.
Wir kamen dann zu dem verlaßnen Strande,
Der niemals fahren sah auf seinen Wassern
Menschen, die später einmal wiederkehrten.

Dort gürtet' er mich, wie der Herr es wollte. 133
O Wunder! denn sobald er ausgerissen
Die Demutspflanze, sah man neu sie wachsen
Im Augenblick und an der gleichen Stelle. 136

## ZWEITER GESANG

*Mit einem umständlichen astronomischen Bilde, das auf der Vorstellung der Lage des Läuterungsberges als eines Antipoden von Jerusalem beruht, umschreibt Dante den Sonnenaufgang. Dann erleben die Wanderer das Nahen des ersten Engels und die Landung eines Nachens, der die Seelen von der Tibermündung zum Purgatorio bringt. In der Schar der nach dem Wege suchenden, neugierigen Seelen erkennt Dante seinen Jugendfreund Casella, den Vertoner seiner Kanzonen, der als Säumiger erst durch die Indulgenz von 1300 ins Purgatorio eingelassen wurde. Casella singt den Wanderern ein Lied Dantes, dem alle Seelen verzückt lauschen, bis der Wächter Cato sie aufscheucht wie eine Schar von Tauben auf dem Ackerfelde. In dem Gesang kontrastiert die strahlende Morgenhelle und die Erscheinung des Engels mit der natürlichen Schlaftrunkenheit und Saumseligkeit der morgendlichen Wanderung, in der wiederum irdische Wirklichkeit mit geistlichem Sinn, der Trägheit der Seelen in ihrer Läuterungspflicht, wunderbar zusammenklingt, vertieft durch den verführerischen Zauber der in Casella verkörperten weltlichen Musik.*

Die Sonne war zum Horizont gekommen, 1
Von dem der mittagliche Kreis umspannet
Jerusalem mit seinem höchsten Punkte,
Indes die Nacht, die ihr entgegen kreiset, 4
Sich aus dem Ganges hob mit ihrer Waage,
Die ihrer Hand entfällt, wenn sie im Wachsen,
So daß die weißen und die roten Wangen 7
Der schönen Morgenröte, wo wir standen,
Allmählich goldne Farbe angenommen.
Wir gingen noch dahin am Meeresstrande, 10
Wie Leute, die den Weg sich überlegen,
Im Herzen wandern, mit dem Fuße zögern.

Da plötzlich, wie man sieht beim Nahn des Morgens 13
Den Mars aus dichten Nebeln rötlich glänzen
Drunten im Westen überm Meeresspiegel,
So sah ich dort – o könnt ich's heut noch sehen – 16
Ein Licht vom Meere her so schnell erscheinen,
Daß ihm auch nicht die schnellsten Flüge gleichen.
Indessen ich ein wenig abgewendet 19
Das Auge, meinen Führer zu befragen,
Sah ich es wieder leuchtender und größer.
Dann ward um dieses Licht auf beiden Seiten 22
Ein weißer Schimmer sichtbar, und darunter
Erschien allmählich noch ein weiß Gebilde.
Mein Meister ließ noch keinen Ton verlauten, 25
Als schon die weißen Flügel sichtbar wurden;
Erst als er jenen Fährmann gut erkannte,
Rief er: »Schnell, schnell! fall nieder auf die Kniee; 28
Dies ist der Engel Gottes! Falt' die Hände!
Nun wirst du immer solche Diener sehen.
Sieh, wie er nicht der Menschen Mittel brauchet, 31
Nicht Ruder und nicht Segel sind vonnöten,
Nur Flügel zwischen weitesten Gestaden.
Sieh, wie er sie zum Himmel aufgerichtet, 34
Die Luft bewegend mit den ewigen Federn,
Die nicht vergehn wie sterbliches Gefieder.«
Als er dann nah und immer näher schwebte, 37
Der Gottesvogel, ward sein Glanz so helle,
Daß ihn das Auge nicht ertragen konnte.
Ich schlug es nieder. Jener stieß ans Ufer 40
Mit einem flinken, leichtgebauten Nachen,
So leicht, daß er das Wasser nur berührte.
Am hintern Ende stand der Himmelsbote, 43
In seinem Aug' stand Seligkeit zu lesen,
Und mehr als hundert Geister saßen drinnen.
»In exitu Israel de Aegypto«, 46
So sangen allesamt mit einer Stimme,
Und alles, was noch folgt in diesem Psalme.
Dann machte er des heiligen Kreuzes Zeichen; 49
Sie fielen alle auf dem Strande nieder,
Und er fuhr weg, so schnell wie er gekommen.
Die Menge, die verblieb, schien unerfahren 52
An diesem Ort, und ließ die Blicke schweifen
Wie jemand, der ein fremdes Land betrachtet.

Nach allen Seiten warf das Licht des Tages 55
Die Sonne, die mit ihren alten Strahlen
Den Steinbock weggejagt vom Himmelsbogen.
Da hoben ihr Gesicht die neuen Leute 58
Zu uns und sagten: »Wenn ihr etwas wisset,
So zeiget uns den Weg hinauf zum Berge.«
Die Antwort gab Virgil: »Ihr möget glauben, 61
Daß wir schon dieses Ortes kundig seien,
Doch wir sind Fremdlinge, wie ihr es scheinet.
Wir sind nur kurz vor euch hier angekommen 64
Auf andrem Wege, der so steil und schwierig,
Daß nunmehr wie ein Spiel erscheint das Steigen.«
Die Seelen, die an mir gewahr geworden, 67
An meinem Atem, daß ich noch am Leben,
Ergriff Verwunderung, daß sie erbleichten.
Und wie zum Boten, der den Ölzweig führet, 70
Die Menschen eilen, um von ihm zu hören,
Und keiner auch sich vorzudrängen scheuet,
So haben dort an meinem Munde jene 73
Glückseligen Seelen allesamt gehangen
Und fast den Läutrungsweg darob vergessen.
Ich sah, wie eine Seele sich mir nahte 76
Und mich mit solcher Lieb umarmen wollte,
Daß sie mich gleiches zu vergelten drängte.
O leere Schatten, bloße Augenbilder! 79
Dreimal umschlang ich ihn mit beiden Händen
Und dreimal kehrten mir zur Brust die Arme.
Da ließ Verwundrung, glaub' ich, mich verfärben, 82
Worauf der Schatten lächelnd sich entfernte
Und ich, um ihm zu folgen, näher drängte.
Mit milder Stimme bat er, abzulassen; 85
Da merkt' ich, wer er war, und tat die Bitte,
Er möge zum Gespräch ein wenig weilen.
Er gab zur Antwort: »Wie ich einst dich liebte 88
Im Menschenleib, so lieb ich dich als Schatten;
Drum halt ich an; doch was sind deine Wege?«
»O mein Casella, um zurückzukehren 91
Ins Erdenleben, mach' ich diese Reise«,
Sprach ich; »doch was hat dich so aufgehalten?«
Und er zu mir: »Mir ist nur recht geschehen, 94
Wenn der, der wählt und mitnimmt nach Belieben,
Schon mehrmals mir die Überfahrt verwehrte.

Sein Wille fließet aus gerechtem Willen.
Und wirklich hat er seit drei Monden alle,
Die kommen wollten, friedlich mitgenommen,
Weshalb ich, der zum Strande hingewandelt,
Wo sich dem Salz des Tibers Wasser mischen,
Voll Güte von ihm aufgenommen wurde.
Zu jener Mündung schwingt er nun die Flügel,
Denn dort versammeln immer sich die Seelen,
Die nicht zum Acheron hinuntersteigen.«
Und ich: »Wenn neue Satzung nicht verbietet,
Der alten Liebeslieder zu gedenken,
In denen alle meine Wünsche ruhten,
So wollest du mit ihnen Tröstung spenden
Für meine Seele, die mit ihrem Leibe
Hierherzukommen soviel leiden mußte.«
»Die Liebe, die in meinem Geiste redet«,
Begann er alsobald so süß zu singen,
Daß seine Süßigkeit noch in mir klinget.
Mein Meister selbst und ich und jene Leute,
Die mit ihm waren, schienen so zufrieden,
Als ob nichts andres ihren Sinn berühre.
Wir waren alle völlig hingegeben
An den Gesang, da kam der würdige Alte
Und rief: »Was soll das heißen, träge Geister?
Was ist das für ein Zaudern und Vergessen?
Eilet zum Berg, euch von dem Fleck zu läutern,
Der euch noch immer Gottes Anblick hindert!«
Wie wenn, den Weizen und den Lolch zu ernten,
Scharen von Tauben auf den Feldern weiden,
Friedlich, und ohne ihren Stolz zu zeigen,
Wenn etwas kommt, was sie mit Angst erfüllet,
Plötzlich die gute Weide liegen lassen,
Weil eine größre Sorge sie ergriffen,
So sah ich eilig jene neue Herde
Dem Lied entweichen und zum Strande flüchten,
Wie jemand, der nicht weiß, wohin sich wenden.
Auch unser Aufbruch war nicht minder eilig.

## DRITTER GESANG

*Die Wanderer gehen langsam weiter zum Berge, wobei Virgil Dante das Geheimnis der Schattenleiber und die Grenzen der menschlichen Erkenntnis erklärt. Sie finden eine Schar von Seelen, die Säumigen, die erst im Sterben Reue gezeigt haben und deshalb im Vorpurgatorio warten müssen, und fragen sie nach dem Wege. Unter ihnen tritt König Manfred hervor und erzählt sein Schicksal, seinen Tod in der Schlacht, seinen Bannfluch und seine späte Reue, indem er die Wanderer bittet, seine Tochter an die Fürbitte für ihn zu erinnern. Die Langsamkeit der Wanderung, die trägen Bewegungen der Seelen, die dem Bilde einer Schafherde verglichen werden, die Unsicherheit des Weges, die ganze ungewisse Wanderstimmung ist auch hier wieder aufs tiefste verflochten mit der geistlichen Thematik, dem Staunen über die Geheimnisse der göttlichen Weisheit und der Strafe der religiösen Versäumnis. Zugleich wird die Illusion des Jenseits, die Schattenlosigkeit der Seelen, durch das mehrmalige Erstaunen über Dantes Schatten und die Natur des Berges durch das Suchen nach dem Aufstieg aufs lebhafteste vergegenwärtigt.*

Indessen jene, überstürzt entfliehend, 1
Sich in der ganzen Gegend weit zerstreuten,
Zum Berg gewandt, auf dem das Recht uns peinigt,
Schloß ich mich fester an mein treu Geleite; 4
Wie hätt' ich ohne ihn auch laufen können?
Wer hätte mich den Berg hinaufgeführet?
Er schien mir mit sich selber unzufrieden. 7
O spiegelreines, würdiges Gewissen,
Das sich um leichten Fehler bitter grämet!
Als seine Füße dann die Eile ließen, 10
Die seine Würde Schritt um Schritt vermindert,
Da hat mein Geist, der erst noch eng gebunden,
Sich ausgeweitet, neuen Blicken offen. 13
Und meine Augen kehrten zu dem Berge,
Der nach dem Himmel auf am höchsten steiget.
Die Sonne hinter uns in roten Gluten 16
Hat einen Schatten vor mir her geworfen,
Mein Leib hat ihre Strahlen aufgehalten.
Ich wandte mich zur Seite, ganz erschrocken, 19
Und glaubte mich verlassen, als ich merkte,
Daß nur vor mir der Boden dunkel wurde.

Da sprach mein Tröster: »Willst du mir mißtrauen?« 22
Und dann, indem er ganz mir zugewendet:
»Glaubst du denn nicht, daß ich dich noch begleite?
Abend ist schon dort drüben, wo begraben 25
Mein Körper ruht, mit dem ich Schatten machte;
Neapel hat ihn Brindisi genommen.
Wenn aber jetzt kein Schatten vor mir dunkelt, 28
So wundre dich nicht mehr als bei den Himmeln,
Wo keiner je des andern Strahl behindert.
Die Qualen, Glut und Kälte zu ertragen, 31
Hat solche Leiber jene Kraft geschaffen,
Die nicht enthüllen will, wie sie es wirket.
Ein Narr ist, wer zu hoffen wagt, daß unsre 34
Vernunft durchlaufen kann die ewigen Wege,
Auf denen dreigestalt ein Wesen wandelt.
Ihr Menschen müsset euch am Daß begnügen; 37
Denn wenn ihr alles hättet sehen können,
So hätt' Maria nicht gebären müssen.
Auch habet ihr vergebens dürsten sehen 40
Männer, die Stillung hätten finden können,
Worüber sie nun ewig trauern müssen.
Ich meine Aristoteles und Platon 43
Und andre viel.« Hier neigte er die Stirne
Und sprach kein Wort mehr und war ganz betrübet.
Indessen waren wir zum Berg gekommen; 46
Dort fanden wir jedoch so steil die Felsen,
Daß sie dem Fuße keinen Aufstieg boten.
Zwischen Turbia und Lérici die schroffsten, 49
Ödesten Stürze sind noch eine Treppe,
Bequem und offen, im Vergleich zu diesem.
»Wer weiß, wo sich der Felsen etwas senket«, 52
So sprach mein Meister fragend und hielt inne,
»Daß man ihn zwingen kann auch ohne Flügel?«
Und während er die Augen niedersenkte, 55
In seinem Geist den Weg zu überdenken,
Und ich ringsum hinauf zum Felsen schaute,
Erschien zur linken Hand mir eine Herde 58
Von Seelen, die sich auf uns zu bewegten,
Fast unbewegt, so langsam war ihr Schreiten.
»Heb deine Augen auf«, sprach ich, »mein Meister; 61
Hier kommen Leute, die uns raten können,
Wenn du von dir aus nicht mehr weiter findest.«

Er schaute auf und gab mit offener Miene 64
Die Antwort: »Gehn wir hin, sie kommen langsam.
Du, lieber Sohn, laß deine Hoffnung steigen.«
Noch waren jene Leute von uns ferne, 67
Nachdem wir tausend Schritte wohl gegangen,
Soweit ein guter Arm noch werfen könnte,
Als alle an die harten Massen traten 70
Des steilen Felsens und dort dicht sich drängten,
Wie man zu schaun im Zweifel stehen bleibet.
»O schon vollendete, erwählte Geister«, 73
Begann Virgil, »im Namen jenes Friedens,
Den ihr gewißlich allesamt erwartet,
Sagt uns, an welchem Ort der Berg sich neiget, 76
Daß es uns möglich sei, ihn zu besteigen,
Denn der, der weiß, mag keine Zeit verlieren.«
So wie die Schafe aus der Hürde treten, 79
Eines ums andere, und noch viele stehen,
Schüchtern den Kopf zu Boden und die Augen;
Und was das erste tat, tun auch die andern, 82
Zusammenrückend, wenn es stehen bleibet,
Einfältig, still, ohne den Grund zu wissen;
So sah ich sich bewegen und sich nahen 85
Die Spitze jener auserwählten Herde,
Züchtigen Blicks und mit verhaltnen Schritten.
Als jene nun vor sich gebrochen sahen 88
Das Licht zu meiner Rechten auf dem Boden,
So daß vor mir zum Fels ein Schatten streifte,
Da standen sie und stockten noch ein wenig, 91
Und jeder, der dann hinter ihnen folgte,
Ohne den Grund zu wissen, tat das gleiche.
»Auch ohne daß ihr fragt, will ich euch sagen, 94
Daß dies ein Menschenleib ist, den ihr sehet,
Drum wird das Sonnenlicht von ihm gespalten.
Seid nicht verwundert, nein, ihr müßt es glauben, 97
Nicht ohne Kräfte, die vom Himmel kommen,
Versucht er, diese Wand zu überschrciten.«
So sprach der Meister. Jene würdigen Leute: 100
»Kehrt um«, so sagten sie, »und schreitet fürder«,
Indem sie mit den Händen Zeichen gaben.
Und einer aus der Schar begann: »Wer immer 103
Du seist, o wende dein Gesicht im Schreiten;
Schau her, ob du mich drüben je gesehen!«

Ich wandte mich und blickte scharf hinüber.
Blond war er, schön und edel anzusehen,
Nur spaltete ein Hieb ihm eine Braue.
Als ich demütig ihm erwidert hatte,
Ich hätt' ihn nie gesehen, sprach er: »Siehe!«
Und zeigt' auf seiner Brust mir eine Wunde.
Dann sagt' er lächelnd zu mir: »Manfred bin ich,
Der Enkelsohn der Kaiserin Konstanze.
Drum bitt' ich dich, kehrst du zur Heimat wieder,
Such meine schöne Tochter, die die Ehre
Siziliens und Aragons geboren,
Und sag die Wahrheit, wenn man anders redet.
Als schon mein Leib von zwei gewaltigen Streichen
Zu Tod getroffen, hab' ich mich in Tränen
Dem, der die Schulden gern verzeiht, ergeben.
Entsetzlich waren einstens meine Sünden,
Doch so lang ist der Arm der ewigen Güte,
Daß er ergreift den, der sich zu ihm wendet.
Hätt' nur der Hirte von Cosenza, welchen
Clemens zur Jagd auf mich gehetzt, beizeiten
In Gott richtig gelesen jene Seite,
So könnte mein Gebein noch immer ruhen
Bei Benevento dort am Brückenende
Im festen Schutze jener schweren Steine.
Nun aber treibt der Wind sie und der Regen
Zum Land hinaus, entlang dem Verdeflusse,
Wohin er sie gebracht hat ohne Lichter.
Doch kann ihr Bannstrahl nicht so sehr vernichten,
Daß nicht die ewige Liebe wiederkehret,
Solange noch ein Sproß von Hoffnung grünet.
Gewißlich muß, wer in der heiligen Kirche
Verbannung stirbt, wenngleich er auch bereute,
Noch außerhalb von diesem Strande bleiben
Für jeden Tag, den er in Sünden lebte,
Das Dreißigfache, wenn die guten Bitten
Ihm dieses Urteil nicht verkürzen würden.
Du siehst, daß du mich fröhlich machen könntest,
Wenn meiner guten Tochter du berichtest,
Wie du mich sahst, und auch von diesem Spruche;
Denn jene drüben können viel uns helfen.«

## VIERTER GESANG

*Nach einer Betrachtung über die Inanspruchnahme der Seelenkräfte, in der die platonische Seelenlehre widerlegt wird, schildert der Dichter den Aufstieg durch den Felsenpfad zur ersten Stufe des Berges. Dort setzen sich die Wanderer nieder, und Virgil benützt die Ruhepause, um Dante die Lage des Läuterungsberges auf der Erdkugel durch die Beschreibung der Sonnenbahn zu erklären, entsprechend seiner Eigenschaft als Weltweiser des Mittelalters. Dann bemerken sie eine Schar von säumigen Büßern; darunter befindet sich Dantes Landsmann Belacqua, der in einem humorvollen Gespräch seinen Charakter enthüllt. So setzt der Gesang die Stimmung des trägen, saumseligen Wanderns fort, von der auch Dante noch nicht frei ist, die aber überwunden wird durch tiefe geistige Konzentration auf die Ergründung des Weltbildes.*

Wenn im Gefolg von Freuden oder Schmerzen,
Die eine unsrer Seelenkräfte regen,
Die Seele ganz auf diese sich versammelt,
Scheint es, daß keine andre Macht sie rühre,
Und irren muß, wer glaubt, daß sich entzünden
In uns verschiedne Seelen nacheinander.
Drum, wenn wir etwas hören oder sehen,
Das unsre Seele fester an sich bindet,
Dann flieht die Zeit dahin ganz unversehens.
Denn eine andre Kraft hört auf die Zeiten
Als die, die unberührt bleibt in der Seele;
Diese ist wie gebunden, frei ist jene.
Das hab ich wirklich selbst an mir erfahren,
Indem ich jenen Geist beschaut' und hörte;
Denn fünfzig Grade wohl war schon gestiegen
Die Sonne, ohne daß ich's merkte, während
Wir dorthin kamen, wo die Seelen alle
Uns riefen: »Seht den Weg hier, den ihr suchet.«
Ein größerer Spalt wird oftmals wohl versperret
Mit einem Astwerk aus dem Dornenstrauche
Vom Bauern, wenn die Trauben reifen wollen,
Als dieser Pfad war, wo wir aufwärts stiegen,
Mein Führer und ich hinter ihm, wir beide
Allein, da uns die Schar verlassen hatte.

Man kann San Leo zwingen und den Gipfel
  Bismantovas, nach Noli niedersteigen
  Mit Füßen, hier indessen muß man fliegen;
Ich meine mit den Flügeln und den Federn
  Der großen Sehnsucht, hinter jenem Führer,
  Der mir die Hoffnung und das Licht gegeben.
Wir stiegen aufwärts durch die Felsenspalte,
  Auf allen Seiten drückten uns die Wände,
  Und Hand und Fuß verlangte hier der Boden.
Als wir zum obern Rand gekommen waren
  Des hohen Rings, auf offenem Gelände,
  Sprach ich: »O Meister, wohin soll's nun gehen?«
Und er zu mir: »Mit keinem Schritt nach unten;
  Nur aufwärts hinter mir hast du zu steigen,
  Bis uns ein kundiges Geleit erscheinet.«
Den Gipfel konnt' das Auge nicht erreichen,
  Und eines steilen Aufstiegs Winkel faßte
  Mehr als die Hälfte eines Viertelkreises.
Ich war schon müde und begann zu bitten:
  »O lieber Vater, kehr dich um und siehe,
  Wie ich verlassen bin, wenn du nicht wartest.«
»Mein Sohn«, sprach er, »bis hierher mußt du kommen«,
  Und zeigte einen Felsen, etwas höher,
  Dort wo der Rand in ganzer Runde kreiste.
Ein solcher Ansporn waren seine Worte,
  Daß ich mich zwang und ihm im Klettern folgte,
  Bis ich den Gürtel auch erklommen hatte.
Dort setzten wir uns nieder, mit dem Blicke
  Nach Osten, wo wir aufgestiegen waren,
  Denn schön ist's, auf den Weg zurückzuschauen.
Zuerst sah ich das untere Gestade,
  Dann wandt' ich mich zur Sonne, ganz verwundert,
  Daß ihre Strahlen mich zur Linken trafen.
Der Dichter merkte wohl, daß voll Erstaunen
  Ich unentwegt zum Sonnenwagen starrte,
  Der zwischen uns dahinfuhr und dem Norden.
Drum sagt' er mir: »Wenn Kastor jetzt und Pollux
  Dort im Geleit der Sonnenscheibe stünden,
  Die bald nach oben, bald nach unten leuchtet,
Dann würdest du den lichten Tierkreis sehen,
  Wie er noch näher bei dem Bären kreiset,
  Wenn nicht die alte Bahn verschoben wäre.

Wie dem auch sei, vermagst du's auszudenken 67
In deinem Innern, denk dir Zion liegen
Und diesen Berg so auf der Erd', daß beide
Wohl in dem gleichen Horizonte stehen, 70
Doch auf verschiednen Seiten; und die Straße,
Die Phaëton nicht zu befahren wußte,
Die muß dann, wie du siehst, den Berg zur Linken 73
Und Zion zu der rechten Seite streifen,
Wenn dein Verstand genau darauf geachtet.«
»Gewiß, mein Meister«, sprach ich, »niemals habe 76
Ich also klar wie jetzt etwas verstanden,
In dem mein Geist zuvor versagen wollte;
Dieweil der Kreis der obersten Bewegung, 79
Den sie in ihrer Kunst Äquator nennen
Und der den Sommer von dem Winter scheidet,
Aus dem genannten Grund von hier gesehen 82
Im Norden hinzieht, unterdeß die Juden
Denselben auf der heißen Seite hatten.
Doch, wenn es dir gefällig, möcht' ich gerne 85
Wissen, wie weit wir gehn; ich seh' den Hügel
Viel höher noch als meine Augen reichen.«
Und er zu mir: »Der Berg ist so beschaffen, 88
Daß unten alles immer schwierig scheinet,
Doch immer leichter wird, je mehr man steiget.
Drum wenn er anfängt, lieblich zu erscheinen, 91
So daß der Gang nach oben leicht geworden,
Wie wenn man mit dem Schiff stromabwärts ziehet,
Dann ist das Ende deines Wegs gekommen, 94
Dort kannst du die verdiente Ruh' erwarten.
Mehr sag ich nicht: dies ist die reine Wahrheit.«
Und als er dieses Wort gesprochen hatte, 97
Da sagte in der Nähe jemand: »Möglich,
Daß ihr euch vorher niedersetzen müsset.«
Bei dieser Stimme schauten wir zur Seite 100
Und sahen einen großen Block zur Linken,
Der keinem von uns vorher aufgefallen.
Wir gingen hin und fanden viele Leute, 103
Die hinter diesem Fels im Schatten saßen,
Wie man aus Lässigkeit sich niedersetzet.
Und einer dort, der offensichtlich müde, 106
Der saß und schlang die Arme um die Kniee
Und beugte das Gesicht dazwischen nieder.

»Mein lieber Herr«, so sprach ich, »sieh nur diesen,
Der über alle Maßen lässig scheinet,
Als ob die Trägheit seine Schwester wäre.«
Da hat der Träge auf uns acht gegeben,
Indem er über seinen Schenkel schielte,
Und sprach: »Geh du hinauf, denn du bist tüchtig.«
Da merkt' ich, wer er war; und die Erschöpfung,
Die meinen Atem noch etwas beklemmte,
Verhinderte mich nicht, hinzuzutreten.
Doch als ich dort war, hob er kaum den Schädel
Und fragte: »Hast du richtig auch gesehen
Den Sonnenwagen auf der linken Seite?«
Die Lässigkeit und seine kurzen Worte
Verzogen meinen Mund zu einem Lächeln.
Dann sagte ich: »Belacqua, ohne Sorge
Bin ich um dich, doch sag, was willst du sitzen
Gerade hier? Erwartest du Begleiter?
Oder sind dies nur deine alten Sitten?«
Und er zu mir: »Bruder, was soll das Steigen?
Ich würde droben doch nicht eingelassen
Vom Engel Gottes, der die Pforte hütet.
Erst muß der Himmel soviel mal sich drehen,
Eh ich hinein darf, wie im Leben drüben,
Weil ich mit guten Seufzern solang säumte;
Sofern nicht früher ein Gebet mich rettet,
Das mir aus gnadenvollem Herzen steiget;
Ein andres findet kein Gehör im Himmel.«
Schon ging der Dichter vor mir her nach oben
Und sprach: »Komm nun, denn siehe, schon berühret
Den Mittagskreis die Sonne, und am Strande
Bedeckt die Nacht mit ihrem Fuß Marokko.«

## FÜNFTER GESANG

*In diesem Gesang läßt Dante zunächst seine eigene Lässigkeit rügen. Dann schildert er die Begegnung mit einer besonderen Art säumiger Büßer, die eines plötzlichen Todes gestorben sind. Sie bestürmen die Wanderer mit Fragen, und drei von ihnen treten hervor und berichten dramatisch ihr Schicksal: Der Podestà Jacopo del Cassero, der auf der Flucht ermordet wurde und in den*

*Brentasümpfen endete, der Ghibellinenführer Buonconte da Montefeltro, der in der Schlacht von Campaldino den Tod fand und dessen Leiche im Sturme von den Wogen des Archiano davongetragen wurde, endlich kurz eine unbekannte Sienesin, die durch Gattenmord ums Leben kam. Alle möchten, daß Dante ihr Andenken bei den Lebenden hochhalten und zur Fürbitte für ihre Seele auffordern soll. Im Gegensatz zu der schlaftrunkenen Stimmung der vorhergehenden Gesänge ist dieser erfüllt von Hast und Erregung, der brennenden Neugier der Seelen und ihrer Begierde, ihre wilden Schicksale durch Dante den Lebenden mitzuteilen.*

Ich hatte jene Seelen schon verlassen 1
Und folgte meinem Führer auf den Fersen,
Als eine, mit dem Finger auf mich weisend,
Von hinten rief: »Seht, wie die Sonnenstrahlen 4
Bei dem dort unten nicht zur Linken leuchten,
Und wie er als Lebendiger sich gebärdet!«
Die Augen wandte ich bei diesen Worten 7
Und sah, wie er verwundert auf mich schaute,
Auf mich und auf den Schatten, den ich machte.
»Warum läßt du so deinen Geist verstricken«, 10
So sprach mein Meister, »daß du langsam gehest?
Was geht's dich an, ob die dort oben tuscheln?
Komm, folge mir, und laß die Leute reden; 13
Steh wie ein fester Turm, dem nie die Krone
Erschüttert wird von allem Wehn der Winde.
Denn jeder Mensch, in dem Gedanken sprießen 16
Über Gedanken, irrt nur fern vom Ziele,
Weil jeder neue nur den alten schwächet.«
Was konnt ich darauf sagen als: »Ich komme«; 19
Das tat ich, und verfärbte mich ein wenig,
Wie manchmal, wenn man würdig der Verzeihung.
Indessen sah man quer zum Bergeshange 22
Ein wenig vor uns andre Leute kommen,
Die wechselseitig »Miserere« sangen.
Als sie bemerkten, daß mit meinem Körper 25
Ich keinen Durchlaß gab den Sonnenstrahlen,
Ward ihr Gesang ein O-Ruf, lang und heiser.
Und zwei von ihnen, abgesandt als Boten, 28
Die kamen uns entgegen, um zu fragen:
»Gebt uns von eurem Stand und Namen Kunde.«

Darauf mein Meister: »Ihr könnt ruhig gehen
Und denen, die euch hergesandt, erzählen,
Daß dieses Mannes Leib aus wahrem Fleische.
Und wenn sie wegen seines Schattens hielten,
So wie mir scheint, mag ihnen dies genügen;
Sie sollen lieb ihn und in Ehren halten.«
Nie sah man Feuerdünste so in Eile
Die Heiterkeit der frühen Nacht durchschneiden
Und im August die Abendwolken spalten,
Wie jene dort zurück nach oben flogen
Und mit den andern her zu uns sich wandten,
Als eine Schar in zügellosem Laufe.
»Die Leute, die uns drängen, sind gar viele
Und kommen bittend zu dir«, sprach der Dichter,
»Doch geh nur weiter, und im Gehen höre.«
»O Seele, die du zu den Freuden steigest
Mit jenen Gliedern, die dir angeboren«,
So riefen sie, »verhalte deine Schritte.
Schau, ob du einen von uns je gesehen,
Daß du von ihm nach drüben Kunde bringest.
O warum eilst du, willst du gar nicht rasten?
Wir wurden alle mit Gewalt getötet
Und waren Sünder bis zur letzten Stunde;
Dann erst hat Licht vom Himmel uns erleuchtet,
Daß wir, bereuend und verzeihend, endlich
Das Leben ließen, so mit Gott versöhnet,
Der uns mit Sehnsucht, ihn zu sehn, erfüllet.«
Und ich: »Wie sehr ich ins Gesicht euch schaue,
Ich kenne keinen, aber wenn ihr wünschet,
Was ich vermag, ihr wohlgebornen Geister,
So sagt es, und ich tu's für jenen Frieden,
Den man mich im Geleite solchen Führers
Von Welt zu Welten wandernd suchen lässet.«
Und einer sagte dann: »Wir trauen alle
Auf deine Güte, ohne daß du schwörest,
Sofern Nicht-Können nicht den Willen hindert.
Drum will ich, der ich vor den andern spreche,
Dich bitten, kommst du jemals zu dem Lande,
Das von dem Karls bis zur Romagna reichet,
Du mögest mir mit deinen Bitten helfen
In Fano, daß man dort gut für mich bete,
Um auszutilgen meine schweren Sünden.

Dort wohnte ich; jedoch die tiefen Wunden, 73
Durch die das Blut, in dem ich lebt, entronnen,
Sind in Antenors Land geschlagen worden,
Wo ich am besten mich geborgen glaubte. 76
Der Herr von Este trug die Schuld, er haßte
Mich mehr, als er mich jemals hassen durfte.
Hätt ich nach Mira meine Flucht gerichtet, 79
Als man mich in Oriago überfallen,
So lebt ich noch dort drüben, wo man atmet.
Ich lief zum Sumpf, und Schlamm und Rohrgestrüppe 82
Verstrickten mich, ich stürzte, auf der Erde
Floß eine Lache Blut aus meinen Adern.«
Da sprach ein andrer: »Hör, bei jener Sehnsucht, 85
Die dich zum hohen Berge hergeführet,
Hilf auch der meinen du mit guter Liebe!
Ich war von Montefeltro, bin Buonconte. 88
Giovannia denkt nicht mein und nicht die andern;
Drum muß ich hier gesenkten Hauptes gehen.«
Und ich zu ihm: »Was für Geschicke haben 91
Dich so von Campaldino fortgetragen,
Daß niemals Kunde kam von deinem Grabe?«
»Oh«, war die Antwort, »unterm Casentino 94
Fließt ein Gewässer, das Arichiano heißet
Und bei der Klause im Gebirg entsprungen.
Wo dieses Wasser in den Arno mündet, 97
Dort kam ich an, am Halse schwer verwundet,
Fliehend zu Fuß und blutend bis zur Erde.
Dort losch mir das Gesicht, versagt' die Sprache; 100
Ich konnte noch Marias Namen rufen,
Dann fiel ich nieder, und mein Leib blieb liegen.
Ich sag die Wahrheit, bring sie du nach drüben. 103
Der Engel Gottes griff mich, der der Hölle
Schrie: ›Du vom Himmel, laß mir meine Beute.
Du kannst dir seine ewige Seele nehmen 106
Um einer Träne willen, die ihn rettet,
Doch mit dem Leibe will ich's anders treiben.‹
Du weißt, wie in den Lüften sich versammelt 109
Der feuchte Dunst, der sich zu Wasser wandelt,
Sobald er aufsteigt in die kalten Zonen.
Und jener immer böse Wille mischte 112
Sich dem Verstande, peitschte Rauch und Winde
Gemäß der Kraft, die die Natur ihm schenkte.

Er deckt' das Tal, als dann der Tag erloschen,
Von Pratomagno bis zum großen Joche
Mit Nebel, macht' den Himmel ganz geladen,
So daß die schwangre Luft zu Wasser wurde,
Der Regen fiel, und in die Gräben strömte
Das, was die Erde nicht mehr trinken konnte.
Und wie die großen Flüsse niederstürzen,
So stürzte er zum königlichen Flusse
Herunter, niemand konnt' ihm Halt gebieten.
Der schreckliche Archian fand meinen Körper
Erfroren an der Mündung, trieb ihn weiter
Zum Arno, löste auf der Brust die Arme,
Die ich gekreuzt, als mich der Schmerz besiegte.
Er warf mich an die Ufer und zum Grunde,
Dann hüllte er mich ein in seine Beute.«
»O wenn du einst zur Welt zurückgekehret
Und ausgeruht von deiner langen Reise«,
So fing der dritte Geist nun an zu sprechen,
»Dann denke auch an mich; ich bin die Pia,
Ich wuchs in Siena, starb in der Maremma.
Der muß es wissen, der, als er mich freite,
Den Ring mir schenkte, mit dem Edelsteine.«

## SECHSTER GESANG

*Dante wird weiter von säumigen Seelen bedrängt, die von ihm Fürbitte erflehen. Als er sich von ihnen frei gemacht hat, befragt er Virgil über die Macht des Gebetes, aber dieser verweist ihn an Beatrice, die Lehrerin der göttlichen Weisheit. In der Abendsonne treffen die Wanderer die stolze Seele des Trobadors Sordello, der bei dem Namen der Heimat Mantua Virgil in die Arme sinkt. Die Begegnung mit dem politischen Dichter Sordello löst in Dante eine leidenschaftliche Strafrede aus auf die Zwietracht Italiens, auf die Pflichtvergessenheit der Kaiser und die politische Mißwirtschaft seiner Heimatstadt Florenz.*

Wenn eine Schar sich trennt vom Würfelspiele,
Bleibt der Verlierer traurig auf der Stelle
Und überdenkt die Punkte, klug durch Schaden;

Doch mit dem andern gehen alle Leute, 4
Der eine faßt ihn vorn, der andre hinten,
Ein dritter will ihm von der Seite nahen.
Er hält nicht an und hört auf den und jenen; 7
Wem er die Hand gibt, der läßt ihn in Ruhe;
Und so befreit er sich von ihrem Drängen.
So ging es mir in jener dichten Menge. 10
Indem ich da und dorthin mit Versprechen
Mich wandte, konnt ich mich aus ihr befreien.
Hier war der Aretiner, der vom wilden 13
Arme des Ghin di Tacco totgeschlagen,
Der andre auch, der auf der Jagd ertrunken.
Hier grüßten mich mit ausgestreckten Armen 16
Federico Novello und der von Pisa,
An dem Marzucco seine Stärke zeigte.
Ich sah Graf Orso drunter, dessen Seele 19
Vom Leib durch bösen Haß und Neid geschieden,
Wie er mir sagte, nicht durch ein Vergehen.
Pierre de la Brosse, höret; hier bedenke, 22
Solang sie lebet, von Brabant die Herrin,
Daß sie in schlechtre Schar geraten könnte.
Als ich mich frei gemacht von all den Seelen, 25
Die baten, andre möchten für sie beten,
Um schneller zu der Seligkeit zu kommen,
Da fragte ich: »Es scheint mir, daß du leugnest, 28
Mein Licht, an einer Stelle deines Buches,
Daß das Gebet des Himmels Urteil beuge.
Und dennoch bitten diese um Gebete; 31
Sollt ihre Hoffnung darin eitel bleiben?
Oder versteh ich nicht den Sinn der Worte?«
Und er zu mir: »Mein Wort ist klar und deutlich, 34
Und ihre Hoffnung wird sie nicht betrügen,
Wenn man es mit gesundem Sinn betrachtet.
Des Rechtes Spitze wird nicht abgebogen, 37
Wenn schnell geschiehet durch die Glut der Liebe,
Was selbst verdienen muß, wer hier sich läutert.
Und damals, als ich jenen Vers geschrieben, 40
Ward Sünde noch nicht durch Gebet gesühnet,
Weil es den rechten Gott noch nicht erreichte.
Doch sollst du wahrlich mit so hohen Fragen 43
Dich nicht bemühn, vielmehr auf jene warten,
Die Licht wird bringen vom Verstand zur Wahrheit.

Ob du mich wohl verstehst: Es ist Beatrice. 46
Du wirst sie droben sehen auf dem Gipfel
Des hohen Berges, lachend und glückselig.«
Und ich: »O Herr, laß uns doch schneller gehen, 49
Denn schon bin ich nicht mehr wie vorhin müde;
Und sieh, schon wirft der Gipfel einen Schatten.«
»Wir werden heut am Tag noch soweit gehen«, 52
Gab er zur Antwort, »als wir irgend können,
Jedoch der Weg ist weiter als dir scheinet.
Bevor du ankommst, siehst du wiederkehren 55
Die Sonne, die schon hinterm Berg verschwunden,
So daß du nicht mehr hinderst ihre Strahlen.
Doch sieh nun eine Seele, die dort ruhet, 58
Allein und einsam, und uns still betrachtet;
Sie könnte uns den besten Weg beschreiben.«
Wir gingen dorthin. O Lombardenseele, 61
Wie warest du so stolz und voll Verachtung,
Langsam und würdig mit dem Blick der Augen!
Sie hatte noch kein Wort zu uns gesprochen; 64
Sie ließ uns gehn, nur mit den Augen folgend,
Nach Art des Löwen, der die Ruhe pfleget.
Virgil allein ging zu ihr hin und bat sie, 67
Sie möchte uns den besten Aufstieg zeigen,
Doch keine Antwort kam auf seine Frage.
Jedoch nach unsrem Land und unsrem Leben 70
Hat sie gefragt; der liebe Führer sagte:
»Mantua« – Und der Schatten, ganz verschlossen
Zuvor, stand auf von seinem Ruheplatze 73
Und sprach: »O Mantuaner, sieh Sordello
Aus deiner Stadt« – Sie lagen sich im Arme.
Italien, Sklavin, Ort des tiefen Schmerzes, 76
Schiff ohne Steuermann in großen Stürmen,
Nicht Herrin von Provinzen, Haus der Schande!
Die edle Seele war so sehr begierig 79
Schon bei dem schönen Namen ihrer Heimat,
Den lieben Landsmann freudig zu begrüßen.
Und jetzt ist in dir niemals ohne Kriege 82
Dein lebend Volk, und jeder nagt am andern,
Selbst die, die in den gleichen Mauern wohnen.
Schau rings umher an deinem Meeresstrande, 85
Du Arme, und dann such in deinem Innern,
Ob irgendwo in dir sich Frieden finde.

Was nützt es, daß die Zügel ausgebessert 88
Justinianus, wenn verwaist der Sattel?
Die Schande wäre ohne sie geringer.
Wie müßtest du, mein Volk, willfährig werden, 91
Den Kaiser in den Sattel steigen lassen,
Wenn du die Zeichen Gottes wohl verstündest.
Sieh nur, wie dieses Tier so bös geworden, 94
Da man es nicht gelenkt hat mit den Sporen,
Als du die Hand gelegt an seine Zügel.
O deutscher Albrecht, warum läßt du fahren 97
Das Roß, das ungezähmt und wild geworden,
Du müßtest fest dich in den Sattel setzen.
Gerechter Spruch soll von den Sternen fallen, 100
Ganz neu und offen, auf dein Blut herunter,
Damit der Schrecken deinen Erben packe.
Was hast du und dein Vater zugelassen, 103
Von Habsucht nur im eignen Land getrieben,
Daß unbebaut verfiel des Reiches Garten.
Komm her, und sieh Montecchi und Cappelletti, 106
Monaldi und Filippeschi, Pflichtvergeßner,
Jene in Not und diese schon in Sorgen.
Komm, Grausamer, und sieh das Kampfgedränge 109
Des Adels hier, und heile seine Wunden,
Dann wirst du sehn, wie Santafior gedeihet.
Komm her und sieh dein Rom in heißen Tränen, 112
Verwaist und einsam, Tag und Nacht dich rufend:
»Mein Kaiser, warum bist du nicht gekommen?«
Komm her und sieh, wie sich die Menschen lieben; 115
Und wenn dich Mitleid nicht für uns beweget,
So komm und schäme dich ob deines Rufes!
Und wenn man fragen darf, o höchster Vater, 118
Der du dereinst für uns ans Kreuz geschlagen,
Sind deine Richteraugen abgewendet?
Oder hast du im Abgrund deines Rates 121
Uns etwas Gutes damit vorbereitet,
Das unsrem Forschen ganz und gar verschlossen?
Denn in Italien sind jetzt alle Gaue 124
Voll von Tyrannen, und Marcellus nennt sich
Ein jeder Bauer, der Partei ergriffen.
Du, mein Florenz, kannst wohl zufrieden bleiben 127
Bei dieser Rede, du bist nicht betroffen,
Dieweil dein Volk sich so verständig zeiget.

Mancher hat recht im Herzen, doch er schießet
   Zu spät und mit zu langer Überlegung;
   Du aber führst das Recht in deinem Munde.
Viele verschmähn die öffentlichen Pflichten;
   Dein Volk jedoch antwortet ungerufen
   Und schreit: »Ich übernehme alles gerne.«
Nun freue dich, und tu's mit gutem Grunde;
   Du reich an Gütern, an Verstand und Frieden,
   Wie wahr ich rede, bleibt dir nicht verborgen.
Athen und Lakedämon, die die alten
   Gesetze schufen und voll Ordnung lebten,
   Die machten kleine Schritte nur, verglichen
Mit dir, die du so feine Paragraphen
   Erfindest, daß bis zu Novembers Mitte
   Nicht reicht, was im Oktober du gesponnen.
Wie oft hast du, seit wir uns denken können,
   Gesetze, Münzenschlag und Amt und Sitten
   Geändert und die Menschen ausgewechselt.
Und wenn du selber dich genau betrachtest,
   So siehst du, daß du jener Kranken gleichest,
   Die keine Ruhe findet in den Kissen
Und sich in Schmerzen auf dem Lager wendet.

## SIEBENTER GESANG

*Der Gesang bildet den Abschluß des ersten Wandertages im Vorpurgatorio. Virgil gibt sich Sordello zu erkennen und schildert seinen Aufenthalt in der Vorhölle. Da der Abend sich niedersenkt, führt Sordello die Wanderer in eine geschützte Talmulde, die der Dichter mit einer wunderbaren Symphonie von Farben, Düften und Tönen ausgemalt hat. Dort zeigt Sordello den Wanderern die Silhouetten der säumigen Fürsten, die über ihre Versäumnisse im Erdenleben nachdenken und Dante Anlaß geben zu politischen Rügen und allgemeinen Betrachtungen über die Erblichkeit der Fürstentugenden. Der Gesang vereinigt in der Klarheit der letzten Abendsonne die höchste malerische Schilderungskunst Dantes mit der Charakteristik der Fürsten, die dem politischen Dichter Dante besonders am Herzen liegen.*

Als ihre fröhlichen und würdigen Grüße 1
Noch drei- und viermal ausgewechselt waren,
Erhob Sordell die Frage, wer wir seien.
»Bevor zu diesem Berg geleitet wurden 4
Die Seelen, die des Aufstiegs würdig waren,
Ward mein Gebein von Oktavian begraben.
Ich bin Virgil; und ich verlor den Himmel, 7
Nur weil mir noch der rechte Glaube fehlte«,
So gab alsdann die Antwort ihm mein Führer.
Wie einer, der vor den erstaunten Augen 10
Ein Bild erblickt urplötzlich, und verwundert
Glaubt er und zweifelt, fragend, ob es wirklich.
So schien mir jener, und er senkt' die Brauen 13
Und beugte sich voll Demut vor ihm nieder
Und schlang die Arme, wo ein Kind umarmet.
»O Ruhm der Römer«, sprach er, »dessen Dichtung 16
Gezeigt hat unsrer Sprache ganz Vermögen,
O ewiger Preis des Orts, wo ich geboren.
Wie hab ich es verdient, dich anzuschauen? 19
Wenn du mich deines Wortes würdig findest,
Sag, welchen Ort der Hölle du verlassen.«
»Durch alle Kreise des verdammten Reiches«, 22
Gab er zur Antwort, »bin ich hergekommen.
Mich schickt und leitet eine Kraft vom Himmel.
Durch Lassen, nicht durch Tun hab ich verloren 25
Der hohen Sonne Anblick, die du suchest
Und die zu spät von mir gefunden wurde.
Dort unten ist ein Ort, den keine Qualen 28
Erfüllen, sondern Finsternis und Klagen,
Die nicht wie Schreien, nur wie Seufzer lauten.
Dort bin ich mit den unschuldvollen Kindern, 31
Die schon des Todes Zahn ergriffen, ehe
Sie von der Menschen Schuld Erlösung fanden.
Dort bin ich auch mit allen denen, welche 34
Des Himmels Tugenden noch nicht erkannten
Und dennoch sündenlos die andern übten.
Doch wenn du kannst, so weise uns die Richtung, 37
Daß wir so schnell als möglich dorthin kommen,
Wo wir den graden Weg zum Berg beginnen.«
Er sprach: »Wir sind an keinen Ort gebunden; 40
Ich darf nach oben und zur Seite wandern;
So weit ich gehn kann, will ich gern dich führen.

Doch siehe nur, wie schon der Tag sich neiget, 43
Und in der Nacht kann man nicht weiter steigen;
Drum sollten wir ein schönes Lager suchen.
Zu unsrer Rechten drüben ruhen Seelen; 46
Wenn du gestattest, führ ich dich zu ihnen,
Denn sie zu kennen wird dir Freude machen.«
»Wie ist es möglich«, kam zur Antwort, »einer, 49
Der nächtens steigen wollte, wird verhindert
Von andern, oder ist er selbst nicht mächtig?«
Sordell, der gute, strich mit seinem Finger 52
Die Erde: »Sieh, du kannst dies kleine Strichlein
Nach Sonnenuntergang nicht überschreiten.
Nichts andres wird dabei zum Hindernisse 55
Als nur das Dunkel, wenn du steigen möchtest.
Dies hemmt mit dem Nichtkönnen deinen Willen.
Wohl könnte man nach unten niedersteigen 58
Und ringsum wandern an dem Bergesrande,
Solang der Horizont den Tag verschließet.«
Da hat mein Meister, fast erstaunt, gesprochen: 61
»So führ uns denn zum Ort, von dem du sagtest,
Daß man mit Freuden dort verweilen könne.«
Nur wenig hatten wir uns wegbegeben, 64
Als ich bemerkte, daß der Berg sich senkte,
Wie auf der Erde oft sich Mulden senken.
»Dorthin«, so sprach der Schatten, »laßt uns gehen, 67
Wo dieser Abhang einen Schoß gebildet.
Dort wollen wir den neuen Tag erwarten.«
Am Rand des Hangs auf einem schrägen Pfade 70
Gelangten wir zum Eingang jenes Tales,
Wo sich sein Saum mehr als zur Hälfte senkte.
Scharlach und Bleiweiß, Gold und reines Silber, 73
Tiefleuchtendes und heitres Inderholz,
Frischer Smaragd, im hellen Licht gebrochen,
Ein jedes würde von dem grünen Rasen 76
Und von den Blumen, die im Tale standen,
An Farbenpracht bei weitem übertroffen.
Doch hat Natur dort nicht nur malen können, 79
Sie machte mit dem Reiz von tausend Düften
Dort ein Gemisch von unbekannter Süße.
›Salve Regina‹, auf dem bunten Rasen 82
Sah ich die Seelen im Gesange sitzen,
Daß sie den Rand des Tals nicht überragten.

»Bevor der letzte Sonnenstrahl entschwindet«,
Begann der Mantuaner, der uns führte,
»Laßt uns noch nicht zu jenen niedersteigen.
Auf diesem Stein könnt ihr Gesicht und Miene
Von allen jenen besser noch erkennen,
Als wenn ihr drunten zwischen ihnen stündet.
Der dort am höchsten sitzt und so dreinschauet,
Als ob er seine Pflicht vergessen hätte,
Und der zum Sang die Lippen nicht beweget,
War Kaiser Rudolf, der die tiefen Wunden,
Die tödlichen, Italiens heilen konnte,
Das nun durch einen andern spät gesundet.
Der andre, der ihn offensichtlich tröstet,
Regierte dort, von wo der Moldau Wasser
Entspringen, die zum Meer die Elbe führet.
Ottokar war sein Name; in der Jugend
War besser er als Wenzel mit dem Barte,
Sein Sohn, den Üppigkeit und Nichtstun weidet.
Der mit der kurzen Nase, der im Rate
Mit jenem weilt, der also gütig blicket,
Starb auf der Flucht, mit ihm der Lilien Blüte;
O seht ihn dort an seine Brust sich schlagen!
Und der daneben hat, wie ihr wohl sehet,
Die Wange seufzend auf die Hand gebettet.
Vater und Schwiegervater von dem Übel
Von Frankreich sind sie, kennen seine Schande,
Und daher kommt der Schmerz, der so sie peinigt.
Und jener Kräftige, der im Gesange
Sich zugesellt dem mit der starken Nase,
War einst mit allen Tugenden gegürtet.
Und wenn ihm auf dem Thron gefolget wäre
Der Jüngling, der den Rücken zu ihm wendet,
Dann hätte auch sein Wert den rechten Erben.
Das kann man von den anderen nicht sagen;
Jakob und Friedrich herrschen in den Reichen;
Keiner von ihnen hat sein bestes Erbe.
Nur selten kehrt im neuen Zweige wieder
Der Menschen Tüchtigkeit; dies ist der Wille
Des, der sie spendet, daß man ihm sie danke.
Mein Wort gilt auch für jenen mit der Nase,
Gleich wie für Peter, der daneben singet,
Weshalb Apulien und Provence klagen.

Soviel geringer ist der ihm Entsproßne, 127
  Als sich Konstanze mehr denn Beatrice
  Und Margarete ihres Gatten rühmet.
Seht dort den König mit dem stillen Leben, 130
  Heinrich von England, drüben einsam sitzen;
  Er hatte bessres Glück mit seinen Söhnen.
Der aber tiefer unter ihnen ruhet 133
  Und der nach oben schaut, ist Markgraf Wilhelm,
  Für den um Alessandria im Kriege
Noch Monferrat und Canavese weinen.« 136

## ACHTER GESANG

*In der Abenddämmerung hören die Wanderer den Gesang des »Te Lucis ante« und erleben die Ankunft der Schutzengel am Rande des Tales. Dann steigen sie hinunter, um mit dem Fürsten zu sprechen. Dante begegnet seinem Freund Nino Visconti, der ihn liebevoll begrüßt und über die Untreue seiner Witwe klagt. Indes Dante den Sternenhimmel betrachtet, erscheint die nächtliche Schlange der Versuchung, die von den Engeln vertrieben wird. Dann wird Dante von einem anderen Schatten, Currado Malaspina, angeredet, der ihn schon lange betrachtet hat; Dante preist den Ruhm seines Hauses und empfängt von ihm die Prophezeiung, daß er in sieben Jahren von diesem Hause Gutes erfahren werde. Der Gesang, der mit dem Anklang der Heimwehstimmung beginnt, atmet die ängstliche Beklemmung der Nacht, zu der das Leuchten der Sterne und die besondere Innigkeit der Begegnungen in schönem Gegensatze stehen.*

Es war die Stunde, die mit Sehnsucht füllet 1
  Die Schiffer und das Herz erweicht am Tage,
  Da sie von ihren Freunden Abschied nahmen,
Die Stunde, die den neuen Pilger treibet 4
  Mit Liebe, beim Geläut der fernen Glocken,
  Das gleichsam noch den Tag beweint, der scheidet;
Als ich das Singen nicht mehr hören konnte, 7
  Begann ich eine Seele zu betrachten,
  Die aufstand und ein Zeichen gab, zu hören.

Dann hob und faltete sie beide Hände
Und wandte ihre Augen fest nach Osten,
Als ob sie sagte: »Gott nur ist mein Trachten.«
»Te lucis ante« kam so fromm und milde
Aus ihrem Mund und mit so süßen Tönen,
Daß sie mich selber mich vergessen machte.
Die andern nach ihr haben fromm und lieblich
Den ganzen Hymnus dann zu End gesungen,
Die Augen richtend nach den obern Kreisen.
Hier mußt du, Leser, deine Augen schärfen,
Weil jetzt der Schleier schon so fein geworden,
Daß man gewiß ihn leicht durchdringen könnte.
Und alsdann hab ich jene edlen Seelen
Schweigend den Blick nach oben richten sehen,
Wie in Erwartung, bleich und voller Demut;
Und sah, wie von dem Himmel niederfuhren
Zwei Engel mit zwei feuerroten Schwertern,
Daran die Spitzen abgebrochen waren.
So grün wie eben aufgesproßte Blätter
War ihre Kleidung, die mit grünen Federn
Sie hinter sich im Flügelschlage zogen.
Der eine kam noch über uns zu stehen,
Der andre hielt am Rande gegenüber,
So daß die Leute in der Mitte blieben.
Wohl konnte ich ihr blondes Haar erkennen,
Jedoch vom Antlitz war mein Blick geblendet
Wie Fassungskraft, die allzusehr belastet.
»Sie beide kommen aus Marias Schoße«,
Sprach da Sordell, »zum Schutze dieses Tales,
Denn alsbald wird sich hier die Schlange nahen.«
Weshalb ich, der nicht ihre Richtung kannte,
Rings um mich schaut' und an die treuen Schultern
Erschaudernd mich nur um so enger schmiegte.
Da sprach Sordell: »Laßt uns hinuntersteigen
Zu jenen großen Schatten, sie zu sprechen.
Sie werden sich an eurem Anblick freuen.«
Drei Schritte nur war ich hinabgestiegen,
Da war ich unten und erblickte einen,
Der auf mich schaut', als wollt er mich erkennen.
Es war schon spät und abendliches Dunkel;
Doch nicht so sehr, daß zwischen unsren Augen
Sich nicht erhellte, was zuvor verborgen.

Er kam auf mich, ich auf ihn zugeschritten. 52
O edler Richter Nino, welche Freude,
Als ich erkannte, daß du nicht verdammet!
Kein lieber Gruß ward zwischen uns vergessen. 55
Dann fragte er: »Wann bist du denn gekommen
Zum Fuß des Berges durch die fernen Wasser?«
»Oh«, sagte ich, »aus allem Leid der Hölle 58
Kam ich heut morgen und bin noch am Leben,
Wenn ich auch wandernd erst das ewige suche.«
Kaum hatten meine Antwort sie vernommen, 61
Er und Sordell, da traten sie nach hinten,
Wie jemand, den ein schneller Schreck ergriffen.
Der eine kehrt' sich zu Virgil, der andre 64
Rief einen, der dort saß: »Steh auf, Currado,
Sieh her, was Gott durch seine Gnade wirkte.«
Und dann zu mir: »Bei jener seltnen Gnade, 67
Die der dir schenkt, der also hält verborgen
Sein erstes Weil, daß man zu ihm nicht findet,
Kehrst du nach drüben durch die weiten Wellen, 70
So sag Giovanna, daß sie für mich bete
Dort, wo die Unschuld noch Erhörung findet.
Die Mutter scheint mich nicht mehr sehr zu lieben, 73
Nachdem sie abgelegt die weiße Binde,
Nach der sie sich im Elend einst wird sehnen.
An ihr kann man es wahrlich leicht erkennen, 76
Wie lang im Weib der Liebe Feuer währet,
Wenn Aug und Hand es nicht oft neu entzünden.
Es wird ihr kein so schönes Grab bereiten 79
Die Schlange, die im Feld von Mailand lagert,
Wie sie es fand beim Hahne von Gallura.«
So sprach er, und in seinem Antlitz prägte 82
Sich jener Ausdruck des gerechten Eifers,
Der ihm mit rechtem Maß im Herzen brannte.
Zum Himmel schweiften gierig meine Blicke, 85
Dorthin, wo sich die Sterne langsam drehen,
So wie am Rade nahe bei der Achse.
Mein Führer sprach: »Sohn, was schaust du nach oben?« 88
Und ich zu ihm: »Nach jenem Dreigestirne,
Von welchem hier der ganze Pol in Flammen.«
Und er zu mir: »Die vier so klaren Sterne, 91
Die du am Morgen sahst, sind dort verschwunden,
Und diese leuchten jetzt an ihrer Stelle.«

Indes er sprach, zog ihn Sordell beiseite
Und sagte: »Sieh dort unsern Widersacher«,
Den Finger hebend, daß er dorthin schaue.
Auf jener Seite, wo noch schutzlos offen
Das kleine Tal, erschien nun eine Schlange,
Wie die, die Eva einst den Apfel reichte.
Durch Gras und Blumen kam die Böse kriechend,
Von Zeit zu Zeit den Kopf zum Rücken hebend,
Wie Tiere tun, wenn sie sich sauber lecken.
Ich sah es nicht und kann es drum nicht sagen,
Wie sich die beiden Himmelsvögel lösten,
Doch sah ich beide durch die Lüfte fliegen.
Und beim Geräusche ihrer grünen Flügel
Entfloh die Schlange, und die Engel kehrten
Zu ihrem Ort zurück in gleichem Fluge.
Der Schatten, der zum Richter hergekommen
Auf seinen Ruf, hat während dieses ganzen
Gefechts sein Auge nicht von mir gewendet.
»So wahr das Licht, das dich nach oben führet,
In deinem Geiste so viel Nahrung finde,
Als es bedarf bis zu dem höchsten Glanze«,
Begann er, »kannst du wahre Kunde geben,
Von Valdimagra und von seinen Gauen,
So sag mir's, denn dort bin ich groß gewesen.
Mein Name war Currado Malaspina;
Zwar nicht der alte, doch von seinem Stamme.
Den Meinen galt die Lieb', die hier sich läutert.«
»Oh«, sagt' ich ihm, »ich bin in euren Gauen
Noch nie gewesen, doch in welchem Lande
Von ganz Europa spricht man nicht von ihnen?
Der Ruf, der eurem Haus zur Ehre dienet,
Rühmet die Herrn und rühmt die ganzen Lande,
So daß sie kennt, wer noch nicht dort gewesen.
Ich schwöre euch, so wahr ich wiederkehre,
Daß euer Haus in Ehren noch bewahret
Den Preis der Börse und den Preis des Schwertes.
So ausgezeichnet durch Natur und Sitte,
Wie sehr die Welt den bösen Kopf verdrehe,
Geht es allein auf gradem Wege weiter.«
Und er: »Nun geh, die Sonne gehet unter
Nicht mehr als siebenmal im Bett des Widders,
Das er mit seinen Vieren deckt und presset,

Bevor du diese ehrenvolle Meinung 136
In deinen eignen Kopf genagelt findest
Mit stärkern Nägeln als der Leute Reden,
Wenn nicht der Lauf des Schicksals aufgehalten.« 139

## NEUNTER GESANG

*Der Gesang bildet den Abschluß des Vorpurgatorio. Er setzt ein mit einem Bilde des Morgens. Im Morgentraum wird Dante von Lucia zur Pforte des eigentlichen Purgatorio emporgetragen, und er vergleicht diesen Traum mit dem Raube des Ganymed und des Achilles. Am Eingang empfängt die Wanderer, auf den allegorischen Stufen der Buße sitzend und mit den Schlüsseln des Petrus ausgestattet, der zugleich strenge und milde Engel, der Dante mit dem Zeichen der sieben Sünden zeichnet und ihm das Tor öffnet, hinter dem Gesang und Musik ertönt.*

Schon hob sich dämmernd an des Ostens Rande 1
Des alten Titon Gattin von dem Lager,
Sich lösend aus den Armen des Geliebten.
Von Perlen sah man ihre Stirne glänzen, 4
Geordnet in Gestalt des kalten Tieres,
Das mit dem Schwanze ausschlägt nach den Menschen.
Indes die Nacht am Orte, wo wir waren, 7
Von ihren Schritten zweie schon gestiegen
Und mit dem Dritten sich zum Abstieg senkte;
Als ich, noch Adams Erbe in mir tragend, 10
Vom Schlaf bewältigt, niedersank im Grase,
Wo wir schon alle fünf gesessen hatten.
Zur Stunde, da in ihre Klagelieder 13
Die Schwalbe ausbricht bei des Morgens Nahen,
Wohl zum Gedächtnis ihrer ersten Schmerzen,
Und unser Geist in freien Bahnen wandelt, 16
Nicht mehr vom Fleisch gefesselt und von Sorgen,
In seinen Bildern beinah göttlich werdend;
Im Traum versunken konnt ich einen Adler 19
Am Himmel schweben sehn mit goldnen Federn,
Die Flügel offen und geneigt zum Sturze;

Ich selber glaubte dort mich zu befinden,
Wo Ganymed die Seinen einst verlassen,
Als er zum höchsten Tisch entrissen wurde.
Bei mir dacht ich: »Vielleicht ist er zu jagen
Nur hier gewohnt, und alle andern Orte
Verschont er mit den räuberischen Krallen.«
Dann schien es mir, als ob er plötzlich kreise
Und schrecklich wie ein Blitz herniederbreche
Und mich empor zum höchsten Feuer risse.
Dort glaubte ich mit ihm zugleich zu brennen,
Und so sehr brannte das geträumte Feuer,
Daß es mir meinen Schlaf zerreißen mußte.
Nicht anders war Achilles einst erschüttert,
Da er vom Schlaf erwachend um sich blickte
Und nicht mehr wußte, wo er sich befinde,
Da seine Mutter ihn aus Chirons Hause
Nach Skyros schlafend trug auf ihren Armen,
Von wo die Griechen ihn dann wieder holten;
Als ich erstaunte, da aus meinen Augen
Der Schlaf entflohen war und ich erblaßte,
Wie jemand, der vor Schrecken starr geworden.
Zu meiner Seite stand nur noch mein Tröster;
Die Sonne war zwei Stunden schon gestiegen,
Und mein Gesicht war nach dem Strand gewendet.
»Fürchte dich nicht«, hat er zu mir gesprochen.
»Beruhige dich, wir sind auf gutem Wege,
Nicht schwächen, weiten sollst du deine Kräfte.
Du bist am Purgatorio angekommen.
Sieh dort den Felsen, der es rings umgürtet,
Siehe den Eingang, wo der Fels sich öffnet.
Im Morgengrauen, das dem Tag vorangeht,
Als deine Seele noch im Schlaf gelegen
Auf Blumen, die die Wiese drunten schmücken,
Kam eine Frau und sprach: ›Ich bin Lucia;
Laßt mich den Schlafenden von dannen tragen,
So werd ich ihn auf seinem Weg erleichtern.‹
Sordell verblieb, und jene edlen Schatten.
Sie hob dich auf, und als der Tag erstrahlte,
Stieg sie empor, und ich auf ihren Spuren.
Hier legte sie dich nieder, und noch zeigten
Mir ihre schönen Augen diese Pforte;
Dann war sie mit dem Traum zugleich entschwunden.«

Wie wenn ein Mensch vom Zweifel frei geworden, 64
Und seine Angst in Stärke sich verwandelt,
Nachdem die Wahrheit vor ihm aufgeschlagen,
So war auch ich verwandelt. Ohne Sorge 67
Sah mich mein Führer und begann zu steigen
Empor zum Berg, und ich auf seinen Spuren.
Mein Leser, du siehst wohl, wie meine Sache 70
Jetzt größer wird, drum sollst du dich nicht wundern,
Wenn ich sie nun mit größrer Kunst bekleide.
Wir traten näher bis zu einer Stelle, 73
Wo das, was mir ein Riß geschienen hatte,
Fast nur wie in der Mauer eine Spalte,
Als Tor erschien, und drunter noch drei Stufen, 76
Die zu ihm führten, von verschiedner Farbe,
Dazu ein Pförtner, der sich noch nicht rührte.
Als ich die Augen nach und nach geöffnet, 79
Sah ich ihn auf der obern Stufe sitzen,
Doch konnt ich seinen Anblick nicht ertragen.
Er hielt ein bloßes Schwert in seinen Händen, 82
In dem das Licht zu uns so widerstrahlte,
Daß ich die Augen drauf vergeblich wandte.
»Sagt, ihr da drunten, was ihr von mir wollet«, 85
So sprach er zu uns; »wo ist der Begleiter?
Gebt acht, daß euch der Gang nicht Schaden bringe.«
»Vom Himmel eine Frau, darin erfahren«, 88
War meines Meisters Antwort, »hat soeben
Zu uns gesagt: ›Geht hin, dort ist die Pforte.‹«
»Und sie mag euren Schritt zum Guten lenken«, 91
Gab da der Pförtner höflich uns zur Antwort,
»So kommet denn herbei zu unsern Stufen.«
Wir gingen hin; es war die erste Stufe 94
Von weißem und so glänzend reinem Marmor,
Daß ich darin mein wirklich Bild erblickte.
Die zweite war von dunkelroter Farbe, 97
Aus einem rauhen und verbrannten Steine,
Der Länge und der Quere nach gespalten.
Die dritte, die sich auf die beiden türmte, 100
Schien mir aus Porphyr und so rot wie Feuer,
Dem Blute gleich, das aus der Vene sprudelt.
Auf diese stellte seine beiden Füße 103
Der Engel Gottes, auf der Schwelle sitzend,
Die offenbar aus Diamant geschnitten.

Diese drei Stufen leitete mich willig 106
Mein Führer nun empor und sagte: »Bitte
Demütig, daß er dir die Pforte öffne.«
Fromm fiel ich vor den heiligen Füßen nieder; 109
Um Mitleid bat ich, das mir öffnen sollte;
Dreimal hab ich zuvor die Brust geschlagen.
Er schrieb mir sieben P auf meine Stirne 112
Mit seines Schwertes Spitze, und: »Nun wasche«,
So sprach er, »drinnen diese Flecken sauber.«
Asche und Erde, die man trocken findet, 115
Sind von der gleichen Farbe seiner Kleider,
Daraus hat er zwei Schlüssel vorgezogen.
Der eine war von Gold, der andre silbern; 118
Erst mit dem weißen, alsdann mit dem gelben
Erfüllt' er an der Pforte meine Wünsche.
»Versaget einer dieser beiden Schlüssel, 121
Daß er nicht grade sich im Loche wendet«,
Sprach er zu mir, »so bleibt das Tor verschlossen.
Mehr war der Preis des goldnen, doch der andre 124
Bedarf mehr Kunst und Geist, damit er öffnet,
Denn er ist der, der uns den Knoten löset.
Von Petrus hab' ich beide, doch er sagte, 127
Ich sollte lieber mich im Öffnen irren,
Als im Verschließen, wenn man vor mir knieet.«
Dann öffnet' er des heiligen Tores Flügel 130
Und sagte: »Tretet ein, jedoch bedenket,
Heraus muß wieder, wer nach hinten schauet.«
Und als in ihren Angeln sich gewendet 133
Die beiden Flügel jenes heiligen Tores
Aus starkem und aus tönendem Metalle,
Da knirschte es noch lauter und noch schärfer 136
Als das Tarpeische, da man den guten
Metellus draus vertrieb und es beraubte.
Begierig wandt ich mich beim ersten Tone 139
Und glaubte ›Te Deum laudamus‹ singen
Zu hören, und vermischt mit süßen Tönen,
Und es gemahnte mich an solche Bilder, 142
Was ich dort hörte, wie man sie begegnet,
Wenn Leute zu dem Orgelspiele singen
Und ihre Worte sich im Ton verlieren. 145

## ZEHNTER GESANG

*Die Wanderer haben das Tor des Purgatorio durchschritten und steigen durch eine steile Felsenspalte auf zum ersten Kreise, wo die Seelen der Hochmütigen büßen. Dort sind die Wände verziert mit Marmorbildern, die Szenen der Demut darstellen: Der Engel der Verkündigung mit Maria, David tanzend vor der Bundeslade, die Legende vom Kaiser Trajan und der klagenden Witwe. Während die Wanderer die Bilder betrachten, nahen sich die Büßer, gebeugt unter schweren Steinlasten. So beginnen hier die Tugendübungen des Purgatorio, die teils in geistiger Meditation der Beispiele, teils noch in körperlichen Bußübungen bestehen.*

Als wir des Tores Schwelle überschritten,
Das viel gemieden wird aus schlechter Liebe,
Die recht erscheinen läßt die falschen Wege,
Da hört ich es mit lautem Knirschen schließen,
Und hätt ich meinen Blick zurückgewendet,
Was hätte meinen Fehler je entschuldigt?
Wir stiegen auf durch eine Felsenspalte,
Die sich auf beiden Seiten leicht bewegte
Wie Wellen, die sich nahen oder fliehen.
»Hier muß man dringend etwas Kunst gebrauchen«,
Begann mein Führer da, »sich anzupassen
Bald da, bald dort den ausgebognen Wänden.«
Und dies ließ unsre Schritte langsam werden,
So daß bereits des Mondes dünne Sichel
Ins Bett gesunken war, um auszuruhen,
Als wir entstiegen waren jenem Öhre.
Doch als wir frei und offen draußen standen,
Dort oben, wo der Berg sich enger rundet,
Da war ich müde, und wir beide hielten,
Des Weges ungewiß, auf einem Plane,
Der einsam war wie sonst nur Wüstenwege.
Von seinem Rand, der an die Tiefe grenzet,
Bis zu den Felsen, die nach oben ragen,
Umfaßt er dreimal eines Mannes Länge.
Und soweit meiner Blicke Flügel reichten,
Sowohl zur rechten wie zur linken Seite,
Schien mir von gleicher Breite jener Streifen.

Wir waren droben noch nicht fortgeschritten,
Als ich erkannte, daß die ganze Runde,
Die nirgends einen Aufstieg uns gewährte,
Aus blendend weißem Marmor und gezieret
Mit Bildern so, daß nicht nur Polykletus,
Auch die Natur sich davor schämen müßte.
Der Engel, der herabstieg mit der Kunde
Von jenem jahrelang ersehnten Frieden,
Der uns erschloß den lang verbotnen Himmel,
Der war vor unsern Augen so wahrhaftig
Dort eingemeißelt und mit solcher Milde,
Daß es nicht schien, es sei ein Bild, das schweiget.
Man konnte schwören, daß er »Ave« spreche,
Denn dort war auch noch jene abgebildet,
Die uns das Tor zur höchsten Lieb' erschlossen.
In ihrer Haltung prägten sich die Worte:
»Dies ist die Magd des Herrn«, so unverkennbar,
Gleichwie ein Bild sich prägt im weichen Wachse.
»Du darfst nicht nur auf eine Stelle schauen«,
So sprach mein Meister; ich ging ihm zur Seite,
Wo in der Menschen Brust das Herz geborgen.
Dann wandt ich meinen Blick und konnt erkennen
Hinter Maria, auf der gleichen Seite,
Wo jener stand, der mich zum Schauen mahnte,
Ein andres Bild im Steine eingehauen.
Drum ging ich an Virgil vorbei, daß näher
Vor meinen Augen sich das Bild entfalte.
Dort waren auch in Marmor abgebildet
Wagen und Rinder mit der Bundeslade,
Die einst das angemaßte Amt bestrafte.
Daneben standen Leute, abgeteilet
In sieben Chöre, daß Gehör und Auge
In mir sich streiten mußten, ob sie sangen.
Und gleichermaßen gab die Weihrauchwolke,
Die dort gemeißelt, für Geruch und Auge
Ein widerstreitend Rätsel zu erraten.
Dort sah man schreiten vor der heiligen Lade
Im Tanz geschürzt den milden Psalmensänger,
So daß er mehr und weniger schien denn König.
Und gegenüber sah man in dem Bilde
Aus dem Palast Mikal herniederschauen
Als eine Frau voll Hohn mit böser Miene.

Ich wandte mich vom Orte, wo ich weilte,
Um noch ein Bild mir näher zu betrachten,
Das hinter Mikal mir entgegenstrahlte.
Dort war in Stein der hohe Ruhm geschildert
Der Römerherrschaft, die durch ihre Tugend
Gregor zu seinem großen Sieg bewegte.
Ich spreche von Trajan, dem Römerkaiser;
Und eine Witwe hing in seinen Zügeln,
Mit Tränen überströmt und voller Schmerzen.
Rings um ihn her sah man ein dicht Gedränge
Von vielen Rittern, und auf goldnem Grunde
Die Adler über ihm im Winde flattern.
Die arme Frau stand mitten unter ihnen
Und schien zu sagen: »Herr, schaff mir Vergeltung
Für meines Sohnes Tod, der mich verzehret!«
Er schien zu sagen: »Wart noch eine Weile,
Bis ich zurück bin.« Aber sie: »O Kaiser«,
Wie jemand, dem der Schmerz im Nacken sitzet,
»Wenn du nicht wiederkehrst?« Und er: »Ein andrer
Wird's für mich tun.« Sie aber: »Wozu nützet
Dir fremde Wohltat, wenn du selbst nicht handelst?«
Worauf er: »Nun, so tröste dich, ich werde
Wohl sogleich meine Pflicht erfüllen müssen,
Wenn es Gerechtigkeit und Mitleid wollen.«
Der Herr, der niemals etwas Neues kannte,
Hat jenes Sprechen sichtbar abgebildet,
Das uns so neu, weil wir es nie gesehen.
Indessen ich am Schauen mich erfreute,
Vertieft in alle diese Demutsbilder,
Die auch durch ihren Schöpfer doppelt teuer,
»Sieh hier, wie mit gemeßnen Schritten nahen«,
So flüsterte der Dichter, »viele Leute;
Die werden uns den Weg nach oben weisen.«
Und meine Augen, die begierig waren
Nach neuen Bildern, die sie gerne schauen,
Die wandten sich zu ihm in aller Eile.
Doch will ich nicht, o Leser, daß du zögerst
Im guten Vorsatz, wenn du nun erfahren,
Mit welcher Buße Gott die Sünder strafet.
Bedenke nicht die Formen ihrer Qualen,
Bedenk das Ende; denk, im schlimmsten Falle
Kann es nur bis zum Jüngsten Tage dauern.

Und ich begann: »Mein Meister, was ich sehe, 112
Das sich uns nahet, scheinen mir nicht Menschen,
Ich weiß nicht was, so irre geht mein Auge.«
Und er zu mir: »Das harte Los der Büßer 115
Zwingt sie so sehr geduckt zur Erde nieder,
Daß meine Augen auch im Zweifel waren.
Doch blicke scharf dahin und unterscheide, 118
Was unter diesen Steinen sich beweget;
Schon kannst du sehn, wie sich ein jeder windet.«
O stolze Christen, elend und verlassen, 121
Die ihr, in des Verstandes Aug erblindet,
Vertrauen habet auf die falschen Schritte.
Habt ihr denn nicht erkannt: wir sind die Larven, 124
Nur für den Engels-Schmetterling geschaffen,
Der schutzlos auf zum ewigen Throne flieget?
Was laßt ihr euren Geist nach oben schweifen; 127
Ihr seid doch nur ein mangelhaft Gewürme,
Wie eine Raupe, der die Formen fehlen.
Wie um Gesimse oder Dach zu tragen, 130
An Häusern oft gebeugt Gestalten hocken,
Die Kniee aufwärts an die Brust gezogen,
So daß das Bild schon echtes Mitleid wecket 133
Bei seinem Anblick, so sah ich gebeuget
Die Büßer dort, als ich genauer schaute.
Zwar war der Zwang der Beugung noch verschieden 136
Nach dem Gewicht, das sie zu tragen hatten;
Und der Geduldigste in seinen Mienen
Schien nur zu klagen, daß er nicht mehr könne. 139

## ELFTER GESANG

*Die Wanderer schreiten weiter im Kreise der büßenden Hochmütigen, die unter Steinlasten gehen und das Vaterunser beten. Virgil fragt nach dem besten Aufstieg, und zwei Seelen antworten mit der Geschichte ihres Lebens: Omberto Aldobrandeschi, der stolze toskanische Raubritter, und Oderisi, der berühmte Miniaturenmaler aus Gubbio. Oderisi klagt über die Eitelkeit des irdischen Ruhmes, spricht über den wandelbaren Ruhm der Maler und verweist auf das Schicksal des stolzen Provenzan Salvani, der einst Siena beherrschen wollte und dafür büßen muß, aber durch einen*

*Akt der Demut seine Strafe verkürzt hat. Das Grundmotiv der Spannung zwischen Demut und Stolz klingt durch alle Züge dieses Gesanges hindurch.*

»O Vater unser in dem Himmel droben,
Du unbegrenzt, doch mit besondrer Liebe
Der Kraft der ersten Sphären dort verbunden,
Gepriesen sei dein Name und dein Wirken
Von jeder Kreatur, denn es gebühret,
Daß man für deine süßen Düfte danke.
Wir bitten um den Frieden deines Reiches,
Denn selber können wir nicht zu ihm kommen,
Wenn es nicht kommt, mit allem unsrem Geiste.
Wie deine Engel ihren Willen spenden
Zur Opfergabe, und Hosianna singen,
So sollen auch die Menschen zu dir kommen.
Und unser täglich Brot gib uns auch heute,
Denn ohne dies geht in der bösen Wüste
Hier unten rückwärts, wer sich noch so mühet.
Und so wie wir das Böse gern verzeihen,
Das wir empfangen, wollst auch du vergeben
Voll Güte, ohne das Verdienst zu zählen.
Du mögest unsre leicht verfallne Tugend
Am alten bösen Feinde nicht erproben,
Vielmehr von seinem Stachel uns befreien.
Doch, lieber Herr, wird diese letzte Bitte
Nicht mehr für uns getan, dies ist nicht nötig,
Nur noch für jene, die zurückgeblieben.«
Und also gute Pilgerschaft erflehend
Für sich und uns, bewegten sich die Seelen
Mit Lasten, wie sie oft im Traum uns drücken,
Ungleich gequält, umher im ganzen Kreise,
Und müde droben auf dem ersten Gürtel,
Sich von der Erde Sündenrauch zu läutern.
Wenn man von uns dort drüben Gutes redet,
Was können hier für jene tun und sagen
Die, deren Willen gute Wurzel nähret?
Wohl muß man ihnen helfen, sich zu waschen
Von Erdenflecken, daß sie rein und ledig
Aufsteigen können zu den Sternenkreisen.

»Hört, bei dem Recht und bei dem Mitleid, welches 37
Euch bald erleichtern möge, daß die Flügel
Ihr heben könnt, wohin die Sehnsucht treibet,
Zeigt uns, auf welcher Seite zu der Treppe 40
Der Weg am kürzesten, und von den Stegen
Zeigt uns den, der uns nicht am steilsten führet.
Denn der, der mit mir kommt, ist durch die Bürde 43
Des irdischen Fleisches, das ihn noch bekleidet,
Im Steigen langsam, gegen seinen Willen.«
Von wem die Worte, die zur Antwort kamen 46
Auf das, was mein Begleiter ausgesprochen,
Gekommen, konnte man noch nicht erkennen.
Doch hieß es: »Auf der Rechten an dem Rande 49
Kommt mit uns, und dort findet ihr den Durchgang,
Auf dem ein Lebender empor kann steigen.
Und wenn mich nicht der Felsblock hindern würde, 52
Der also meinen stolzen Nacken bändigt,
Daß ich gezwungen bin, den Blick zu senken,
So würd' ich den, der lebt und sich nicht nennet, 55
Betrachten, um zu sehn, ob ich ihn kenne,
Und um sein Mitleid für die Last zu rühren.
Ich war Lateiner. Sohn von großem Tosker, 58
Guglielmo Aldobrandesco war mein Vater;
Ich weiß nicht, ob ihr seinen Namen kennet.
Das alte Blut, dazu die kühnen Taten 61
Der Ahnen machten mich so übermütig,
Daß ich, nicht denkend an der Menschen Mutter,
So tief auf alle mit Verachtung blickte, 64
Daß ich drob starb, wie die Sienesen wissen
Und selbst in Campagnatico die Kinder.
Ich bin Umberto, doch nicht mir nur brachte 67
Der Hochmut Schaden, alle die Gefährten
Hat er wie mich ins Unglück mitgerissen.
Und hier muß ich nun diese Lasten tragen 70
Um seinetwillen, solang Gott es fordert,
Da ich's nicht lebend tat, hier bei den Toten.«
Im Hören senkte ich mein Antlitz nieder; 73
Und einer von den Schatten, nicht der Sprecher,
Hat unter seiner Last sich umgewendet;
Er sah mich und erkannte mich und klagte, 76
Indem er mühsam seine Augen wandte
Zu mir, der ganz gebeugt den Seelen folgte.

»Oh«, sagt ich ihm, »bist du nicht Oderisi,
Die Ehre Gubbios, Ehre jener Künste,
Die in Paris Illuminieren heißen?«
»Mein Bruder«, sprach er, »heller lachen jene
Bilder, die Franco von Bologna malet,
Die Ehre ist nun sein, ich bin viel kleiner.
Wohl hätte ich so höflich nicht gesprochen,
Als ich noch lebte, denn so voll Begierde
Mich auszuzeichnen ist mein Herz gewesen.
Für solchen Hochmut zahlt man hier die Strafe;
Ja, ich wär noch nicht hier, wenn ich im Leben
Zur Sündenzeit mich nicht zu Gott gewendet.
O leerer Ruhm des menschlichen Vermögens,
Wie kurz nur bleibt das Grüne auf den Gipfeln,
Wenn nicht dahinter rohe Zeiten folgen.
Es glaubte Cimabue, er sei der Meister
Der Malerei, und nun ist Giotto oben
Und hat den Ruhm des andern überschattet.
So hat der eine Guido weggenommen
Des andern Dichterruhm, und heute lebet
Vielleicht, der beide aus dem Nest wird jagen.
Es ist der Ruf der Menschen nur ein Blasen
Des Windes, der bald da-, bald dorthin wehet
Und Namen wechselt, wie er Richtung wechselt.
Hast du mehr Ruhm, wenn du im Alter scheidest
Aus deinem Leib, als wenn du schon gestorben,
Bevor dem Kinderlallen du entwachsen,
Dereinst nach tausend Jahren? Kürzre Spanne
Ist dies zur Ewigkeit als Wimperschlagen,
Verglichen mit dem Gang des letzten Himmels.
Von jenem, der so langsam fürbaß schreitet
Vor mir, hat ganz Toskana einst gesprochen,
Heut wird in Siena kaum von ihm geflüstert,
Das er beherrschte, als gebrochen wurde
Die Wut der Florentiner, die so mächtig
In jenen Zeiten, wie sie heut gesunken.
Der Menschen Ruf ist wie des Grases Farbe,
Die kommt und geht, entfärbt von jener Sonne,
Durch die es aus der bittern Erde sprießet.«
Und ich zu ihm: »Dein wahres Wort erfüllt mich
Mit guter Demut, große Schwellung mindernd,
Doch wer ist der, von dem du jetzt gesprochen?«

»Es ist«, so sprach er, »Provenzan Salvani, 121
Und er ist hier, weil er sich angemaßet,
Ganz Siena unter seine Macht zu zwingen.
So starb er einst und wandert ohne Ruhe 124
Seit seinem Tod. Mit solchem Gelde zahlet
Die Strafe, wer dort drüben zu vermessen.«
Ich fragte: »Wenn ein Geist, der drüben wartet 127
Mit seiner Buße bis zum Lebensende,
Dort unten bleiben muß und nicht kann steigen,
Sofern kein gut Gebet ihm Hilfe bringet, 130
Solange als er in der Welt gelebet,
Wie ist es möglich, daß er kommen durfte?«
»Als er in seinem höchsten Glanze lebte«, 133
Sprach jener, »hat er auf dem Markt von Siena
Sich hingestellt, frei, jede Scham verachtend,
Und dort, um seinen Freund sich loszukaufen 136
Aus Karls Gefangenschaft mit Lösegeldern,
Sich nicht geschämt, am ganzen Leib zu zittern.
Mehr sag ich nicht, obwohl ich dunkel rede. 139
Doch bald wird dir ein Gleiches widerfahren
Von deinem Nachbarn, daß du's magst erklären.«
Dies gute Werk ließ ihn von drunten steigen. 142

## ZWÖLFTER GESANG

*Auf die Mahnung Virgils löst sich Dante von den büßenden Hochmütigen und betrachtet die Skulpturen des Bodens, die Beispiele bestraften Hochmutes darstellen, abwechselnd aus der Bibel und aus der Antike entnommen. Dann gehen die Wanderer dem Wächterengel entgegen, der ihnen den Aufstieg zum nächsten Kreise zeigt, eine schmale Felsenspalte mit Treppen wie der Aufstieg zu San Miniato in Florenz. In feiner Verbindung der geistigen und leiblichen Empfindung erfährt hier Dante zum erstenmal das Wunder des leichten Emporsteigens auf dem Läuterungsberge.*

Im Gleichschritt, wie die Ochsen gehn im Joche, 1
Ging ich mit dieser schwerbeladnen Seele,
Solang es duldete mein lieber Meister.

Doch als er sprach: »Verlaß sie nun und eile, 4
Denn hier muß man mit Ruder und mit Segel
So schnell man kann sein Schifflein vorwärts treiben«,
Da richtet' ich mich auf am ganzen Leibe, 7
So wie man schreitet, wenn auch die Gedanken
Mir immer noch gebeugt und müde blieben.
Ich hatte mich gelöst und wollte gerne 10
Des Meisters Schritten folgen, und wir beide
Bewiesen schon, wie sehr wir leicht geworden.
Da sagte er: »Schau auf den Boden nieder; 13
Gut ist es, um den Weg dir zu erleichtern,
Das Bette deiner Sohlen zu betrachten.«
Wie oft, um das Gedächtnis zu bewahren, 16
Die irdischen Gräber über den Begrabnen
Die Bilder so, wie sie einst lebten, tragen,
An denen dann so oft die Tränen fließen, 19
Vom Stachel des Gedenkens angerühret,
Der nur die Frommen anzuspornen pfleget;
So sah ich dort, doch mit noch schönern Bildern, 22
Wenn man die Kunst betrachtet, überzogen
Den ganzen Boden, der den Berg umgürtet.
Dort sah ich jenen, der vor allen Wesen 25
Edel geschaffen, auf der einen Seite
Wie einen Blitz vom Himmel niederstürzen.
Dort sah ich Briareus, vom Pfeil getroffen 28
Der Himmlischen, der auf der andern Seite
Schwer auf die Erde fiel in Todesstarre.
Ich sah Apoll, ich sah den Mars und Pallas 31
Bewaffnet noch um ihren Vater stehen,
Der toten Riesen Leiber zu betrachten.
Ich sah Nimrod am Fuß des großen Turmes, 34
Wirr und verstört beim Anblick jener Leute,
Die zu Sinaar mit ihm so stolz gewesen.
O Niobe, mit Augen voller Trauer 37
Sah ich dich abgebildet auf dem Wege
Inmitten deiner vierzehn toten Kinder.
O Saul, wie du im eignen Schwert geendet, 40
Erschienst du mir, dort am Gilboaberge,
Der dann nicht Regen und nicht Tau mehr spürte!
O du vermessene Arachne lagest 43
Schon halb als Spinne traurig auf den Fetzen
Des Werks, das du zum Unglück dir gewoben.

Rehabeam, du schienst nicht mehr zu drohen
In diesem Bilde; vielmehr trägt voll Schrecken
Ein Wagen ihn hinweg, eh man ihn jaget.
Es zeigte außerdem der harte Boden,
Wie einst das unglückselige Geschmeide
Alkmäons Mutter mit dem Tod bezahlte.
Er zeigte, wie die Söhne sich geworfen
Auf ihren Vater Sanherib im Tempel,
Und wie sie ihn erschlagen liegen ließen.
Er zeigte auch die grausige Vernichtung,
Bei der Tomiris einst zu Cyrus sagte:
»Blut wolltest du, mit Blut will ich dich tränken.«
Er zeigte, wie geschlagen einst entflohen
Nach Holofernes' Tode die Assyrer,
Dazu den Leichnam des erschlagnen Königs.
Ich sah Troja in Asche und in Trümmern.
O Ilion, in welcher tiefen Schande
Erschienst du mir in diesem scharfen Bilde!
Wer von des Pinsels und des Stiftes Meistern
Vermöchte so die Linien und die Schatten
Zu zeichnen, die der feinste Geist bewundert?
Tot schien der Tote, lebend der Lebendige;
Besser sah der nicht, der die Wahrheit schaute,
Als ich, der ich gebeugt auf sie getreten.
Nun hebt euch stolz und traget hoch die Blicke,
Ihr Söhne Evas, senket nicht die Stirne,
Damit ihr eure schlechten Wege sehet!
Mehr hatten wir vom Berge schon umschritten
Und mehr die Sonne schon im Lauf vollendet,
Als der gebundne Geist vermuten konnte.
Da sagte der, der immer vor mir achtsam
Einherging, plötzlich: »Hebe deine Stirne,
Nicht ist es Zeit mehr, so gebeugt zu gehen.
Sieh dort den Engel, der sich schon bereitet,
Zu uns zu kommen. Siehe, wie entschwindet
Vom Dienst des Tages schon die sechste Stunde.
Mit Ehrfurcht schmücke dir Gesicht und Miene,
Damit er gerne uns nach oben sende.
Bedenk, daß dieser Tag nie wiederkehret.«
Da seine Mahnung mich schon oft getrieben,
Die Zeit nicht zu versäumen, blieb auch diesmal
Die Absicht seines Worts mir nicht verborgen.

Es nahte sich uns jenes schöne Wesen,
Mit weißem Kleide, und im Angesichte
So schimmernd wie die morgendlichen Sterne.
Es breitete die Arme und die Flügel
Und sprach: »Kommt her, hier findet ihr die Stufen
Und leichten Fußes sollt ihr fortan steigen.
Auf diese Ladung kommen wenig Leute.
O Menschen, die bestimmt emporzusteigen,
Weswegen stürzt ihr vor so kleinem Winde?«
Er führte uns zu einer Felsenspalte.
Dort schlug er mit den Flügeln meine Stirne,
Dann hat er mir den sichern Gang versprochen.
Wie dort zur Rechten auf dem Weg zum Berge,
Auf dem die Kirche steht, die überraget
Die wohlregierte Stadt am Rubaconte,
Des Aufstiegs kühne Steile wird gebrochen
Durch jene Treppen, die zur Zeit gehauen,
Als Akten und Gewicht noch richtig waren;
So war auch hier gestaffelt das Gefälle,
Das steil empor zum nächsten Kreise führet,
Doch streift man beiderseits den hohen Felsen.
Indessen wir uns dort nach oben wandten,
Erklang »Beati pauperes!« mit Stimmen
So schön, daß keine Worte sie beschreiben.
O wie so anders waren jene Gründe
Als die der Hölle! Hier wird mit Gesängen
Der Gast empfangen, drunten mit Geheule.
Schon stiegen wir auf jenen heiligen Stufen,
Und ich erschien mir schon um vieles leichter,
Als ich vorher auf ebnem Pfad gewesen.
Drum fragte ich: »Mein Meister, welche Lasten
Sind mir genommen, daß ich kaum noch spüre
Des Weges Mühe, da wir aufwärts steigen?«
Er gab zur Antwort: »Wenn auf deiner Stirne
Die P, die zwar verblaßt, doch noch geblieben,
So wie das erste alle ausgetilget,
Dann wird der gute Wille deine Füße
So treiben, daß sie nicht nur keine Mühe,
Vielmehr nur Freude bei dem Aufstieg fühlen.«
Da tat ich so wie einer, der am Kopfe
Ein Ding trägt, das ihm selber nicht bekannt ist
Und das durch Zeichen andre ihm bedeuten.

Weshalb er dann die Hand sich nimmt zur Hilfe, 130
Die sucht und findet und des Amtes waltet,
Das hier die Augen nicht erfüllen können.
So hab ich mit den Fingern meiner Rechten 133
Sechs von den Lettern noch gefunden, welche
Der mit den Schlüsseln schrieb auf meine Schläfen.
Bei diesem Anblick mußt' mein Führer lächeln. 136

## DREIZEHNTER GESANG

*Die Wanderer befinden sich im zweiten Kreise des Purgatorio, wo die Neidischen büßen. Hier sind Wände und Boden bildlos, von grauem Stein, und die Büßer lehnen als blinde Bettler an den Felswänden. Ihre Meditation wird genährt aus Stimmen unsichtbarer Geister, die Beispiele bestraften Neides ausrufen und zur Nächstenliebe mahnen. Die Büßer selbst rufen alle Heiligen um Gnade an. Dante empfindet stärkstes Mitleid mit ihrer Strafe und spricht zu ihnen mit erlesener Höflichkeit. Eine der Seelen, Sapia aus Siena, erzählt ihr Schicksal und bittet Dante um seine Fürbitte. Der Gesang ist erfüllt von der Unruhestimmung der blinden Seelen und dem tiefen Zartgefühl des Dichters.*

Wir waren schon am Ende jener Treppe, 1
Wo sich zum zweitenmal der Berg verschmälert,
Durch dessen Aufstieg sich die Menschen läutern.
Dort läuft in gleicher Weise noch ein Rahmen 4
Rings um den Berg, so wie im ersten Kreise,
Nur daß sich hier der Umgang schneller rundet.
Dort ist kein Schatten und kein Bild zu schauen, 7
Ganz glatt und eben scheinen Weg und Boden
Und das Gestein von bleiern fahler Farbe.
»Wenn wir zu fragen hier noch wen erwarten«, 10
So sprach mein Führer, »möcht ich fast befürchten,
Daß unsre Wegewahl zu lange dauert.«
Dann wandt' er seine Augen fest zur Sonne; 13
Er machte rechtsum auf dem rechten Fuße
Und ließ den linken in der Schwenkung folgen.
»O liebes Licht, in dessen Schutz ich trete 16
Zum neuen Weg, du wollest so uns führen«,
Sprach er, »wie wir hier oben wandeln müssen.

Du wärmst die Welt und du bist ihre Leuchte; 19
Wenn nicht ein andrer Grund uns anders treibet,
Dann müssen deine Strahlen stets uns leiten.«
Was man hier schätzen mag für eine Meile, 22
Das waren wir dort drüben schon gegangen
In kurzer Zeit, weil unser Wille eilte.
Und Geister kamen auf uns zugeflogen, 25
Zwar unsichtbar, die uns mit ihren Worten
Voll Höflichkeit zum Tisch der Liebe luden.
Die erste Stimme, die vorübereilte: 28
»Vinum non habent«, hat sie laut gesprochen,
Noch hinter uns die Worte wiederholend.
Und ehe diese Stimme ganz verklungen 31
In weiter Ferne rief schon eine andre:
»Ich bin Orest«; auch diese blieb nicht stehen.
»Oh«, sprach ich, »Vater, was sind diese Stimmen?« 34
Und während ich noch fragte, kam die dritte,
Die uns ermahnte: »Liebet eure Feinde!«
Da sprach der gute Meister: »Dieser Gürtel 37
Züchtigt die Schuld des Neides, darum wurden
Aus Liebe hier gemacht die Peitschenschnüre.
Der Zügel mußt mit andrem Tone klingen; 40
Ich glaube wohl, du wirst es auch noch hören,
Bevor du der Vergebung Schwelle findest.
Doch schau mit scharfem Auge durch die Lüfte, 43
Dann siehst du Leute, die dort vor uns sitzen;
Sie alle sitzen längs der Felsenwände.«
Da öffnet ich mehr als zuvor die Augen, 46
Und ich erkannte Schatten dort in Mänteln,
Die von des Steines Farbe nicht verschieden.
Als wir dann noch ein wenig weiter waren, 49
Da hört ich rufen: »Bitt für uns, Maria!«
Und »Petrus«, »Michael« und »Alle Heiligen«.
Ich glaube nicht, daß noch auf Erden wandelt 52
Ein Mensch so hart, daß er nicht auch empfände
Mitleid mit dem, was ich dann sehen mußte.
Denn als ich jenen war so nah gekommen, 55
Daß die Gebärden zu erkennen waren,
Hat mir der Schmerz die Augen ausgerungen.
Sie trugen alle rauhe Bußgewänder, 58
Und einer lehnt' dem andern an der Schulter,
Und alle lehnten an den Felsenwänden.

So stehn die Blinden, die nichts eigen haben,
An Feiertagen bettelnd an der Straße,
Und einer beugt den Kopf über den andern,
Damit das Mitleid jeden gleich ergreife,
Nicht nur vom bloßen Hören ihrer Klagen,
Auch von dem Anblick, der nicht minder elend.
Und wie die Blinden nicht erreicht die Sonne,
Blieb jenen Schatten, die wir dort gesehen,
Auch das Geschenk des Himmelslichts verschlossen.
Sie alle trugen einen Eisenfaden
Durch ihre Lider, wie ein wilder Sperber
Genäht wird, weil er anders nicht zu zähmen.
Mir schien, als täten wir im Gehen unrecht,
Wenn wir sie sahn, ohne daß sie uns sahen,
Drum wandt ich mich zu meinem weisen Meister.
Er wußte wohl zu deuten mein Verstummen,
Und darum gab er ohne meine Frage
Zur Antwort: »Sprich, und rede kurz und deutlich.«
Virgil ging dort mit mir auf jener Seite
Des Gürtels, wo man niederstürzen konnte,
Weil er von keiner Mauer wird umrandet.
Zur andern Seite hatte ich die frommen
Schatten, die durch die grauenhaften Nähte
Die Tränen pressend, ihre Wangen netzten.
Ich wandte mich zu ihnen: »Die ihr sicher«,
Sprach ich, »das hohe Licht noch schauen werdet,
Das ihr allein mit eurer Sehnsucht suchet,
So wahr die Gnade bald von dem Gewissen
Den Schaum euch lösen möge, daß das Wasser
Des Geistes klar aus ihm herniederströme,
Sagt mir, denn dies wär mir genehm und teuer,
Ob sich bei euch Lateinerseelen finden;
Auch ihnen ist es gut, wenn ich's erfahre.«
»O du mein Bruder, wir sind alle Bürger
Von einem wahren Staat, doch du willst sagen,
Daß sie als Pilger in Italien lebten.«
Dies war die Antwort, die ich hören konnte
Ein wenig weiter vorne als wir standen,
Weshalb ich selber hinging zu der Stelle.
Mit andern sah ich eine Seele warten.
In ihrem Antlitz schien sie: »Wie?« zu fragen,
Und schob das Kinn empor nach Art der Blinden.

»Du Geist«, sprach ich, »der sich zum Steigen zwinget, 103
Wenn du es bist, der Antwort mir gegeben,
Gib dich mir kund mit deinem Ort und Namen.«
»Ich war Sienesin«, sprach sie, »und mit diesen 106
Andern verbüß ich hier das böse Leben,
Zum Herren weinend, daß er sich uns schenke.
Weis' war ich nicht, obwohl man mich die Weise 109
Genannt hat, und ich hatt' an andrer Schaden
Mehr Freude als an meinem eignen Glücke.
Und daß du ja nicht glaubst, daß ich dich täusche, 112
So hör, ob ich, wie ich dir sagte, töricht.
Schon senkte sich der Bogen meiner Jahre,
Als unsere Sienesen einst bei Colle 115
Im Kampf auf ihren Feind gestoßen waren;
Und ich bat Gott: »Vollende deinen Willen!«
Geschlagen wurden sie und mußten wenden 118
Zur bittern Flucht; und ich, die Flüchtigen sehend,
War voller Freude, anders als die andern;
So sehr, daß ich erhob die frechen Blicke 121
Zu Gott und rief: »Ich will dich nicht mehr fürchten«,
Wie eine Amsel tat an milden Tagen.
Den Frieden suchte ich mit Gott am letzten 124
Tag meines Lebens; doch wär meine Sünde
Noch nicht durch meine Buße abgetragen,
Wenn nicht geschehen wär, daß mein gedachte 127
Pier Pettignan in heiligen Gebeten,
Weil er mit meinem Lose Mitleid hatte.
Doch wer bist du, der uns nach unsrem Leben 130
Zu fragen kommt, und gehst mit offnen Augen,
Wie es mir scheint, und atmest noch beim Reden?«
»Die Augen werden mir hier noch verschlossen«, 133
Sprach ich, »doch kurze Zeit, denn wenig hab ich
Gesündiget, indem ich neidisch blickte.
Viel größer ist die Sorge meiner Seele 136
Um jene Sünde, die man drunten büßet.
Denn schon spür ich die Lasten jenes Kreises.«
Und sie zu mir: »Wer hat dich denn geführet 139
Zu uns herauf, wenn du nach unten kehrest?«
Und ich: »Der mit mir ist und dazu schweiget.
Ich bin lebendig, drum kannst du mich bitten, 142
Erwählter Geist, sofern du willst, daß drüben
Ich noch für dich die irdischen Füße rege.«

»Dies ist für mich ein so merkwürdig Zeichen«, 145
Gab sie zur Antwort, »daß der Herr dich liebet;
Drum mögest du in dein Gebet mich schließen.
Auch bitt ich dich bei dem, was du ersehnest, 148
Betrittst du jemals wieder die Toscana,
So mach mich meinen Nachbarn wieder teuer.
Du findest sie bei jenen eitlen Leuten, 151
Die Talamone baun und mehr sich täuschen
Als in der Hoffnung auf den Fluß Diana.
Doch mehr verlieren noch die Admirale.« 154

## VIERZEHNTER GESANG

*Im Kreise der Neidischen werden die Wanderer von den geblendeten Büßern angeredet. Der Romagnole Guido del Duca geißelt mit heißer Leidenschaft den sittlichen und politischen Niedergang der Toscana und der Romagna, er bekennt seine eigene Schuld und preist dafür die Tugend und Höflichkeit des Romagnolen Rinier dei Calboli und beklagt den Verlust der schönen alten höfischen Sitten. Am Ende bricht er in Tränen aus, und die Wanderer gehen in schweigender Ergriffenheit weiter. Im Weiterschreiten hören sie erneut unsichtbare Stimmen, die Beispiele bestraften Neides verkünden, und Virgil beschließt den Gesang mit einer Mahnrede gegen die Macht der Sünde.*

»Wer ist es, der auf unsrem Berge wandelt, 1
Bevor der Tod zum Fluge ihn erhoben,
Und der die Augen öffnen kann und schließen?«
»Ich kenn ihn nicht, doch kommt er in Begleitung. 4
Frag du ihn doch, der du ihm näher stehest.
Begegn' ihm freundlich, daß er zu uns rede.«
So hörte ich zwei Geister sich besprechen, 7
Einander zugeneigt, zu meiner Rechten.
Dann hoben sie das Kinn, mich anzureden.
Der eine sprach: »O Seele, noch gebunden 10
Im Erdenleib, die du zum Himmel steigest,
Aus Mitleid tröste uns und gib uns Kunde,
Woher du kommst und wer du bist, denn so sehr 13
Sind wir verwundert über deine Gnade,
Wie man sich wundert über Unerhörtes.«

Und ich: »Inmitten von Toscana fließet
Ein Flüßchen, das entspringt in Falterona,
Dem hundert Meilen Laufes nicht genügen.
An seinem Ufer ward mein Leib geboren.
Euch sagen, wer ich bin, wär doch vergebens,
Mein Name ist noch nicht von starkem Klange.«
»Sofern ich deine Absicht recht begreife
Mit meinem Geiste«, gab mir der zur Antwort,
Der mich gefragt, »willst du vom Arno sprechen.«
Der andre sprach zu ihm: »Warum hat dieser
Den Namen jenes Flusses uns verschwiegen,
So wie man etwas Schreckliches verschweiget?«
Da gab der Schatten, den man dieses fragte,
Die Antwort: »Ich weiß nicht, doch wahrlich sollte
Der Name eines solchen Tals vergehen.
Von seinem Ursprung, wo das Hochgebirge,
Von dem getrennt Peloro, so voll Wasser,
Daß es von wenig Orten übertroffen,
Bis dort, wohin er fließt, zurückzutragen
Das, was der Himmel aus dem Meere sauget,
Aus dem die Flüsse ihre Nahrung haben;
Wird Tugend als die Feindin so gemieden
Von allen, gleichwie eine Schlange, sei es
Durch Fluch des Ortes, sei es durch Gewohnheit.
Es haben drum ihr Wesen so verwandelt
Alle, die dieses Jammertal bewohnen,
Daß sie auf Circes Feld zu weiden scheinen.
Zu wüsten Schweinen, die von Eicheln lieber
Sich nähren sollten als von Menschenspeise,
Führt ihn am Anfang seine arme Straße.
Dann trifft er Köter, weiter niedersteigend,
Die mehr, als ihre Kräfte taugen, knurren,
Und unwirsch wendet er den Blick von ihnen.
Dann fließt er weiter, und je mehr er anschwillt,
Sieht er die Hunde sich in Wölfe wandeln,
Der unglückselige und verfluchte Graben.
Dann führt sein Weg hinab durch tiefe Becken,
Er findet Füchse, die so voller Listen,
Daß keine Geistesmacht sie schrecken könnte.
Ich schweige nicht, wer immer es auch höre,
Und gut ist es für jenen, einst zu denken
An das, was ich aus wahrem Geiste künde.

Ich sehe deinen Neffen, der zum Jäger
Für jene Wölfe wird, entlang dem Ufer
Des stolzen Flusses, allen zum Entsetzen.
Ihr Fleisch verkauft er bei lebendigem Leibe,
Darauf erschlägt er sie wie alte Rinder.
Er raubt das Leben vielen, sich die Ehre.
Voll Blut tritt er aus jenem bösen Walde
Und läßt ihn so, daß auch nach tausend Jahren
Er nicht zurückkehrt zu dem alten Wuchse.«
Wie bei der Kunde schmerzlicher Gefahren
Sich das Gesicht des Hörenden verfinstert,
Woher auch immer ihm der Schaden drohe;
So sah ich jene Seele, die zum Hören
Gewendet war, wie sie sich ganz betrübte,
Als sie das Wort in ihrem Sinn vernommen.
Das Wort des einen, das Gesicht des andern
Gab mir den Wunsch, die Namen zu erfahren,
Und bittend fragte ich sie, wer sie seien.
Worauf der Geist, der mir zuerst gesprochen,
Von neuem sagte: »Du willst mich bewegen,
Dir das zu tun, was du mir selbst verweigerst.
Da aber Gott in dir will leuchten lassen
So große Gnade, will ich dir nicht kargen,
Drum wisse, wer ich bin: Guido del Duca.
Mein Blut war einst entbrannt von solchem Neide,
Daß, wenn du einen Menschen fröhlich sahest,
Du mich in blassem Neid erblicken konntest.
Aus meinem Samen ernt ich solche Halme.
O Menschenvolk, was richtest du dein Herze
Auf Dinge, die man nicht mit andern teilet?
Dies ist Rinieri, einst der Preis und Ehre
Des Hauses Calboli, in dem dann keiner
Zum Erben wurde seines hohen Wertes.
Und nicht nur seine Sippschaft hat verloren
Vom Po zum Berg, zum Reno und zum Meere,
Was für die Welt und was für Gott vonnöten.
Denn dieses ganze Land ist überwachsen
Mit giftigem Gestrüppe, so daß lange
Man brauchen würde, um es neu zu pflügen.
Wo ist der gute Lizio, wo Manardi,
Pier Traversaro und Guido di Carpigna?
O Romagnolen, wie seid ihr entartet!

Wann blüht ein Fabbro in Bologna wieder, 100
Wann in Faenza Bernardin del Fosco,
Ein edles Reis aus so bescheidnem Samen?
Erstaun nicht, daß ich weinen muß, o Tosker, 103
Wenn ich gedenke mit Guido da Prato
Ugolin d'Azzos, die einst mit uns lebten,
Federico Tignosos, seiner Leute, 106
Des Hauses Traversara, der Anastagi,
Die einen und die andern ohne Erben;
Der Damen und der Ritter, Leid und Freuden, 109
Die Höflichkeit und Lieb uns eingegeben,
Wo heut die Herzen so voll Bosheit wurden.
O Brettinoro, was willst du nicht fliehen, 112
Nachdem die Deinen alle fortgegangen
Und viele Leute, um nicht schlecht zu werden.
Wohl tat Bagnacaval, das ohne Söhne, 115
Und übel Castrocaro und schlimmer Conio,
Daß sie noch weiter solche Grafen zeugen.
Gut geht es den Pagani, wenn der Teufel 118
Verschwinden wird, doch so sehr nicht, daß jemals
Ganz rein von ihnen wird ein Zeugnis bleiben.
O Ugolin dei Fantolin, gesichert 121
Ist dir dein Nam', da man auf keinen wartet,
Der ihn noch trüben könnte durch Entartung.
Doch geh nun weiter, Tosker, mich erquicket 124
Um vieles mehr das Weinen als das Sprechen,
So hat die Rede mein Gemüt ergriffen.«
Wir wußten wohl, daß jene teuren Seelen 127
Uns hörten, wie wir schieden, darum gingen
Wir schweigend wieder unsres Weges weiter.
Und als wir unterwegs alleine waren, 130
Dem Blitze gleich, wenn er die Luft durchspaltet,
Kam eine Stimme uns entgegen, rufend:
»Erschlagen wird mich jeder, der mich findet.« 133
Sie floh gleich einem Donner, der verhallend
Sich plötzlich in der Wolkenwand verloren.
Als unser Ohr von ihr sich kaum beruhigt, 136
Da kam die andre schon mit solchem Tosen,
Vergleichbar einem zweiten Donnerschlage.
»Ich bin Aglaurus, die zum Steine wurde.« 139
Da setzt ich, an den Dichter mich zu schmiegen,
Nach rechts und nicht nach vorwärts meine Schritte.

Schon war die Luft auf allen Seiten stille. 142
Da sagt' er mir: »Dies sind die harten Zügel,
Die uns in unsern Bahnen halten sollen.
Ihr aber nehmt den Köder, daß der Haken 145
Des alten Feindes euch kann nach sich ziehen,
Und wenig helfen, Mahnung euch und Zügel.
Der Himmel ruft, ihr seht ihn um euch kreisen, 148
Er will euch seine ewige Schönheit zeigen,
Und euer Auge blickt zur Erde nieder;
Drum schlägt euch der, der jedes Ding erkennet.« 151

## FÜNFZEHNTER GESANG

*Die Wanderer steigen in der Abendsonne vom zweiten zum dritten Kreise empor, wo die Zornigen büßen. Sanft weist ihnen der Wächterengel die bequeme Treppe. Während des Aufstiegs belehrt Virgil Dante über den Unterschied des irdischen und des himmlischen Reichtums. Dann wird Dante von Visionen hingerissen, die Beispiele der Milde darstellen: Maria mit Jesus im Tempel, die Milde des Pisistratus, die Steinigung des Stephanus. Virgil weckt Dante wieder und mahnt ihn zum Weiterschreiten. Abendsonne und Gespräch, abendliche Ermüdung und Verzükkung sind in dem Gesang fein aufeinander abgestimmt.*

Soviel wie vom Verlauf der dritten Stunde 1
Bis zum Beginn des Morgens von der Kugel
Erscheint, die immer wie ein Kind beweglich,
Soviel erschien nun hier bis gegen Abend 4
Der Sonne übrig von dem Tageslaufe.
Abend war dort und Mitternacht hier unten.
Die Strahlen trafen mitten auf die Nase, 7
Denn also hatten wir den Berg umwandert,
Daß wir gerade gegen Westen gingen.
Da fühlte ich auf meiner Stirne lasten 10
Noch einen Glanz, viel stärker als den ersten,
Und Staunen griff mich über neue Dinge.
Drum hob ich meine Hand zum obern Rande 13
Der Augenbrauen, einen Schutz zu geben,
Der mir den Überfluß des Lichtes schirme.

Wie wenn vom Wasser oder einem Spiegel
Der Strahl sich nach der andern Seite wendet
Und drüben aufsteigt in der gleichen Weise,
In der er einfiel, und soviel auch abweicht
Vom Fall des Lotes in dem gleichen Winkel,
Wie uns Erfahrung und Berechnung zeigen;
So glaubte auch vom rückgestrahlten Lichte,
Das auf mich zukam, ich mich hier getroffen,
Weshalb ihm meine Augen schnell entflohen.
»Was ist das, lieber Vater, das mein Auge
So trifft, daß ich es nicht mehr kann beschützen«,
Sprach ich, »und das zu uns zu kommen scheinet?«
»Du darfst nicht staunen, wenn dich auch noch blendet
Das himmlische Gesinde«, war die Antwort,
»Es ist ein Bote, der zum Steigen ladet.
Gar bald wird solche Dinge zu betrachten
Dir nicht mehr schwer sein, sondern große Freude,
Soweit Natur dich dafür ausgestattet.«
Als wir beim heiligen Engel angekommen,
Sprach er mit froher Stimme: »Tretet näher
Zu einer Treppe von geringrer Steile.«
Wir stiegen auf, schon ferne von dem Orte,
Und »Beati misericordes!« hörten
Wir singen drunten, und: »Freut euch des Sieges!«
Mein Meister und ich schritten so zu zweien
Den Weg empor, und ich gedacht im Gehen
Aus seinen Worten Vorteil zu gewinnen.
Drum wandt ich mich zu ihm mit einer Frage:
»Was wollte denn der Geist aus der Romagna
Mit seinem Wort ›unteilbar‹ nur besagen?«
Und er zu mir: »Von seiner großen Sünde
Kennt er den Schaden; drum soll's dich nicht wundern,
Wenn er sie rügt, damit man weniger klage.
Dieweil sich unsrer Sehnsucht Blicke richten
Auf Dinge, die durch Teilung sich vermindern,
Bläst Neid den Blasebalg zu unsern Seufzern.
Doch wenn die Liebe zu dem höchsten Kreise
Nach oben würde eure Sehnsucht ziehen,
Dann wär in eurer Brust nicht diese Sorge.
Denn je mehr droben etwas unser nennen,
Um soviel mehr ist einem jeden eigen,
Und größre Liebe brennt in jenem Kreise.«

»Nun bin ich noch viel mehr zu hören hungrig«, 58
Sprach ich, »als wenn ich erst geschwiegen hätte,
Und größrer Zweifel herrscht in meinem Geiste.
Wie kann es sein, daß ein Besitz, verteilet 61
Auf mehr Besitzer, diese reicher machet,
Als wenn er nur von wenigen besessen?«
Und er zu mir: »Dieweil du nur die Augen 64
Des Geistes auf die Erdendinge heftest,
Empfängst du Finsternis aus wahrem Lichte.
Das unsagbare, grenzenlose Gute, 67
Das droben ist, eilt dergestalt zur Liebe,
Wie auf ein glänzend Ding ein Strahl hineilet.
Man gibt soviel, wie man an Gluten findet, 70
So daß, wo immer sich die Liebe breitet,
Der ewige Wert aus ihr empor muß wachsen.
Und je mehr Menschen droben sich verstehen, 73
Um soviel mehr muß man und kann man lieben,
Und einer gibt's dem andern wie ein Spiegel.
Und wenn dich nicht gesättigt meine Worte, 76
So frag Beatrice, sie wird ganz vollkommen
Dir den und jeden andern Wunsch erfüllen.
Du mußt nur streben, recht bald auszulöschen 79
Nach deinen ersten beiden noch fünf Wunden,
Die sich durch schmerzliches Bereuen schließen.«
Und als ich sagen wollte: »Nun versteh' ich«, 82
Da sah ich uns schon in dem andern Kreise,
So daß mich schweigen ließ der Augen Neugier.
Dort schien es mir, als würde ich wie trunken 85
In einem Traume plötzlich mitgerissen
Und säh in einem Tempel eine Gruppe.
Und eine Frau, eintretend, schien zu sagen 88
Mit süßer Mutterstimme: »Warum hast du,
Mein lieber Sohn, denn so an uns gehandelt?
Sieh, wie wir dich gesucht in großen Schmerzen, 91
Ich und dein Vater!« Und als sie geendet,
War auch das Bild von vorhin schon verschwunden.
Und dann kam eine andre Frau mit Tränen 94
Auf ihren Wangen, die der Schmerz hervortreibt,
Wenn er aus Zorn auf einen Feind erwachsen.
Sie sprach: »Willst du die hohe Stadt beherrschen, 97
Um deren Namen sich die Götter stritten
Und wo sich alle Wissenschaft entzündet,

So räche dich an jenen frechen Armen,
Die unsre Tochter faßten, Pisistratus!«
Der Herr dagegen schien mir sanft und gütig
Ihr mit gesetztem Antlitz zu erwidern:
»Was sollen wir denn unsern Feinden antun,
Wenn wir auch, die uns lieben, schon verdammen?«
Dann sah ich Leute, die im Zornesfeuer
Mit Steinen einen Jüngling warfen, schreiend
Einer dem andern zu: »Er wird erschlagen!«
Und ihn sah ich sich neigen, schon im Tode,
Der ihn beschwerte, nieder auf die Erde,
Doch war sein Auge noch dem Himmel offen.
Er bat den höchsten Herrn in solchen Nöten,
Er möge seinen Peinigern verzeihen,
Mit jenem Ausdruck, der zum Mitleid ladet.
Als meine Seele wiederum erwachte
Zu jenen Dingen, die nach außen wirklich,
Erkannt ich meine nicht unwahre Täuschung.
Mein Führer, der es wohl bemerken konnte,
Daß ich gleichwie aus einem Schlaf erwachte,
Sprach: »Weshalb kannst du dich denn nicht mehr halten?
Du gehst schon mehr als eine halbe Meile
Mit schwankem Fuß und mit verhüllten Augen,
Wie einer, den Wein oder Schlaf belastet.«
»O du mein lieber Vater, wenn du hörest,
Will ich dir sagen«, sprach ich, »was ich schaute,
Als mir die Füße so unsicher waren.«
Und er: »Wenn du auch hundert Larven trügest
Auf deinem Antlitz, wär mir doch der kleinste
Gedanke deines Innern nicht verschlossen.
Was du gesehn hast, sollte dich bewegen,
Dein Herz des Friedens Wassern aufzuschließen,
Die von der ewigen Quelle niederströmen.
Ich fragte nicht: ›weshalb‹, wie fragen würde,
Wer nur mit jenem Aug sieht, das sich schließet,
Wenn seelenlos der Leib darniederlieget.
Ich fragte nur, um deinen Fuß zu stärken.
So muß man Langsame und Träge reizen,
Daß sie die Stunde nützen beim Erwachen.«
Wir gingen durch den Abend hin und spähten,
Soweit das Auge irgend reichen konnte,
Dem letzten abendlichen Strahl entgegen.

Da kam allmählich eine dichte Wolke 142
Von Rauch heran, gleichwie die Nacht so dunkel.
Vor dieser war kein Raum, um auszuweichen.
So ging uns Licht und reine Luft verloren. 145

## SECHZEHNTER GESANG

*Die Wanderer schreiten vorsichtig weiter durch die finsteren Rauchwolken, in denen unsichtbar die Zornigen büßen und alle Heiligen anrufen. Einer der Büßer, Marco Lombardo, erklärt in langer Rede die Freiheit des Willens und geißelt die Verirrung der Menschheit, die schlechte Führung von Reich und Kirche und insbesondere die Entartung seiner lombardischen Heimat.*

Die Finsternis der Hölle und das Dunkel 1
Der sternenlosen Nacht am ärmsten Himmel,
Von allerschwersten Wolken überschattet,
Gab meinen Augen nie so dichten Schleier 4
Wie jener Rauch, der dort uns überdeckte;
Nie fühlt ich auf der Haut ein solches Beißen.
Die Augen konnte man nicht offen halten, 7
Weshalb mein treuer, wissender Begleiter
Mir näher trat und mir die Schulter reichte.
So wie ein Blinder hinter seinem Führer 10
Einhergeht, nicht zu straucheln noch zu stoßen
An Dinge, die ihn schmerzen oder töten,
So ging ich durch die trüben, bittern Schwaden 13
Und hörte meinen Führer, der mir sagte:
»Gib acht, daß du von mir dich nicht entfernest.«
Ich hörte Stimmen, und sie schienen alle 16
Um Mitleid und um Frieden anzuflehen
Das Gotteslamm, das unsre Sünden tilget.
Nur »Agnus Dei« waren ihre Rufe, 19
Ein Wort und eine Stimme kam von allen,
So daß bei ihnen volle Eintracht herrschte.
»Sind dies denn Seelen, Meister, die ich höre?« 22
Sprach ich, und er zu mir: »Du ratest richtig,
Und sie sind hier, um ihren Zorn zu lösen.«

»Wer bist denn du, der du den Rauch durchspaltest
Und von uns sprichst, als ob du noch gewohnt wärst,
Die Zeit nach Monatsdaten einzuteilen?«
So hörte man dort eine Stimme sprechen.
Worauf mein Meister sagte: »Gib ihm Antwort
Und frag ihn, ob man hier nach oben steige.«
Und ich zu ihm: »O Wesen, das sich läutert,
Um schön vor dem zu stehn, der dich geschaffen,
Ein Wunder wird dir kund, wenn du mir folgest.«
»Ich will dir folgen, soweit mir erlaubt ist«,
Sprach er, »und wenn ein Rauch die Augen hindert
Wird das Gehör statt dessen uns verbinden.«
Darauf sprach ich: »Mit jenem alten Kleide,
Das erst der Tod uns löst, geh ich nach oben
Und kam hierher durch eine Höllenreise.
So wahr der Herr mich schloß in seine Gnade
Und mir erlauben will, sein Haus zu schauen,
Ganz außer aller uns bekannten Regel,
Verschweig mir nicht, wer du im Leben warest,
Und sag mir, ob ich recht zum Durchlaß gehe,
Und deine Worte seien uns Geleite.«
»Lombarde war ich und mein Name Marco.
Ich war ein Mann von Welt, und jene Werte
Liebt ich, auf die jetzt keiner mehr mag zielen.
Um aufzusteigen geh geraden Weges.«
So war die Antwort und dazu: »Ich bitte
Dich, wenn du droben bist, für mich zu beten.«
Und ich zu ihm: »Ich will dir gern versprechen
Zu tun, was du gewünscht, doch mich zerreißet
Ein innrer Zweifel, wenn ich ihn nicht sage.
Erst war er klein, doch nun ist er verdoppelt
Durch deinen Spruch, durch den mir jetzt bestätigt
Ein früheres Wort, mit dem ich ihn verbinde.
Die Welt ist ganz gewiß so sehr verlassen
Von aller Tugend, wie du mir versichert,
Und ganz von Bosheit schwanger und bedecket.
Doch bitt ich dich, du wollst den Grund mir sagen,
Daß ich ihn sehe und ihn andern zeige,
Denn der sucht ihn im Himmel, jener drunten.«
Ein tiefer schmerzenvoller Seufzer: »Wehe!«
Kam erst hervor, dann fuhr er fort: »O Bruder,
Die Welt ist blind, man merkt, du kommst von drunten.

Ihr Lebenden wollt jede Ursach leiten 67
Vom Himmel droben her, als ob er alles
Notwendig selbst mit sich bewegen würde.
Wenn dem so wäre, wär in euch vernichtet 70
Der freie Wille, nicht mit Recht empfinge
Man Leid für Böses mehr, für Gutes Freude.
Der Himmel gibt den Anstoß eures Handelns, 73
Nicht immer, sag ich, doch wenn ich's auch sagte,
Ist euch doch Licht für Gut und Bös gegeben,
Und freier Wille, der, wenn er mit Mühe 76
Den ersten Kampf mit Sternenkraft bestanden,
Dann immer siegt, sofern er gut genähret.
Ihr seid der höhern Macht frei unterworfen 79
Und besserer Natur, und diese schaffet
In euch den Geist, den nicht die Sterne lenken.
Drum, wenn die gegenwärtige Welt entgleiset, 82
Ist nur in euch die Schuld, in euch zu suchen,
Und dies will ich dir jetzt genau erklären.
Aus dessen Händen, der sie froh betrachtet, 85
Noch eh sie lebt, kommt nach der Art der Kinder,
Die lachend oder weinend immer spielen,
Einfältiglich die Seele und nichtsahnend, 88
Nur daß sie, ihrem frohen Schöpfer folgend,
Sich gern zu Dingen, die sie freuen, wendet.
Sie findet erst Geschmack an kleinen Gütern; 91
Dann kommt die Täuschung und sie läuft nach ihnen,
Wenn nicht ein Führer ihre Liebe zügelt.
Drum mußte ein Gesetz als Zügel kommen, 94
Es mußten Herrscher sein, die von der wahren
Stadt noch erkannten wenigstens die Türme.
Gesetze gibt's, doch wer will Hand dran legen; 97
Keiner, dieweil der Hirte, der vorangeht,
Nur wiederkäut, doch nicht die Klauen spaltet.
Weshalb die Menschen, die den Führer sehen 100
Nach jener Speise greifen, die sie lieben,
Das gleiche tun und keinc andre suchen.
Wohl kannst du sehn, daß nur die schlechte Führung 103
Der Grund ist, daß die Welt so bös geworden,
Und nicht Natur, die in euch wär verdorben.
Es hatte Rom, das gute Herrschaft führte, 106
Zwei Sonnen einst, die beide Wege zeigten,
Den Weg der Welt und auch zu Gott die Straße.

Die eine hat die andre ausgetilget,
    Das Schwert ist mit dem Hirtenstab verbunden,
    Und mit Gewalt gehn beide schlecht zusammen.
Denn so vereinigt fürchtet keins das andre.
    Wenn du's nicht glauben willst, schau auf die Ähre,
    Denn jedes Gras kennt man an seinem Samen.
Dort in dem Land, das Etsch und Po umsäumen,
    War Tugend einst und Höflichkeit zu Hause,
    Bevor es Friedrich in den Streit gezogen.
Jetzt kann dort ungestört spazierengehen,
    Wer immer es aus Scham hat aufgegeben,
    Umgang mit guten Menschen noch zu pflegen.
Wohl sind drei Alte noch, durch die beschämet
    Die alte Zeit die neue, und sie warten,
    Daß Gott sie heimholt in ein beßres Leben.
Currado da Palazzo und der gute
    Gherardo, Guido da Castel, den besser
    Man auch den einfachen Lombarden nennet.
Sag, daß in unsrer Zeit die römische Kirche,
    Weil sie in sich vereinigt zwei Gewalten,
    Tief in den Schmutz mit ihren Lasten falle.«
»O du mein Marco«, sagt ich, »du sprichst richtig,
    Und nun versteh ich, daß von irdischen Gütern
    Die Söhne Levis ausgeschlossen waren.
Doch wer ist der Gherardo, der von allen
    Als weise, wie du sagst, zurückgeblieben
    Zum Vorwurf für die sittenlosen Zeiten?«
»Ob deine Rede trügt, ob sie mich prüfet«,
    Gab er zur Antwort, »denn du sprichst toskanisch
    Und scheinst doch von Gherardo nichts zu wissen.
Ich kenne ihn mit keinem andern Namen,
    Es sei denn der von seiner Tochter Gaia.
    Gott sei mit euch, ich kann euch nicht begleiten.
Siehe die Dämmrung, die den Rauch durchdringet,
    Schon weiß erglänzen, und ich muß nun scheiden;
    Der Engel kommt, ich darf nicht vor ihn treten.«
So sprach er und wollt' nicht mehr auf mich hören.

## SIEBZEHNTER GESANG

*Die Wanderer treten im letzten Abendlicht aus der Rauchwolke hervor, in der die Zornigen büßen. In einer Vision schaut Dante Beispiele bestraften Zornes: Prokne, Haman, Lavinia. Nach dem Entschwinden der Vision wird Dante durch die Erscheinung des Engels geblendet, der den Weg zum neuen Kreise zeigt und Dante das dritte P von der Stirne löscht. Im vierten Kreise angelangt, machen die Wanderer Rast, und Virgil erklärt Dante das System der Büßerstufen, das er scholastisch aus dem Begriff der Liebe herleitet. Er unterscheidet die natürliche und die geistige Liebe. Die natürliche kann nicht irren, die geistige kann durch den Gegenstand irren, dann führt sie im Verhältnis zum Nächsten zum Hochmut, Neid und Zorn (1. bis 3. Kreis); oder sie kann durch das falsche Ausmaß irren, dann führt sie zu Trägheit, Geiz, Schlemmerei und Wollust (4. bis 7. Kreis).*

Gedenk, o Leser, wenn dich in den Alpen
Ein Nebel überkam, durch den du sahest
Nicht anders als durch seine Haut ein Maulwurf:
Wie wenn die dichten, feuchten Nebelschwaden
Sich zu zerstreun beginnen und die Scheibe
Der Sonne dann allmählich sie durchdringet;
Dann wird es deinem Geiste leicht gelingen,
Dir vorzustellen, wie ich dort erblickte
Die Sonne wieder, schon im Untergehen.
So kam ich, gleichen Schrittes mit den treuen
Schritten des Meisters, dort aus jener Wolke
Zum Lichte, das schon losch am Fuß des Berges.
O Kraft des Schauens, die uns oft entführet
Ganz außer uns, daß wir es nicht bemerken,
Wenn rings um uns auch tausend Tuben tönten,
Was treibt dich an, wenn nicht die Sinne reizen?
Es treibt dich Licht, das sich im Himmel bildet
Von selbst oder von niederschauendem Willen.
Vom ganzen Bilde, das sich einst verwandelt
In jenen Vogel, der am liebsten singet,
Erschien die Spur zuerst in meinem Geiste.
Und dabei war mein Geist so in sich selber
Verschlossen, daß von allen äußern Dingen
Kein einziges von ihm aufgenommen wurde.

Dann fiel vor meinem geistigen Auge nieder 25
Ein Mann am Kreuze, stolz und voll Verachtung
In seinem Antlitz, und er starb als solcher.
An seiner Seite stand ganz groß Ahasver, 28
Esther, sein Weib, und Mordoch der Gerechte,
Der so gerad in Worten und in Taten.
Und als dann dieses Bild so in sich selber 31
Ganz aufgelöst wie eine Seifenblase,
Wenn ihr das Wasser fehlt, aus dem sie aufstieg,
Da kam mir die Erscheinung eines Mädchens, 34
Das heftig weinend sprach: »Warum im Zorne
Hast du, o Königin, dich töten wollen?
Du starbst, um nicht Lavinia zu verlieren. 37
Nun hast du mich verloren, und ich traure
Um deinen Tod noch eher als um seinen.«
Wie Schlaf zerbricht beim schnellen Niederfallen 40
Von neuem Licht auf die geschloßnen Augen,
Und noch einmal aufzuckt, bevor er endet,
So fiel, was ich geschaut, in sich zusammen, 43
Sobald mein Aug von einem Licht getroffen,
Das stärker war, als wir es hier gewohnt sind.
Ich wandte mich zu sehen, wo ich wäre, 46
Als eine Stimme sprach: »Hier könnt ihr steigen.«
Sie löste mich von jedem andern Wunsche.
Sie machte meinen Willen so begierig, 49
Zu sehen, wer es war, der so gesprochen,
Daß ich nicht ruhte, bis ich ihr begegnet.
Doch wie die Sonne unser Auge blendet 52
Und durch ihr Übermaß sich selbst verschleiert,
So mußte meine Sehkraft dort versagen.
»Dies ist ein Himmelsgeist, der auf dem Wege 55
Nach oben uns ohn unser Bitten leitet
Und sich verbirgt in seinem eignen Lichte.
Er handelt mit uns, wie wir selber handeln, 58
Denn wer in einer Not auf Bitten wartet,
Hat sich böswillig schon zum Nein gewendet.
Nun wollen wir auch seiner Ladung folgen. 61
Bemühn wir uns zu steigen, eh es dunkelt,
Denn später geht es nicht mehr bis zum Tage.«
So sprach mein Führer, und wir beide lenkten 64
Die Schritte weiter bis zu einer Treppe,
Und als ich mich der ersten Stufe nahte,

Fühlt ich es um mich wie ein Flügelschlagen
Und Wehen im Gesicht und Worte: »Selig
Die Friedlichen, die ohne böses Zürnen.«
Schon waren über uns so hoch gestiegen
Die letzten Strahlen, denen Dunkel folget,
Daß da und dort die Sterne schon erschienen.
»Du meine Kraft, warum mußt du so schwinden?«
So fragt ich bei mir selber, denn ich fühlte
Die Kräfte meiner Füße ganz versagen.
Wir waren angelangt dort, wo die Treppe
Nicht weiter stieg, und hatten angehalten
So wie ein Schiff, das an den Strand gekommen.
Ich wartete ein wenig, um zu hören,
Ob sich was regte in dem neuen Kreise;
Dann wandt ich mich zu meinem Meister, fragend:
»Mein lieber Vater, welcherlei Vergehen
Wird hier gebüßt im Kreis, in dem wir stehen?
Wenn auch die Füße ruhn, kannst du doch reden.«
Und er zu mir: »Die Liebe zu dem Guten
Wird hier erneut, wenn sie die Pflicht vergessen;
Hier wird das träge Ruder neu geschlagen.
Jedoch damit du besser noch begreifest,
Richt deinen Geist auf mich, dann wirst du heute
Noch gute Frucht aus unsrer Rast empfangen.
Der Schöpfer selbst und keines der Geschöpfe«,
Sprach er, »mein Sohn, war jemals ohne Liebe,
Natürliche und geistige, du weißt es.
Die der Natur ist immer ohne Irrtum,
Die andre aber kann im Ziele irren,
Sei's durch zuviel, sei's durch zu wenig Stärke.
Solang sie auf das erste Gut gerichtet
Und in den andern hält die rechten Maße,
Kann sie auch nicht zu bösen Lüsten führen.
Doch wenn sie Böses suchet oder Gutes
Mit allzu kleinem oder großem Eifer,
Dann handelt das Geschöpf gegen den Schöpfer.
Danach kannst du verstehen, daß die Liebe
In euch der Samen ist für jede Tugend
Und auch für jede Tat, die Strafe fordert.
Nun, da ja niemals irgendeins der Wesen
Die Liebe wenden kann vom eignen Wohle,
Ist nie ein Ding sich selbst zu hassen fähig;

Und da auch niemals eines abgeschnitten 109
Vom ersten Wesen, auf sich selber stehend,
Ist es vom Haß auf jenes immer ferne.
So bleibt, wenn ich im Folgern richtig schließe, 112
Daß böse Liebe auf den Nächsten zielet;
Und diese wächst dreifach in eurem Sumpfe.
Der eine hofft zu steigen, wenn sein Nachbar 115
Bedrückt wird, und er will nichts andres sehen,
Als jenen von der Höhe niederstürzen.
Der andre fürchtet, Macht und Ehr und Gnade 118
Sei ihm verloren, wenn ein andrer steige;
Das Gegenteil liebt er in seiner Bosheit.
Den dritten scheint Beleidigung zu reizen, 121
So daß er sich erfüllt mit Gier nach Rache;
Ein solcher muß dem Nächsten Böses antun.
Diese drei Arten Liebe werden unten 124
Gebüßt. Nun sollst du von der andern hören,
Die nach dem Guten strebt mit schlechter Ordnung.
Ein jeder fühlt ein unbestimmtes Gutes, 127
In dem die Seele sich zu ruhen sehnet;
Dies zu erreichen mühen wir uns alle.
Wenn langsam nur die Liebe euch beweget 130
Zu diesem Gut, dann trifft in diesem Kreise
Nach rechter Reue euch dafür die Strafe.
Ein andres Gut gibt's, das ist nicht zum Glücke 133
Der Menschen da, denn es ist nicht das gute
Wesen, das alles Guten Frucht und Wurzel.
Die Liebe, die ihm allzusehr ergeben, 136
Wird über uns beweint in andern Kreisen.
Doch da sie dreigestalt zu schildern wäre,
Schweig ich darüber, daß du selbst es findest.« 139

## ACHTZEHNTER GESANG

*Die Wanderer verweilen im Kreis der Trägen, und Virgil erklärt auf Dantes Bitten noch eingehender die Lehre von der Liebe und von der Freiheit des menschlichen Willens. Dann wird Dante aus der Schlaftrunkenheit aufgescheucht durch eine Schar von Büßern, die in wildem Wirbel dahergerast kommen und Beispiele edlen Eifers verkünden: Die Heimsuchung Mariä und Cäsars Sie-*

*geszug nach Spanien. Virgil fragt nach dem Wege, und eine Seele, der Abt von San Zeno aus Verona, gibt im Vorbeistürmen Kunde von seinem Kloster. Dann hört man wieder Beispiele der Trägheit verkünden: Die Juden am Roten Meer und die Gefährten des Äneas. Endlich versinkt Dante in Nachdenken und Traum, in eindrucksvollem Gegensatz zu der wilden Erregung der Büßer in der magischen Vollmondnacht.*

Es hatte seinen Unterricht beendet 1
Der hohe Lehrer, und er schaute forschend
In mein Gesicht, ob ich zufrieden wäre.
Und ich, den neuer Durst noch immer reizte, 4
Schwieg äußerlich und dacht im Innern: »Möglich,
Daß allzuvieles Fragen ihm zur Last wird.«
Doch jener wahre Vater, der bemerkte, 7
Daß ich aus Schüchternheit nicht reden wollte,
Gab mir, indem er sprach, den Mut zum Sprechen.
Weshalb ich: »Meister, meine Blicke schärfen 10
Sich so in deinem Licht, daß ich erkenne,
Was deine Rede mir beschreibt und kündet.
Doch bitt ich dich, mein lieber, guter Vater, 13
Du mögest mir die Liebe auch erklären,
Aus der du Gut und Böse hergeleitet.«
»Richt nur auf mich«, sprach er, »die scharfen Augen 16
Des Geistes, und es wird dir deutlich werden
Der Trug der Blinden, die uns führen wollen.
Der Geist, der von Natur zum Lieben neiget, 19
Naht allen Dingen gern, die ihm gefallen,
Sobald das Wohlgefallen ihn erwecket.
Aus Wirklichkeit ersteht euch im Verstande 22
Die Vorstellung, die er in euch entfaltet,
So daß der Geist nunmehr sich darauf wendet;
Und wenn er selbst sich tief darüber neiget, 25
So ist dies Liebe, ist Naturempfinden,
Das in euch lebt als Lust zu neuen Dingen.
Drum, wie die Flamme sich nach oben richtet, 28
Gemäß der Form, die sie zum Steigen leitet,
Dorthin, wo ihre längste Lebensdauer,
Faßt den gebundnen Geist ein starkes Sehnen, 31
Die geistige Bewegung, die nicht rastet,
Eh er nicht im Genusse des Geliebten.

Nunmehr kannst du verstehn, wie sehr verborgen 34
Die Wahrheit vor den Leuten ist, die glauben,
Daß jede Liebe selbst schon sei zu loben;
Denn wohl mag immer uns als gut erscheinen 37
Vielleicht der Stoff, doch ist nicht jedes Siegel
Auch gut, wenngleich geprägt in gutem Wachse.«
»Was du mir sagst und was mein Geist begriffen«, 40
Gab ich zur Antwort, »deutet mir die Liebe,
Doch dies macht mich von Zweifeln noch mehr schwanger;
Denn wenn die Liebe uns von außen nahet, 43
Und nicht die Seel' erfaßt auf andrem Wege,
Dann ist nicht ihr Verdienst, ob Recht, ob Unrecht.«
Und er: »Soweit es der Verstand erkennet, 46
Kann ich's dir sagen; Weiteres erwarte
Nur von Beatrice, das ist Glaubenssache.
Es haben alle Wesensformen, welche 49
Vom Stoff getrennt, mit ihm vereinigt werden,
Besondre Wirkungskraft in sich versammelt.
Man kann sie, ohne daß sie wirkt, nicht fühlen, 52
Und kann sie nur aus ihrem Werk erkennen,
Wie an der Pflanzen grünem Laub das Leben.
Doch woher immer das Verständnis komme 55
Der ersten Dinge, kann der Mensch nicht wissen,
Auch weiß er nicht der ersten Wünsche Regung,
Die in euch wirkt nur wie der Drang der Bienen 58
Zum Honigsammeln; dieses erste Wollen
Hat weder Lob noch Tadel zu verdienen.
Damit zu diesem alle andern finden, 61
Ist eine Urteilskraft euch eingeboren;
Sie muß die Schwelle der Bejahung hüten.
Sie ist der Ursprung, dem bei euch entnommen 64
Der Grund zu jeglichem Verdienst, so wie sie
Die gute von der bösen Liebe scheidet.
Die ihr durch Denken auf den Grund gestiegen, 67
Erkannten diese eingeborne Freiheit
Und haben Sittlichkeit der Welt gegeben.
Gesetzt, daß aus Notwendigkeit nur käme 70
Jedwede Liebe, die in euch entzündet,
So habt ihr doch die Macht, sie festzuhalten.
Die edle Willenskraft meint Beatrice 73
Mit freier Willenskraft, darum vergiß nicht,
Daran zu denken, wenn sie davon redet.«

Der Mond ließ wie in späten Mitternächten 76
Das Licht der Sterne nur noch spärlich scheinen
Und schien uns wie ein Kessel ganz in Gluten;
Er lief am Himmel hin auf jenem Wege, 79
Der von der Sonne glänzt, wenn sie der Römer
Bei Korsen und Sardiniern sinken siehet.
Der edle Geist, der Pietola gezieret 82
Mehr als die andern Mantuanerdörfer,
Hat also meine Last mir abgenommen.
Weshalb ich, der zu allen meinen Fragen 85
Die klare, offne Antwort nun gefunden,
Vor ihm verblieb wie ein schlaftrunkner Träumer.
Doch dieser Schläfrigkeit ward ich entrissen 88
Urplötzlich dort von einer Schar, die hinter
Den Schultern schon sich auf uns zu bewegte.
So wie Ismenus einst und wie Asopus 91
Am Ufer sahn ein nächtlich wild Gedränge,
Weil die Thebaner sich nach Bacchus sehnten,
So kamen mit dem Schritt im Wirbeltanze 94
Die Leute auf uns zu in jenem Kreise,
Die rechte Lieb und guter Wille antrieb.
Bald waren sie bei uns, denn schnellen Laufes 97
Bewegte sich der ganze große Haufe,
Und vorne waren zwei, die weinend riefen:
»Maria lief in Eile nach dem Berge.« 100
Und: »Caesar hat, Ilerda zu erobern,
Marseille umstellt und nahm den Lauf nach Spanien.«
»Schnell, schnell, damit wir keine Zeit verlieren 103
Durch schwache Liebe«, schrien die andern hinten,
»Denn guter Eifer läßt die Gnade grünen.«
»O Volk, in dem nunmehr ein Feuereifer 106
Vielleicht Nachlässigkeit und Zaudern sühnet,
Die ihr durch laues Gutestun bewiesen,
Dieser, der lebt, ich sag euch keine Lüge, 109
Will aufwärts gehn, sobald die Sonne leuchtet,
Drum saget uns, wo wir den Durchlaß finden.«
Dies waren Worte meines lieben Führers; 112
Und einer von den Geistern sagte: »Komm nur
Und folge uns, so findest du die Öffnung.
Wir sind so voll des Willens, uns zu regen, 115
Daß wir nicht weilen können, drum verzeih uns,
Wenn unsre Pflichten dir unhöflich scheinen.

Abt von San Zeno war ich in Verona,
Als einst der gute Barbarossa herrschte,
Von dem man klagend noch in Mailand redet.
Ein Mann, der mit dem einen Fuß im Grabe,
Wird alsbald über dieses Kloster weinen
Und traurig sein, daß er darüber herrschte,
Dieweil er seinem Sohne, der am Leibe
Und mehr am Geist noch von Geburt mißraten,
Das Kloster gab anstatt dem wahren Hirten.«
Ich weiß nicht, ob er nach dem Wort geschwiegen,
So weit war er von uns schon weggelaufen;
Dies hab ich nur gehört und gern behalten.
Und der, der mir bei jedem Werke Helfer,
Sprach zu mir: »Wende dich hierher und siehe
Zwei Seelen kommen, die die Trägheit geißeln.«
Sie riefen hinter allen: »Erst verstarben
Die Leute, denen sich das Meer geöffnet,
Bevor der Jordan sie gesehn als Erben.«
Und: »Jene, die die Mühsal nicht ertrugen
Mit des Anchises' Sohne bis zum Ende,
Erkoren selber sich ein ruhmlos Leben.«
Und als die Schatten dann so weit vom Orte
Entfernt, daß man sie nicht mehr sehen konnte,
Kam in mir auf ein anderer Gedanke,
Aus dem dann immer wieder neue kamen.
Und so schweift ich von einem zu dem andern,
Daß sich die Augen vor Verwirrung schlossen
Und daß mein Denken sich im Traum verwandelt.

## NEUNZEHNTER GESANG

*Vor dem Aufstieg zum Kreis der Geizigen sieht Dante im Morgentraum ein entstelltes Weib, die Allegorie des Geizes, die ihn mit Sirenengesang lockt, aber von einer anderen Gestalt in ihrer Häßlichkeit enthüllt wird. Virgil mahnt den noch traumversunkenen Dante zum Weiterschreiten in der Morgensonne, und ein Engel weist den Wanderern den Weg durch eine Felsenspalte zum nächsten Kreise. Hier liegen die Geizigen gefesselt am Boden. Dante redet eine der Seelen an, die sich als Papst Hadrian V. zu erkennen gibt, ihm die Strafe der Geizigen erläutert und ihm die Sorge um seine noch lebende Nichte Alagia ans Herz legt.*

Zur Zeit, da des vergangnen Tages Hitze 1
Nicht mehr erwärmen kann des Mondes Kühle,
Die Macht der Erde oder des Saturnus,
Und da die Sternendeuter gute Kunde 4
Im Osten sehen, vor dem Morgengrauen,
Auf einem Wege, der nicht lang mehr dunkelt,
Erschien im Traum mir eine Frau, die lallte, 7
Mit schiefen Augen und gekrümmten Füßen,
Mit Krüppelhänden und mit fahler Farbe.
Ich schaute hin, und wie die Sonnenwärme 10
Nach langer Nacht erfreut die kalten Glieder,
So hat mein Blick ihr die erstarrte Zunge
Gelöst und hat sie völlig aufgerichtet 13
In kurzer Zeit und ihre wirren Mienen
Mit einem Rot der Liebe überzogen.
Nachdem ihr nun gelöst war ihre Stimme, 16
Begann sie so zu singen, daß ich kaum noch
Von ihrem Lied mein Sinnen wenden konnte.
»Ich bin die liebliche Sirene«, sang sie, 19
»Die alle Schiffer auf dem Meer bezaubert,
Daß gerne sie mich immer hören möchten.
Ich zog Ulyß von seinem schönen Wege 22
Mit meinem Lied; wer sich an mich gewöhnte,
Fährt selten weiter, so bring ich ihm Freude.«
Sie hatte ihren Mund noch nicht geschlossen, 25
Als eine Frau erschien, hilfreich und heilig,
An meiner Seite, jene zu verwirren.
»O mein Virgil, Virgil, wer ist denn diese?« 28
So sprach sie streng, und jener trat nun näher,
Die Augen auf die gute Frau gerichtet.
Die andere griff sie, vorn sie zu entblößen, 31
Die Kleider trennend und den Leib mir zeigend;
Der hat mich aufgeweckt mit dem Gestanke.
Ich wandte mich. Da sprach Virgil: »Ich habe 34
Dreimal gerufen, steh nun auf und folge.
Hier ist das Tor für dich, um einzutreten.«
Da stand ich auf. Schon waren alle Kreise 37
Des heiligen Bergs vom hohen Licht umflutet.
Die neue Sonne stand in unsrem Rücken.

Ich folgte ihm und senkte meine Stirne, 40
Wie einer mit Gedanken schwer beladen
Sich beugt gleich einem halben Brückenbogen;
Als ich die Worte: »Kommt, hier ist der Durchlaß«, 43
Mit süßer, milder Stimme sprechen hörte,
Wie man sie niemals hört auf dieser Erde.
Mit offnen Flügeln, wie die Schwäne tragen, 46
Wies uns nach oben, der uns so gesprochen,
Durch Wände, die von hartem Steine waren.
Er hob die Flügel, um mich anzuwehen 49
Und sprach: »Gepriesen seien die Betrübten,
Denn ihre Seelen werden Trost empfangen.«
»Was willst du immer nur zu Boden schauen?« 52
Begann alsdann mein Führer mich zu fragen,
Als kaum der Engel uns vorangegangen.
Und ich zu ihm: »Mit solcher Macht verfolgt mich 55
Ein neu Gesichte, das mich an sich gefesselt,
Daß ich's nicht lassen kann, ihm nachzusinnen.«
»Du hast gesehn«, sprach er, »die alte Hexe, 58
Um deretwillen die dort oben weinen,
Du hast gesehn, wie man von ihr sich losreißt.
Laß nun genug sein. Geh mit festen Füßen. 61
Richt deine Augen auf den Vogel droben
Beim ewigen König in den höchsten Kreisen.«
Dem Falken gleich, der erst nach unten blicket, 64
Dann nach dem Ruf sich wendet und im Sturze
Herabstößt auf die heißersehnte Beute,
So tat auch ich und ging, so weit die Spalte 67
Des Felsens für den Aufstieg Raum gewährte,
Hinauf bis zu dem Rand des neuen Kreises.
Als ich zum fünften Kreis hinausgetreten, 70
Da sah ich Leute, die in Tränen lagen
Am Boden ausgestreckt, den Blick zur Erde.
»Dem Boden war verhaftet meine Seele«, 73
Hört ich sie rufen mit so tiefen Seufzern,
Daß man die Worte kaum verstehen konnte.
»Erwählte Gottes, deren Leidensqualen 76
Sowohl Gerechtigkeit als Hoffnung lindert,
Zeigt uns den Weg, wo wir nach oben steigen.«
»Wenn ihr gekommen, nicht um hier zu liegen, 79
Und wenn ihr suchet nach dem schnellsten Wege,
Dann haltet eure Rechte immer außen.«

So bat der Dichter und so kam die Antwort 82
Vor uns ganz aus der Nähe; ich erkannte
Am Sprechen, daß ein andrer dort verborgen,
Und wandte meinen Blick zu meinem Herren, 85
Der durch ein freundlich Zeichen mir gewährte
Den Wunsch, der mir auf dem Gesicht geschrieben.
Nun, da ich handeln konnt' nach meinem Sinne, 88
Trat ich ganz nah heran zu jenem Wesen,
Des Worte mich zuvor aufmerken ließen,
Und sprach: »O Geist, in dem durch Weinen reifet 91
Das, was allein zu Gott zurück kann führen,
Laß mir zulieb von deiner größern Sorge.
Wer warst du, und weshalb kehrt ihr den Rücken 94
Nach oben, sag mir, und was kann ich bitten
Für dich dort drüben, wo ich lebend aufbrach?«
Und er zu mir: »Warum uns umgewendet 97
Des Himmels Wille, sollst du wissen, aber
Zuvor vernimm: Ich saß auf Petri Stuhle.
Am Hange zwischen Chiàveri und Sestri 100
Fließt ein Gewässer, dessen Name bildet
Den höchsten Ruhmestitel meines Hauses.
Nur ein Mond hab ich die Last getragen, 103
Den großen Mantel rein von Schmutz zu halten;
Dann sind wie Federn alle andern Lasten.
Den rechten Weg hab ich erst spät gefunden, 106
Doch als man mich gesetzt zum römischen Hirten,
Da ward mir offenbar das falsche Leben.
Ich sah, dort kann das Herz nicht Ruhe finden, 109
Und niemand kann in jenem Leben steigen,
Drum schenkt ich diesem meine ganze Liebe.
Bis dahin war ich eine arme Seele, 112
Die fern von Gott nur ihrem Geize lebte;
Nun trifft mich, wie du siehst, dafür die Strafe.
Was Geiz vermag, das kannst du hier ermessen 115
An dieser Buße der verkehrten Seelen;
So bitter ist am Berg sonst keine Strafe.
Wie unser Auge einst sich nicht erhoben 118
Zum Himmel, nur an Erdendingen haftend,
So muß Gerechtigkeit uns niederdrücken.
Und wie der Geiz zu allen guten Dingen 121
Die Liebe löschte und das Tun verwehrte,
So hält Gerechtigkeit uns hier gebunden

In Fesseln fest an Händen und an Füßen,
Und solang es des Herrn gerechter Wille,
Sind wir hier ausgestreckt und ohne Regung.«
Ich warf mich auf die Knie und wollte sprechen,
Doch als ich anfing und er es bemerkte
Und meine ehrfurchtsvollen Worte hörte,
»Was beugt dich«, sprach er, »so zu mir herunter?«
Und ich zu ihm: »Um eurer Würde willen
Hat mein Gewissen mir das Stehn verboten.«
»Streck deine Knie und stehe auf, mein Bruder«,
Gab er zur Antwort. »Irre nicht. Nur Diener
Sind alle wir in einem großen Reiche.
Hast jemals du das Gotteswort vernommen,
Das sagt: ›Sie werden wie die Engel leben‹,
Dann weißt du wohl, warum ich also rede.
Geh nun voran: du sollst nicht stehen bleiben,
Denn dein Verweilen hindert mich am Weinen,
Mit dem ich reife, was du mir verkündet.
Mir lebt noch eine Nichte dort, Alagia,
Gut von Natur, sofern das schlechte Beispiel
In unsrem Hause nicht auch sie verdorben;
Und sie allein verblieb mir auf der Erde.«

## ZWANZIGSTER GESANG

*Die Wanderer gehen im Kreise der Geizigen weiter und hören die herzzerreißenden Klagen der am Boden liegenden Büßer, die Beispiele der Armut verkünden. Dante redet eine Seele an, und diese gibt sich als Hugo Capet, den Stammvater des französischen Königshauses, zu erkennen und bricht in eine lange Strafrede auf die Übeltaten seines Geschlechtes aus: Die Raubzüge Philipps des Schönen, die Züge der Anjous nach Italien, die Ermordung Konradins und Thomas' von Aquino, ihr Verrat an Florenz, der Verkauf einer Tochter, die Gefangensetzung des Papstes Bonifaz VIII. und die Beraubung des Templerordens. Schließlich nennt er den Wanderern die nächtlichen Rufe der Büßer über bestraften Geiz: Pygmalion und Midas, Acham, Ananias und Saphira, Heliodor und Polymnestor, und endlich Crassus. Ein Erdbeben wie dasjenige bei der Geburt Christi beschließt den Gesang, und tief erschüttert und nachdenklich tritt Dante den Weitermarsch an.*

Schlecht kämpft der Wille gegen bessern Willen,
Drum nahm ich ungern, weil er gerne wollte,
Den noch nicht vollen Schwamm schon aus dem Wasser.
Ich ging hinweg. Mein Führer ging voran am
Rande des Felsens auf den freien Stellen,
Wie man an Zinnen geht auf schmaler Mauer.
Denn jene Leute, denen tropfenweise
Der Erde Sünde aus den Augen träufelt,
Sind allzu dicht am Rande angesammelt.
Fluch komme über dich, du alte Wölfin,
Die mehr als alle Tiere Beute findet,
Mit deinem unermeßlich großen Hunger!
O Himmel, dessen Kreisen, wie man glaubet,
Des Lebens Satzungen hier unten ändert,
Wann wird der kommen, dem das Tier muß weichen?
Wir gingen weiter mit verhaltnen Schritten,
Und ich gab acht auf jene Schatten, welche
Ich zum Erbarmen flehn und weinen hörte.
Und plötzlich hört ich: »Liebliche Maria«,
Vor mir ausrufen mit so tiefer Klage,
Wie eine Frau in ihren Kindesnöten.
Und sie fuhr fort: »Du bist so arm gewesen,
Wie man es sehen kann an jenem Lager,
Auf das du einst dein heiliges Kind gebettet.«
Dann hört ich weiter: »O guter Fabricius,
Du hast mit Tugend Armut vorgezogen,
Als Reichtum mit dem Laster zu besitzen.«
So sehr hat diese Rede mir gefallen,
Daß ich dort hinging, um bekannt zu werden
Mit jenem Geist, von dem sie hergekommen.
Er sprach noch weiter von den frommen Gaben,
Die Nikolaus den Jungfraun einst gespendet,
Um ihre Jugend ehrenhaft zu halten.
»O Seele, die du also schön gesprochen,
Sag, wer du warst«, sprach ich, »und warum einsam
Du diese Lobesworte wiederholest.
Nicht ohne Dank soll deine Antwort bleiben,
Wenn ich zurück zum kurzen Wege kehre
In jenes Leben, das zum Ende eilet.«
Und er: »Ich will dir's sagen, nicht dem Lohne
Zulieb, den ich von dort erwarte, sondern
Weil soviel Gnade vor dem Tod dir leuchtet.

Ich war die Wurzel jener bösen Pflanze, 43
Die alles Christenland ins Elend führet
Und die nur selten gute Früchte zeitigt.
Doch wenn Douai und Lille und Gent und Brügge 46
Es könnten, würden schnell sie Rache nehmen;
Ich suche sie bei dem, der alles richtet.
Hugo Capet war einst mein Name drüben, 49
Stammvater der Philippe und Ludwige,
Die Frankreich in der neuen Zeit regieren.
Nur ein Pariser Fleischer war mein Vater; 52
Als alle alten Könige gestorben
Und noch der letzte nahm den grauen Mantel,
Da fand in meinen Händen ich die Zügel 55
Des Königreichs und solche Machtbefugnis
Ganz neu erworben und soviele Freunde,
Daß meinem Sohne die verwaiste Krone 58
Aufs Haupt gesetzt ward, und mit ihm begannen
Von jenen Fürsten die gesalbten Stirnen.
Solang die große Erbschaft der Provence 61
Noch nicht die Scham von meinem Haus genommen,
Taugt' es zwar wenig, doch es tat kein Übel.
Dann aber setzte mit Gewalt und Lüge 64
Sein Raubzug ein, es nahm hernach als Sühne
Ponthieu, die Normandie und die Gascogne.
Karl kam dann nach Italien, und als Sühne 67
Erschlug er Konradin, und nach dem jagte
Er Thomas auf zum Himmel, auch als Sühne.
Nicht lang hernach seh ich den Tag schon nahen, 70
Da wird ein andrer Karl aus Frankreich kommen,
Sich und die Seinen besser noch zu zeigen.
Er kommt allein und trägt nichts als die Lanze, 73
Mit der Judas gekämpft, und diese brauchet
Er so, daß er Florenz die Flanke öffnet.
Nicht Land gewinnt er, sondern Sünd und Schande, 76
Die beide für ihn um so schwerer wiegen,
Je leichter er dergleichen Schaden rechnet.
Den andern, der schon aufbrach, kriegsgefangen, 79
Vom Schiffe, seh ich um die Tochter schachern,
Wie die Korsaren Sklavinnen verkaufen.
O Geiz, was kann man noch von dir erwarten, 82
Nachdem du mein Geschlecht so sehr ergriffen,
Daß es des eignen Fleisches nicht mehr achtet.

Daß alt und neue Schande kleiner scheine, 85
Seh ich die Lilie nach Alagna kommen,
Um Christi Stellvertreter einzufangen.
So seh ich ihn zum zweitenmal verlästert, 88
Ich seh ihn wieder Gall' und Essig trinken
Und zwischen Schächern, die noch leben, sterben.
Ich seh Pilatus neu so grausam wieder, 91
Daß dies ihm nicht genügt und er begierig
Sein Banner trägt zum Tempel ohne Urteil.
Wann, o mein Herr, wird mir die Freude werden, 94
Daß ich die noch verborgne Rache sehe,
Die deinen Zorn geheimnisvoll besänftigt?
Das, was ich von der einzigen Braut gesprochen 97
Des heiligen Geistes, und was dich bewegte,
Mich anzureden, daß ich es erkläre,
Muß allen unsren Bitten Antwort geben, 100
Solang es tagt, doch wenn die Nacht gekommen,
Wird unser Spruch ins Gegenteil verkehret.
Dann wiederholen wir Pygmalions Namen, 103
Den unersättliche Begier nach Golde
Einst zum Verräter und zum Mörder machte.
Und auch das Unheil, das dem geizigen Midas 106
Entstanden ist aus seiner gierigen Bitte,
Ob der die Welt wird ewig lachen müssen.
Auch an den tollen Achan wird erinnert, 109
Wie er die Beute raubte, daß im Zorne
Ihn Josua noch hier zu treffen scheinet.
Dann rügen wir Saphira und den Gatten, 112
Loben den Ritt zu Heliodors Bestrafung;
In Schande kreist auf unsrem ganzen Berge
Polymnestor, der Polydor erschlagen; 115
Und endlich hört man alle schreien: ›Crassus,
Sag, wenn du kannst, uns den Geschmack des Goldes.‹
Bisweilen ruft man lauter oder leiser, 118
Je nach der Liebe, die uns dabei spornet,
Sei es zu größrem, sei's zu kleinrem Schritte.
Drum war ich bei dem Gut, das wir verkünden 121
Am Tage, nicht allein, nur hat gerade
Kein andrer nah bei mir die Stimm' erhoben.«
Wir waren schon von ihm hinweggegangen 124
Und mühten uns, den Weg zu überwinden,
Soweit als es erlaubt war unsrem Können.

Da fühlt ich, als ob etwas niederfalle,
Den Berg erbeben, und mich griff ein Schauer,
Wie einen, der dem Tode nahe wäre.
Gewiß ward so sehr Delos nicht erschüttert,
Eh dort Latona einst ihr Lager machte,
Um beide Himmelsaugen zu gebären.
Dann hörte man von überall ein Schreien,
So daß der Meister her zu mir sich wandte
Und sagte: »Fürchte nichts, wenn ich dich führe.«
»Gloria in excelsis Deo« riefen
Sie alle, die ich aus der Nähe hörte,
Von wo man nur den Ruf vernehmen konnte.
Wir blieben stehen, starr und unbeweglich,
Wie einst die Hirten, die zum ersten Male
Das Lied vernommen, bis das Beben nachließ.
Dann gingen wir die heilige Straße weiter
Und sahn die Schatten, die am Boden lagen,
Schon wieder ganz erfüllt von ihrer Klage.
Nie hat Unwissenheit mit solchem Drange
Und solchem Wunsch zu Wissen mich befehdet,
Wenn darin mein Gedächtnis mich nicht trüget,
Als es mir dort in meinem Geist geschehen.
Ich wagte bei der Eile nicht zu fragen,
Und auch von selber konnte ich nichts sehen;
So ging ich weiter furchtsam und versonnen.

## EINUNDZWANZIGSTER GESANG

*Die Wanderer ziehen im Kreise der Geizigen weiter; da gesellt sich, wie Christus zu den Jüngern bei Emmaus, eine Seele zu ihnen. Auf die Bitte Virgils erklärt sie den Wanderern das Erdbeben, das den Aufstieg einer geläuterten Seele begleitet, und gibt sich als der römische Dichter Statius zu erkennen. Da er Virgil als seinen Meister preist, verrät Dante durch ein Lächeln die Anwesenheit Virgils, und Statius sinkt ergriffen dem Meister zu Füßen in einer Szene voll feinster Höflichkeit.*

Der angeborne Durst, den nichts kann stillen
Außer dem Wasser, des besondre Gnade
Vom Herrn die Samariterin erflehte,

Der drängte mich und trieb mich an zur Eile 4
Auf unbequemem Weg, dem Führer folgend,
Und schmerzerfüllt ob der gerechten Strafe.
Und siehe da, wie Lukas uns beschrieben, 7
Daß Christus zu den Jüngern trat am Wege,
Bereits aus seinem Grabe auferstanden;
So trat zu uns ein Schatten, der uns folgte 10
Und auf die Menge uns zu Füßen schaute.
Wir merkten nichts von ihm, bis er die Worte
Gesprochen: »Brüder, Gott geb euch den Frieden!« 13
Wir wandten uns sofort; es gab Virgil ihm
Das Zeichen wieder, das dem Gruß gebühret.
Dann sprach er: »Zu dem seligen Rate möge 16
In Frieden dich der wahre Richter rufen,
Der mich in ewige Verbannung schickte.«
»Wie«, sprach er, und wir gingen eilig weiter, 19
»Wenn ihr von Gott dort oben nicht geduldet,
Wer führte euch so weit auf seinen Stufen?«
Mein Lehrer sprach: »Betrachte dir die Zeichen, 22
Die jener trägt und die der Engel prägte,
Dann siehst du, er muß bei den Guten sitzen.
Doch weil die Frau, die Tag und Nacht durch spinnet, 25
Den Rocken für ihn noch nicht fertig hatte,
Den Klotho jedem auferlegt und windet,
Hat seine Seele, dein und meine Schwester, 28
Den Weg empor allein nicht gehen können,
Da er nicht schauen kann auf unsre Weise.
Drum holte man mich aus dem weiten Schlunde 31
Der Hölle, ihn zu führen, und ich führe
Ihn weiter noch, soweit mein Wissen ausreicht.
Doch sag nun, wenn du weißt, wie solche Stöße 34
Den Berg bewegten und die Seelen alle
Zusammen riefen bis zum weichen Grunde.«
Mit dieser Frage hat er meinem Wunsche 37
Ins Ohr gezielt, so daß mit dieser Hoffnung
Mein Durst schon etwas weniger heftig wurde.
Und jener sprach darauf: »Es gibt kein Ding, das 40
Hier außerhalb der Ordnung treffen könnte
Den heiligen Berg und das nicht Sitte wäre.
Frei ist er hier von jeder fremden Störung; 43
Nur was der Himmel von sich selber aufnimmt,
Nichts andres kann hier eine Wirkung haben.

Drum darf kein Schnee, kein Regen und kein Hagel, 46
Kein Tau und auch kein Rauhreif höher gehen
Als bis zur kleinen dreigestuften Treppe.
Es dürfen Wolken weder dicht noch locker, 49
Nicht Blitz erscheinen und nicht Regenbogen,
Die drüben häufig durch die Lande ziehen.
Auch trockner Dunst darf niemals höher steigen 52
Als bis zu den drei Stufen, wie ich sagte,
Wo des Vertreters Petri Füße stehen.
Wohl bebt er drunten leichter oder stärker, 55
Jedoch durch Wind, der in der Erde wirket,
Ich weiß nicht wie, erbebt er oben niemals.
Er bebt nur dann, wenn eine reine Seele 58
Sich würdig fühlt zu steigen und sich reget,
Um sich zu heben, und ihr folgt das Rufen.
Die Läuterung bezeugt der bloße Wille, 61
Der, immer frei, sich seinen Ort zu wählen,
Die Seele faßt, und dieses Wollen hebt sie.
Erst will sie wohl, doch hindert das Begehren, 64
Das göttliche Gerechtigkeit zur Strafe,
Gemäß der Sünde, unfreiwillig eingibt.
Und ich, der gut fünfhundert Jahr gelegen 67
In solchem Schmerze, fühlte grade eben
Den freien Willen nach dem bessern Kreise.
Drum fühltet ihr das Beben, und die frommen 70
Geister am Berge priesen jenen Herren,
Damit er bald auch sie nach oben sende.«
So sagt' er uns, und da man sich am Trinken 73
So sehr erfreut, wie man zuvor gedürstet,
Kann ich kaum sagen, wie sehr er mich stärkte.
Der Führer sprach: »Nun sehe ich die Netze, 76
Die euch hier fangen, und wie man sich frei macht,
Warum es bebt, und warum ihr euch freuet.
Nun aber laß mich wissen, wer du warest, 79
Und warum du so viele hundert Jahre
Hier liegen mußtest, davon gib mir Kunde.«
»Als einst der gute Titus mit der Hilfe 82
Des höchsten Königs jene Wunden rächte,
Die vom Verrat des Judas bluten mußten,
Da lebt ich drüben mit dem Ehrennamen, 85
Der lange dauert«, gab der Geist zur Antwort,
»Des Ruhmes voll, jedoch noch ohne Glauben.

So lieblich war das Klingen meines Geistes, 88
Daß aus Tolosa Rom mich zu sich holte,
Wo meine Stirn den Myrtenkranz verdiente.
Man nennt mich Statius drüben noch auf Erden; 91
Ich sang von Theben, von Achilles' Größe,
Doch fiel ich nieder mit der zweiten Bürde.
Mein Feuer ist entsprungen von den Funken, 94
Die mich erwärmten aus der göttlichen Flamme,
An der noch mehr als tausend sich entzündet.
Ich meine die Aeneïs, die zur Mutter 97
Mir wurde und zur Amme meines Dichtens;
Ich wöge ohne sie nicht eine Unze.
Und um in jener Welt gelebt zu haben 100
Zur Zeit Virgils, hätt ich zu meiner Buße
Ein Jahr mehr, als ich mußte, zugegeben.«
Dies Wort ließ nun Virgil sich zu mir wenden 103
Mit einem Blick, der schweigend sagte: »Schweige!«
Jedoch nicht alles kann die Kraft des Willens;
Denn also folgt das Lachen und das Weinen 106
Der Leidenschaft, der sie entsprungen, daß sie
Dem Offensten am wenigsten gehorchen.
Ich zeigte nur ein leichtes Augenzwinkern, 109
Weshalb der Schatten schwieg und nach mir schaute,
In meine Augen, die am meisten sagen.
»So wahr sich deine Mühe wohl vollende«, 112
Sprach er, »was hat dein Angesicht soeben
Das Blitzen eines Lächelns überflogen?«
Nun fühlt ich mich erfaßt von beiden Seiten; 115
Die eine heißt mich schweigen, eine drängt mich,
Zu reden, und ich seufz' und werd verstanden
Von meinem Meister; und: »Du sollst nicht scheuen«, 118
Sprach er, »zu reden, sondern kannst ihm sagen,
Was er mit solchem Eifer wissen möchte.«
Drauf sagte ich: »Vielleicht mag es dich wundern, 121
Antiker Geist, daß ich vor dir gelächelt,
Doch sollst du noch ein größres Wunder hören.
Dieser, der meine Augen aufwärts führet, 124
Ist der Virgil, von dem du selbst genommen
Kraft zum Gesang von Göttern und von Menschen.
Wenn du an eine andre Ursach glaubtest 127
Bei meinem Lächeln, gib sie auf, und glaube,
Es waren jene Worte, die du sagtest.«

Schon sank er zu den Füßen meines Lehrers, 130
Sie zu umarmen, doch der sprach: »Mein Bruder,
Laß ab, denn du bist so wie ich ein Schatten.«
Und er erhob sich: »Nun kannst du ermessen 133
Der Liebe Macht, mit der ich für dich brenne,
Wenn ich selbst unsre Nichtigkeit vergessend,
Den Schatten wie ein festes Ding ergreife.« 136

## ZWEIUNDZWANZIGSTER GESANG

*Die Wanderer steigen auf zum 6. Kreise, wo die Schlemmer büßen. Virgil schließt Freundschaft mit Statius, und dieser erzählt sein Schicksal: daß er nicht Geiz, sondern das Gegenteil zu büßen hat, daß er Virgil die Erkenntnis seiner Sünde, seine ganze Dichtkunst und sogar seine Bekehrung zum Christentum verdankt. Virgil dagegen erzählt ihm von den antiken Dichtern und ihren Gestalten, die mit ihm in der Vorhölle ihren Aufenthalt haben. Im Weiterschreiten lauscht Dante dankbar dem Gespräch der beiden Dichter über ihre Kunst. Endlich gelangen sie zu dem Baum des Lebens, aus dessen Gezweig Beispiele der Mäßigkeit verkündet werden.*

Schon war der Engel hinter uns geblieben, 1
Der Engel, der uns zu dem sechsten Kreise
Geführt und mir ein Mal vom Antlitz tilgte.
Und jene, die Gerechtigkeit ersehnen, 4
Die nannte er »Beati«; seine Worte
Hat er mit »Sitiunt« allein vollendet.
Und ich, viel leichter als in andern Kreisen, 7
Zog weiter, so daß ohne jede Mühe
Ich jenen schnellen Geistern folgen konnte.
Worauf Virgil aufs neu begann: »Die Liebe, 10
Von Tugend angezündet, zündet weiter,
Sofern nach außen ihre Flamme scheinet.
Darum war seit der Stunde, da erschienen 13
Im Vorbereich der Hölle Juvenalis,
Der mir verkündet deine große Liebe,
Ich dir in Freundschaft enger noch verbunden 16
Als jemals einer einem Niegesehnen,
So daß mir nun die Stufen kurz erscheinen.

Doch sag mir, und als Freund mußt du verzeihen, 19
Wenn zuviel Sicherheit den Zügel lockert,
Und als ein Freund mußt du jetzt mit mir sprechen.
Wie ist es möglich, daß in deinem Busen 22
Der Geiz bei soviel Weisheit Raum gefunden,
Die du in ernsten Mühen dir erworben?«
Bei diesen Worten mußte Statius lächeln 25
Ein wenig erst, dann sprach er: »Alle Worte
Von dir sind mir ein Zeichen deiner Liebe.
Gewiß erscheinen oftmals manche Dinge, 28
Die zu Vermuten falschen Anlaß geben,
Weil ihre wahren Gründe noch verborgen.
Aus deiner Frage merk ich, daß du glaubtest, 31
Daß ich einst geizig war im andern Leben,
Wohl weil du mich in jenem Kreis gefunden.
Nun sollst du wissen, daß mir allzuferne 34
Der Geiz gewesen; diese Übertreibung
Hatt' ich zu büßen Tausende von Monden.
Und hätt ich nicht mit Mühe mich gebessert, 37
Als ich gelesen, was du ausgerufen,
Erzürnt wohl über die Natur der Menschen:
›Warum regierst du nicht, o heiliger Hunger 40
Des Goldes, die Begehrlichkeit der Menschen?‹
Dann müßt ich an des Schmerzes Stätten wandeln.
Da merkte ich, daß allzuweit die Hände 43
Sich öffnen konnten zur Verschwendung; Reue
Ergriff mich über die und andre Sünden.
Wie viele auferstehen ohne Haare, 46
Weil ihnen in Unkenntnis dieser Sünde
Die Reue fehlte bis zur letzten Stunde!
Und wisse, daß die Schuld, die widerstreitet 49
Im graden Gegensatz mit einer Sünde,
Mit ihr zusammen ihre Zweige trocknet.
Darum, wenn ich bei jenen Leuten weilte, 52
Die ihren Geiz bereun, um mich zu läutern,
Geschah es nur aus seinem Gegenteile.«
»Als du besungen hast die blutigen Waffen 55
Im doppelten Verhängnisse Jokastes«,
Sprach da der Sänger der bukolischen Lieder,
»Nach dem, was Klio dir dort zugeteilet, 58
Will mir's nicht scheinen, daß dich schon der Glaube
Erfüllte, ohne den kein Tun genüget.

Wenn dem so ist, was hat für eine Sonne, 61
Was für ein Licht dir so geleuchtet, daß du
Die Segel dann zum rechten Fischer lenktest?«
Und er zu ihm: »Du hast mich erst gesendet 64
Auf zum Parnaß, an seinem Quell zu trinken,
Dann hast du mir den Weg zu Gott erleuchtet.
Du tatest, wie wenn einer nächtens wandert, 67
Das Licht nach hinten hält und sich nicht nützet,
Doch hinter sich den Weg weist für die Leute,
Als du gesagt: Es kommt ein neu Jahrtausend, 70
Gerechtigkeit und Zeit der ersten Menschen
Kommt wieder und ein neu Geschlecht vom Himmel.
Durch dich ward ich zum Dichter und zum Christen; 73
Doch daß du besser sehn kannst, was ich zeichne,
Will ich das Bild auch noch mit Farben malen.
Schon war die Welt an allen Enden trächtig 76
Vom neuen Glauben, den die guten Boten
Des ewigen Himmelreichs gesäet hatten,
Und jenes Wort von dir, das ich dir sagte, 79
Klang so zusammen mit der neuen Botschaft,
Daß ich die Boten zu besuchen pflegte.
Sie wurden mir daraufhin so sehr heilig, 82
Daß, als Domitianus sie verfolgte,
Sich meine Tränen mit den ihren mischten.
Und zu der Zeit, da ich noch drüben lebte, 85
Gedacht ich ihrer, ihre schlichte Sitte
Ließ jeden andern Umgang mich verachten.
Eh mein Gesang die Griechen zu den Flüssen 88
Von Theben führt', empfing ich schon die Taufe,
Doch war aus Furcht ich Christ nur im geheimen,
Noch lange mich zum Heidentum bekennend; 91
Und diese Lauheit ließ im vierten Kreise
Mich länger als vierhundert Jahre weilen.
Und du, der mir den Deckel aufgehoben 94
Von dem Gefäß des Guten, das ich meine,
Indessen wir noch lang zu steigen haben,
Sag mir, wo ist unser Terenz geblieben, 97
Weißt du von Plautus, Varius und Caecilius?
Sag mir, ob sie verdammt, und wo sie büßen.«
»Jene, und Persius, ich und viele andre«, 100
Sprach da mein Führer, »sind mit jenem Griechen,
Den mehr als alle sonst die Musen tränkten,

Im ersten Gürtel jenes blinden Kerkers. 103
Gar oftmals reden wir von jenem Berge,
Auf dem für immer unsre Ammen weilen.
Euripides ist bei uns und Antiphon, 106
Simonides, Agathon, viele andre
Griechen, die einst die Stirn mit Lorbeer schmückten.
Dort sieht man außerdem von deinen Leuten 109
Antigone, Deiphile und Argia,
Und auch Ismene, traurig wie sie lebte.
Auch sieht man jene, die Langia zeigte; 112
Dort ist die Tochter des Tiresias, Thetis,
Dazu mit ihren Schwestern Deidamia.«
Schon hatten beide Dichter ausgesprochen, 115
Aufs neue voll Begierde um sich blickend,
Und frei vom Steigen, ungehemmt von Wänden.
Vier von des Tages Dienerinnen waren 118
Zurückgeblieben, im Gespann die fünfte
Zog nun empor, die Spitze ganz in Gluten.
Da sprach mein Führer: »Wie mir scheint, wir müssen 121
Die rechte Schulter nun nach außen wenden,
Wie wir gewohnt sind bei des Berges Umgang.«
So ward zu unsrer Lehrerin Gewohnheit. 124
Mit mindrer Sorge gingen wir des Weges,
Den jene würdige Seele gutgeheißen.
Sie beide gingen vor mir, ich alleine 127
Ging hinterher; ich hörte ihre Reden,
Die meinem Geist zum Dichten Ansporn gaben.
Da unterbrach die freundlichen Gespräche 130
Ein Baum, den wir auf halbem Wege fanden,
Mit lieblich duftenden und guten Früchten.
Wie eine Fichte sich nach oben staffelt 133
Von Zweig zu Zweig, so tat es der nach unten,
Ich glaube, damit niemand ihn besteige.
Auf jener Seite, die den Weg uns sperrte, 136
Fiel von dem hohen Fels ein klares Wasser,
Das sich von oben auf die Blätter stäubte.
Die beiden Dichter traten zu dem Baume, 139
Und eine Stimme aus den Blättern tönte:
»Nach dieser Speise werdet ihr euch sehnen.«
Dann sprach sie: »Mehr gedachte einst Maria, 142
Wie sie die Hochzeit ehrenvoll bereite,
Als ihres Mundes, der jetzt für euch redet.

Und auch die alten Römerinnen waren 145
Mit Wasser schon zufrieden, und die Speise
Gab Daniel hin, um Weisheit zu erwerben.
Das erste Alter, in der Schönheit Golde 148
Ließ einst dem Hungrigen die Eicheln munden,
Dem Durstigen Nektar scheinen jedes Bächlein.
Heuschrecke war und Honig jede Speise, 151
Die einst den Täufer in der Wüste nährte;
Davon ist er so voll von Ruhm und Größe,
Wie es das Evangelium euch verkündet.« 154

## DREIUNDZWANZIGSTER GESANG

*Aus der Schar der ausgemergelten und eilig vorüberziehenden Seelen tritt den Wanderern ein Schatten entgegen, in dem Dante seinen Jugendfreund Forese Donati wiedererkennt. Forese erklärt Dante die Strafe der Schlemmer und berichtet, daß er dank der Fürbitte seiner Gattin schneller entsühnt wurde, um schließlich in heftige Klagen gegen die Zuchtlosigkeit der Florentinerinnen auszubrechen. Am Ende gibt sich auch Dante zu erkennen und erklärt dem Freunde, wie Virgil ihn auf der Jenseitsreise geführt hat.*

Indessen ich nach jenem grünen Laube 1
Die Augen richtete, wie einer spähet,
Der hinter Vöglein seine Zeit verlieret,
Da sagte der, der mir noch mehr als Vater: 4
»Komm nun, mein Sohn, wir müssen unsre Stunden,
Die uns gezählt sind, nützlicher verteilen.«
Ich wandte mein Gesicht und meine Schritte 7
Schnell zu den Weisen, die also geredet,
Daß mir das Gehen keine Mühe machte.
Da hörte man auf einmal weinend singen: 10
›Labia mea Domine‹, so klingend,
Daß es Genuß und Schmerz zugleich erzeugte.
»O lieber Vater, was sind das für Töne?« 13
Begann ich da. Und er: »Schatten, die kommen,
Vielleicht den Knoten ihrer Pflicht zu lösen.«
So wie die Pilger tun, in sich versunken, 16
Wenn sie am Weg auf Unbekannte stoßen,
Nach ihnen blicken, ohne Halt zu machen,

Kam hinter uns, viel schneller als wir gingen,
Heran und zog vorüber, uns betrachtend,
Von Seelen eine Schar in frommem Schweigen.
Ein jeder hatte dunkle Augenhöhlen,
Bleich im Gesicht und so sehr abgemagert,
Daß alle Form der Haut die Knochen prägten.
Ich glaube nicht, daß zu solch dürrer Rinde
Erysichthon dereinst war ausgetrocknet
Durch Fasten, als er sich am meisten quälte.
Ich sagte zu mir selber in Gedanken:
»So waren, die Jerusalem verloren,
Als Mirjam von dem eignen Sohne zehrte.«
Die Augen waren Ringe ohne Steine.
Will man im Menschenantlitz OMO lesen,
So war das M bei ihnen wohl zu sehen.
Wer möchte glauben, daß der Duft des Apfels
So allgewaltige Begier erzeuge,
Und der des Wassers, auf verborgene Weise?
Ich stand verwundert über solchen Hunger
Und konnte mir die Ursach ihrer Dürre
Und ihrer bösen Haut noch nicht erklären.
Da wandte zu mir aus des Kopfes Tiefe
Ein Schatten seine Augen, auf mich starrend,
Und rief mich laut: »Was seh ich, welche Gnade?«
Nie hätt ich ihn erkannt an seinem Antlitz,
Indessen ward mir kund an seiner Stimme
Das, was ihm die Gestalt genommen hatte,
Und dieser Funke hat dann ganz entzündet
Mir das Gedächtnis am entstellten Munde,
Und ich erkannte das Gesicht Foreses.
»O stoß dich nicht an meiner trocknen Krätze«,
So bat er, »die mir meine Haut entfärbte,
Auch nicht an meinem eingefallnen Fleische;
Berichte mir von dir und von den beiden
Seelen, die hier dir das Geleite geben.
Geh nicht von mir, ohne mit mir zu reden.«
»Dein Antlitz, das ich einst im Tod beweinte,
Das gibt mir jetzt nicht weniger Grund zum Weinen«,
Sprach ich zu ihm, »da ich's so gräßlich sehe.
Sag mir, bei Gott, was hat euch so entblättert?
Heiß mich nicht reden, während ich so staune,
Denn schlecht kann reden, wer sich andres wünschet.«

Und er zu mir: »Vom ewigen Rate fließet
Die Kraft herab zum Wasser und zum Baume
Dort hinter uns, die also mich verzehret.
All jene Leute, die dort weinend singen,
Die frönten übermäßig ihrem Schlunde
Und müssen sich mit Durst und Hunger läutern.
Nach Speis und Trank entzündet uns Verlangen
Der Duft des Apfels und des Wassersprudels,
Der dort sich auf das Blätterdach ergießet.
Und nicht nur einmal wird auf diesem Plane,
Indes wir umgehn, unsre Pein erneuert,
Ich sage Pein, und müßte sagen Freude.
Denn jene Sehnsucht führt uns zu den Bäumen,
Die Christus freudig einst ließ ›Eli‹ rufen,
Als er mit seinem Blute uns erlöste.«
Und ich zu ihm: »Forese, seit dem Tage,
Da du die Welt vertauscht für beßres Leben,
Sind nicht fünf Jahre bis auf heut vergangen.
Wenn früher dir die Möglichkeit der Sünde
Vergangen, als die Stunde dir genommen
Der guten Reue, die uns Gott vermählet,
Wie bist du hier heraufgekommen? Drunten
Hab ich geglaubt, daß ich dich finden würde,
Wo man die Sünde Stund um Stunde büßet.«
Und er zu mir: »So schnell ließ mich den süßen
Wermut der Qualen meine Nella trinken
Mit ihren vielen bitterlichen Tränen.
Mit ihren frommen Bitten, ihren Seufzern
Hat sie vom Strand des Wartens mich erhoben
Und mich befreit auch von den andern Kreisen.
Um soviel mehr ist meine arme Witwe,
Die vielgeliebte, Gott genehm und teuer,
Als sie im Gutestun allein geblieben.
Denn in der Wildnis von Sardinien findet
Man bei den Frauen beßre Zucht und Sitte
Als in der Wildnis, wo ich sie gelassen.
O lieber Bruder, was soll ich noch sagen?
Die Zukunft steht mir schon vor meinem Sinne,
Der diese Stunde nicht gar alt wird scheinen,
Da wird man von der Kanzel aus verbieten
Den unverschämten Florentinerfrauen,
Daß sie die Brüste mit den Warzen zeigen.

Hat es jemals Barbarinnen gegeben
Und Sarazeninnen, die Strafen brauchten
Von Staat und Kirche, um bedeckt zu gehen?
Doch wenn die Schamvergeßnen wissen könnten,
Was schnell der Himmel für sie vorbereitet,
So stünden zum Geheul die Mäuler offen;
Denn wenn Voraussicht hier mich nicht betrüget,
Sind sie betrübt, noch eh der Bart gewachsen
Denen, die heute in der Wiege liegen.
Jetzt aber, Bruder, gib dich zu erkennen.
Sieh, nicht nur ich, auch alle diese Leute
Schaun dorthin, wo vor dir die Sonne weichet.«
Drum ich zu ihm: »Wenn du dich wohl besonnen,
Wie ich mit dir und du mit mir einst lebtest,
Dann wird dich heut noch das Gedächtnis quälen.
Aus solchem Leben hat mich der entführet,
Der vor mir geht, ehgestern, als der Bruder
Von jener dort die volle Scheibe zeigte.«
Ich wies zur Sonne. »Er hat durch die tiefe
Nacht der wahrhaftigen Toten mich geleitet
Mit diesem wahren Fleische, das ihm folget.
Von dort hat mich sein Trost emporgezogen.
Wir stiegen und wir kreisten an dem Berge,
Der euch zurechtbiegt, was die Welt verbogen.
Solang will er mir das Geleite geben,
Bis ich bei Beatrice angekommen,
Von dort ab muß ich ohne ihn verbleiben.
Virgil ist dieser, der mir so gesprochen.«
Ich wies auf ihn. »Und jener andre Schatten
Ist der, dem euer ganzes Reich erbebte
An allen Hängen, um ihn freizugeben.«

## VIERUNDZWANZIGSTER GESANG

*Während die Dichter im Kreise der büßenden Schlemmer weiterwandern, gibt Forese Donati Auskunft über das Schicksal seiner Schwester und zeigt ihnen bekannte Büßer: den Dichter Bonagiunta aus Lucca, Papst Martin IV. und andere. Bonagiunta prophezeit Dante etwas von einer Frau, die ihm Lucca teuer machen werde, und spricht mit ihm über den neuen Stil, den Dante ge-*

*schaffen und den Bonagiunta und seine Freunde nicht erreicht haben. Nachdem Forese noch über den Niedergang seiner Vaterstadt geklagt und das grausige Ende seines eigenen Bruders vorausgesagt hat, verläßt er in eiligem Laufe die Wanderer. Diese gelangen zu einem Wunderbaum, der vom Baume der Erkenntnis herstammt und die hungernden Seelen vergeblich mit duftenden Früchten lockt. Aus seinem Innern ertönen Beispiele bestrafter Schlemmerei. Endlich begegnen die Dichter dem Wächterengel, der Dante das sechste P von der Stirne löscht und den Weg weist zum siebenten Kreise.*

Reden und Gehen taten wechselseitig
Sich keinen Eintrag, und wir gingen eilends
Gleichwie ein Schiff von gutem Wind getrieben.
Und jene mehr als toten Schatten starrten
Verwundert aus den Höhlen ihrer Augen
Auf mich, da sie mich lebend noch gewahrten.
Und ich sprach, meine Rede weiterführend:
»Er wird vielleicht ein wenig später steigen,
Als er sonst täte, durch die Schuld des andern.
Doch sag mir, wenn du weißt, wo ist Piccarda;
Sag mir, ob ich bekannte Seelen finde
Bei diesen Leuten, die mich so betrachten.«
»Im hohen Himmel freut sich ihrer Krone
Schon meine Schwester, die, ich kann's nicht sagen,
Durch Schönheit oder Güte mehr gezieret.«
So sprach er erst, und dann: »Hier darf man jeden
Bei seinem Namen nennen, denn durch Fasten
Ist unser Bild so gänzlich ausgemergelt.
Dies ist«, er wies mit Fingern, »Bonagiunta,
Bonagiunta aus Lucca, und dahinter
Dort das Gesicht, mehr als die andern mager,
Der hielt die heilige Kirche in den Händen,
Aus Tours war er und muß mit Fasten büßen
Die Aale von Bolsena und den Weißwein.«
Viel andre nannt er einzeln mir mit Namen,
Und darob schienen alle sich zu freuen,
So daß ich keine böse Miene merkte.
Ich sah, wie brotlos ihre Zähne übten
Ubaldin della Pila und Bonifatius,
Der mit dem Bischofstabe viele lenkte.

Ich sah den Herrn Marchese, der so trocken 31
Einst in Forli beim Trinken nicht gesessen;
Jetzt ging's ihm so, daß er sich durstig fühlte.
Doch so wie jemand hinschaut und den einen 34
Mehr als den andern würdigt, tat ich jenem
Von Lucca, der mich wohl am besten kannte.
Er murmelte, und etwas wie »Gentucca« 37
Hört ich von dort, wo er die Strafe fühlte
Des Rechtes, das die Seelen so verzehret.
»O Seele«, sprach ich, »die so willig scheinet, 40
Mit mir zu sprechen, mach dich mir verständlich,
Damit dein Reden dich und mich erfreue.«
»Schon lebt die Frau und trägt noch keine Binde«, 43
Begann er da, »die dich wird lieben lehren,
So sehr man sie auch tadle, meine Heimat.
Mit diesem Spruche sollst du weitergehen, 46
Und wenn du meine Worte mißverstanden,
Wird sie die Wirklichkeit dir einst erklären.
Doch sag mir, ob ich den hier vor mir sehe, 49
Aus dessen Munde die schönen Verse kamen:
›Die Frauen, die auf Liebe sich verstehen‹.«
Und ich zu ihm: »Ich bin ein Mensch, der immer, 52
Wenn Liebe ihn behaucht, es wohl bemerket,
Und wie sie in mir spricht, so muß ich's sagen.«
»O Bruder«, sprach er, »nun seh ich den Knoten, 55
Der den Notar, Guitton und mich noch ferne
Von jenem süßen neuen Stil gehalten.
Ich sehe wohl, wie folgsam eure Federn 58
Dem, der diktiert, auch auf sein Wort gehorchen;
Das ist mit unsern freilich nicht geschehen.
Und wer noch weiter sich vertiefen möchte, 61
Wird nichts mehr finden zwischen beiden Stilen.«
Und damit schwieg er und war fast zufrieden.
Wie oft die Vögel, die am Nile wintern, 64
Hoch in den Lüften sich in Scharen sammeln
Und eiliger dann in langen Zügen fliegen,
So haben jene Leute, die dort waren, 67
Sich abgewendet und den Schritt beschleunigt,
Der ihnen leicht von Magerkeit und Hunger.
Und wie ein Mensch, des langen Trabens müde, 70
Die andern ziehn läßt und alleine wandelt,
Bis sich das Keuchen seiner Brust gelegt hat,

So ließ Forese jene heilige Herde 73
Vorüberziehn, und ihnen mit mir folgend,
Fragt' er mich: »Wann werd ich dich wiedersehen?«
»Ich weiß nicht«, sprach ich, »wie lang ich noch lebe. 76
Doch werde ich so früh nicht wiederkehren,
Daß nicht mein Wunsch vorauseilt zu dem Strande.
Denn jener Ort, an dem ich leben sollte, 79
Hat Tag um Tag des Guten sich entäußert
Und scheint zu bösem Untergang zu neigen.«
»Geh nun«, sprach er; »den, der am meisten schuldig, 82
Seh ich am Schweife eines Tiers gezogen
Zum Tale, wo man nie Erlösung findet.
Es läuft das Tier bei jedem Schritte schneller, 85
Und immer weiter bis zu seinem Sturze,
Dann läßt es seinen Leib verstümmelt liegen.
Nicht lange drehen sich mehr jene Kreise«, 88
Er schaute auf zum Himmel, »bis dir kund wird
Das, was mein Wort nicht weiter kann erklären.
Bleib nun zurück; denn teuer sind die Stunden 91
In diesem Reich, und ich muß viel verlieren,
Wenn ich mit dir so gleichen Schrittes wandle.«
Und wie ein Reiter manchmal im Galoppe 94
Herausgeritten kommt aus seiner Reihe,
Den Preis des ersten Angriffs zu gewinnen,
So trennt' er sich von uns mit großen Sprüngen, 97
Und ich blieb auf dem Weg mit jenen beiden,
Die auf der Welt so große Künstler waren.
Als er so weit vor uns vorausgelaufen, 100
Wie meine Augen ihm noch folgen konnten,
So wie der Geist noch seinen Worten folgte,
Sah ich die frischen, fruchtbeladnen Äste 103
Von einem andern Baume, gar nicht ferne,
Da ich mich eben erst dorthin gewendet.
Und Leute sah ich, die die Hände hoben 106
Und etwas nach dem Laub des Baumes riefen,
Wie Kinder tun in närrischem Verlangen;
Sie bitten und bekommen keine Antwort, 109
Doch hält man, die Begierde gut zu schärfen,
Das, was sie wünschen, hoch und nicht verborgen.
Die Leute gingen dann enttäuscht von dannen. 112
Wir aber kamen zu dem großen Baume,
Der soviel Bitten von sich weist und Tränen.

»Geht weiter hier und tretet uns nicht näher. 115
Dort oben ist der Baum, wo Eva pflückte,
Und dieser hier ist Holz von seinem Holze.«
So hat im Laub ich weiß nicht wer gesprochen, 118
Weshalb Virgil und Statius und ich weiter
Auf jener Seite, die emporsteigt, gingen.
»Erinnert euch«, rief es, »an die verfluchten 121
Wolkengebornen, die in ihrem Rausche
Theseus bekämpften mit den Doppelleibern.
Und an die Juden, die so weich im Trinken, 124
Daß Gideon als Gefährten sie verschmähte,
Als er gen Midian abstieg aus den Bergen.«
So gingen wir an einem von den Rändern 127
Voran und hörten von des Schlundes Sünden,
Die schon den jämmerlichen Lohn gefunden.
Dann waren wir auf der bequemen Straße 130
Wohl tausend Schritte fürder schon gewandert,
Indem ein jeder schweigend vor sich schaute.
»Was gehet ihr zu dreien so versunken?« 133
Rief plötzlich eine Stimme; und ich zuckte
Wie Tiere tun, wenn sie vor Schrecken scheuen.
Ich hob den Kopf, zu sehen, wer gerufen. 136
Und niemals sah man in den Öfen glühen
Metall und Gläser also rot und leuchtend
Wie jenen dort, der sagte: »Wenn nach oben 139
Ihr steigen wollt, müßt ihr euch hierher wenden,
Hier muß man gehen, wenn man Frieden suchet.«
Sein Anblick hatte mein Gesicht geblendet. 142
Drum wandt' ich mich zurück zu meinen Lehrern,
Wie jemand, der nach dem Gehör sich richtet.
Und wie, Verkünderin des Morgenlichtes, 145
Die Maienluft sich regt mit ihrer Fülle
Von Düften, die sie trägt aus Gras und Blüten,
So fühlte ich ein Wehen in der Mitte 148
Der Stirne und vernahm ein Flügelschlagen,
Das mich berührte mit Ambrosiadüften.
Ich hörte sagen: »Selig, wen die Gnade 151
So sehr erleuchtet, daß der Speisen Liebe
In seiner Brust nicht rauchend von Begierde,
Nur immer brennt als ein gerechtes Feuer.« 154

# FÜNFUNDZWANZIGSTER GESANG

*Während des Aufstiegs zum siebenten Kreise, in dem die Wollüstigen büßen, erklärt Statius Dante die scholastische Lehre von der Entstehung des Leibes und der Seele sowie das Wesen des Schattenleibes der jenseitigen Seelen: Die Zeugung des Menschen aus dem Blute, das im Herzen Gestaltungskraft gewonnen hat, die Weiterbildung der vegetativen und animalischen Seele zur Menschenseele, die Eingebung der Seele selbst und ihre Entfaltung, ihre endliche Erlösung vom Leibe und ihre jenseitige Gestalt und Fähigkeit. Dann nahen sich die Wanderer dem Flammenkreis und hören die Büßenden abwechselnd den Hymnus singen und Beispiele der Keuschheit ausrufen.*

Zu dieser Stunde soll man ledig steigen. 1
Schon war aus ihrem Mittagskreis die Sonne
Dem Stier, die Nacht dem Skorpion gewichen.
Drum wie ein Mensch, der nirgends stehen bleibet, 4
Vielmehr des Weges geht, was immer komme,
Wenn die Notwendigkeit ihn dazu stachelt,
So traten wir in jene schmale Gasse 7
Hintereinander, auf der Treppe steigend,
Die durch die Enge uns im Steigen trennte.
Und wie das Störchlein seine Flügel lüftet 10
Und fliegen möchte und doch nicht den Mut hat,
Das Nest zu lassen, und sie wieder senket,
So war mein Wunsch entfacht und gleich erloschen 13
Zu fragen, und ich kam nur bis zur Geste,
Die der macht, der zum Sprechen sich entschlossen.
Nicht unterließ es trotz des schnellen Gehens 16
Mein lieber Vater, und er sagte: »Schieße
Des Wortes Bogen ab, den du gespannt hast.«
Da hab ich meinen Mund getrost geöffnet 19
Und fragte: »Wie kann man denn mager werden
Dort, wo nach Nahrung kein Bedürfnis bleibet?«
»Wenn du gedächtest, wie einst Meleager 22
Sich beim Verbrennen eines Zweigs verzehrte,
Dann wäre«, sprach er, »dies dir nicht so schwierig.
Und wenn du dächtest, wie bei eurem Zucken 25
Auch euer Bildnis zucken muß im Spiegel,
Dann würde dir das Dunkel klar erscheinen.

Jedoch damit dein Wunsch zur Ruhe komme, 28
Ist Statius bei uns, und ich will ihn bitten,
Er möge jetzo deine Wunden heilen.«
»Wenn ich den ewigen Anblick ihm erkläre«, 31
Gab Statius ihm zur Antwort, »anstatt deiner,
Mußt du verzeihn, daß ich dies nicht verweigre.«
Dann fing er an: »Mein Sohn, wenn meine Worte 34
Dein Geist erfaßt und in sich aufgenommen,
Dann wird das Wie erhellt, nach dem du fragtest.
Vollkommnes Blut, das von den durstigen Adern 37
Niemals getrunken wird und wie die Speise,
Die man vom Tisch getragen, übrig bleibet,
Erhält im Herz für alle Menschenglieder 40
Gestaltungskraft, und wieder sie zu schaffen,
Fließt es als solches durch die Adern weiter.
Nochmals verdauet, kommt es zu der Stelle, 43
Von der man schweigt, um dann von dort zu tropfen
Zu fremdem Blut in ein natürlich Becken.
Dort sammelt sich das eine mit dem andern, 46
Eines zu dulden, eins zu schaffen gierig,
Weil es aus dem vollkommnen Ort gequollen.
Wenn sie vereint, beginnt es auch zu wirken, 49
Verdichtet sich zuerst, dann gibt es Leben
Dem, was aus seinem Stoffe sich gebildet.
Die Kraft, die wirkt, wird dann zu einer Seele, 52
Der Pflanzenseele gleich, von ihr verschieden,
Weil sie noch unterwegs und jene fertig.
Dann wirkt sie so, daß sie sich regt und fühlet 55
So wie ein Meerschwamm, und dann wird sie fähig,
Den Samen ihrer Kräfte auszuformen.
Nun kann, mein Sohn, sich jene Kraft entfalten, 58
Die aus dem Herzen des Erzeugers strömte,
Wo alle Glieder von Natur bereitet.
Doch wie sie dann vom Tiere wird zum Kinde, 61
Sichst du noch nicht, und dies ist eine Stelle,
An der ein Weiserer als du schon irrte.
Er hat in seiner Lehre von der Seele 64
Den möglichen Verstand getrennt gehalten,
Weil er für ihn noch kein Organ gefunden.
Nun öffne deine Brust der neuen Wahrheit 67
Und wisse, daß, sobald die Frucht des Leibes
Die Form des Hirns vollkommen ausgebildet,

Da neigt voll Freude sich der erste Reger
Auf dieses Kunstwerk der Natur und hauchet
In sie den neuen Geist mit seinen Kräften,
Der alles, was er wirkend findet, anzieht
Zu seinem Wesen, und wird eine Seele,
Die lebt und fühlt und in sich selber kreiset.
Und daß dich weniger mein Wort verwundre,
Schau, wie zum Weine wird die Sonnenwärme,
Wenn sie sich mit dem Saft der Rebe bindet.
Und wenn dann Lachesis den Flachs versponnen,
Dann löst sie sich vom Fleische, doch behält sie
Bei sich die menschlichen und göttlichen Kräfte.
Verstummt sind alle andern Fähigkeiten,
Doch sind Gedächtnis und Verstand und Wille
Viel schärfer als zuvor in ihrem Wirken.
Und ohne Aufenthalt fällt sie von selber
Ganz wunderbar an eins der beiden Ufer,
Und hier erkennt sie erstmals ihre Wege.
Sobald sie hier von diesem Raum umgeben,
Wird sie von der Gestaltungskraft umstrahlet,
So wie sie einst in ihren Gliedern lebte.
Und wie die Luft, wenn sie recht regenschwanger
Vom Strahl der Sonne, der sich in ihr spiegelt,
Sich zeigt im Schmucke der verschiednen Farben,
So bildet sich die Luft, die sich ihr nahet,
Zu jenen Formen, deren Bild ihr präget
Mit ihrer Kraft die Seele, die geblieben.
Und dann, ganz ebenso wie eine Flamme
Dem Feuer folgen muß, wohin es wandert,
So folgt auch seine neue Form dem Geiste.
Und da sie sich nach seinem Aussehn bildet,
Nennt man sie Schatten, und sie zeugt dann wieder
Aus sich die Sinne alle bis zum Sehen.
So kommt es, daß wir reden, daß wir lachen,
Und daß wir weinen müssen auch und seufzen,
Wie du wohl auf dem Berge hören konntest.
Und je nachdem uns die Begierden quälen,
Und andre Leidenschaften, wird der Schatten
Geformt, und dieses ist's, was dich verwundert.«
Schon waren wir zu einer letzten Wendung
Gelangt und wollten uns zur Rechten kehren,
Und uns erfüllte eine andre Sorge.

Hier wirft die Wand aus ihrem Innern Flammen,
Und in dem Kreise weht ein Wind nach oben,
Der sie zurücktreibt und von dort entfernet.
Drum mußten wir am offnen Rande gehen
Hintereinander, und auf einer Seite
Scheut' ich den Brand, den Absturz auf der andern.
Mein Führer sprach zu mir: »An diesem Orte
Muß man die Augen streng im Zügel halten,
Sonst könnte man gar leicht daneben treten.«
»Summae Deus clementiae« hört' ich singen
Im Innern dieses großen Feuerbrandes,
Was meinen Sinn nicht weniger auf sich lenkte.
Und ich sah Geister durch die Flammen schreiten,
Weshalb ich schaut' auf sie und meine Schritte,
Und meine Blicke zwischen beiden teilte.
Und nach dem Ende jenes Lobgesanges
Klang laut ihr Rufen: »Virum non cognosco«,
Dann sangen sie aufs neue leis den Hymnus.
Als er zu Ende, riefen sie: »Im Walde
Wohnte Diana und verjagt' Helice,
Weil sie der Venus Gift genossen hatte.«
Dann sangen sie aufs neue, riefen Namen
Von Fraun und Männern aus, die keusch gewesen,
Wie Tugend und Gesetz es von uns fordern.
Und dies ist, glaub ich, ihre ganze Übung
In all der Zeit, die sie im Feuer brennen.
Mit solcher Pflege muß und solchen Stoffen
Sich ihre Wunde endlich wieder schließen.

## SECHSUNDZWANZIGSTER GESANG

*Im Kreise der Wollüstigen weiterschreitend, werden die Wanderer von den büßenden Seelen beobachtet und Dante wird von dem Dichter Guido Guinizelli angesprochen, indes er die Seelen der Büßer betrachtet, die sich eilig küssend begegnen und Beispiele bestrafter Unkeuschheit ausrufen. Dante gibt den staunenden Seelen sein Schicksal kund und erfährt dafür die Sünde und das Los der Büßer, ohne ihren Namen. Er preist Guinizelli als den Schöpfer des süßen neuen Stils, und dieser wiederum zeigt ihm den provenzalischen Trobador Arnaut Daniel, mit dem Dante in höflichem Gespräche verweilt.*

Indes wir auf dem Rande weitergingen 1
Hintereinander, sprach mein guter Meister
Gar oft: »Gib acht und nütze meine Lehre.«
Die Sonne traf mich auf die rechte Schulter; 4
Es war des Himmels Blau von ihren Strahlen
Im ganzen Westen schon in Weiß verwandelt.
Ich aber ließ die Flamme röter glühen 7
Mit meinem Schatten, und auf dieses Zeichen
Sah ich im Gehen viele Seelen achten.
Dies war es auch, was ihnen Anlaß wurde, 10
Von mir zu reden, und sie sagten bei sich:
»Der dort scheint keinen Schattenleib zu haben.«
Dann kamen sie, soweit sie irgend konnten, 13
Nach mir zu schauen, immer mit der Sorge,
Den Rand des Feuers ja nicht zu verlassen.
»Du, der du wandelst, nicht weil du zu träge, 16
Vielleicht aus Ehrfurcht, hinter jenen andern,
Gib Antwort mir im Durst und Feuerbrande.
Nicht ich allein will deine Antwort haben, 19
Alle erwarten sie mit größrem Durste
Als Indien und Äthiopien frisches Wasser.
Wie kommt's, daß du mit deinem Leib die Sonne 22
Aufhalten kannst, so daß es scheint, du wärest
Noch nicht dem Tode in sein Netz gegangen.«
So fragte einer dort, und ich hätt ihnen 25
Mich schon enthüllt, wenn ich nicht acht gegeben
Auf eine andre Neuigkeit, die nahte.
Denn in der Mitte jenes Flammenweges, 28
Da kamen Leute diesen hier entgegen,
Die mich mit neuem Staunen schon erfaßten.
Dort sah ich überall die Schatten kommen 31
Und sich in Eile wechselseitig küssen
Ohne Verweilen, froh am kurzen Gruße.
So sieht man, wie in ihren braunen Scharen 34
Die Emsen wechselseitig sich beschnuppern,
Vielleicht um Weg und Schicksal zu erfahren.
Sobald sie ihren Freundesgruß erwiesen, 37
Noch eh sie einen weitern Schritt begonnen,
Hat jeder gleich den andern überschrieen.

Sie riefen: »Sodom und Gomorrha.« Andre: 40
»Pasiphaë ist drum zur Kuh geworden,
Damit der Stier nach ihren Lüsten laufe.«
Dann wie die Kraniche zum Rifgebirge, 43
Und andre wieder in die Wüste fliegen,
Den Frost die einen, Glut die andern fürchtend,
So war bei diesem Volk ein Gehn und Kommen. 46
Sie sangen weinend wieder ihre Lieder
Und riefen wieder, was sie rufen mußten.
Sie kamen wieder wie zuvor mir nahe; 49
Die gleichen waren es, die mich gebeten,
Aufmerksam Lauschen lag in ihren Mienen.
Da ich schon zweimal ihren Wunsch gesehen, 52
Begann ich: »O ihr Seelen, die gewißlich,
Wann immer es auch sei, den Frieden finden,
Es sind nicht grün und sind nicht reif geblieben 55
Dort drüben meine Glieder, sie sind bei mir
Mit ihrem Blute hier und ihren Sehnen.
Hier stieg ich auf, um nicht mehr blind zu bleiben. 58
Dort oben weilt die Frau, mit deren Gnade
Ich meinen Leib durch eure Reiche trage.
Doch wenn sich euer höchster Wunsch erfülle, 61
So daß ihr bald in jenem Himmel wohnet,
Der voll von Liebe sich am höchsten breitet,
Sagt mir, damit ich davon schreiben möge: 64
Wer seid ihr denn und wer sind jene Scharen,
Die hinter eurem Rücken dort entschwinden.«
Nicht anders sieht man staunend sich verwirren 67
Den Bauern und ihn schauen und verstummen,
Wenn er als Tölpel in die Stadt gekommen,
Als dort die Seelen all zu sehen waren. 70
Doch als sie ihres Staunens sich entledigt,
Das sich in edlen Herzen schnell beruhigt,
»O glücklich du, der du in unsren Landen«, 73
Sprach jener wieder, der zuerst mich fragte,
»Zum bessern Leben die Erfahrung sammelst,
Die Leute, die nicht mit uns kommen, dulden 76
Für das die Strafe, wofür Cäsar siegreich
Zum Schimpfe Königin sich nennen hörte.
Drum scheiden sie, indem sie ›Sodom‹ rufen 79
Und sich beschuldigen, wie du gehört hast.
So schüren sie den Brand mit ihrer Schande.

Wir sündigten mit doppeltem Geschlechte; 82
Weil wir nicht hielten menschliche Gesetze,
Nur folgend einer tierischen Begierde,
So müssen wir zu unsrer eignen Schande 85
Im Weitergehn den Namen jener rufen,
Die sich in dem vertierten Holz vertierte.
Nun weißt du unser Tun und unsre Sünde. 88
Wenn du noch unsre Namen wissen möchtest,
Die Zeit reicht nicht, ich kann sie dir nicht sagen.
Gern will ich dir mit meinem Namen dienen: 91
Bin Guido Guinizelli, und ich büße
Schon jetzt, weil ich beizeiten recht bereute.«
Wie einst nach der Bedrohung durch Lykurgos 94
Zwei Söhne ihre Mutter wiedersahen,
So ging es mir, wenn auch ein Teil versagt blieb,
Als ich sie nennen hörte meinen Vater 97
Und aller besten Vater auch, die jemals
Anmutig süße Liebeslieder sangen.
So ging ich taub und wortlos eine Weile 100
Gedankenvoll dahin, nur ihn betrachtend,
Doch trat ich ihm nicht nah, des Feuers wegen.
Nachdem ich mich an seinem Bild geweidet, 103
Erbot ich willig mich zu seinen Diensten
Mit Worten, denen jeder glauben mußte.
Und er zu mir: »Du läßt so klare Spuren 106
In mir, nach allem, was ich von dir höre,
Daß Lethe sie nicht löschen kann noch trüben.
Wenn aber deine Worte wahr geschworen, 109
Sag mir den Grund, warum du mir bezeugtest
Im Reden und im Schauen solche Liebe.«
Und ich zu ihm: »Für eure süßen Verse, 112
Die, solang je der neue Stil wird dauern,
Noch teuer machen werden ihre Blätter.«
»O Bruder«, sprach er, »der, den ich dir zeige 115
Mit Fingern«, und er wies auf einen Schatten,
»War einst der beste Schmied der Muttersprache.
In Liebesliedern und in der Erzählung 118
Besiegt' er alle; laß die Dummen glauben,
Daß ihn der Limusiner übertreffe.
Sie geben auf Gerücht mehr als auf Wahrheit, 121
Und also bilden sie sich ihre Meinung,
Bevor sie auf Verstand und Kunst noch hören.

So taten viele Alte mit Guittone, 124
Indem sie ihn von Mund zu Munde priesen,
Bis Wahrheit über ihn mit Mehrheit siegte.
Nun, wenn dir so ein großes Vorrecht wurde, 127
Das dir erlaubt, zu gehen nach dem Kloster,
In welchem Christus selbst gesetzt zum Abte,
So sprich bei ihm für mich ein Vaterunser, 130
Soweit wir es in diesem Reiche brauchen,
Wo wir in Sünde nicht mehr fallen können.«
Dann, wohl um Platz zu machen einem andern, 133
Der bei ihm stand, verschwand er in dem Feuer,
Gleichwie ein Fisch im Wasser auf dem Grunde.
Ich trat dem mir Gezeigten etwas näher 136
Und sagte, daß ich eine schöne Stelle
In meinem Geist bewahrt für seinen Namen.
Er fing darauf freimütig an zu sprechen: 139
»So sehr erfreut mich euer höflich Wort,
Daß ich mich euch nicht kann noch will verbergen.
Ich bin Arnaut, der immer singt und weint. 142
Ich denke über meine Torheit nach
Und freu mich schon auf den erhofften Tag.
Nun bitt ich euch, bei jener hohen Kraft, 145
Die euch ans Ende dieser Stufen führet,
Gedenkt zur rechten Zeit an meinen Schmerz.«
Dann schwand er weg im Feuer, das sie läutert. 148

## SIEBENUNDZWANZIGSTER GESANG

*Mit einer seiner weltumspannenden astronomischen Bestimmungen leitet Dante den hereinbrechenden Abend ein. Der Engel fordert die Wanderer auf, ins Feuer zu treten, wo die Wollüstigen büßen. Dante tritt nach langem Zögern im Gedanken an Beatrice ins Feuer. Nach dem Durchschreiten des Feuers steigen die Wanderer einen engen Felspfad empor, und beim Einbruch der Nacht legen sie sich dort zur Ruhe nieder, wie Hirt und Herde bei Nacht ruhen. Im Traume erscheint Dante eine singende und blumenpflükkende Frau, Lea, das Sinnbild des tätigen Lebens, die Schwester Rahels, die das beschauliche Leben verkörpert. Beim Anbrechen des Morgens erheben sich die Wanderer, und Virgil kündigt Dante den Anblick des Lebensbaumes an, wodurch seine Schritte neu beflügelt werden, und auf der Höhe des irdischen Paradieses spricht er ihn frei von seiner Führung und macht ihn zum Herren seines eigenen freien Willens.*

So wie wenn ihre ersten Strahlen zittern 1
Dort, wo sein eignes Blut der Schöpfer schenkte,
Indes die Waage überm Ebro glänzte
Und Ganges in der Mittagshitze brannte, 4
So stand die Sonne, und der Tag ging nieder,
Als uns der Engel Gottes freudig nahte.
Am Rande stand er außerhalb der Flamme 7
Mit dem Gesang: »Beati mundo corde«,
Und einer Stimme, mächtiger als unsre.
Dann sprach er: »Ehe euch das Feuer brannte, 10
Dürft ihr nicht weiter gehen, heilige Seelen;
Ihr müßt hinein und drin die Lieder hören.«
So sagt' er uns, als wir ihm näher traten. 13
Weshalb ich, als ich seine Worte hörte,
Wie einer ward, den man zu Grabe leget.
Mit angehaltnen Händen drang ich vorwärts, 16
Zum Feuer blickend, und erfüllt mit Bildern
Von Leibern, die ich einst gesehn im Brennen.
Es wandten sich zu mir die guten Führer, 19
Worauf Virgil mir sagte: »Sohn, hier oben
Kannst du nur Qualen, doch den Tod nicht finden.
Denk doch zurück, denk doch zurück, ich habe 22
Dich unversehrt auf Geryon geleitet
Und soll es hier so nah bei Gott nicht können?
Glaub mir gewiß, daß, wenn du in dem Innern 25
Von diesen Flammen tausend Jahre bliebest,
So könntest du auch nicht ein Haar verlieren.
Und wenn du meinst, ich könnte dich wohl täuschen, 28
So geh nur hin und hol dir selber Glauben
Mit eigner Hand am Saume deines Mantels.
Laß ab, laß ab von allen deinen Ängsten, 31
Komm her und gehe weiter ohne Zagen.«
Doch ich blieb stehen, gegen mein Gewissen.
Als er mich immer stehn sah, steif und reglos, 34
Sprach er ein wenig zornig: »Sohn, o siehe
Die Mauer zwischen dir und Beatrice.«

So hob bei Thisbes Namen seine Wimpern 37
Pyramus sterbend, um sie anzuschauen,
Damals, als rot der Maulbeerbaum sich färbte.
Und so ward meine Starre nun gelockert; 40
Ich wandte mich zum Führer bei dem Namen,
Der immerdar in meinem Geiste grünet.
Worauf er mit dem Haupte nickte, fragend: 43
»Wie, wollen wir hier stehen bleiben?« lächelnd,
Wie über Kinder, die ein Apfel fesselt.
Dann ging er vor mir her, hinein ins Feuer, 46
Und bat, daß Statius hinter uns sollt folgen,
Der erst uns eine lange Strecke trennte.
Als ich darin war, hätte ich mich zur Kühlung 49
Am liebsten in ein kochend Glas geworfen;
So war der Brand darinnen ohne Maßen.
Mein lieber Vater hat, um mich zu trösten, 52
Mir immer von Beatrice nur gesprochen,
Und sagt': »Mir scheint, ich seh schon ihre Augen.«
Uns führte eine Stimme im Gesange 55
Jenseits, und wir, die wir nur auf sie lauschten,
Sind vorgetreten, wo wir steigen konnten.
»Venite, benedicti patris mei«, 58
Klang es aus einem Lichte, das dort drüben
So stark erglänzt', daß ich's nicht schauen konnte.
»Die Sonne weicht«, sang sie, »es kommt der Abend, 61
Ihr dürft nicht rasten, müßt den Durchgang suchen,
Solang der Westen sich noch nicht verfinstert.«
Grad stieg der Weg empor zwischen den Felsen 64
In solcher Richtung, daß ich vor mir hemmte
Der Sonne Strahlen, die schon niedrig kamen.
Und wenig Stufen waren wir gestiegen, 67
Als wir der Sonne Untergang bemerkten
Am Schattenschwunde, ich und meine Weisen.
Eh noch in seinen Unermeßlichkeiten 70
Der Horizont zu einem Bilde wurde,
Und jeden Grad von ihm die Nacht bedeckte,
Nahm jeder eine Stufe sich zum Bette, 73
Denn uns beraubte die Natur des Berges
Der Kraft des Steigens und der Lust zum Steigen.
Wie sich beim Wiederkäuen zahm erweisen 76
Die Ziegen, die sonst wild und kühn erschienen
Hoch auf den Bergen, eh sie satt geweidet,

Nun stumm im Schatten, bei der Glut der Sonne, 79
Bewacht vom Hirten, der auf seinem Stabe
Sich stützend und geruhsam ihrer wartet;
Und wie der Hirte, der im Freien nächtigt, 82
Bei seiner Herde still die Nacht verweilet,
Vor wilden Tieren ihren Frieden hütend,
So waren alle drei wir nun beisammen, 85
Ich als die Ziege, sie als meine Hirten,
Auf beiden Seiten von der Schlucht umgeben.
Nur wenig war von draußen noch zu sehen, 88
Doch durch den Spalt sah ich die Sterne glänzen,
Die groß und klar wie niemals mir erschienen.
Im Schaun und Wiederholen so versunken, 91
Hat mich der Schlaf erfaßt, der Schlaf, der oftmals
Im Voraus schon die künftigen Dinge kündet.
Zur Stunde, glaub ich, da am Berg von Osten 94
Zum erstenmal der Venusstern erstrahlte,
Der immer glühend scheint von Liebesfeuer,
Da schien es mir, als sähe ich im Schlafe 97
Ein schönes, junges Weib auf einer Wiese,
Das Blumen pflückte und im Singen sagte:
»Ein jeder, der mich fragt nach meinem Namen, 100
Soll wissen, daß ich Lea bin und gehe,
Mit schönen Händen einen Kranz zu flechten.
Im Spiegel schön zu sein will ich mich schmücken; 103
Doch meine Schwester Rahel trennt sich niemals
Von ihrem Spiegel, sitzt die ganzen Tage.
Sie liebt den Anblick ihrer schönen Augen, 106
Wie ich das Schmücken liebe mit den Händen,
Sie freut das Schaun, wie mich erfreut das Wirken.«
Schon flohen vor dem morgendlichen Schimmer, 109
Der um so freundlicher den Wandrern scheinet,
Je näher ihre Herberg schon der Heimat,
Finsternisse weg nach allen Seiten; 112
Mit ihnen auch mein Schlaf, und ich erhob mich,
Da sich die großen Meister schon erhoben.
»Die süße Frucht, die in so vielen Zweigen 115
Die Sterblichen mit solcher Sehnsucht suchen,
Wird heut noch allen deinen Hunger stillen.«
Virgil, zu mir gewendet, hat die Worte 118
Gesprochen; nie hat jemals eine Gabe
Wie diese solche Freude mir gegeben.

So sehr hat Wunsch um Wunsch mich angetrieben 121
Zum Aufstieg, daß bei jedem neuen Schritte
Ich mir zum Flug die Federn wachsen fühlte.
Als hinter uns schon war die ganze Treppe, 124
Und wir auf ihrer letzten Stufe standen,
Da hat Virgil das Aug auf mich gerichtet
Und sprach: »Das zeitliche und ewige Feuer 127
Hast du gesehn, mein Sohn; du bist gekommen
Dahin, wo ich von mir aus nichts mehr kenne.
Mit Geist und Kunst hab ich dich hergeleitet. 130
Nun nimm zum Führer deinen eignen Willen;
Hier ist der Aufstieg, hier die Kunst zu Ende.
Sieh, wie die Sonne auf die Stirn dir leuchtet, 133
Sieh, wie hier Gras und Blumen und die Bäume
Die Erde alle aus sich selbst erzeuget.
Bis noch die schönen, frohen Augen kommen, 136
Die weinend mich zu dir gerufen haben,
Kannst du dich niedersetzen oder wandern.
Erwarte von mir nicht mehr Wort und Zeichen. 139
Frei, grade und gesund ist nun dein Wille,
Und Sünde wär es, wenn du ihm nicht folgtest.
Drum krön ich dich zu deinem eignen Herren.« 142

## ACHTUNDZWANZIGSTER GESANG

*Die Wanderer treten in den Wald des irdischen Paradieses, und Dante erblickt jenseits des Letheflusses die blumenpflückende Matelda, die Verwirklichung der vorausgegangenen Traumerscheinung, Sinnbild des paradiesischen Lebens. Matelda tritt auf seine Bitten näher und erklärt ihm die regenfreie Natur des Berges, die himmlische Befruchtung seiner Pflanzen und das Wunder der Flüsse Lethe und Eunoë. Unter dem Lächeln der Dichter vergleicht sie das irdische Paradies mit dem goldenen Zeitalter der antiken Dichtung.*

Begierig schon, von außen und von innen 1
Den dichten, grünen Gotteswald zu kennen,
Der für das Aug im neuen Tag erstrahlte,

Verließ ich unverweilt den Rand des Berges
Und schweifte querfeldein mit sachten Schritten
Auf einem Hange, reich an Blumendüften.
Ein süßer Hauch traf ohne Unterbrechung
Und ohne sich zu wandeln meine Stirne,
Nicht stärker als ein zarter Wind sie träfe,
Wodurch die Blätter, immer leise zitternd,
Sich alle nach der gleichen Seite bogen,
Nach der der Schatten fiel vom heiligen Berge.
Doch wichen sie von ihrem graden Wuchse
Nicht so sehr, daß die Vögel auf den Wipfeln
Nicht alle ihre Künste üben konnten.
Sie atmeten mit Freuden im Gesange
Die Morgendüfte in dem Blätterwalde,
Der seinen Baß zu ihren Liedern spielte.
So kann man ihn in allen Zweigen hören
Im Pinienwalde am Gestad von Chiassi,
Wenn Äolus den Südwind losgelassen.
Schon hatten mich geführt die sachten Schritte
So tief ins Innre jenes alten Waldes,
Daß ich den Eingang nicht mehr sehen konnte.
Da plötzlich sperrte mir den Weg ein Bächlein,
Das nach der Linken mit den kleinen Wellen
Das Gras bewegte, das am Ufer sproßte.
Die reinsten Wasser dieser Erde würden
Noch irgendwie in sich getrübt erscheinen,
Verglichen mit der Reinheit jenes Baches,
Selbst dann noch, wenn er durch das tiefe Dunkel
Des ewigen Schattens weiterfließt, der niemals
Durchdringen läßt die Mond- und Sonnenstrahlen.
Die Füße standen, doch die Augen schweiften
Jenseits des Bächleins, um dort zu betrachten
Die bunte Fülle all der frischen Blüten.
Und dort erschien mir, so wie oftmals plötzlich
Ein Bild erscheint, das uns mit großem Staunen
Ablenken muß von jedem andern Denken,
Allein und einsam eine Frau, die singend
Hinwandelte und Blum um Blume pflückte,
Die dort den ganzen Pfad ihr bunt bedeckten.
»O schöne Frau, die in der Liebe Strahlen
Sich wärmt, wenn ich dem Anschein glauben möchte,
Der oftmals Zeugnis gibt vom Stand des Herzens,

Du wollest freundlich etwas näher treten«,
Sprach ich zu ihr, »zum Ufer dieses Baches,
Damit ich, was du singest, hören möge.
Du rufst mir in den Sinn, wie einst gewandelt
Proserpina zur Zeit, da sie der Mutter
Verlorenging und selbst verlor den Frühling.«
So wie sich wendet, mit vereinten Sohlen
Am Boden streifend, eine Frau im Tanze,
Und kaum die Füße voreinander setzend,
So trat sie auf den roten und den gelben
Blümlein zu mir herüber, und sie senkte
Ehrbar wie eine Jungfrau ihre Augen.
Und so erfüllte sie mir meine Bitte,
Ganz nahe tretend, daß die süßen Töne
Zu mir zugleich mit ihren Worten kamen.
Sobald sie an der Stelle angekommen,
Wo schon das Gras die schönen Wellen baden,
Beschenkt' sie mich mit einem Blick der Augen.
Ich glaube nicht, daß solches Licht erstrahlte
Aus Venus' Brauen, als sie einst getroffen
Vom eignen Sohne, gegen seine Sitte.
Sie lachte drüben her vom rechten Ufer
Und pflückte weiter mit den Händen Blumen,
Die hier der Berg auch ohne Samen spendet.
Das Bächlein hielt getrennt uns nur drei Schritte,
Doch Hellespont, den Xerxes überschritten,
Noch heut ein Zügel für der Menschen Hochmut,
Hat von Leander nicht mehr Haß erfahren,
Weil er ihm Sestos von Abydos trennte,
Als dies von mir, weil es sich da nicht öffnet'.
»Ihr seid hier neu, und so mag euch mein Lächeln«,
Begann sie nun, »an diesem hohen Orte,
Der Menschheit ausersehn zu ihrem Sitze,
Ein wenig wohl verwunderlich erscheinen,
Doch kommt das Licht vom Psalme ›Delectasti‹,
Der kann den Nebel eures Geistes lösen.
Und du, der du hier stehst mit deiner Bitte,
Sag, ob du andres hören möchtest; willig
Kam ich hierher, für alle deine Fragen.«
»Das Wasser«, sprach ich, »und der Ton des Waldes
Bekämpfen in mir einen neuen Glauben
An etwas, was ich gegenteilig hörte.«

Und sie: »Ich will dir sagen, welche Gründe 88
Das wirken, was dich in Verwundrung setzet,
Und will den Nebel, der dich drückt, vertreiben.
Das höchste Gut, das sich selbst nur liebet, 91
Schuf gut den Menschen, gut zu tun, und schenkte
Ihm diesen Ort zum Pfande ewigen Friedens.
Er blieb nur kurz, durch eigenes Verschulden. 94
Durch seine Schuld hat er in Not und Klagen
Ehrbares Glück und süßes Spiel verwandelt.
Damit die Trübung, die dort unten bilden 97
Der Dunst des Wassers und der Dunst der Erde,
Die immer möglichst auf die Wärme folgen,
Dem Menschen hier nicht widerstreben könnten, 100
Ist dieser Berg zum Himmel so erhoben
Und frei von Dünsten bis zu seinem Tore.
Da nun in einem großen Strome alle 103
Luft sich muß drehen mit dem ersten Kreise,
Wenn ihr der Kreislauf nirgends unterbrochen,
So muß auf diese Höhe, die emporragt 106
Zur Lebensluft, auch dieser Kreislauf treffen;
Er läßt des Waldes dichte Blätter rauschen.
Und die getroffnen Pflanzen können wirken, 109
Daß sich von ihrer Kraft die Lüfte schwängern
Und diese sie im Kreise rings verstreuen.
Der Rest der Erde, je nach seiner Würde, 112
Der eignen und des Himmels, kann erzeugen
Verschiedne Pflanzen aus verschiednen Kräften.
Es dürfte dann nicht wunderbar erscheinen, 115
Wenn man dies weiß, daß manchmal eine Pflanze
Dort ohne sichtbarn Samen sprießen würde.
Und wissen mußt du, daß die heilige Wiese, 118
Auf der du stehst, von allen Samen voll ist
Und Früchte in sich trägt, die dort nicht wachsen.
Das Wasser, das du siehst, ist nicht entsprungen 121
Aus Adern, die gekühlte Dünste nähren,
Wie Flüsse, die sich senken oder schwellen.
Es kommt aus einer festen, sichern Quelle, 124
Der Gottes Wille soviel wieder zuführt,
Als sie aus ihren beiden Bronnen spendet.
Auf dieser Seite fließt sie mit der Gabe, 127
Die das Gedächtnis unsrer Sünden tilget,
Dort weckt sie jenes aller guten Taten.

Hier heißt sie Lethe, auf der andern Seite 130
    Nennt man sie Eunoë, und ihre Wirkung
    Kommt erst, wenn man sie hier und dort getrunken.
Mit nichts läßt sich ihr Wohlgeschmack vergleichen. 133
    Wenn auch dein Durst wohl schon gestillt sein könnte
    Und ich dir nichts mehr zu entdecken habe,
Will ich dir doch noch einen Nachtrag schenken. 136
    Ich glaube, meine Red' ist dir noch teuer,
    Auch wenn sie mehr als das Versprochne dauert.
Die Dichter, die dereinst gesungen haben 139
    Vom goldnen Alter und von seinem Glücke,
    Die hielten wohl Parnaß für diese Stätte.
Hier war der Menschen Ursprung voller Unschuld, 142
    Hier ist der Frühling ewig und die Früchte,
    Der Nektar ist es, den sie alle rühmen.«
Da hatte ich mich ganz zurückgewendet 145
    Zu meinen Dichtern, und ich sah, wie lächelnd
    Sie jenen letzten Spruch vernommen hatten.
Dann wandt ich zu der schönen Frau die Augen. 148

## NEUNUNDZWANZIGSTER GESANG

*Dante wandelt mit Matelda am Ufer des Lethe. Dort erscheint ihm der allegorische Triumphzug der Kirche in Gestalt einer farbenprächtigen Prozession, die aus Bildern Hesekiels und der Apokalypse geschöpft ist. Sie wird durch eine starke Lichterscheinung und Gesang angekündigt. Sieben Leuchter werden als Sinnbild der sieben Gaben des Hl. Geistes der Prozession vorangetragen. Darauf folgen die 24 Greise der Apokalypse, die die Bücher des Alten Testamentes darstellen. Über ihnen wehen wie Fahnen die sieben Farbstreifen, die von den Leuchtern ausgestrahlt werden. Dann folgen vier Tiere, die Evangelien bezeichnend, und der Siegeswagen der Kirche, von einem Greifen (Christus) gezogen, dessen Farben seine göttliche und menschliche Natur bedeuten. Um den Wagen tanzen die 3 geistlichen und 4 weltlichen Tugenden (Liebe, Hoffnung, Glaube, Gerechtigkeit, Mäßigkeit, Tapferkeit, Klugheit). Hinter ihm folgen 7 Apostel, als letzter Johannes. Mit einem Donnerton hält der Wagen in Dantes Nähe.*

Indes sie sang wie eine Frau voll Liebe, 1
Beschloß sie also ihre letzten Worte:
»Beati, quorum tecta sunt peccata.«
Und wie die Nymphen, wenn sie einsam wandeln 4
Im Waldesdunkel, wo den Strahl der Sonne
Die einen fliehn, die andern suchen wollen,
So trat sie an den Fluß und ging am Ufer 7
Nach oben längs, und ich auf gleicher Höhe
Folgt ihrem kleinen Schritt mit kleinen Schritten.
Noch waren wir nicht hundert Schritt gegangen, 10
Als schon die Ufer einen Bogen machten,
So daß ich meinen Gang nach Osten lenkte.
Auch hier war unser Weg erst kaum begonnen, 13
Da hat die Frau sich zu mir hergewendet
Und sprach: »Mein Bruder, schaue nun und höre.«
Und sieh, ein Leuchten sah man plötzlich laufen 16
Auf allen Seiten in dem großen Walde,
So daß ich an ein starkes Blitzen glaubte.
Doch weil der Blitz erscheint und dann verschwindet, 19
Dies Leuchten aber hell und heller wurde,
So dachte ich bei mir: »Was soll das heißen?«
Und eine süße Melodie durchtönte 22
Die lichte Luft, weshalb ein guter Eifer
Mich trieb, Evas Vermessenheit zu tadeln.
Denn dort, wo Erd und Himmel selbst gehorchten, 25
Hat nur ein Weib, das eben erst geschaffen,
Durchaus allein den Schleier lüften wollen.
Wenn sie ihm fromm sich unterworfen hätte, 28
So hätt ich jene unsagbaren Freuden
Viel früher schon und lange Zeit erfahren.
Indessen ich durch soviel Erstlingswerke 31
Der ewigen Gnade wandert', unentschlossen
Und in Erwartung größrer Herrlichkeiten,
Erschien vor uns wie ein entbranntes Feuer 34
Die Luft, bedeckt von jenen grünen Zweigen,
Und schon erkannte man den Ton als Singen.
O heilige Musen, wenn um euretwillen 37
Ich Hunger, Frost und Wachen je erduldet,
Nun hab ich Grund, von euch den Dank zu fordern.
Nun hat der Helikon für mich zu fließen, 40
Urania muß mir helfen mit dem Chore,
Was schwer zu denken ist, in Verse fassen.

Ein wenig weiter, bei der großen Ferne, 43
Die zwischen mir und ihnen noch gelegen,
Glaubt ich zu schauen sieben goldne Bäume.
Doch als ich ihnen so weit mich genähert, 46
Daß ihre Ähnlichkeit, die uns verleitet,
Durch die Entfernung nicht mehr trügen konnte,
Da ließ die Kraft, die zum Verstande redet, 49
Mich merken, daß es sieben Leuchter waren,
Und daß die Stimmen »Hosianna« sangen.
Darüber leuchtete ein schön Geräte, 52
Viel klarer als in heitern Mitternächten
Der Mond in seinem ganzen Lichte leuchtet.
Ich wandte voll Verwundrung mich zum guten 55
Virgil; er hat die Antwort mir gegeben
Mit nicht geringrem Staunen im Gesichte.
Dann sah ich wieder nach den hohen Dingen, 58
Die sich auf uns so langsam zubewegten,
Daß Bräute selbst sie überholen würden.
Die Frau hat mich gescholten: »Warum glühst du 61
So sehr im Anblick der lebendigen Lichter
Und achtest gar nicht mehr auf das Gefolge?«
Dann sah ich Leute, die in weißen Kleidern 64
Sich hinter ihren Führern herbewegten.
So weiße Farbe sah man nie hier unten.
Das Wasser sah ich mir zur Linken glänzen; 67
Es gab das Bild von meiner linken Seite,
Wenn ich hineinschaut', wie ein Spiegel wieder.
Als ich zum Ufer hin so nah getreten, 70
Daß nur der Fluß mich noch von drüben trennte,
Da hielt ich an, um besser noch zu sehen.
Ich sah die Flämmchen vornean marschieren, 73
Sie ließen hinter sich die Luft in Farben,
Die wie gemalte Pinselstriche schienen,
So daß der Raum darüber sich verteilte 76
In sieben Streifen, ganz in jenen Farben
Wie Regenbogen und des Mondes Gürtel.
Die Farbenfahnen hinten reichten weiter 79
Als meine Augen, und nach meiner Schätzung
Konnt man zehn Schritt von Rand zu Rande messen.
Bedeckt von solchem Himmel, wie ich sage, 82
Sind vierundzwanzig Greise dann in Reihe
Zu zwein, bekränzt mit Lilien, hergekommen.

Und alle sangen: »Du sei uns gepriesen, 85
Von allen Töchtern Adams auserlesen,
Und deine Schönheit ewiglich gepriesen!«
Nachdem die Blumen und die grünen Gräser 88
Mir gegenüber auf dem andern Ufer
Von jenem hohen Zug verlassen waren,
So wie sich Stern um Stern am Himmel folgen, 91
Sah man vier Tiere hinter ihnen kommen,
Ein jegliches bekränzt mit grünem Laube.
Ein jedes trug sechs Flügel als Gefieder, 94
Die Federn voll von Augen; Argus' Augen,
Wenn sie noch lebend wären, glichen ihnen.
Um dir, o Leser, ihre Form zu zeichnen, 97
Hab ich mehr Reime nicht, denn andre Bilder
Bedrängen mich, daß ich mit diesen spare.
Doch lies Hesekiel, der sie beschrieben, 100
Wie er sie einstmals aus dem kalten Lande
Im Winde kommen sah, mit Blitz und Wolken.
Und wie du sie in seinen Schriften findest, 103
So sah ich sie, nur daß bei ihren Federn
Johannes recht hat, der sie anders schildert.
Und zwischen jenen Tieren kam gefahren 106
Ein Wagen des Triumphes, auf zwei Rädern;
Er war vom Halse eines Greifs gezogen.
Der spannte nach den Seiten beide Flügel 109
Entlang dem äußern Rand des Mittelstreifens,
So daß er keinen Streifen je verletzte.
Sie reichten weiter, als das Auge reichte; 112
Und goldne Glieder hatte er als Vogel,
Das Übrige von weiß und roter Farbe.
Nicht nur, daß Rom mit solchem schönen Wagen 115
Den Africanus ehrte und Augustus,
Auch der der Sonne wär daneben ärmlich;
Der Sonnenwagen, der entgleist verbrannte 118
Gemäß den Bitten unsrer frommen Erde,
Als Jupiter im stillen recht entschieden.
Drei Frauen kamen vor dem rechten Rade 121
Im Tanz heran; es war so rot die eine,
Daß man im Feuer kaum sie sehen könnte.
Die andre war, wie wenn ihr Fleisch und Glieder 124
Ganz aus Smaragd geschaffen worden wären,
Die dritte Schnee, der eben erst gefallen.

Bald schienen sie geleitet von der weißen, 127
Bald von der roten, und nach deren Liede
Verhielten oder spornten sie die Schritte.
Zur linken Seite feierten vier andre, 130
Mit Purpur angetan, der Weise folgend,
Die eine angab, die drei Augen hatte.
Dem ganzen vielverschlungnen Reigen folgend 133
Sah ich zwei Greise in verschiednen Kleidern,
Doch gleich in fester, ehrenwerter Miene.
Der eine zeigte sich als ein Gefährte 136
Des höchsten Arztes, den Natur gegeben
Den Wesen einst, die ihr am liebsten waren.
Der andre zeigte eine andre Sorge, 139
Mit einem leuchtenden und scharfen Schwerte,
Zu fürchten noch, obwohl der Bach dazwischen.
Dann sah ich vier mit demutvoller Miene, 142
Und hinter ihnen einen Greis, der schlafend
Allein einherging, mit dem klugen Haupte.
Und diese sieben waren mit dem ersten 145
Gefolge wohl vertraut, doch waren Kränze
Von Lilien nicht um ihre Stirn gewunden,
Vielmehr von Rosen und von roten Blüten; 148
Man hätte aus der Ferne schwören mögen,
Daß alle über ihren Brauen brannten.
Und als der Wagen stand mir gegenüber, 151
Erklang ein Donnerton; es schien, als dürften
Die edlen Leute nicht mehr weitergehen.
Sie hielten dort mit ihren ersten Zeichen. 154

## DREISSIGSTER GESANG

*Der Triumphzug der Kirche hält vor Dantes Augen, und dem Wagen entsteigen singende Scharen von Seligen. Dante ahnt in einer Blumenwolke auf dem Wagen stehend die Gestalt Beatrices, angetan mit den Farben der drei himmlischen Tugenden, und wird von seiner alten Liebe überwältigt. Beatrice redet ihn an, königlich und streng mit strafenden Worten über seine weltlichen Verirrungen. Dantes Zerknirschung schmilzt unter dem Gesang der Seligen in Tränen dahin; während Beatrice ihre Anklage und die Geschichte seiner Rettung zu Ende führt.*

Sobald das Nordgestirn des ersten Himmels, 1
Das weder Untergang noch Aufgang kannte
Und keinen andern Nebel als die Sünde
Und das dort jedermann an seine Pflichten 4
Erinnern mußte, wie sein kleiner Bruder
Den Steuermann zu seinem Hafen leitet,
Dort stillstand, haben jene wahren Männer, 7
Die zwischen ihm und jenem Greifen kamen,
Zum Wagen sich gewendet, Frieden suchend.
Und einer rief, gleichwie ein Himmelsbote, 10
»Veni sponsa de Libano«, laut singend
Dreimal und alle folgten mit dem Rufe.
Wie einst die Seligen am Jüngsten Tage 13
In Eile alle aus den Gräbern steigen,
Lobsingend mit der neugebornen Stimme,
So stiegen aus dem himmlischen Gefährte 16
Wohl Hunderte, ad vocem tanti senis,
Von Dienern und von Boten ewigen Lebens.
Und alles rief: »Benedictus, qui venis«; 19
Und Blumen warfen sie nach allen Seiten,
»Manibus o date lilia plenis!«
Ich sah wohl manchmal schon am frühen Tage 22
Den Himmelsrand im Osten ganz gerötet,
Indes der Rest in schöner Klarheit strahlte,
Und sah der Sonne Antlitz dunstig steigen, 25
So daß das Auge durch der Dämpfe Trübung
Das Licht auf lange Zeit ertragen konnte.
So kam in einer dichten Blumenwolke, 28
Die aus der Engel Händen dort entströmte
Und niederregnete nach allen Seiten,
Im weißen Schleier mit Olivenzweigen 31
Dort eine Frau, in einem grünen Mantel
Und einem Kleide von der Flammen Farbe.
Da hat mein Geist, der schon seit langen Zeiten 34
Von ihrer Gegenwart mit jenem Staunen
Und tiefen Beben nicht erschüttert worden,
Auch ohne daß die Augen sie erkannten, 37
Nur durch geheime Kraft, die von ihr ausging,
Der alten Liebe große Macht erfahren.
Sobald die hohe Kraft in meine Augen 40
Gefallen, die mich schon getroffen hatte,
Bevor ich meine Knabenzeit verlassen,

Wandt ich zur Linken mich mit dem Vertrauen, 43
Mit dem das Kindlein hineilt zu der Mutter,
Wenn es sich fürchtet oder sonst betrübt ist,
Und sagte zu Virgil: »Von meinem Blute 46
Blieb nicht ein Quentchen übrig, das nicht zittert;
Ich fühl, es sind der alten Flamme Zeichen.«
Jedoch Virgil war schon hinweggegangen 49
Von uns, Virgil, mein lieber, guter Vater,
Virgil, dem ich zum Heile mich verschrieben.
Doch alles, was verlor der Menschen Mutter, 52
Vermochte nicht, daß die gewaschnen Wangen
Nicht wieder unrein wurden durch die Tränen.
»Dante, wenn auch Virgil nun von dir scheidet, 55
Sollst du doch noch nicht weinen, noch nicht weinen,
Denn weinen wirst du über andre Wunden.«
Wie oft am Buge oder Heck des Schiffes 58
Ein Admiral die Leute überblicket
Auf andern Schiffen und sie spornt zu Taten,
So sah ich auf dem linken Rand des Wagens, 61
Als ich mich wandt' beim Klange meines Namens,
Den ich notwendig hier erwähnen mußte,
Die Frau, die mir zuvor verhüllt erschienen 64
Im Blütenregen aus der Engel Händen,
Jenseits vom Fluß die Augen auf mich richten.
Zwar hat der Schleier, der ihr Haupt bedeckte 67
Und der bekränzt war mit Minervas Laube,
Sie mir ganz offen nicht erscheinen lassen,
Doch königlich in hochgemuter Haltung 70
Sprach sie zu mir wie jemand, dessen Rede
Die heißeren Worte noch zurückbehalten:
»Ja, schau nur her, jawohl, ich bin Beatrice! 73
Wie wagtest du, dem Berge dich zu nahen?
Hast du denn nicht gewußt, hier sei man glücklich?«
Die Blicke senkt ich auf das klare Wasser, 76
Doch als ich mich drin sah, zupft ich am Grase,
So drückte die Beschämung meine Stirne.
So wird dem Sohn die Mutter stolz erscheinen, 79
Wie sie mir dort erschienen ist, denn bitter
Muß der Geschmack des herben Mitleids wirken.
Sie sprach nicht weiter; und die Engel sangen 82
Alsbald: »In te, Domine, speravi«;
Sie sind bis »pedes meos« nur gekommen.

Wie oft der Schnee in dem lebendigen Holze 85
Sich festgefroren auf Italiens Rücken,
Wenn über ihn die Slavenwinde blasen,
Und dann geschmolzen in sich selbst versickert, 88
Wenn Winde aus dem heißen Lande wehen,
Wie Feuer eine Kerze bringt zum Schmelzen;
So war ich ohne Seufzer, ohne Tränen, 91
Bevor ich jene singen hört', die immer
Gemäß dem Ton der ewigen Kreise singen.
Doch als ich aus den süßen Klängen hörte, 94
Wie sehr sie Mitleid hatten, mehr als wollten
Sie sagen: »Was willst du ihn so bedrücken?«
Da ward das Eis, das um mein Herz gefroren, 97
Zu Hauch und Wasser und kam voll Bedrängnis
Aus meiner Brust hervor durch Mund und Augen.
Sie, die noch immer auf der linken Seite 100
Des Wagens stand, hat dann die frommen Wesen
Mit ihren Worten also angeredet:
»Ihr haltet stets im ewigen Lichte Wache, 103
So daß euch Nacht und Schlaf auch nie verbergen
Den Schritt der Welt auf ihren eignen Wegen;
Drum will ich mit mehr Sorgfalt Antwort geben, 106
Daß der mich auch versteht, der drüben weinet,
Damit sich Schuld und Schmerz die Waage halten.
Nicht nur durch Wirkung aus den höchsten Kreisen, 109
Die jeden Samen auf ein Ziel hin lenken,
So wie die Sterne ihn geleiten wollen,
Nein, durch das reiche Maß von Gottes Gnade, 112
Die solch erhabne Dünste niederregnet,
Daß unsre Augen nicht zu ihnen reichen,
War dieser so in seinem jungen Leben 115
Geschaffen, daß ihm jede gute Gabe
Sich hätte wunderbar entfalten können.
Doch soviel böser wächst und soviel wilder 118
Das Ackerland mit schlechtem, rohem Samen,
Je mehr es in sich trägt an guten Kräften.
Für kurze Zeit gab ihm mein Antlitz Stärke; 121
Indem ich ihm die jungen Augen zeigte,
Führt' ich ihn mit mir auf dem rechten Wege.
Sobald ich auf der Schwelle angekommen 124
Des zweiten Alters und das Leben tauschte,
Verließ mich dieser und ergab sich andern.

Als ich vom Fleisch zum Geist emporgestiegen, 127
In Schönheit und in Tugend noch gewachsen,
Ward ich ihm weniger genehm und teuer.
Er wandte seine Schritt auf falsche Wege 130
Und folgte trügerischen Wunschgebilden,
Die kein Versprechen jemals ganz erfüllen.
Vergeblich fleht ich für ihn um Erleuchtung, 133
Damit ich ihn durch Traum und andre Mittel
Zurückrief, doch so wenig wollt er hören.
So tief fiel er, daß alle andern Wege 136
Zu seinem Heile schon vergeblich waren,
Außer dem Anblick der verlornen Seelen.
Darum besuchte ich das Tor der Toten, 139
Und jenen, der ihn hier herauf geleitet,
Hab ich mit meinen Tränen drum gebeten.
Es würde Gottes hoher Spruch gebrochen, 142
Wenn er durch Lethe schritte und genösse
Den guten Trunk, und würde nicht bezahlen
Mit Reue, die in Tränen überfließet.« 145

## EINUNDDREISSIGSTER GESANG

*Beatrice fährt in ihrer Strafpredigt fort und wirft Dante sein Weltleben und seine Untreue vor. Stockend nur kommt Dantes Geständnis heraus, und beim Aufschauen erkennt er Beatrice und sinkt vor Scham und Reue in Ohnmacht. Inzwischen ergreift ihn Matelda, taucht ihn im Lethe unter und führt ihn zu Beatrice, in deren Augen sich ihm das Bild des Greifen spiegelt, und auf ihre Bitten lüftet sie den Schleier über ihrem Angesicht, so daß Dante sie offen im himmlischen Lichte schauen darf zugleich als die irdische Jugendgeliebte und das Sinnbild der Gottesgelehrtheit, die von jetzt ab seine Führerin sein wird.*

»O du dort drüben überm heiligen Flusse«, 1
So fuhr sie fort, indem sie mit der Spitze
Der Rede traf, die schon mit ihrer Schneide
Mir scharf erschien, und sagte ohne Rasten: 4
»Sag, sag, ob dies die Wahrheit; solcher Klage
Muß deine Beichte auf dem Fuße folgen.«

So waren meine Kräfte in Verwirrung, 7
Daß wohl die Stimme anhub, doch verstummte,
Eh sie von ihrem Werkzeug losgekommen.
Sie harrte kurz, dann sprach sie: »Willst du zögern? 10
Antworte mir; noch ist dir nicht erloschen
Im Wasser die Erinnerung des Bösen.«
Furcht und Verwirrung miteinander trieben 13
Mir dann ein solches »Ja« aus meinem Munde,
Daß man das Auge braucht', es zu vernehmen.
Wie eine Armbrust bricht, wenn allzu heftig 16
Man ihre Sehne anspannt und den Bogen,
Und dann der Bolzen lahmer fliegt zum Ziele,
So brach ich unter dieser Last zusammen, 19
Und Seufzer kamen nur hervor und Tränen,
Indes die Stimme mir erstarb im Munde.
Drum sie zu mir: »Was hast in deiner Sehnsucht 22
Nach mir, die dich zur guten Liebe führte,
Jenseits von der kein Ding mehr zu erstreben,
Du denn für tiefe Gräben und für Ketten 25
Gefunden, die dich deiner guten Hoffnung
Des Weiterschreitens so berauben konnten?
Und welche Lockung, welche Lustbarkeiten 28
Sind dir auf andern Stirnen denn erschienen,
Die dich vor ihnen herzutändeln zwangen?«
Nachdem ein bittrer Seufzer mir gekommen, 31
Fand ich zur Not die Stimme für die Antwort,
Und kaum vermocht' der Mund, sie auszusprechen.
Verweint sprach ich: »Die gegenwärtigen Dinge 34
Verführten mich mit ihrem falschen Glanze,
Sobald sich Euer Antlitz mir verborgen.«
Und sie: »Trotz allem Schweigen oder Leugnen 37
Des, was du beichtest, wäre deine Sünde
Doch nicht verborgen, solch ein Richter weiß sie.
Doch wenn an unsrem Hofe eine Klage 40
Hervorbricht aus des Sünders eignem Munde,
Dann dreht der Schneide sich das Rad entgegen.
Jedoch, damit du nunmehr Scham empfindest 43
Für deinen Fehltritt und dich stärker zeigest,
Wenn dir noch einmal die Sirenen singen,
Laß ab vom Grund des Weinens jetzt und horche; 46
Dann hörst du, wie nach einer andern Seite
Mein toter Leib dich hätte führen sollen.

Nie hat Natur noch Kunst dir größre Freude 49
Geboten als der schöne Leib, in welchem
Ich wohnte, und der nun zerfiel zu Erde.
Und wenn die höchste Freude dir entgangen 52
Durch meinen Tod, was für ein sterblich Wesen
Hat dich in seinen Bann noch ziehen dürfen?
Vielmehr hättst du schon bei dem ersten Pfeile 55
Der falschen Dinge dich erheben sollen
Zu mir, die nicht mehr ihnen angehörte.
Es durfte dir die Flügel nicht mehr ziehen 58
Nach unten, daß dich neue Schläge träfen,
Ein Mädchen oder solche Eitelkeiten.
Ein junger Vogel läßt sich mehrmals treffen, 61
Doch vor des flüggen Aug wird man vergebens
Die Netze spannen und die Pfeile schießen.«
Wie kleine Kinder, die vor Scham verstummen, 64
Den Blick zu Boden, auf die Rede hören,
Sich selbst erkennen und voll Reue dastehn,
So ging es mir. Sie aber sprach: »Soferne 67
Die Rede schmerzt, brauchst du den Bart nur heben;
Du wirst beim Schauen größern Schmerz empfinden.«
Mit kleinrem Widerstande wird entwurzelt 70
Ein starker Eichbaum, sei's von heimischen Winden,
Sei es von denen aus des Jarbas Lande,
Als ich bei ihrem Wort das Kinn erhoben. 73
Und wenn sie statt Gesicht den Bart mir nannte,
Konnt ich der Rede Stachel wohl erkennen.
Und als ich nun mein Angesicht erhoben, 76
Begriff das Aug, daß jene ersten Wesen
Mit ihren Händen nicht mehr Blumen streuten;
Und meine Augen, die noch wenig sicher, 79
Sahn Beatrice zu dem Tier gewendet,
Das zwei Naturen in sich selbst vereinigt.
In ihrem Schleier, jenseits des Gestades, 82
Schien sie ihr altes Bild zu übertreffen,
Mehr noch als sie einst andre übertroffen.
Und so sehr brannten mich der Reue Nesseln, 85
Daß alles, was mich einst mit Liebe lockte,
Mir desto feindlicher erscheinen mußte.
Soviel Erkenntnis nagte mir am Herzen, 88
Daß ich zu Boden fiel; und wie mir wurde,
Weiß die nur, die den Anlaß mir geboten.

Als dann das Herz mir wieder Kraft gegeben,
Sah ich die Frau, die ich allein gefunden,
Bei mir; sie sprach: »An mir mußt du dich halten.«
Sie stieß mich in das Wasser bis zum Halse
Und zog mich hinterher, indem sie flüchtig
Wie eine Spindel auf dem Wasser schwebte.
Als ich mich schon dem seligen Ufer nahte,
Hört' ich »Asperges me« so lieblich singen,
Daß ich's nicht denken kann, geschweige schreiben.
Da öffnete die schöne Frau die Arme
Und faßt' mein Haupt und tauchte mich hinunter,
So daß ich von dem Wasser schlürfen mußte.
Dann nahm sie mich und führt' mich nach dem Bade
Zum Tanz in der vier schönen Frauen Reigen,
Und jede legte um mich ihre Arme.
»Wir sind hier Nymphen und im Himmel Sterne.
Bevor Beatrice auf die Welt gekommen,
Sind wir zu ihrem Dienste auserkoren.
Wir führen dich vor ihre Augen, aber
Ihr fröhlich Licht zu schauen muß dich schärfen
Der Blick der Frauen dort, die tiefer dringen.«
So haben sie gesungen, und dann führten
Sie mich mit sich dahin zur Brust des Greifen,
Wo Beatrice stand, zu uns gewendet.
Sie sprachen: »Spare jetzt nicht deine Blicke.
Wir führen dich vor die smaragdnen Augen,
Aus denen Amor einst auf dich geschossen.«
Und tausend Wünsche, heißer noch als Flammen,
Verbanden mich mit jenen lichten Augen,
Die auf den Greifen fest gerichtet waren.
Nicht anders als der Sonne Bild im Spiegel
Sah ich das Doppeltier darin erstrahlen,
Bald mit den einen, bald den andern Formen.
Bedenk, o Leser, ob ich mich verwundert,
Da ich den Gegenstand sah stille stehen
Und doch in seinem Bilde sich verwandeln.
Indessen voll Verwunderung und Freude
Sich meine Seele an der Speise labte,
Die sättigt und zugleich den Hunger steigert,
Da traten jene drei mit der Gebärde,
Die mir von ihrem hohen Stande zeugte,
Hervor und tanzten ihren Engelsreigen.

»Kehr, o Beatrice, kehr die heiligen Augen«, 133
So klang ihr Lied, »zu deinem treuen Diener,
Der, dich zu sehen, so weit hergewandert.
Aus Gnade sei uns gnädig und enthülle 136
Ihm deinen Mund, damit er sehen möge,
Die zweite Schönheit, die du noch verborgen.«
O Glanz des ewigen, lebendigen Lichtes, 139
Wer ist so bleich geworden in den Schatten
Und hat am Quelle des Parnaß getrunken,
Daß ihm nicht doch der Geist bedrückt erschiene, 142
Wenn er dich schildern wollt, wie du dich zeigtest,
Wo dich mit Harmonien der Himmel kleidet,
Als du im offnen Äther dich enthülltest? 145

## ZWEIUNDDREISSIGSTER GESANG

*Während Dante in den Anblick Beatrices versunken ist, wird er wieder auf den vor ihm einschwenkenden Triumphzug der Kirche hingewiesen. Er folgt mit Statius und Matelda dem Wagen, und sie gelangen zu dem entblätterten Baum der Erkenntnis, an den der Greif die Deichsel des Wagens anbindet. Der Baum blüht wunderbar auf, und Dante versinkt in Schlaf. Erwachend sieht er, wie einst die Apostel, die Verklärung Christi, ein Verwandlungswunder. Beatrice hat sich auf der Wurzel des Baumes niedergelassen im Kreise der Tugenden, der Triumphzug mit dem Greifen erhebt sich zum Himmel. Dann folgt eine grausige Allegorie der verweltlichten Kirche: Der Kaiseradler stürzt sich aus den Wolken hernieder und läßt seine Federn an dem Wagen, die Ketzerei in Gestalt eines Fuchses schleicht sich heran und wird von Beatrice verscheucht. Ein rätselhafter Drache kommt aus der Erde und beschädigt den Wagen. Dann wird der Wagen zum Ungeheuer mit sieben Köpfen, auf ihm sitzt eine Dirne, die mit einem Riesen buhlt, bis dieser sie in den Wald entführt, eine Allegorie des Papsttums, das Philipp der Schöne nach Avignon entführt hatte.*

So waren meine Augen voller Spannung, 1
Um den zehn Jahre langen Durst zu stillen,
Daß alle andern Sinne mir erloschen.

Auf beiden Seiten standen ihnen Wände, 4
Daß sie nicht schauten, denn das heilige Lächeln
Hielt sie so sehr in seinen alten Netzen.
Da ward mein Antlitz mit Gewalt gewendet 7
Zur Linken hin durch jene Gottesfrauen
Mit einem Ausruf: »Allzu starre Blicke.«
Und jener Zustand, den die Augen haben, 10
Wenn sie vom Sonnenlicht getroffen werden,
Ließ eine Zeitlang mich die Sehkraft missen.
Doch als ich mich zum kargen Licht zurückfand, 13
Ich sage karg, wenn ich es dem vergleiche,
Von dem ich mit Gewalt mich losgerissen,
Da sah ich nach der rechten Seite wenden 16
Den ruhmesreichen Zug und sah ihn drehen
Im Sonnenlicht mit seinen sieben Flammen.
Wie unter Schilden, um sich Schutz zu geben, 19
Ein Zug einschwenkt, beginnend mit der Fahne,
Noch ehe alle andern wenden können,
So zog die Schar des Himmelskönigreiches 22
Den anderen voran, an uns vorüber,
Bevor der Wagen mit der Deichsel schwenkte.
Die Frauen kehrten zu dem Wagen wieder, 25
Und wieder zog der Greif die seligen Lasten,
Doch ohne eine Feder zu bewegen.
Die Schöne, die mich durch den Fluß gezogen, 28
Und Statius auch und ich folgten dem Rade,
Das seinen Kreis beschrieb mit kleinerem Bogen.
So gingen wir im hohen, leeren Walde, 31
Verschulden jener, die der Schlange glaubte;
Die Schritte lenkte eine Engelstimme.
Wohl mit drei Schüssen wird man soweit treffen 34
Mit einem Pfeil, wie wir gekommen waren,
Als Beatrice abstieg von dem Wagen.
Dann hab ich alle: »Adam« murmeln hören, 37
Und sie umkreisten eine kahle Pflanze,
Die ohne Blatt und Blüten an den Zweigen.
Es würde ihr Geäst, das sich nach oben 40
Nur immer mehr verbreitert, bei den Indern
Bewundert in den Wäldern ob der Größe.
»Glückselig du, o Greif, der du nicht issest 43
Mit deinem Schnabel von dem süßen Holze,
Da sich hernach der Leib in Schmerzen windet.«

So riefen um den starken Baum die andern 46
Geschart, es rief das Tier mit zwei Naturen:
»So rettet man den Samen der Gerechten.«
Zur Deichsel wandt' er sich, die er gezogen, 49
Führt' sie zum Fuße des verwaisten Baumes,
Und ließ sie, Holz am Holze, angebunden.
Wie unsren Pflanzen, wenn die hellen Strahlen 52
Des großen Lichts mit jenen niederfallen,
Die nach dem Licht der Himmelsfische kommen,
Der Saft anschwillt und jede dann die Farben 55
Erneuert, ehe noch der Sonnenwagen
Die Rosse lenkt zu einem andern Sterne;
So ward fast rosen- mehr als veilchenfarben 58
Nun sein Gewand, und jener Baum erblühte,
Der erst die Zweige so verlassen hatte.
Ich faßt es nicht und kann es hier nicht singen, 61
Das Lied, das jene Leute damals sangen,
Auch habe ich den Ton nicht ganz ertragen.
Könnt ich es schildern, wie die unbestochnen 64
Augen sich schlossen bei der Syrinxfabel,
Die Augen, die ihr Wachen teuer zahlten,
Dann würd ich, so wie sein Modell ein Maler, 67
Jetzt zeichnen, wie ich selbst in Schlaf gesunken,
Doch mag sich jeder das Entschlummern malen.
Drum fahr ich fort, wo ich vom Schlaf erwachte, 70
Und sage, wie ein Leuchten mir den Schleier
Des Schlafs zerriß und ein: »Steh auf, was tust du?«
Wie einst zum Anblick jener Apfelblüten, 73
Nach deren Früchten selbst die Engel hungern
Und die ein ewiges Fest im Himmel geben,
Jacobus, Petrus und Johannes kamen 76
Und überwältigt bei dem Wort erwachten,
Das schon aus tieferem Schlaf erwecken konnte,
Und ihr Gefolge so vermindert sahen 79
Um Moses ebenso wie um Elias,
Und sahen ihres Meisters Kleid verwandelt,
So wacht ich auf und sah, wie jene Fromme 82
Dort bei mir stand, die mir auf meinem Wege
Die Führerin gewesen längs des Flusses.
Und ganz verwirrt fragt' ich: »Wo ist Beatrice?« 85
Und sie zu mir: »Dort unterm frischen Laube
Kannst du sie sitzen sehn auf jener Wurzel.

Sieh die Begleiterinnen, die ihr bleiben. 88
Die andern gehn dem Greifen nach nach oben
Mit tieferem und süßerem Gesange.«
Und ob sie weiter noch zu mir gesprochen, 91
Das weiß ich nicht, denn meine Augen füllte
Schon jene, die mich andern Dingen raubte.
Allein saß sie dort auf der wahren Erde, 94
Wie eine Wache zu der Hut des Wagens,
Den dort das zwiegestalte Tier gelassen.
Es bildeten den Hof um sie im Kreise 97
Die sieben Nymphen, in der Hand die Lichter,
Die sicher sind vor Wind aus Nord und Süden.
»Hier wirst du kurze Zeit nur Fremdling bleiben, 100
Dann wirst du mit mir ohne Ende Bürger
In jenem Rom, wo Christus selbst ein Römer.
Jedoch zum Wohl der Welt in ihrer Sünde 103
Richt deinen Blick zum Wagen und beschreibe,
Was du gesehn, wenn du nach drüben heimkehrst.«
So sprach Beatrice; und ich, ganz ergeben 106
Und unterwürfig dem, was sie befohlen,
Wandt' Sinn und Augen dahin, wo sie wollte.
Nie fiel in einem solchen schnellen Schwunge 109
Ein Blitz aus dichten Wolken, wenn es regnet
Aus dem Gebiet der allerfernsten Höhen,
Wie ich den Vogel Jupiters erblickte 112
Zum Baume stürzend, seine Rinde brechend,
Zumal die Blüten und die grünen Blätter.
Er traf mit aller seiner Kraft den Wagen, 115
So daß er, wie ein Schiff in großen Nöten
Vom Wogendrang, nach allen Seiten schwankte.
Dann sah ich, mitten in den Siegeswagen 118
Eindringend, einen Fuchs geschlichen kommen,
Der hungrig schien nach jeder guten Speise.
Doch ihn ob seiner bösen Laster schmähend, 121
Trieb meine Herrin ihn, davonzulaufen,
So schnell als seine dürren Knochen konnten.
Da sah ich, kommend von dem gleichen Orte, 124
Den Adler noch einmal herniederstürzen
Zum Wagen, viel von seinen Federn lassend.
Und wie aus einem trauervollen Herzen, 127
So kam vom Himmel eine Stimme, rufend:
»O du mein Schifflein, bist so schlecht beladen!«

Dann schien mir, als ob sich von Rad zu Rade
Die Erde öffne, und ein Drache hob sich
Empor und stach mit seinem Schwanz den Wagen.
Und wie die Wespe ihren Stachel einzieht,
Den bösen Schwanz zu sich herüberziehend,
So zog er ihn und machte sich von dannen.
Was übrig blieb, das wurde von den Federn,
Wie sich mit Gräsern deckt die grüne Erde,
Vielleicht mit gütiger und keuscher Absicht,
Aufs neu bedeckt, und auch die beiden Räder
Bedeckten sich, die Deichsel auch, noch schneller
Als nur ein Seufzer währt aus offnem Munde.
Als sich das heilige Fahrzeug so verwandelt,
Trieb es auf allen Seiten aus sich Häupter,
Drei an der Deichsel, eins an jeder Seite.
Die ersten trugen Hörner wie die Ochsen,
Die andern vier ein Horn nur auf der Stirne;
Ein solches Ungeheuer sah man niemals.
Und sicher wie ein Fels auf hohem Berge
Sah ich dort eine lose Dirne sitzen,
Die ringsum schaute aus den frechen Brauen.
Und so als wollte er nicht von ihr lassen,
Sah ich an ihrer Seite einen Riesen,
Und sah, wie sie einander mehrmals küßten.
Doch da sie dann ihr gierig schweifend Auge
Nach mir gewendet, hat der wilde Unhold
Sie durchgepeitscht vom Kopf bis zu den Füßen.
Dann band er voll von List und grausem Zorne
Das Ungeheuer los und zog's zum Walde,
Daß dieser nur mir seinen Schutz gewährte
Vor jener Dirne und dem Ungetüme.

## DREIUNDDREISSIGSTER GESANG

*Die Frauen um Beatrice beklagen den Verfall der Kirche. Dann bricht Beatrice mit ihrem Gefolge auf. Unterwegs prophezeit sie mit dunklen Worten die Ankunft eines Retters, erklärt Dante die Bedeutung des Erkenntnisbaumes und wirft ihm noch einmal seine irdischen Verirrungen vor, obwohl er nach dem Lethetrank sich ihrer nicht mehr erinnert. Endlich lassen sich die Frauen an dem Quell der Paradiesflüsse nieder, und Beatrice bittet Matelda, Dante im Eunoë zu baden, der das Gedächtnis aller guten Taten erneuert. Mit dieser Erneuerung beschließt Dante das Purgatorio.*

»Deus, venerunt gentes« huben wechselnd 1
Zu drein und vieren dann mit süßem Tone
Die Frauen an zu singen unter Tränen.
Und Beatrice hörte fromm und seufzend 4
Den Frauen zu; sie war fast so verwandelt,
Wie einst Maria an dem Kreuz gestanden.
Doch als die andern Frauen nach der Reihe 7
Sie reden ließen, ist sie aufgestanden
Und gab die Antwort, rot wie Feuerflammen.
»Modicum, et non videbitis me, 10
Et iterum, ihr meine lieben Schwestern,
Modicum, et vos videbitis me.«
Dann ließ sie alle sieben vor sich treten, 13
Und hinter sich, mit einem leichten Zeichen,
Die Frau, mich und den Weisen, der verblieben.
So ging sie weg, doch hatte sie, ich glaube, 16
Noch nicht zehnmal den Fuß gesetzt zur Erde,
Als ihre Augen in die meinen trafen.
Und mit gelaßner Miene: »Komm doch schneller«, 19
Sprach sie zu mir, »daß, wenn ich mit dir rede,
Du wohl imstande seiest, mich zu hören.«
Als ich zu ihr getreten, wie ich sollte, 22
Sprach sie zu mir: »Mein Bruder, warum wagst du
Nicht, mich zu fragen, da du mit mir wandelst?«
Wie jene, die mit zuviel Ehrerbietung 25
Vor ihren Vorgesetzten reden möchten
Und keinen Laut aus ihren Zähnen bringen,
So ging es mir, daß ohne volle Stimme 28
Ich nun begann: »O Herrin, mein Verlangen
Ist Euch bekannt, und womit es zu stillen.«
Und sie zu mir: »Von Furcht und von Beschämung 31
Will ich, daß du dich nunmehr lösen möchtest,
So daß du nicht mehr redest wie im Traume.
Der Wagen, den der Drache brach, so wisse, 34
War und ist nicht mehr, doch der Schuldige glaube,
Daß Gottes Rache keine Sühne scheuet.

Es wird nicht allzeit ohne Erben bleiben
Der Adler, der am Wagen ließ die Federn,
Wodurch er Scheusal wurde und dann Beute.
Ich sehe sicher und ich will's drum sagen,
Wie ohne jedes Hindernis und Schranken
Sich Sterne nahn und eine Zeit uns bringen,
In welcher einer mit Fünfhundertfünfzehn,
Von Gott gesandt, die Dirne wird erschlagen
Mitsamt dem Riesen, der mit ihr gesündigt.
Und mag vielleicht mein Wort dir dunkel scheinen
Wie Themis oder Sphinx, nicht überzeugend,
Weil es auf gleiche Art den Geist verdunkelt;
Doch bald wird Wirklichkeit zu den Najaden,
Die dieses schwere Rätsel lösen können,
Auch ohne Vieh und Feldern drum zu schaden.
Du merk es dir, und wie ich sie gesprochen,
So melde diese Worte dort den Menschen
Im Leben, das zum Tode nur ein Laufen,
Und denk daran, daß du bei deinem Schreiben
Auch nicht verschweigst, wie du den Baum gesehen,
Der nun hier oben zweimal ausgeplündert.
Wer immer ihn beraubet oder schädigt,
Beleidigt Gott mit tätlicher Verlästrung,
Denn heilig schuf er ihn zu eignem Zwecke.
Weil sie davon gekostet, mußte schmachten
Fünftausend Jahre lang die erste Seele
Nach dem, der an sich selbst den Biß bestrafte.
Es schläft dein Geist, wenn er die tiefen Gründe
Nicht schätzen kann, durch die so hoch gewachsen
Der Baum und so verbreitert in der Krone.
Und hätten nicht die eitlen Hirngespinste,
Die deinen Geist getrübt wie Elsawasser,
Und dich befleckt wie Piramus die Zweige,
So würdest du in sittlicher Betrachtung
Aus soviel Zeichen und aus dem Verbote
Gottes Gerechtigkeit am Baum erkennen.
Doch weil ich dich so sehr versteinert sehe
In deinem Geist und diesen Stein noch trübe,
So daß dich meines Wortes Licht geblendet,
So will ich auch, daß du, wenn nicht geschrieben,
Doch wenigstens gemalt in deinem Innern,
Es mit dir nimmst gleich einem Pilgerstabe.«

Und ich: »So wie das Wachs von einem Siegel,
Das die geprägten Formen nicht verändert,
Ist mein Gehirn von euch gestempelt worden.
Doch warum müssen eure lieben Worte
Denn meine Sehkraft soweit überfliegen,
Daß sie, je mehr ich suche, mehr entschwinden?«
»Daß du erkennen mögest jene Schule«,
Sprach sie, »der du gefolgt, und sehen mögest,
Ob ihre Lehre meinen Worten folge.
Dann siehst du, daß der Weg, den ihr gegangen,
Vom göttlichen sich soweit unterscheidet,
Wie eure Erde von dem höchsten Himmel.«
Und ich gab ihr zur Antwort: »Ich weiß nimmer,
Daß ich euch jemals ferngeblieben wäre,
Und bin mir nicht bewußt, daß es mich reue.«
»Und wenn du dich daran nicht kannst erinnern«,
So sprach sie lächelnd, »wirst du doch noch wissen,
Wie du hernach vom Lethe hast getrunken.
Man kann vom Rauche auf das Feuer schließen.
Und also zeiget deutlich dein Vergessen,
Die Schuld in deinem abgeirrten Willen.
Und nunmehr sollen wahrlich meine Worte
So einfach werden, als es nötig sein wird,
Um sie zu öffnen deinen blinden Blicken.«
Und glühender und langsamer im Schritte
Zog nun die Sonne in dem Mittagskreise,
Der überall sich nach dem Lande richtet,
Als jetzt anhielten, so wie einer anhält,
Der vor den Leuten als Begleiter schreitet,
Wenn er merkwürdige Dinge aufgespüret,
Die sieben Fraun, am Rande tiefer Schatten,
Wie unter grünem Laub und schwarzen Ästen
An kalten Flüssen sie die Alpen bieten.
Euphrat und Tigris schienen mir vor ihnen
Aus einer einzigen Quelle zu entspringen,
Wie Freunde träge voneinander scheidend.
»O Licht, o Glorie des Geschlechts der Menschen,
Was ist das für ein Wasser, das entsprungen
Aus einem Ursprung auseinanderfließend?«
Auf diese Frage sagte man mir: »Bitte
Matelda um die Antwort!« Und hier sagte,
Wie jemand tut, sich von der Schuld zu lösen,

Die schöne Frau: »Diese und andre Dinge 121
Hab ich ihm schon gesagt, und ich bin sicher,
Daß sie ihm Lethe nicht mehr löschen konnte.«
Doch Beatrice: »Eine größre Sorge, 124
Die oftmals einem das Gedächtnis raubet,
Hat wohl die Augen seinem Geist verdunkelt.
Jedoch sieh Eunoë, der dorthin fließet. 127
Führ ihn dahin, und wie du oftmals tatest,
Sollst du die tote Kraft ihm neu beleben.«
Wie eine edle Seele, die nicht zögert, 130
Des andern Wunsch zum eignen Wunsch zu machen,
Sobald er durch ein Zeichen sich bekundet,
So ging, indem sie mit der Hand mich faßte, 133
Die schöne Frau voran und sprach zu Statius
Nach Frauenart: »Auch du sollst mit ihm kommen.«
Hätt' ich, o Leser, noch mehr Raum zu schreiben, 136
So könnt' ich doch zum kleinsten Teil nur singen
Vom süßen Trank, nach dem mich immer dürstet.
Doch da nun vollgeschrieben alle Blätter, 139
Die ich bestimmt' zu diesem zweiten Liede,
Läßt mich der Zaum der Kunst nicht weiter schreiben.
Ich kehrte wieder aus den heiligen Wogen, 142
War neugeboren wie die neuen Pflanzen,
Wenn sie ihr grünes Laub erneuert haben,
Rein und bereit zum Aufstieg auf die Sterne. 145

# Paradiso

# Das Paradies

## ERSTER GESANG

*Nachdem Dante die Hilfe Apollos für den dritten Teil seines Liedes erfleht hat, schildert er den Aufstieg mit Beatrice in das Lichtmeer des Himmels. Beatrice entwickelt die neuplatonische Lehre von der Ordnung des Weltalls und den Trieben der Wesen, die sie auf verschiedenen Wegen zum Ziele führen.*

Die Glorie des Bewegers aller Dinge 1
Dringt durch das Weltall, und von ihr erstrahlen
Mehr oder minder die verschiednen Sphären.
Im Himmel, der das meiste Licht empfangen, 4
War ich, und ich sah Dinge, die kann keiner
Verkünden, der von dort herniedersteiget;
Denn unser Geist, der dem ersehnten Ziele 7
Sich naht, muß sich darein so tief versenken,
Daß das Gedächtnis ihm nicht Folge leistet.
Gewiß, so viel ich aus dem heiligen Reiche 10
In meinem Geiste Schätze sammeln konnte,
Will ich sie nun in meinem Liede singen.
Apollo, gütiger, zum letzten Werke 13
Laß mich solch Werkzeug deiner Künste werden,
Wie du's für den geliebten Lorbeer forderst.
Bis hierher konnte mir ein Joch genügen 16
Von dem Parnaß, doch nun muß ich mit beiden
Zu dem mir noch verbliebnen Kampfe treten.
Füll meine Brust und gib mir deinen Atem, 19
Wie einst, da du den Marsyas zur Strafe
Gezogen aus der Hülle seiner Glieder.
O göttliche Gewalt, wenn ich mit deiner 22
Hilfe den Schatten des glückseligen Reiches,
Den ich im Haupte trage, künden könnte,
So würd ich dein geliebtes Holz erreichen 25
Und mich mit jenen Blättern kränzen dürfen,
Die ich um dich und um den Stoff verdiente.
So selten, Vater, pflegt man sie zu pflücken 28
Bei dem Triumph von Dichtern oder Kaisern,
O Schuld und Schande menschlichen Bestrebens!
Daß auf der frohen Stirn des delphischen Gottes 31
Der Daphne Blätter Freude zeugen müßten,
Wenn einer noch nach ihnen Durst empfindet.

Auf kleine Funken folgen große Flammen;
Vielleicht wird man nach mir mit beßrer Stimme
Noch bitten, so daß Cirrha Antwort gebe.
Es geht den Menschen an verschiednen Orten
Das Licht der Welt auf, doch an jener Stelle,
Wo sich vier Kreise zu drei Kreuzen fügen,
Kommt es mit bester Bahn und besten Sternen
Verbunden und vermag das Wachs der Menschen
Am besten auch nach seiner Art zu prägen.
Es hatte drüben Morgen und hier Abend
Dies Licht gemacht, und jene Himmelshälfte
War dort ganz hell, die andre Hälfte dunkel,
Als ich Beatrice nach der linken Seite
Gewendet sah, das Auge hin zur Sonne;
Nie war ein Adler so darein versunken.
Und so wie oft ein zweiter Strahl vom ersten
Ausbricht und seine Bahn nach oben wendet,
Gleich einem Pilger, der den Heimweg suchet,
So folgte ihrem Blick, der durch die Augen
Zu meinem Geist gedrungen, nun der meine;
Ich schaute mehr als jemals in die Sonne.
Gar viel ist dort erlaubt, was unsern Kräften
Hier nicht gestattet, dank der Gunst des Ortes,
Der eigens für die Menschheit ward erschaffen.
Nicht lang ertrug ich's, aber es genügte,
Zu sehn, wie rings herum die Funken sprühten,
Wie Eisen, das des Feuers Glut entrissen.
Und alsbald war's, als wär ein Licht dem Lichte
Hinzugefügt, als hätte der Allmächtige
Die Welt geschmückt mit einer zweiten Sonne.
Beatrice hatte in die ewigen Kreise
Den Blick versenkt; ich hatte meine Augen
Auf sie geheftet, nicht mehr nach dort oben.
Ich war von ihrem Anblick so verwandelt
Wie Glaucus vom Genuß des Wunderkrautes,
Als er Gefährte ward der Meeresgötter.
Verklärung kann man nicht mit Worten sagen,
Darum muß dem das Gleichnis schon genügen,
Dem Gnade das Erleben vorbehalten.
Ob ich nur das war, was du neu geschaffen,
Das weißt du, Liebe, die den Himmel leitet,
Da du mich ja erhobst mit deinem Lichte.

Als mich das Rad, das du in Ewigkeiten, 76
Ersehnter, dort bewegst, ergriffen hatte
Mit seinem Wohllaut, den du selber anstimmst,
Erschien mir soviel von dem Himmel, glühend 79
Im Licht der Sonne, daß nicht Fluß noch Regen
Von solcher Größe einen See geschaffen.
Des Klanges Schönheit und das große Leuchten 82
Entflammten mich mit Sehnsucht nach dem Grunde,
Wie ich sie nie mit solcher Schärfe fühlte.
Drum hat, die wie ich selber mich durchschaute, 85
Um meinen tiefbewegten Geist zu stillen,
Vor meiner Frage schon den Mund geöffnet,
Und sie begann: »Du selber nur verwirrst dich 88
In deinem Wahn, so daß dir noch verborgen
Das, was dir offen, wenn du dich befreitest.
Du bist nicht, wie du wähnst, noch auf der Erde. 91
Ein Blitz, der von dem eignen Ursprung flüchtet,
Ist nie so schnell wie du dorthin geflogen.«
Wenn ich des ersten Zweifels war entkleidet 94
Durch jene Worte, die sie lächelnd sagte,
Verfing ich mich doch schon in einem neuen
Und sprach: »Ich hatte Ruhe schon gefunden 97
Vor der Verwundrung; jetzt muß ich erstaunen,
Wie ich durch diese leichten Körper dringe.«
Da wandte sie nach einem frommen Seufzer 100
Die Augen zu mir her mit einem Blicke,
Wie eine Mutter auf ein Kind, das fiebert,
Und sprach: »Es stehen allesamt die Dinge 103
In einer Ordnung unter sich, und diese
Ist es, durch die das All Gott zu vergleichen.
Hier sehn die hohen Wesen alle Spuren 106
Der ewigen Kraft, die selber dient zum Ziele,
Zu dem die obige Ordnung ward geschaffen.
Zu dieser Ordnung, wie ich sage, neigen 109
Nun alle Wesen nach verschiednen Losen
Und ihrem Ursprung näher oder ferner.
Darum ziehn sie auch nach verschiednen Häfen 112
Im großen Meer des Seins, und jedes Wesen
Von einem angebornen Trieb getragen.
Der muß das Feuer nach dem Monde treiben, 115
Der ist die Triebkraft in der Menschen Herzen,
Der zwingt die Erde in sich selbst zusammen.

Nicht nur die Wesen, die da ferne leben 118
Von dem Verstande, schleudert dieser Bogen,
Vielmehr auch die, die Geist und Liebe haben.
Die Vorsehung, die diese Ordnung leitet, 121
Macht ewig still mit ihrem Licht den Himmel,
In dessen Schoß der schnellste Himmel kreiset.
Nun wird uns dorthin, nach bestimmtem Orte, 124
Die Kraft aus jenes Bogens Saite tragen,
Die alles schleudern muß zum frohen Ziele.
Gewiß, wie oftmals nach dem innern Willen 127
Der Kunst die Formen sich nicht fügen mögen,
Dieweil die Stoffe keine Antwort geben,
So können auch von diesem Lauf die Wesen 130
Bisweilen weichen, denn mit solchem Triebe
Sind sie noch fähig, seitwärts abzubiegen.
So kann man Feuer niederfallen sehen 133
Aus einer Wolke, wenn der erste Antrieb
Aus falscher Lust zur Erde sich gewendet.
Daß du emporsteigst, darf dich, möcht ich glauben, 136
Nicht mehr verwundern als der Lauf des Bächleins,
Das talwärts fließt von einem hohen Berge;
Zu wundern wär an dir, wenn du, entbunden 139
Von Hindernissen, drunten bleiben würdest,
Wie Feuer, das am Boden stille hielte.«
Dann wandte sie ihr Antlitz auf zum Himmel. 142

## ZWEITER GESANG

*Nach einer Warnung des Lesers vor der Schwierigkeit des Stoffes läßt Dante, mit Beatrice zum Mondhimmel emporgestiegen, anläßlich der Mondflecken Beatrice die Lehre von Geist und Stoff, von der Bewegung und Durchdringung der himmlischen Sphären mit dem Lichtgeist des höchsten Himmels entwickeln. Mit scholastischer Beweisführung und einem komplizierten optischen Vergleich widerlegt Beatrice die Meinung Dantes, die Mondflekken kämen von der materiellen Eigenschaft des Mondes her, und führt sie wie alle Unterschiede im Bilde der Himmel auf die verschiedenen Formkräfte des vielfältig gegliederten einen höchsten Geistes zurück.*

O ihr, die ihr in einem kleinen Kahne 1
Voll Sehnsucht, zuzuhören, auf den Spuren
Mein Boot verfolgt, das hinzieht im Gesange,
Kehrt heim zu eurem eigenen Gestade, 4
Treibt nicht aufs Meer hinaus, ihr könntet draußen,
Indem ihr mich verliert, verlorengehen.
Das Wasser, das mich trägt, ward nie befahren. 7
Minerva bläst, Apollo ist der Führer,
Neun Musen zeigen mir das Bild des Bären.
Ihr andern wenigen, die ihre Häupter 10
Beizeiten nach dem Brot der Engel kehrten,
Von dem man hier, doch ohne Sattheit, lebet,
Ihr möget gerne eure Segel wenden 13
Zum hohen Meer und meinen Spuren folgen,
Bevor die Wasser wiederum sich schließen.
Die Ruhmesvollen, die nach Kolchos kamen, 16
Die waren nicht so sehr wie ihr verwundert,
Als sie den Jason hinterm Pfluge sahen.
Das eingeborne, unstillbare Dürsten 19
Nach jenem gottgestalten Reiche jagte
Uns schnell dahin, so schnell fast wie die Himmel.
Beatrice sah empor, ich auf Beatrice. 22
Und wohl so schnell, als schon ein Pfeil getroffen,
Wenn er im Flug sich losreißt von dem Bogen,
Sah ich mich dort, wo wunderbare Dinge 25
Das Auge auf sich lenkten, weshalb jene,
Der keine meiner Regungen verborgen,
Sich zu mir wandte, also schön wie fröhlich: 28
»Richt deinen Geist voll Dank zu Gott«, so sprach sie,
»Er hat zum ersten Sterne uns geleitet.«
Es schien, als ob uns eine Wolke deckte, 31
Glänzend und dicht und fest und glattgeschliffen
Wie Diamant im hellen Sonnenlichte.
In ihrem Innern nahm die ewige Perle 34
Uns auf, so wie in seinem Schoß das Wasser
Den Lichtstrahl aufnimmt, ohne sich zu teilen.
Wenn ich noch Leib war, und hier bleibt ein Rätsel, 37
Wie eine Ausdehnung die andre faßte,
Daß Körper ineinander kriechen mußten,
Dann sollte uns nur immer mehr entflammen 40
Die Sehnsucht, jenen Stoff zu sehn, in welchem
Unsre Natur mit Gott vereinigt wurde.

Dort wird man sehn, was wir hier unten glauben 43
Ohne Beweis; es wird sich offenbaren
Gleich der von uns geglaubten ersten Wahrheit.
Ich gab zur Antwort: »Herrin, also gläubig, 46
Wie sehr ich nur vermag, will ich ihm danken,
Der von der Erdenwelt mich aufgehoben.
Doch sagt mir, was sind das für dunkle Flecken 49
In diesem Körper, daß auf Erden drunten
Man von dem Bilde Kains fabeln möchte?«
Sie lächelte ein wenig und »Dieweilen 52
Der Menschen Meinung«, sprach sie, »irre gehet,
Wo unsre Sinne nicht als Schlüssel dienen,
So dürften dich nun der Verwundrung Pfeile 55
Gewiß nicht treffen, wenn den Sinnen folgend
Dir kurz erscheinen des Verstandes Flügel.
Doch sag mir, was du selber davon dachtest.« 58
Und ich: »Was uns hier unten fleckig scheinet,
Kommt, glaube ich, von der verschiednen Dichte.«
Und sie: »Gewiß wirst du als falsch erkennen, 61
Was du gedacht, wenn du erst gut vernommen
Die Gründe, die ich dem entgegenhalte.
Die achte Sphäre zeigt euch viele Lichter, 64
Von denen man die Art und auch die Menge
Auf sehr verschiedne Weise deuten könnte.
Wenn dicht und lose dies bewirken würden, 67
So wäre eine einzige Kraft in allen
Mehr oder weniger oder gleich verbreitet.
Verschiedne Kräfte müssen aus verschiednen 70
Formgründen wachsen, und die alle würden
Vor deinem Schluß verschwinden bis auf einen.
Entweder wäre, wenn die lose Fügung 73
Der Grund, nach dem du suchst, sein würde, dieser
Planet so hungrig nach dem eignen Stoffe
In manchen Teilen, oder so wie manchmal 76
Sich fett und dürr in einem Körper teilen,
Würd er in seinem Band die Blätter wechseln.
Im ersten Falle würde es sich zeigen, 79
Wenn eine Sonnenfinsternis die Helle,
Wie sonst in dünnem Stoff, durchscheinen ließe.
Das tut sie aber nicht, drum ist zu prüfen 82
Der andre Grund, und wenn ich den auch breche,
Dann hat sich dein Gedanke falsch erwiesen.

Wenn jener dünne Teil nicht durchgedrungen, 85
Muß irgendwo die Grenze sein, von welcher
Das Gegenteil sie nicht läßt weiterdringen.
Dort muß der Strahl zurückgeworfen werden, 88
Wie farbiges Licht zurückkehrt aus dem Glase,
Dem man mit Blei den Rücken hat verkleidet.
Nun wirst du sagen, daß das Licht sich trüber 91
Hier zeigen müsse als an andern Stellen,
Weil es zurückgestrahlt von tieferem Grunde.
Von diesem Einwand kann dich die Erfahrung 94
Befrein, wenn du sie jemals magst erproben;
Sie ist die Quelle ja von euren Künsten.
Drei Spiegel mußt du nehmen, davon zweie 97
Gleich weit von dir, den dritten etwas weiter;
Die Augen halte zwischen die zwei ersten.
Auf sie gewandt, setz hinter deinen Rücken 100
Ein Licht, das den drei Spiegeln allen leuchte
Und dir von allen rückgesendet werde.
Obwohl dir nicht erscheint von gleicher Größe 103
Das Bild des fernen Lichtes, wirst du sehn,
Daß es dir doch mit gleicher Stärke leuchtet.
Wie nun die Macht der heißen Sonnenstrahlen 106
Vom Schnee befreien muß den nackten Boden
Und von der Kälte und des Winters Farbe,
So will ich deinem freigewordnen Geiste 109
Mit einem solch lebendigen Lichte helfen,
Daß es dir flimmern wird vor deinen Augen.
Im Innern von des Gottesfriedens Himmel 112
Dreht sich ein Körper, und in dessen Kräften
Ruht alles noch in ihm beschloßne Wesen.
Der Himmel, der ihm folgt so vielgestaltet, 115
Teilt dieses Wesen in verschiedne Formen,
Von ihm verschieden und in ihm enthalten.
Die nächsten Sphären müssen dann verschieden 118
Die Unterschiede, die sie in sich tragen,
Zu ihrem Zweck und ihren Saaten leiten.
So regen, wie du nunmehr hast gesehen, 121
Die Glieder dieser Welt sich stufenweise,
Von oben nehmend und nach unten wirkend.
Bedenk nun wohl, wie ich auf diesem Wege 124
Zur Wahrheit, die du suchst, dich führen werde,
Damit du später selbst die Fährte findest.

Die Regung und die Kraft der heiligen Kreise
Muß, wie aus Schmiedes Hand die Kunst des Hammers,
Den seligen Bewegern selbst entspringen.
Der Himmel, den so viele Lichter schmücken,
Muß von dem tiefen Geiste, der ihn leitet,
Sein Bild und seine Prägung selbst empfangen.
Und wie die Seele drin in eurem Staube
In ganz verschiednen Gliedern sich verbreitet,
Gemäß der Eigenart besondrer Kräfte,
So muß der Geist auch seine eigne Güte
Vielfältig in den Sternen rings entfalten
Und selber über seiner Einheit kreisen.
Verschiedne Kraft ergibt verschiedne Mischung
Mit dem von ihr belebten edlen Körper,
Dem sie sich mischt, wie euch sich mischt das Leben.
Weil sie aus frohem Ursprung hergekommen,
Sieht man die Kraft in ihrem Körper leuchten,
Wie Freude leuchtet in lebendigen Augen.
Von ihr kommt das, was man von Licht zu Lichte
Verschieden sieht, und nicht von dicht und lose;
Sie ist der Formgrund, der das Hell und Trübe
Der eignen Güte folgend erst erzeugte.

## DRITTER GESANG

*Im Mondhimmel sieht Dante die Seelen wie Spiegelbilder vor sich glänzen und erkennt nach einigem Nachdenken unter ihnen Piccarda Donati, die ihm erklärt, daß hier die Seelen wohnen, die an der Erfüllung eines Gelübdes gewaltsam verhindert wurden. Sie klärt Dante über einen Zweifel auf, ob hier die Seelen weniger glücklich sein könnten als in den höheren Sphären, und sie zeigt ihm noch die gleichfalls dem Kloster entführte Kaiserin Konstanze von Hohenstaufen. Dann wendet Dante sein Auge wieder auf Beatrice.*

Die Sonne meiner ersten heißen Liebe,
Die hatte mir mit Grund und Gegengründen
Der schönen Wahrheit süßes Bild eröffnet.

Und ich, um überzeugt und unterwiesen 4
Mich zu bekennen, wie es sich gebührte,
Erhob das Haupt, es aufrecht auszusprechen.
Doch eine Vision ist mir erschienen, 7
Von deren Anblick ward ich so gefesselt,
Daß ich an das Bekenntnis nicht mehr dachte.
So wie in glatten und durchsichtigen Gläsern 10
Oder in reinen, ruhigen Gewässern,
Die nicht so tief, daß man den Grund verlieret,
Sich unsre Angesichter widerspiegeln 13
So, daß auf weißer Stirne eine Perle
Nicht matter anzuschaun in unsern Augen;
Sah ich Gesichter, die bereit zu reden, 16
Weshalb ich in das Gegenteil des Irrtums
Verfiel, der einst Narziß mit Lieb entflammte.
Ich wandte sogleich, als ich sie bemerkte, 19
Da sie als Spiegelbilder mir erschienen,
Die Augen, um zu sehn, woher sie kämen.
Nichts konnt' ich sehn; ich schaute wieder vorwärts 22
Gerad ins Leuchten meines lieben Führers,
Das lächelnd glühte in den heiligen Augen.
»Sei nicht verwundert, daß ich lächeln mußte«, 25
Sprach sie, »ob deines kindlichen Gedankens,
Da du der Wahrheit noch nicht trauen möchtest
Und, wie gewöhnlich, dich zum Leeren wendest. 28
Das, was du vor dir siehst, sind wahre Wesen;
Sie sind hier, weil sie ihr Gelübde brachen.
Doch sprich mit ihnen, hör und glaube ihnen, 31
Dieweil das wahre Licht, das ihnen leuchtet,
Sie nicht von seinen Spuren weichen lässet.«
Ich wandte mich zum Schatten, der am meisten 34
Begierig schien zu reden, und ich sagte
Wie einer, den zu starker Wunsch entkräftet:
»Du wohlgeborner Geist, der in den Strahlen 37
Des ewigen Lebens jenes Glück empfindet,
Das nie versteht, wer es nicht selbst erfahren;
Es wär' mir lieb, wenn du mir reden würdest 40
Von deinem Namen und von eurem Lose.«
Worauf sie gern mit lächelndem Gesichte:
»Die Liebe, die uns treibt, verschließt die Tore 43
Dem rechten Willen nicht, genau wie jene,
Die ihren ganzen Hof sich ähnlich möchte.

Ich war auf Erden jungfräuliche Schwester, 46
Und wenn du forschen willst in deinem Geiste,
Wird, daß ich schöner bin, mich nicht verhüllen.
Du wirst in mir Piccarda wiederkennen. 49
Ich weile hier mit diesen seligen Geistern,
Und selig bin ich in der letzten Sphäre.
Hier dürfen unsre Wünsche, in dem Willen 52
Des Heiligen Geistes ganz allein erglühend,
Geformt von seiner Ordnung sich erfreuen.
Und dieses Los, das also niedrig scheinet, 55
Ist uns gegeben, weil wir die Gelübde
Versäumt und irgendwie gebrochen haben.«
Drauf ich zu ihr: »In euren Wunderbildern 58
Scheint irgend etwas Göttliches zu glänzen,
Das eure frühern Bilder ganz verwandelt.
Drum hab ich mich nicht schnell besinnen können, 61
Doch nunmehr hilft mir dazu deine Rede,
So daß mir das Erkennen leichter wurde.
Doch sag mir: Ihr, die ihr hier glücklich lebet, 64
Geht euer Wunsch nach einem höhern Orte,
Um mehr zu sehn, euch enger zu befreunden?«
Sie lächelte ein wenig mit den Schatten; 67
Dann gab sie mir so fröhlich ihre Antwort,
Als ob sie in der höchsten Liebe glühte.
»Mein Bruder, unser Wille wird gestillet 70
Durch Kraft der Liebe, sie läßt uns nur wünschen
Das, was wir haben; andrer Durst entschwindet.
Wenn wir nach einem höhern Ort uns sehnten, 73
Dann wären nicht in Einklang unsre Wünsche
Mit dessen Willen, der uns hierher sendet.
Das kann in diesen Kreisen nicht geschehen, 76
Wenn wir hier in der Liebe leben sollen
Und die Natur der Liebe du betrachtest.
Vielmehr ist dieses Seligsein gebunden, 79
Sich drin zu halten in dem göttlichen Willen,
Damit sich unser aller Wille eine.
So daß es, da wir Stuf' um Stufe stehen 82
In diesem Reich, dem ganzen Reiche recht ist,
Gleichwie dem König, der uns lenkt den Willen.
In seinem Willen finden wir den Frieden. 85
Er ist das Meer, zu ihm muß alles fließen,
Was er erschuf und was Natur geschaffen.«

Da ward mir klar, daß droben allerorten 88
Im Himmel Paradies, und doch die Gnade
Des höchsten Gutes dort verschieden regnet.
Doch so wie es geschieht, wenn eine Speise 91
Uns sättigt und wir nach der andern hungern,
Daß wir drum bitten, für die andre dankend;
So bat ich nun mit Wort und mit Gebärde, 94
Von ihr noch zu erfahren von dem Tuche,
Das sie nicht bis zum Saum gewoben hatte.
»Vollkommnes Leben und Verdienst erheben 97
Noch höher eine Frau, nach deren Satzung
Man Kleid und Schleier trägt in eurem Leben.
Damit man bis zum Tode wach und schlafend 100
Dem Bräutigam gehört, der die Gelübde
Annimmt, wenn sie in Liebe sich ihm fügen.
Um ihr zu folgen, floh ich in der Jugend 103
Die Welt und hüllte mich in ihren Mantel
Und weihte mich dem Leben ihres Ordens.
Da haben Männer, mehr des Bösen kundig, 106
Mich weggeschleppt aus jenem süßen Kloster;
Gott weiß, wie dann mein Leben sich gestaltet.
Und jenes andre Licht, das drüben leuchtet 109
Zu meiner Rechten und das sich entzündet
Mit allem Glanze unsres Himmelskreises,
Das kann von sich wie ich das Gleiche sagen, 112
Auch sie einst Schwester, der von ihrem Haupte
Des heiligen Schleiers Schatten weggenommen.
Doch während sie dann, ohne es zu wollen, 115
Der Welt gehörte, gegen gute Sitte,
Trug sie den Schleier immer noch im Herzen.
Dies ist das Licht der Kaiserin Konstanze, 118
Die aus dem zweiten Sturm vom Schwabenlande,
Den dritten zeugte, seine letzte Stärke.«
So sagte sie zu mir; dann sprach sie: »Ave 121
Maria«, singend, und im Singen schwand sie
Hinweg wie etwas Schweres tief im Wasser.
Mein Auge, das ihr noch so lange folgte, 124
Wie es vermochte, als es sie verloren,
Hat zu dem Bilde seiner höhern Wünsche,

Sich ganz zu Beatrice hingewendet;
Sie aber blitzte so in meinen Blicken,
Daß sie mein Aug' erst nicht ertragen konnte.
Das ließ mich mehr noch zögern, sie zu fragen.

## VIERTER GESANG

*Zwei Fragen drängen sich Dante auf und werden ihm von Beatrice beantwortet: die erste nach dem freien Willen beim gewaltsamen Bruch eines Gelübdes, die zweite nach der Lehre Platos von dem Wohnsitz der Seelen auf den Sternen. Beatrice erklärt ihm, daß die Gliederung der Himmel nur ein Mittel ist, um dem menschlichen Geiste das Wirken Gottes vorstellbar zu machen und daß die platonische Lehre des Timäus nicht wörtlich zu nehmen sei. Was die Vergewaltigung des Willens betrifft, so gibt es einen unbedingten Willen, der sich unter allen Umständen durchsetzen kann, und sei es durch das Martyrium; aber er ist ganz selten, und meist mischt sich die Gewalt dem Willen, so wie im Falle der Seelen des Mondhimmels.*

Wie vor zwei Speisen, die in gleicher Ferne
Verlockend stehn, ein freier Mann viel lieber
Verhungern wird, als eine anzugreifen;
So stünde auch ein Lämmlein vor den Blicken
Von zwei begierigen Wölfen, Gleiches fürchtend,
So stünd ein Hund zwei Hirschen gegenüber.
Drum kann ich, wenn ich schwieg, mich drob nicht tadeln,
Von meinen Zweifeln gleich stark angetrieben;
So mußt es sein, ich will mich auch nicht loben.
Ich schwieg, doch stand in meinem Angesichte
Mein Wunsch geschrieben und damit die Frage
Viel heißer, als wenn ich gesprochen hätte.
Beatrice hat wie Daniel einst gehandelt,
Als er Nebukadnezar von dem Zorne
Befreit, der ihn zu Unrecht böse machte,
Und sprach: »Ich sehe wohl, wie beide Wünsche
Dich an sich ziehn, so daß dein ganz Begehren
Sich selber fesselt und nicht Worte findet.

Du meinst: ›Sofern der rechte Wille dauert, 19
Aus welchem Grunde kann Gewalt von andern
Mir des Verdienstes Ausmaß denn vermindern?‹
Und außerdem gibt dir noch Grund zum Zweifeln, 22
Daß ja die Seelen wiederkehren sollen
Zu ihren Sternen, so wie Platon lehrte.
Dies sind die Fragen, die in deinem Willen 25
Dich gleich bedrängen, drum will ich als erste
Die, welche dir am bittersten, behandeln.
Der Engel, der am meisten sich vergottet, 28
Moses und Samuel und der Johannes,
Den du dir wählst, so sag ich, selbst Maria,
Sie sitzen ja in keinem andern Himmel 31
Als jene Geister, die dir jetzt erschienen;
Ihr Leben hat die gleiche Zahl an Jahren.
Sie alle schmücken dort die erste Sphäre; 34
Es unterscheidet nur ihr schönes Leben
Ein Mehr und Weniger vom ewigen Hauche.
Du hast sie hier gesehn, nicht weil die Sphäre 37
Für sie bestimmt, nein, nur um anzudeuten
Den Himmelskreis, der ferne von dem höchsten.
So muß man ja zu eurem Geiste reden, 40
Denn er kann nur durch Sinnenbild begreifen
Das, was er später des Verstandes würdigt.
Drum steigt zu eurer Fähigkeit herunter 43
Die Heilige Schrift, und sie muß Händ' und Füße
Gott selber leihn, um andres zu bedeuten.
Die heilige Kirche hat mit Menschenantlitz 46
Euch Gabriel und Michael gebildet
Und jenen andern, der Tobias heilte.
Das, was Timäus von den Seelen lehrte, 49
Ist dem nicht gleich, was wir hier oben sehen,
Denn er scheint wörtlich, was er sagt, zu glauben.
Er sagt, die Seele kehrt zu ihrem Sterne, 52
Und glaubt, sie sei von diesem hergekommen,
Als sie Natur zur Lebensform gegeben.
Vielleicht will seine Lehre andres sagen, 55
Als nur ihr Wortlaut klingt, und wohl ist möglich,
Daß die Bedeutung ernst zu nehmen wäre.
Sofern er meint, es kehrt auf diese Sterne 58
Nur ihrer Wirkung Lob und Tadel wieder,
So mag sein Bogen etwas Wahres treffen.

Der Grundsatz, mißverstanden, hat die ganze 61
Welt einst verleitet, daß sie diese Sterne
Nach Jupiter, Merkur und Mars benannte.
Der andre Zweifel, der dich umgetrieben, 64
Ist weniger giftig, er ist nicht so böse,
Daß er dich von mir weg verleiten könnte.
Wenn unsere Gerechtigkeit ein Unrecht 67
Im Aug' der Menschen scheint, ist das ein Anlaß
Zum Glauben, nicht zu ketzerischem Wahne.
Jedoch weil ihr mit menschlichem Verstande 70
Auch diese Wahrheit gut durchdringen könnet,
Will ich, wie du es wünschest, dich belehren.
Wenn Vergewaltigung dort, wo einer duldet 73
Und dem, der zwingt, in gar nichts ist zu Willen,
Dann werden diese Seelen nicht entschuldigt.
Denn Wille, der nicht will, kann nicht ersticken; 76
Er handelt so wie die Natur des Feuers,
Wenn es auch tausendmal Gewalt erfahren,
Denn wenn er auch nur ein Geringes nachgibt, 79
Folgt er Gewalt, und also taten jene;
Sie konnten heim zum heiligen Orte kehren.
Wenn nur ihr Wille fest gewesen wäre, 82
So wie Laurentius auf dem Rost ihn hatte,
Und Mutius, als er seine Hand bestrafte,
Dann hätt' er sie dorthin zurückgetrieben, 85
Woher sie kamen, als sie frei geworden,
Doch allzu selten ist solch starker Wille.
Durch diese Worte, wenn du sie gebührend 88
Begriffen hast, ist dein Gedanke nichtig,
Der dich noch mehrmals hätt' verwirren können.
Doch nunmehr bietet sich vor deinen Augen 91
Ein andrer Engpaß, den du nicht alleine
Durchdringen könntest ohne zu ermüden.
Ich hab dir die Gewißheit eingegeben, 94
Daß selige Geister niemals lügen können,
Weil sie der ersten Wahrheit immer nahe.
Dann konntest du Piccarda sagen hören, 97
Daß stets Konstanze noch den Schleier liebte,
So scheint's, als ob sie mir hier widerspreche.
Gar oft schon, Bruder, ist es vorgekommen, 100
Daß, um Gefahr zu fliehen, wider Willen
Man etwas tat, was man nicht hätte sollen;

So wie Alkmäon, als er auf die Bitten 103
Des Vaters mordete die eigne Mutter,
Um seine Pflicht zu tun, die Pflicht verletzte.
Und diesen Punkt sollst du dabei bedenken, 106
Daß sich Gewalt dem Willen mischt und beide
Nicht mehr entschuldbar machen die Verfehlung.
Der unbedingte Wille bannt die Sünde, 109
Doch er lenkt ein, sobald er Furcht empfindet,
Durch Widerstand in größre Not zu kommen.
Drum, wenn Piccarda jenes ausgesprochen, 112
Meint sie den unbedingten Willen, aber
Ich nur den andern, beide sind wir wahrhaft.«
So klang das Rauschen jenes heiligen Wassers 115
Vom Quell, aus welchem jede Wahrheit fließet,
So stillte sie mir meine beiden Wünsche.
»O du des ersten Liebenden Geliebte, 118
Du Göttliche«, sprach ich, »die mit der Rede
Mich wärmend und belebend überflutet,
Noch mangelt mir die Tiefe des Gefühles, 121
Um euch für eure Gnade ganz zu danken,
Doch der, der alles sieht und kann, mag helfen.
Ich seh, daß unser Geist niemals gesättigt 124
Sein wird, wenn ihn die Wahrheit nicht erleuchtet,
Vor deren Toren keine Wahrheit wohnet.
Er ruht in ihr wie Tiere in den Nestern, 127
Sobald er sie nur fand; er kann sie finden,
Sonst wäre jede Sehnsucht ja vergebens.
Es wächst daraus hervor gleich einem Schößling 130
Am Fuß der Wahrheit Zweifel, und der treibt uns
Naturgemäß empor zum höchsten Gipfel.
Dies drängt mich und gibt mir dazu die Stärke, 133
Euch, Herrin, ehrerbietig noch zu fragen
Nach einer andern Wahrheit, die mir dunkel.
Ich möchte wissen, ob mit andrem Gutem 136
Man für Gelübde kann Genüge leisten,
Daß sie auf eurer Waage auch bestehen.«
Beatrice sah mich an mit ihren Augen, 139
So voll von Funken jener göttlichen Liebe,
Daß meine Kraft besiegt die Zügel schleifte
Und ich verloren meine Blicke senkte. 142

## FÜNFTER GESANG

*Beatrice setzt die Belehrung über die Gelübde fort und erklärt die Willensfreiheit als das höchste Gut, das Gott den vernunftbegabten Wesen verliehen hat. Das Gelübde als freiwilliges Versprechen kann niemals gelöst werden, wohl aber kann mit Einwilligung der Kirche der Gegenstand desselben vertauscht werden; doch soll man nie leichtfertig ein Gelübde tun. Dann fliegt Beatrice mit Dante zur zweiten Sphäre, dem Merkurhimmel, empor und empfindet die wechselseitige Steigerung des himmlischen Lichtes mit den Seelen, denen er begegnet.*

»Wenn ich dir in der Liebe Gluten leuchte, 1
Mehr als man auf der Erde je gesehen,
So daß ich deiner Augen Kraft besiege,
Wundre dich nicht, denn solches ist die Wirkung 4
Vollkommnen Schauns, das, wie es wahrgenommen,
Sogleich dem wahrgenommnen Guten folget.
Ich sehe wohl, wie schon in deinem Geiste 7
Das ewige Licht zu leuchten hat begonnen,
Das stets mit seinem Anblick Licht entzündet.
Wenn andre Dinge eure Liebe locken, 10
So ist es doch nur eine Spur von dieser,
Die, mißverstanden, darin widerscheinet.
Du willst nun wissen, ob mit andern Werken 13
Man soviel tun kann für verfehlt Gelübde,
Daß man die Seele aus dem Streite löse.«
So hat Beatrice den Gesang begonnen; 16
Und so wie einer, der sein Wort nicht stückelt,
Sprach sie nun weiter in der heiligen Rede.
»Das größte Gut, das Gott in seiner Gnade 19
Geschaffen hat und das zu seiner Güte
Am besten paßt, das er am höchsten wertet,
Das ist des Willens Freiheit ja gewesen, 22
Die den vernunftbegabten Wesen allen,
Nur ihnen, allezeit zuteil geworden.
Und nunmehr kannst, wenn du nur richtig folgerst, 25
Du des Gelübdes hohen Wert erkennen,
Das mit dem deinen Gottes Jawort findet.
Wenn zwischen Gott und Mensch der Bund geschlossen, 28
Wird jener große Schatz dafür geopfert,
Von dem ich sprach, durch eigene Entschließung.

Was kann man dann noch als Ersatz vergeben? 31
Wenn du verwendest, was du angeboten,
So willst du mit Geraubtem Gutes wirken
Des ersten Punktes bist du nunmehr sicher, 34
Doch da die heilige Kirche auch entbindet,
Entgegen der von mir enthüllten Wahrheit,
Mußt du am Tisch noch eine Weile sitzen, 37
Dieweil die herbe Kost, die du genossen,
Nachhilfe braucht, um besser zu bekommen.
Öffne den Geist dem, was ich dir verkünde, 40
Und schließ es ein, denn außer dem Verstehen
Gehört zur Wissenschaft auch das Behalten.
Zwei Dinge sind vonnöten zu dem Wesen 43
Des Opfers, das man bringt: zuerst die Sache,
Mit der man opfert, zweitens das Versprechen.
Das zweite kann man niemals wieder löschen; 46
Man muß es halten, und von diesem wurde
Vorhin gesprochen mit genauen Worten.
Aus diesem Grunde mußten auch die Juden 49
Zwar Opfer bringen, wenn auch manche Gabe,
Wie du wohl weißt, gewechselt werden konnte.
Das zweite, was ich dir als Sache nannte, 52
Kann wohl so sein, daß ohne ein Verfehlen
Man es für eine andre mag vertauschen.
Doch möge niemand Last auf seiner Schulter 55
Nach eigner Willkür tauschen, ohne Drehung
Des silbernen und auch des goldnen Schlüssels.
Und jeder Tausch soll töricht nur erscheinen, 58
Wenn nicht die alte in der neuen Sache
So wie die vier in sechsen ist beschlossen.
Darum kann nichts, was je mit seinem Werte 61
So schwer wiegt, daß es alle Waagen senket,
Mit andern Opfern aufgewogen werden.
Die Menschen sollen nicht zum Spott geloben: 64
Seid treu und handelt nicht in Übereilung,
Wie Jephta tat bei seinem ersten Opfer.
Er mußte sagen: ›Schlecht hab ich gehandelt‹, 67
Und nicht durch Opfern Schlimmres tun. So töricht
Ist auch der Griechen Großfürst einst gewesen,
Daß Iphigeniens Schönheit darob weinte 70
Und Weise sowie Narren weinen mußten,
Als sie von solchem Opfer reden hörten.

Nehmt es, o Christen, schwerer, euch zu rühren,
Seid nicht wie Federn, die im Winde flattern,
Und glaubt nicht, jedes Wasser könnt' euch waschen.
Ihr habt die neuen und die alten Schriften,
Und habt den Kirchenhirten, der euch führet,
Das sollte euch zu eurem Heil genügen.
Wenn böse Habgier euch zu andrem riefe,
Zeigt euch als Menschen, nicht als blöde Tiere,
So daß die Juden offen euch verspotten.
Macht es nicht wie das Lamm, das von dem Euter
Der Mutter läßt, einfältig und begierig
Nach seiner Lust sich mit sich selber streitet.«
So sprach Beatrice, wie ich hier geschrieben;
Dann hat sie sich voll Sehnsucht hingewendet
Dort, wo die Welt noch reicher ist an Leben.
Ihr Schweigen und der Wandel des Gesichtes,
Die brachten meinen hungrigen Geist zum Schweigen,
Der wieder neue Fragen vor sich hatte.
Und wie ein Pfeil, der in das Ziel getroffen,
Bevor sich noch beruhigt hat die Saite,
So flogen wir empor zum zweiten Reiche.
Dort sah ich meine Herrin also fröhlich,
Da sie in jenes Himmels Licht getreten,
Daß der Planet davon noch heller wurde.
Und wenn der Stern sich lächelnd so verwandelt,
Wie ward erst ich, der doch auf alle Weise
Schon von Natur verwandelbar geschaffen.
So wie in einem stillen, klaren Teiche
Die Fische dahin ziehn, wo etwas einfällt,
Weil sie es wohl für eine Speise halten,
So sah ich mehr als tausend Lichter eilen
Zu uns heran; aus jedem war zu hören:
»Seht nur, wer kam, zu mehren unsre Liebe.«
Und so wie jeder zu uns hergekommen,
Sah man schon voll von Fröhlichkeit den Schatten
Am hellen Leuchten, das aus ihm erstrahlte.
Bedenk, o Leser, wenn, was hier begonnen,
Nicht weiter führte, welches bange Sehnen
Dir bleiben würde, noch viel mehr zu wissen!
Du siehst von selber, wie sehr ich mich sehnte,
Das Schicksal dieser Seelen zu erfahren,
Sobald sie sichtbar wurden meinen Augen.

»O Wohlgeborner, dem die Gnade wurde,
Zu schaun des ewigen Triumphes Throne,
Bevor er noch des Lebens Kampf verlassen;
Vom Licht, das sich im ganzen Himmel breitet,
Entbrennen wir, und wenn an unsrem Lichte
Du dich erhellen willst, tu dir Genüge.«
So ward von einem jener frommen Geister
Zu mir gesagt, und von Beatrice: »Rede
Getrost und glaube nur den Göttergleichen.«
»Ich sehe wohl, wie du dich eingenistet
Im eignen Licht, das strahlt aus deinen Augen,
Wodurch sie hell erglühn in deinem Lächeln,
Doch weiß nicht, wer du bist, und weiß nicht, warum
Du, würdige Seele, weilst in dieser Sphäre,
Die andres Licht den Sterblichen verschleiert.«
So sprach ich unvermittelt zu dem Lichte,
Das erst mich angesprochen, und da ward es
Viel leuchtender, als je zuvor gewesen.
So wie die Sonne, die sich selbst verschleiert
Durch zuviel Licht, wenn von der großen Hitze
Die dichten Dünste aufgesogen wurden,
So hat das heilige Antlitz sich verborgen
Aus großer Freude in den eignen Strahlen,
Und so verhüllt, verschleiert gab es Antwort,
Wie der nun folgende Gesang verkündet.

## SECHSTER GESANG

*Im Merkurhimmel berichtet Kaiser Justinianus, wie er nach seiner Bekehrung von der monophysitischen Lehre sein großes Gesetzeswerk geschaffen hat. Dann entwirft er ein mythisches Bild der römischen Geschichte, indem er den Flug des Kaiseradlers über die Erde schildert, von Äneas über Augustus bis zum mittelalterlichen Kaisertum. Das Geschichtsbild klingt aus in die Mahnung, sich nicht gegen das Kaisertum aufzulehnen oder es zu mißbrauchen. Schließlich erklärt Justinian die Eigenart der Merkurseelen am Beispiel des Romieu von Villeneuve, der in aller Bescheidenheit große Wohltaten an seinem Herrn vollbracht hatte.*

»Seit Konstantin den Adler umgewendet, 1
Des Himmels Lauf entgegen, dem er folgte
Mit jenem Alten, der Lavinia freite,
Hat hundert Jahr und mehr der Vogel Gottes 4
Sich an Europas Grenzen aufgehalten,
Den Bergen nah, aus denen er gekommen.
Und in dem Schatten seiner heiligen Federn 7
Hat er von Hand zu Hand die Welt regieret;
Und so im Wechsel kam er auf die meine.
Kaiser war ich und bin Justinianus; 10
Ich habe nach der ersten Liebe Willen
Das Eitle ausgetilgt aus den Gesetzen.
Bevor ich dieses Werk noch unternommen, 13
Glaubt' ich, in Christus sein nicht zwei, nur eine
Natur, und damit gab ich mich zufrieden.
Jedoch der heilige Agapet, der damals 16
Der höchste Hirte war, hat zu dem rechten
Glauben mich hingeführt mit seinen Worten.
Ich glaubte ihm, und was sein Glaube sagte, 19
Seh ich nun klar, so wie auch du kannst sehen
Im Widerspruch das Falsche und das Wahre.
Sobald ich mit der Kirche eins geworden, 22
Hat Gott durch seine Gnade mich begeistert
Zum hohen Werk; ganz ward ich ihm ergeben.
Und meinem Belisar ließ ich die Waffen; 25
Ihm war des Himmels Rechte so verbunden
Zum Zeichen, daß ich still mich halten sollte.
Hier zielt die Antwort auf die erste Frage, 28
Die du gestellt, doch der besondre Umstand
Zwingt mich, noch einen Zusatz beizufügen,
Damit du sehen kannst, mit welchem Rechte 31
Man aufsteht gegen jenes heilige Zeichen,
Wer es sich anmaßt, wer ihm widerstreitet.
Sieh, welche Kraft es der Verehrung würdig 34
Gemacht hat! Es begann mit jener Stunde,
Da Pallas starb, um ihm das Reich zu sichern.
Du weißt, es hat in Alba erst genistet 37
Dreihundert Jahr und länger, bis zum Tage,
Da seinetwegen drei mit dreien kämpften.
Du weißt, was es gewirkt in sieben Herren 40
Von der Sabinerinnen Schmerz zu jenem
Lukrezias, durch der Nachbarn Unterwerfung.

Du weißt, was es gewirkt, als es die edlen 43
Römer dem Brennus, Pyrrhus und den andern
Fürsten und Völkern einst entgegentrugen;
Weshalb Torquatus auch und Quintius, welcher 46
Vom krausen Haar benannt, Decier und Fabier
Den Ruhm erwarben, den ich gern besinge.
Es schlug auch der Araber Hochmut nieder, 49
Die hinter Hannibal einst überschritten
Der Alpen Felsen, wo der Po entsprungen.
Scipio und Pompejus führt' es jung zum Siege, 52
Und Bitternis hat es gebracht dem Hügel,
An dessen Füßen du geboren worden.
Und um die Zeit, zu der der ganze Himmel 55
Der Erde seinen Frieden schenken wollte,
Hat Cäsar es, nach Romas Wunsch, getragen.
Was es vom Varus bis zum Rhein bewirkte, 58
Sah die Isère und Loire, sah die Seine
Und jedes Tal, das niederführt zur Rhône.
Als es Ravenna ließ und überquerte 61
Den Rubico, ist es so hoch geflogen,
Daß Zung und Feder ihm nicht folgen können.
Nach Spanien wandt es sich mit seinen Scharen, 64
Dann nach Durazzo, und Pharsalus schlug es,
Daß man den Schmerz am heißen Nil noch fühlte.
Es sah Antandros wieder und Simois 67
Und Hektors Grab, von wo es hergekommen,
Und brachte dann dem Ptolemäus Unheil;
Hernach fiel es im Blitz auf Juba nieder, 70
Dann kam es wieder her in euren Westen,
Wo es die Tuba des Pompejus hörte.
Von dem, was es beim nächsten Träger wirkte, 73
Hört man Brutus und Cassius drunten bellen,
Und Modena und Perugia hört man klagen.
Auch weint darob die traurige Kleopatra, 76
Die auf der Flucht vor ihm durch eine Schlange
Sich einen schnellen, grausigen Tod gegeben.
Mit ihm ist es geeilt zum Roten Meere, 79
Mit ihm gab es der Welt so großen Frieden,
Daß man des Janus Tempel schließen konnte.
Doch was das Zeichen, das ich hier besinge, 82
Zuvor gewirkt und später wirken sollte
Im irdischen Reiche, das ihm unterworfen,

Das wird doch nur gering und dunkel scheinen, 85
Wenn man's beim dritten Kaiser recht betrachtet
Mit klarem Auge und mit reiner Liebe.
Denn das lebendige Recht, das mich beflügelt, 88
Hat ihm den Ruhm gewährt, in seinen Händen
Die Rache mit dem eignen Zorn zu üben.
Nun wundre dich, was ich dir jetzt berichte: 91
Hernach nahm es mit Titus wieder Rache
Für jene Rache an der alten Sünde.
Und als der Langobarden Zahn zerstörte 94
Die heilige Kirche, brachte Karl der Große
Ihr unter seinen Flügeln siegreich Hilfe.
Jetzt hast du selbst ein Urteil über jene, 97
Die ich dir angeklagt, und ihre Sünden,
Die Ursach sind von allem eurem Übel.
Der eine hält dem Adlerbild entgegen 100
Die Lilien, andre treiben damit Mißbrauch;
Wer ärger sündigt, kann man schwer entscheiden.
Laß doch die Ghibellinen ihre Künste 103
Mit andern Zeichen treiben, schlecht Gefolge
Ist, wer das Recht von ihm zu trennen trachtet.
Auch soll es nicht mit seinen Guelfen schlagen 106
Der junge Karl; er soll die Krallen fürchten,
Die größern Löwen schon das Fell zerrissen.
Gar manches Mal beweinten schon die Söhne 109
Die Schuld der Väter, und man soll nicht glauben,
Daß Gott den Adler mit den Lilien tauschte.
Den kleinen Stern hier siehst du ausgestattet 112
Mit jenen guten Geistern, die da wirkten,
So daß die Ehre und der Ruhm sie schmücken.
Und wenn auf diese die Begierden zielen, 115
Abschweifend, steigen weniger lebendig
Der wahren Liebe Strahlen nach dort oben.
Doch im Vergleichen unsres eignen Lohnes 118
Mit dem Verdienst liegt viel von unsrer Freude;
Wir sehen ihn nicht größer und nicht kleiner.
Darum versüßet uns den Trieb der Liebe 121
Lebendiges Recht so sehr, daß er sich niemals
Abwenden kann zu nichtigem Vergnügen.
Verschiedne Stimmen geben süße Töne; 124
So geben hier bei uns verschiedne Orte
Den süßen Einklang unter diesen Sphären.

Und hier in dieser gegenwärtigen Perle 127
Leuchtet das Licht des Romieu, dessen Wirken,
So groß und schön, so schlechten Lohn gefunden.
Jedoch die Provenzalen, die ihn stürzten, 130
Verstummen bald, so schlecht ergeht es denen,
Die sich aus fremder Wohltat Schaden holen.
Vier Töchter hatte, alle Königinnen, 133
Raimundus Berenger, und das verdankt er
Romieu, dem fremden und bescheidnen Manne.
Dann trieben ihn die mißgestimmten Worte, 136
Von dem Gerechten Rechenschaft zu fordern,
Der ihm für zehn wohl zwölf erworben hatte.
Der ist drum arm und alt hinausgezogen, 139
Und wüßte man, was für ein Herz er hatte,
Der so sein Leben bettelnd hat gefristet,
So sagte man noch mehr zu seinem Lobe.« 142

## SIEBENTER GESANG

*Nachdem im Merkurhimmel das Licht des Kaisers Justinian verschwunden ist, entwickelt Beatrice die Lehre von der christlichen Erlösung als Akt der höchsten Güte Gottes und erklärt das Paradox, daß Christus die Strafe für die Erbsünde der Menschen erlitt und die Juden wiederum für die Ausführung dieser Strafe bestraft wurden. Dann erläutert sie die scholastische Lehre von den mittelbaren und unmittelbaren Schöpfungswerken.*

»Osanna, sanctus Deus sabaoth, 1
Superillustrans claritate tua
Felices ignes horum malacoth.«
Indes es selber sich im Kreise drehte, 4
Und also singend, sah ich jenes Wesen,
In welchem sich ein doppelt Licht vereinigt.
Er selbst und andre eilten zu dem Tanze, 7
Und so wie Funkensprühn mit Windeseile
Entschwanden sie mir plötzlich in der Ferne.
Ich zweifelte und sagte zu mir selber: 10
»Sprich doch, so sprich doch«, sagt ich, »zu der Herrin.
Die mich mag stillen mit so süßen Tropfen.«

Doch jene Ehrfurcht, die mich ganz beherrschte, 13
  Schon bei dem bloßen Klang von Be und ice,
  Hielt mich zurück als wie von Schlaf befangen.
Nur kurz hat mich Beatrice so gelassen, 16
  Und sie begann mit solchen Lächelns Strahlen,
  Daß es im Feuer selbst noch glücklich machte.
»Du hast nach meiner unfehlbaren Meinung 19
  Dir überlegt, warum gerechte Rache
  Auch selber rechter Strafe noch bedürfe.
Davon will ich dir deinen Geist schon lösen, 22
  Drum höre zu, da diese meine Worte
  Dir einen großen Spruch eröffnen sollen.
Da jener Mensch, der nicht geboren wurde, 25
  Der Willenskraft kein Zügel dulden wollte
  Zum Heil, verdarb er sich und seine Erben.
Drum hat die ganze Menschheit krank gelegen 28
  Viel hundert Jahre lang in großen Wirren,
  Bis daß das Gotteswort herabgestiegen
Und die Natur, die von dem ewigen Schöpfer 31
  So ferne ging, sich in Person vereinte
  Durch reine Handlung seiner ewigen Liebe.
Nun richte deinen Blick auf diese Lehre: 34
  Diese Natur vereint mit ihrem Schöpfer,
  Wie sie geschaffen, die war gut und richtig;
Doch durch sich selber ward sie ausgeschlossen 37
  Vom Paradies, weil sie sich abgewendet
  Vom Weg der Wahrheit und von ihrem Leben.
Die Strafe also, die am Kreuz erduldet, 40
  Entsprechend der Natur, die angenommen,
  War so gerecht wie niemals eine Strafe.
Und dennoch war auch keine je so schändlich, 43
  Wenn man auf die Person des Dulders achtet,
  Der die Natur auf sich genommen hatte.
So kommt aus einer Tat verschiedne Wirkung: 46
  Gott und den Juden hat ein Tod gefallen,
  Die Erde bebte, auf tat sich der Himmel.
Nun aber darf es dich nicht mehr verwundern, 49
  Wenn man dir sagt, daß die gerechte Rache
  Hernach noch Rache fand beim rechten Hofe.
Jedoch seh ich jetzt deinen Geist verwickelt 52
  Von Schritt zu Schritt in einen neuen Knoten,
  Von dem er sehnlich sich zu lösen trachtet.

Du sagst: ›Gar wohl versteh ich, was ich höre,
Doch warum Gott gerade diese Weise
Zu unsrer Rettung wählte, ist mir dunkel.‹
Denn dieser Ratschluß, Bruder, ist verborgen
Vor aller Menschen Augen, deren Geister
Noch in der Glut der Liebe nicht erzogen.
Und wahrlich, da man ja auf dieses Zeichen
Viel schaut und wenig doch davon begriffen,
Sag ich dir, warum dies die beste Weise.
Die Güte Gottes, die des Neides Flecken
Weit von sich weist, erglüht in sich und funkelt,
Daß ihre ewige Schönheit sich entfaltet.
Was unvermittelt von ihr hergeflossen,
Das nimmt kein Ende; niemals kann verrücken
Das, was sie selbst mit ihrem Stempel prägte.
Was unvermittelt aus ihr niederregnet,
Das ist ganz frei, denn es ist ja den Kräften
Der neuen Dinge niemals unterworfen.
Es ist ihr mehr gemäß und mehr gefällig;
Die heilige Glut, die jedem Ding entstrahlet,
Ist in den ähnlichsten auch lebensvoller.
An allen diesen Gaben kann sich freuen
Der Mensch, und wenn ihm auch nur eine mangelt,
Muß er von seinem Adel niederstürzen.
Was ihm die Freiheit raubt, ist nur die Sünde,
Sie scheidet ihn von jenem höchsten Guten,
So daß er wenig glänzt vor dessen Lichte.
Er findet seine Würde niemals wieder,
Wenn er nicht aufwiegt mit gerechter Buße,
Was er durch Schuld verlor und böse Lüste.
Eure Natur, da sie in ihrem Samen
Sich ganz versündigt, ist von diesen Würden,
So wie vom Paradiese, ausgestoßen.
Auf keine Weise, wenn du scharf betrachtest,
Habt ihr die Würde wiederfinden können,
Wenn nicht auf einem dieser beiden Wege:
Daß Gott es euch aus Höflichkeit alleine
Verziehen hätte, oder daß die Menschen
Von selbst die eigne Torheit sühnen mußten.
Richt nun das Auge wieder in den Abgrund
Des göttlichen Rats, soweit es irgend möglich,
Und achte aufmerksam auf meine Rede.

Der Mensch vermocht' in seinen eignen Grenzen
Sich nie zu sühnen, denn er konnte niemals
Demütig im Gehorsam so tief steigen,
Als er emporgestrebt im Ungehorsam;
Und dies ist auch der Grund, warum die Menschen
Von eigner Sühnung ausgeschlossen wurden.
Es mußte also Gott auf seinen Wegen
Sie in ihr reines Leben wieder führen,
Ich sag auf eine oder beide Weisen.
Doch weil ein Werk so viel mehr lieb und teuer,
Dem, der es tut, je mehr in ihm enthalten
Von jener Herzensgüte, der's entsprungen,
Hat Gottes Güte, die die Welt durchdringet,
Auf allen ihren Wegen gehen wollen,
Um euch nach droben einst zurückzuführen.
Und von der letzten Nacht zum Jüngsten Tage
Ist solche Tat und wird auch niemals wieder
Auf diese oder andre Art geschehen.
Denn mehr gab Gott, da er sich selbst gegeben,
Damit der Mensch sich wieder konnt' erheben,
Als wenn er nur die Schuld verziehen hätte.
Die andern Wege konnten nicht genügen
Vor dem Gericht, wenn Gottes Sohn nicht selber
Herabgestiegen wär' und Fleisch geworden.
Um dir nun alle Wünsche zu erfüllen,
Will ich noch einige Punkte dir erklären,
Damit du darin siehst, wie ich es sehe.
Du sagst: Ich seh die Luft, ich seh das Feuer,
Wasser und Erd und alle ihre Mischung
Verderben und nur kurze Weile dauern;
Und doch sind alles dies auch Schöpfungswerke,
So daß, wenn ich dir erst die Wahrheit sagte,
Sie vor Verderbnis sicher bleiben müßten.
Die Engel, Bruder, und das reine Leben,
In dem du stehst, kann man geschaffen nennen,
So wie sie sind, in ihrem ganzen Wesen.
Jedoch die Elemente, die du nanntest,
Und jene Dinge, die man daraus machte,
Sind von geschaffner Kraft gebildet worden.
Geschaffen ward der Stoff, draus sie bestehen,
Geschaffen ward die Kraft, die sie gebildet
In diesen Sternen, die hier um sie kreisen.

Die Seele jedes Tiers und jeder Pflanze 139
Empfängt je nach der Mischung ihrer Kräfte
Strahl und Bewegung dieser heiligen Sterne.
Doch euer Leben atmet ohne Mittler 142
Die höchste Güte, die euch so mit Liebe
Erfüllt, daß ihr euch ewig danach sehnet.
Und daraus kannst du eure Auferstehung 145
Auch noch begreifen, mit der Überlegung,
Wie einst der Menschen Fleisch geschaffen wurde
Bei der Erschaffung unsrer ersten Eltern.« 148

## ACHTER GESANG

*Zum Venushimmel aufgestiegen, befinden sich Dante und Beatrice im Reigentanz der Lichtgeister. Die Seele des Karl Martell, eines Jugendfreundes von Dante, naht sich ihnen und berichtet über das Leuchten der Seelen und ihr Erdenleben, seine Hoffnungen auf die Krone der Provence, Siziliens und Ungarns, und das Unheil, das er hätte verhindern können, wenn er länger gelebt hätte. Endlich beantwortet er Dante die Frage nach dem Grunde der menschlichen Irrwege mit der Erklärung der von der Vorsehung gewollten Verschiedenheit der natürlichen Anlagen der Menschen und ihrer falschen Anwendung.*

Die Welt in ihren Unglückszeiten glaubte, 1
Daß aus der schönen Venus Strahlen käme
Die tolle Liebe, in dem dritten Kreise.
Weshalb denn nicht nur, um sie selbst zu ehren, 4
Die alten Völker in dem alten Wahne
Ihr Opfer brachten und Gelübde taten,
Sie ehrten auch Diona und Cupido, 7
Den als den Sohn und jene als die Mutter;
Man sagt, er hätt' in Didos Schoß gesessen.
Von ihr, mit der ich den Gesang beginne, 10
Hat man den Namen jenes Sterns genommen,
Der bald der Sonne folgt, bald ihr vorangeht.
Ich merkte nicht, daß wir zu ihm gestiegen, 13
Doch daß wir drinnen waren, das bezeugte
Mir meine Herrin, die noch schöner wurde.

Wie man in Flammen oft die Funken siehet 16
Und in der Stimme Stimmen unterscheidet,
Wenn eine fest, das andre in Bewegung,
So sah ich in dem Lichte andre Lichter 19
Mehr oder weniger schnell im Kreis sich drehen
Gemäß, so glaub ich, ihren ewigen Sichten.
Aus kalter Wolke sah man niemals Winde, 22
Ob sichtbar oder nicht, herniederstürzen,
Die langsam nicht und lahm erschienen wären
Dem, der die ewigen Lichter hier gesehen, 25
Wie sie uns nahten aus dem Reigentanze,
Den sie begonnen mit den Seraphinen.
Es klang aus denen, die zuerst erschienen, 28
Hosiannasingen so, daß niemals wieder
Die Sehnsucht, sie zu hören, mir vergangen.
Dann sah ich eines davon sich mir nahen, 31
Das sprach allein: »Wir alle sind gekommen
Nur dir zulieb; du sollst an uns dich freuen.
Wir drehn uns immer mit den Himmelsfürsten 34
Im gleichen Kreise, mit dem gleichen Durste,
Wir, denen du auf Erden so gesprochen:
›Ihr, die verstehend dreht den dritten Himmel.‹ 37
Wir sind so liebevoll, daß dir zuliebe
Nicht weniger süß erscheint ein kurzes Rasten.«
Nachdem sich meine Augen erst in Ehrfurcht 40
Zu meiner Herrin hingewandt und diese
Zufriedenheit und Sicherheit gegeben,
Wandt' ich mich wieder zu dem Lichte, welches 43
So viel versprochen, und: »Wer seid Ihr?« fragte
Von großer Lieb ergriffen meine Stimme.
Wie sah ich es an Licht und Größe wachsen 46
Durch neue Freude, die in ihm vermehrte
Bei meiner Rede seine alte Freude!
Und also sprach es: »Auf der Erde war ich 49
Nur kurz; und wär' ich länger dort gewesen,
So wäre manches Unheil nicht gekommen.
Ich bin vor dir in Fröhlichkeit verschleiert, 52
Die mich umgibt und hüllt in ihre Strahlen
Wie eine Raupe in dem Seidenbündel.
Du hast mich sehr geliebt, aus gutem Grunde, 55
Denn lebt' ich länger, hätt' von meiner Liebe
Ich mehr als nur das Laub dir zeigen können.

Das linke Ufer, das die Rhône badet, 58
Nachdem die Sorga in sie eingemündet,
Hat einst als seinen Herren mich erwartet;
Auch jenes Horn Italiens, das bebaut ist 61
Mit Bari, mit Gaeta und mit Crotona,
Wo Verd' und Tronto zu dem Meere fließen.
Auf meiner Stirne glänzte schon die Krone 64
Von jenem Lande, das die Donau wässert,
Nachdem die deutschen Ufer sie verlassen.
Das schöne Land Sizilien, mit den Dünsten 67
Bei Pachino und Peloro, an dem Golfe,
Der durch den Ostwind größten Schaden leidet,
Nicht von Typhäus, sondern von dem Schwefel, 70
Das konnte noch auf seine Könige warten,
Die ich als Karls und Rudolfs Erben zeugte;
Wenn nicht die schlechte Herrschaft, die die Völker 73
Stets unterdrückt und reizt, verursacht hätte,
Daß in Palermo man zum Mord gerufen.
Und wenn mein Bruder dies vorhersehn könnte, 76
Würd' er den dürren Geiz der Katalanen
Verschmähn, um nicht von ihm beraubt zu werden.
Denn wahrlich muß man dafür Sorge tragen. 79
Er oder andre, daß sein volles Schifflein
Mit größren Lasten nicht belastet werde.
Der von Natur freigebig, ist nun geizig 82
Geworden, und er müßte Diener haben,
Die nicht bestrebt, die Truhen sich zu füllen.«
»Da es mir scheint, daß du die hohe Freude, 85
Die ich empfinde, Herr, bei deiner Rede,
Dort, wo Beginn und Ende alles Guten,
So sehen kannst, wie ich sie selber sehe, 88
Ist sie mir teurer, und auch dieses freut mich,
Daß du sie sehn kannst, wenn du Gott betrachtest.
Du gabst mir Freude, gib mir nun auch Klarheit, 91
Denn durch die Rede brachtest du mir Zweifel,
Wie Bittres kann aus süßem Samen kommen.«
So ich zu ihm, und er zu mir: »Sobald ich 94
Dir eine Wahrheit weisen kann, so wirst du
Ihr das Gesicht, wie jetzt den Rücken, zeigen.
Das Gute, das das Reich, durch das du wanderst, 97
Bewegt und sättigt, läßt in diesen großen
Körpern die Vorsehung zur Wirkung werden.

Nicht nur sind vorgesehen die Naturen 100
In jenem Geist, der aus sich selbst vollkommen,
Nein, auch vereint mit ihrem eignen Heile;
So daß, was immer dieser Bogen schleudert, 103
Auch richtig trifft zum vorgesetzten Ende
So wie ein Pfeil, der auf sein Ziel gerichtet.
Wenn dies nicht wäre, würde dieser Himmel, 106
Durch den du gehst, solch eine Wirkung üben,
Daß sie nicht Künste, sondern Trümmer brächte.
Und dies kann nicht geschehen, wenn die Geister, 109
Die diese Sterne drehn, nicht Fehler machen,
Und Fehler macht, der sie zuerst geschaffen.
Willst du noch heller diese Wahrheit sehen?« 112
Und ich: »Nein, denn ich sehe, daß unmöglich
Natur ermüden kann im nötigen Werke.«
Er sagte noch: »Sag mir, wär' es denn schlimmer, 115
Wenn nicht der Mensch auf Erden Bürger wäre?«
»Ja«, sprach ich, »und ich frage nicht nach Gründen.«
»Und kann das sein, wenn man nicht drunten lebet 118
Verschieden in verschiedenen Berufen?
Nein, sofern euer Meister recht geschrieben.«
So hat er bis zu diesem Punkt gefolgert; 121
Dann schloß er: »Also müssen auch verschieden
Die Wurzeln sein der Triebe, die euch leiten.
Der eine wird Solon, der andre Xerxes, 124
Ein andrer Melchisedek, wieder einer
Muß fliegend in der Luft den Sohn verlieren.
Die kreisende Natur, die als ein Siegel 127
Das Wachs der Menschen prägt, kennt ihre Künste,
Doch unterscheidet sie nicht ihre Wohnung.
Daher kommt es, daß Esau abgewichen 130
Vom Samen Jacobs, und es hat Quirinus
So niedern Vater, daß man Mars ihn zuschreibt.
Natur, wenn sie erzeugt, würd' ihre Wege 133
Stets ähnlich den Erzeugern wieder nehmen,
Wenn Gottes Vorsehung nicht siegen würde.
Nun kannst du, was erst hinten, vor dir sehen. 136
Damit du weißt, daß ich mich an dir freue,
Will ich dir jetzt noch einen Zusatz geben.
Natur muß immer, wenn sie sich nicht einig 139
Mit ihrem Schicksal, so wie jeder Same
Fern von der Heimat, schlechte Früchte tragen.

Und wenn die Welt dort unten achten würde 142
Wohl auf den Grund, wie die Natur ihn legte,
Und ihr nur folgte, wären gut die Menschen.
Doch ihr verdreht zum Diener an der Kirche 145
Den, der geboren ward, das Schwert zu tragen,
Und macht zum König den, der predigen sollte.
Drum irren eure Spuren ab vom Wege.« 148

## NEUNTER GESANG

*Nachdem im Venushimmel Karl Martell gesprochen hat, erscheint Cunizza, die Schwester des Tyrannen Ezzelino, die ihre irdische Liebe nicht zu bereuen hat und die den Ruin ihrer oberitalienischen Heimat verkündet, die Frechheit des Tyrannen Riccardo da Camino und die Schmach des Bischofs von Feltre. Dann tritt das Licht des Trobadors Folquet von Marseille hervor und erklärt Dante die Einheit von Liebe, Licht und Freude der Seelen dieses Kreises mit Gott selber. Er umschreibt seine Heimat und weist auf Rahab hin, die durch die Gnadenwahl Christi in den Venushimmel erhoben worden ist, um schließlich in eine Strafrede auf die Verweltlichung der Kirche auszubrechen.*

Als mich dein Karl belehrt, schöne Clemenza, 1
Hat er mir all die Wirrungen berichtet,
Die seine Erben noch erleben sollten.
Doch sprach er: »Schweig und laß die Jahre laufen«, 4
So daß ich nur noch sagen kann: Gerechte
Klage wird kommen hinter euren Freveln.
Schon war das Antlitz jenes heiligen Lichtes 7
Zur Sonne hingewandt, die es erfüllte,
Zu jener Glut, die allem tut Genüge.
O ihr, verirrte Seelen, sündige Wesen, 10
Die ihr von solchem Gut die Herzen reißet
Und eure Stirn zu Eitelkeiten wendet!
Und siehe da, ein andres jener Lichter 13
Kam auf mich zu und zeigte seinen Willen
Mir zu gefallen durch ein helles Leuchten.
Beatrices Augen, die auf mich gerichtet, 16
Die machten wie zuvor mit teurem Zeichen
Mich fest und sicher in dem neuen Wunsche.

»Du mögest alsbald meinen Wunsch erfüllen,
O seliger Geist«, so sprach ich, »und uns zeigen,
Daß sich in dir das, was ich denke, spiegelt.«
Weshalb das Licht, das mir noch neu erschienen,
Aus seinem Innern, wo es erst gesungen,
Fortfuhr, als ob es gerne Gutes täte:
»In jenem Teile des verruchten Landes
Italien, das sich vom Rialto breitet
Bis zu dem Quell der Brenta und des Piave,
Da steht ein Berg, nicht allzu hoch erhoben,
Von dem ist eine Fackel hergekommen,
Die jenem Lande großen Schaden brachte.
Wir beide stammen her aus einer Wurzel,
Cunizza ist mein Name, und hier glänz ich,
Weil dieses Sternes Leuchten mich besiegte.
Doch fröhlich kann ich selber mir verzeihen
Die Ursach meines Loses, unbeschadet,
Daß das gemeine Volk es nicht verstanden.
Von diesem leuchtenden und teuren Steine
In unsrem Himmel, der mir hier der nächste,
Blieb großer Ruhm zurück, und eh er endet,
Wird dies Jahrhundert fünfmal wiederkehren.
Sieh, ob die Menschen Ruhm erwerben sollen,
So daß vom alten Leben neues bleibe!
Und so denkt nicht die gegenwärtige Menge,
Die zwischen Etsch und Tagliamento wohnet,
Und auch durch Schläge kommt sie nicht zur Reue.
Doch bald wird Padua in Sümpfe wandeln
Das Wasser, das Vicenzas Ufer badet,
Weil dort die Leute ihre Pflicht mißachten;
Und dort, wo Sile und Cagnan sich mischen,
Herrscht einer noch und geht erhobnen Hauptes,
Wo schon das Netz gespannt zu seinem Fange.
Einst wird auch Feltre noch die Schmach beweinen
Des ungetreuen Hirten, die so schmutzig,
Daß keine größre je nach Malta führte.
Es müßte allzugroß der Eimer werden,
Um alles Ferraresenblut zu fassen,
Und müde würde, wer es messen wollte,
Das dieser höfliche Priester noch wird opfern,
Um sich genehm zu zeigen; und die Gaben,
Die werden zu des Landes Sitte passen.

Droben sind Spiegel, und ihr nennt sie Throne, 61
Aus denen Gott der Richter zu uns leuchtet,
So daß uns diese Reden gut erscheinen.«
Hier schwieg sie, und sie gab mir zu verstehen, 64
Daß sie zu andern Dingen hingewendet,
Indes sie wieder trat zum alten Reigen.
Das andre Freudenlicht, das ich schon kannte 67
Als etwas Teures, trat mir nun entgegen,
Wie ein Rubin im hellen Sonnenstrahle.
Durch Freude wird dort oben Glanz erworben 70
So wie hier Lächeln, aber drunten dunkelt
Der Schatten draußen von des Geistes Trübnis.
»Gott siehet alles, und dein Sehn wird seines«, 73
Sprach ich, »du seliger Geist, von seinem Wollen
Zu deinem kann kein Teil verlorengehen.
Doch deine Stimme, die mit dem Gesange 76
Der frommen Leuchten stets den Himmel zieret,
Die mit sechs Flügeln selber sich umkleiden,
Warum will sie mein Sehnen nicht erfüllen? 79
Ich würde nicht auf deine Bitte warten,
Wenn ich dich so wie du mich selbst durchdrungen.«
»Das größte Tal, in dem sich Wasser breitet«, 82
Begann er alsdann seine eigne Rede,
»Außer dem Meere, das die Erde gürtet,
Zwischen den fernen Ufern, dehnt gen Osten 85
Sich soweit aus, daß das zum Mittagskreise
Wird, was zuerst der Horizont gewesen.
Ich hab gewohnt an dieses Tales Ufern 88
Zwischen dem Ebro und dem Magraflusse,
Der kurz Genuesen und Toskaner scheidet.
Im gleichen Auf- und Untergange liegen 91
Bugea und die Stadt, wo ich geboren,
Die einst mit ihrem Blut den Hafen färbte.
Folco ward ich genannt von jenen Leuten, 94
Die meinen Namen kannten; diesen Himmel
Durchdringe ich, wie er mich einst durchdrungen,
Denn mehr entbrannte nicht des Belus Tochter, 97
Da sie Sichäus und Kreusa kränkte,
Als ich, solang es meinen Haaren ziemte.
Und nicht die Rhodopeerin, verraten 100
Von Demophoon, auch nicht der Alkide,
Als er die Jole in sein Herz geschlossen.

Doch hier wird nicht bereut, hier wird gelächelt, 103
Nicht ob der Schuld, die aus dem Sinn entschwunden,
Doch ob der Kraft, die so befahl und sorgte.
Hier schaut man auf die Kunst, die solcher Wirkung 106
Zum Schmucke dient, und man erkennt das Gute,
Durch das die obre Welt die untre treibet.
Doch damit dir sich deine Wünsche alle 109
Erfüllen, die in diesem Kreis geboren,
Muß ich noch einige Schritte weitergehen.
Du möchtest wissen, wer in dieser Leuchte, 112
Die neben mir dort also mächtig funkelt
Wie Sonnenstrahlen in dem reinsten Wasser.
Drum höre, daß darinnen Ruh gefunden 115
Rahab, die nun vereint mit unsern Reihen,
Um sie im höchsten Grade mitzuprägen.
In diesem Himmel, wo von unsrer Erde 118
Der Schatten sich verläuft, ist sie vor andern
Beim Siege Christi aufgenommen worden.
Sie hat mit Recht in einen dieser Himmel 121
Als Palme jenes Sieges kommen müssen,
Der einst durch Gott- und Menschenhand erworben.
Denn sie verhalf zu seiner ersten Glorie 124
Dem Josua in jenem Heiligen Lande,
An das der Papst nur wenig sich erinnert.
Und deine Stadt, die eine Pflanze dessen, 127
Der als der erste abfiel von dem Schöpfer
Und dessen Neid so viele Tränen brachte,
Prägt und verbreitet den verfluchten Gulden, 130
Der Schaf und Lämmlein ab vom Wege führet,
Weil er zum Wolf den Hirten hat verwandelt.
Drum sind das Evangelium und die großen 133
Lehrer verlassen; nur die Dekretalien
Studiert man noch, man sieht's an ihren Rändern.
Darum bemühn sich Papst und Kardinäle, 136
Und nicht nach Nazareth gehn die Gedanken,
Wo Gabriel geöffnet hat die Flügel.
Doch wird der Vatikan und all die andern 139
Erwählten Orte Roms, die dem Gefolge
Des Heiligen Petrus einst zum Grab geworden,
Bald wieder freigemacht von dieser Schande.« 142

# ZEHNTER GESANG

*Mit tiefster Ehrfurcht vor der Schönheit der Himmelsordnung erreicht Dante mit Beatrice auf dem Schnittpunkt von Himmelsäquator und Tierkreis den Sonnenhimmel. Dort werden sie von einem Reigen von Lichtern umkreist, aus dem Thomas von Aquino hervortritt, um ihm die Weisheitslehrer seines Kreises bekannt zu machen: Albertus Magnus, Gratian, Petrus Lombardus, Salomo, Dionysius Areopagita, Orosius, Boethius, Isidor von Sevilla, Beda, Richard von St. Victor und Siger von Brabant. Nachdem Thomas alle genannt hat, setzt sich der Reigen singend wieder in Bewegung wie das wunderbare Glockenspiel einer Turmuhr, das den Morgen einläutet.*

Es schaut auf ihren Sohn mit gleicher Liebe,
    Die alle beide ewig aus sich strömen,
    Die erste Macht, die unaussprechlich große.
Was immer sich bewegt in Geist und Räumen,
    Schuf sie mit solcher Ordnung, daß notwendig
    Sie jeden freuen muß, der sie betrachtet.
Drum heb, o Leser, zu den hohen Kreisen
    Mit mir das Auge, grad zu jenem Orte,
    Wo beide Drehungen zusammentreffen.
Dort sollst du dich in jene Kunst versenken
    Des Meisters, der sie selber liebt im Innern,
    So daß er nie sein Auge davon wendet.
Sieh, wie von dorther rings sich ausgebreitet
    Der schräge Kreis, dem die Planeten folgen,
    Der Welt, die sie gerufen, zu genügen.
Und wäre ihre Straße nicht so schräge,
    So wäre viele Kraft umsonst im Himmel
    Und drunten tot fast alle ihre Wirkung.
Und wenn sie von der rechten Bahn sich trennte
    Mehr oder weniger, würde hier und dorten
    Gar vieles in der Weltenordnung fehlen.
Nun bleib, o Leser, auf der Bank nur sitzen
    Und überdenke, was dir dargeboten,
    Wenn du dich freuen willst und nicht ermüden.
Ich hab dir vorgelegt, nun mußt du speisen,
    Denn ich muß meine ganze Sorge wenden
    Auf jenen Stoff, den ich beschreiben möchte.

Von der Natur der Dienerinnen höchste, 28
Die mit des Himmels Kraft die Welt durchdringet
Und uns die Zeiten mißt mit ihrem Lichte,
Die hat sich mit dem obgenannten Bilde 31
Vereinigt, und sie folgte jenen Kreisen,
In denen sie uns täglich früher aufgeht.
Und ich war bei ihr, doch ich hab das Steigen 34
Gar nicht bemerkt, nur so wie ein Gedanke,
Der neu gekommen, plötzlich uns bewußt wird.
Beatrice war's, die uns von einem Gute 37
So plötzlich zu dem andern weiterführte,
Daß ihre Handlung keine Zeit umspannte.
Wie sehr das aus sich selber leuchten mußte, 40
Was in der Sonne war, die ich betreten,
Nicht durch die Farbe, nur durch eigne Helle,
Das ist mit aller Kunst und allem Geiste 43
Und der Erfahrung niemals vorzustellen,
Nur glauben kann man's und zu schaun sich sehnen.
Daß unsre Bildkraft viel zu niedrig stehe 46
Für solche Höhn, das ist nicht zu verwundern,
Denn niemals drang ein Aug jenseits der Sonne.
Also war dort das vierte Hausgefolge 49
Des hohen Vaters, der es immer sättigt
Mit seines Geistes Hauch und seinem Sohne.
Und Beatrice sprach: »Der Engel Sonne 52
Sag Dank, sag Dank, die dich hat steigen lassen
Zur sichtbarn Sonne auf durch ihre Gnade.«
Kein sterblich Herz war je so tief ergriffen 55
Von Frömmigkeit und Gott sich hinzugeben
So sehr bereit mit allem seinem Streben,
Wie ich bei diesen Worten dort mich fühlte, 58
Und so gehört' ihm meine ganze Liebe,
Daß selbst Beatrice dort vergessen wurde.
Sie war nicht böse, sondern mußte lachen, 61
So daß der Glanz vom Lächeln ihrer Augen
Mein eines Denken in verschiedne teilte.
Und viele starke und lebendige Lichter 64
Sah ich, die um uns einen Kranz geschlungen;
Noch süßer war ihr Ton als hell ihr Leuchten.
So sehn wir manchmal auch den Mond umgürtet, 67
Wenn rings um ihn die Luft von Dünsten schwanger
Die Strahlen festhält, die zum Kranze werden.

Am Himmelshof, von dem ich hergekommen, 70
Sind viele schöne teure Edelsteine,
Die in dem Königreiche bleiben müssen;
Und jener Lichter Singen war von denen. 73
Wer nicht auf Flügeln sich zu ihnen schwinget,
Der mag von Stummen ihre Lieder hören.
Und also singend sind die Glutensonnen 76
Dreimal um uns im Kreis herumgezogen
Wie Sterne, nahe ihrem festen Pole.
Sie schienen mir wie Frauen, die vom Tanze 79
Zwar nicht sich lösen, aber schweigend harren,
Bis sie die neuen Töne wieder hören.
Und eine hört' ich sagen: »Sintemalen 82
Der Gnade Strahl, an dem die wahre Liebe
Entzündet wird und welcher dann vielfältig
Durch Liebe wächst, in dir so sehr erglänzet, 85
Daß er empor dich führt zu jenen Stufen,
Die niemand ohne Wiederkehr betreten;
Wer deinem Durst den Wein aus seiner Schale 88
Verweigern wollte, wär' so fern der Freiheit
Wie Wasser, das zum Meer nicht strömen wollte.
Du möchtest wissen, was für Blumen blühen 91
In diesem Kranze, der die schöne Herrin
Umwindet, die zum Himmel dich erhoben.
Ich bin ein Lamm aus jener heiligen Herde, 94
Die auf dem Weg Dominikus geleitet,
In der man gut gedeiht, wenn man nicht abschweift.
Der dort, der mir zur Rechten steht am nächsten, 97
War Bruder mir und Meister, ist Albertus
Aus Köln und ich bin Thomas von Aquino.
Willst du die andern alle kennenlernen, 100
So folge meinem Wort und laß die Augen
Auf jenem seligen Blumenkranze kreisen.
Das nächste Leuchten kommt aus dem Gesichte 103
Des Gratian, der hob die beiden Rechte
So hoch, daß er das Paradies verdiente.
Der andre, der den Chor als nächster zieret, 106
War jener Petrus, der wie einst die Witwe
Der heiligen Kirche seine Schätze schenkte.
Das fünfte Licht, das hier am schönsten leuchtet, 109
Strahlt solche Liebe aus, daß auf der Erde
Ein jeder davon gerne wissen möchte.

Drin ist der hohe Geist, in dem so tiefe
Weisheit gewohnt hat, daß, wenn Wahres wahr ist,
Gleich viel zu sehen keiner je erstanden.
Hernach siehst du die Flamme jenes Lichtes,
Das, noch im Leibe, die Natur der Engel
So tief durchschauen durfte und ihr Walten.
Im nächsten, kleinen Lichte siehst du lächeln
Den großen Anwalt für den Christentempel,
Der Augustinus sein Latein vererbte.
Wenn du mit deines Geistes Auge gleitest
Von Licht zu Lichte, meinem Lobe folgend,
Mußt du schon nach dem achten Durst empfinden.
Darin erfreut der Anblick alles Guten
Die heilige Seele, die den Trug der Erde
Dem, der recht auf sie hört, kann offenbaren.
Der Leib, aus dem sie einst vertrieben wurde,
Ruht in Cieldauro, und aus der Verbannung
Und Marter kam sie her in diesen Frieden.
Sieh weiterhin die Feuergeister leuchten
Von Isidor, von Beda und von Ricardus,
Der übermenschlich war in der Betrachtung.
Der dort, von dem dein Blick zu mir zurückkehrt,
Der ist die Leuchte eines Geistes, welcher
Im ernsten Denken nach dem Tod sich sehnte.
Es ist die ewige Leuchte des Sigerus,
Der einstens in der Rue de Fouarre
Mit scharfem Geiste bittre Wahrheit lehrte.«
Dann, wie ein Uhrwerk, das die Stunde kündet,
Da Gottes Braut am Morgen sich erhoben,
Den Bräutigam zur Liebe aufzurufen;
Da alle Teile darin ziehn und treiben,
Tin Tin erklingt mit also süßem Tone,
Daß der bereite Geist aufwallt in Liebe;
So sah ich dort den ruhmesvollen Reigen
Sich drehn und Stimm' auf Stimme Antwort geben
Mit solcher Süße, daß sie nur dort oben
Bekannt ist, wo die Freude ewig währet.

## ELFTER GESANG

*Ergriffen von dem Gegensatz des himmlischen Friedens zu der irdischen Unrast der Menschen vernimmt Dante weiter die Stimme des Heiligen Thomas von Aquino, der ihm die Heiligen Franz und Dominikus nennt. Er erzählt das Leben des Heiligen Franz von Assisi, seine Hochzeit mit der Armut und seine Ordensgründung. Am Ende kommt er noch auf den Heiligen Dominikus zu sprechen und geißelt heftig die Verirrungen des Dominikanerordens, dem er selbst angehörte.*

O unvernünftig doch der Menschen Sorge,
Wie falsch sind alle die Gedankenspiele,
Die deiner Flügel Schlag nach unten führen!
Der eine lief dem Rechte nach, der andre
Der Heilkunst, einer hat die Priesterweihe,
Ein andrer will durch Macht und Schlauheit herrschen;
Der ging dem Raube nach, der den Geschäften,
Der war des Fleisches Lüsten hingegeben,
Und jener war dem Müßiggang verfallen;
Als ich, von allen diesen Dingen ledig,
Mit Beatrice dort im Himmel droben
In solchem Glanze aufgenommen wurde.
Nachdem ein jeder wieder an dem Punkte
Des Kreises war, wo er zuvor gewesen,
Da stand er still wie Kerzen auf dem Leuchter,
Und ich vernahm vom Innern jenes Lichtes,
Das erst zu mir gesprochen und nun lächelnd,
Indem es heller wurde, zu mir sagte:
»So wie ich selbst von seinen Strahlen glänze,
So kann ich mit dem Blick zum ewigen Lichte
Dein Denken bis auf seinen Grund erfahren.
Du zweifelst und du möchtest gern erkennen
In solcher offenen und klaren Rede
Mein Wort, daß es sich deinem Sinne öffne.
Dort wo ich sagte: ›Wo man gut gedeihet‹;
Und wo ich sagte: ›Gleiches sah noch keiner‹;
Und hier ist nötig, gut zu unterscheiden.
Die Vorsehung, die diese Welt regieret
Mit jenem Ratschluß, dem ein irdisch Wesen
Stets unterliegt, das auf den Grund will schauen,

Hat, um den Weg zu ihrer eignen Freude 31
Die Braut des Herren, der mit lautem Rufen
Sie einst mit seinem heiligen Blute freite,
In Sicherheit und Treue hinzuführen, 34
Zwei Fürsten auserwählt zu ihrem Dienste,
Die hier und dorten sie geleiten sollen.
Der eine brannte in seraphischen Gluten, 37
Der andre war durch Weisheit schon auf Erden
Ein Abglanz von dem Licht der Cherubine.
Vom einen will ich reden, denn von beiden 40
Spricht man beim Preis des einen, gleichviel welchen,
Denn beider Werke dienten einem Ziele.
Zwischen Tupino und dem Wasser, welches 43
Von Sankt Ubaldus' Hügel niederfließet,
Dehnt sich ein reicher Hang den Berg herunter,
Von dem Perugia Hitz und Kälte spüret 46
Am Sonnentor, indes dahinter trauern
Am rauhen Joche Gualdo und Nocera.
Es ward an diesem Hang, wo er die Steile 49
Am meisten zähmt, geboren eine Sonne,
Wie sie vom Ganges oftmals aufgestiegen.
Drum sollte, wer von diesem Orte redet, 52
Nicht nur Ascesi, sondern Oriente
Auch sagen, wenn er voll und recht will sprechen.
Er war von seinem Ausgang noch nicht ferne, 55
Da ließ er schon von seiner großen Tugend
Die Erde einen guten Trost erfahren.
Denn er erklärte Fehde seinem Vater 58
Um eine Frau, der man, gleichwie dem Tode,
Das Tor der Freude nicht zu öffnen pflegte.
Die hat er dann an jenem geistlichen Hofe 61
Sich angetraut im Angesicht des Vaters
Und liebte täglich sie mit größrer Liebe.
Sie war ja ihres ersten Gatten ledig 64
Elfhundert Jahr und länger ganz verachtet
Und nie umworben worden bis auf diesen.
Nichts half die Sage, daß sie bei Amyclas 67
Beim Klange seiner Stimme fest gefunden
Der, dem die ganze Erde sonst erbebte.
Nichts half es, daß sie treu und stark geblieben 70
Dort, wo Maria drunten hat gestanden,
Und sie mit Christus auf zum Kreuz gestiegen.

Doch, um nicht allzu dunkel zu erscheinen,
Sollst du nunmehr Franziskus und die Armut
Als liebend Paar in meine Rede setzen.
Die Eintracht und die Freude, die sie zeigten,
Lieb und Verwunderung und süße Blicke,
Die wurden Grund zu heiligen Gedanken,
So daß der ehrenwürdige Bernardo
Auch barfuß ging und solchen Frieden suchte
Und ihm das Laufen selbst noch langsam dünkte.
O fruchtbar Gut, o unbekannte Schätze,
Barfuß folgt dann Ägidius, folgt Sylvester
Dem Gatten, weil die Gattin so gefallen.
So zieht er hin als Vater und als Meister
Mit seinem Weib und seinen Hausgenossen,
Die schon der Strick der Demut hat umgürtet.
Ihm drückte Herzensfeigheit nicht die Brauen,
Daß er der Sohn des Pietro Bernardone
Und sich so wunderlich verächtlich zeigte.
Nein, königlich hat er die harten Pläne
Vor Innozenz eröffnet und das erste
Siegel für seinen Orden dort empfangen.
Als nun der armen Brüder mehr geworden
Auf seiner Spur, von dessen Wunderleben
Man besser in des Himmels Glorie sänge,
Da ward erneut mit einer zweiten Krone
Vom Heiligen Geiste durch Honorius' Hände
Der heilige Wille dieses Oberhirten.
Und als er dann aus Hunger nach den Martern
Selbst vor den stolzen Sultan hingetreten,
Von Christus lehrend und von seinen Jüngern,
Und er das Volk dort allzu hart gefunden
Für die Bekehrung, nicht umsonst zu weilen,
Wandt' er sich heimwärts zu Italiens Früchten;
Und er empfing im Felsen zwischen Tiber
Und Arno Christi letzte Wunderzeichen,
Die er zwei Jahre trug auf seinen Gliedern.
Als jener, der zum hohen Los ihn wählte,
Ihn zu sich heimgeholt in seine Gnade,
Die er verdient', indem er klein geworden,
Hat er den Brüdern, als den rechten Erben,
Die teuerste der Gattinnen empfohlen
Und anbefohlen, sie getreu zu lieben.

Aus ihrem Schoße stieg die edle Seele 115
Empor und kehrte heim zu ihrem Reiche;
Dem Leibe wünscht er keine andre Bahre.
Bedenke nun, wie der gewesen, welcher 118
Ein würdiger Bruder war, das Schifflein Petri
Auf hohem Meer zum rechten Ziel zu führen.
Und dies war unsres Ordens großer Meister, 121
Denn wer ihm folgt, so wie er es befohlen,
Den siehst du immer gute Frachten laden.
Jedoch ist seine Herde jetzt begierig 124
Nach neuem Fraß, und drum muß sie notwendig
Sich nach verschiednen Triften nun verlaufen.
Und wenn die Schafe weit und weiter schweifen 127
Und ferne von ihm in die Irre gehen,
Sieht man sie arm an Milch zum Stalle kehren.
Wohl gibt es solche, die den Schaden fürchten 130
Und sich zum Hirten halten, doch so wenig,
Daß wenig Stoff genügt zu ihren Kutten.
Nun sofern meine Worte kräftig waren, 133
Und du mir aufmerksam Gehör geliehen,
Und wenn du, was ich sagte, dir zurückrufst,
Dann wird zum Teil zufrieden sein dein Wille, 136
Denn du wirst sehn, wo sich die Pflanze spaltet,
Und siehst, warum ich mit dem Worte mahne:
›In der man gut gedeiht, wenn man nicht abschweift.‹« 139

## ZWÖLFTER GESANG

*Nachdem der Dominikaner Thomas von Aquino den Heiligen Franz gepriesen und seinen eigenen Orden gegeißelt hat, tritt nun aus dem zweiten Reigen der Franziskaner Bonaventura hervor und spricht von dem Heiligen Dominikus, seiner Herkunft und seinem wunderbaren und heiligen Lebenswandel und von seinem Orden, um schließlich die Verirrung seines eigenen Ordens zu geißeln und eine Reihe großer Franziskaner zu nennen.*

Kaum hatte jene segensreiche Flamme 1
Das letzte Wort der Rede ausgesprochen,
Begann die heilige Mühle sich zu drehen.

Und noch war nicht ihr ganzer Kreis vollendet, 4
Als eine andre kreisend sie umschlossen
Und sich Bewegung und Gesang vereinten;
Gesang, der so sehr unsre Kunst besiegte, 7
Unsre Sirenen, aus den süßen Tuben,
Wie erster Glanz den Abglanz überwindet.
So wie in zarter Wolke sich erheben 10
Zwei Regenbogen mit der gleichen Farbe,
Wenn Juno ihrer Magd es anbefohlen,
Und aus dem Innern sich der äußre löset, 13
So wie die Stimme jener schönen Nymphe,
Die Lieb verzehrte wie den Dunst die Sonne.
Sie lassen hier die Menschen darauf schließen, 16
Dem Bund gemäß, den Gott mit Noah machte,
Daß nie die Welt mehr überflutet werde.
So haben sich aus jenen ewigen Rosen 19
Die beiden Kränze um uns her geflochten,
Und so entsprach der innre dem von außen.
Als dann der Reigen und das Festgefolge 22
Sowohl mit Singen als mit Flammenleuchten,
Licht neben Licht, mit mildem Glanz und Freude
Mit einem Willen plötzlich stille standen, 25
So wie mit gleichem Willen des Bewegers
Sich Augen öffnen oder schließen müssen.
Vom Herzen eines dieser neuen Lichter 28
Stieg eine Stimme, die nach ihrer Stelle
Mich wenden ließ wie nach dem Pol die Nadel.
Und es begann: »Die Liebe, die mich zieret, 31
Drängt mich, vom andern Führer zu erzählen,
Durch den von meinem kam so gute Rede.
Mit einem soll man auch den andern nennen, 34
Damit, da sie zusammen einst gestritten,
Sie auch im Ruhme hier zusammen leuchten.
Die Scharen Christi, die erneut zu waffnen 37
Soviel gekostet, folgten ihrem Zeichen
Nur langsam, spärlich, ohne Überzeugung;
Da ließ der Kaiser, der da ewig herrschet, 40
Dem zweifelnden Gefolge Hilfe kommen,
Nicht weil es würdig, nur aus reiner Gnade;
Und gab, wie ich gesagt, der Braut zur Hilfe 43
Die beiden Kämpen, deren Tun und Reden
Das irre Volk zum rechten Wege führte.

In jenem Lande, wo des Zephirs Milde 46
Anhebt, die neuen Knospen aufzuschließen,
Mit denen sich Europa wieder kleidet,
Nicht allzuweit vom Schlag der Meereswellen, 49
In denen sich nach ihrem langen Laufe
Die Sonne oft verbirgt dem Blick der Menschen;
Dort liegt das reichbeglückte Calahorra 52
Unter dem Schutze jenes großen Wappens,
Das oben einen Löwen trägt und unten.
Darin erstand der liebende Geliebte 55
Des Christenglaubens, jener heilige Kämpfer,
Den Seinen gütig, grausam seinen Feinden.
Als sie geschaffen, war auch seine Seele 58
Bereits erfüllt von solch lebendigen Kräften,
Daß er die Mutter zur Prophetin machte.
Als später seine Hochzeit mit dem Glauben 61
Am heiligen Brunnen abgeschlossen wurde,
Wo sie sich wechselseitig Segen brachten,
Da sah die Frau, die für ihn Ja gesprochen, 64
Im Traume jene wunderbaren Früchte,
Die einst aus ihm und seinen Erben wuchsen.
Und damit, was er war, auch zu erkennen, 67
Gab ihm des Geistes Hauch den Eigennamen
Vom Namen dessen, dem er ganz gehörte.
Dominikus ward er genannt, und sprechen 70
Will ich von ihm als von dem Ackermanne,
Den Christus sich erwählt für seinen Garten.
Wohl wies er sich als Christi Knecht und Bote, 73
Denn seine erste Liebe, die er zeigte,
Galt schon dem ersten Rat aus Christi Munde.
Gar oftmals hat ihn seine Amme schweigend 76
Und wach am Boden liegend angetroffen,
Als sagte er: Dazu bin ich gekommen.
O du sein Vater nennst dich wahrhaft Felix! 79
Du seine Mutter heißt mit Recht Johanna,
Wenn wir die Namen richtig deuten können!
Nicht durch die Welt, die wendet ihre Mühe 82
Auf den von Ostia und den Arzt Taddäus,
Nein, durch die Liebe zu dem wahren Brote
Ward er in kurzer Zeit ein großer Lehrer, 85
Und so ging er umher in jenem Weinberg,
Der bald verdorrt, wenn unrecht ist der Winzer.

Und von dem Stuhle, der dereinst den armen 88
Gerechten gütiger war, nicht aus sich selber,
Nein, nur durch den Besitzer, der entartet,
Hat er Erlaß nicht von den sechsen Zweie 91
Und nicht die nächste freigewordne Pfründe
Und nicht den Zehnten für die Armen Gottes
Erbeten, sondern bat um die Erlaubnis, 94
Im irren Volk zu kämpfen für den Samen,
Aus dem die vierundzwanzig Bäume wuchsen.
Dann ist er mit der Lehre und dem Willen, 97
Mit dem Apostelamte aufgebrochen,
So wie ein Strom, den hohe Quellen treiben;
Und warf sich auf die abgeirrten Ranken 100
Mit aller Wucht, und dort am allermeisten,
Wo deren Widerstand am stärksten wirkte.
Von ihm entsprangen dann verschiedne Bäche, 103
Die den katholischen Garten so bewässern,
Daß seine Bäumlein immer besser wachsen.
Wenn dies das eine Rad war an dem Wagen, 106
Mit dem die heilige Kirche sich gewappnet
Und ihren Bürgerkrieg im Feld gewonnen,
So müßte dir die Herrlichkeit des andern 109
Gar wohl bekannt sein, das vor meinem Kommen
Dir Thomas also höflich hat gepriesen.
Jedoch die Spur, die seines Rades Bogen 112
Mit seinem Umkreis macht, ist ganz verlassen,
So daß jetzt Schimmel wächst anstatt der Kruste.
Und sein Gefolge, das geraden Weges 115
Auf seinen Spuren ging, ist so verkehret,
Daß auf die Hintern wohl die Vordern stoßen.
Und bald wird auf dem schlechtbebauten Felde 118
Man's an der Ernte sehen, wenn die Lolche
Mit Jammer aus der Scheune ausgestoßen.
Wohl sag ich, wer in unsrem Buche suchte 121
Von Blatt zu Blatt, der fände doch noch Seiten,
Wo stünde: Ich bin so, wie ich gewesen;
Doch nicht bei Aquasparta und Casale, 124
Wo solche zu den Schriften hingekommen,
Daß einer sie geflohn, der andre zwängte.
Ich bin das Leben des Bonaventura 127
Von Bagnoregio, der in hohen Ämtern
Stets hintenan gesetzt der Erde Sorgen.

Illuminat ist hier und Augustinus,
Die bei den ersten Barfußbrüdern waren
Und mit dem Stricke Gottes Freunde wurden.
Auch Hugo von Sankt Viktor ist bei ihnen,
Petrus Comestor und Petrus Hispanus,
Der drunten mit zwölf Büchern Ruhm erworben;
Und Nathan, der Prophet, der Kirchenvater
Chrysostomus, Anselmus und Donatus,
Der zur Grammatik sich herabgelassen;
Rhabanus ist auch hier, und bei mir leuchtet
Zur Seite Joachim, Abt aus Kalabrien,
Der einst Prophetengabe hat besessen
Den hohen Paladin nun auch zu preisen,
Hat mich die glühende Höflichkeit getrieben
Des Bruders Thomas und sein edles Sprechen;
Das hat mit mir auch diesen Kreis bewogen.«

## DREIZEHNTER GESANG

*Dante vergleicht die beiden Reigen der Seligen des Sonnenhimmels mit dem Sternbild des Großen und des Kleinen Bären, die um ihn kreisen. Aus ihnen spricht nochmals Thomas von Aquino und erklärt die Weisheit des Salomo, indem er das stufenweise Herabsteigen der göttlichen Weisheit und die Verschiedenheit der menschlichen Geister erläutert. Er schließt mit einer strengen Warnung vor der Überheblichkeit und den Verirrungen des menschlichen Geistes gegenüber der Unergründlichkeit des göttlichen Ratschlusses.*

Wer recht verstehen will, was ich dort oben
Nunmehr gesehn, muß sich vor Augen stellen
Und während meiner Rede fest behalten,
Es sein am Himmel droben fünfzehn Sterne,
Die leuchten an verschiednem Ort so helle,
Daß sie den Dunst der Lüfte stets durchdringen.
Stell dir den Wagen vor, dem schon der Busen
An unsrem Himmel Tag und Nacht genüget,
So daß er bei der Deichsel Drehn nicht schwindet,

Und nimm dazu die Mündung jenes Hornes,
   Das anfängt am Beginne jener Achse,
   Um die der erste Himmelskreis bewegt wird;
Laß sie am Himmel nun zwei Zeichen bilden,
   Wie es mit Minos' Tochter einst geschehen,
   Als sie des Todes Kälte fühlen mußte,
Und laß sie beide ihre Strahlen mischen
   Und beide dann auf solche Weise kreisen,
   Daß einer vorwärts, einer rückwärts wandelt;
Dann wirst du ungefähr den Schatten haben
   Des wahren Sternbilds und des Doppelreigens,
   Der dort an jener Stelle um mich kreiste.
Er ist von unsrem Brauche so verschieden,
   Wie dort der Lauf des allerhöchsten Himmels
   Sich von der Chiana Fließen unterscheidet.
Dort sang man nicht von Bacchus, nicht den Päan,
   Nein, von der Gottnatur in drei Gestalten
   Und der Gestalt, die Gott und Mensch vereinigt.
Als Lied und Tänze dann ihr Maß vollendet,
   Da kehrten sich zu uns die heiligen Leuchten,
   Glückselig in dem Wechsel ihres Dienstes.
Das Schweigen der vereinten Himmelszeichen
   Brach dann die Leuchte, die das Wunderleben
   Des göttlichen Armen mir berichtet hatte.
Sie sprach: »Wenn eine Ladung leer gedroschen
   Und wenn ihr Korn schon weggeschaufelt wurde,
   Dann treibt mich Liebe auch zum Drusch der andern.
Du glaubst, daß in die Brust, aus der die Rippe
   Zu jenen schönen Wangen ward genommen,
   Für deren Gaumen alle Welt muß büßen,
Und daß in jenen mit der Lanze Wunden,
   Der vor- und nachher soviel hat erduldet,
   Daß alle Schuld ward von ihm aufgewogen,
Sei alles jenes Licht gegossen worden,
   Das je der menschlichen Natur gewähret
   Durch jene Macht, die beide hat erschaffen.
Drum wundert dich, was ich dir eben sagte,
   Da ich erzählte, es sei ohnegleichen
   Das Gute, das im fünften Licht beschlossen.
Nun mach die Augen auf und hör die Antwort,
   Dann siehst du, wie mein Wort und auch dein Glaube
   Sich in der Wahrheit als der Mitte treffen.

Das, was nicht stirbt und was bestimmt zu sterben,
Ist alles nur ein Abglanz des Gedankens,
Den unser Herr durch Liebe hat geboren.
Denn das lebendige Licht, das von der Leuchte
Ausstrahlt, die niemals sich von ihm entfernte,
Noch von der Liebe, die im Bund die dritte,
Vereint durch seine Kraft sein eignes Strahlen,
Gleichsam gespiegelt, in neun Wesenheiten
Und dennoch ewig seine Einheit wahrend.
Von dorten steigt es zu den letzten Mächten
Von Grad zu Grad herunter, so verwandelt,
Daß nur noch kurze Zufallswesen werden.
Und diese Zufallswesen, möcht ich sagen,
Sind die erschaffnen Dinge, die der Himmel
Durch Drehn hervorbringt mit und ohne Samen.
Ihr Wachs und ihre Prägung ist nicht immer
Von gleicher Art, drum scheint aus ihrem Bilde
Das Urbild stärker oder schwächer wider.
So kommt es, daß man aus dem gleichen Holze
Je nach der Art verschiedne Früchte erntet
Und ihr zur Welt kommt mit verschiednem Geiste.
Wenn dieses Wachs vollkommen wär' gestaltet
Und wenn der Himmel wär' von höchster Wirkung,
So wär' das Licht der Prägung ganz zu sehen.
Doch die Natur gewährt es immer schwächer
Und handelt so, wie oft ein Künstler handelt;
Er übt die Kunst, doch seine Hände zittern.
Wenn aber heiße Liebe klare Bilder
Der höchsten Macht entwirft und ausgestaltet,
Dann muß Vollkommenheit darin erscheinen.
So ist die Erde würdig einst geworden
Für die Vollkommenheit der Lebewesen;
So konnte auch die Jungfrau schwanger werden.
Drum muß ich deine erste Meinung loben,
Denn niemals war ja die Natur der Menschen
Und wird nie sein wie einst in jenen beiden.
Und wenn ich nun nicht weiter folgern würde,
›Wie war nun aber jener ohnegleichen?‹
So würden deine Worte dann beginnen.
Doch damit, was noch dunkel, klar erscheine,
Bedenke, wer er war und was ihn antrieb
Zu bitten, als man: ›Bitte!‹ zu ihm sagte.

Ich sprach nicht so, daß dir nicht möglich wäre 94
Zu sehn, daß er als König bat um Weisheit,
Damit er ein vollkommner König würde;
Nicht um die Zahl der himmlischen Beweger 97
Zu wissen, ob Notwendigkeit zusammen
Mit Zufall auch Notwendigkeit ergebe;
Nicht, ob es eine Urbewegung gebe, 100
Noch, ob im Halbkreis sich ein Dreieck finde,
Das keinen rechten Winkel in sich berge.
Wenn du, was ich gesagt, und dies vernommen, 103
Ist Königsweisheit solch besondres Schauen,
Auf das ich meiner Absicht Pfeil gerichtet.
Wenn du das Ohnegleichen klar betrachtest, 106
Dann wirst du sehn, es hat sich nur bezogen
Auf Könige, die viel, doch selten gut sind.
Mit diesem Unterschied nimm meine Rede, 109
Und so verträgt sie sich mit deiner Meinung
Vom ersten Ahn und unsrem lieben Heiland.
Und dies sei immer Blei an deinen Füßen, 112
Damit du langsam schreitest wie ein Müder
Zum Ja und Nein, das du noch nicht gesehen.
Denn der steht wohl am tiefsten unter Toren, 115
Der Ja und Nein sagt ohne Unterscheidung
Sowohl beim einen wie beim andern Schritte.
Denn es geschieht, daß nach der falschen Seite 118
Die Meinung sich in ihrem Laufe wendet
Und dann die Leidenschaft die Geister fesselt.
Mehr als umsonst entfernt sich von dem Ufer, 121
Wer ohne Kunst will nach der Wahrheit fischen,
Weil er nicht heimkehrt, wie er aufgebrochen.
Und dafür dient den Menschen zum Beweise 124
Parmenides, Melissus, Bryson, viele,
Die alle ziellos ihres Weges gingen.
So tat Sabellius, Arius, all die Toren, 127
Die einst wie Schwerter für die Schriften waren,
Indem sie deren Angesicht entstellten.
Nicht allzu sicher sollten doch die Menschen 130
Im Urteil sein, wie der, der das Getreide
Im Felde schätzt, noch eh es reif geworden.
Denn ich sah erst den ganzen Winter über 133
Den Strauch gar rauh und ungezähmt erscheinen,
Der später Rosen trug auf seiner Spitze;

Und sah ein Schifflein eilends und gerade 136
Auf seinem ganzen Weg das Meer durchfahren
Und schließlich untergehen nah dem Hafen.
Drum sollten Hinz und Kunz doch ja nicht glauben, 139
Wenn sie den stehlen, jenen opfern sehen,
Auch schon in Gottes Ratschluß ihn zu schauen,
Denn jener kann noch steigen, dieser fallen.« 142

## VIERZEHNTER GESANG

*Auf Beatrices Bitte erklärt Salomo die Auferstehung und Verklärung des Leibes mit dem Bilde der leuchtenden Kohle im Feuer. Von neuen Lichterscheinungen und von Beatrices Augen geblendet, findet sich Dante in den Marshimmel erhoben und erkennt dort ein strahlendes Kreuz, das von den Märtyrerseelen dieses Himmels gebildet wird und ihn so sehr fesselt, daß er selbst Beatrice einen Augenblick vergißt.*

Vom Mittelpunkt zum Rand, vom Rand zur Mitte 1
Bewegt im runden Topfe sich das Wasser,
Wenn man es mitten oder außen anrührt.
Das ist mir plötzlich in den Sinn gekommen, 4
Was ich hier sage, als vor uns verstummte
Des Heiligen Thomas ruhmesvolles Leben,
Weil eine ähnliche Erscheinung zeigte 7
Sein Reden und das Reden Beatrices,
Die nach ihm so zu sprechen nun geruhte:
»Dem dort ist nötig, doch er will's nicht sagen, 10
Mit Worten nicht und auch nicht in Gedanken,
Noch eine andre Wahrheit zu ergründen.
Sagt ihm, ob dieses Licht, das euer Wesen 13
Als Blüte trägt, so wie es jetzo leuchtet,
In Ewigkeit euch auch noch wird begleiten;
Und wenn es euch begleitet, sagt, wenn einstens 16
Ihr wieder sichtbare Gestalt gewonnen,
Wie es euch dann doch nicht am Schauen hindert.«
Wie von erhöhter Fröhlichkeit getrieben 19
Die Tänzer oftmals hier in ihren Reigen
Die Stimmen heben und sich freudiger regen,

So zeigten bei der schnellen frommen Bitte
Die heiligen Kreise eine neue Freude
In ihrem Tanz und wunderbaren Liede.
Wer sich beklagt, daß man hier unten sterbe,
Um dort zu leben, der hat die Erfrischung
Des ewigen Regens dort noch nie erfahren.
Der ewig lebt in seinen drei Gestalten
Und ewig herrscht in drei und zwei und einer,
Der nicht zu fassen, alles doch umfassend,
Der ist von jedem dieser Geister dreimal
In einem solchen Lied besungen worden,
Das jeglichem Verdienst genügen würde.
Und ich vernahm im göttlichsten der Lichter
Des kleinern Kreises solch bescheidne Stimme,
Wohl so wie die des Engels vor Maria.
Die sprach: »Solang dies Fest im Paradiese
Noch dauert, solang wird auch unsre Liebe
Sich noch mit diesem Strahlenkleid umhüllen.
Ihr Glanz muß immer ihren Gluten folgen,
Die Glut dem Schauen, und dies um so reicher,
Je mehr an Gnade ihren Wert erhöhte.
Wenn uns die heiligen, verklärten Leiber
Einst wieder kleiden, werden die Gestalten
Noch viel genehmer, weil sie dann vollkommen.
Dann wird noch wachsen, was das höchste Gute
Uns an geschenktem Lichte hat verliehen,
An Licht, das ihn zu schauen uns gestattet.
Davon muß dann auch unser Schauen wachsen;
Es wächst die Glut, die sich daran entzündet,
Es wächst das Licht, das ausstrahlt von den Gluten.
Doch so wie Kohle, die die Flamme nähret,
Durch ihre helle Glut sie überleuchtet,
So daß die eigene Gestalt nicht schwindet,
So wird auch diese Glut, die uns umgürtet,
Einst überstrahlt von unsrem Leibe werden,
Der heut noch in der Erde Schoß geborgen.
Auch kann uns soviel Leuchten nicht ermüden,
Denn unsres Leibes Glieder werden stärker
Für alles, was uns dient zu unsrer Freude.«
Es schienen mir so schnell und so behende
Die beiden Chöre Amen einzustimmen,
Daß sie die Sehnsucht nach dem Leibe zeigten;

Vielleicht nicht nur für sich, auch für die Mütter, 64
Die Väter und für all die andern, welche
Sie liebten, eh sie ewige Flammen wurden.
Und siehe, ringsum ist mit gleichem Glanze 67
Ein Kranz erschienen über dem von vorher,
So wie ein Horizont im neuen Lichte.
Und so wie bei dem Nahn des frühen Abends 70
Am Himmel neue Sterne uns erscheinen,
Daß man sie glaubt zu sehn und nicht zu sehen,
So konnte ich dort neue Wesenheiten 73
Auftauchen sehn und einen Kreis beschreiben
Noch außerhalb der beiden andern Kreise.
O wahrhaft Funkensprühn des Heiligen Geistes, 76
Wie schnell und glänzend ist er dort erschienen
Vor meinen Augen, die ihn nicht ertrugen!
Doch Beatrice trat so schön und lachend 79
Vor mich, daß ich sie unter jenen Bildern
Verlassen mußte, meinem Sinn entschwunden.
Dann fanden meine Augen wieder Kräfte 82
Um aufzuschaun; ich war emporgehoben
Zu höherem Heil, allein mit meiner Herrin.
Wohl merkt' ich, daß ich hochgetragen wurde 85
An dem erglühten Lachen jenes Sternes,
Der mir viel röter noch als sonst erschienen.
Mit ganzem Herzen und mit jener Sprache, 88
Die allgemeinsam, bracht' ich Gott ein Opfer,
Wie sich's gebührte für die neue Gnade.
Und noch war nicht in meiner Brust erloschen 91
Die Glut des Opfers, als ich schon erkannte,
Daß meine Gaben glücklich angenommen.
Denn nun erschienen in zwei Strahlenhüllen 94
Mir Leuchten mit so glühend rotem Lichte,
Daß ich ausrief: »Wie schön, du Gott der Sonne!«
Wie unterschieden von den größern Sternen 97
Und von den kleinern, zwischen beiden Polen
Galaxia glänzt, ein Rätsel selbst den Weisen,
So angeordnet, formten in der Tiefe 100
Des Mars die Strahlen jenes heilige Zeichen,
Das die Quadranten in dem Kreis verbindet.
Hier überwältigt meinen Geist Erinnrung, 103
Denn in dem Kreuze sah ich Christus leuchten,
So daß ich keine Bilder dafür finde.

Doch wer sein Kreuz aufnimmt und Christus folget, 106
Wird mir verzeihen, was ich unterlasse,
Wenn ihm in jenem Glanze Christus leuchtet.
Von Arm zu Arm, vom Fuße bis zum Haupte 109
Bewegten sich die Lichter, mächtig funkelnd,
Wenn sie sich trafen und vorüberzogen.
So sieht man hier gerad und in der Quere, 112
Langsam und schnell, in immer neuen Formen,
Lang oder kurz, die allerkleinsten Körper
Im Sonnenlicht sich regen, das in Streifen 115
Den Schatten oft durchzieht, den wohl die Menschen
Mit Geist und Kunst zum Schutze sich bereitet.
So wie mit vielen Saiten Geig' und Harfe, 118
Gar wohl gestimmt, ein süßes Klingen geben
Auch dem, der ihre Noten nicht verstanden,
Kam aus den Lichtern, die mir dort erschienen, 121
Vom Kreuz her eine Melodie entgegen,
Die mich entzückte ohne das Verstehen.
Ich merkte wohl, sie war zum höchsten Lobe, 124
Denn dorther drang ein: »Du stehst auf als Sieger!«
Zu mir, der hörte, ohne zu verstehen.
Und ich war dort von Liebe so ergriffen, 127
Daß bis dahin niemals etwas gewesen,
Das mich gefesselt mit so süßen Banden.
Vielleicht scheint zu gewagt, was ich hier sage, 130
Wenn ich der schönen Augen Glück verleugne,
In denen meine Sehnsucht Ruhe findet.
Doch wer erkennt, daß die lebendigen Siegel 133
Der höchsten Schönheit droben mehr vermögen
Und ich mich dort auf sie noch nicht gewendet,
Kann mich entschuldigen ob dessen, was ich 136
Zu recht entschuldigend mir vorgeworfen,
Denn heilige Freude wird nicht ausgeschlossen,
Weil sie noch reiner wird im Höhersteigen. 139

## FÜNFZEHNTER GESANG

*Zwischen den Lichtgeistern des strahlenden Kreuzes der Glaubenshelden im Marshimmel gleitet eine Seele hernieder, die Dante freudig begrüßt und sich als sein Urahn Cacciaguida zu erkennen gibt. Er berichtet über das glückliche Leben des alten Florenz und seinen Kreuzfahrertod unter Kaiser Konrad.*

Gütiger Wille, welcher stets entsprungen
Aus Liebe, die auf rechte Weise atmet,
So wie Begierde aus der falschen Liebe,
Der ließ nun jene süße Leier schweigen
Und Ruhe halten jene heiligen Saiten,
Die hier des Himmels Rechte spannt und lockert.
Wie sollten taub sein den gerechten Bitten
Die Wesenheiten, die, um mich zu locken,
Daß ich sie bäte, einig still geschwiegen.
Wohl müßte jener ewig weheklagen,
Der nur aus Liebe zu vergänglichen Dingen
Sich ewig diese Liebe rauben würde.
Wie oftmals durch die klaren, stillen Nächte
Von Zeit zu Zeit ein plötzlich Feuer hinläuft
Und auf sich lenkt die bisher ruhigen Augen,
Und scheint ein Stern, der seine Stelle wechselt,
Nur daß am Ort, wo es entzündet wurde,
Nichts fehlt und auch er selber kurz nur dauert:
So lief vom Arm, der sich zur Rechten streckte,
Zum Fuß des Kreuzes ein Gestirn herunter
Von jenem Sternbild, das dort oben leuchtet.
Der Edelstein ließ nicht von seinem Bande,
Er lief herab auf dem Verbindungsstreifen
Und schien wie Feuer hinter Alabaster.
So fromm kam einstens des Anchises Schatten,
Wenn unsre höchste Muse glaubenswürdig,
Als im Elysium er den Sohn erkannte.
»O du mein Blut, o welche übergroße
Göttliche Gnade! Wem ward je die Pforte
Des Himmels zweimal, so wie dir, erschlossen?«
So sprach das Licht, weshalb ich nach ihm schaute;
Dann wandt' ich das Gesicht zu meiner Herrin,
Und beider Anblick machte mich erstaunen.
In ihren Augen brannte solches Lachen,
Daß ich mit meinen in den Grund der Gnade
Und meines Himmels einzutauchen glaubte.
Dann sprach, für Aug und Ohren eine Freude,
Der Geist noch Dinge zu den schon gesagten,
Die ich ob ihrer Tiefe nicht verstanden.

Er hat sich nicht mit Absicht mir verborgen;
Es war notwendig so, weil sein Gedanke
Nicht mit dem Maß der Sterblichen zu messen.
Und als der Bogen seiner heißen Liebe
Sich so entladen, daß auch seine Rede
Zum Ziele unsres Geists herabgestiegen,
Da war das Erste, was ich hören konnte:
»Sei, o Dreieiniger, gelobt«, so sprach er,
»Daß du so höflich warest meinem Hause.«
Dann fuhr er fort: »Ein langes, frohes Sehnen,
Das ich im großen Buche lesend hegte,
In dem sich Schwarz und Weiß niemals verwandelt,
Hast du gelöst, mein Sohn, in diesem Lichte,
Aus dem ich zu dir spreche, dank der Herrin,
Die dir zum hohen Fluge gab die Flügel.
Du glaubst, daß zu mir dein Gedanke komme
Von jenem Ersten, so wie abgeleitet
Vom Eins, das uns bekannt, die Fünf und Sechse.
Und darum fragst du nicht nach meinem Namen
Und warum ich viel fröhlicher erscheine
Als alle andern in dem frohen Kreise.
Recht hat dein Glaube, denn die Groß' und Kleinen
In diesem Leben schauen in den Spiegel,
In dem, bevor du denkst, dein Denken sichtbar.
Damit sich aber meine heilige Liebe,
In der ich stets mit süßer Sehnsucht dürste
Und schauend wache, besser noch erfülle,
Laß deine Stimme froh und kühn und sicher
Mir deinen Wunsch und deine Sehnsucht künden,
Für die ich meine Antwort schon bereitet.«
Ich wandt' mich zu Beatrice, und sie hörte,
Noch eh ich sprach, und lachte mir ein Zeichen,
Das wachsen ließ die Flügel meines Willens.
Dann sprach ich so: »Die Liebe und das Wissen
Sind euch mit gleichem Maß verliehen worden,
Seit euch das höchste Gleichgewicht erschienen;
Denn jene Sonne, die mit Licht und Wärme
Euch brannte und erhellte, ist so stetig,
Daß jeglicher Vergleich dafür nicht ausreicht.
Doch Wille und Verstand sind bei den Menschen
Aus einem Grund, der euch gar wohl bekannt ist,
Gefiedert mit verschieden großen Flügeln.

Drum fühl ich, der ich sterblich bin, nun diese 82
Ungleichheit, und ich kann mit meinem Herzen
Nur danken für die väterlichen Grüße.
Ich bitt dich herzlich, Edelstein voll Leben, 85
Der dieses köstliche Gebilde zieret,
Du mögest mich erfreun mit deinem Namen.«
»O du mein Sproß, schon lang mein Wohlgefallen 88
In der Erwartung, ich war deine Wurzel.«
So hat er seine Antwort da begonnen.
Dann sprach er: »Der, der erstmals deinen Namen 91
Getragen und der mehr als hundert Jahre
Den Berg umkreist auf seiner ersten Stufe,
Der ist mein Sohn und dein Urahn gewesen. 94
Wohl ziemt es sich, daß du die lange Mühe
Ihm kürzen hilfst mit deinen guten Werken.
Es hat Florenz in seinen alten Mauern, 97
An denen man noch Früh und Mittag läutet,
Im Frieden einst gelebt, schamhaft und mäßig.
Noch gab es keine Kettchen, keine Kronen, 100
Gestickte Kleider nicht und keine Gürtel,
Die für das Auge mehr als die sie trugen.
Noch machte nicht bei der Geburt dem Vater 103
Die Tochter Angst, denn Wartezeit und Mitgift,
Die hatten noch das Maß nicht überschritten.
Noch gab es keine menschenleeren Häuser, 106
Auch war Sardanapal noch nicht erschienen,
Zu zeigen, was man in Gemächern konnte.
Da hat den Monte Mario noch nicht euer 109
Uccellatoio übertroffen, welches
Einst auch im Stürzen wird das erste bleiben.
Bellincion Berti sah ich da gegürtet 112
Mit Bein und Leder gehn, und seine Gattin
Sah ich vom Spiegel kommen ohne Schminke.
Und ich sah einen Nerli, einen Vecchio 115
Mit ungeziertem Lederwams zufrieden
Und ihre Fraun bei Rocken und bei Spindel.
Glückselige Frauen, jede war noch sicher 118
Der Grabesstätte, keine noch im Bette
Um Frankreichs willen einsam und verlassen.
Die eine sah man an der Wiege wachen 121
Und Trostesworte sprechen in der Sprache,
Die erst erfreut die Väter und die Mütter.

Die andre, die man spinnen sah am Rocken,
Erzählte ihrem Hausgesind Geschichten
Von Rom, von Fiesole und den Trojanern.
Damals wär' fast so wunderbar erschienen
Cianghella oder Lapo Salterello
Wie heute Cincinnatus und Cornelia.
In solch ein friedliches und schönes Leben
Der Bürger, solche treue Stadtgemeinde,
In solch ein liebes Haus hat mich Maria
Hineingelegt, als man sie laut gerufen.
Und dort in eurem alten Batistero
Ward ich zugleich ein Christ und Cacciaguida.
Moronto, Eliseo, meine Brüder.
Vom Tal des Po ist meine Frau gekommen,
Und sie hat ihren Namen dir gegeben.
Dann war ich bei des Kaisers Konrad Leuten;
Er hat mich mit dem Ritterschwert gegürtet,
So haben meine Taten ihm gefallen.
Mit ihm bin ich einst gegen jenen Glauben
Ins Feld gezogen, dessen Volk sich anmaßt,
Was euch gehörte, durch die Schuld der Hirten.
Dort wurde ich von jenen schändlichen Leuten
Aus dieser trügerischen Welt getrieben,
Die viele Seelen ins Verderben lockte,
Und kam aus Märtyrtum in diesen Frieden.«

## SECHZEHNTER GESANG

*Nach einer Klage über die Nichtigkeit des irdischen Adels nimmt Dante das Gespräch mit dem Urahn Cacciaguida wieder auf und bittet ihn, vom alten Florenz zu erzählen. Cacciaguida schildert die Ursachen des Zerfalls der Stadt, das rasche Anwachsen, die Zuwanderung vom Lande, Hochmut, Verrat und Zwietracht der Geschlechter, insbesondere die Geschichte des Buondelmonte, von dem die Parteispaltung ihren Anfang nahm.*

O du geringer Adel unsres Blutes,
Wenn deiner sich die Menschen rühmen mögen
Hier unten, wo noch wankend unsre Liebe,

Wird dies mir nie verwunderlich erscheinen,
Denn dort, wo kein Verlangen sich verirret,
Im Himmel droben, rühmte ich mich seiner.
Du bist ein Mantel, der gar bald zu kurz wird,
So daß, wenn man nicht täglich ihn verlängert,
Die Zeit daran herumgeht mit der Schere.
Mit »Ihr«, das Rom zum erstenmal geduldet,
An dem jedoch sein Volk nicht festgehalten,
Begann ich dann aufs neue meine Worte;
Weshalb Beatrice, etwas abseits stehend
Und lächelnd jener glich, die einst gehustet
Beim ersten Fehltritt, den Ginevra machte.
Ich sagte so zu ihm: »Ihr seid mein Vater,
Ihr gebt mir allen Mut zu meiner Rede,
Ihr hebt mich, daß ich selbst mich übersteige.
Aus soviel Strömen füllt sich meine Seele
Mit Fröhlichkeit, ja sie wird selbst zur Freude,
Daß sie es aushält, ohne zu zerspringen.
So wollet denn, mein lieber Ahn, mir sagen,
Wer eure Eltern waren, und die Jahre
Beschreiben, die ihr einst als Kind erlebtet.
Erzählt mir von der Stadt des Sankt Johannes,
Wie groß sie damals war und wer die Leute,
Die dort der höchsten Sitze würdig waren.«
So wie ein Kohlenstück in einer Flamme
Beim Hauch des Winds erglüht, so sah ich jene
Leuchte erglühn bei meinen Schmeichelworten.
Und wie sie meinen Augen schöner wurde,
So sprach sie auch mit einer süßern Stimme,
Nicht in der Sprache, die wir heute sprechen:
»Seit jenem Tag, da ›Ave‹ ward verkündet,
Bis zur Geburt, da meine Mutter, welche
Nun selig ist, sich meiner hat entledigt,
Ist dieser Stern fünfhundertachtzig Male
Zum Bilde seines Löwen hergekommen,
Zu seinen Füßen neu sich zu entflammen.
Ich ward, wie meine Ahnen, dort geboren,
Wo der zuerst an seinem Ziele anlangt,
Der euren Jahreswettlauf mitgelaufen.
Das mag von meinen Vorfahrn dir genügen.
Wer sie gewesen, woher sie gekommen,
Ist besser zu verschweigen als zu sagen.

Die Männer, welche Waffen tragen konnten 46
Zu jener Zeit, vom Marsbild bis zum Täufer,
Die waren nur ein Fünftel der von heute.
Jedoch die Bürgerschaft, die jetzt gemischt ist 49
Aus Campi, aus Certaldo und aus Figghine,
Die war noch rein bis zu dem letzten Lehrling.
Viel besser wären Nachbarn nur geblieben, 52
Die ich genannt, und wäre bei Galluzzo
Und bei Trespiano heut noch eure Grenze,
Als daß nun eure Stadt den Stank des Bauern 55
Von Aguglion, von Signa muß ertragen,
Der schon umherspäht, um Betrug zu üben.
Wenn, die am meisten aus der Art geschlagen, 58
Stiefmütterlich den Kaiser nicht behandelt,
Vielmehr mit Güte wie den Sohn die Mutter,
Wär' mancher in Florenz, der kauft und handelt, 61
Wohl wieder heimgekehrt nach Semifonte,
Wo seine Väter einst noch Bettler waren,
Gehörte Montemurlo noch den Grafen, 64
Die Cerchi wären noch im Dorf Acone,
Und wohl in Grevetal die Buondelmonte.
Stets brachte ja die Mischung der Personen 67
Den Anbeginn des Unheils für die Städte
Wie für den Leib die Speisen, die er aufnimmt.
Auch wird ein blinder Stier viel schneller stürzen 70
Als blinde Schafe, und gar oftmals schneidet
Ein Schwert viel tüchtiger als deren fünfe.
Wenn du auf Luni schaust und Urbisaglia, 73
Wie sie gestürzt und wie nach ihnen folgten
Im Niedergang Chiusi und Sinigaglia,
Dann wird dir gar nicht mehr erstaunlich scheinen 76
Zu hören, wie Geschlechter untergehen,
Da auch die Städte selbst ein Ende haben.
All eure Dinge streben nach dem Tode 79
So wie auch ihr, nur ist es oft verborgen
Bei langer Dauer, während kurz das Leben.
So wie bei seinem Drehn des Mondes Himmel 82
Ohn Unterlaß verwandelt die Gestade,
So handelt mit Fiorenza die Fortuna.
Drum darf dir auch nicht wunderbar erscheinen, 85
Was ich von großen Florentinern sage,
Die mit der Zeit schon ihren Ruhm verloren.

Ich sah die Ughi, sah die Catellini, 88
Filippi, Greci, Ormanni und Alberighi
Im Niedergang, berühmte Bürgerhäuser,
Und ich sah noch in ihrer alten Größe 91
Mit denen der Sannella und der Arca
Die Soldanieri, Ardinghi und Bostichi.
Dort an dem Tor, das heutzutag den neuen 94
Verrat von solcher Schwere hat zu tragen,
Daß bald das Schiff wird untergehen müssen,
Wohnten die Ravignani einst, die Ahnen 97
Des Grafen Guido sowie aller derer,
Die nach dem hohen Bellincion sich nannten.
Der Herr von Pressa hatte schon erfahren, 100
Wie man regiert; es hatte Galigaio
In seinem Haus den Schwertgriff schon vergoldet.
Schon war die Vaio-Säule groß geworden, 103
Sacchetti, Giuochi, Fifanti und Barucci,
Galli und die beim Scheffelmaß erröten.
Der Stamm, aus welchem die Calfucci kommen, 106
Der war schon groß; schon sah man zu den Ämtern
Emporgestiegen Sizii und Arigucci.
O wie groß sah ich dort, die untergingen 109
Durch ihren Hochmut! Und die goldnen Kugeln
Schmückten Florenz bei allen großen Taten.
So taten auch die Väter derer, welche, 112
So oft ein Sitz in eurer Kirche leer ist,
Sich unterdessen an den Gütern mästen.
Die freche Sippe, die wie Drachen wütet, 115
Wenn einer flieht, und sanft ist wie ein Lämmlein
Zu allen, die Zahn oder Börse zeigen,
Kam schon empor, jedoch von kleinen Leuten; 118
Drum hat es dem Donato nicht gefallen,
Daß sie der Schwäher zu Verwandten machte.
Schon war der Caponsacco zu dem Markte 121
Von Fiesole gekommen, und schon waren
Giuda und Infangato gute Bürger.
Ich sag etwas Unglaubliches, doch Wahres: 124
Man kam zur Innenstadt durch eine Pforte,
Die nannte sich nach denen Della Pera.
Ein jeder, welcher mit dem schönen Zeichen 127
Des großen Herrn sich schmückte, dessen Namen
Und Preis am Thomastage wird gefeiert,

Bekam von ihm die ritterlichen Rechte,
  Indessen mit dem Pöbel sich verbindet
  Jetzt der, der es mit goldnem Saum getragen.
Einst lebten Gualterotti und Importuni,
  Und auch ihr Borgo lebte noch im Frieden,
  Wenn er die neuen Nachbarn nicht bekommen.
Das Haus, das euer Unheil hat geboren
  Und viele Morde aus gerechtem Zorne
  Und euer glücklich Leben hat beendet,
Das war mit all den Seinen hochgeachtet.
  O Buondelmonte, schlecht warst du beraten,
  Als du dort die Vermählung ausgeschlagen!
Gar viele wären fröhlich, die nun klagen,
  Hätt' Gott dich in die Ema stürzen lassen,
  Als du zum erstenmal zur Stadt gekommen.
Jedoch geziemte jenem blöden Steine,
  Der auf die Brücke schaut, daß an dem Ende
  Der Friedenszeit Florenz ein Opfer brachte.
Mit diesen Leuten und mit vielen andern
  Sah ich Florenz in solchen ruhigen Tagen,
  Daß es zum Weinen keine Ursach hatte.
Mit diesen Leuten sah ich recht und rühmlich
  Sein Volk, so daß noch niemals seine Lilie
  An seine Lanze umgekehrt geheftet
Und nicht durch Zwist die rote Farbe zeigte.

## SIEBZEHNTER GESANG

*Dante benützt die Gelegenheit, um seinen Urahn Cacciaguida über sein eigenes Schicksal und die gegen ihn ausgesprochenen Prophezeiungen zu befragen. Cacciaguida erklärt ihm das Verhalten Gottes zum Geschehen und enthüllt dann Dante das harte Schicksal, das ihm bevorsteht, die Not seiner Verbannung und die Zuflucht, die er bei den Scaligern in Verona finden wird, wo auch der von Dante hoch verehrte Can Grande aufwächst. Zum Troste über sein Elend verspricht Cacciaguida Dante dauernden Ruhm und ermutigt ihn, allen Feinden zum Trotz die Wahrheiten zu bekennen, die er erfahren hat.*

So wie zu Climene sich fragend wandte 1
Nach dem, was gegen ihn gesprochen worden,
Der, welcher stets zur Sorge mahnt die Väter,
So tat ich und so habe ich gesprochen 4
Zu Beatrice und der heiligen Leuchte,
Die mir zuliebe ihren Ort verlassen.
Und meine Herrin: »Laß heraus die Flamme 7
Der Sehnsucht«, sprach sie, »daß sie offen zeige
Das rechte Zeichen ihrer innern Prägung;
Nicht, damit unser Wissen sich vermehre 10
Durch deine Rede, nein, damit du lernest,
Den Durst zu sagen, und man ihn dir stille.«
»Mein teurer Ursprung, der so hoch gestiegen, 13
Daß, wie der Menschen Geister sehen können
Daß nicht zwei Stumpfe in ein Dreieck gehen,
Du ebenso erkennst das Weltgeschehen 16
Noch eh es ist, nur nach dem Punkte schauend,
In dem die Zeiten alle gegenwärtig.
Solang ich mit Virgil zusammen weilte 19
Dort auf dem Berge, der die Seelen läutert,
Und niedersteigend in die Welt der Toten,
Da hört' ich über mein zukünftiges Leben 22
Manch hartes Wort, obwohl ich mich vierschrötig
Den Schicksalschlägen gegenüber fühle.
Drum würdest du mir einen Wunsch erfüllen, 25
Wenn du mir sagtest, welches Schicksal wartet;
Denn Pfeile, die man sieht, sind minder schnelle.«
So hab ich jene Leuchte angesprochen, 28
Die erst zu mir sprach, und wie Beatrice
Es wollte, hab ich meinen Wunsch eröffnet.
Nicht mit den Rätseln, die dereinst ergötzten 31
Ein heidnisch Volk, bevor gekreuzigt wurde
Das Gotteslamm, das unsre Sünden tilgte,
Vielmehr mit klaren und genauen Worten 34
Gab jener liebe Vater mir die Antwort,
Sichtbar verhüllt in seinem eignen Lächeln:
»Das Weltgeschehn, das über das Gefüge 37
Des Erdenstoffes nicht hinaus kann reichen,
Ist ganz gemalt im ewigen Angesichte.
Notwendigkeit jedoch empfängt es davon 40
So wenig wie vom Aug, in dem sich spiegelt
Ein Schiff, das auf dem Strome abwärts gleitet.

Von dorther kommt, so wie man in den Ohren 43
Den süßen Orgelton vernimmt, ins Auge
Mir jene Zeit, die sich dir vorbereitet.
Wie Hippolyt ward aus Athen vertrieben 46
Durch die Stiefmutter falsch und ohn Erbarmen,
So wirst du müssen aus Florenz entfliehen.
Dies wünscht man, dies wird dort schon eingeleitet, 49
Und bald wird's dem gelingen, der drauf sinnet,
Dort wo man Christus täglich trägt zu Markte.
Die Schuld wird dem Getroffnen zugeschrieben 52
Im Rufe, wie gewöhnlich, doch die Rache
Wird für die Wahrheit zeugen, die sie kündet.
Du wirst, was dir am teuersten gewesen, 55
Verlassen, und dies ist die erste Wunde,
Die dir wird schlagen der Verbannung Bogen.
Du wirst erfahren, wie das Brot der Fremde 58
Gar salzig schmeckt und welche harten Stufen
Auf fremden Treppen auf und ab zu steigen.
Jedoch die größte Last auf deinen Schultern, 61
Das sind die dummen, bösen Weggenossen,
Mit denen du in dieses Tal wirst fallen.
Sie werden undankbar und toll und treulos 64
Sich gegen dich gebärden, doch in Kürze
Wird ihre und nicht deine Schläfe bluten.
Für die Vertiertheit ist ihr eignes Treiben 67
Schon der Beweis, so daß dir wohlanständig,
Daß du gestanden hast auf eigner Seite.
Zum ersten wirst du Schutz und Herberg finden 70
Bei jenem großen, höflichen Lombarden,
Der auf der Leiter trägt den heiligen Vogel.
Er wird mit solcher Güte dir begegnen, 73
Daß bei euch zwein im Bitten und Gewähren
Zuerst geschieht, was anderswo erst später.
Bei ihm siehst du auch den, der so geprägt ist 76
Bei der Geburt von diesem starken Sterne,
Daß seine Werke wunderbar sein werden.
Noch konnten es die Menschen nicht bemerken 79
Ob seiner Jugend, denn die Himmelskreise
Sind erst neun Jahre um ihn hergezogen.
Doch eh der Baske trügt den hohen Heinrich, 82
Wird er schon Funken seiner Tugend zeigen,
Indem er Geld und Mühe wird verachten.

Man wird noch seine Großmut kennenlernen
So weit, daß auch die Zungen seiner Feinde
Selbst nicht darüber werden schweigen können.
Halt dich an ihn und seine reichen Gaben;
Durch ihn wird viel im Volk verwandelt werden
Und Arm' und Reiche ihren Stand vertauschen.
Noch manches über ihn wirst du dir merken
Im Geiste, aber schweigen.« Und er sagte
Dinge, die heute noch unglaublich scheinen.
Dann sprach er noch: »Mein Sohn, das sind die Glossen
Zu dem, was man dir sagte, die Gefahren,
Die nach dem Lauf von wenigen Jahren lauern.
Doch sollst du deine Nachbarn nicht beneiden;
Dein Leben wird noch in die Zukunft reichen
Viel weiter als die Strafe ihrer Bosheit.«
Da durch ihr Schweigen jene heilige Seele
Gezeigt, daß sie den Einschlag nun vollendet
Zu jenem Tuch, das ich ihr vorgehalten,
Begann ich so wie einer, der im Zweifel
Nach Rat sich sehnt von einem andern Menschen,
Der sehend ist und willig und voll Liebe:
»Wohl seh ich, o mein Vater, daß die Zeiten
Die Sporen geben und mir drohn mit Schlägen,
Die härter dem, der sich nicht gut verteidigt.
Drum will ich mich mit der Voraussicht wappnen,
Daß ich, wenn ich den liebsten Ort verloren,
Die andern nicht verlier durch meine Lieder.
Dort in der Welt der Bitternis ohn Ende
Und auf dem Berg, von dessen schönem Gipfel
Die Augen meiner Herrin sich erhoben,
Und dann im Himmel noch von Licht zu Lichte
Erfuhr ich manches, das, wenn ich es sage,
Für viele wird nach scharfer Würze schmecken.
Wenn ich der Wahrheit aber schüchtern diene,
Fürcht ich, bei denen Leben zu verlieren,
Die unsre Zeit die alte nennen werden.«
Das Licht, in dem mein teurer Urahn lachte,
Den ich dort fand, hat sich zuerst gerötet
Wie Sonnenlicht in einem goldnen Spiegel.
Dann sprach es zu mir: »Sofern ein Gewissen
Getrübt von eigner oder fremder Schande,
So wird es wohl dein Wort verletzend finden.

Trotz alledem, laß jede Lüge fahren. 127
Verkünde offen alles, was du schautest,
Und laß nur, wo die Räude beißt, sie kratzen.
Denn wenn auch deine Kunde hart zu kauen 130
Beim ersten Kosten, wird sie Lebensnahrung
Dann hinterlassen, wenn man sie verdaute.
Es geht mit deinem Ruf wie mit dem Winde, 133
Der trifft die höchsten Gipfel auch am meisten,
Und dies ist kein geringer Grund zur Ehre.
Drum wurden dir gezeigt in diesem Kreise 136
Und auf dem Berg und in dem Schmerzenstale
Nur jene Seelen, die durch Ruhm bekannt sind;
Dieweil der Geist der Hörenden nicht achtet 139
Und keinen Glauben schenkt dem Beispiel, welches
Nur eine unbekannte Wurzel hätte,
Und keinen andern Gründen, die nicht leuchten.« 142

## ACHTZEHNTER GESANG

*Im Marshimmel zeigt Cacciaguida noch die Seelen der Glaubenskämpfer, die jeweils beim Nennen ihres Namens in dem leuchtenden Kreuze sich bewegen. Dann steigt Dante, in Beatrices Anblick versunken, empor zum Jupiterhimmel. Dort bilden die Seelen wie Vögel im Fluge eine leuchtende Inschrift, um sich dann wieder zum Kopfe eines Adlers umzuformen. Dante schließt den Gesang mit einer Anklage gegen das Unrecht der Päpste, die den Gulden mit dem Bilde des Täufers besser kennen als die Apostel.*

Schon freute sich allein an seinem Worte 1
Der selige Spiegel, und ich selber nährte
Mich an dem meinen, süß und bitter mischend.
Und jene Frau, die mich zu Gott hinführte, 4
Die sprach: »Denk nun an andre Dinge, denke,
Ich bin bei dem, der alles Unrecht lindert.«
Ich wandte mich beim liebevollen Tone 7
Der Trösterin, und wie ich dort die Liebe
In ihren heiligen Augen sah, verschweig ich;
Nicht nur, weil ich mißtraue meiner Sprache, 10
Nein, weil der Geist nicht wiedergeben könnte,
Was so erhaben, ohne fremde Hilfe.

Soviel nur kann ich von der Stunde sagen, 13
Daß, als ich auf sie schaute, meine Seele
Von jedem andern Wunsche frei gewesen,
Solang die ewige Freude, die gerade 16
Auf Beatrice fiel, aus ihrem Antlitz
Mich noch mit ihrem Spiegelbild erfreute.
Sie traf mich mit dem Lichte eines Lächelns 19
Und sprach zu mir: »Schau um dich her und lausche,
Nicht nur in meinen Augen ist der Himmel.«
So wie man hier auch manches Mal die Liebe 22
Im Angesicht erkennt, wenn sie so groß ist,
Daß sie die ganze Seele mit erfaßte;
So konnt' ich in der Glut der heiligen Leuchte, 25
Zu der ich mich gewandt, den Wunsch erkennen,
Noch eine Weile lang mit mir zu reden.
Und er begann: »Auf dieser fünften Stufe 28
Des Baumes, der sein Leben hat vom Gipfel
Und immer Früchte trägt und nie verdorret,
Sind selige Geister, welche drunten, eh sie 31
Zum Himmel kamen, großen Ruhm genossen,
Daß jede Muse davon singen könnte.
Drum schau auf beide Arme dieses Kreuzes. 34
Der, den ich nennen werde, wird sich regen,
Wie schnelles Feuer zuckt in einer Wolke.«
Ich sah ein Licht am Kreuz heruntergleiten, 37
Als es den Namen Josua nennen hörte;
Nicht schneller schien das Wort als die Bewegung.
Und bei des großen Makkabäers Namen 40
Sah ich ein andres kreisend sich bewegen,
Und Freude war die Peitsche dieses Kreisels.
So hat bei Karl dem Großen und bei Roland 43
Mein wacher Blick zwei andern folgen können,
Wie unser Auge folgt dem Flug des Falken.
Hernach hat Willehalmus und Rainardus 46
Und Herzog Gottfried meinen Blick gefesselt,
Und Robert Guiscard auch, an jenem Kreuze.
Dann zeigte mir im Kreis der andern Lichter 49
Die Seele, die zu mir gesprochen hatte,
Daß sie ein Künstler war im Himmelschore.
Ich wandte mich zu meiner rechten Seite, 52
Um von Beatrice angezeigt zu sehen
Durch Worte oder Zeichen, was ich sollte.

Und ich sah ihre Augen also leuchtend 55
Und freudig, daß ihr Angesicht die andern
Noch übertraf und auch ihr voriges Bildnis.
Und wie man im Gefühl erhöhter Freude 58
Von Tag zu Tag an seinen guten Werken
Erkennt, daß man an Tugend zugenommen,
So merkte ich, daß auch mein eignes Kreisen 61
Erweitert worden mit dem Himmelsbogen,
Als ich dies Wunder noch viel schöner schaute.
Wie eine blasse Frau die Farbe wechselt 64
In kurzer Zeit, wenn ihr vom Angesichte
Die Last der Scham hinweggenommen wurde,
So ging es meinen Augen, als ich schaute 67
Zum weißen Lichte jenes milden Sternes,
Des sechsten, der mich in sich aufgenommen.
Ich sah in jenem Himmelsvatersterne 70
Der Liebe Funkeln, die darinnen wohnte,
Vor meinen Augen unsre Worte zeichnen.
Und wie die Vögel von dem Strande steigend, 73
Gleichsam aus Freude über ihre Weide,
Bald runde, bald auch andre Streifen bilden,
So sangen in den Lichtern selige Wesen 76
Vorüberfliegend, und man sah sie formen
Ein D und I und L mit den Figuren.
Erst flogen sie und sangen ihre Lieder, 79
Dann wurden sie zu einem dieser Zeichen
Und hielten an und schwiegen eine Weile.
Göttliche Pegasea, die die Geister 82
Berühmt zu machen pflegt und lange dauernd,
Und sie mit dir die Städte und die Reiche,
Erleuchte mich, damit ich ihre Bilder 85
So schildern möge, wie ich sie begriffen;
Zeig deine Macht in diesen kurzen Versen.
Es zeigten also dort sich fünfmal sieben 88
Vokal und Konsonanten, und ich merkte
Die Teile so, wie sie vor mir erschienen.
›Diligite Justitiam‹, das waren 91
Das erste Zeit- und Hauptwort des Gemäldes,
›Qui judicatis terram‹ seine letzten.
Dann blieben sie im M des fünften Wortes 94
In fester Ordnung stehn, so daß von Silber
Jupiter schien, vom Golde unterschieden.

Und ich sah andre Lichter niedersteigen 97
Zum Gipfel jenes M und dort verweilen,
Wohl von dem Guten, das sie treibt, zu singen.
Dann, wie beim Anstoß eines glühenden Scheites 100
Unzählige Funken auseinanderstieben,
Woraus die Törichten die Zukunft lesen,
So sah ich dort wohl Tausende von Lichtern 103
Aufstehn und alle hoch und höher steigen,
So wie's die Sonne will, die sie entzündet.
Und als dann jedes seinen Ort gefunden, 106
Da sah ich Hals und Haupt von einem Adler
Im klar begrenzten Lichte ausgestaltet.
Der dort gemalt hat, der braucht keinen Meister; 109
Er leitet selbst und von ihm selber stammen
Die Kräfte, die die Nester bauen können.
Die andre selige Schar, die so zufrieden 112
Zuerst geschienen, sich zum M zu fügen,
Die folgte nun dem Bild mit kurzem Fluge.
O süßer Stern, wie viele Edelsteine 115
Bewiesen mir, daß unser Recht auf Erden
Des Himmels Wirkung ist, in dem du strahlest!
Drum bitte ich den Geist, in dem dein Kreisen 118
Und deine Kraft beginnt, er möge schauen,
Woher der Rauch kommt, der dein Licht verdunkelt;
Damit er noch einmal in Zorn gerate, 121
Wenn man in deinem Tempel kauft und schachert,
Der aufgebaut aus Wundern und aus Martern.
O Kriegerschaft des Himmels, den ich schaue, 124
Du mögst für jene beten, die auf Erden
Dem schlechten Beispiel folgend irre gehen!
Einst war es Sitte, mit dem Schwert zu kämpfen, 127
Jetzt tut man's durch Entzug des Brotes, welches
Der gute Vater keinem will verwehren.
Doch du, der, was er schreibt, zugleich schon auslöscht, 130
Bedenk, daß Paul und Petrus, die gestorben
Im Weinberg, den du schändest, doch noch leben.
Wohl magst du sagen: »Meine ganze Sehnsucht 133
Gilt ja nur dem, der in der Wüste lebte
Und der um einen Tanz gemartert wurde,
Drum kenn ich Paulus nicht und nicht den Fischer.« 136

## NEUNZEHNTER GESANG

*Der aus gerechten Fürsten gebildete Adlerkopf im Jupiterhimmel beginnt zu sprechen und beantwortet Dantes Frage nach der Gnade mit dem Hinweis auf die unerforschliche Gerechtigkeit Gottes. Er schließt seine Belehrung mit einer Strafrede auf die schlechten Herrscher der Zeit: Kaiser Albrecht I., Philipp den Schönen von Frankreich, Robert von Schottland und Eduard I. von England, Ferdinand IV. von Kastilien und Wenzel IV. von Böhmen, Karl II. von Jerusalem, Friedrich II. von Sizilien, Jacob von Aragon und Jacob von Mallorca, Dionys von Portugal und Haakon VII. von Norwegen, Stephan II. von Serbien und Heinrich II. von Cypern.*

Vor mir erblickt' ich nun mit offnen Flügeln 1
Das schöne Bild, das die vereinten Seelen
Von ihrem süßen Glück erstrahlen ließen.
Und jede schien mir ein Rubin, in welchem 4
Ein Sonnenstrahl mit solchem Feuer brannte,
Daß er in meinen Augen widerstrahlte.
Und was ich nunmehr werde schildern müssen, 7
Tat keine Stimme je und keine Feder,
Und keine Bildkraft hat es je begriffen.
Ich sah und hörte auch zugleich den Schnabel, 10
Er sprach ein ›Ich‹ und ›Mein‹ mit seiner Stimme,
Indessen er doch ›Wir‹ und ›Unser‹ meinte.
Und er begann: »Weil ich gerecht und fromm bin, 13
Ward ich zu diesem Ruhme hier erhoben,
Den man durch die Begier nicht kann erreichen.
Und auf der Erde ließ ich solch Gedenken, 16
Daß auch die allerschlechtesten der Menschen
Es loben, aber seiner Spur nicht folgen.«
So steigt aus vielen Feuern eine Wärme 19
Empor, wie hier von vielen Liebeswesen
Ein einziger Ton erklang aus diesem Bilde.
Darauf sprach ich: »O unvergängliche Blüten 22
Der ewigen Freude, die ihr eure Düfte
In einer Blume laßt zusammenströmen,
Löst mir mit eurem Hauch das große Fasten, 25
Das lange Zeit mich hungrig hat gehalten,
Da ich auf Erden keine Kost gefunden.

Ich weiß, wenn auch im andern Himmelskreis 28
Die göttliche Gerechtigkeit sich spiegelt,
Der eure darf sie ohne Schleier schauen.
Ihr wißt, wie aufmerksam ich mich bereite, 31
Euch anzuhören, und ihr wißt auch, welches
Der Zweifel ist, durch den ich lang schon hungre.«
So wie ein Falke, frei von seiner Haube, 34
Den Kopf bewegt und seine Flügel breitet,
Sich schön zu machen und voll gutem Willen,
So sah ich jenes Bild, das dort zum Lobe 37
Der göttlichen Gnade war gewoben worden,
Mit Liedern, die nur kennt, wer droben jubelt.
Dann fing er an: »Der, welcher mit dem Zirkel 40
Die Welt umgrenzte und in ihrem Innern
Soviel Geheimes von dem Klaren trennte,
Der konnte seine Kraft nicht also prägen 43
Ins Weltall, daß er nicht mit seinem Worte
Unendlich alles andre überragte.
Und dafür zeugt, daß jener erste Stolze, 46
Der einst das oberste Geschöpf gewesen,
Da er des Lichts nicht harrte, niederstürzte.
Und daraus folgt, daß jedes kleinere Wesen 49
Gering Gefäß nur ist für jenes Gute,
Das endlos ist und nur sich selbst zum Maße.
Darum kann unser Schauen, das notwendig 52
Nur einer von den Strahlen jenes Geistes,
Von welchem alle Dinge hier durchdrungen,
Schon von Natur niemals so mächtig werden, 55
Daß nicht sein eigner Ursprung könnt' erkennen
Weit über das hinaus, was ihm noch sichtbar.
Drum senkt sich in den Grund des ewigen Rechtes 58
Der Blick, den ihr auf eurer Welt empfangen,
Nur wie das Auge in des Meeres Tiefe;
Das, ob es wohl am Strand den Grund noch findet, 61
Im Meere ihn nicht sieht, und dennoch ist er
Auch dort, nur birgt er sich in seiner Tiefe.
Es gibt kein Licht als das von jenem Himmel, 64
Der sich nie trübt; das andre ist nur Dunkel
Und Schatten von dem Fleisch und seinem Gifte.
Nun ist dir das Versteck genug eröffnet, 67
Wo das lebendige Recht sich dir verborgen,
Nach dem du oftmals deine Fragen stelltest.

Du sagtest wohl: ›Es wird ein Mensch geboren 70
Am Indus, und dort kann ihm niemand reden
Von Christus, auch nicht lesen oder schreiben.
Und dennoch wäre gut sein Tun und Wollen, 73
Soweit der menschliche Verstand es siehet,
Und sündenlos ist er in Wort und Wandel;
Doch stirbt er ungetauft und ohne Glauben. 76
Wo ist das Recht, das ihn verdammen könnte?
Wo ist nun seine Schuld, wenn er nicht gläubig?‹
Wer bist denn du, der drüber zu Gerichte 79
Auf tausend Meilen Ferne sitzen möchte
Mit einem Blick so kurz wie eine Spanne?
Gewiß, wer mit mir diskutieren möchte, 82
Der fände Wunder wieviel zu bezweifeln,
Wenn euch die Bibel nicht gegeben wäre.
O irdische Wesen, o ihr rohen Geister! 85
Der erste Wille, der für sich schon gut ist,
Verläßt sich selber nie, das höchste Gute.
Das ist gerecht, was mit ihm steht im Einklang. 88
Geschaffnes Gutes kann ihn niemals fesseln,
Doch er erzeugt es selbst mit seinen Strahlen.«
Wie über ihrem Neste kreist die Störchin, 91
Wenn sie den Jungen ihre Nahrung brachte,
Und, wer etwas bekommen, sie betrachtet;
So tat das heilige Bildnis, und so hob ich 94
Die Brauen hoch zu ihm, der seine Flügel
Erhob, von soviel Seelen angetrieben.
Im Kreisen sang er diese Worte: »So wie 97
Dir meine Töne hier noch unverständlich,
So ist euch Sterblichen das ewige Urteil.«
Dann ruhten jene hellen Feuerbrände 100
Des Heiligen Geistes noch einmal im Zeichen,
Das in der Welt den Römern Ehre brachte,
Und es begann: »Zu diesem Reiche stiegen 103
Noch niemals die, die nicht an Christus glaubten,
Nicht vor und nicht nach seinem Kreuzestode.
Doch siehe, viele rufen: Christus, Christus, 106
Die einst am Jüngsten Tag viel ferner stehen
Von ihm als mancher, der ihn eh nicht kannte.
Und solche Christen wird der Äthiopier 109
Verachten, wenn sich beide Scharen scheiden,
Die einen reich, die andern arm auf ewig.

Was können Perser euren Herrschern sagen,
Wenn sie das Buch einst werden offen sehen,
In dem geschrieben alle eure Sünden?
Dort wird man unter Kaiser Albrechts Taten
Die sehn, die demnächst darin wird geschrieben
Und die das Reich von Prag wird öde machen.
Dort sieht man jenen Schmerz, den an der Seine
Der bringen wird mit seinen falschen Münzen,
Der von des Wildschweins Zahn wird sterben müssen.
Dort wird man auch den gierigen Hochmut sehen,
Der den von England und den Schotten toll macht,
Daß sie sich nicht in ihren Grenzen halten.
Man wird den Luxus und das weiche Leben
Des Spaniers und des Böhmenkönigs sehen,
Der niemals Tapferkeit gekannt noch übte.
Bei Ciotto von Jerusalem, da sieht man
Mit Eins nur seine Tugend eingetragen,
Indes das Gegenteil erscheint mit Tausend.
Man wird den Geiz und die Entartung sehen
Des Königs, der die Feuerinsel hütet,
Auf der Anchises starb in alten Tagen.
Und um, wie wenig er getaugt, zu zeigen,
Muß man mit abgekürzten Zeichen schreiben,
Die viel auf kleinem Raum berichten können.
Und jeder kann die schmutzigen Taten sehen
Des Oheims und des Bruders, die dem edlen
Stamm und den Kronen solche Flecken brachten.
Und den von Portugal und von Norwegen
Wird man dort kennenlernen, den von Serbien,
Der besser nicht gesehn Venedigs Münze.
O glücklich Ungarn, wenn es nicht mehr duldet
Die schlechte Führung, glücklich auch Navarra,
Wenn es mit seinem Grenzgebirg sich wappnet.
Und jeder mag zum Zeichen dessen nehmen,
Daß Nicosia schon und Famagosta
Um ihrer Bestie willen weheklagen,
Die nicht zurücksteht hinter jenen andern.«

## ZWANZIGSTER GESANG

*Nach seinem Gesang beginnt der Fürstenadler im Jupiterhimmel wieder zu sprechen und nennt Dante lobpreisend die Herrscher, die mit ihrem Lichte seine Augen schmücken: David, Trajan, Hiskia, Konstantin, Wilhelm II. von Sizilien und den Trojaner Ripheus. Auf Dantes Staunen über die Erlösung des Trajan und des Ripheus erklärt der Adler ihm das Geheimnis der göttlichen Gnadenwahl, indessen die beiden Seelen vor ihm aufleuchten.*

Sobald die Sonne, die die Welt erleuchtet, 1
Von unsrer Himmelshälfte abgestiegen,
So daß der Tag auf allen Seiten schwindet,
Dann wird der Himmel, den nur sie entzündet 4
Zuerst, auf einmal wieder hell und glänzend
Von vielen Lichtern, die das eine spiegeln.
An dies Geschehn am Himmel mußt' ich denken, 7
Als jenes Führerzeichen dieser Erde
Mit seinem segensreichen Mund verstummte.
Denn alle jene lebensvollen Lichter, 10
Viel heller leuchtend, fingen an zu singen,
Was nicht behalten hat mein schwach Gedächtnis.
O süße Liebe, eingehüllt in Lächeln, 13
Wie warst du glühend doch in jenen Tönen,
Die nur erfüllt von heiligen Gedanken!
Als dann die teuren, leuchtenden Juwelen, 16
Mit denen sich der sechste Himmel schmückte,
Ihr englisch Glockenläuten schweigen ließen,
Glaubt' ich zu hören eines Baches Rauschen, 19
Der klar von Fels zu Fels herniedergleitet,
Von seines Gipfels Wasserfülle kündend.
Und wie ein Ton am Halse einer Laute 22
Die Form empfängt, und wie bei den Schalmeien
Durch eine Öffnung ausströmt das Gebläse,
So ist nun, ohne lange abzuwarten, 25
Das Rauschen in dem Adler aufgestiegen
Durch seinen Hals, als ob er hohl gewesen.
Dort ward es Stimme, und durch seinen Schnabel 28
Kam es hervor in der Gestalt von Worten,
Wie sie mein Herz gewünscht und aufgeschrieben.

»Der Teil von mir, der bei dem irdischen Adler 31
Das Sonnenlicht erträgt und sieht«, begann er,
»Den mußt du nunmehr ganz genau betrachten;
Denn von den Feuern, draus ich mich gestaltet, 34
Sind die, die mir als Aug im Haupte glänzen,
Die höchsten unter allen ihren Graden.
Der als Pupille in der Mitte leuchtet, 37
Der war dereinst des Heiligen Geistes Sänger
Und trug von Stadt zu Stadt die Bundeslade.
Nunmehr erkennt er seines Sanges Würde, 40
Soweit er seiner eignen Kunst entsprungen,
An der Belohnung, die von gleicher Größe.
Von jenen fünf, die meine Brauen runden, 43
Hat jener, der dem Schnabel mir am nächsten,
Die Witwe mit dem toten Sohn getröstet.
Nunmehr erkennt er, wieviel der verloren, 46
Der Christus nicht gefolgt, durch die Erfahrung
Des süßen Lebens und des Gegenteiles.
Und jener, der ihm folgt am äußern Rande, 49
Von dem ich sprach, am obern Augenbogen,
Verschob den Tod durch seine wahre Buße.
Nunmehr erkennt er, daß das ewige Urteil 52
Sich nicht verändert, wenn auch gutes Bitten
Dort unten Heut auf Morgen kann verschieben.
Der Nächste, mit Gesetz und meinem Bilde, 55
Mit guter Absicht, aber schlechter Wirkung,
Ward Grieche, um dem Hirten Platz zu machen.
Nunmehr erkennt er, daß das Übel, welches 58
Aus seiner Wohltat kam, ihm nicht geschadet,
Wenn auch die Welt dadurch verwüstet wurde.
Und jener an des Augenbogens Neigung 61
War Wilhelm, der beweint wird in dem Lande,
Das über Karl und Friedrich weint im Leben.
Nunmehr erkennt er, mit wie großer Liebe 64
Der Himmel rechte Herrscher liebt, und zeigt es
Noch jetzt mit seines Feuers hellem Blitzen.
Wer glaubte drunten im verirrten Leben, 67
Daß der Trojaner Ripheus hier im Kreise
Das fünfte von den heiligen Lichtern wäre?
Nunmehr erkennt er von der göttlichen Gnade 70
Gar vieles, was die Welt nicht sehen konnte,
Wenn auch sein Blick nicht durchdringt bis zum Grunde.«

So wie die Lerche aufsteigt in die Lüfte,
Erst singend und dann schweigend und zufrieden
Mit jener letzten Süße, die sie sättigt,
Erschien mir auch das Bildnis jener Prägung
Des ewig Wohlgefallens, das mit Sehnsucht
Sich selber alle Dinge anverwandelt.
Obwohl ich meinem Zweifel dort gewesen
So wie ein Glas, das Farben überkleidet,
Mocht ich doch schweigend nicht mehr länger warten;
Nein, aus dem Munde: »Was sind das für Dinge!«
Trieb mir hervor die Schwere jenes Zweifels;
Darauf sah ich viel freudiges Erglühen.
Und alsdann hat mit leuchtenderen Augen
Das heilige Bildnis Antwort mir gegeben,
Um mich nicht länger so erstaunt zu lassen.
»Ich sehe, daß du glaubst an diese Dinge,
Weil ich sie sage, aber ohne Gründe,
So daß sie, zwar geglaubt, dir doch verborgen.
Du tust wie der, der seine Sache lernte
Mit Namen wohl, doch ihre Eigenschaften
Kann er nicht sehn, wenn andre sie nicht zeigen.
Das Himmelreich läßt mit Gewalt sich zwingen
Von heißer Liebe und lebendiger Hoffnung,
Die können über Gottes Willen siegen;
Nicht wie ein Mensch den Menschen überwältigt;
Er selber siegt, weil er besiegt will werden,
Und siegt besiegt mit seiner eignen Güte.
Das erste und das fünfte Licht der Braue
Setzt dich in Staunen, da du ihre Bilder
Hier oben im Bereich der Engel trafest.
Sie ließen nicht, so wie du meinst, die Leiber
Als Heiden, sondern schon als gläubige Christen,
Der vor und jener nach dem Kreuzestode.
Der kehrte aus der Hölle, der man niemals
Durch Reu' entkommen kann, zum Leibe wieder,
Und dies war Lohn für ein lebendig Hoffen;
Lebendig Hoffen, das die Kraft gegeben
Den Bitten, die ihn auferwecken sollten,
So daß sein Wille sich noch ändern konnte.
Die ruhmesreiche Seele, die ich meine,
Zum Leib zurückgekehrt für kurze Weile,
Hat fest an ihn geglaubt und seine Hilfe.

Und glaubend hat sie sich mit wahrer Liebe
So sehr durchglüht, daß bei dem zweiten Tode
Sie würdig war, zu diesem Fest zu kommen.
Die andre hat durch Gnade, die so tiefem
Urquell entströmt, daß niemals noch ein Wesen
Mit seinem Aug zur ersten Welle reichte,
Das Recht gesucht mit seiner ganzen Liebe.
Darum hat Gott das Aug von Gnad zu Gnade
Ihm aufgetan zur künftigen Erlösung.
An sie hat er geglaubt und hat nicht weiter
Den Stank des Heidentumes mehr geduldet,
Und er verwarf des Volkes Aberglauben.
Ihm galten statt der Taufe die drei Frauen,
Die du gesehn am rechten Rad des Wagens,
Schon mehr als tausend Jahre, eh man taufte.
O Vorbestimmung, wie ist deine Wurzel
Doch weit entfernt von allen jenen Blicken,
Die nicht die ganze erste Ursach sehen.
Ihr Sterblichen, ihr müsset langsam treten
Im Urteil, denn auch wir, die wir Gott schauen,
Wir kennen noch nicht alle Auserwählten.
Und diese Lücke ist uns lieb und teuer,
Weil unser Gut in diesem Gut sich läutert,
Denn Gottes Wille ist auch unser Wille.«
So wurde mir von jenem göttlichen Bilde,
Um meiner Augen kurze Sicht zu klären,
Ein süßes Heilungsmittel dargeboten.
Und wie mit seinem Saitenspiel das Singen
Ein guter Zitherspieler oft begleitet,
Wodurch das Lied gewinnt an Wohlgefallen;
So kann ich mich erinnern, daß beim Sprechen
Ich sah, wie jene beiden heiligen Lichter,
So wie der Schlag der Augenlider einig,
Bei diesen Worten ihre Flämmchen schwenkten.

## EINUNDZWANZIGSTER GESANG

*Zum Saturnhimmel emporgestiegen, schaut Dante die goldene Leiter, auf der die beschaulichen Seelen wie Vogelschwärme auf- und niedersteigen. Petrus Damianus naht sich Dante und erklärt ihm auf seine Frage die Strahlung des göttlichen Lichtes und die Unergründlichkeit des göttlichen Ratschlusses; er preist sein beschauliches Klosterleben und geißelt die Entartung der Geistlichen, worauf die andern Seelen mit Donnerton einstimmen.*

Schon schauten meine Augen zum Gesichte 1
  Der Herrin wieder und der Geist mit ihnen,
  Und jedem andern Denken war er ferne.
Und jene lachte nicht, doch: »Wenn ich lachte«, 4
  So sprach sie, »würde es dir so geschehen
  Wie Semele, als sie zu Asche wurde;
Denn meine Schönheit, die auf allen Stufen 7
  Des ewigen Hauses immer mehr entzündet,
  Wie du gesehn, je höher wir gestiegen,
Die würde ohne Dämpfung so sehr leuchten, 10
  Daß deine sterbliche Kraft vor ihrem Feuer
  Wie Laub nur wäre, das der Blitz getroffen.
Wir sind zum siebten Glanze aufgestiegen, 13
  Den man jetzt an der Brust des glühenden Löwen
  Erstrahlen sieht, vereint mit dessen Kräften.
Laß deinen Geist nun deinen Augen folgen, 16
  Und diese laß das Bildnis widerspiegeln,
  Das dir in diesem Spiegel wird erscheinen.«
Wer wüßte, welche Nahrung dort empfangen 19
  Mein Aug aus jenem seligen Angesichte,
  Als ich zu andrer Sorge mich gewandelt,
Der würd' erkennen, mit wie großer Freude 22
  Ich meinem himmlischen Geleit gehorchte,
  Das eine mit dem andern aufzuwiegen.
In dem Kristalle, das, die Welt umkreisend, 25
  Den Namen trägt von seinem teuren Führer,
  Der keine Bosheit unter sich geduldet,
Sah ich wie Gold, durch das die Strahlen leuchten, 28
  Nach droben aufgerichtet eine Leiter,
  So hoch, daß ihr mein Aug nicht folgen konnte.
Und ich sah auf den Sprossen niedersteigen 31
  So viele Lichter, daß ich glauben mochte,
  Daß aller Himmelsglanz dort ausgebreitet.
Und wie nach ihrer Sitte sich die Krähen 34
  Beim Anbeginn des Tags zu tummeln pflegen,
  Um sich die kalten Federn zu erwärmen,

Da einige ohne Wiederkehr entfliegen,
Andre zum Ausgangsort zurück sich wenden
Und wieder andre auf der Stelle kreisen;
Ein solches Treiben schien mir hier zu walten
In jenem Sprühen, das zusammenströmte,
Sobald sie eine feste Stufe trafen.
Und der, der uns am nächsten noch verweilte,
Der ward so leuchtend, daß ich bei mir sagte:
»Ich sehe wohl, du zeigst mir deine Liebe.«
Doch die, von der ich Wie und Wann des Redens
Und Schweigens stets erwarte, schweigt, und deshalb
Ist's gut, auch gegen meinen Wunsch zu schweigen.
Worauf sie, die mein Schweigen selbst im Auge
Desjenigen gesehn, der alles siehet,
Mir sagte: »Löse nun dein heißes Sehnen.«
Und ich begann: »Die eigenen Verdienste,
Die machen deiner Antwort mich nicht würdig,
Doch der zulieb, die mir erlaubt zu fragen,
O seliges Leben, das sich selber hüllte
In seine eigne Freude, gib die Gründe
Mir kund, warum du mir so nahe tratest;
Und sage mir, warum in diesem Kreise
Die süße Paradiesmusik verstummte,
Die in den andern dort so fromm erklungen.
»Dein Ohr ist sterblich, so wie auch dein Auge«,
Gab er zur Antwort, »aus dem gleichen Grunde
Schweigt hier der Sang, wie Beatrices Lachen.
Ich stieg die Stufen dieser heiligen Leiter
So tief herab, nur um dich zu begrüßen
Mit Worten und dem Licht, das mich umkleidet.
Auch hat mich größre Liebe nicht getrieben,
Denn hier brennt gleiche und noch größre Liebe,
So wie der Lichter Flammen dir verkünden.
Doch jene hohe Liebe, die zu Dienern
Des Rats uns machte, der die Welt regieret,
Gibt uns das Los, wie du es hier gesehen.«
»Nun seh ich wohl«, sprach ich, »du heilige Leuchte,
Wie freie Liebe hier an diesem Hofe
Genügt, der ewigen Vorsehung zu folgen.
Doch dieses scheint mir schwer zu unterscheiden,
Weswegen du allein von all den Deinen
Zu diesem Amte ausersehen wurdest.«

Noch hatt' ich nicht das letzte Wort gesprochen, 79
Als schon das Licht um seine eigne Mitte
Gleich einem schnellen Mühlenrade kreiste.
Dann sprach die Liebe, die im Innern lebte: 82
»Es strahlt das Gotteslicht auf mich hernieder
Und dringt durch das, in dem ich mich verhülle,
Und seine Kraft, vereint mit meinen Augen, 85
Erhebt mich über mich, daß ich das höchste
Wesen erkennen kann, aus dem es strömte.
Das macht die Fröhlichkeit, in der ich glühe, 88
Denn meiner Sehkraft, wie sie hell geworden,
Laß ich die Helle meiner Flamme gleichen.
Doch auch die allerhellste Himmelsseele, 91
Der Seraph, dessen Auge Gott am nächsten,
Der könnte deiner Frage nicht genügen,
Denn so weit würde in die Tiefe dringen 94
Der ewigen Ordnung, was du wissen möchtest,
Daß niemals hinreicht ein geschaffnes Auge.
Und wenn du heimkehrst in die Welt der Menschen, 97
So sage dies, daß sie sich nicht erkühnen,
Jemals den Schritt nach diesem Ziel zu lenken.
Der Geist, hier leuchtend, muß auf Erden rauchen, 100
Drum sieh, wie sollt' er drunten das schon können,
Was er nicht kann selbst hier im Himmel oben.«
So haben seine Worte mir geboten, 103
Die Frage aufzugeben, und in Demut
Hab ich ihn nur gefragt, wer er gewesen.
»Zwischen Italiens Küsten ragen Felsen, 106
Nicht allzuweit entfernt von deiner Heimat,
So hoch, daß Donner unter ihnen hallen.
Sie tragen einen Gipfel, der heißt Catria; 109
An dessen Fuß liegt eine heilige Klause,
Die pflegt dem Gottesdienst nur zu gehören.«
Also begann er seine dritte Rede 112
Und sagte weiter dann: »An diesem Orte
Bin ich so stark in Gottes Dienst geworden,
Daß nur mit Speisen vom Olivenöle 115
Ich Hitz und Kälte leicht ertragen konnte,
Zufrieden in beschaulichen Gedanken.
Einst brachte jenes Kloster diesen Himmeln 118
Gar reiche Ernte; heute ist es öde;
Das wird sich zeitig offenbaren müssen.

Dort nannte man mich Petrus Damianus,
Und Petrus Peccator hieß ich im Hause
Der Lieben Frau am Adriagestade.
Nur wenig blieb mir noch vom Leben übrig,
Als man mich einst zu jenem Hut bestimmte,
Der jetzt von immer Schlechteren getragen.
Es kam einst Petrus, kam der große Träger
Des Heiligen Geistes, barfuß nur und mager,
Und nahmen ihre Kost in jeder Herberg.
Jetzt wollen überall, daß man sie stütze,
Die neuen Hirten, und daß man sie führe,
So schwer sind sie, und ihre Schleppen trage.
Mit ihren Mänteln decken sie die Zelter;
Man sieht zwei Tiere gehn in einem Felle.
O göttliche Geduld, die soviel duldet!«
Bei diesen Worten sah ich viele Flämmchen
Die Sprossen niedersteigen und sich drehen,
Und jede Wendung machte sie noch schöner.
Sie schlossen einen Kreis um ihn und hielten
Und ließen einen Ruf so laut ertönen,
Daß man ihn hier mit nichts vergleichen könnte;
Doch ich verstand ihn nicht, betäubt vom Donner.

## ZWEIUNDZWANZIGSTER GESANG

*Beatrice richtet nach dem betäubenden Ruf der Seelen im Saturnhimmel Dante wieder auf und weist ihn auf die Lichtgeister der Himmelsleiter. Da tritt der Heilige Benedikt hervor und schildert ihm die Gründung seines Ordens und das Geheimnis der Himmelsleiter, um schließlich den Verfall seines Ordens zu beklagen. Dann wird Dante blitzschnell emporgehoben zum Fixsternhimmel, wo er vom Gestirn der Zwillinge aus auf die Planeten zurückschaut und die Erde in ihrer lächerlichen Kleinheit erkennen kann.*

Von Staunen überwältigt blickt' ich wieder
Auf mein Geleit, so wie ein Kind, das immer
Sich zu dem nächstvertrauten Menschen wendet.

Sie sprach gleich einer Mutter, die dem Kinde, 4
Das blaß und keuchend, schnelle Hilfe leistet,
Mit dem gewohnten Klange ihrer Stimme
Zu mir: »Weißt du denn nicht, daß du im Himmel? 7
Und weißt nicht, daß der ganze Himmel heilig
Und alles dort geschieht aus gutem Eifer?
Wie du verwandelt würdest vom Gesange 10
Und meinem Lachen, kannst du jetzt bedenken,
Da dich der Ruf so sehr erschüttern konnte.
Er hätte, wenn du sein Gebet verstanden, 13
Dir auch die Rache schon verkünden können,
Die du noch sehen wirst vor deinem Tode.
Das Schwert hier oben schneidet nicht in Eile 16
Und auch nicht spät, nur in der Meinung dessen,
Der es mit Sehnsucht oder Furcht erwartet.
Doch wende dich nun nach der andern Seite, 19
Dort siehst du viele hochberühmte Geister,
Wenn du, wie ich dir sage, dorthin schauest.«
Wie's ihr gefiel, hab ich den Blick gerichtet, 22
Und ich sah hundert Kugeln, die einander
Mit ihren Strahlen immer noch verschönten.
Ich war wie einer, der der Sehnsucht Stachel 25
In sich zurückdrängt, ohne eine Frage
Zu wagen, so sehr scheut er ihre Größe.
Da ist der größte und der allerhellste 28
Von jenen Edelsteinen vorgetreten,
Um selber meinen Wunsch mir zu erfüllen.
Dann hört' ich in ihm: »Wenn du sehen könntest 31
Wie ich der Liebe Glut, die uns verbindet,
So würden deine Wünsche kundgegeben.
Doch damit durch dein Warten du nicht später 34
Zum hohen Ziel gelangst, geb ich dir Antwort
Auf den Gedanken, den du so sehr hütest.
Der Berg, an dem Cassino liegt am Hange, 37
Der war dereinst bewohnt auf seinem Gipfel
Von jenem irrgeführten Heidenvolke.
Ich war der erste, der dorthin getragen 40
Den Namen dessen, der auf Erden brachte
Die Wahrheit, die uns also hat geläutert.
Und solche Gnade hat mir dort geleuchtet, 43
Daß ich die Orte ringsumher befreite
Vom Götzendienste, der die Welt verführte.

Hier diese andern Feuer lebten alle 46
Nur der Betrachtung, voll von jener Wärme,
Die heilige Blüten treibt und heilige Früchte.
Hier ist Macarius, hier ist Romualdus, 49
Hier sind auch meine Brüder, die in Klöstern
Sich aufgehalten und ihr Herz bewahrten.«
Und ich zu ihm: »Die Liebe, die in Worten 52
Du mir gezeigt, und euer gütig Antlitz,
Das ich in allem eurem Glühen sehe,
Hat mein Vertrauen also aufgeschlossen 55
Wie Sonnenschein die Rose, wenn sie offen
So groß geworden als sie irgend konnte.
Drum bitt ich dich, o Vater, und du wollest 58
Mir sagen, ob ich so viel Gnade finde,
Daß ich dein Bildnis offen schauen möge.«
Und er: »O Bruder, dies dein hohes Sehnen 61
Wird sich erfüllen in der letzten Sphäre,
Wo meins und alle andern sich erfüllen.
Dort ist ganz rein und reif und ganz vollkommen 64
Ein jeder Wunsch, und nur in jenem Kreise
Ist jeder Teil, wo er von je gewesen.
Denn er ist ohne Ort und ohne Pole, 67
Und unsre Leiter kann bis dorthin reichen,
Weshalb sie deinen Augen so entschwindet.
Bis dorthin hat auch der Erzvater Jakob 70
Sie mit den obern Teilen reichen sehen,
Als sie ihm voll von Engeln einst erschienen.
Doch um sie zu besteigen, hebt jetzt keiner 73
Den Fuß auf Erden; meine Ordensregel
Ist drunten nutzlos ein Papier geblieben.
Die Mauern, die einst die Abtei gewesen, 76
Sind nun Spelunken, und der Mönche Kutten
Sind Säcke voll von schlechtem Mehl geworden.
Der schwerste Wucher ist nicht so sehr gegen 79
Den Willen Gottes wie die bösen Früchte,
Die also toll gemacht das Herz der Mönche.
Denn alles, was die Kirche hat, gehöret 82
Den Leuten, die um Gottes Willen bitten,
Und nicht Verwandten oder schlimmerem Anhang.
Das Fleisch der Menschen ist ja so gebrechlich, 85
Daß guter Anbeginn dort nicht genug ist
Vom Eichentrieb bis zu den Eichelfrüchten.

Petrus begann einst ohne Gold und Silber, 88
Und ich begann mit Beten und mit Fasten,
Und auch Franziskus demutvoll den Orden.
Wenn du betrachtest, wie sie angefangen, 91
Und dann betrachtest, wie ihr Werk geendet,
So siehst du, daß aus Weißem Schwarz geworden.
Doch wahrlich, daß der Jordan aufwärts strebte 94
Und daß das Meer geteilt nach Gottes Willen,
War wunderbarer noch als hier die Hilfe.«
So sagt' er mir, um dann zurückzutreten 97
In seine Schar; die Schar hat sich geschlossen,
Dann ist sie wie ein Wirbel aufgestiegen.
Die liebe Frau, die trieb mich hinter ihnen 100
Die Leiter hoch mit einem einzigen Zeichen;
So hatte ihre Kraft mich überwältigt.
Nie war dort unten, wo man auf und nieder 103
Als Körper steigt, solch reißende Bewegung,
Die sich vergleichen ließe meinem Fluge.
So wahr ich, Leser, wiederkehren möchte 106
Zum frommen Fest, weshalb ich meine Sünden
Gar oft beweine und die Brust mir schlage,
Du hättest nicht so schnell die Hand ins Feuer 109
Gesteckt und weggetan, wie ich das Zeichen
Gesehn, das hinterm Stier, und drin gewesen.
O ruhmesreiche Sterne, Licht, das trächtig 112
Von großer Kraft, von dem ich hergenommen
All meinen Geist, wie immer er gewesen;
Mit euch stand einst im Auf- und Untergange 115
Die Sonne, Urquell alles irdischen Lebens,
Als ich Toskanas Luft zuerst geatmet;
Und dann, als mir die Gnade war geworden, 118
Zum hohen Kreis, der euch bewegt, zu treten,
Da wurde euer Ort mir auserkoren.
Zu euch erhebt sich nunmehr meine Seele 121
Mit frommen Seufzern, um die Kraft zu finden
Zum schweren Gange, der sie angezogen.
»Du bist dem allerletzten Heil so nahe«, 124
Begann Beatrice, »daß mit deinen Augen
Du nunmehr scharf und klar wirst sehen müssen.
Drum schau, bevor du weiter dringst nach oben, 127
Hinunter, um zu sehn, wie viele Welten
Du mit mir hinter dir zurückgelassen;

Auf daß dein Herz so froh wie irgend möglich 130
Dem hohen Siegeszug entgegengehe,
Der fröhlich herkommt durch des Äthers Runde.«
Mein Auge ist zu allen sieben Sphären 133
Zurückgekehrt, und ich sah diese Erde
So, daß ich ob der Kleinheit lächeln mußte.
Und diesen Rat, die Welt gering zu achten, 136
Halt ich für gut, und wer nach andrem trachtet,
Den kann man wahrlich recht und tüchtig nennen.
Ich sah die Tochter der Latona, brennend, 139
Nicht mit dem Schatten, der mir Grund gewesen,
Daß ich sie einst für dicht und dünn gehalten.
Den Anblick deines Sohnes, Hyperion, 142
Hielt ich hier aus und sah, wie in der Nähe
Maia und Dion sich um ihn bewegten.
Und dann erschien mir zwischen Sohn und Vater 145
Der milde Jupiter, und ich erkannte
Den Wandel, den sie beide machen müssen.
Und alle sieben haben ihre Größe 148
Mir nun gezeigt und die Geschwindigkeiten
Und wie sie Abstand voneinander halten.
Die kleine Erde, wo wir so sehr toben, 151
Erschien mir ganz mit Bergen und mit Schluchten,
Als ich im ewigen Zwiegestirne kreiste.
Dann wandt' mein Aug sich zu den schönen Augen. 154

## DREIUNDZWANZIGSTER GESANG

*Im Fixsternhimmel, dem Blicke Beatrices nach oben folgend, sieht Dante das Nahen Christi, kann aber seinen Anblick noch nicht ertragen und flüchtet sich deshalb wieder zum Bilde Beatrices. Dann, auf deren Rat wieder aufblickend, erblickt er wie eine Blumenwiese im Sonnenlichte das Bild Marias, umgeben von Aposteln und Heiligen und umkreist vom Engel der Verkündigung, bis diese Lichterscheinung Dantes Blicken wieder entschwindet, um zum Empyreum zurückzukehren.*

So wie der Vogel im geliebten Laube, 1
Wenn er im Neste seiner lieben Kleinen
Die Nacht verbracht, die uns verhüllt die Dinge,

Dann die ersehnten Bilder neu zu schauen 4
Und Speise suchend, sie damit zu nähren,
Wobei die schwere Last ihm dient zur Freude;
Dem Tag voraneilt auf dem offnen Zweige, 7
Voll heißer Liebe auf die Sonne wartend,
Mit unverwandtem Blick zur Morgenröte:
So sah ich meine Herrin aufgerichtet 10
Und aufmerksam zur Stelle hingewendet,
Wo sich am langsamsten bewegt die Sonne;
So daß, da ich sie voll Erwartung schaute, 13
Ich selber einer ward, der voll von Wünschen
Nach andrem strebt und sich an Hoffnung weidet.
Doch kurze Zeit verging von dem zu jenem, 16
Von jenem Warten, mein ich, bis der Himmel
In einer hellern Klarheit war zu sehen.
Und Beatrice sagte: »Sieh die Scharen 19
Von Christi Siegeszug und all die Früchte,
Die dieser Sphären Umkreis hat geerntet!«
Mir schien, als ob ihr ganzes Antlitz brannte, 22
Und ihre Augen waren so voll Freude,
Daß ich sie nicht in Worte fassen könnte.
Wie oftmals in den hellen Vollmondnächten 25
Trivia lächelt unter ewigen Nymphen,
Die überall am ganzen Himmel strahlen,
So sah ich über tausenden von Lichtern 28
Ein Sonnenlicht, das sie zum Leuchten brachte,
Wie unsre Sonne alle andern Sterne.
Und durch das helle Licht ist durchgebrochen 31
Die leuchtende Gewalt mit solcher Klarheit,
Daß sie mein Auge nicht ertragen konnte.
O Beatrice, lieb und treu Geleite! 34
Sie sprach zu mir: »Was dich so überwältigt,
Ist eine Kraft, der nichts entgehen könnte.
Hier ist die Weisheit und hier ist die Stärke, 37
Die zwischen Erd und Himmel schuf die Wege,
Nach denen man so lange Zeit sich sehnte.«
So wie der Blitz hervorbricht aus der Wolke, 40
Weil er vergrößert keinen Raum mehr findet,
Und gegen die Natur sich stürzt nach unten:
So ist mein Geist, der sich so sehr geweitet 43
Von jenen Gaben, aus sich selbst gefahren,
Und was geschah, kann er sich nicht erinnern.

»Tu deine Augen auf und sieh mein Bildnis. 46
Du durftest Dinge sehn, daß du nun fähig
Geworden, auch mein Lächeln zu ertragen.«
Ich war wie einer, der vergeßne Träume 49
Noch in sich fühlt und sich vergeblich mühet,
Sie sich in seinen Geist zurückzurufen;
Als ich den Anruf hörte, welcher würdig 52
So großen Dankes, daß er nie im Buche
Erlöschen kann, das das Vergangne schildert.
Wenn mir auch alle Zungen helfen würden, 55
Die Polyhymnia einst und ihre Schwestern
Mit ihrer süßen Milch am meisten nährten,
So würde doch ein Tausendstel der Wahrheit 58
Noch nicht erreicht, vom heiligen Antlitz singend
Und von der Reinheit seines heiligen Bildes.
Und so muß in der Paradiesbeschreibung 61
Das heilige Gedicht hier überspringen,
Wie jemand, der den Weg versperrt gefunden.
Doch wer die schwere Last bedenken würde 64
Und Menschenschultern, die sie aufgeladen,
Der würde den, der zittert, auch nicht tadeln.
Denn es ist keine Bahn für leichte Nachen, 67
Die jetzt befahren wird vom kühnen Buge,
Und nicht für einen Fährmann, der sich fürchtet.
»Was fesselt dich mein Antlitz so mit Liebe, 70
Daß du dich nicht zum schönen Garten wendest,
Der voll von Blüten steht in Christi Strahlen?
Du siehst die Rose dort, in der verkörpert 73
Das Gotteswort, und dort siehst du die Lilien,
Die mit dem Duft den rechten Weg gewiesen.«
So sprach Beatrice. Ich, der immer willig 76
Für ihren Rat, ergab mich nun aufs neue
Dem schweren Kampfe meiner schwachen Brauen.
So wie im Sonnenlicht, das durch die Wolken 79
Ganz rein hindurchbricht, eine Blumenwiese,
Mit Schatten drüber, meine Augen sahen,
So sah ich viele Scharen jener Lichter 82
Von oben angeblitzt mit heißen Strahlen,
Ohne des Glanzes Ursprung selbst zu sehen.
O gütige Kraft, die also sie gestaltet, 85
Du bist emporgestiegen, Raum zu geben
Für meine Augen, die dich nicht ertrugen.

Der schönen Blume Namen, die ich immer
Am Morgen und am Abend rufe, hatte
Den Geist zum größten Lichte hingetrieben.
Und während beide Augen mir die Größe
Und Schönheit des lebendigen Sterns erfüllte,
Der droben siegt, so wie er drunten siegte,
Stieg dort am Himmel eine Fackel nieder,
Die war zum Ring geformt wie eine Krone
Und hat dann kreisend jenen Stern umschlossen.
Die Melodie, die je am schönsten tönte
Hier unten, und am meisten lockt die Seele,
Die wäre nur wie Donner aus den Wolken,
Verglichen mit dem Klange jener Leier,
Mit der der schöne Saphirstein sich krönte,
Der dort zum Schmucke dient dem hellsten Himmel.
»Ich bin die Engelsliebe, die die hohe
Freude umkreist, die ausströmt aus dem Leibe,
In dem einst unser aller Sehnsucht wohnte;
Und ich will kreisen, Himmelsherrin, während
Du deinem Sohne folgst und durch dein Kommen
Die höchste Sphäre heller leuchten lässest.«
So hatte sich die Melodie im Kreise
Herausgeformt, und alle andern Lichter,
Die sangen nun den Namen der Maria.
Der königliche Mantel aller Sphären
Der Welt, der von dem Hauch und Walten Gottes
Am meisten glüht und voll des höchsten Lebens,
Der hatte über uns die Innenseite
Noch so entfernt, daß seine Lichterscheinung
Dort, wo ich stand, mir noch nicht sichtbar wurde.
Drum hatten meine Augen nicht die Stärke,
Um der gekrönten Flamme nachzufolgen,
Die sich erhob in ihres Sohnes Nähe.
Und wie ein Kindlein oft die Arme wendet
Zu seiner Mutter, wenn's die Milch getrunken,
Weil auch nach außen seine Seele glühend,
So reckte sich nach oben mit der Flamme
Ein jedes Licht, daß mir die hohe Liebe,
Die sie Maria brachten, sichtbar wurde.
Dann blieben sie vor meinen Augen stehen,
»Regina Coeli« singend so voll Süße,
Daß mich daran die Freude nie verlassen.

Wie groß ist doch die Fülle, die geborgen 130
In jenen reichen Schreinen, die hier unten
Schon voll von guten Saaten einst gewesen!
Hier lebt man voller Freude von den Schätzen, 133
Die man im fremden Babel unter Tränen
Sich einst erwarb, wo man das Gold gelassen.
Hier freut sich unter Gottes hohem Sohne 136
Und der Maria nun an seinem Siege
Zusammen mit dem alt' und neuen Bunde
Der, der die Schlüssel trägt zu solchem Glanze. 139

## VIERUNDZWANZIGSTER GESANG

*Auf Beatrices Bitte tritt Petrus aus dem Reigen der Seligen im Fixsternhimmel hervor und prüft Dante in den Formen einer scholastischen Prüfung über seinen Glauben. Dante weiß alle Fragen nach dem Wesen und der Quelle des Glaubens zu beantworten und schließt mit einem Glaubensbekenntnis an den dreieinigen Gott, worauf das Licht des Petrus ihn dreimal mit seinem Segen umkreist.*

»O ihr geladnen Gäste bei dem Mahle 1
Des heiligen Lammes, das euch also sättigt,
Daß eure Wünsche stets Erfüllung finden;
Wenn dieser durch die Gnade Gottes früher 4
Vom Überflusse eures Tisches kostet,
Als noch die Zeit den Tod ihm vorgeschrieben,
So denket an die ungemeßne Liebe 7
Und spendet ihm ein wenig; denn ihr trinket
Stets aus dem Quell, aus dem sein Denken fließet.«
So sprach Beatrice. Jene frohen Seelen, 10
Die wurden Kugeln über festen Polen,
In Flammen kreisend so wie die Kometen.
Und wie die Räder im Getrieb der Uhren 13
So kreisen, daß das erste dem Betrachter
Stillstehend scheint, das letzte wie im Fluge,
So sind auch jene Reigen, ganz verschieden 16
In ihrem Tanze, nach des Lichtes Fülle
Mehr oder weniger eilig mir erschienen.

Aus dem, das mir am allerschönsten dünkte, 19
Sah ich ein also glücklich Feuer brechen,
Daß ich dort keines sah von größrer Helle.
Und dreimal sah ich rings um Beatrice 22
Es mit so göttlichem Gesange kreisen,
Daß meine Bildkraft es nicht festgehalten.
So muß ich es im Schreiben überspringen; 25
Denn unsre Bilder sind für solche Züge,
Erst recht die Sprache, allzu grelle Farben.
»O meine heilige Schwester, durch dein Bitten 28
Und deiner heißen Liebe frommes Wesen
Entführst du mich aus jenem schönen Kreise.«
Dann hat das segensreiche Licht gehalten, 31
Mit seinem Hauch gewandt zu meiner Herrin,
Der so gesprochen, wie ich oben sagte.
Und sie: »O ewiges Licht des großen Mannes, 34
Dem unser Herr zu diesem Freudenwunder
Die Schlüssel, die er drunten trug, gelassen;
Prüf diesen hier mit leicht und schweren Fragen, 37
Wie's dir gefallen mag, in seinem Glauben,
Durch den du selbst einst auf dem Meer gewandelt.
Ob er auch richtig glaubt und liebt und hoffet, 40
Das ist dir nicht verborgen, denn du siehest
Dorthin, wo jeglich Ding gemalt zu sehen.
Jedoch weil dieses Reich durch wahren Glauben 43
Sich Bürger schafft, wird es ihm wohl anstehen,
Daß er zu seinem Preise davon rede.«
So wie ein Prüfling stumm sich vorbereitet, 46
Bis daß der Meister seine Fragen stellte,
Sie zu belegen, nicht sie zu entscheiden,
So rüstet' ich mich nun mit allen Gründen, 49
Solang sie sprach, um dann bereit zu stehen
Für solchen Prüfer und für solch Bekenntnis.
»Sag, guter Christ, und gib dich zu erkennen: 52
Was ist der Glaube?« Ich erhob die Stirne
Zu jenem Licht, aus dem der Hauch gekommen.
Dann schaut' ich auf Beatrice, und sie machte 55
Mir schnell ein Zeichen, daß ich meine Wasser
Dem innern Quell entströmen lassen sollte.
»Die Gnade, die erlaubt, mich zu bekennen«, 58
Begann ich nun, »vor jenem hohen Kämpfer,
Mag mir zum Ausdruck der Gedanken helfen.«

Und ich fuhr fort: »So, wie der wahre Griffel,
O Vater, deines Bruders hat geschrieben,
Der mit dir Rom zum rechten Wege führte,
Ist Glaube Wesenheit erhoffter Dinge
Und die Begründung der noch nicht geschauten,
Und dieses ist, so scheint es mir, sein Wesen.«
Da hörte ich: »Ganz recht ist deine Meinung,
Wenn du verstehst, warum er zugehörig
Erst zu den Wesenheiten, dann den Gründen.«
Und ich darauf: »Es sind die tiefen Dinge,
Die hier mir ihre Sichtbarkeit gewähren,
Den Augen von dort unten noch verborgen,
Daß man ihr Sein im Glauben nur kann finden,
Auf dem die hohe Hoffnung sich begründet;
Drum muß er sich zur Wesenheit erheben.
Doch da wir auch noch, ohne selbst zu sehen,
Aus diesem Glauben Schlüsse ziehen müssen,
So hat er als Beweisgrund auch zu dienen.«
Dann hörte ich: »Wenn alles, was man drunten
Durch Lehre sich erwirbt, so klar verständlich,
Dann wär' kein Platz mehr für Sophistengeister.«
So hauchte er, entbrannt von jener Liebe,
Und fuhr dann fort: »Recht gut ist abgelaufen
Das Gießen und das Wägen dieser Münze;
Doch sag mir: Hast du sie in deinem Beutel?«
Und ich: »Jawohl, und auch so rund und glänzend,
Daß nichts mir fraglich ist an ihrer Prägung.«
Dann hört' ich aus der Tiefe jenes Lichtes,
Das dort erglänzte: »Dieses teure Kleinod,
Auf welchem alle Tugend steht begründet,
Wer gab es dir?« Und ich: »Das reiche Wasser
Des Heiligen Geistes, das sich ausgebreitet
Im Alten und im Neuen Testamente,
Ist eine Lehre, die durch scharfe Schlüsse
Es mir so zeigte, daß damit verglichen
Ein jeglicher Beweis mir stumpf erschienen.«
Ich hörte dann: »Die alt' und neuen Schriften,
Die dich so feste Schlüsse ziehen lassen,
Warum hältst du sie denn für Worte Gottes?«
Und ich: »Mir hat die Wahrheit sich erwiesen
Aus jenen Werken, denen nie das Eisen
Natur erhitzt und nie den Amboß hämmert.«

Mir kam die Antwort: »Wer hat dir bewiesen, 103
Daß diese Werke wahr sind? Nur das Gleiche,
Das erst noch zu beweisen, und nichts andres.«
»Wenn sich die Welt zum Christentum bekehrte«, 106
Sprach ich, »auch ohne Wunder, ist das eine
So groß, daß alle andern nur ein Teilchen.
Denn du bist arm und hungrig hingetreten 109
Zum Felde mit der guten Pflanze Samen,
Die Rebstock einst, ein Dornbusch jetzt geworden.«
Darauf erklang im hohen heiligen Hofe 112
Durch alle Sphären: »Te Deum laudamus!«
Mit jenem Tone, den man singt dort oben.
Und jener Herr, der so von Zweig zu Zweige 115
Mich prüfte und schon so weit fortgeschritten,
Daß wir den letzten Blättern nahekamen,
Begann aufs neu: »Die Gnade, die befreundet 118
Mit deinem Geist, hat deinen Mund geöffnet
Bis hierher, so wie er sich öffnen sollte;
So daß ich lobe, was er ausgesprochen, 121
Doch nun muß er auch, was du glaubest, sagen,
Und woher dieser Glaube dir erwachsen.«
»O heiliger Vater, Geist, der das kann sehen, 124
Was er so fest geglaubt hat, daß er schneller
Zum Grabe kam als selbst die jüngern Füße«,
So sprach ich nun, »du willst, ich soll die Formen 127
Von meinem schnellen Glauben nun verkünden,
Und auch die Gründe willst du von mir wissen.
Ich sag darauf: Ich glaub an Gott den einen 130
Und ewigen, der bewegt den ganzen Himmel,
Selbst unbewegt, mit Liebe und mit Sehnen.
Für diesen Glauben habe ich Beweise 133
Nicht nur aus Welt und Überwelt, sie kommen
Auch aus der Wahrheit, die herniederregnet
Von Moses, den Propheten und den Psalmen, 136
Vom Evangelium und von euch, die schrieben,
Als sie erhoben hat des Geistes Feuer.
Ich glaube an drei ewige Personen, 139
Und diese glaub ich so in drei und einem,
Daß sie zugleich das Ist und Sind erlauben.
Und diese tiefen Eigenschaften Gottes, 142
Die ich erwähnt, stehn mehrmals mir im Geiste
Geschrieben durch des Evangeliums Lehre.

Dies ist der Grundsatz, dieses ist der Funke, 145
Der zu lebendiger Flamme angewachsen
Und wie ein Stern am Himmel in mir schimmert.«
So wie ein Herr, der eine frohe Kunde 148
Vernimmt, den Knecht umarmt und ihn beglückwünscht
Für seine Nachricht, wenn er kaum gesprochen,
So kreiste um mich segnend im Gesange 151
Dreimal, sobald ich ausgeredet hatte,
Das apostolische Licht, das mir zu sprechen
Geboten, so gefiel ihm meine Rede. 154

## FÜNFUNDZWANZIGSTER GESANG

*Nachdem Petrus Dante im Glauben geprüft hat, tritt Jacobus hinzu und prüft Dante über die Hoffnung; Beatrice rühmt seine Hoffnungsfreudigkeit, und er steht Rede und Antwort. Dann gesellt sich Johannes hinzu, von dessen Licht Dante zunächst geblendet wird, weil er vergeblich in ihm den irdischen Leib erkennen möchte.*

Wenn es dem heiligen Liede je gelänge, 1
An welchem Erd und Himmel Anteil haben,
So daß es viele Jahre an mir zehrte,
Die Grausamkeit zu überwinden, welche 4
Mich aus der schönen Hürde ausgetrieben,
Wo ich als Lamm, den Wölfen feind, geschlafen,
Dann kehre ich mit andrem Ton und Haare 7
Als Dichter heim und werde an dem Brunnen,
Wo ich getauft, den Dichterkranz empfangen;
Denn dort hab ich den Glauben angenommen, 10
An welchem Gott die Seelen kennt, und später
Hat Petrus mir dafür die Stirn umwunden.
Dann ist ein Feuer zu uns hergekommen 13
Aus jenem Kreis, aus dem hervorgegangen
Der, welchen Christus ließ an seiner Stelle.
Und meine Herrin sprach mit großer Freude 16
Zu mir: »Schau nur, schau nur, und sieh den Herren,
Zu dem sie drunten wallen nach Galizien!«

So wie wenn eine Taube sich gesellet 19
Zu der Gefährtin und sie gurrend kreisen,
Einander ihre Liebe zu erzeigen:
So sah ich, wie der eine nun den andern 22
Ruhmreichen, großen Herren dort begrüßte,
Die Speise lobend, die sie droben kosten.
Doch als sie ihre Grüße ausgewechselt, 25
Da haben beide stumm vor mir gehalten,
So glühend, daß mein Aug es nicht ertragen.
Und lachend hört' ich Beatrice sprechen: 28
»Erhabnes Leben, das den großen Reichtum,
Den unsre Kirche birgt, dereinst beschrieben,
Laß hier in dieser Höh' die Hoffnung tönen; 31
Du kannst es, da du sie so oft verkörperst,
Als Christus einst euch dreien Gunst bezeugte.«
»Erheb dein Haupt und werde wieder sicher, 34
Denn was heraufkommt von der sterblichen Erde,
Das muß erst reifen hier in unsern Strahlen.«
Dies Trostwort kam mir von dem zweiten Feuer, 37
Weshalb ich meine Augen zu den Höhen
Erhob, die sie zuvor darniederdrückten.
»Da unser Kaiser will, daß du aus Gnade 40
Noch vor dem Tod in dem geheimsten Saale
Mit seinen Grafen sollst zusammentreffen,
Damit du, dieses Hofes Wahrheit kennend, 43
Die Hoffnung, die dort unten Lieb erwecket,
In dir und andern dadurch stärken mögest,
Sag, was sie ist und wie sich damit schmücket 46
Dein Geist, und sag, woher sie dir gekommen«;
So ist das zweite Licht dann fortgefahren.
Und jene Fromme, die die Federn führte 49
An meinen Flügeln zu so hohem Fluge,
Ist meiner Antwort so zuvorgekommen:
»In keinem einzigen Sohn der irdischen Kirche 52
Lebt größre Hoffnung; so steht es geschrieben
In jener Sonne, die uns allen leuchtet.
Drum wurdc ihm gestattet, aus Ägypten 55
Zu kommen, um Jerusalem zu schauen,
Bevor des Kampfes End ihm vorgeschrieben.
Die beiden andern Punkte, die du fragtest, 58
Nicht, zu erfahren, sondern daß er sage,
Wie sehr dir diese Tugend wohlgefällig,

Die laß ich ihm; sie werden ihm nicht schwer sein
Und nicht zum Prunk, er mag von ihnen sprechen,
Und Gottes Gnade mag es ihm gewähren.«
So wie ein Schüler, der dem Meister folget
Bereit und gern in dem, was ihm bekannt ist,
Damit sich seine Kenntnis offenbare:
»Hoffnung«, so sprach ich, »ist des künftigen Glanzes
Gewiß Erwarten, das die Gnade Gottes
Und das vollendete Verdienst erzeugen.
Dies Licht kommt mir herab von vielen Sternen,
Doch der es erstmals in mein Herz geträufelt,
Der war des höchsten Führers höchster Sänger.
›Sperent in te‹, sagt er in seinem Psalme,
Diejenigen, die deinen Namen kennen;
Wer aber kennt ihn nicht, mit meinem Glauben?
Dann hast du selber mich mit seinem Tranke
Getränkt in deinem Brief, daß ich erfüllet
Nur eure Ströme andern weitergebe.«
Indes ich sprach, hat im lebendigen Innern
Von jenem Feuer dort ein Blitz gezittert,
Plötzlich und oft gleich einem Wetterleuchten.
Er sprach: »Die Liebe, die mich läßt entbrennen
Noch jetzt für jene Tugend, die mir folgte
Bis zu der Palme und des Kampfes Ende,
Treibt mich, dich anzuhauchen mit der Freude
An ihr; drum ist mein Wunsch, du mögest sagen
All das, was dir die Hoffnung kann versprechen.«
Und ich: »Die neuen und die alten Schriften,
Die können mir das Ziel der Seelen zeigen,
Die Gott befreundet, und er zeigt mir's selber.
Es sagt Jesaias: ›Jede wird sich kleiden
In ihrem Land mit doppeltem Gewande‹,
Und dies ihr Land ist hier das selige Leben.
Und auch dein Bruder hat uns dies Geheimnis
Dort, wo er von den weißen Kleidern redet,
Noch viel verständlicher geoffenbaret.«
Und alsogleich am Ende dieser Worte
War über uns: »Sperent in te« zu hören,
Worauf die Reigen alle Antwort gaben.
Dann ist ein Licht erschienen unter ihnen,
So daß, wenn gleicher Glanz dem Krebs gegeben,
Zu einem Tag ein Wintermonat würde.

Wie eine fröhliche Jungfrau, die zum Tanze 103
Aufsteht und schreitet, um die Braut zu ehren
Und nicht aus irgendwelchem eitlen Grunde,
So sah ich dort das hell entbrannte Feuer 106
Zu jenen beiden kommen, die sich drehten,
So wie es ihrer heißen Liebe ziemte.
Es hat sich ihrem Sang und Tanz verbunden, 109
Und meine Herrin sah ich auf sie schauen
Wie eine Braut, wortlos und unbeweglich.
»Dies ist der Mann, der unsrem Pelikane 112
An seiner Brust gelegen, und er wurde
Vom Kreuz herab zum großen Amt erkoren.«
So sprach die Herrin, aber ihre Worte, 115
Die haben sie nicht früher oder später
Vom aufmerksamen Schauen abgehalten.
Wie einer, der hinschaut und eine kleine 118
Verfinsterung der Sonne sehen möchte,
Und weil er sehn will, gar nichts mehr kann sehen,
So ging es mir bei jenem letzten Feuer, 121
Indes man zu mir sagte: »Warum blendest
Du dich, etwas zu sehn, was hier nicht wirklich?
Mein irdischer Leib ist Erde; er bleibt drunten 124
Den andern gleich, bis unsre Zahl sich völlig
Nach ewigem Ratschluß wird versammelt haben.
Mit beiden Hüllen sind im seligen Kloster 127
Nur jene beiden aufgefahrnen Lichter,
Und dies wirst du in eurer Welt verkünden.«
Bei diesem Worte ist der Lichterreigen 130
Mit seinem süßen Tone stillgestanden,
Der aus dem Dreiklang sich vereinigt hatte;
So wie wenn Mühe und Gefahr vorüber, 133
Die Ruder, die das Wasser erst geschlagen,
Gemeinsam ruhen, wenn der Pfiff ertönte.
Wie wurde ich im Geist zutiefst ergriffen, 136
Als ich nach Beatrice um mich schaute,
Da ich nichts sehen konnte und doch nahe
Bei ihr und in der Welt des Glückes weilte! 139

## SECHSUNDZWANZIGSTER GESANG

*Während Dante geblendet ist, legt er vor Johannes seine Prüfung über Wesen und Quelle der himmlischen Liebe ab. Dann wird er im Anblick Beatrices wieder sehend und erblickt das Licht Adams, der ihm seine Frage nach dem ersten Aufenthalt im Paradiese und nach der Sprache der ersten Menschen beantwortet.*

Indes ich ob der Augen Blendung bangte,
Kam aus dem hellen Licht, das mich geblendet,
Ein Hauch zu mir, der mich aufmerken machte,
Und sprach: »Bis du die Sehkraft wiederfindest,
Die du an meinem Anblick hier verloren,
Ist's gut, sie durch dein Reden zu ersetzen.
Drum fang nur an und sag, wo deine Seele
Hinstrebt, und denke dir, daß deine Augen
Nur in Verwirrung sind, nicht abgestorben.
Denn jene Frau, die durch die Himmelskreise
Dich führt, die hat in ihrem Angesichte
Die Kraft, die Ananias' Hand besessen.«
Ich sprach: »Wie's ihr beliebt, früh oder später,
Mag mir das Auge heilen, das sie einließ
Mit jener Glut, in der ich immer brenne.
Das Gut, das diesem Hof gereicht zum Glücke,
Ist A und O von allen jenen Schriften,
Die Liebe mir verliest, ob laut, ob leise.«
Die gleiche Stimme, die mir meine Sorge
Der plötzlichen Erblindung weggenommen,
Gab mir den Ansporn noch zu weitrer Rede
Und sagte: »Wahrlich, in noch feinerem Siebe
Mußt du es klären, und du mußt nun sagen,
Wer deinen Bogen hob zu solchem Ziele.«
Und ich: »Aus philosophischer Begründung
Und durch die Macht, die niedersteigt von oben,
Hat solche Liebe mich durchdringen müssen.
Denn Gutes, wenn es gut, wie man es aufnimmt,
Entzündet Liebe; sie ist um so größer,
Je mehr an Güte darin liegt beschlossen.
Drum wird zum Wesen, das so überragend,
Daß jedes Gut, das außer ihm zu finden,
Nichts andres ist als Strahl von seinem Lichte,

Mehr als zu andern Dingen hingezogen 34
Liebend der Geist von allen denen, welche
Den Wahrheitsgrund für den Beweis erkennen.
Und diese Wahrheit lehret dem Verstande 37
Der, der mir auch beweist die erste Liebe,
Die wohnt in allen ewigen Wesenheiten.
Es lehret sie des wahren Schöpfers Stimme, 40
Der von sich selbst zu Mose so gesprochen:
›Ich will dir alle meine Kräfte zeigen.‹
Es lehrst auch du sie mir am Anbeginne 43
Der hohen Botschaft, welche das Geheimnis
Von hier dort unten mehr als andre kündet.«
Und ich vernahm: »Nach menschlichem Verstande 46
Und nach den Lehren, die mit diesem einig,
Hat deine höchste Liebe Gott zum Ziele;
Doch sag mir noch, ob dich auch andre Bande 49
Zu ihm hinziehn, damit wir alle hören,
Wie sehr dich dieser Liebe Zähne beißen.«
Die heilige Absicht dieses Adlers Christi, 52
Die blieb mir nicht verborgen; ich bemerkte,
Wohin er mein Bekenntnis führen wollte.
Darum begann ich: »Alle jene Bisse, 55
Die unser Herz zu Gott hinwenden können,
Die haben mitgewirkt zu meiner Liebe.
Denn durch das Dasein dieser Welt und meines, 58
Den Tod, den er erlitt, damit ich lebe,
Und das, was gleich mir jeder Gläubige hoffet,
Samt dem lebendigen Wissen, das ich nannte, 61
Ward ich vom Meere der verfehlten Liebe
Zum Strand der rechten Liebe hergezogen.
Die Blätter, die im ganzen Garten grünen 64
Des ewigen Gärtners, lieb ich in dem Maße,
In dem er selber ihnen Gutes spendet.«
Als ich verstummte, wurde rings im Himmel 67
Ein süßes Singen laut, und meine Herrin
Rief mit den andern: »Heilig, heilig, heilig!«
Wie man erwachen muß vom scharfen Lichte, 70
Der Sehkraft wegen, die durch alle Hüllen
Dem Glanze, der da kommt, entgegentrachtet,
Und der Erwachte, was er sieht, verabscheut, 73
So unbewußt ist noch sein schnell Erwachen,
Solange der Verstand noch nicht geholfen;

So hat von meinen Augen jedes Stäubchen 76
Beatrice weggefegt mit ihren Augen,
Die über tausend Meilen weit erstrahlten;
Weshalb ich mehr als vorher sehen konnte 79
Und ganz erstaunt nach einem vierten Lichte
Gefragt, das ich in unsrem Kreis erblickte.
Und meine Herrin: »Hier in diesen Strahlen 82
Verehrt die erste Seele ihren Schöpfer,
Die je von seiner ersten Kraft geschaffen.«
Wie in den Wipfeln sich die Blätter beugen 85
Beim Wehn des Winds und dann sich neu erheben
Aus eigner Kraft, die sie nach oben richtet,
So tat auch ich, indessen sie gesprochen, 88
Erstaunt, dann ließ mich wieder sicher werden
Der Wunsch zu sprechen, der in mir entbrannte.
Und ich begann: »O Frucht, die ganz alleine 91
Schon reif geschaffen ward, o erster Vater,
Dem alle Bräute Töchter sind und Schwieger,
So fromm als ich vermag, möcht ich dich bitten, 94
Du wollest zu mir sprechen; sieh mein Wünschen,
Das ich verschweige, um dich bald zu hören.«
Wie oft ein Tier sich regt in seiner Hülle, 97
So daß man sein Begehren muß erkennen,
Weil die Umhüllung der Bewegung nachgibt:
So ließ dort auch die erste Menschenseele 100
Durchleuchtend durch die Hülle mich erkennen,
Wie froh sie meinem Wunsch entgegeneilte.
Dann hauchte sie: »Auch ohne sie zu hören 103
Von dir, erkenn ich deine Wünsche besser
Als du ein jeglich Ding, das noch so sicher.
Denn ich erblicke sie im wahren Spiegel, 106
Der alle andern Dinge widerspiegelt
Und selbst gespiegelt wird von keinem andern.
Du wüßtest gern, wann Gott mich niederlegte 109
In dem erhabnen Garten, darin jene
Dich zu so hohem Aufstieg hat bereitet;
Wie lang die Freude meiner Augen währte, 112
Und was der wahre Grund des großen Zornes,
Und welche Sprache ich mir schuf und brauchte.
Mein Sohn, nicht daß ich von dem Baum genossen, 115
War selbst dereinst der Grund des großen Bannes,
Nein, nur die Übertretung des Gebotes.

Drum hab ich dort, woher Virgil gekommen,
Viertausendunddreihundertzwei der Sonnen
Voll Sehnsucht zugebracht nach diesem Reiche.
Ich sah auf ihrer Bahn zu allen Sternen
Neunhundertdreißigmal sie wiederkehren,
Solang ich auf der Erde drunten weilte.
Die Sprache, die ich sprach, ist ganz erloschen
Schon lang bevor zu dem unmöglichen Werke
Die Völker Nimrods angetreten waren.
Denn niemals sind die Werke des Verstandes,
Weil sie der Menschen Wille mit dem Drehen
Des Himmels ändert, dauerhaft gewesen.
Werk der Natur ist, daß die Menschen sprechen,
Doch hat sie, ob auf die und jene Weise,
Euch selber nach Belieben überlassen.
Eh' ich hinabstieg in der Hölle Bangen,
Hieß ›I‹ auf Erden jenes höchste Wesen,
Von dem die Freude kommt, die mich umhüllet.
›El‹ hieß es später, und das mußte kommen,
Denn aller Menschen Sitte gleicht dem Laube
Der Bäume, das vergeht und wiederkehret.
Der höchste Berg, der aufsteigt aus den Wogen,
Sah mich mit reinem und mit sündigem Leben
Vom Morgen bis zur Stunde, welche folget
Der sechsten, da der Sonne Stand sich ändert.«

## SIEBENUNDZWANZIGSTER GESANG

*Nach dem Jubel der Seligen im Fixsternhimmel rötet sich das Licht des Petrus und mit ihm der Himmel, und Petrus hält eine Strafrede gegen den Verfall des Papsttums. Dann sieht Dante den Schwarm der Seligen nach oben entschwinden, er schaut noch einmal zurück auf die Erde und, von Beatrices Anblick gestärkt, steigt er zum Kristallhimmel empor, der als letzter das kreisende Weltall umschließt und selbst in die unerforschliche Unendlichkeit Gottes gebettet ist. Dort wurzelt auch die Zeit, die nach Dantes dunkler Prophezeiung eine Gesundung der Menschheit bringen wird.*

Dem Vater und dem Sohne und dem Geiste
Erscholl im ganzen Paradiese »Gloria«,
So daß die süßen Klänge mich berauschten.
Das, was ich sah, erschien mir wie ein Lachen
Des Weltalls, also daß durch Aug und Ohren
Zugleich mich süße Trunkenheit erfüllte.
O Fröhlichkeit, o unsagbare Freuden!
O Leben ganz in Liebe und in Frieden!
O sichrer Reichtum, frei von allen Lüsten!
Vor meinen Augen standen angezündet
Der Fackeln vier, und die zuerst gekommen,
Die sah ich plötzlich noch lebendiger brennen;
Sie wurde so in ihrer Lichterscheinung
Wie Jupiter, wenn er und Mars zusammen
Als Vögel ihr Gefieder tauschen würden.
Die Vorsehung, die hier bei uns die Rollen
Und Ämter zuteilt, hat dem seligen Chore
An allen Orten Schweigen dann geboten.
Da hörte ich: »Wenn ich die Farbe wechsle,
Darf's dich nicht wundern, denn bei meiner Rede
Wirst du sie alle sich verfärben sehen.
Der meine Stelle an sich riß auf Erden,
Ja, meine Stelle, die im Angesichte
Des Gottessohnes unbesetzt geblieben,
Der machte meine Grabesstatt zum Pfuhle
Von Blut und Unrat; drob hat der Verruchte,
Von hier Gestürzte, drunten seine Freude.«
Die Farbe, die am Morgen und am Abend
Die Wolken färbt beim Fernestehn der Sonne,
Sah ich am ganzen Himmel ausgebreitet.
Und so wie eine Frau, ehrbar und sicher
Stets ihrer selbst, durch eines andern Fehler,
Den sie vernommen, plötzlich kann erschrecken,
So hat Beatrice ihr Gesicht verändert,
Und so hat wohl der Himmel sich verfinstert
Beim Duldertode unsres höchsten Herren.
Dann hat er seine Worte ausgesprochen
Mit einer Stimme, die so sehr verwandelt,
Daß sich sein Antlitz mehr nicht wandeln konnte.
»Die Braut des Herren ward nicht auferzogen
Mit meinem, Linus' und des Cletus Blute,
Um später feil mit Gold gekauft zu werden;

Nein, zum Erwerbe dieses frohen Lebens 43
Hat Sixtus, Pius, Urban und Calixtus
Sein Blut gelassen nach so vielen Tränen.
Es war nicht unsre Absicht, daß zur Rechten 46
Des, der uns nachgefolgt, ein Teil der Christen
Und auf der andern sollt ein andrer sitzen,
Noch daß die Schlüssel, die mir einst verliehen, 49
Ein Zeichen auf der Fahne werden sollten,
Die gegen die Getauften steht im Felde;
Noch daß ich auf dem Siegel sei zu sehen 52
Für die verkauften und verlognen Rechte,
Darob ich oft in heißem Zorn erröte.
Im Hirtenkleide reißend wilde Wölfe 55
Muß ich von hier auf allen Weiden sehen.
O Gottes Schutz, was liegst du so darnieder!
Der Baske und der Caorsiner trinken 58
Von unsrem Blute. O der gute Anfang,
Zu welcher niedern Zeit bist du gesunken!
Jedoch die hohe Vorsehung, die einstens 61
Zu Rom mit Scipio allen Ruhm verteidigt,
Kommt bald zu Hilfe, wie ich glauben möchte.
Und du, mein Sohn, der mit dem sterblichen Leibe 64
Nach drunten kehrt, sollst deinen Mund nur öffnen
Und nicht verbergen, was ich nicht verberge.«
So wie gefrorne Dünste niederschneien 67
In unsern Lüften, wenn des Steinbocks Zeichen
Am Himmel mit der Sonne sich berührte,
So sah ich droben sich den Äther schmücken 70
Und sich erheben siegesfrohe Dünste,
Die dort mit uns zusammen erst verweilten.
Mein Auge folgte ihren lichten Bildern 73
Solange, bis der Raum in seiner Größe
Ihm nicht erlaubte, weiter vorzudringen;
Weshalb die Frau, die mich von diesem Schauen 76
Nach oben sah erlöst, mir sagte: »Senke
Den Blick und schaue um dich, wie du kreisest.«
Seit ich zum erstenmal hinunterschaute, 79
Sah ich mich hinziehn durch den ganzen Bogen
Des ersten Runds vom Mittel bis zum Ende;
So konnt ich hinter Cadix noch erkennen 82
Odysseus' tollen Weg, und hier die Ufer,
Die einst Europas süße Last getragen.

Und mehr noch hätte ich entdecken können 85
Von unsrem Erdball, doch die Sonne eilte
Zu meinen Füßen, zwischen andern Sternen.
Der liebevolle Geist, der meiner Herrin 88
In steter Liebe huldigt, der entbrannte
Mehr als zuvor, mein Aug auf sie zu richten.
Und wenn Natur und Kunst je Bilder schufen 91
Zur Augenweide, um den Geist zu halten,
In Menschenleibern oder in Gemälden,
So würden allesamt vereint zunichte 94
Vor jener Himmelsfreude, die mir blitzte,
Als ich ihr lachend Antlitz vor mir schaute.
Und jene Kraft, die mir der Blick gewährte, 97
Hat mich vom Neste Ledas losgerissen
Und mich zum schnellsten Himmel hingetrieben.
Dort sind die hohen, lebensvollen Teile 100
Solch gleicher Art, daß ich nicht sagen könnte
Den Ort, den Beatrice mir erkoren.
Doch sie, die meine Sehnsucht schon erkannte, 103
Begann mit einem solchen frohen Lachen,
Daß Gott in ihrem Antlitz schien zu leuchten:
»Der Welt Natur, die ihre eigne Mitte 106
In Ruhe hält und alles rings beweget,
Hat hier zugleich den Anfang und das Ende;
Und keinen andern Ort hat dieser Himmel 109
Als Gottes Geist, in dem entbrennt die Liebe,
Die ihn bewegt, die Kraft, die er entsendet.
Von Licht und Liebe ist er selbst umfangen, 112
Wie er umfängt die andern, dies Umschließen
Kann der nur, der ihn selbst umschließt, verstehen.
Von keinem andern wird sein Schwung geleitet, 115
Die andern aber sind an ihm gemessen,
So wie in Zehn die Zwei und Fünf enthalten.
Und wie die Zeit in einer solchen Schale 118
Die Wurzeln hat, ihr Laubwerk in den andern,
Das ist dir nunmehr auch wohl klar geworden.
O Habgier, die die Menschen überflutet, 121
So hoch, daß keiner mehr die Kräfte findet,
Die Augen über deine Flut zu heben!
Wohl blühet in den Menschen noch das Wollen, 124
Jedoch der erste Regen ließ verschrumpfen
Und sauer werden die einst süßen Früchte.

Unschuld und Treue kann man nur noch finden
Bei kleinen Kindlein, aber dann entfliehen
Sie alsbald vor dem ersten Flaum der Wangen.
Ein mancher pflegt unmündig noch zu fasten,
Und später wird er, wenn er mündig wurde,
Zu jeder Stunde jede Speise schlingen.
Und mancher liebt unmündig noch und ehret
Die Mutter, die er dann mit reifer Sprache
Hernach so gern begraben sehen möchte.
So wandelt sich die weiße Haut in dunkel
Beim ersten Anblick an der schönen Tochter
Des Lichts, das morgens kommt und abends schwindet.
Auf daß es dich jedoch nicht wundern möge,
Bedenk: Niemand regieret auf der Erde,
Und darum geht die Menschheit in der Irre.
Jedoch eh Januar verläßt den Winter
Ob jenem Hundertteil, das man vergessen,
Wird es so hell in diesen Höhen leuchten,
Daß jenes Schicksal, das so lang ersehnte,
Das Heck der Schiffe drehen wird zum Buge,
So daß die Flotte rechten Kurs wird laufen
Und nach den Blüten wahre Frucht wird kommen.«

## ACHTUNDZWANZIGSTER GESANG

*Wie in einem Spiegel sieht Dante in Beatrices Augen das Licht des Empyreums und wendet sich um. Dort erkennt er die Chöre der Engel, die um die Gottheit wie um einen leuchtenden Punkt kreisen. Beatrice erklärt ihm den Unterschied der irdischen und der himmlischen Sphären und nennt ihm die Stufen der Engelskreise nach der Einteilung des Dionysius Areopagita.*

So hat entgegen diesem heutigen Leben
Der armen Menschen Wahrheit mir verkündet
Die Frau, die meinen Geist zum Himmel führte.
Wie man im Spiegel einer Fackel Flamme
Erkennen kann, die hinter einem leuchtet,
Eh sie dem Auge und dem Geist erschienen,

Und sich umkehrt, zu sehen, ob der Spiegel
Die Wahrheit sagt, und sieht, daß sie einander
Entsprechen, wie die Töne ihren Takten;
So kann sich mein Gedächtnis wohl entsinnen,
Daß ich getan beim Blick in ihre Augen,
Mit denen Amor mich gefesselt hatte.
Und als ich mich gewandt, fiel in die meinen
All das, was dort in jenem Himmel glänzet,
Wohin man auch in seine Kreise schaue.
Ein Punkt war dort, der mit so scharfem Lichte
Erstrahlte, daß das Aug, das er geblendet,
Sich schließen mußte vor des Lichtes Schärfe.
Und jeder Stern, der hier am schwächsten leuchtet,
Erschien mir wie ein Mond an dessen Seite,
Wenn sie wie Sterne beieinander stünden.
So nahe wohl wie bei des Mondes Hofe
Des Lichtes Widerschein ihn selbst umgürtet,
Wenn jenes Hofes Dunst ganz dicht geworden,
Hat um den Punkt ein Feuerkreis geschwungen
So schnell, daß er noch übertroffen hätte
Den Himmel, der die Welt als schnellster gürtet.
Und der wird noch von einem Kreis umgürtet,
Und der vom dritten, dieser von dem vierten,
Der vierte von dem fünften, der vom sechsten,
Dann kam der siebente so weit geschwungen
In seinem Bogen, daß der ganze Bote
Der Juno ihn nicht mehr umspannen könnte.
So kam der achte und der neunte, jeder
Bewegte sich verlangsamt in dem Maße,
Wie er vom ersten Kreise Abstand hatte.
Und jener hatte auch die reinste Flamme,
Der sich am nächsten fand dem reinen Funken,
Weil er bei ihm wohl höchste Wahrheit findet.
Und meine Herrin, die in schwerem Denken
Mich sah, die sprach: »Von jenem Punkte hänget
Der Himmel ab und alles, was geschaffen.
Sieh jenen Kreis, der ihm am allernächsten,
Und wisse, daß er sich so schnell beweget
Aus heißer Liebe, die ihn treibt zur Eile.«
Und ich zu ihr: »Wenn auch die Welt befolgte
Die Ordnung, die ich seh in diesem Kreise,
So wär ich satt von dem, was ich hier schaute,

Doch in der Sinnenwelt kann man die Kreise 49
Nur um so schneller sehn in der Umdrehung,
Je weiter sie vom Mittelpunkte ferne.
Drum, wenn mein Sehnen soll Vollendung finden 52
In diesem wunderbaren Engelsdome,
Den Licht und Liebe ganz allein umgrenzen,
Muß ich noch hören, warum das Gebilde 55
Mit seinem Urbild nicht von gleicher Ordnung,
Weil ich allein vergeblich dies betrachte.«
»Wenn deine Finger nicht genügen können 58
Für diesen Knoten, ist's nicht zu verwundern;
Er ist, weil nie versucht, so fest geworden.«
So sprach die Herrin, und darauf: »Vernimm nun, 61
Was ich dir sage, wenn du satt willst werden,
Und denk darüber nach mit scharfem Geiste.
Es sind des Weltalls Kreise eng und weiter 64
Je nach den kleinern oder größern Kräften,
Die sich durch alle seine Teile breiten.
Die größre Güte führt zu größrem Heile, 67
Und größres Heil umfaßt den größern Körper,
Wenn alle seine Teile gleich vollkommen.
Darum muß dieser, der das ganze andre 70
Weltall mit sich bewegt, dem Kreis entsprechen,
Der höchstes Wissen birgt und höchste Liebe.
Wenn du daher umschreibest nach den Kräften 73
Dein Maß und nicht nur nach dem äußren Bilde
Der Wesenheiten, die dir rund erscheinen,
So wirst du wunderbar sich folgen sehen 76
Auf Viel das Mehr und auf das Kleine Kleinres
An jedem Himmel, nach den Engelswesen.«
So wie wenn strahlend heiter oft geworden 79
Des Himmelskreises Lüfte, wenn der Nordwind
Aus seiner milden Wange nur geblasen,
Wodurch er klar wird und die Dünste schwinden, 82
Die ihn noch trübten, und des Himmels Schönheit
Aus allen Teilen uns entgegenlächelt:
So ist es mir geschehn, als meine Herrin 85
Mit ihrer klaren Antwort mir geholfen
Und ich die Wahrheit sah gleich einem Sterne.
Und als sie mit den Worten eingehalten, 88
Sah man, nicht anders als aus glühendem Eisen
Die Funken, aus den Kreisen Funken sprühen.

Den Feuerbrand verfolgte jeder Funke, 91
Und soviel waren dort, daß ihre Anzahl
Mehr als das Schachbrett sich vertausendfältigt.
Ich hört von Chor zu Chor Hosiannasingen 94
Bis zu dem festen Punkte, der sie immer
Am Ort wird halten, wo sie ewig waren.
Und jene, die in meinem Geist die Zweifel 97
Gesehen, sprach: »In diesen ersten Kreisen
Sind Seraphim und Cherubim zu schauen.
Sie folgen ihren Fesseln also schnelle, 100
Um jenem Punkt sich möglichst anzugleichen,
Und können dies, so wie ihr Schaun sich läutert.
Die andern Liebenden, die sie umkreisen, 103
Die heißen Throne vor dem Bilde Gottes,
Weil sie die letzte der drei Stufen schließen.
Und du mußt wissen, daß sich alle freuen, 106
So sehr als sie den Blick versenken können
In Wahrheit, welche alle Geister sättigt.
Daraus kann man ersehn: es liegt begründet 109
Die Seligkeit im Akte selbst des Schauens,
Nicht dem des Liebens, der auf jenen folget.
Und dieses Schaun hat das Verdienst zum Maße, 112
Das Gnade hat erzeugt und guter Wille;
So steigt man stufenweise dort nach oben.
Das andre Dreiblatt, das emporgewachsen 115
In jenem Frühling dort, der ewig dauert
Und den der Widder nächtens nicht entblättert,
Singt ewiglich ein Frühlingshosianna 118
In drei Gesängen, die in drei Gestalten
Der Freude tönen, die den Dreiklang bilden.
In dieser Ordnung sind drei Gotteswesen: 121
Dominationes erst und dann Virtutes,
Die dritte Reihe sind die Potestates.
Dann sieht man in den beiden nächsten Reigen 124
Arcangeli und Principatus kreisen,
Den letzten füllen lauter Engelsspiele.
All diese Reihen blicken so nach oben 127
Und wirken abwärts, daß zu Gott sie alle
Gezogen werden und zugleich auch ziehen.
Und Dionysius hat mit solchem Sehnen 130
Sich der Betrachtung dieser Reihn ergeben,
Daß er sie so wie ich benennt und scheidet.

Jedoch Gregor, der sich von ihm entfernte, 133
Hat dann, sobald er hier im Himmel oben
Das Aug auftat, sich selbst belächeln müssen.
Und wenn ein Sterblicher ein solch Geheimnis 136
Auf Erden kündet, soll's dich nicht verwundern,
Denn der es droben sah, hat's ihm eröffnet
Mit andrer Wahrheit noch aus diesen Kreisen.« 139

## NEUNUNDZWANZIGSTER GESANG

*Mit einem Moment der Sonnen- und Mondkonstellation vergleicht Dante den Blick Beatrices in die göttliche Lichtquelle. Sie erklärt ihm das Wesen der Engel, in denen sich Gott für alle Ewigkeit entfaltet hat, den Sturz des Luzifer und die Hierarchien der guten Engel. Daran knüpft sie eine Anklage gegen die Vorwitzigkeit der Irrlehrer und die Eitelkeit der Prediger, die das Evangelium entstellen und Ablässe verkaufen. Dann kehrt sie zurück zur Beschreibung der unübersehbaren Engelscharen, die in der Einheit der göttlichen Liebe erstrahlen.*

Zur Zeit, da beide Kinder der Latona, 1
Im Widderzeichen und der Waage stehend
Am Horizonte in der gleichen Zone,
Vom Augenblick, da der Zenit sie ausgleicht, 4
Bis eines und das andre von dem Kreise,
Die Himmelshälfte wechselnd, sich gelöst hat:
Solange schwieg, ein Lächeln im Gesichte, 7
Beatrice still und schaute festen Blickes
Zum Punkte, der mich überwältigt hatte.
Dann fing sie an: »Ich künde ohne Frage 10
Das, was du hören möchtest, denn ich sah es
Dort, wo ein jedes Wo und Wann sich findet.
Nicht um sich neue Güter zu erwerben, 13
Das kann sie nicht, nein nur damit ihr Leuchten
Durch Widerschein kann sagen: ›Ich bestehe‹;
Hat, wie es ihr gefiel, die ewige Liebe 16
In Ewigkeit, jenseits von Zeit und Wissen,
In neuen Liebeswesen sich entfaltet.

Auch vorher lag sie müßig nicht darnieder, 19
Denn weder vorher noch hernach bewegte
Sich Gottes Rede über diesen Wassern.
Rein und verbunden sind einst Stoff und Formen 22
Zur Welt gekommen ohne jeden Makel,
So wie drei Pfeile von drei Bogensehnen.
Und wie im Glase, im Kristall und Bernstein 25
Ein Strahl erglänzt, so daß von seinem Kommen
Zum vollen Glanze keine Zeit vergehet,
So hat die dreigestalte Macht des Herren 28
Sein Wesen mit den Strahlen ganz durchdrungen
Ohn jeden Unterschied vom Anbeginne.
Ordnung und Bau ward einstens miterschaffen 31
Den Wesenheiten, die die Gipfel bilden
Der Welt, in welcher reines Tun erschienen.
Die reine Kraft wohnt in dem untern Teile, 34
Und in dem mittlern haben Kraft und Handeln
Sich so verbunden, daß sie nie sich lösen.
Hieronymus hat euch davon berichtet, 37
Daß Engel Hunderte von Jahren eher
Geschaffen worden, als die Welt geschaffen.
Doch diese Wahrheit steht an vielen Stellen 40
Geschrieben in des Heiligen Geistes Schriften;
Du kannst es merken, wenn du wohl drauf achtest.
Auch der Verstand kann dies ein wenig sehen, 43
Denn er kann nicht verstehn, daß die Beweger
Ausreichten, wenn sie nicht vollkommen wären.
Jetzt weißt du, wo und wann die Liebeswesen 46
Erschaffen sind und wie, und also wären
Drei Brände schon gelöscht in deinem Sehnen.
Nicht schneller könnte man auf zwanzig zählen, 49
Als schon ein Teil von jenen Engelswesen
Das tiefste eurer Elemente trübte.
Der andre blieb, und er begann die Künste, 52
Die du hier schauen darfst, mit solcher Freude,
Daß sie ihr Kreisen niemals unterbrechen.
Beginn des Sturzes war einst der verfluchte 55
Hochmut des Bösen, den du selbst gesehen,
Von aller Last der Erde festgehalten.
Die du hier siehst, die haben sich in Demut 58
Und Dankbarkeit gebeugt vor jener Güte,
Die sie bereit erschuf zu solchem Wissen.

Drum wurden ihre Blicke so erhoben 61
Von Gnadenlicht und eigenem Verdienste,
Daß ganzer, fester Wille sie erfüllte.
Und du sollst nicht bezweifeln, sondern wissen, 64
Daß auch verdienstlich der Empfang der Gnade,
Je nach dem Drang, der sich ihr aufgeschlossen.
Nun kannst du an der himmlischen Versammlung 67
Noch viel betrachten, wenn du meine Worte
Recht aufgenommen, ohne fremde Hilfe.
Weil aber auf der Welt in euren Schulen 70
Man liest, so sei auch die Natur der Engel,
Daß sie begreift und will und sich erinnert,
Sag ich noch etwas, daß du klar kannst sehen 73
Die Wahrheit, die dort unten man verwechselt,
Indem man solche Schriften doppelt deutet.
Die Wesenheiten, da sie fröhlich waren 76
Im Anblick Gottes, haben nie das Auge
Von ihm gewandt, vor dem kein Ding verborgen.
Drum ist ihr Schauen auch nicht unterbrochen 79
Von neuen Gegenständen, und sie brauchen
Auch kein Erinnern an entfernte Dinge.
So phantasiert man ohne Schlaf dort unten 82
Von Wahrheit, mit und ohne beßres Wissen,
Doch in dem einen liegt mehr Schuld und Schande.
Ihr steiget nicht hinab auf einem Pfade 85
Im Denken, so sehr hat euch mitgerissen
Die Liebe zu dem Schein und sein Gedanke.
Und doch wird das hier oben noch ertragen 88
Mit mindrem Zorn, als wenn die Heiligen Schriften
Hintangesetzt und mißgedeutet werden.
Man denkt nicht daran, wieviel Blut es kostet, 91
Sie in der Welt zu sä'n, und wie genehm sind,
Die sich in Demut an die Schriften halten.
Ein jeder müht sich, Eignes zu erfinden, 94
Nur um zu glänzen, jene läßt man liegen,
Und ihre Predigt schweigt vom Evangelium.
Der eine sagt, der Mond hat sich gewendet 97
Beim Tode Christi, und er trat dazwischen,
So daß das Sonnenlicht nicht war zu sehen.
Ein andrer meint, das Licht hat sich von selber 100
Verborgen, daß die Spanier und die Inder
Den Juden gleich die Finsternis erlebten.

Florenz hat soviel Hinze nicht und Kunze, 103
Wie solche Fabeln man in jedem Jahre
An allen Orten ausruft von den Kanzeln;
So daß die armen Schäflein, die nichts wissen, 106
Mit Wind gefüttert von der Weide kommen,
Und daß sie die Verblendung nicht entschuldigt.
Christus sprach nicht zu seinen ersten Jüngern: 109
Geht hin und predigt Possen vor den Leuten;
Nein, er hat ihnen wahren Stoff gegeben.
Und der hat so in ihrem Mund geklungen, 112
Daß sie zum Kampf, den Glauben anzufeuern,
Sich Schild und Lanze aus der Botschaft machten.
Jetzt schreitet man mit Späßen und mit Witzen 115
Zur Predigt, und wenn alle Leute lachen,
Schwillt die Kapuze, mehr ist nicht vonnöten.
Jedoch im Zipfel nistet solch ein Vogel, 118
Daß, wär' das Volk nicht blind, es sehen könnte
Den Ablaß, den es hinnimmt voll Vertrauen.
Drob ward so groß die Dummheit auf der Erde, 121
Daß sie auch ohne irgendwelches Zeugnis
Bei jedem Angebot zusammenlaufen.
So wächst das Schwein des Heiligen Antonius 124
Und andre auch, die noch viel größre Schweine
Und die mit ungeprägter Münze zahlen.
Doch da wir abgeschweift, kehr deine Augen 127
Nunmehr zurück zu der geraden Straße,
So daß der Weg sich mit der Zeit verkürze.
So hoch empor stuft sich die Zahl der Engel, 130
Daß niemals eine Sprache ward gefunden,
Noch Menschendenken, das so weit hin reichte.
Und wenn du schaust, was Daniel enthüllte, 133
Siehst du, daß doch in seinen Tausendzahlen
Noch eine feste Anzahl liegt verborgen.
Das erste Licht, das auf sie alle leuchtet, 136
Empfangen sie in soviel Einzelarten
Als Lichter sind, mit denen es sich gattet.
Weshalb, dieweil dem Akte des Begreifens 139
Die Liebe folgt, die Süßigkeit der Liebe
In ihnen auch verschieden glüht und wärmet.

Sieh die Erhabenheit nun und die Weite 142
Der ewigen Kraft, da sie sich soviel Spiegel
Geschaffen hat, in denen sie gebrochen,
Und dennoch eine bleibt, wie sie gewesen.« 145

## DREISSIGSTER GESANG

*Wie kurz vor Tagesanbruch die Sterne vom Himmel schwinden, so schwindet vor Dantes Augen die Schar der Engel, und sein Blick kehrt zurück zu der unbeschreiblichen Schönheit Beatrices. Indessen wird er aus dem Kristallhimmel zum Lichtstrom des Empyreums emporgehoben, in dem die Engel auf- und niedertauchen, und er darf die Himmelsrose schauen, die durch die Rückstrahlung des göttlichen Lichtes vom Kristallhimmel gebildet wird und in der die Seligen ihren höchsten Sitz haben. Dort zeigt ihm Beatrice den künftigen Thron Kaiser Heinrichs VII., von dem Dante die Rettung Italiens erwartet hatte, und verkündet ihm den Sturz des Papstes Clemens V., der Bonifaz VIII. in die Hölle folgen wird.*

Sechstausend Meilen glüht wohl von uns ferne 1
Die Mittagsstunde, und auf dieser Erde
Sinkt schon der Schatten hin zum ebnen Bette,
Indes des Himmels Mitte, uns am fernsten, 4
So dämmert, daß schon einige der Sterne
Den Glanz verlieren bis zu diesem Grunde;
Und da die hellste Dienerin der Sonne 7
Zu oberst kommt, so schließt sich dann der Himmel
Von Bild zu Bild bis zu dem allerschönsten;
Nicht anders ist der Engelschor, der immer 10
Um jene Mitte spielt, die mich besiegte,
Und scheint von dem, was er umschließt, umschlossen,
Allmählich hier vor meinem Blick erloschen; 13
Drum hat Nichtsehn und Liebe mich getrieben,
Das Aug zu Beatrice hinzuwenden.
Wenn alles, was bisher von ihr gesprochen, 16
In einem einzigen Lob zusammenkäme,
So würd' es diesmal doch noch nicht genügen.

Die Schönheit, die ich sah, ist so erhaben, 19
Nicht über uns nur, nein, ich möchte glauben,
Daß nur ihr Schöpfer selbst sie ganz genieße.
An dieser Stelle geb ich mich geschlagen, 22
Mehr als von einer Stelle seines Werkes
Jemals ein Dichter überwältigt wurde.
Denn wie das Sonnenlicht die schwachen Augen, 25
Muß das Gedächtnis dieses süßen Lächelns
Mir meines Geistes Kraft von selber schwächen.
Vom ersten Tag, da ich ihr Bild gesehen 28
Im Erdenleben, bis zu diesem Schauen
Ist meinem Sang zu folgen nicht verboten,
Doch jetzt muß meine Dichtung drauf verzichten, 31
Noch weiter ihre Schönheit zu verfolgen,
Wie jeder Künstler vor dem letzten Ziele.
So wie ich sie nun einem höhern Rufe 34
Als dem der eigenen Posaune lasse,
Die jetzt ihr schweres Werk zu End muß bringen,
Mit Ton und Haltung eines flinken Führers, 37
Sprach sie zu mir: »Wir sind herausgekommen
Vom größten Kreis zum Himmel reinsten Lichtes;
Zum Geisteslichte, ganz erfüllt mit Liebe, 40
Mit Liebe zu dem wahren Gut voll Freude,
Voll Freude, jede Wonne übersteigend.
Hier kannst du alle beiden Scharen sehen 43
Des Paradieses; eine so gestaltet,
Wie du sie sehn wirst einst am Jüngsten Tage.«
So wie ein schneller Blitz des Sehens Kräfte 46
Zerstreut, daß selbst die hellsten Gegenstände
Auf unser Auge nicht mehr wirken können,
So ward ich vom lebendigen Licht umflutet 49
Und eingehüllt in einen solchen Schleier
Von seinem Glanze, daß ich nichts mehr schaute.
»Stets hat die Liebe, die den Himmel stillet, 52
Mit einem solchen Gruß bei sich empfangen,
Um ihrer Glut die Kerze zu bereiten.«
Ich hatte nicht so bald in mir vernommen 55
Die kurzen Worte, als ich schon begriffen,
Daß ich die eignen Kräfte überstiegen.
Ich ward mit einem neuen Blick entzündet, 58
So daß kein Licht mehr ist von solcher Reine,
Daß es mein Auge nicht ertragen könnte.

Und ich sah Licht in eines Stromes Formen
Von Feuern fließend, zwischen zwei Gestaden,
Bemalt mit wunderbaren Frühlingsfarben.
Aus diesem Strome sah ich Funken sprühen,
Die überall sich auf die Blumen senkten,
So wie Rubine, eingefaßt vom Golde.
Dann sah ich, gleichsam von den Düften trunken,
Sie wieder in den Wunderstrudel tauchen,
Und neue kamen, wenn die ersten tauchten.
»Die hohe Sehnsucht, die dich jetzt entzündet,
Von dem, was du gesehen, zu erfahren,
Gefällt mir um so mehr, je mehr sie brennend.
Doch mußt du noch von diesem Wasser trinken,
Bevor man stillen wird dein großes Dürsten«,
So sprach zu mir die Sonne meiner Augen.
Sie sagte noch: »Der Fluß und jene Funken,
Die auf- und niedersteigen, und die Blumen
Sind ihrer Wahrheit schattenhafte Boten.
Nicht, daß sie selber unvollkommen wären,
Es ist ein Mangel nur auf deiner Seite,
Der du noch nie so hehre Dinge sahest.«
Kein Kindlein kann so schnell mit dem Gesichte
Zur Milch sich stürzen, wenn es wach geworden
Viel später, als es sonst erwachen mochte,
Als ich mich beugte, daß aus meinen Augen
Noch beßre Spiegel würden, auf die Wogen,
Die, um uns zu verschönen, niederströmen.
Und als ich mit dem Rande meiner Wimpern
Daraus getrunken, schien es mir, als wäre
Aus ihrer Länge jetzt ein Rund geworden.
Dann haben, so wie Menschen unter Masken,
Die sich verändern, wenn sie sich der fremden
Gestalt entkleiden, die sie erst entstellte,
Sich mir in noch viel größern Glanz verwandelt
Die Blüten und die Funken, daß ich beide
Scharen des Himmels offen schauen konnte.
O Gottes Glanz, durch den ich sehen durfte
Den hohen Siegeszug des wahren Reiches,
Gib mir die Kraft, zu sagen, was ich schaute!
Ein Licht ist droben, das den Schöpfer selber
Dort sichtbar macht für alle die Geschöpfe,
Die nur in seinem Anblick Frieden finden.

Und es verbreitet sich in einer Runde 103
So groß, daß es mit seinem ganzen Kreise
Der Sonne ein zu weiter Gürtel wäre.
Sein ganzes Bild ist aufgebaut aus Strahlen, 106
Die sich am obersten Beweger brechen,
Der dorther seine Kraft empfängt und Leben.
Und wie ein Hügel sich im Wasser spiegelt 109
Zu seinen Füßen, sich geschmückt zu sehen,
Wenn er mit Rasen sich bedeckt und Blumen,
So sah ich über jenem Licht im Kreise 112
In mehr als tausend Stufen widerspiegeln
All die, die von uns heimgekehrt nach droben.
Und wenn schon auf der untern Stufe leuchtet 115
So großes Licht, wie groß ist erst die Fülle
Von dieser Rose in den höchsten Blättern!
Mein Aug hat in der Breite und der Höhe 118
Sich nicht verloren, sondern ganz ergriffen
Die Art und Weite dieser großen Freuden.
Nichts gibt und nimmt hier Nähe oder Ferne, 121
Denn dort, wo Gott unmittelbar regieret,
Ist das Naturgesetz nicht mehr in Geltung.
Ins gelbe Innre dieser ewigen Rose, 124
Die sich entfaltet, die sich stuft und duftet
Der Sonne Lob, die ewigen Frühling spendet,
Hat so wie jemand, der gern sprechen möchte, 127
Mich Beatrice hingezogen: »Siehe«,
Sprach sie, »wie groß die Schar der weißen Kleider!
Sieh unsre Stadt in ihrem weiten Kreise! 130
Sieh unsre Sitze mit so reicher Fülle,
Daß wenig Leute nur noch bei uns fehlen!
Auf jenem hohen Stuhl, nach dem du blickest, 133
Der Krone wegen, die darauf zu sehen,
Wird, eh du speisen wirst bei diesem Feste,
Die Seele sitzen, die auf Erden mächtig, 136
Des hohen Heinrich, der Italiens Zügel
Ergreifen wird, noch eh es sich bereitet.
Die blinde Habgier, die euch überkommen, 139
Hat euch dem Kinde gleich gemacht, das lieber
Vor Hunger stirbt und seine Amme wegstößt;
Und auf dem Heiligen Stuhle wird dann sitzen 142
Ein Mann, der weder insgeheim noch offen
Mit ihm wird wandeln auf dem gleichen Wege.

Doch wird er kurz von Gott nur noch geduldet 145
Im heiligen Amt; er wird hinabgestoßen,
Wo seine Sünde büßt der Magier Simon,
Und wird den von Alagna tiefer treiben.« 148

## EINUNDDREISSIGSTER GESANG

*Dante betrachtet die Himmelsrose der Seligen und die daran auf- und niederschwebenden Engel. Als er sich wieder zu Beatrice wenden will, antwortet ihm der Heilige Bernhard und zeigt ihm Beatrice auf ihrem himmlischen Thron, auf den sie zurückgekehrt ist. Bernhard lenkt Dantes Blicke auf Maria, die wie die Morgenröte im Osten den übrigen Himmel überstrahlt.*

So ist im Bilde einer weißen Rose 1
Mir jene heilige Kämpferschar erschienen,
Die Christus sich mit seinem Blut verlobte.
Die andre, die im Flug die Glorie dessen 4
Besingt und schaut, der sie mit Liebe fesselt,
Und seine Güte, die sie so geschaffen,
Kam wie ein Bienenschwarm, der zu den Blüten 7
Hinfliegt, um wieder dorthin heimzukehren,
Wo seine süße Arbeit angesammelt,
Hernieder zu der großen Blume, welche 10
So viele Blätter schmücken, und stieg wieder
Empor zum Wohnsitz ihrer ewigen Liebe.
Die Angesichter waren alle flammend, 13
Die Flügel golden, weiß war alles andre;
Kein Schnee kann jemals solch ein Weiß erreichen.
Im Niederschweben zu der Blume gaben 16
Sie stufenweise Frieden her und Gluten,
Die sie im Flügelschlage sich erwarben.
Und wenn auch zwischen droben und der Blume 19
Im Fluge sich bewegten solche Scharen,
Hat dies den Blick und Glanz nicht unterbrochen.
Dieweil das Weltall von dem göttlichen Lichte 22
Durchdrungen wird, soweit es dessen würdig,
So daß ihm gar nichts widerstehen könnte.

Dies Königreich so sicher und so freudig,
Erfüllt vom alten und vom neuen Volke,
Hob Blick und Liebe ganz nach einem Ziele.
Dreieinig Licht, das dort in einem Sterne
Mit seinem Glanze ihre Blicke stillet,
Schau doch einmal auf unsre Stürme nieder!
Wenn die Barbaren, aus dem Lande kommend,
Das jeden Tag der Große Bär bedecket,
Mit seinem Sohne, der ihm lieb ist, kreisend,
Beim Anblick Roms und seiner schweren Werke
Voll Staunen waren, als der Lateranus
Hoch über alle Menschendinge herrschte;
Wie mußte ich, der von der Zeit zum Ewigen,
Vom Menschlichen zum Göttlichen gekommen
Und aus Florenz zum Rechten und Gesunden,
Von großem Staunen überwältigt werden!
In diesem Staunen und in meiner Freude
Gefiel mir, stumm zu sein und nicht zu hören.
Und wie ein Pilgersmann sich daran weidet,
Sich umzuschaun in seiner Wallfahrtskirche,
Voll Hoffnung, wieder von ihr zu erzählen,
So ließ ich im lebendigen Lichte wandelnd,
Auf allen jenen Stufen meine Augen
Bald auf, bald abwärts, bald im Kreise schweifen.
Ich sah Gesichter, die zur Liebe luden,
Mit fremdem Licht geziert und eignem Lächeln,
Gebärden schön von allen Ehrbarkeiten.
Das allgemeine Bild des Paradieses,
Das hatte nun mein Blick schon ganz begriffen,
Doch war mein Aug noch nirgends festgehalten.
Ich wandte mich mit neuentfachten Wünschen
Zu meiner Herrin hin, um sie zu fragen
Nach Dingen, die den Geist im Zweifel ließen.
Ich meinte eins, ein andres gab die Antwort;
Statt Beatrice ist ein Greis erschienen,
Gekleidet wie die ruhmesvollen Geister.
Von Augen und von Wangen strahlte Güte
Und Fröhlichkeit, und seine fromme Miene
War, wie sie einem guten Vater ziemte.
Und: »Wo ist sie?«, hab ich da ausgerufen;
Worauf er: »Deine Sehnsucht zu erfüllen,
Rief Beatrice mich von meinem Sitze.

Wenn du emporschaust nach dem dritten Kreise
Vom höchsten Rang, kannst du sie wiedersehen
Auf ihrem Thron, den ihr Verdienst ihr brachte.«
Ich hob die Augen, ohne mehr zu sagen,
Und ich sah sie, die eine Krone formte
Vom Widerschein der ewigen Lichterstrahlen.
Von jener Sphäre, die am höchsten donnert,
Entfernt sich nie so weit ein menschlich Auge,
Und wär' es auf dem tiefsten Meeresgrunde,
Wie dort mein Auge fern war von Beatrice;
Doch dies verschlug mir nichts, es kam ihr Bildnis
Zu mir hernieder ohne jede Trübung.
»O Herrin, die du meine Hoffnung nährest
Und die du gütig bis zur Hölle nieder
Zu meinem Heile deine Spuren führtest;
Von allen Dingen, die ich hier gesehen,
Verdank ich deiner Macht und deiner Güte
Die Kraft und Gnade, die sie mir gewähren.
Du hast mich aus der Knechtschaft hin zur Freiheit
Geführt auf allen Wegen, jede Weise,
Die dir dazu in deine Macht gegeben.
Du wollst in mir dein hohes Werk behüten
Daß meine Seele, die durch dich gesundet,
Dir wohlgefällig sich vom Leibe löse.«
So flehte ich, und jene aus der Ferne
Hat, wie ich glaube, lächelnd mich betrachtet,
Dann hat sie sich zum ewigen Quell gewendet.
Der heilige Greis: »Damit du ganz vollkommen«,
So sprach er, »deinen Weg beschließen mögest,
Zu dem Gebet und Liebe mich gerufen,
Flieg mit den Augen über diesen Garten,
Sein Anblick wird dein Schauen dran gewöhnen,
Noch höher auf zum göttlichen Licht zu steigen.
Die Himmelskönigin, für die ich brenne
In heißer Liebe, schenkt uns jede Gnade,
Denn ich bin Bernhard, ihr getreuer Diener.«
Wie wohl ein Pilger, aus Kroatien kommend,
Bei uns das Tuch Veronikas zu sehen,
Mit seinem ungestillten alten Hunger,
Sich in Gedanken sagt, solang er's siehet:
»Wahrhaftiger Gott, o mein Herr Jesus Christus,
Ist dergestalt denn Euer Bild gewesen?«

So ging mir's, als ich die lebendige Liebe 109
Des Mannes schaute, der auf dieser Erde
In der Betrachtung jenen Frieden spürte.
»Du Sohn der Gnade, dieses selige Leben«, 112
So sprach er, »wirst du nicht an dir erfahren,
Wenn du die Augen nur nach drunten richtest.
Schau nach den Kreisen hin bis zu dem fernsten, 115
So weit, bis du die Königin kannst sehen,
Der untertan dies Reich ist und ergeben.«
Ich hob die Augen, und so wie am Morgen 118
Des Ostens Himmel fern am Horizonte
Den übertrifft, an dem die Sonn' geht unter:
So sah ich, wie vom Tal zum Berge schweifend 121
Mit meinen Augen, daß ein Stück der Ferne
Mit seinem Licht den ganzen Kreis besiegte,
Und wie der Ort, wo man der Deichsel harret, 124
Die schlecht von Phaëton geführt, aufleuchtet,
Indessen da und dort das Licht erloschen:
So war auch dieses friedensreiche Banner 127
In seiner Mitte heller, und es dämpfte
Im gleichen Maße ringsum alle Flammen.
In dieser Mitte sah ich freudig feiernd 130
Mit weiten Flügeln mehr als tausend Engel,
Mit eignem Glanz und eigner Kunst ein jeder.
Ich sah bei ihren Spielen und Gesängen 133
Dort eine Schönheit lachen, die als Freude
Aus aller andern Heiligen Augen strahlte.
Und wenn ich soviel reiche Worte fände 136
Als ich geschaut, so würd' ich doch nicht wagen,
Den kleinsten Teil der Freude darzustellen.
Als Bernhard meine Augen fest und innig 139
In ihre heiße Glut hat tauchen sehen,
Wandt' er die seinen hin mit solcher Liebe,
Daß er die meinen mehr zum Schaun entflammte. 142

## ZWEIUNDDREISSIGSTER GESANG

*Der Hl. Bernhard beschreibt Dante die Himmelsrose und nennt ihm die Namen und Sitze der Seligen: auf der einen Seite bildet eine Reihe von Frauen des Alten Testaments, mit Eva beginnend, auf der andern Seite eine Reihe von Heiligen eine Scheidewand zwischen den Seligen des Alten und Neuen Bundes. In der unteren Hälfte der Rose ist der Aufenthalt der Kinder, die entweder vor der Ankunft Christi geboren oder die getauft sind; Bernhard erläutert das Gesetz der Gnadenwahl an Kain und Abel. Dann erblickt Dante Maria und den Engel der Verkündigung, und Bernhard zeigt ihm die nächsten Gestalten, Adam und Moses, Johannes und Petrus, dann Anna, die Mutter Marias, und Lucia, die Beatrice zu Dantes Rettung entsandt hat. Schließlich wenden sie den Blick zu Gott selber, und der Hl. Bernhard spricht sein Gebet.*

In seine Freude liebevoll versunken, 1
    Hat der Beschauliche gern das Amt des Lehrers
    Erfüllt und sprach zu mir die heiligen Worte:
»Die Wunde, die Maria schloß und salbte, 4
    Hat jene, die so schön zu ihren Füßen,
    Dereinstens aufgerissen und geschlagen.
Im Range, den die dritten Sitze bilden, 7
    Hat Rahel ihren Platz zu ihren Füßen
    Mit Beatrice, wie du dort kannst sehen.
Sara, Rebecca, Judith sowie jene, 10
    Die Ahnin war des Sängers, der die Sünde
    Bereuend klagte: ›Miserere mei!‹,
Die kannst du so herab von Stuf' zu Stufe 13
    Dort sitzen sehn, so wie ich in der Rose
    Von Blatt zu Blatt dir ihre Namen nenne.
Vom siebten Ringe abwärts siehst du folgen 16
    Hebräerfrauen, sowie auch darüber,
    Die alle Blätter voneinander scheiden.
Denn je nachdem der Glaube sich auf Christus 19
    Gerichtet, dürfen sie die Scheide bilden,
    An welcher sich die heiligen Stufen teilen.
Auf dieser Seite, wo in allen Blättern 22
    Die Blüte reif ist, haben ihre Sitze
    Die, welche an den künftigen Christus glaubten.
Zur andern Seite, wo noch Lücken blieben 25
    Im Halbkreis, kannst du jene sehen, welche
    Auf den gekommnen Christ den Blick gerichtet.
Und so wie hier die ruhmesreichen Sitze 28
    Der Himmelskönigin und all der andern,
    Die unter ihr, solch eine Scheide bilden,

So drüben der des großen Sankt Johannes,
Der heilig stets in Einsamkeit und Marter
Geduldet und zwei Jahre in der Hölle;
Und unter ihm zur Scheide sind erkoren
Franziskus, Benedikt und Augustinus,
Darunter alle andern Stuf' um Stufe.
Nun sieh die hohe Vorsehung des Herren,
Daß beide Sichten unsres Christenglaubens
In gleichem Maße diesen Garten füllen!
Und wisse, daß von jenem Rang nach unten,
Der beide Scheidewände mitten schneidet,
Man ohne eigenes Verdienst gelanget,
Vielmehr durch fremdes, in besondrem Falle;
All diese Geister fanden die Erlösung,
Bevor sie selber recht entscheiden konnten.
Du kannst es wohl an ihren Angesichtern
Und auch an ihren Kinderstimmen merken,
Wenn du sie recht betrachtest und belauschest.
Nun zweifelst oder schweigst du voll von Zweifel,
Doch will ich dir den festen Knoten lösen,
In den dein scharfes Denken dich verwickelt.
In aller Weite dieses Königreiches
Hat nie ein Gran von Zufall Platz gefunden,
So wenig wie das Hungern, Dürsten, Trauern;
Denn alles, was du siehst, ist fest geordnet
Durch ewiges Gesetz, daß ganz vollkommen
Es sich entspricht so wie der Ring am Finger.
Und deshalb sind die frühgekommnen Scharen
Im wahren Leben hier nicht ohne Gründe;
Man kommt auch hierher mit verschiednen Würden.
Der König, der das Königreich läßt ruhen
In solcher Liebe und in solcher Freude,
Daß höher sich kein Wille kann erkühnen,
Erschafft vor seinem frohen Angesichte
Die Geister all und schenkt nach seinem Willen
Verschiedne Gnade; solches mag genügen.
Und dies kann man auch in den Heiligen Schriften
An jenen beiden Zwillingen bemerken,
Die schon im Mutterleibe Streit erhoben.
So muß, gemäß der Farbe ihrer Haare
Das höchste Licht mit seinem Gnadenscheine
Sie gleichfalls je nach ihrer Würde krönen.

Drum haben sie, nicht durch Verdienst des Wandels, 73
Dort auf verschiednen Stufen ihre Sitze,
Nur nach der Unterscheidung erster Triebe.
In jenen frühen Zeiten war zum Heile 76
Zusammen mit der Unschuld schon genügend,
Daß nur die Eltern selbst den Glauben hatten.
Als dann vorüber war das erste Alter, 79
Da mußten Knaben mit der Unschuld Flügeln
Durch die Beschneidung Tugend erst erwerben.
Doch als die Zeit der Gnade dann gekommen, 82
Hat ohne die vollzogne Christentaufe
Man solche Unschuld drunten festgehalten.
Schau nun in jenes Angesicht, das Christus 85
Am meisten gleicht, denn nur durch seine Klarheit
Wirst du bereitet, Christus selbst zu schauen.«
So große Freude sah ich niederregnen 88
Auf sie, getragen von den heiligen Geistern,
Geschaffen, nur in solcher Höh' zu fliegen,
Daß alles, was ich je zuvor gesehen, 91
Mich niemals mit so großem Staunen packte,
Noch mir ein solches Abbild Gottes zeigte.
Und jene Liebe, die einst niederschwebte, 94
›Ave Maria gratia plena‹ singend,
Hat vor ihr ihre Flügel ausgebreitet.
Es kam die Antwort zu dem göttlichen Liede 97
Aus allen Teilen jenes seligen Hofes,
Daß jedes Auge sich darob erhellte.
»O heiliger Vater, der nur mir zuliebe 100
Herabgestiegen von dem süßen Orte,
Der dir durch ewiges Los beschieden worden,
Wer ist der Engel, der mit solchem Spiele 103
Ins Auge unsrer Königin versunken,
So voll von Liebe, daß er brennend scheinet?«
So bat ich noch einmal um die Belehrung 106
Von dem, der vor Maria sich verschönte
Gleichwie der Morgenstern im Licht der Sonne.
Und er zu mir: »Die Schönheit und die Kühnheit, 109
Die je in Engeln oder Seelen wohnte,
Ist ganz in ihm; und so ist unser Wille.
Denn er ist der, der einstmals zu Maria 112
Die Palme trug, als Gottes Sohn beschlossen,
Sich selbst mit unsrem Leibe zu beladen.

Doch folge nunmehr dem, was ich dir sage,
Mit deinem Aug, und sieh die großen Väter
In diesem frommen und gerechten Reiche.
Die zwei, die dort im höchsten Glücke sitzen,
Weil sie der Himmelskönigin am nächsten,
Sind gleichsam die zwei Wurzeln dieser Rose.
Der, welcher auf der linken Seite thronet,
Das ist der Vater, dessen kühner Gaumen
Der Menschheit soviel Bitternisse brachte.
Zur Rechten siehst du jenen alten Vater
Der heiligen Kirche, welchem einstens Christus
Der schönen Blume Schlüssel anvertraute.
Und jener, der einst alle schweren Zeiten
Der schönen Braut vor seinem Tode schaute,
Die man mit Lanze und mit Nägeln freite,
Sitzt neben ihm, und bei dem andern thronet
Der Führer jenes undankbaren, wilden
Und störrischen Volks, das einst von Manna lebte.
Dem Petrus gegenüber siehst du Anna
Im Anblick ihrer Tochter so zufrieden,
Daß sie kein Auge beim Hosianna wendet.
Und gegenüber unsrem ältsten Vater
Siehst du Lucia, die dir deine Herrin
Gesandt hat, als du schon zu straucheln drohtest.
Doch da die Stunde deines Traums entschwindet,
Will ich hier schließen wie ein guter Schneider,
Der seinen Rock nach seinem Tuche richtet.
Wir wenden unser Aug zur ersten Liebe,
Damit du mit den Blicken ihre Gluten
Soweit als möglich noch durchdringen mögest.
In Wahrheit, daß du nicht zurückebleibest
Bei deinem Flug, im Glauben, aufzusteigen,
Mußt du die Gnade durch Gebet erflehen;
Gnade von der, die dir kann Hilfe bringen;
Du mußt mir dann mit deiner Liebe folgen
Und nicht dein Herz von meinem Wort entfernen.«
Dann hat sein heiliges Gebet begonnen.

# DREIUNDDREISSIGSTER GESANG

*Der hl. Bernhard betet für Dante zu Maria, und als Dante nach oben blickt, vermag er in das Licht der Gottheit selber zu schauen. Darin dämmert ihm das Geheimnis der Dreieinigkeit und ein Widerschein des Menschenbildes, dann aber wird sein Geist von dem Glanze geblendet, und er kehrt zurück in den alten Kreislauf der menschlichen Sehnsucht.*

»Jungfrau und Mutter, Tochter deines Sohnes,
Vor allen Wesen groß und voll von Demut,
Du vorbestimmtes Ziel im ewigen Rate,
Durch dich allein ist die Natur der Menschen
So sehr geadelt, daß ihr Schöpfer selber
Es nicht verschmäht hat, ihr Geschöpf zu werden.
In deinem Leib entbrannte jene Liebe,
Durch deren Glut in diesem ewigen Frieden
Uns diese Blume hier erblühen konnte.
Hier bist du uns die mittägliche Leuchte
Der Nächstenliebe, drunten bei den Menschen
Bist du der Hoffnung stets lebendige Quelle.
So groß bist du, o Herrin, und so mächtig,
Daß, wer die Gnade sucht und dich nicht bittet,
Sich ohne Flügel nach dem Fluge sehnet.
Und deine Güte kommt nicht nur zu Hilfe
Dem, der da bittet, nein, gar viele Male
Ist sie der Bitte gern zuvorgekommen.
In dir wohnt Mitleid, in dir wohnt Erbarmen,
In dir wohnt Herrlichkeit, in dir ist alles
Vereint, was in Geschöpfen je an Güte.
Und dieser, der vom untersten Gestade
Des Weltalls bis hierher nun nacheinander
Das Leben aller Geister hat gesehen,
Der fleht dich an um soviel Gnadenkräfte,
Daß er mit seinem Herzen sich noch höher
Erheben möge bis zum letzten Heile.
Und ich, der niemals um mein eignes Schauen
Mehr als um seins gebrannt, bring all mein Bitten
Vor dich und bitte, laß es dir genügen,
So daß du selber dann mit deiner Bitte
Ihm jeden Dunst der Sterblichkeit zerstreuest
Und daß das höchste Glück sich ihm enthülle.

Auch bitt ich dich, o Königin, die alles
Gewollte kann, du mögest seine Triebe
Nach solchem Schauen ihm gesund erhalten.
Dein Schutz besiege seine menschliche Regung.
Sieh Beatrice mit so vielen Seelen
Zu meiner Bitte ihre Hände falten!«
Die gottgeliebten und verehrten Augen,
Gewandt zum Sprecher, haben mir bewiesen,
Wie sehr die frommen Bitten ihr gefallen.
Dann kehrte sie sich zu dem ewigen Lichte,
In welches man nicht glauben darf, daß jemals,
Ein sterblich Aug so klar vermag zu schauen.
Und da ich nun dem Ende aller Wünsche
Mich nahte, wie es mir beschieden worden,
War auch die Glut der Sehnsucht mir vollendet.
Bernhard gebot mir nur mit einem Lächeln,
Nach oben aufzuschaun; doch tat ich selber
Von mir aus schon, was er mir sagen wollte.
Denn meine Blicke, die nun klar geworden,
Die tauchten immer tiefer in die Strahlen
Des hohen Lichtes, das die Wahrheit selber.
Von jetzt ab war mein Schauen noch viel größer
Als unsre Sprache, die ihm nicht gewachsen,
Und das Gedächtnis weicht dem Unerhörten.
Wie einer, der im Traume etwas schaute,
Und nach dem Traume bleibt nur die Erregung,
Indes das andre aus dem Geist verschwunden:
So bin ich jetzt, da meine Traumerscheinung
Fast ganz hinweg und doch die große Süße,
Die daraus kam, mir noch zum Herzen träufelt.
So pflegt der Schnee zu schmelzen in der Sonne,
So hat im Winde auf den leichten Blättern
Sich der Sibylle Spruch dereinst verloren.
O höchstes Licht, das über Menschensinne
So weit erhaben, leihe meinem Geiste
Ein wenig noch von dem, was du geschienen;
Und mache meine Zunge also mächtig,
Daß sie ein Fünklein nur von deinem Glanze
Den künftigen Geschlechtern lassen möge.
Denn wenn mir etwas ins Gedächtnis kehret
Und noch ein wenig klingt in diesen Versen,
So wird man mehr von deinem Sieg begreifen.

Ich glaub, die Schärfe des lebendigen Lichtes,
Die ich ertrug, die hätte mich geblendet,
Wenn ich mein Auge abgewendet hätte.
Und mir gedenkt, daß ich dadurch nur kühner
Noch ward, sie zu ertragen, bis mein Auge
Sich ganz mit der unendlichen Kraft vereinte.
O Gnadenfülle, die mich ließ erkühnen,
Den Blick ins ewige Licht hineinzutauchen,
So daß ich meine Sehkraft drin verzehrte!
In seiner Tiefe sah ich, daß zusammen
In einem Band mit Liebe eingebunden
All das, was sonst im Weltall sich entfaltet.
Die Wesenheiten, Zufall und ihr Walten
Sind miteinander gleichsam so verschmolzen,
Daß, was ich sage, nur ein einfach Leuchten.
Die allgemeine Grundform dieses Knotens,
Die hab ich wohl gesehen, darum fühl ich
Bei meinem Wort die Freude reicher werden.
Ein Augenblick nur ist mir längeres Träumen,
Als Fünfundzwanzighundert Jahre waren,
Seit einst Neptun ob Argos Schatten staunte.
So war mein Geist gespannt und unbeweglich,
Vollkommen der Betrachtung hingegeben
Und mit dem Schauen immer mehr entbrennend.
In jenem Lichte muß man also werden,
Daß man unmöglich sich entschließen könnte,
Sich einem andern Bilde zuzuwenden.
Denn jenes Gut, nach dem der Wille trachtet,
Ist ganz vereint in ihm, und außer diesem
Ist mangelhaft nur das, was dort vollkommen.
Nunmehr wird meine Sprache noch viel ärmer
Für das auch, was ich weiß, als die des Kindes,
Das noch am Mutterbusen letzt die Zunge;
Nicht weil noch mehr als nur ein einfach Leuchten
Im hellen Lichte war, auf das ich schaute,
Das immer so ist, wie es je gewesen;
Nein, durch die Sehkraft, die in mir gewachsen
Beim Schauen, ward die einzige Erscheinung
Verändert, während ich mich selbst gewandelt.
In jenem klaren, tiefen Wesensgrunde
Des hohen Lichts erschienen mir drei Kreise
Mit einem Umfang, drei verschiednen Farben.

Und zweie sah ich wie zwei Regenbogen
Einander spiegeln, Feuer schien der dritte,
Von beiden Seiten gleichermaßen lebend.
Wie arm ist doch die Sprache und wie kläglich
Für den Gedanken, und nach dem Geschauten
Ist der so groß, daß Worte nicht genügen.
O ewiges Licht, das sich nur selbst bewohnet,
Nur selbst begreift, und von sich selbst begriffen
Und sich begreifend sich auch liebt und lächelt!
Des Kreises Umfang, der in dir beschlossen
Vor mir erschien, wie rückgestrahlte Helle,
Und den mein Aug ein wenig überschaute,
Der ist mir in sich selbst mit eigner Farbe
Mit unsrem Angesicht bemalt erschienen,
Weshalb ich ganz den Blick in ihn versenkte.
So wie der Geometer, der sich mühet,
Den Kreis zu messen, und mit allem Denken
Doch jene Regel, die er braucht, nicht findet,
So ging es mir bei diesem neuen Bilde:
Ich wollte sehn, wie sich das Bild zum Kreise
Verhält und wie es darin Raum gefunden.
Doch reichten dazu nicht die eignen Flügel.
Vielmehr ist da mein Geist getroffen worden
Von einem Blitz, der seinen Wunsch erfüllte.
Die hohe Bildkraft mußte hier versagen,
Doch schon bewegte meinen Wunsch und Willen,
So wie ein Rad in gleichender Bewegung
Die Liebe, die beweget Sonn' und Sterne.

# Anhang

# ANMERKUNGEN

Eine Übersetzung der Divina Commedia richtet sich naturgemäß an einen weiten Leserkreis, der hinsichtlich seiner literarischen und religiösen Bildung sehr verschiedene Voraussetzungen mitbringt und des Italienischen entweder gar nicht oder nicht genügend mächtig ist, um das Werk in der Originalsprache zu lesen. Diesen Bedingungen wollen die folgenden Anmerkungen Rechnung tragen. Sie beschränken sich auf die sachliche Erklärung des Textes und folgen den Deutungen, die durch die Tradition allgemein als gesichert gelten. Sie sind kein wissenschaftlicher Kommentar für Dante-Forscher, aber was ausgesagt wird, wurde sorgfältig nach wissenschaftlichen Gesichtspunkten geprüft, um so eine möglichst hohe Zuverlässigkeit des Kommentars zu gewährleisten. Der Raummangel zwang bei mehreren möglichen Auffassungen oft zu Entscheidungen, die subjektiven Charakter tragen. Immer aber bemühte ich mich, diese Entscheidungen aus den geistigen und geschichtlichen Voraussetzungen Dantes zu treffen. Wo ich selbst eine wenigstens subjektiv zweifelsfreie Entscheidung nicht treffen konnte, verwies ich kurz auf andere Interpretationen, wobei deren Reihenfolge meine Meinung über ihre Wahrscheinlichkeit erkennen läßt, soweit ich nicht ausdrücklich Stellung dazu nehme.

Alle Erklärungen wurden auf das Notwendige beschränkt. Die in den Anmerkungen gegebenen Stellenverweise auf die Commedia selbst und auf die Bibel sollten stets nachgeschlagen werden, da diese Stellen zum vollen Verständnis des Textes unbedingt erforderlich sind. Die Bibel wurde nach der Vulgata, die auch Dante benutzt hat, zitiert. Bei der Benutzung der Luther-Bibel sind geringfügige Abweichungen in der Einteilung (besonders in der Psalmenzählung) zu berücksichtigen. Bibelstellen, die ich im Wortlaut anführe, sind für das Alte Testament aus der deutschen Übersetzung von Pius Parsch, für das Neue Testament aus der Übersetzung von Konstantin Rösch genommen. Da man den Besitz von Ausgaben klassischer und mittelalterlicher Autoren nicht voraussetzen kann, habe ich bei nötigen Verweisen auf solche Autoren stets wenigstens den Inhalt der angezogenen Stelle angeführt.

Hinsichtlich der Abkürzungen habe ich mich an das Übliche gehalten; zu erwähnen ist höchstens das häufige ma. = mittelalterlich und MA = Mittelalter.

Die in den Anmerkungen ausgesprochenen Ansichten entsprechen, wenn nicht ausdrücklich anders vermerkt, zunächst den mittelalterlichen Anschauungen, da nur diese als Dantes eigene Auffassungen zur Erklärung des Textes herangezogen werden können. Wo Irrtümer und Verwechslungen zwischen mittelalterlicher und heutiger Auffassung möglich sind, wurde Dantes Anschauung besonders gekennzeichnet und ihr die heutige Auffassung gegenübergestellt; dies gilt besonders für religiöse und historische Fragen.

Für eine Einführung und eine wissenschaftliche Orientierung in der Dantologie leisten hervorragende Dienste die kurzen und übersichtlich kritisch-bibliographischen Ausführungen zur Dante-Wissenschaft bei Gerhard Rohlfs, Romanische Philologie, II. Teil: Italienische Philologie..., Winters Studienführer, Heidelberg 1952, S. 100–115.

Über »Dante in Deutschland« unterrichtet in sehr sorgfältiger Weise die gleichnamige Bibliographie von Theodor Ostermann (Heidelberg, 1929). Sie erfaßt die deutsche Dante-Literatur von 1416 bis 1927. Nachträge hierzu sowie eine Fortführung bis 1930, ebenfalls von Th. Ostermann, finden sich im Deutschen Dante-Jahrbuch, Bd. 17 (Weimar, 1935), S. 102–186. Ostermanns bibliographisch-literarische Überschau »Zur neueren und neuesten Dante-Deutung« (Romanistisches Jahrbuch, Hamburg, Bd. IV [1951] S. 160–182) bespricht in Form einer kritischen Bibliographie die wichtigsten Dante-Bücher und Interpretationsrichtungen der letzten 50 Jahre.

In vielen großen und kleinen Städten Deutschlands bestehen Gruppen der Deutschen Dante-Gesellschaft, deren Mitglieder sich regelmäßig zu gemeinsamer Dante-Lektüre und -Interpretation treffen.

Abschließend möchte ich Herrn Prof. Dr. Hans Rheinfelder, Präsident der Deutschen Dante-Gesellschaft, meinen aufrichtigen Dank aussprechen für das freundliche Interesse und den wertvollen Rat, mit dem er die Abfassung dieser Anmerkungen begleitet hat. Ebenso fühle ich mich Herrn Prof. Dr. Hermann Gmelin zu Dank verpflichtet für die aufmerksame Durchsicht und die vielfachen Anregungen, die ich mir immer wieder für meine Arbeit zunutzen machen durfte.

*R. B.*

## DIE HÖLLE

### Erster Gesang

1 Die durchschnittliche Dauer eines Menschenlebens setzte man mit 70 Jahren an. Dante, 1265 geb., ist also 35 Jahre alt; seine Jenseitswanderung fällt in das Jahr 1300.

2 *Wald:* bedeutet allegorisch die Sünde.

13 Der Hügel der Tugend, den Dante aus eigener Kraft besteigen möchte.

17 *Gestirn:* die Sonne; allegorisch: Gott.

32 *Panther:* Sinnbild der Fleischeslust. Die – jüngere – politische Interpretation deutet den schwarzgefleckten Panther als Abbild des guelfischen Florenz.

38 *mit jenen Sternen:* d. i. des Widders. Im MA glaubte man, daß Gott die Welt im Frühling erschaffen habe, d. h. zu dem Zeitpunkt, da die Sonne im Zeichen des Widders steht.

43 Es ist Karfreitag des Jahres 1300.

45 *Löwe:* Sinnbild von Hoffart und Stolz. Politisch: das Herrscherhaus Frankreichs.

49 *Wölfin:* Sinnbild des Geizes. Politisch: die päpstliche Kurie (die Wölfin ist das Wappentier Roms). – Ob Dante eine Allegorie im politischen Sinne mit den drei Tieren verbinden wollte, kann man bezweifeln.

63 *ein Mann:* Vergil (70–19 v. Chr.), Verfasser der Hirtengedichte (Bucolica), eines Lehrgedichtes über den Landbau (Georgica) und des Nationalepos Aeneis, in dem die Vorgeschichte des römischen Volkes vom Auszug des Stammvaters Aeneas aus dem brennenden Troja bis zu dem Zeitpunkt geschildert wird, da die Gründung Roms gesichert ist. Aus dem 6. Buche der Aeneis, in dem der Gang des Aeneas zu seinem Vater Anchises in die Unterwelt beschrieben wird, hat Dante entscheidende Anregung, besonders für die Gestaltung des Inferno, erhalten. Dem MA galt Vergil, vor allem wegen der in dem 4. Hirtengedicht zum Ausdruck kommenden Erlösungssehnsucht, die auf Christus gedeutet wurde, als Prophet; außerdem als Weiser und als Zauberer. – Er versinnbildlicht die natürliche Vernunft, die, von Gott geschenkt, den Menschen befähigt, den rechten Weg innerhalb der natürlichen Ordnung zu gehen bis an die Bereiche des gnadenhaften Seins. Dementsprechend zieht sich Vergil, Dantes Führer durch Hölle und Fegefeuer, am Gipfel des Läuterungsberges zurück, und Dante wird von Beatrice, die als Heilige im Himmel weilt und die Theologie verkörpert, vom irdischen Paradies zum höchsten Himmel geführt.

69 Vergil, zwar nicht in Mantua selbst, aber unweit davon in Andes geboren, hatte schon im Altertum den Beinamen »Mantuaner«.

70 *sub Julio:* Zu Lebzeiten Caesars.

84 *in deinem Buche:* der Aeneis.

94 *dieses Tier:* der Wolf.

101 *der Veltro:* Wörtlich ein Jagdhund. – Allegorischer Hinweis auf einen künftigen Retter Italiens, den man jedoch wahrscheinlich nicht

mit einer bestimmten historischen Persönlichkeit zu identifizieren hat.

105 Sehr dunkle und umstrittene Stelle. Der Übersetzer faßt Feltro als Ortsnamen: der Retter wird in der Gegend zwischen den beiden Örtlichkeiten dieses Namens geboren werden. Die beiden Örtlichkeiten sind aber nicht eindeutig ausgemacht. – Der Wortsinn von Feltro ist »Filz«. Das kann ein Hinweis auf die arme Herkunft des Retters sein oder, da Filzmützen das Abzeichen der Dioskuren sind, darauf, daß der Retter unter dem Sternbild der Zwillinge geboren wird, das Weisheit, Liebe und Tugend verleiht.

107/108 *Camilla, Nisus, Eurialus, Turnus:* Heldengestalten aus der Aeneis.

117 *zweiter Tod:* Biblischer Ausdruck für »ewige Verdammnis« (Off. 20, 14).

124 *jener Kaiser:* Gott.

132 *aus dem und Schlimmerem:* aus dem dunkeln Wald (der Sünde) und vor der Verdammnis.

## Zweiter Gesang

13 *des Silvius Vater:* Aeneas, der aus zweiter Ehe (mit Lavinia) einen Sohn Silvius hatte.

16 *der Gegner aller bösen Dinge:* Gott.

17 *die hohe Wirkung:* nämlich die Gründung Roms, wo nach Gottes Willen auch der Nachfolger Petri, der Papst, seinen Sitz haben sollte.

26/27 Dem Aeneas enthüllte sein Vater Anchises in der Unterwelt die Zukunft Roms. Mit Hilfe dieses Vorauswissens errang Aeneas den Sieg über den Rutulerkönig Turnus und schuf so die Voraussetzung für die Gründung Roms, das nach göttlichem Ratschluß Sitz des Papstes werden sollte (daher »des Papstes Mantel«).

28 *der Auserwählte Gottes:* Der Apostel Paulus, der nach eigenem Zeugnis in einer Verzückung in den dritten Himmel versetzt wurde, soll nach einer ma. Legende auch in die Unterwelt hinabgestiegen sein.

52 Die Heiden, die in Übereinstimmung mit dem natürlichen Sittengesetz gelebt haben, befinden sich im Limbus, einem freude- und schmerzfreien Ort der Vorhölle. Ihr Zustand »schwebt«, d. h. hält die Mitte zwischen der Seligkeit und der Verdammnis.

53 *eine Frau:* Beatrice, Tochter des Florentiners Folco Portinari, Frau des Simone dei Bardi, gest. 1290. Ihr galt Dantes reine Liebe. – Sie symbolisiert die Theologie.

57 *in der eignen Sprache:* In Italienisch zu dem Römer Vergil.

66 Die Hl. Lucia hatte Fürbitte für Dante eingelegt (siehe unter Vers 103ff.).

76/78 Durch Beatrice, d. h. durch die Theologie überragt die Menschheit alles Geschaffene auf Erden. – Nach aristotelischer Auffassung gliedert sich der Himmel in neun konzentrische Kreise, die sich um die Erde herumlegen. Der innerste und damit kleinste ist der des Mondes.

83 *zu dieser Mitte:* In die Hölle, in deren Limbus sich Vergil befindet. Nach ma. Auffassung ist die Hölle in der Mitte der Erdkugel (Luzifer hat seinen Sitz genau im Erdmittelpunkt), die Erde ist wiederum der Mittelpunkt des Weltsystems.
94 *eine edle Frau:* Die Hl. Maria.
97 *Lucia:* Lucia von Syrakus erlitt bei den letzten Verfolgungen im Römischen Reich das Maryrium, wobei ihr ein Dolch in die Kehle gestoßen und die Augen ausgestochen wurden. Sie wird bei Augenleiden angerufen. – Im allegorischen Sinne stellt sie die erleuchtende Gnade dar, die den Verstand erleuchtet, das Gute zu erkennen.
98 *dein Getreuer:* Dante, der zweimal an den Augen erkrankt war und sich daher unter den besonderen Schutz der Hl. Lucia stellte.
102 *Rahel:* Tochter des Laban und Frau des Jakob, galt als Sinnbild des betrachtenden Lebens (vita contemplativa).

## Dritter Gesang

5 *die Allmacht Gottes:* Gott Vater.
6 *die höchste Weisheit:* Gott Sohn.
6 *die erste Liebe:* Gott Hl. Geist; also der Dreieinige Gott.
8 *nur Ewiges:* d. h. »vor mir wurden nur unsterbliche Geschöpfe geschaffen«, nämlich die Engel, die den Tod nicht kennen. Die sich unter der Führung des Erzengels Luzifer gegen Gott auflehnenden Engel wurden aus dem Himmel gestürzt und in diesem Augenblick die Hölle geschaffen, die sie aufnahm.
18 *der Erkenntnis Gut:* Gott oder die Anschauung Gottes.
23 Da sich die Hölle im Erdinnern befindet, erhellen keine Sterne die ewige Finsternis.
36 Die Lauen und die Feiglinge, die weder den Mut zum Guten noch zum Bösen haben. Christus will sie aus seinem Munde ausspeien (Off. 3, 16).
39 Ein Teil der Engel wollte die Ereignisse abwarten und sich erst dann für den Sieger entscheiden.
50 *von Recht und Mitleid:* d. i. von Gott, der Ewigen Barmherzigkeit und Gerechtigkeit.
52 *ein Zeichen:* Wohl eine Fahne, der alle nachrannten.
60 Gemeint ist wahrscheinlich der Mönchspapst Coelestin V., der – ein einmaliges Ereignis in der Papstgeschichte – nach fünfmonatigem Pontifikat 1294 freiwillig sein Amt, dessen Übernahme er sich schon durch Flucht zu entziehen versucht hatte, niederlegte. Dante drückt sich absichtlich nicht klarer aus, weil ihm die Nennung des Namens ein unverdienter Ruhm erschiene. – Im Gegensatz zu Dante hat Petrarca Coelestins Rücktritt als Akt der Demut gefeiert; angesichts der persönlichen Untadeligkeit des 1313 heiliggesprochenen Papstes ist Dantes Urteil entschieden zu hart.
64 d. h. ihr Dasein verdient nicht die Bezeichnung »Leben«.
78 Der die Unterwelt umgebende Acheron.

83 der Fährmann Charon, den Dante als Teufel schildert.

126 Obwohl die schuldige Seele die ewige Strafe fürchtet, wird sie doch von der Erkenntnis der vollkommenen Gerechtigkeit Gottes so überwältigt, daß sie sich, um dieser Gerechtigkeit Genüge zu tun, auch nach der schwersten Sühne sehnt.

129 *was das bedeuten sollte:* nämlich, daß du der Hölle nicht anheimfallen wirst.

Vierter Gesang

52 *erst neu gekommen:* d. i. vor etwa 50 Jahren.

53 *einen Mächtigen:* Christus.

59 *mit seinem Vater:* Isaak.

59 *und den Söhnen:* die zwölf Söhne Jakobs, nach denen sich die zwölf Stämme Israels benannten.

60 Jakob hat bei Laban zweimal sieben Jahre gedient, um dessen Tochter Rahel zur Frau zu bekommen.

79/80 Die Stimme (wahrscheinlich Homers) begrüßt den zurückkehrenden Vergil.

92 *den Namen:* den Namen »Dichter«.

95 *des Herren:* Homers.

106/108 Die Festung ist vielleicht Symbol des Ruhmes, wahrscheinlicher jedoch der Weisheit. Die sieben Mauern, die sie umgeben, bedeuten vielleicht die sieben Haupttugenden, nach anderen Interpreten die sieben Teile der Philosophie. – Der Bach bedeutet vermutlich die Beredsamkeit, mit der man die Tugend bzw. die Weisheit lehrt.

109 Die großen Dichter durchschreiten den Bach trockenen Fußes, da sie nicht erst durch Überredungskunst für das Gute gewonnen werden müssen.

121 *Elektra:* Mutter des Dardanos, der Troja gegründet hat.

124 *Camilla:* Tochter des Volskerkönigs Metabus, fiel im Kampf gegen die Leute des Aeneas.

124 *Penthesilea:* Amazonenkönigin, fiel vor Troja durch die Hand des Achilleus.

125 *Latinus:* Latinerkönig, Vater der Lavinia, der zweiten Frau des Aeneas.

127 *Brutus:* Lucius Junius Brutus, der erste römische Konsul nach der Vertreibung der Könige, deren letzten, Tarquinius Superbus, er gewaltsam beseitigt hat.

128 *Lucrezia:* Frau des Collatinus, der der Königsohn Sextus Tarquinius Gewalt angetan hatte, was den letzten Anstoß zur Beseitigung der Monarchie in Rom gab.

128 *Julia:* Tochter Caesars und Frau des Pompeius.

128 *Marzia:* Frau des Cato Uticensis.

128 *Cornelia:* Die fünfte Ehefrau des Pompeius.

129 *Saladin:* Sultan von Ägypten und Syrien (1137–1193), berühmt wegen seines Edelmutes und seiner Weisheit. Er steht abseits, da er einer anderen Kulturwelt angehört.

131 *den Meister:* Aristoteles, die im MA unbestrittene Autorität in der Philosophie.
136/138 Bekannte griechische Philosophen.
140 *Dioskorides:* griechischer Arzt des 1. christlichen Jahrhunderts, Verfasser einer Abhandlung über die Eigenschaften der Pflanzen.
140 *Orpheus:* mythischer Sänger Griechenlands, der in die Unterwelt hinabgestiegen ist, um seine Frau Eurydike zu holen.
141 *Tullius:* d. i. Cicero. Er galt dem MA besonders als Philosoph.
141 *Linus:* ähnlich wie Orpheus ein Sänger der mythischen Zeit.
141 *Seneca:* stoischer Philosoph und Tragiker, Lehrer Neros; wurde von diesem zum Freitod gezwungen.
142 *Euklid:* Begründer der heute noch üblichen Schulgeometrie (3. Jahrhundert v. Chr.).
142 *Ptolemäus:* Geograph und Astronom, Begründer des nach ihm benannten Weltsystems mit der Erde als Mittelpunkt (2. Jahrhundert n. Chr.).
143 *Hippokrates:* berühmter griechischer Arzt (5. Jahrhundert v. Chr.).
143 *Galien:* griechischer Arzt (2. Jahrhundert n. Chr.).
143 *Avicenna:* berühmter arabischer Arzt (980–1037).
144 *Averroes:* berühmter arabischer Philosoph; kommentierte die Werke des Aristoteles.

## Fünfter Gesang

2 Da die Gesamtanlage der Hölle die Form eines Trichters mit der Spitze im Erdmittelpunkt hat, werden die Kreise in Richtung auf diesen Mittelpunkt immer kleiner.
4 *Minos:* König und Gesetzgeber auf Kreta, der im Rufe unbestechlicher Gerechtigkeit stand. Schon in der Antike galt er als Richter in der Unterwelt. – Dante macht einen geschwänzten Teufel aus ihm.
7 d. h. die zu ihrem Unglück geborene Seele. Anlehnung an Matthäus 26, 24.
58 *Semiramis:* Königin von Assyrien (1356–1314 v. Chr.).
61 *die nächste:* Dido, Gründerin und Königin Karthagos, liebte Aeneas und beging, nachdem dieser sie verlassen hatte, Selbstmord. Ihrem verstorbenen Mann Sichäus hatte sie gelobt, sich nicht wieder zu verheiraten.
63 *Kleopatra:* Königin von Ägypten, Geliebte des Caesar und des Antonius, tötete sich bei der Einnahme Alexandrias durch Octavian im Jahre 30 v. Chr.
65/66 *Achill:* Achill hatte sich mit der Priamostochter Polyxena verlobt, wurde aber vor der Hochzeit von deren Bruder Paris getötet.
97 Francesca da Rimini, Tochter des Guido Minore da Polenta von Ravenna, seit 1275 Frau des Gianciotto Malatesta, des Herrn von Rimini; beging Ehebruch mit dem Bruder ihres Mannes, Paolo, und wurde mit diesem zusammen von ihrem Mann durch einen Degenstoß getötet.

103 d.h. die Liebe fordert Gegenliebe.
104 *nach ihm:* Paolo Malatesta.
107 *Caina:* nach Kain benannter Strafort in der untersten Hölle, wo die Brudermörder büßen.
107 *der uns getötet:* Gianciotto Malatesta.
128 *Lancelot:* Ritter der Tafelrunde des Königs Artus, liebte dessen Frau Ginevra.
129 *unverdächtig:* ohne böse Absicht.
135 Paolo, der die Ewigkeit hindurch seine Schuld an ihrer Seite sühnen wird.

## Sechster Gesang

13 *Cerberus:* Der dreiköpfige Höllenhund der Antike, bei Dante ein Ungeheuer, halb Mensch, halb Tier. – Seine Freßgier versinnbildlicht die Schlemmerei.
38 *nur einer:* Ciacco. Er muß eine bekannte Persönlichkeit von Florenz gewesen sein; wahrscheinlich der Dichter Ciacco dell'Anguillara.
64/75 Ciacco sagt die politischen Ereignisse in Florenz nach dem Jahre 1300 voraus.
65 *die wilde Hälfte:* Die Partei der »Weißen« unter der Führung der Familie der Cerchi.
66 *die andre:* Die Partei der »Schwarzen«. Im Mai 1300 wurden die Schwarzen von den Weißen aus der Stadt vertrieben.
68 Die hier vorausgesagten Ereignisse treten anfangs des Jahres 1302 ein; also nicht drei Jahre, sondern drei Sonnenumläufe, den von 1300 mitgerechnet.
69 Papst Bonifaz VIII., der sich im Jahre 1300 noch unentschlossen mit dem Gedanken trug, Karl von Valois zur Unterstützung der Schwarzen nach Florenz zu rufen.
73 Wer die zwei sind, läßt sich nicht mit Gewißheit sagen. Einer von ihnen wird Dante sein.
79 *Tegghiai:* Aldebrandi degli Adimari; ist im Höllenkreis der Sodomiten (Inf. XVI, 41).
79 *Farinata:* degli Uberti, bei den Häretikern (Inf. X, 32ff.).
80 *Rusticucci:* bei den Sodomiten (Inf. XVI, 44).
80 *Arrigo:* wahrscheinlich Arrigo Fifanti, der mit Mosca u.a. Buondelmonte ermordete. Dante erwähnt ihn nicht mehr.
80 *Mosca:* dei Lamberti, bei den Zwietrachtstiftern (Inf. XXVIII, 103ff.).
96 *ihres Feindes Macht:* Christus beim Weltgericht.
99 *was widerhallt in Ewigkeiten:* den Richterspruch Christi: »Weichet von mir, ihr Verfluchten...«
104 *nach dem großen Spruche:* Nach dem Urteilsspruch am Jüngsten Tag.
106 *dein Wissen:* Die Lehre des Aristoteles, die Dante geläufig war.
109/111 Das Ganze ist vollkommener als seine Teile. Bei der Auferstehung der Toten werden die Teile des Menschen – Leib und Seele – wieder vereint; der Mensch wird dadurch vollkommener und kann daher in vollkommenerer Weise Freude und Leid empfinden als vor der Wie-

dervereinigung von Leib und Seele. Daraus folgt, daß der Jüngste Tag für die Seligen und für die Verdammten eine Steigerung der Empfindungsfähigkeit bringen wird.

115 *Plutus:* Sohn der Demeter, Gott des Reichtums und des Geldes, das so viele Verbrechen auf der Welt stiftet (daher »der große Feind«). Bewacht die Geizigen und die Verschwender. – Nicht zu verwechseln mit Pluto, dem Herrn der Unterwelt, der bei Dante Dis oder Luzifer heißt.

## Siebenter Gesang

1 Ausruf der Wut und der Verwunderung, der aber keiner bestimmten Sprache angehört.

6 *den Felsenabstieg:* vom dritten zum vierten Kreis.

12 *Michael:* einer der sieben Erzengel, hatte beim Aufruhr der Engel Luzifer besiegt.

22 *Charybdis:* Berühmter Strudel in der Meerenge von Messina, wo die Wasser des Jonischen und des Tyrrhenischen Meeres zusammenstoßen.

30 So rufen die Verschwender den Geizigen zu; diese antworten ihnen mit der folgenden Gegenfrage. Unter Verschwendern sind in diesem Kreise diejenigen zu verstehen, die durch unsinniges Geben ihr Eigentum verschleudern.

35 Der Kreis ist in zwei Halbkreise geteilt, in deren linkem die Geizigen, in deren rechtem die Verschwender ununterbrochen, jedoch stets innerhalb ihres eigenen Halbkreises, von einem Endpunkt zum andern eilen. An den beiden Punkten, wo die Halbkreise zusammenstoßen, begegnen sie sich unter Schimpfen.

44/45 An den beiden Punkten, die den Halbkreis der Geizigen von dem der Verschwender trennen.

46/47 Anspielung auf die Tonsur der Geistlichen.

56/57 *die einen:* Die Geizigen, die nie die Hand aufgetan haben.

57 *die andern:* Die Verschwender, die alles, sogar ihre Haare verschwendet haben.

74 Jeder Himmelskreis steht unter der Führung eines Engels.

83 *dem Richterspruche jener:* der Fortuna.

95 *mit allen anderen Erstgeschaffenen:* den Engeln.

98 Es ist nach Mitternacht.

101 Ursprung des Unterweltflusses Styx, der einen Sumpf bildet.

105 *dort unten:* in den fünften Kreis, wo die Zornigen sind.

128 *des schmutzigen Brunnens:* des Höllensumpfes.

## Achter Gesang

4 Durch die beiden Flämmchen wird dem Wächter des fünften Kreises, Phlegias, bedeutet, daß zwei Seelen überzusetzen sind. Phlegias antwortet vom anderen Ufer mit einem Feuersignal.
7 *zum Meere alles Wissens:* Vergil.
19 *Phlegias:* Gestalt der griechischen Mythologie. Phlegias hat aus Zorn gegen Apollo, der seine Tochter verführt hatte, dessen Heiligtum in Delphi niedergebrannt.
24 Phlegias ärgert sich, weil die beiden nicht wirkliche Verdammte sind.
27 Dante hat noch seinen natürlichen Körper.
39 *ich kenne dich:* Es ist der Florentiner Filippo Argenti aus der Familie der Adimari. Er war stolz und zornmütig und ein persönlicher Feind Dantes.
59 *die schmutzigen Leute:* die Mitverdammten in dem Sumpf.
68 *Dis:* Dis, auch Pluto, in der Antike Herr der Unterwelt.
83 *vom Himmel Abgestürzte:* verdammte Engel.
97 wie in der Bibel will die Zahl 7 lediglich »oft« bedeuten.
111 ob Vergil oder die Teufel sich durchsetzen würden.
125 *an dem bekannteren Tore:* dem ersten Tor zur Unterwelt. Dort hatten sich die Teufel dem zur Unterwelt hinabsteigenden Christus zu widersetzen versucht. Christus zerbrach das Tor, das seither offensteht.
130 *einer:* ein von Gott gesandter Engel.

## Neunter Gesang

8 *ein solcher:* Wer damit gemeint ist, läßt sich nicht genau sagen. Entweder Gott oder Beatrice oder der Engel, der die Tore später tatsächlich öffnen wird.
17 *des ersten Kreises:* des Limbus. Die dort befindlichen Seelen können nicht auf die ewige Seligkeit hoffen, müssen aber keine Qualen erleiden wie die Sünder in den anderen Höllenkreisen.
23 *Erichtho:* Eine thessalische Zauberin, die nach dem Berichte Lukans einen Toten aus der Unterwelt holen ließ, damit dieser dem Pompeius den Ausgang der Schlacht bei Pharsalos (48 v. Chr.) voraussage.
27 *aus Judas' Kreis:* Dem nach Judas Ischariot benannten Strafort der Verräter ihrer Wohltäter im untersten Höllenkreis.
33 die wir nicht ohne den heiligen Zorn Gottes über die Bosheiten der Hölle betreten können, die die Teufel aushecken werden, um sich der gottgewollten Wanderung entgegenzustellen.
44 *von jener Königin:* Proserpina, Gemahlin des Unterweltherrschers Pluto.
45 *Erinnyen:* die antiken Rachegöttinnen. Hier symbolisieren sie die Gewissensbisse. Sie werden im folgenden genannt.
46 *Megära:* die »Neiderin«.
47 *Alekto:* »die nie Rastende«.
48 *Thisiphone:* »die Mordrächerin«.

52 Der Anblick der Medusa, der jüngsten der Gorgonen, bewirkte Versteinerung.

54 Theseus war in die Unterwelt hinabgestiegen, um Proserpina zu rauben. Von Herkules befreit, konnte er wieder auf die Erde zurückkehren.

63 Das Medusenhaupt symbolisiert wohl die Zweifelsucht, die den Glauben und damit den Weg zum Himmel unmöglich macht. Nach anderen bedeutet es die irdischen Lüste.

73 *die Augen gab er frei:* nämlich Vergil.

74 *zu jenem alten Schaume:* dem Höllensumpf Styx, aus dem Dämpfe emporsteigen.

94 *jenen Willen:* nämlich Gottes.

98/99 Der Höllenhund Cerberus wollte einst dem Herkules den Zugang zur Unterwelt verwehren, wurde aber von diesem an einer Kette, die er ihm um den Hals schlang, aus der Unterwelt herausgezerrt. Die Spuren davon sind ihm geblieben.

112 Das antike Gräberfeld in Arles ist heute noch eine Sehenswürdigkeit.

113 *Pola:* in Istrien.

130 Die Anhänger der gleichen Sekte sind jeweils beisammen.

## Zehnter Gesang

11 *Josaphat:* Tal bei Jerusalem, wo nach biblischer Überlieferung das Jüngste Gericht stattfinden wird.

14 *Epicurus:* griechischer Philosoph (341–270 v. Chr.), leugnete die Unsterblichkeit der Seele.

18 nämlich Farinata zu sehen (vgl. Inf. VI 79).

21 *früher:* nämlich Inf. III 76.

32 *Farinata:* vgl. Inhaltsangabe.

48 Die Partei der Guelfen, der auch Dante angehörte, wurde von dem Ghibellinenführer Farinata 1248 (mit Hilfe Friedrichs II.) und 1260 (nach der Schlacht bei Montaperti) aus Florenz vertrieben.

49 nämlich 1251 und 1266.

51 Im Jahre 1300, da dieses Gespräch stattfindet, waren die Guelfen noch Herren von Florenz.

53 *ein Schatten:* Cavalcante Cavalcanti. Vater des Guido Cavalcanti.

58 *durch den blinden Kerker:* die Hölle.

60 *mein Sohn:* Guido Cavalcanti (1250–1300), Dichter des »süßen neuen Stiles«, enger Freund Dantes.

62 Vergil.

63 die Stelle ist strittig. Wieso Guido Vergil verachtet haben soll, ist nicht ganz klar. Vielleicht deswegen, weil der Epikuräer Guido die Aeneis wegen ihres stark religiösen Gehalts geringachtete. – Auf Grund anderer Auslegung des Urtextes meinen einige Interpreten, daß sich Guidos Verachtung nicht auf Vergil, sondern auf Beatrice, d. h. auf die Theologie, bezöge.

79/80 Im Juni 1304 (d. i. 50 Vollmonde nach diesem Gespräch) scheiterte infolge des mißlungenen Versöhnungsversuches zwischen den Schwarzen und Weißen Dantes letzte Hoffnung auf Rückkehr aus der Verbannung. – Proserpina, Herrin der Unterwelt, galt schon im Altertum gleichzeitig als Mondgöttin.

83 *den Meinen:* den Uberti, gegen die die Florentiner noch mehr als gegen die anderen Ghibellinen wüteten.

86 *Arbia:* Fluß bei dem Schlachtort Montaperti.

87 *in unserem Tempel:* San Giovanni, wo sich die florentinischen Ratsherren versammelten. Von dort erließen sie die Dekrete gegen die Familie der Uberti. – Die Ausdrucksweise (Bitten – Tempel) ist ironisch.

89 *dort:* in Montaperti, wo er zusammen mit den Ghibellinen kämpfte.

90 wenn er nicht selbst verbannt oder verfolgt gewesen wäre.

91 *dort:* in Empoli.

102 *des höchsten Führers:* Gottes.

107/108 am Jüngsten Tage.

116 eilig fragt er noch Farinata.

119 Der Ghibelline Ottaviano degli Ubaldini, gest. 1273, soll auf dem Totenbett die Existenz der Seele geleugnet haben.

119/120 Friedrich II. war wegen schwerer Häresie und Atheismus angeklagt worden.

130 *jener:* Beatrices.

## Elfter Gesang

8 Anastasius II., Papst von 496–498 (in der Zeit des Schismas), galt irrtümlich als Häretiker.

9 *Photin:* Diakon von Thessalonike, Anhänger des Häretikers Akazius.

28 *zum ganzen ersten Kreis:* der siebente innerhalb der neun Höllenkreise.

43 die Selbstmörder.

44 die Verschwender, die durch unsinniges Vergeuden von Hab und Gut, z. B. im Spiel, gesündigt haben. – Die Verschwender im siebenten Gesang sündigten nur durch falsches Geben.

50 *Cahors:* südfranzösische Stadt, im MA Hauptsitz der Geldverleiher. Verrufen wegen des Wuchers, der dort getrieben wurde. Der Wucher galt als Sünde wider die Natur.

51 die Gottesverächter und Gottesleugner.

57 *in dem zweiten Kreise:* im achten Kreis vom ersten an gerechnet.

70 die Zornigen des fünften Höllenkreises.

71 die Wollüstigen des zweiten Kreises.
die Schlemmer des dritten Kreises.

72 die Geizigen und die unsinnig Freigebigen des vierten Kreises.

74 *Stadt:* Dis.

73/75 Die Terzine ist so zu verstehen: warum werden die Sünder der Kreise 2 bis 5 nicht auch innerhalb der Stadt Dis bestraft, wenn ihnen Gott doch zürnt; und wenn er ihnen nicht zürnt, warum werden sie außerhalb der Höllenstadt doch bestraft?

80 *deine Ethik:* die Ethik des Aristoteles, die Dante vertraut war.

81/84 nach Aristoteles gibt es drei Grade des Lasters, nämlich 1. die Unmäßigkeit, die darin besteht, daß an sich erlaubte Handlungen übertrieben werden (z. B. maßloses Essen: Schlemmerei); 2. die Bosheit, die in einem von vorneherein unerlaubten Mißbrauch der Vernunft besteht (Lüge, Betrug); 3. die Vertierung, die in den Sünden gegen die menschliche Natur besteht (Menschenfresserei, Verrat, Sodomie u. a.).

88/90 Die Sünder der Kreise 2 bis 5 haben nur durch Maßlosigkeit in an sich erlaubten Dingen (Liebe, Besitz usw.) gesündigt und werden dementsprechend milder bestraft.

101 *Physikbuch:* von Aristoteles.

105 *Gottes Enkelin:* die Kunst (im weitesten Sinne, auch unter Einschluß der Arbeit) ist Tochter der Natur, diese wiederum – bildlich – Tochter Gottes.

110 *die ihr folget:* d.i. die Kunst, also die Arbeit. Der Wucherer lebt von der Arbeit anderer.

113 Im Frühjahr kündigt das Auftauchen des Sternbildes der Fische den bald nahenden Morgen an.

114 *Caurus:* Nordwestwind. – Der Große Wagen steht zu dieser Stunde im NW.

115 zum siebten Höllenkreis.

## Zwölfter Gesang

3 *voller Grauen:* nämlich wegen der Anwesenheit des Minotaurus (vgl. Vers 11).

12 *die Schande Kretas:* Minotaurus, halb Mensch, halb Stier, hervorgegangen aus der Verbindung der Pasiphaë mit einem Stier. Sinnbild der Gewalttätigkeit.

13 Um sich mit dem Stier zu verbinden, begab sich Pasiphaë in eine hölzerne Kuh.

17 *der Herzog von Athen:* Theseus, der mit Hilfe Ariadnes, der Tochter der Pasiphaë, in das Labyrinth eindrang und den Minotaurus tötete.

20 *von deiner Schwester:* Ariadne.

34 *beim vorigen Male:* Auf Veranlassung der Erichtho (vgl. Inf. IX 22).

38/39 Christus, der die Seelen der Patriarchen aus der Vorhölle befreite.

40/41 Das Erdbeben bei Christi Tod (Matth. 27, 51).

43 Nach der Lehre des Empedokles, auf die hier angespielt wird, sind die Grundelemente (Feuer, Wasser usw.) nur durch den »Haß« (d.h. die Abstoßung) getrennt. Würden sie sich in »Liebe« (d.h. Anziehung) vereinen, so entstünde wieder das Chaos.

47 der dritte der Höllenflüsse, Phlegeton.

56 *Kentauren:* mythologische Wesen mit Pferdeleib und menschlichem Oberkörper, die nur das Recht der Gewalt kannten.

61 *einer:* Nessus.

65 *Chiron:* der bedeutendste der Kentauren, wegen seiner Weisheit und

seines vielseitigen Könnens bekannt. Er war Erzieher des Achilleus, Herkules, Aeskulap u. a.

66 Nessus hatte Deianira, die Frau des Herkules, geraubt und wurde dafür von diesem getötet.

69 Nessus gab sein blutiges Gewand der Deianira, die, seinen Worten trauend, glaubte, es würde seinen Träger verliebt machen. Sie legte es daher dem Herkules um, der davon jedoch rasend wurde und starb.

72 *Pholus:* Bei der Hochzeit der Hippodameia mit Pirothoos wollte er, vom Wein erhitzt, der Braut Gewalt antun.

74/75 Je nach der Schwere der Schuld sind die Verdammten tiefer oder weniger tief in das Blut eingetaucht.

84 In der Brust des Kentauren vereinen sich Tier- und Menschennatur.

88 *sie kam herab:* Beatrice.

91 *bei der Kraft:* Gott.

107 *Alexander:* Wahrscheinlich Alexander der Große.

107 *Dionys:* Wahrscheinlich Dionys der Ältere von Syrakus (407–367).

110 *Azzolino:* Ezzelino da Romano, Tyrann von Padua, gest. 1259. Neben vielen anderen Greueltaten soll er 11 000 Paduaner in einer Stunde verbrannt haben.

111 *Obizzo von Este:* der zweite dieses Namens (gest. 1293).

112 diese Sache ist auch heute noch zweifelhaft.

114 *er:* Nessus.

119/120 Guido di Monforte. Die Bluttat geschah 1272 zu Viterbo in einer Kirche während der Messe (im Schoße Gottes). Das Opfer war Heinrich, der Bruder Eduards I. – Sein Herz wurde in Gold gefaßt und auf der Themsebrücke zu London aufgestellt.

135 *Pyrrhus:* König von Epirus (319–272 v. Chr.), wegen seiner Grausamkeit berüchtigt.

135 *Sextus:* Der Sohn des großen Pompeius, ein gefürchteter Seeräuber; nach anderen der römische König Sextus Tarquinius.

136 die Qual der Hitze wird stets Tränen fließen lassen aus den Augen der beiden Rinieri.

137 *Rinier da Corneto:* berüchtigter Straßenräuber zur Zeit Dantes.

137 *Rinier Pazzo:* aus der vornehmen florentinischen Familie der Pazzi stammend, Straßenräuber im Valdarno, vor 1280 gest.

## Dreizehnter Gesang

7/9 Es gehört zusammen: die wilden Tiere in dem Landstrich zwischen der Cecina und Corneto. – Cecina, ein kleiner Fluß, der südlich von Livorno ins Meer fließt. Corneto (heute Tarquinia), kleine Stadt unweit von Civitavecchia. Das zwischen diesen beiden Örtlichkeiten liegende Land ist öde und unfruchtbar.

10 *Harpyien:* Fabelwesen mit Vogelkörpern und Frauenköpfen. Weissagten auf den Inseln der Strophaden dem Aeneas und seinen Gefährten, daß diese auf der Fahrt nach Italien vor Hunger noch die Tische essen würden.

19 des dritten Streifens.

21 die du, würde ich sie dir in Worten schildern, nicht glauben würdest.

40/42 das Feuer aus dem einen Ende eines noch grünen Zweiges treibt den Saft an das andere Ende, wo er unter Zischen heraustritt.

48 Am Anfang des dritten Buches der Aeneis berichtet Vergil eine ganz ähnliche Episode. Dort reißt Aeneas Zweige ab, um den Opferaltar zu schmücken, als diesen Zweigen Blut entströmt und gleichzeitig eine Stimme aus dem Boden ertönt: es ist die Stimme des in Gestrüpp verwandelten Polydorus, der von Polynestor getötet worden war.

58 *ich bin es:* Es spricht Pier delle Vigne, Kanzler und Vertrauter Friedrichs II. Wahrscheinlich zu unrecht des Verrates angeklagt, beging er im Gefängnis, wo er auf Befehl Friedrichs geblendet worden war, Selbstmord (1249).

58 *die beiden Schlüssel:* der Liebe und des Hasses.

61 *sein Geheimnis:* Friedrichs. – In seiner Stellung als Vertrauter hielt Pier alle, die ihm nicht genehm waren, vom Herzen (Geheimnis) Friedrichs ferne.

63 *Schlaf und Puls:* Ruhe und Gesundheit.

64 *die Dirne:* der Neid.

71/72 dadurch, daß er Selbstmord beging, obwohl er im Sinne der Anklage nicht schuldig war.

102 *ein Fenster:* eine Öffnung, aus der sich die Klagen ergießen.

103 bei der Auferstehung der Toten am Jüngsten Tag.

118 *der Vordre:* Lano aus Siena, ein stadtbekannter Verschwender, fiel in der Schlacht zwischen den Senesen und Aretinern bei Toppo (1287), offenbar auf der Flucht. – Der Ruf nach dem Tode ist wohl Ausdruck der unerfüllbaren Sehnsucht der Verdammten nach einem zweiten Tod, der sie aus ihren Qualen erlösen soll (vgl. Geh. Off. 9,6 und Inf. III 46).

119 *der andre:* der Paduaner Giacomo da Sant' Andrea, ein bekannter Verschwender.

121 so hättest du nämlich dein Leben und damit deine Seele retten können.

123 wer dieser Strauch ist, steht nicht fest; jedenfalls ein Selbstmörder aus Florenz.

125 *Hündinnen:* sie symbolisieren vielleicht die Gläubiger.

131 der obengenannte Strauch, in dem sich Giacomo verbarg.

143 *aus der Stadt:* Florenz. – Der erste Schutzherr – in der Antike – war Mars, der zweite Johannes der Täufer.

144 *und dieser:* Mars wird Florenz stets mit Krieg überziehen, weil er sich Johannes d. T. gegenüber zurückgesetzt fühlt.

147 *ein Stück von ihm:* Angeblich eine Marsstatue aus dem alten Tempel des Gottes; war bis 1333 am Ponte Vecchio aufgestellt.

149 Attila soll Florenz 458 zerstört haben.

151 Er beging Selbstmord in der Wohnung.

Vierzehnter Gesang

15 Cato Uticensis durchquerte nach den Worten Lukans als erster die Libysche Wüste, als er das Heer des Pompeius nach Mauretanien führte.

22 *die einen:* die Gotteslästerer; sie wollten Gott vom Throne stürzen und können nun sich selber nicht bewegen. Ihre Flüche fallen als Feuerregen auf sie selbst zurück.

23 *und andre:* die Wucherer; wie sie in ihrem Erdendasein an ihren Tischen saßen und auf das unverdiente Geld warteten, so sitzen sie hier.

24 *und wieder andre:* die Sodomiten; sie ziehen rastlos umher, so wie sie im Leben von ihrer Leidenschaft getrieben wurden (vgl. Strafe der Wollüstigen im fünften Gesang).

43/45 Diese scheinbar wenig angebrachte Bemerkung bedeutet im allegorischen Sinn: die natürliche Vernunft (Vergil) konnte nur mit Hilfe der Gnade (der Engel) die Gefahr der Hölle meistern.

49 *er selber:* Der Riese Kapanäus, einer der sieben gegen Theben verbündeten Könige, hatte Jupiter anmaßend aufgefordert, die Mauern von Theben gegen seinen Angriff zu verteidigen. Jupiter tötete ihn mit einem Blitzstrahl.

52 *seinen Schmied:* Vulkan, der in der Schmiede des Ätna die Blitze für Jupiter fertigte.

55 *alle andern:* Die mit Vulkan arbeitenden Kyklopen.

58 Dies geschah in der Schlacht auf den Phlegräischen Feldern (Thessalien), als Jupiter gegen die Giganten kämpfte, die die Berge aufeinandergetürmt hatten, um den Olymp zu erstürmen.

77 *Bächlein:* der hier noch kleine Blutstrom Phlegeton.

79 *Bulicame:* Thermischer See mit heißer Quelle bei Viterbo.

80 Den Dirnen, die sich in dieser besuchten Badegegend niedergelassen hatten, war das Baden im See verboten. Sie leiteten daher das warme Wasser in ihre Häuser.

90 *die Flämmchen:* des Feuerregens.

92/93 d.h. mich näher aufzuklären.

96 *deren König:* Saturn, der Herrscher des Goldenen Zeitalters.

100 *Rhea:* Gemahlin des Saturn.

101 *ihren Sohn:* Jupiter.

101 Saturn wollte seinen Sohn Jupiter fressen, da ihm geweissagt worden war, daß er von einem seiner Söhne entthront werden würde.

102 *Geschrei:* von den Korybanthen, den Priesterinnen des Rhea- oder Kybele-Kultes.

103 *ein großer Greis:* diese symbolische Gestalt, die im wesentlichen von dem Traum des Nabuchodonosor (im 2. Buch Daniel) inspiriert ist, stellt wahrscheinlich das Römische Kaiserreich und seine ma. Fortsetzung dar. Doch sind auch andere Auslegungen (Weltzeitalter, Menschheit) gegeben worden.

104 *gen Damiette:* in Ägypten; also nach Osten.

106 die Zeit des Augustus.

107 Der Anfang der Dekadenz.
108 der wirkliche Abstieg der römischen Macht bis zur Teilung des Reiches nach dem Tode des Theodosius.
109 das barbarische Zeitalter des Römischen Reiches.
110 die Zeit Dantes, gekennzeichnet durch die Trennung von weltlicher (der linke eiserne Fuß) und geistlicher Macht (der rechte tönerne Fuß).
111 der tönerne Fuß (die päpstliche Macht) ist – um 1300 – der stärkere, doch ist er nach Dantes Auffassung nicht berufen, die Welt politisch zu regieren (daher aus Ton).
118 *dorthin:* zum Erdmittelpunkt.
119 Sie bilden den sumpfigen Kokytus in der untersten Hölle, wo Luzifer ist. – Dante wird ihn auf seiner Wanderung sehen.
136 *fern von diesem Graben:* im Purgatorio. – Der antike Unterweltsfluß Lethe, dessen Wasser Vergessenheit schenkt, kann selbstverständlich keinen Platz finden in der christlich konzipierten Hölle, wo die Verdammten ihrer Sünden stets eingedenk bleiben müssen.
142 *jeder Dampf:* d.h. die Flammen des Feuerregens.

## Fünfzehnter Gesang

4 Gemeint ist der Mündungskanal von Brügge nach Kadzand mit dem Ort Zuidzande (nicht Wissant bei Calais).
12 *der Meister:* Gott, oder mit Gottes Zulassung der Teufel.
30 Brunetto Latini (1220–1294), aus vornehmer florentinischer Familie, gelehrter Verfasser eines großen Werkes in französischer Sprache (Trésor), in dem er nach Art einer Enzyklopädie das Wissen seiner Zeit zusammenfaßte. Dante verehrte ihn als seinen Lehrer.
51 zu verstehen: bevor ich noch mein volles Mannesalter (d.i. 35 Jahre) erreicht hatte. Dante wurde Ende Mai 1300 35 Jahre alt.
54 *heimwärts:* kann in doppeltem Sinne verstanden werden: zur Welt zurück oder zum Himmel.
55 *deinem Sterne:* Die Zwillinge, in deren Zeichen Dante geboren ist, galten als Geber von Wissenschaft und Weisheit.
58 *so früh:* nur im Hinblick auf Dante; Brunetto starb als 70jähriger.
61 Die Florentiner; Florenz wurde von dem älteren, unweit von Florenz auf felsiger Höhe liegenden Fiesole aus gegründet.
67 Die Blindheit der Florentiner ist sprichwörtlich. Sie sollen einst bedenkenlos den falschen Versprechungen Totilas geglaubt haben.
71 *beide Teile:* die Parteien der Schwarzen und der Weißen.
73/75 Dante, der glaubte, von den in Florenz einst ansässigen Römern, also nicht von den etruskischen Fiesolanern abzustammen.
78 *solcher Bosheit Nest:* Florenz.
89 *mit andrem:* zusammen mit den Weissagungen des Ciacco (Inf. VI 64ff.) und des Farinata (Inf. X 79ff.).
90 *von einer Frau:* Beatrice.
106 zu verstehen: alle zusammen sind entweder 1. Geistliche oder 2. Gelehrte oder 3. zugleich Geistliche und Gelehrte.

109 *Priscian:* nicht der lateinische Grammatiker Priscian (6. Jh. n. Chr.), sondern ein 1294 urkundlich bezeugter Professor dieses Namens von der Universität Bologna, Zeitgenosse des Accorso.
110 *Francesco D'Accorso:* florentinischer Rechtsgelehrter, lehrte in Bologna und Oxford, gest. 1294.
112 *dem Knecht der Knechte:* ein offizieller Titel des Papstes.
113 *Bacchiglione:* Der Arno fließt durch Florenz, der Bacchiglione durch Vicenza. Die Person, auf die Brunetto anspielt, ist der Bischof Andrea dei Mozzi (gest. 1296 in Vicenza), der wegen Sodomie und Unfähigkeit im Amt von Florenz nach Vicenza strafversetzt wurde.
114 Umschreibung für »wo er starb«.
117 *neue Wolken:* die von einer neuen Verdammtenschar hervorgerufen werden.
118 *mein Tesoro:* das literarische Hauptwerk Brunettos.
122/23 Beim sog. palio, einem volkstümlichen Wettlauf, wurde das Ziel mit einem grünen Tuch gekennzeichnet.

## Sechzehnter Gesang

4 *drei der Geister:* Sie gehören einer anderen Gruppe von Sodomiten an, die sich aus Kriegern und Staatsmännern zusammensetzt. Vgl. unten.
9 *Heimatlande:* Florenz.
37 *Waltraud:* Tochter des hochangesehenen Bellincione Berti. Durch ihre Ehe mit Guido il Vecchio begründete sie das Geschlecht der Grafen Guidi.
38 *Guido Guerra:* hervorragender Guelfenführer, der sich besonders in der Schlacht bei Benevent (1266) ausgezeichnet hat.
41 *Tegghiaio Aldobrandi:* degli Adimari; hatte vergebens den Florentinern vom Krieg gegen Siena abgeraten, was zur Niederlage von Montaperti führte.
44 *Rusticucci:* reicher Edelmann aus Florenz, der sich wegen des Stolzes und der Sprödigkeit seiner Frau der Sodomie ergeben haben soll.
61 Ich lasse ab von der Sünde (Galle) und folge der Tugend (süße Früchte).
70 *Guglielm Borsiere:* ein angesehener florentinischer Bürger.
97/99 Gemeint ist der Montone. Er entspringt – nach Dante als Acquacheta – am linken (nördl.) Hang des Apennin (nördl. des Monte Falterona, an einem Berg Monvì, der heute Monte Levane heißt), fließt nach Forlì, wo er den Namen Montone annimmt und von da direkt zum Meer (im eigenen Bette). Er ist auf dieser Apenninseite der erste Fluß, der sich unmittelbar ins Meer ergießt.
100 Camalduenserkloster oberhalb von Forlì.
102 *am Orte:* Oberhalb der Abtei ist ein großer Platz, auf dem der Gastgeber Dantes, Guido Salvatico, Herr dieser Landschaft, ein Kastell errichten wollte, das der Aufnahme von tausend Untertanen der umliegenden Ortschaften hätte dienen können. – Vielleicht enthält diese

Stelle eine Mahnung an den Sohn des Guido Salvatico, den vom Vater beabsichtigten Bau aufzuführen.

124/126 Wenn eine wahre Begebenheit so unwahrscheinlich ist, daß sie niemand glaubt, dann soll man sie im allgemeinen besser nicht erzählen, um nicht in den Ruf eines Lügners zu kommen.

## Siebzehnter Gesang

1 *das Ungetüm:* Geryon, nach der griechischen Sage Riese mit drei Leibern. – Die Beschreibung, die Dante von ihm gibt, weicht von der antiken Tradition ab und lehnt sich an die Schilderung der Heuschrecken bei Johannes Ev. (Off. 9,7ff.) an. – Abbild der Falschheit.

18 *Arachne:* die berühmte Weberin von Lydien, die Minerva zu einem Wettstreit in dieser Kunst herausgefordert hatte und von dieser in eine Spinne verwandelt wurde.

19/22 Zum Verständnis des Vergleichsmomentes: Angeblich soll sich der Biber zum Fischfang so an das Ufer setzen, daß sein Schwanz ins Wasser hängt. Beißt ein Fisch daran an, so schnappt er ihn, indem er sich schnell wendet, mit der Schnauze.

26 *seine giftige Gabel:* das zweigeteilte Schwanzende; zweigeteilt, weil es zwei Arten des Betruges gibt, nämlich gegenüber Personen, zu denen der Betrüger in einem Vertrauensverhältnis steht und gegenüber solchen, wo dies nicht der Fall ist.

45 *die betrübten Seelen:* die Wucherer.

59/60 Wappen der Gianfigliazzi, einer guelfischen Wuchererfamilie aus Florenz.

62/63 Wappen der ghibellinischen Familie der Ubriachi.

64/65 Wappen der Scrovegni aus Padua; der Sprechende ist wahrscheinlich Reginaldo Scrovegni.

68 *Vitaliano:* ein anderer Wucherer aus Padua, wahrscheinlich Vitaliano del Dente.

69 *zu meiner linken Seite:* weil schuldiger als ich.

72 *der größte Herr:* Giovanni Buiamonte, 1293 Bannerträger der Gerechtigkeit in Florenz, soll der schlimmste Wucherer in ganz Europa gewesen sein.

73 Buiamontes Wappen.

107 *Phaëton:* Sohn des Sonnengottes Helios; erhielt von seinem Vater die Erlaubnis, an einem Tage den Sonnenwagen zu führen. Er wurde der Pferde aber nicht Herr, stürzte selbst zur Erde, während der führerlose Sonnenwagen sich zu weit von der Erde entfernte und einen Teil des Himmels in Brand steckte. Als Spur dieses Feuers blieb die Milchstraße zurück.

119 *ein schrecklich Rauschen:* des Phlegeton.

124/126 Dante merkt daran, daß er rings unter sich die Strafen von Verdammten erkennen kann, daß er selbst auf Geryon abwärts kreist.

## Achtzehnter Gesang

25/27 Die Kuppler, und im Gegenzug die Verführer.
28 *im Jubiläumsjahre:* das Heilige Jahr 1300.
29 *auf der Brücke:* der Tiberbrücke vor der Engelsburg in Rom.
33 *nach dem Berge:* Monte Giordano, diesseits des Tibers.
50 Venedico dei Caccianemici aus Bologna veranlaßte, wahrscheinlich aus politischen Gründen, seine Schwester Ghisolabella, sich dem Marchese Azzo VIII. von Este zu ergeben. Er starb nach 1289.
51 Anspielung auf die Salse (»Beize«) von Bologna, einem verlassenen, schmalen Tal bei der Stadt, wohin man die Leichen der Hingerichteten und Exkommunizierten warf, also »Ort der Schande«.
61 *Sipa:* bolognes. Dialektform für »sia«.
61 *Sávena und Reno:* die beiden Flüsse, die im wesentlichen den Hoheitsbereich der Stadt Bologna umgrenzten.
73 *dahin:* auf die über den Graben führende Brücke.
76 *der andern Übeltäter:* der Verführer.
92/93 *Hypsipyle:* Tochter des Königs von Lemnos und, nach dem Männermord, selbst Königin der Insel. Sie hatte ihren eigenen Vater gerettet, ließ die anderen Frauen aber glauben, daß auch er tot sei.
96 *Medea:* die später von Jason betrogen und verlassen wurde.
103 *die Leute:* die Schmeichler.
117 d.h. ob er eine Tonsur hatte oder nicht.
122 *Alessio Interminei:* Zeitgenosse Dantes, gehörte zur vornehmen Familie der Interminelli und zur Partei der Weißen.
133 *Thais:* Nicht die berühmte Thais aus Ägypten, die der Mönch Paphnucius zur Buße und zum Christentum bekehrt haben soll, sondern eine Dirnengestalt aus einer Komödie (Der Eunuch) des Terenz.
133 *dem Buhlen:* den Soldaten Thrason, der ihr eine Sklavin geschenkt hatte.
135/136 In diesen Worten der Thais liegt eine gemeine und verführerische Schmeichelei. – Bei Terenz gibt diese Antwort aber nicht Thais, sondern einer ihrer Parasiten. Dante kannte diese Stelle nur aus Cicero, wo er auf Grund eines Mißverständnisses zu dieser freieren Ausgestaltung dieser Terenz-Stelle gelangte.

## Neunzehnter Gesang

1 *Simon:* Simon wollte von den Aposteln gegen Geld die Güter des Hl. Geistes erwerben. Vgl. Apostelgesch. 8, 18–24.
5 d.h. nun muß euere Schuld öffentlich verkündet werden. – Im MA war es üblich, die Schuld Verurteilter nach vorheriger Ankündigung durch Trompetenstoß öffentlich zu verlesen.
17 *San Giovanni:* Das Baptisterium von Florenz, gegenüber dem Dom, die Taufkirche Dantes. – Zu Dantes Zeit bestand dort noch die seit 1577 verschwundene Anlage für die Submersionstaufe. Sie bestand aus einem rund um einen Säulenmittelpunkt verlaufenden, wassergefüll-

ten Becken. An vier gegenüberliegenden Punkten waren Löcher in den Boden eingelassen für die Taufpriester, so daß diese bei der Taufhandlung auf gleicher Höhe mit den Täuflingen standen. Auf diese Löcher ist hier angespielt.

19/20 Dante zerschlug eines dieser Löcher, um ein da hineingefallenes Kind zu retten.

50/51 Die Mörder, besonders gedungene und Verwandtenmörder, wurden dadurch hingerichtet, daß sie mit dem Kopf nach unten in ein Erdloch gesteckt wurden, das dann der Henker zuschüttete, wodurch langsames Ersticken eintrat. Bevor sie zugeschüttet wurden, verlangten sie, um das Ende hinauszuschieben, noch mit dem sie begleitenden Beichtvater sprechen zu dürfen, der sich dabei, um sie hören zu können, zu Boden neigen mußte. Das ist das Vergleichsmoment.

53 *Bonifatius:* Papst Bonifaz VIII.

54 *die Schrift:* nämlich der sog. Papalisto, ein damals im Umlauf befindliches Wahrsagebuch, das u.a. auch die Dauer der Pontifikate voraussagte.

54 Bonifaz VIII. starb erst 1303. Der Sprechende (Papst Nikolaus III.) hält Dante, den er ja nicht sehen kann, für seinen Nachfolger Bonifaz.

57 *die Schöne:* die Kirche. – Nach Auffassung Dantes hat Bonifaz VIII. seinen Vorgänger, Coelestin V., auf betrügerische Weise veranlaßt, auf die Papstwürde zu verzichten.

62 *der Vermeinte:* Bonifaz VIII.

69 *den großen Mantel:* Abzeichen der Papstwürde.

70 *ich:* Papst Nikolaus III. (1277–1280), aus dem Hause der Orsini. (Italienisch orso = Bär.)

71 *meine Bärlein:* Mitglieder der Familie Orsini.

72 *hier:* in dieses Loch.

77 nämlich Bonifaz VIII.

79 *länger:* nämlich seit 20 Jahren, während Bonifaz nur 11 Jahre (von seinem Tode 1303 bis zum Tode Clemens' V. im Jahre 1314) in dem Loche büßen wird. – Der unmittelbare Nachfolger Bonifaz' VIII., Benedikt XI., nur neun Monate im Amt, war ein guter Papst.

83 *ein Hirte ohne Ordnung:* Papst Clemens V., aus der Gascogne stammend, Erzbischof von Bordeaux, williges Werkzeug Philipps des Schönen von Frankreich, verlegte den Papstsitz nach Avignon und führte ein schuldbeladenes, ausschweifendes Leben.

85 *Jason:* Sohn des jüdischen Hohenpriesters Simon II., erkaufte sich die Priesterwürde vom König Antiochus (vgl. 2. Buch Makk.).

87 *sein König:* Antiochus, König von Syrien.

87 *der Herr von Frankreich:* Philipp der Schöne.

95 Matthias wurde von den Aposteln an die Stelle des Verräters Judas nachgewählt (Apostelgesch. 1, 15–26).

99 Papst Nikolaus III. wollte seine Nichte mit einem Neffen Karls I. von Anjou verheiraten, bekam aber eine hochmütige Abfuhr von Karl von Anjou und verfolgte diesen deshalb mit seinem Haß. – Die bös erworbenen Gelder sind eine allgemeine Anspielung auf die Simonie, die Nikolaus III. trieb.

101 *vor den allerhöchsten Schlüsseln:* Das Papsttum. – Dante unterscheidet genau zwischen der unantastbaren Würde des hohen Amtes und dem Versagen einzelner seiner Inhaber.
106 *der Gottesbote:* Der Evangelist Johannes in der Geh. Offenbarung, Kap. 17, das zum Verständnis dieser Stelle heranzuziehen ist.
107 *jene:* Die Dirne, von der Johannes Off. 17 spricht. Johannes faßt sie als Symbol des heidnischen Rom (oder allgemein einer antichristlichen Großstadt), Dante als Abbild des päpstlichen Rom.
107 *auf den Wassern thronend:* d.h. über die Welt herrschend.
109 Bei Johannes gehören die sieben Köpfe und zehn Hörner zu dem Tier, auf dem die Dirne sitzt. Dante identifiziert Tier und Dirne der Off. miteinander. Die Köpfe können die sieben Hügel Roms, die Hörner die zehn Christenverfolgungen im Römischen Imperium bedeuten. Speziell auf das päpstliche Rom bezogen ist diese Stelle wohl so zu verstehen: Das päpstliche Rom hatte bei seiner Geburt sieben Köpfe (d.i. die sieben Tugenden), seine Kraft kam ihm von den zehn Hörnern (d.i. die Zehn Gebote); so blieb das päpstliche Rom, solang sein Gatte (d.i. der Papst) Pfade der Tugend wandelte. Dann aber machte sich das Papsttum von weltlichen Herrschern und Interessen abhängig (Buhlerei mit Königen).
116 die Konstantinische Schenkung, in der Konstantin d. Gr. dem Papst Sylvester Rom als Eigentum übergab, wodurch dieser zum ersten besitzenden Papst (reicher Vater) wurde. – Zur Zeit Dantes zweifelte man nicht an der historischen Wirklichkeit dieser Schenkung.

## Zwanzigster Gesang

34 *Amphiaraus:* Einer der Sieben von Theben, Wahrsager, wußte voraus, daß er vor Theben den Tod finden würde und wollte sich deshalb verbergen, damit er nicht in den Kampf ziehen müsse. Er wurde aber von seiner Frau verraten. Mit einem Blitz öffnete Jupiter vor ihm die Erde, die ihn verschlang.
40 *Tiresias:* Vater der Manto, berühmter Wahrsager des griechischen Heeres im Thebanerkrieg. Er wollte mit seinem Zauberstab zwei sich gerade paarende Schlangen trennen und wurde deswegen in eine Frau verwandelt. Nach sieben Jahren berührte er mit dem gleichen Stab die gleichen Schlangen und wurde wieder zum Mann.
46 *Aruns:* Etruskischer Zauberer aus der Zeit Caesars, sagte den Sieg Caesars über Pompeius voraus. Er hatte seine Höhle in der alten, aufgelassenen Etruskerstadt Luni in den Apuanischen Alpen, die der heutigen Lunigiana ihren Namen gab.
48 Um den berühmten Marmor von Carrara zu gewinnen, wurde die waldreiche Gegend gerodet. Die Apuanischen Alpen waren nur in ihren Tälern bewohnt.
51 um daraus zu weissagen.
55 *Manto:* Tochter des Tiresias, floh nach dem Tode des Vaters von Theben, begab sich nach Italien und gründete Mantua, die Heimat Vergils.

59 *des Bacchus Stadt:* Theben, weil dort Bacchus von Semele geboren wurde. Es wurde von dem Tyrannen Kreon geknechtet.
63 *Benacus:* der heutige Gardasee.
67/69 wahrscheinlich die Isola dei Frati, heute Lecchi. Dort stießen die Grenzen der drei Bistümer Brescia, Trient und Verona zusammen. Die öffentliche Erteilung des Segens ist den Bischöfen nur innerhalb ihrer eigenen Diözese erlaubt.
78 *Governo:* heute Governolo.
81 wegen der Malaria.
82 *jenes wilde Weib:* Manto.
91 auf den Gebeinen der Manto.
93 *ohne Zauber:* ohne erst das Los zu befragen, wie die Stadt heißen solle.
95 Die Grafen von Casalodi waren die Herren von Mantua. Sie riefen Pinamonte dei Bonacolti zu Hilfe und wurden von diesem verjagt (1269).
108 beim Auszug zum Trojanischen Krieg.
110 *Kalchas:* Seher und Priester des griechischen Heeres, das mit seiner Flotte auf günstigen Wind wartend in Aulis lag. Er verlangte zusammen mit Eurypylus die Opferung der Iphigenie.
111 nämlich um nach Troja in See zu stechen.
112/113 Aeneis, im zweiten Buch. – Tragisch, nach ma. Ansicht, wegen des tragischen, d.h. erhabenen Stiles.
116 *Scotto:* Schottischer Astrolog am Hofe Friedrichs II.
118 *Bonatti:* Astrolog aus Forlì (Ende des 13. Jahrhunderts), Freund des Guido da Montefeltro.
118 *Asdente:* Schuster aus Parma, der sich der Wahrsagekunst widmete.
121/123 die Hexen.
124 *Kain:* der Mond; die sich durch die Flecken im Mond bildende Figur wurde als Kain mit einem Dornenbündel gedeutet.
125 am westlichen Horizont.

## Einundzwanzigster Gesang

1 *Von Brück zu Brücke:* von der fünften zur sechsten. – Im fünften Graben büßen die Verkäufer staatlicher Ämter und Ehrenstellen. Sie sind im Pech verborgen, so wie sie im Leben im Verborgenen ihre Intrigen schmiedeten.
37 *Malebranche:* der allgemeine Name für die Teufel in dieser Grube (bolgia). Er spielt auf ihre Marterwerkzeuge an, lange Haken und Spieße, mit denen sie den Sündern zusetzen.
38 ein von Dante nicht näher bezeichneter hoher Magistrat der Stadt Lucca, die die Hl. Zita zur Patronin hat.
41 ironisch: Bonturo Dati, Haupt der Volkspartei in Lucca, war als der gemeinste Amtsverkäufer in Lucca bekannt.
48 *das Heilige Antlitz:* Das berühmte Volto Santo, ein holzgeschnitzter Kruzifixus, dessen Körper nach einer lucchesischen Legende von Nikodemus angefertigt worden sein soll, während eine himmlische

Hand das Antlitz des Gekreuzigten bildete. Im 8. Jahrhundert soll es von Konstantinopel nach Lucca gebracht worden sein. Es wird heute noch im Dom zu Lucca feierlich verehrt.

49 *Serchio:* Fluß bei Lucca, wo man schon im Altertum zu baden pflegte.

76 *Malacoda:* einer der Teufel.

95 *Caprona:* Kastell der Pisaner, das 1289 von den verbündeten Florentinern und Lucchesen genommen wurde. Dante scheint dabeigewesen zu sein. Der Besatzung wurde freier Abzug gewährt.

105 *Scarmiglione:* Name eines anderen Teufels.

111 das ist, wie man sehen wird, eine Lüge.

112/114 infolge des Erdbebens beim Tode Christi. Christus starb nach damaliger Annahme am 25. März 34, um 3 Uhr nachmittags. Es ist also jetzt 26. März 1300, 10 Uhr morgens. Doch ist diese Berechnung umstritten.

121/123 Alles von Dante erfundene Namen von Teufeln.

125/126 Wiederholung der obigen Lüge; alle Brücken dieses Kreises sind in Wirklichkeit zerstört.

## Zweiundzwanzigster Gesang

4 *in euren Feldern:* nämlich bei Campaldino (1289), wo die Aretiner von den Florentinern besiegt wurden.

20 Die Delphine gelten als Sturmwarner.

48 *ich:* Ein sonst nicht näher bekannter Spanier Ciampolo, Günstling des Königs von Navarra, der in dieser Stellung Ämter verkaufte.

52 *Tebaldo:* Thibault II., 1253–1270 König von Navarra, Graf der Champagne.

67 Der, von dem er spricht, war von Sardinien.

81 *Fra Gomita:* Kanzler des Nino (Ugolino) Visconti von Pisa, des Herrn von Gallura auf Sardinien.

82 *Gallura:* Bei der Eroberung des bis dahin sarazenischen Sardinien durch die Pisaner (1117) wurde die Insel in vier Gerichtsbezirke aufgeteilt. Der nordöstliche davon ist Gallura.

83 Nino Visconti hielt verschiedene seiner Feinde in Gallura gefangen. Gegen Geld ließ sie Frate Gomita entkommen und wurde dafür aufgehängt.

88 *Michele Zanche:* Unter König Enzo Gouverneur, nach dessen Tode Herr von Logodoro auf Sardinien. Er wurde von seinem Schwiegersohn Branca d'Oria ermordet.

111 dadurch, daß sie herauskommen und in die Hände der Teufel fallen.

120 *der zuerst:* Cagnazzo.

125 *den:* Alichino.

134 *jener:* Ciampolo.

135 *mit ihm:* Alichino.

## Dreiundzwanzigster Gesang

5/6 Die Fabel ist nicht von Äsop selbst, wurde ihm aber zugeschrieben. Sie hat verschiedene Versionen. Hauptinhalt: Einer Maus, die einen Fluß überqueren will, bietet der Frosch seine Hilfe an, mit dem Hintergedanken, sie zu ertränken. Sie banden sich an einem Fuße zusammen; in der Mitte des Flusses tauchte der Frosch nach unten und zog die Maus mit; in diesem Augenblick erspähte ein Habicht die untergehende Maus, schnappte sie und mit ihr den Frosch, der an ihr hing.

7/9 Wie am Anfang der Frosch die Maus hereinlegen wollte, so Calcabrina den Alichino. Ende: Frosch und Maus Beute des Habichts, Calcabrina und Alichino Beute des Pechsumpfes.

30 *aus beiden:* d.h. aus deinen und meinen Gedanken.

66 Friedrich II. soll die Majestätsverbrecher in schwere Bleimäntel gehüllt und in einem Kessel aufs Feuer gestellt haben, so daß das Blei schmolz und der Verurteilte darinnen verschmorte. – Diese Grausamkeit wurde Friedrich von seinen Feinden angedichtet und allgemein geglaubt.

102 d.h. unsere Gelenke ächzen lassen, wie eine Waage, wenn sie schwer beladen wird.

104 Catalano dei Malavolti, Guelfe, und Loderingo degli Andaló, Ghibelline, beide aus Bologna, wurden, als nach der Schlacht von Benevent (1266) die ghibellinische Partei in Florenz an Macht und Einfluß verlor, während die Guelfen erstarkten, zur Leitung der Stadt Florenz berufen, damit sie den inneren Frieden herstellen sollten. Sie begünstigten aber in heuchlerischer Weise die Guelfen.

106/107 War eine Stadt vom Parteihader so zerrissen, daß sie keine Regierung bilden konnte, so pflegte man zur obersten Leitung des Gemeinwesens einen Auswärtigen zu berufen, der ohne Anhang und Freunde in der betr. Stadt war.

108 Am sog. Gardingo, in der Nähe des Priorenpalastes in Florenz, standen die Häuser der ghibellinischen Uberti, deren Niederbrennung und Zerstörung Catalano und Loderingo, von den Guelfen bestochen, zuließen.

115 *der Gekreuzigte:* der Hohepriester Kaiphas, der in der Ratsversammlung der Juden heuchlerisch geraten hatte, man solle Christus im Interesse des Staatswohls dem Tode übergeben.

121 *sein Schwäher:* Annas, Schwiegervater des Kaiphas, der ebenfalls zum Tode Christi riet.

122 *die andern Räte:* die anderen Mitglieder des Hohen Rates, die Christi Tod beschlossen.

124/125 *verwunderte:* weil Vergil sie zum ersten Mal sieht; seine erste Wanderung durch die Hölle war vor Christi Tod.

127 *zu dem Bruder:* Catalano.

135 also sind alle Brücken über die Gräben zerstört, nicht, wie die Teufel logen, nur eine einzige.

146 *verwirrt:* weil die Teufel ihn belogen hatten.

## Vierundzwanzigster Gesang

2 *ihr Haar:* ihre Strahlen.
2 *im Bild des Wassermannes:* Ende Januar, Anfang Februar.
9 *schlägt sich in die Seiten:* Geste der Verzweiflung, denn er meint, es habe geschneit.
55 *noch höhere Stufen:* am Läuterungsberg.
93 *Heliotropen:* Grüner, smaragdähnlicher Edelstein, der, nach den alten Steinbüchern, seinen Träger unsichtbar machte. – Er galt als Gegengift gegen Schlangenbiß.
112/113 im Falle der Besessenheit, vgl. Luk. 4, 35.
114 *Lähmung:* Ohnmacht.
125 *Vanni Fucci:* natürlicher Sohn des Fuccio dei Lazzeri aus Pistoia, stahl 1293 mit anderen zusammen den Domschatz von Pistoia.
129 *voll blutiger Leidenschaften:* aber nicht als Dieb. – Es scheint zur Zeit Dantes wenig bekannt gewesen zu sein, daß Vanni Fucci an dem Gottesraub beteiligt war.
139 *ein anderer:* nämlich Rampino di Ranuccio Foresi, der deswegen fast aufgehängt worden wäre.
143 Die Schwarzen (Neri) werden mit Hilfe der weißen Regierung von Florenz von den Weißen verjagt werden (Mai 1301).
144 dann werden mit Unterstützung Karls I. von Valois die Weißen in Florenz gestürzt werden und an ihre Stelle die Schwarzen treten (Nov. 1301).
145 *in Valdimagra:* in der Lunigiana.
148 *auf Campo Picen:* Gemeint ist das Territorium von Pistoia.
148/150 Der Krieg, der hier prophezeit wird, ist der, den Moroello Malaspina, Graf in der Lunigiana, im Bunde mit den Schwarzen gegen die Weißen geführt hat, die er im Gebiet von Pistoia (Campo Picen) vernichtend schlug (1302).
151 *daß es dich schmerzen möge:* Dante war Anhänger der Weißen.

## Fünfundzwanzigster Gesang

2 obszöne Spottgeste.
12 Pistoia soll von den Resten des Heeres des römischen Hochverräters Catilina gegründet worden sein.
15 *jenen:* Kapanäus.
19 *Maremma:* vielleicht das gleiche Gebiet wie Inf. XIII 9.
25 *Cacus:* Sohn des Vulkan; er war ein Viehräuber. Zum Kentauren hat ihn erst Dante gemacht.
27 *Blut:* gestohlenen Viehs.
28 *seine Brüder:* die übrigen Kentauren, die nur rohe Gewalt anwenden.
30 *die große Herde:* des Herkules.
43 Cianfa, aus der vornehmen Familie der Donati, berüchtigter Dieb aus Florenz. Florentiner sind auch die drei Diebsgestalten, die Dante be-

obachtet, nämlich Agnello oder Agnolo Brunelleschi, Buoso degli Abati und Puccio dei Galigai, Sciancato genannt.

44/45 um Schweigen und Aufmerksamkeit zu gebieten, da er den Namen eines Florentiners gehört hatte.

50 *eine Schlange:* es ist Cianfa.

51 *auf einen:* Agnello.

83 *der beiden andern:* Buoso und Puccio.

85 *an der Stelle:* am Nabel.

86 *den einen:* Buoso.

89 *und gähnte:* man glaubte, der Schlangenbiß würde, bevor er tödlich wirkt, einschläfern.

95 *Sabellus und Nassidius:* zwei Soldaten im Heere des Cato Uticensis. Beim Zuge durch die Libysche Wüste wurden sie von Schlangen gebissen, wobei, nach dem Bericht Lukans, Sabellus nach dem Biß in Asche zerfiel, während dem Nassidius der Körper so aufschwoll, daß er den Panzer sprengte.

97 in den Metamorphosen beschreibt Ovid die Verwandlung der Arethusa in eine Quelle, die des Kadmus in eine Schlange.

121 *einer:* die zum Menschen gewordene Schlange.

139 *nach ihm:* dem Tier, d.i. der Schlange.

139 *Rücken:* den eben erst entstandenen Rücken.

151 *der andre:* der als Schlange gekommen war und Buoso biß. Es ist Francesco Cavalcanti. Er wurde in Gaville (Valdarno) ermordet. Seine Familie nahm blutige Rache dafür, so daß der ganze Ort wegen der Folgen dieses Mordes zu trauern hatte.

## Sechsundzwanzigster Gesang

8/9 Prophetischer Hinweis auf die Schläge, die Florenz nach 1300 treffen werden.

9 *Prato:* ein kleiner, Florenz unterstehender Ort unweit der Stadt, der mit der florentinischen Herrschaft unzufrieden war. Der Name steht vielleicht verallgemeinernd für die Feinde von Florenz. Vielleicht ist es auch eine Anspielung auf den Kardinal Niccolò di Prato, der 1304 die Florentiner exkommunizierte und verfluchte.

26/27 zur Zeit der Sommersonnenwende.

28 am Abend.

34/35 *der sich durch Bären rächte:* Der Prophet Eliseus, Schüler des Elias, verfluchte eine Schar von Spöttern, die ihm Schimpf antaten. Sogleich kamen zwei Bären aus dem Wald und verschlangen zwei der Spötter (4. Kön. 2, 23f.). – Er sah, wie sein Meister auf einem feurigen Wagen, der vom Himmel gekommen war, dorthin entführt wurde.

54 Die Brüder Eteokles und Polyneikes, Söhne des Königs Ödipus von Theben, hatten sich gegenseitig im Zweikampf getötet. Bei der gemeinsamen Verbrennung ihrer Leichen auf dem gleichen Scheiterhau-

fen spalteten sich die Flammen zum Zeichen des Hasses, der die beiden trennte.

56 *Ulyss und Diomedes:* Die griechischen Helden aus dem Trojanerkriege Odysseus und sein Helfer und Gefährte Diomedes.

59/60 Durch die List mit dem hölzernen Pferd wurde der Fall Ilions herbeigeführt, der seinerseits den Anlaß für den Auszug des Aeneas und damit für die Gründung Roms bildete.

62 *Deidamia:* Achills Mutter hatte ihren Sohn, da ihr geweissagt worden war, daß er vor Troja fallen würde, in Frauenkleider gesteckt und beim König Likomedes verborgen, wo er dessen Tochter Deidamia heiratete. Odysseus und Diomedes machten das Versteck ausfindig, erkannten durch eine List Achill, der die schwangere Deidamia verließ und mit in den Krieg zog.

63 *Palladium:* Statue der Pallas Athene, die Troja uneinnehmbar machte, solange sie noch in der Stadt war. Odysseus und Diomedes raubten sie mit List.

74/75 Bei der tiefen Ehrfurcht, die Vergil den Griechen gegenüber empfindet, erscheint es ihm möglich, daß sie sich vielleicht nicht herablassen werden, mit Dante zu sprechen.

84 Im MA glaubte man, daß Odysseus außer den in der Odyssee geschilderten Reisen noch eine weitere machte, von der er nicht wiederkehrte.

85 *das größre Hörnlein:* Odysseus; größer, weil er der Erfinder der Listen, Diomedes nur sein Helfer war.

93 Aeneas begrub seine Amme Caeta am Kirkeischen Felsen und benannte diesen nach ihr (heute Gaeta).

107 *Meeresenge:* Gibraltar oder die »Säulen des Herkules«. Herkules durchbrach dort den Isthmus zwischen Europa und Afrika und setzte so das Mittelmeer mit dem Atlantik in Verbindung.

109 Im Altertum glaubte man, daß es dem Menschen nicht erlaubt sei, über die Säulen des Herkules hinauszugehen.

127 *des andern Poles:* des Südpols.

133 vermutlich der Läuterungsberg. – Sachlich kann man an die Kanarischen Inseln mit dem hohen Berg Tenerifa denken, im Altertum die »Inseln der Seligen«.

## Siebenundzwanzigster Gesang

7 *Der Stier:* des Phalaris, des Tyrannen von Agrigent. Der athenische Erzgießer Perilaos hatte einen ehernen Stier gebildet, in dessen Inneres man einen Verurteilten stecken konnte, und ihn dem Tyrannen geschenkt. Machte man unter dem Stier Feuer, so resonierten die Schmerzensschreie des Eingeschlossenen derart, daß man glauben konnte, ein wirklicher Stier würde brüllen. Phalaris soll die erste Probe mit dem Erfinder selbst gemacht haben.

19/20 Vergil aus Mantua.

21 mit diesen Worten hatte Vergil Odysseus und Diomedes entlassen.

22 *ich:* es spricht Guido, Graf von Montefeltro, Vater des Buonconte (vgl. Purg. V), hervorragender Heerführer und Staatsmann; er trat, vom Papste exkommuniziert, 1296 in ein Franziskanerkloster ein, um Buße zu tun, und starb 1298.
28 *Romagna:* die Heimat Guidos.
30 *bei dem Joch:* Monte Coronaro.
37/39 Die Herren der Romagna denken stets an Krieg; doch war gerade kein offener Krieg, als ich hierher herunterstieg.
41 Die Polenta hatten einen Adler im Wappen. Ihre Herrschaft in Ravenna dauerte schon seit 1270.
42 *Cervia:* kleine Stadt südlich von Ravenna, im MA wichtig wegen des Salzhandels.
43 *die Stadt:* Forlì, das von den Franzosen 1281–1283 belagert wurde. Guido da Montefeltro befreite es, indem er den Franzosen eine blutige Niederlage beibrachte.
45 *der grünen Tatzen:* Das Wappen der Ordelaffi war ein grüner Löwe auf goldenem Feld. Scarpetta degli Ordelaffi war Herr von Forlì seit 1296. Dante weilte 1303 bei ihm.
46 *die beiden Hunde:* Malatesta da Verrucchio und sein Sohn Malatestino, Herren von Rimini. Der erstere war der Schwiegervater der Francesca da Rimini.
47 *Montagna:* Sie haben den Ghibellinenführer Montagna beseitigt.
49 Faenza und Imola.
50 *Löwe auf dem weißen Felde:* Mainardo Pagani, sein Wappen führt einen blauen Löwen auf weißem Feld.
51 Ändert häufig seine Parteizugehörigkeit.
52 *und die* (Stadt): Cesena.
54 1300 war Cesena zwar noch eine freie Gemeinde, aber Galasso da Montefeltro, capitano del popolo, schränkte ihre Freiheiten bedeutend ein.
61/62 Guido hält Dante für einen Verdammten. In der Flamme eingeschlossen, kann er nicht sehen, daß Dante noch seinen irdischen Leib hat.
63 d.h. ich würde nichts sagen.
70 *der Papst:* Bonifaz VIII.
75 *des Fuchses:* In Wirklichkeit war er aber mindestens ebenso tapfer wie schlau.
85 *der Fürst:* Bonifaz VIII.
85 *der neuen Pharisäer:* der Kardinäle und des Klerus, die heuchlerisch waren wie die Pharisäer.
86 Bonifaz VIII. war 1297 in Streit mit der mächtigen römischen Familie der Colonna, die in der Nähe von San Giovanni im Lateran wohnte.
89 keiner der Colonna hat etwa die Türken unterstützt, die den Christen Akkon in Syrien (1291) wieder entrissen.
90 Den christlichen Kaufleuten war der Handel mit den Mohammedanern verboten.
92 *jenen Gürtel:* den die Franziskaner tragen.
93 von etwa 1300 an ließ die Ordensdisziplin nach.

94/95 Nach einer Legende ließ sich Konstantin der Große, als er plötzlich von der Lepra befallen wurde, von Papst Sylvester I. heilen, den er aus seiner Höhle im Berg Sorakte (in der Nähe von Rom), wohin sich der Papst geflüchtet hatte, um der Verfolgung durch die Heiden zu entgehen, hatte holen lassen. Zum Dank für die Heilung soll er dem Papste Rom geschenkt haben (Konstantinische Schenkung).

102 *Palestrina:* Stadt und Festung der Colonna, in der Gegend des alten Praeneste.

104 *zwei Schlüssel:* die päpstliche Binde- und Lösegewalt.

105 *mein Vorgänger:* Coelestin V., der die Papstwürde niederlegte.

118 *gelöst:* nämlich von seiner Sündenschuld.

## Achtundzwanzigster Gesang

8 *Apulien:* Provinz Apulien, hier allgemein für Süditalien.

11 *von den Trojanern:* Aeneas und seine Gefährten, die Gründer des Römischen Reiches.

11 *dem langen Kriege:* Der zweite Punische Krieg (218–202) mit der Schlacht bei Cannae, wo Hannibal mehrere Scheffel mit den Ringen füllen konnte, die er den gefallenen Römern abziehen ließ. Der Geschichtsschreiber Titus Livius berichtet davon.

13/14 Der Kampf gegen den Normannenherzog Robert Guiscard, der 1060 in Apulien einfiel.

15 die Opfer der Kriege gegen die Anjou (1266–1268).

16 *Ceperan:* In der Nähe von Benevent; dort sollten die Apulier Karl I. von Anjou aufhalten; sie aber überließen Karl I. freien Weg nach Benevent, wo er Manfred besiegte (1266). Ceperano selbst war kein Schlachtenort; vielleicht will aber Dante sagen, daß durch den dort verübten Verrat (der übrigens nicht historisch ist) der blutige Verlust der Schlacht von Benevent verursacht wurde.

17 *Tagliacozzo:* Kastell in den Abruzzen, in der Gegend von Aquila, wo Karl I. von Anjou Konradin, den letzten Hohenstaufen, besiegte (1268).

18 Alard de Valery, Ratgeber Karls I. – In der Schlacht von Tagliacozzo, in der Alard durch seine Ratschläge, nicht durch Waffengewalt, siegreich war.

32 *Ali:* Schwiegersohn Mohameds, nach dessen Tod Gründer einer mohamedanischen Sekte.

33 Als einem Sektierer ist ihm auch der Kopf noch gespalten, der bei Mohamed ganz ist.

56 *Fra Dolcin:* Dolcino Tornielli aus Novara, Haupt einer 1260 von Gerardo Segarelli aus Parma begründeten Sekte, die sich »Apostelbrüder« nannte und unbeschränkte Gütergemeinschaft (einschließlich der Ehefrauen) predigte. Auf Betreiben des Papstes Clemens V. belagerten ihn die Novaresen am Berg Zebello (bei Vercelli), wo er sich mit 5000 Anhängern verschanzt hatte. Infolge tiefen Schnees, der die Zufuhr (»Speise«) absperrte, mußte er sich nach langem Widerstand im

März 1307 ergeben und wurde im Juni darauf zusammen mit anderen Anhängern lebend verbrannt.

64 *ein andrer:* Pier da Medicina, vielleicht aus der Familie der Cattani, sonst nicht näher bekannter Zwietrachtstifter.

74 *zur schönen Ebene:* die Lombardei.

76 *Fano:* zwischen Pesaro und Rimini an der Adria.

77/81 Guido del Cassero und Angiolello da Carignano, Edelleute in Fano. Malatestino Malatesta, der sie zu einer Unterredung einlud, ließ sie verräterischerweise vor Cattolica ertränken. – Es handelt sich entweder um eine in die Form einer Prophezeiung gekleidete historische Tatsache oder um eine zum Zwecke der Zwietrachtstiftung frei erfundene Lüge Piers da Medicina.

84 *von Argo's Männern:* die Argonauten, die im Rufe gemeiner Seeräuber stehen.

85/86 *Malatestino,* Herr von Rimini, war einäugig.

90 *Focara:* Der Focaraberg zwischen Pesaro und Cattolica war wegen der dort aufkommenden Winde gefürchtet.

96/99 Der römische Tribun Curio, früher Parteigänger des Pompeius, dann von Caesar gekauft, begab sich nach dem historisch ungenauen Bericht Lukans von Rom aus zu dem in Ravenna noch zögernden Caesar und bewog ihn, gegen den Senatsbefehl den Rubico zu überschreiten, was in Wirklichkeit schon geschehen war, als Curio anlangte.

106 *Mosca:* Mosca dei Lamberti (vgl. Inf. VI 80) aus Florenz, wiegelte die Amidei gegen Buondelmonte auf und bestimmte sie, Buondelmonte zu töten.

108 Die Ermordung Buondelmontes war der Anfang der Zwietracht in Florenz.

109 Die Lamberti wurden verfolgt und aus Florenz verbannt (1258).

134 *Bertram von Born:* Berühmter provenzalischer Troubadour (2. Hälfte des 12. Jh.), der, als er sich am englischen Hofe befand, den jungen König Heinrich gegen seinen Vater Heinrich II. von England aufwiegelte.

137 *Achitophel:* riet dem Sohn Davids, Absalom, seinen Vater zu töten.

## Neunundzwanzigster Gesang

10 es ist halb zwei Uhr nachmittags.

27 *Geri del Bello:* Sohn des Bruders von Dantes Großvater Bello. Gemeiner Verräter und Zwietrachtstifter, der ebenso verräterisch getötet wurde, vermutlich von einem aus der Familie der Sacchetti.

29 *Altaforte:* Bertran de Born, Herr auf Schloß Autafort.

31/35 Die Blutrache war zu Dantes Zeit gesetzlich erlaubt.

47/48 die drei genannten Gegenden waren damals von Malaria verseucht.

59 *Ägina:* Kleine Insel vor Athen, nach der Nymphe Aegina benannt, mit der Zeus seine Gemahlin betrogen hatte. Aus Zorn darüber schickte Hera der Insel eine furchtbare Pest, die alle bis auf den Sohn der

Aegina ausrottete. Dieser bat Zeus, die Ameisen zu seinen Füßen in Menschen zu verwandeln, und wurde erhört.

109 es spricht Griffolino d'Arezzo, berühmter Alchimist; er wurde auf die Anzeige des vornehmen Sienesen Albero hin wegen Hexerei lebendig verbrannt.

117 Albero soll der Sohn (nach einer anderen bloß der Günstling) des Bischofs Bonfiglio von Siena (1216–1252) gewesen sein.

125 ironisch gemeint.

125 *Stricca:* wie auch die folgenden, aus Siena. – Er verschwendete in unsinnigen Ausgaben das Geld, das ihm sein Vater hinterlassen hatte.

127 *Niccolò:* dei Salimbeni oder dei Bonsignori, soll eine besonders kostspielige Art erfunden haben, Geflügel mit Nelken zu würzen. Doch ist der Vers dunkel.

129 *im Garten:* d. i. in Siena, wo jede Schlemmerei gedeiht.

130 *die Schar:* die brigata spenderaccia, ein Klub von zwölf jungen Verschwendern, von dem auch verschiedene Novellen berichten.

131 *Caccia d'Ascian:* Beiname des Bartolommeo dei Folcacchieri.

132 *Abbagliato:* sienesischer oder florentinischer Alchimist und Geldfälscher, 1293 in Siena öffentlich verbrannt; soll Studiengenosse Dantes gewesen sein.

## Dreißigster Gesang

1 *Semele:* Tochter des ersten Königs von Theben, Kadmus, gewährte Jupiter ihre Liebe.

4 *Athamas:* König von Theben, dem Juno den Geist verdunkelte.

5 *seines Weibes:* Ino, eine Schwester der Semele.

12 *jene:* Ino.

16 *Hecuba:* Gemahlin des Priamus. Sie wurde von den Griechen zur Sklavin gemacht und mitgeführt. Sie mußte den Tod ihrer Tochter Polyxena, die am Grabe des Achill geopfert wurde, mitansehen. Bei der Ankunft am Strande Thrakiens fand sie die Leiche ihres Sohnes Polydor. Sie wurde wahnsinnig, verwandelte sich in eine Hündin und erfüllte mit ihrem Bellen das ganze Land.

28 *Capocchio:* siehe Inf. XXIX 136.

31 *Aretiner:* Griffolino (Inf. XXIX 109).

34 *der andre:* der Schatten der Myrrha.

41 *die eigene Gestalt verfälschte:* Myrrha gab sich unter Benutzung der Dunkelheit ihrem Vater gegenüber als eine fremde Frau aus.

42/45 Gianni Schicchi aus der Familie der Cavalcanti diktierte, wobei er sich dem Notar gegenüber als der sterbende Buoso Donati (Inf. XXV 114) ausgab, ein Testament, in welchem er seinen Freund Simone Donati (Bruder oder Sohn des Buoso) sowie sich selbst reichlich bedachte. U. a. sprach er sich das schönste Maultier aus Buosos Nachlaß zu.

61 *Adamo:* wahrscheinlich aus Brescia; er fälschte für die Grafen Guidi di Romena florentinische Münzen.

71 Adamo hatte seine Fälscherwerkstätte im Casentino, einem anmutigen Tal bei Florenz.
73 *Romena:* Stammschloß der Guidi di Romena, im Casentino.
74 der »Florentiner« mit dem Patron der Stadt.
75 Adamo wurde 1281 verbrannt.
77 seine Auftraggeber, die Grafen Guidi.
78 *Brandaquelle:* eine heute versiegte Quelle in Romena oder auch die berühmte Quelle gleichen Namens in Siena.
90 Die echten »fiorini« hatten 24 Karat reines Gold.
97 Potiphars Weib, die den ägyptischen Josef verführen wollte und ihn, als er nicht darauf einging, bei ihrem Mann, dem Minister des Pharao, beschuldigte, er habe ihr Gewalt antun wollen.
98 *Sinon:* verleitete mit lügnerischen Worten die Trojaner dazu, das hölzerne Pferd in ihre Mauern zu ziehen.
100 *und eins:* Sinon.
110 *war er nicht so tüchtig:* weil ihm die Hände gefesselt waren.
114 Priamus wollte von Sinon die Wahrheit über das hölzerne Pferd wissen.
128 *Spiegel des Narziß:* das Wasser.

## Einunddreißigster Gesang

4 Die Lanze, die Achilles von seinem Vater Peleus geerbt hatte, rief Wunden hervor, die nur dadurch geheilt werden konnten, daß sie ein zweites Mal mit der gleichen Lanze berührt wurden.
16 *Niederlage:* von Roncevaux (778), in der Karl der Große im Krieg gegen die Mauren seine Nachhut unter Roland verlor. Rolands Hornruf, mit dem er Karl, freilich zu spät, herbeirief, wurde über acht Meilen gehört.
41 *Montereggion:* Kastell in der Val d'Elsa (Toskana), dessen Mauern mit hohen Türmen bewehrt waren.
44/45 Zeus hatte die Giganten mit Blitzen niedergeworfen. Daher fühlen sie sich auch jetzt noch bedroht, wenn sie donnern hören.
59 *der Zapfen:* ein gewaltiger, bronzener Pinienzapfen, der vor der Peterskirche stand. Heute befindet er sich, allerdings umgeschmolzen und kleiner, in den Vatikanischen Gärten.
67 Es sind unverständliche Worte Nimrods, des Königs von Babel, der den berühmten Turmbau errichten wollte, der Anlaß zur Sprachverwirrung war.
78 Vor Nimrod sprach man auf der Welt nur eine Sprache.
94 *Ephialtes:* Sohn des Neptun, besonders starker Riese, von dem der Gedanke, den Olymp zu erstürmen, ausging.
98 *Briaräus:* Sohn des Uranos und der Gaia (Himmel und Erde), der fürchterlichste der Giganten im Kampf gegen Jupiter, da er hundert Arme hatte, in denen er fünfzig Speere und fünfzig Schilde führte, dazu 50 Köpfe, aus deren Mäulern er Feuer spie. – Bei Dante aber ist

er ein Riese wie die andern, vgl. Inf. XXXI 104. – Er wurde von Jupiters Blitzstrahl durchbohrt.

100 *Anteus:* Sohn des Neptun und der Erde, wohnte bei Zama in Afrika, nährte sich von Löwen, die er selber fing, und schlief auf der blanken Erde, von der er als seiner Mutter stets neue Kräfte empfing. Wurde nach schwerem Kampf von Herkules getötet.

104 *wie dieser:* Ephialtes.

108 *sich schütteln mußte:* vor Wut, weil er von den beiden Dichtern hörte, daß Ephialtes noch wilder sei als er, während er diesen Ruhm für sich in Anspruch nehmen möchte.

115 *in jenem glücklichen Tale:* Zama (Nordafrika), wo Scipio den entscheidenden Sieg über Hannibal erfocht, wofür ihm der Beiname Africanus verliehen wurde (202 v. Chr.).

118 eine Reminiszenz aus Lukan, Pharsalia IV, 601 ff.

120 *zum Kampf:* gegen den Olymp; Anteus war zu diesem Zeitpunkt noch nicht geboren.

121 *Erdensöhne:* die Giganten, die alle die Erde zur Mutter haben.

123 *Kozytus:* der Eisfluß in der Unterwelt.

124 Der Riese Tityos wurde von Apollo getötet, weil er dessen Mutter Latona verführen wollte. – Typhon wurde vom Blitz des Zeus getroffen und unter dem Ätna begraben.

125 *der hier:* Dante.

136 *Garisendaturme:* einer der schiefen Türme von Bologna; seit 1355 ist er bedeutend verkürzt.

145 in kleineren Schiffen war der Mast beweglich; bei Sturm wurde er umgelegt, zur freien Fahrt hochgezogen, um die Segel zu setzen.

## Zweiunddreißigster Gesang

10/11 *die Frauen:* Die Musen, die bewirkten, daß sich beim Klange der Leier des Thebanerkönigs Amphion die Steine von selbst zur Mauer für die Stadt zusammenfügten.

28 *Tambernik:* ein Berg, vermutlich in Slowenien.

29 *Pietrapana:* heute Pania, das Massiv der Apuanischen Alpen zwischen dem Serchio und der Magra.

55 *die beiden:* Alessandro und Napoleone, Söhne des Alberto di Mangona. Bei einem Streit heuchelten beide, Frieden zu schließen, verrieten sich aber und töteten sich sogar gegenseitig (1282).

56 *Bisenzo:* kleiner Nebenfluß des Arno; Sitz der Grafen von Mangona.

58 *Kaina:* Strafort der Brudermörder.

61 *jener:* Mordrek, Sohn des Königs Artus, der verräterischerweise nach Krone und Leben seines Vaters trachtete, von diesem aber mit einem einzigen Lanzenstoß durchbohrt wurde.

63 *Focaccia:* dei Cancellieri aus Pistoia; tötete verräterischerweise seinen Vetter (oder Vater).

63 *nicht der:* Sassol Mascheroni dei Toschi aus Florenz tötete verräterisch seinen Vetter, der gleichzeitig sein Mündel war, um sich in den Besitz

von dessen Erbschaft zu bringen. Mascheroni wurde öffentlich hingerichtet; seine Untat war allgemein in der Toscana bekannt.

68 *Camicion dei Pazzi:* tötete verräterisch einen Verwandten.

69 *Carlin:* auch aus der Familie der Pazzi, Hochverräter. Er verriet gegen Geld 1302 ein Kastell an die Schwarzen und später, wiederum gegen Geld, an die Weißen.

70 Der Dichter betritt die Antenora.

88 Antenor, ein trojanischer Fürst, bei Homer ein weiser Ratgeber, der durch den Vorschlag der Rückgabe Helenas die Beendigung des Trojanischen Krieges herbeiführen wollte. – Einer jüngeren Tradition entsprechend sah das MA in ihm den Verräter Trojas, der den Griechen das Zeichen zur Landung gegeben hat und ihnen bei der Einnahme der Stadt behilflich war.

106 *Bocca:* degli Abati aus Florenz, der in der Schlacht bei Montaperti (1260) in verräterischer Weise dem florentinischen Bannerträger die Hand abschlug und damit eine solche Verwirrung schuf, daß den Florentinern die Schlacht verlorenging.

114/115 *Buoso da Duera,* Herr von Cremona, ließ, vom Gelde Frankreichs bestochen, Karl I. von Anjou unangefochten durchziehen, den aufzuhalten er mit seinem Heere in die Gegend von Parma geschickt worden war.

119 Tesauro dei Beccheria aus Pavia, Abt von Vallombrosa, wurde unter der – wahrscheinlich falschen – Anklage, mit Hilfe der verbannten Ghibellinen einen Staatsstreich auf Florenz ausführen zu wollen, von den Guelfen hingerichtet, wofür Florenz der Kirchenbann traf.

121 *Gianni dei Soldanier:* florentinischer Ghibelline, soll mit Beccheria in Verbindung gestanden haben. Er verriet seine Partei, indem er gelegentlich der Unruhen von 1266 mit Hilfe des Volkes an die Macht kommen wollte.

122 *Ganelon:* Verräter im Heere Karls des Großen. Er trug die Schuld an Rolands Tod in Roncevaux.

122 *Tebaldello:* degli Zambrasi, Ghibelline aus Faenza, der aus persönlicher Rachsucht seine Heimatstadt an die Guelfen verriet.

130 *Tydeus:* Einer der Sieben vor Theben. Von dem Thebaner Menalippus zu Tode getroffen, konnte er seinerseits diesen noch töten und ließ sich dessen Kopf bringen, in den er tierisch hineinbiß.

## Dreiunddreißigster Gesang

13 *Graf Ugolino:* della Gherardesca aus Pisa, Haupt einer Gruppe innerhalb der Guelfischen Partei. Um die Oberhand über die andere, von seinem Schwiegersohn Nino Visconti geführte Parteigruppe zu bekommen, verband er sich mit dem Erzbischof von Pisa, Ruggieri degli Ubaldini. Nach der Niederlage Ninos aber verklagte der Erzbischof den Grafen Ugolino bei dem Volke, er habe gegen Geld den Florentinern und Lucchesen einige Kastelle überlassen. Das aufgebrachte Volk nahm ihn, zwei seiner Söhne (Gaddo und Uguccione), die gerade bei

ihm waren, sowie zwei seiner Enkel (Brigata und Anselmuccio) fest. Auf Betreiben des Erzbischofs wurden alle fünf in den Turm der Gualandi gesperrt (1288) und später dem Hungertode preisgegeben (1289).

22 *in jenem Turme:* der Gualandi.

28 *der hier:* Ruggieri.

29 *zu dem Berge:* Monte San Giuliano, zwischen Pisa und Lucca.

32 *Gualandi, Sismondi, Lanfranchi:* drei vornehme Familien von Pisa, Freunde des Erzbischofs.

33 zu verstehen: die drei Familien, Gegner des Ugolino, waren an der Spitze der Meute, die Ruggieri auf Ugolino losließ.

35 *Vater und Söhne:* Ugolino und seine zwei Söhne sowie die Enkel.

56/57 die die gleichen Spuren des Hungers trugen, die mein eigenes Antlitz zeigen mußte.

75 d.h. ich starb vor Hunger.

77 *den armen Schädel:* des Ruggieri.

82 *Capraja und Gorgona:* zwei kleine Inseln im Meer, gegenüber der Arnomündung. Pisa liegt am Arno.

89 *du neues Theben:* Das Theben der Sage war verrufen wegen der furchtbaren Bluttaten, die dort geschehen sind.

118 *Bruder Alberigo:* dei Manfredi aus Faenza, frate gaudente, hatte zwei Verwandte unter dem Vorwand, sich mit ihnen aussöhnen zu wollen, zu einem Mahle an seinen Tisch geladen und verräterischerweise töten lassen. Das verabredete Zeichen zum Mord waren seine Worte »Laßt die Früchte kommen!« (1285). Daher »Frucht des bösen Gartens«.

120 *für Feigen Datteln:* die verdiente Strafe.

123 Dante weiß, daß Alberigo noch lebt.

124 *Tolomeagrube:* Strafort für die Mörder von Tischgenossen. Benannt vermutlich nach dem jüdischen Ptolemäus, der bei einem glänzenden Mahle seinen Schwiegervater und seine beiden Schwäger ermorden ließ (1. Makk. 16,11–16). Nach anderen soll es der Ägypterkönig gleichen Namens sein, der Pompeius ermordete.

137 *Branca D'Oria:* aus Genua; er tötete seinen Schwiegervater Michele Zanche (vgl. Inf. XXII 88) bei einem Mahle, um sich zum Herrn von Logodoro (Sardinien) zu machen (1275).

146 *im Verwandten:* einem Neffen, der an der Tat beteiligt war.

154 *bei dem schlimmsten Geiste:* Alberigo dei Manfredi aus Faenza in der Romagna.

## Vierunddreißigster Gesang

1 Die Fahnen des Höllenkönigs schreiten voran. Eine Abänderung des berühmten Hymnus auf das Hl. Kreuz von Venantius Fortunatus (6. Jh.). Mit den Fahnen sind die sechs Flügel des Teufels gemeint.

20 *Dis:* die antike Bezeichnung für den Höllenherrscher. – Eis und Dunkelheit umgeben den Teufel, weil er in der größten Gottferne lebt; von Gott aber strahlt Licht und Wärme aus.

45 d.h. schwarz. Der Teufel mit seinen drei Gesichtern ist die gegen-

teilige Entsprechung der Dreieinigkeit Gottes. Sie bedeuten Ohnmacht, Unwissenheit, Haß (im Gegensatz zur Allmacht, Weisheit und Liebe Gottes).

65 *Brutus:* zusammen mit Cassius der Mörder Cäsars. Er war dessen Freund, und Cäsar beiden ein Wohltäter.

93 *durch welchen Punkt:* es ist der Erdmittelpunkt.

96 *in der dritten Stunde:* halb acht Uhr morgens.

112 *unter jener Himmelshälfte:* nämlich unter der südlichen Himmelshälfte. Die nördliche Himmelshälfte wölbt sich über der Wüste und über Jerusalem, wo Christus starb.

117 *Giudecca:* Der nach Judas Ischariot benannte Strafort für die Verräter an Wohltätern.

121 *auf dieser Seite stürzte er vom Himmel:* d.h. von Süden her. Die Erde der südlichen Hemisphäre bedeckte sich dabei mit Meeren (nach der Anschauung der Alten war die südliche Erdhalbkugel ganz mit Wassern bedeckt), während das früher auch auf der südlichen Halbkugel vorhandene Erdreich sich auf die nördliche Halbkugel zog und dort die Kontinente bildete. – Das Erdreich, das früher die Hölle ausfüllte, zog sich zurück und bildete auf der südlichen Hemisphäre die Insel und den gewaltigen Berg des Purgatorio.

## DER LÄUTERUNGSBERG

### Erster Gesang

7 *tote Dichtung:* weil sie von den Verdammten handelte, die den zweiten Tod, nämlich den der Seele, erlitten haben.

9 *Kalliope:* Muse der epischen Dichtung.

11 *die armen Elstern:* Die neun Töchter des thessalischen Königs Pierus hatten einst die neun Musen zu einem Wettgesang herausgefordert, wurden von diesen besiegt und in Elstern verwandelt. Der Ton, den Dante anschlagen will, soll so sein wie jener, der den Pierustöchtern von vorneherein die Hoffnung auf den Sieg nahm.

15 *bis zum ersten Kreise:* der Mondsphäre.

19 *der schöne Stern:* Venus.

23 *ein Viergestirne:* vielleicht das Kreuz des Südens; allegorisch: die vier Kardinaltugenden Klugheit, Gerechtigkeit, Mäßigung, Stärke.

24 Nur Adam und Eva, solange sie im Paradies waren, lebten auf der südlichen Hemisphäre.

31 *einen Greis:* Cato Uticensis (95–46 v. Chr.) galt dem MA als der kühnste und konsequenteste Verteidiger der römischen Freiheit gegen die usurpatorischen Absichten Cäsars. Beging, um Cäsar nicht in die Hände zu fallen, Selbstmord in Utica.

40 vgl. Inf. XXXIV 130.

53 *die Frau:* Beatrice.

75 *das Kleid:* den Leib, den Cato am Jüngsten Tage verklärt mit in das Ewige Paradies nehmen wird.
77 Der Limbus, in dem Vergil sich aufhält, gehört noch nicht zum Machtbereich des Höllenrichters Minos.
79 *Marzia:* Catos Frau, von diesem dem Hortensius als Gattin überlassen, bat nach dem Tode des Hortensius Cato, ihren ersten Gemahl, sie wieder in Liebe aufzunehmen. Cato tat es.
82 Es besteht keine Verbindung zwischen den Bewohnern der Hölle und den Seligen.
88/90 Cato wurde bei der Höllenfahrt Christi befreit. Das Gesetz wurde damals erlassen, da ja das Fegfeuer erst nach dem Erlösertod Christi geschaffen wurde.
95 *Schilf:* Symbol der Demut, die sich vor dem Gesetze beugt.
96 *Schmutz:* der von der Höllenwanderung herrührt.
132 Anspielung auf die letzte Fahrt des Odysseus (vgl. Inf. XXVI 136ff.).
134/136 Die Gnadenmittel, die Gott den Menschen gewährt, sind unerschöpflich.

## Zweiter Gesang

3 *Jerusalem:* Dante bezeichnet die vier Himmelsrichtungen mit Jerusalem (Norden), Purgatorio (Süden), Ebro (Westen), Ganges (Osten). Jerusalem und Purgatorio liegen antipodisch auf dem gleichen Meridian. Geht in Jerusalem die Sonne unter, so geht sie im Purgatorio auf.
5 am Ganges ist es Mitternacht; die Waage geht durch den Meridian, da es Frühlings-Tag-und-Nachtgleiche ist. Die Sonne steht im Widder.
6 wenn nach der Herbst-Tag-und-Nachtgleiche die Nächte länger werden, geht die Waage vor Mitternacht unter.
7/9 der aufgehende Sonnenball vergoldet die Morgenröte.
46 »Als Israel herauszog aus Ägypten...« (Psalm 113), besingt die Befreiung des jüdischen Volkes aus der Knechtschaft der Pharaonen. Bedeutet hier die Befreiung aus der Sünde; wurde bei der Überführung der Verstorbenen in die Kirche gesungen.
57 Der Steinbock, nach Dante 90 Grad westlich des Widders (in dem die Sonne steht), versinkt in dem Maße, als die Sonne steigt. Es ist eine gute halbe Stunde seit Sonnenaufgang im Purgatorio.
70 *Ölzweig:* als Zeichen guter Nachrichten.
91 *Casella:* Nicht näher bekannter Komponist und Sänger, Freund Dantes, vertonte wenigstens eine von Dantes Canzonen.
95 der Engel, von dem oben die Rede war.
96 der Grund dafür ist nicht bekannt.
98/99 Zu Weihnachten 1299 wurde das Hl. Jahr durch eine Bulle Bonifaz' VIII., die bestimmte, daß auch die Seelen der Verstorbenen in den Genuß der im Hl. Jahr gewährten Ablässe kommen können, feierlich eröffnet. Kraft dieser Bulle wählte der Engel nicht mehr aus, sondern nahm alle in seinen Nachen.
101 an der Tibermündung versammeln sich nach dem Glauben der Zeit die

für die Seligkeit bestimmten Seelen, so wie die der Verdammten am Acheron (vgl. Inf. III 107ff.).

112 so beginnt eine Canzone Dantes.

119 *der würdige Alte:* Cato.

Dritter Gesang

7 *unzufrieden:* nicht wegen der Worte Catos, die ihn ja nicht betrafen, sondern weil er Dante hatte säumig sein lassen.

15 nach Dantes Anschauung ist der Läuterungsberg der höchste Berg der Erde.

25 *dort drüben:* in Neapel; dort ist es 5 Uhr nachmittags.

27 Auf Befehl des Augustus wurde die Leiche des in Brundisium verstorbenen Vergil nach Neapel überführt und dort an der Straße nach Pozzuoli beigesetzt.

29 Die konzentrisch übereinander angeordneten 7 Planetenhimmel sind durchsichtig und schattenlos, so daß die Fixsterne des 8. Himmels auch von der Erde aus sichtbar sind.

32 *solche Leiber:* nämlich Astralleiber, wie Vergil einen besitzt, die, obwohl nicht materiell, doch materielle Schmerzen wie Hitze und Kälte zu erleiden vermögen.

32 *jene Kraft:* Gott.

36 *dreigestalt ein Wesen:* der Dreieinige Gott.

38/39 die durch Christus der Menschheit gegebene Offenbarung wäre nicht nötig gewesen, entweder, weil die Menschen schon alles gewußt hätten oder weil Adam von vorneherein nicht gesündigt hätte, da er ja die Berechtigung des Gebotes Gottes erkannt hätte.

45 *war ganz betrübet:* er denkt an sich selbst.

49 *Turbia und Lérici:* La Turbie (oberhalb von Monaco) und Lerici (am Golf von La Spezia) begrenzen die schroffe Felsenküste Liguriens (Riviera).

58/59 *eine Herde von Seelen:* Es sind die Säumigen, die erst in der Todesstunde an die Rettung ihrer Seelen dachten.

74/75 die ewige Seligkeit, die euch gewiß ist.

78 wer den Wert der Zeit erkennt, mag keine verlieren.

112 *Manfred:* natürlicher und später legitimierter Sohn Kaiser Friedrichs II.

113 *Kaiserin Konstanze:* Mutter Friedrichs II.; wegen seiner unehelichen Geburt nennt Manfred nicht Vater und Mutter, wie es natürlich wäre.

115 *meine schöne Tochter:* mit Namen ebenfalls Konstanze. Von ihren Söhnen, die ihrer Ehe mit Peter III. von Aragon und Sizilien entstammten, war einer (Friedrich) König von Sizilien, der andere (Jakob) König von Aragon.

119 *zu Tod getroffen:* in der Schlacht von Benevent (1266).

121 Manfred soll ein ausschweifendes, heidnisch-epikuräisches Leben geführt haben. Er verfeindete sich mit der Kirche und wurde exkommuniziert.

124 *der Hirte von Cosenza:* Bartolommeo Pignatelli, 1244–1266 Kardinalerzbischof von Cosenza.

125 *Clemens:* Papst Clemens IV., der Pignatelli veranlaßte, den Leichnam Manfreds aus dem Grabe bei Benevent zu nehmen und dafür Sorge zu tragen, daß Manfred nicht innerhalb des Königreiches Neapel begraben würde.

126 *jene Seite:* nämlich des Evangeliums, Joh. 6, 37: »wer zu mir kommt, den weise ich nicht zurück.«

128/129 Nach dem Tod in der Schlacht wurde Manfred zunächst an der Brücke von Benevent begraben. Zum Zeichen der Verehrung für den Toten türmten die Soldaten Steine auf sein Grab (so wie man heute Erde auf den Sarg wirft).

131 *Verdeflusse:* vermutlich der heutige Garigliano (Campania).

132 *ohne Lichter:* er wurde, wie es für Häretiker üblich war, unbestattet neben den Fluß geworfen.

140 *die guten Bitten:* das Gebet der Hinterbliebenen.

## Vierter Gesang

1/3 Die eine Seele besitzt drei Kräfte: die vegetative (Leben), die sensitive (Empfindungsfähigkeit), die intellektuelle (Denkfähigkeit).

5/6 Betrifft die Platoniker, die in den drei genannten Seelenkräften jeweils selbständige Seelen annahmen, sowie die Manichäer, die lehrten, daß der Mensch zwei Seelen habe. Diese beiden Lehren waren von der Kirche verdammt worden.

10/12 zu verstehen: die eine Seelenkraft ist für Dante hier der Zeitsinn; die andere die völlige Konzentration auf das, was Manfred spricht. Dantes ganze Seele ist gefesselt (»gebunden«) durch das, was er hört. Sein Zeitsinn ist aber von der Seele gelöst (»frei«) und kann infolgedessen die Seele nicht an die Zeit erinnern. Darin sieht Dante einen Beweis dafür, daß der Mensch nur *eine* Seele hat: hätte er mehr, so könnte er gleichzeitig mit jeder der Seelen tätig sein.

15/16 Die Sonne legt in einer Stunde 15 Grad zurück. – Es ist etwa 10 Uhr vormittags.

25 *San Leo:* Felsenburg unweit von San Marino, zu der zur Zeit Dantes nur ein schmaler, in den Fels gehauener Pfad steil emporführte.

26 *Bismantova:* Bergdorf 34 Kilometer südlich von Reggio Emilia, das an der hohen und steilen Pietra Bismantova liegt, auf der sich im MA eine Burg erhob.

26 *Noli:* an der italienischen Riviera zwischen Savona und Finale; zur Zeit Dantes nur durch Stollen, die in den Fels eingehauen waren, zugänglich.

61 *Kastor und Pollux:* Söhne des Zeus und der Leda; hier das Sternbild der Zwillinge.

61/62 wenn die Sonne (die an Ostern im Zeichen des Widders steht) im Zeichen der Zwillinge stünde, d. h. wenn es jetzt Juni wäre.

63 *bald nach oben, bald nach unten:* Die Sonne beleuchtet abwechselnd die südliche und nördliche Hemisphäre.
65 *näher bei dem Bären:* d.i. weiter nördlich.
71 *auf verschiednen Seiten:* d.i. antipodisch.
71/72 Die Sonnenbahn, die Ekliptik, auf der Phaeton, der Sohn des Sonnengottes Helios, den Sonnenwagen nicht zu lenken verstand (vgl. Inf. XVII 107).
73 *den Berg:* Läuterungsberg.
80 *in ihrer Kunst:* in der Astronomie.
90 *doch immer leichter wird:* weil die Sündenlast immer leichter wird; allegorisch: der Weg zur Tugend ist am Anfang besonders steil, doch wird er später immer leichter.
119/120 eine freundlich-ironische Bemerkung zu Dantes Wissenseifer.
122 *Belacqua:* florentinischer Zeitgenosse Dantes, Musikinstrumentenbauer, war wegen seiner Faulheit stadtbekannt.
132 *mit guten Seufzern:* der Reue.
134 *aus gnadenvollem Herzen:* d.h. wenn ein Mensch, der im Stande der heiligmachenden Gnade ist, für mich betet.
139 wenn im Purgatorio (Südpunkt) Mittag ist, ist in Jerusalem (Nordpunkt) Mitternacht; an den Säulen des Herkules (Marokko; Westpunkt) also 9 Uhr abends.

## Fünfter Gesang

20 *ich verfärbte mich ein wenig:* Dante schämte sich.
24 *Miserere:* »Erbarme dich«, Anfangswort des Psalms 50; ein Bußgesang.
37 *Feuerdünste:* Sternschnuppen und Blitze.
61 *für jenen Frieden:* die ewige Seligkeit.
64 *und einer:* Jacopo del Cassero aus Fano unterstützte 1288 als Guelfe die Florentiner gegen die Aretiner, verfeindete sich als Bürgermeister von Bologna mit Azzo VIII. von Este. 1298 von Matteo Visconti nach Mailand gerufen, wurde er auf der Reise dorthin in verräterischer Weise von den Schergen des Azzo bei Oriago (unweit Padua) ermordet.
68/69 *zu dem Lande:* d.i. die Mark Ancona, die sich zwischen der Romagna und dem Königreich Neapel, dessen König im Jahre 1300 Karl II. von Anjou war, erstreckte.
71 *Fano:* Zwischen Rimini und Ancona, am Meer.
74 *in dem ich lebt':* Es spricht die Seele. – Schon in biblischer Tradition galt das Blut als der Sitz der Seele.
75 *Antenor:* Zu Antenor vgl. Inf. XXXII 88. – Wegen seines Verrates wurde ihm freier Abzug aus Troja gewährt. Mit seinen Gefährten fuhr er nach Italien und gründete Padua.
77 *der Herr von Este:* Azzo VIII., Sohn des Obizzo II. von Este. Gestorben 1308. Markgraf von Ferrara.
77/78 Zwar gab ihm Jacopo Anlaß zum Haß, weil er ihm Verrat und so-

gar Vatermord nachsagte, aber Azzos Rache überschritt die Grenzen des Erlaubten.

79 *Mira:* Dorf zwischen Padua und Oriago, an einem Kanal der Brenta gelegen. – Hätte Jacopo seine Flucht in diese Richtung gelenkt, wäre er den Verfolgern vielleicht entkommen; so aber floh er nach der Seite des Sumpfes.

88 *Buonconte:* Sohn des Guido da Montefeltro (vgl. Inf. XXVII 67), fiel 1289 in der Schlacht von Campaldino, wo er die Ghibellinen aus Arezzo gegen die Florentiner Guelfen geführt hatte und besiegt wurde.

89 *Giovanna:* seine Frau, die sich nach seinem Tode nicht mehr um ihn kümmerte.

89 *die andern:* sein Bruder und die übrigen Verwandten.

93 Die Leiche Buoncontes wurde nie gefunden.

94 *Casentino:* im oberen Valdarno.

95 *Archiano:* heute Archiana, Nebenfluß des Arno.

96 *bei der Klause:* dem Kloster Camaldoli, im höchsten Apennin, am Falterona-Joch.

97 in der Nähe von Bibbiena; etwa 4 Kilometer von Campaldino.

104 der Teufel.

107 der Reue in der Todesstunde.

112/113 der Teufel will immer das Böse und verwendet dazu den Verstand, den er als gefallener Engel noch bewahrt. – Im Anschluß an Epheser 2,2 und 6,12 galt der Teufel als der Herr der Lüfte.

116 *Pratomagno:* Ausläufer des Apennin, der das Casentino auf der einen Seite begrenzt, während es auf der anderen Seite der Apennin selbst (»großes Joch«) einschließt.

122 *zum königlichen Flusse:* zum Arno.

125 *erfroren:* d.h. totenstarr: Buonconte fiel am 11. Juni.

133 *Pia:* dei Tolomei aus Siena, Frau des Nello da Pannocchieschi, des Schloßherrn von Pietra in den Maremmen, wurde 1295 wegen Untreue oder Untreueverdachtes, vielleicht auch nur, weil er eine andere heiraten wollte, auf Betreiben ihres Mannes in einem der Schlösser der Maremma auf geheimnisvolle Weise ums Leben gebracht. – Sie empfiehlt sich dem Fürbittgebet Dantes, da ihr Mann auf Erden ja nicht für sie beten wird.

136 *den Ring mit dem Edelsteine:* den Ehering.

## Sechster Gesang

1/9 Dante denkt bei diesem Vergleich an ein Würfelspiel, das von Zweien gespielt wird.

6 *will ihm von der Seite nahen:* um, wie es üblich war, etwas von dem gewonnenen Gelde zu bekommen.

8 *wem er die Hand gibt:* in der ein Trinkgeld ist.

13 *der Aretiner:* Benincasa da Laterina, bekannter Rechtsgelehrter und Richter in Arezzo, hatte einen oder zwei nahe Verwandte des aus vor-

nehmer sienesischer Familie stammenden Straßenräubers Ghino di Tacco zum Tode verurteilt und wurde von diesem dafür in Rom ermordet (unter Bonifaz VIII., in dessen Dienst Benincasa damals stand).

15 *der andre:* Guccio oder Ciacco dei Tarlati aus Pietra Mala wurde bei der Verfolgung (»Jagd«) seiner Feinde, der Bostoli aus Arezzo, von seinem Pferd in den Arno getragen, wo er ertrank.

17 *Federico Novello:* von den Grafen Guidi im Casentino; wurde von einem der Bostoli 1289 oder 1291 bei Bibbiena ermordet.

17 *der von Pisa:* Farinata, nach anderen, Gano degli Scornigiani aus Pisa, wurde von einem Mitbürger getötet.

18 *Marzucco:* Vater des Vorgenannten, hatte in Lebensgefahr gelobt, Franziskaner zu werden, trat in ein Kloster ein und bewies seine Stärke dadurch, daß er den Mördern seines Sohnes verzieh.

19 *Graf Orso:* vermutlich degli Abati aus Prato, wurde aus Neid, also ohne daß er selbst Böses getan hatte, von seinem Vetter Alberto da Mangona getötet.

22 *Pierre de la Brosse:* Arzt, später Oberkämmerer Philipps des Kühnen von Frankreich, hatte dessen zweite Frau Maria, Tochter des Herzogs Heinrich VI. von Brabant, angeklagt, sie habe Ludwig, Philipps Sohn aus erster Ehe, vergiftet, um ihrem eigenen Sohn die Thronfolge zu sichern. Er fiel deswegen beim König in Ungnade und wurde gehenkt (1278).

23 *von Brabant die Herrin:* Maria von Brabant starb 1321.

24 *in schlechtre Schar:* nämlich in die Schar der Verdammten, da sie Pierre unschuldig hinrichten ließ.

29 *an einer Stelle deines Buches:* Aeneis VI 373–376.

38 *durch die Glut der Liebe:* nämlich durch das Fürbittgebet der Hinterbliebenen.

58 *eine Seele:* Es ist Sordello aus Goito bei Mantua, oberitalienischer Dichter, der in provenzalischer Sprache schrieb (etwa 1210 bis 1270), Verfasser der berühmten Totenklage auf den Ritter Blacatz, in der er mit den bedeutendsten Fürsten Europas streng ins Gericht geht.

72 *Mantua:* Anfangswort eines bekannten lateinischen Distichons, das Vergils Leben und Werk beschreibt; Mantua me genuit ... (In Mantua wurde ich geboren ...)

89 *Justinianus:* römischer Kaiser (482–565), ließ alle wesentlichen Gesetze und Bestimmungen des römischen Rechts in dem berühmten Codex Justiniani zusammenfassen, der im MA eine der wesentlichsten Rechtsgrundlagen bildete.

89 *wenn verwaist der Sattel:* d. h. wenn kein Kaiser den Gesetzen in Italien Wirkung verschaffen kann.

91 *mein Volk:* unter »Volk« versteht man am besten mit den ältesten Interpreten den Klerus.

93 der Klerus sollte das Gotteswort: »Gib dem Kaiser, was des Kaisers ist« beherzigen.

94 *dieses Tier:* Italien.

94/95 als Italien keinen Kaiser hatte.

96 als der Klerus auf Grund der Bulle Unam sanctam des Papstes Bonifaz VIII. die weltliche Macht auszuüben gedachte.

97/99 Kaiser Albrecht von Österreich (geb. 1248), Sohn Rudolfs von Habsburg, kümmerte sich nie um Italien.

101 *auf dein Blut:* Albrechts ältester Sohn starb 1307, Albrecht selbst wurde 1308 ermordet.

102 *deinen Erben:* Heinrich VII. von Luxemburg, auf den Dante große Hoffnungen setzte.

106/107 wohl nur Beispiele für die Zerrissenheit des Adels in der gleichen Stadt: Montecchi und Cappelletti (vgl. Shakespeares Romeo und Julia) bekämpften sich in Verona, die beiden anderen Familien in Orvieto. – Doch ist die Auslegung dieser Stelle im einzelnen umstritten.

111 *wie Santafior gedeihet:* Ironisch gemeint. – Die Grafschaft Santafior in der Maremma wurde von den Sienesen schwer bedrängt und ihre Grafen in Besitz und Reichtum stark beschnitten (um 1300).

125 *Marcellus:* Wahrscheinlich ist gemeint Cajus Claudius Marcellus, Parteigänger des Pompeius und Feind Cäsars, also Gegner des Kaisertums.

127 diese und die folgenden Verse auf Florenz sind voll beißender Ironie.

130/131 mancher ist gerecht im Herzen, aber ist langsam und bedächtig, dies in Worten darzulegen.

132 *in deinem Munde:* ohne daß du es im Herzen hast.

## Siebenter Gesang

3 *Sordell:* siehe Purg. VI 58.

4/5 *bevor zu diesem Berg:* d.h. vor dem Erlösertod Christi.

6 *Oktavian:* Augustus ließ Vergils Leiche nach Neapel überführen (19 v. Chr.).

15 *und schlang die Arme, wo ein Kind umarmet:* d.h. wo der Kleinere den Größeren umarmt: nicht am Hals, sondern an der Brust.

33 *von der Menschen Schuld:* der Erbsünde. – Die ungetauft verstorbenen Kinder (mit Ausnahme der Unschuldigen Kinder) sind ebenfalls im Limbus.

35 *des Himmels Tugenden:* die sog. theologischen Tugenden: Glaube, Hoffnung und Liebe.

36 *die andern:* die natürlichen Tugenden.

44 Die Sonne versinnbildlicht die Gnade Gottes. Ist sie verschwunden, so kann man keine Fortschritte in der Sühnung der Sünden machen. Anlehnung an Joh. 12,35: »Wandelt im Lichte ... wer in der Finsternis wandelt, weiß nicht, wohin er geht.«

82 *Salve Regina:* »Gegrüßet seist du, Königin, Mutter der Barmherzigkeit...« Marienlied, das bei der abendlichen Vesper gesungen wird.

94 *Kaiser Rudolf:* von Habsburg (1218–1291) hat, nach Dantes Auffassung, seine heiligste Kaiserpflicht versäumt, nämlich nach Italien zu ziehen. Vermutlich aus Scham darüber, wagt er nicht zu singen.

96 *durch einen andern:* Anspielung auf die Versuche Heinrichs VII., die kaiserliche Oberhoheit in Italien wieder herzustellen.

100 *Ottokar:* Ottokar II. von Böhmen, erbitterter Feind Rudolfs, fiel im Kampf gegen diesen bei Wien 1278. – Im Purgatorio ist alle Feindschaft vergessen.

101 *Wenzel mit dem Barte:* Wenzel II. (1271–1305), Schwiegersohn Rudolfs von Habsburg, hatte schon mit 25 Jahren mehrere uneheliche Kinder.

103 *der mit der kurzen Nase:* Philipp III., der Kühne, von Frankreich, Vater Philipps des Schönen und des Karl von Valois (1245–1285); verlor seine Flotte im Krieg gegen Peter III. von Aragon (1285), sein Landheer wurde durch die Pest dezimiert, er selbst starb auf dem Rückzug in Perpignan im gleichen Jahr und mit ihm der Waffenruhm Frankreichs, auf dessen Lilienwappen hier angespielt wird.

104 *mit jenem:* Heinrich der Dicke von Navarra, Bruder Thibauts (vgl. Inf. XXII 52), Schwiegervater Philipps des Schönen, dem er seine Tochter Johanna (später die »Wahnsinnige«) zur Frau gab. Er starb an Fettleibigkeit 1274. Der gutmütige Eindruck beruhte nur auf seinem Äußeren.

109/110 *von dem Übel von Frankreich:* Philipp dem Schönen.

112 *jener Kräftige:* Peter III., der Große, von Aragon, geb. 1326, Gemahl der Konstanze, der Tochter des Königs Manfred, wurde im Anschluß an die Sizilianische Vesper (1282) auch König von Sizilien. Gest. 1285.

113 *dem mit der starken Nase:* Karl von Anjou (1220–1285) setzte sich widerrechtlich in den Besitz von Neapel und Sizilien, ließ Konradin hinrichten, verstand aber seine Handlungen so zu beschönigen, daß auch Dante ihn ins Purgatorio versetzte.

116 *der Jüngling:* Der Sohn Peters III. von Aragon, Alfons III., der Prächtige, starb nach nur sechsjähriger Regierung ohne Nachkommen 1291.

119 *Jakob und Friedrich:* die beiden anderen Söhne Peters III. von Aragon. – Jakob II. von Aragon, der Gerechte (gest. 1327), vereinigte nach dem Tode seines Bruders Alfons Sizilien und Aragon in einer Hand, gab aber infolge seiner Heirat Sizilien wieder ab. – Friedrich II. (1272–1337), seit 1296 König von Sizilien, verdient den Tadel Dantes wohl nicht.

126 wegen der Degenerierung der Nachfolger sind die beiden Länder Karls von Anjou in Trauer.

127 *der ihm Entsproßne:* Karl II. von Anjou (1243–1309), nach Auffassung der Zeit ein feiger und gemeiner Charakter; er soll seine Tochter Beatrice an den alten Azzo VI. von Este verkauft haben.

128 *Konstanze:* Peters III. Witwe rühmt sich eines besseren Gatten als Beatrice, Tochter des Grafen Raimund von der Provence, und als Margarete, Tochter des Herzogs von Burgund, die nacheinander die Ehefrauen Karls I. von Anjou gewesen sind.

131 *Heinrich:* Heinrich III. von England, Sohn des Johann Ohneland (1206–1272), in Wirklichkeit ein zwar gutmütiger, aber schwacher und untüchtiger König, was aber Dante nicht wußte.

132 *mit seinen Söhnen:* in Eduard I. von England (1240–1307), wegen der

Kodifizierung des Rechtes der englische Justinian genannt, und seinem Bruder Edmund von Lancaster.

134 *Markgraf Wilhelm:* Wilhelm VII., Spadalunga, Graf von Monferrat von 1254 bis 1292, wollte die aufständischen Bürger von Alessandria (in der damaligen Republik Asti/Piemont) züchtigen, wurde aber von diesen überwältigt und in einen eisernen Käfig gesperrt, wo er starb. Sein Sohn Johann unternahm einen langen, blutigen Krieg gegen Alessandria, den er, da die Alessandriner von Matteo Visconti unterstützt wurden, verlor. Darüber sind Monferrat und Canavese, die zusammen die Grafschaft Monferrat bilden, in Trauer.

## Achter Gesang

1 *die Stunde:* die Abendstunde.

2 *am Tage:* dem ersten Tag der Fahrt.

4 *den neuen Pilger:* am ersten Tag seiner Pilgerreise.

5/6 das Ave-Läuten am Abend.

13 *Te lucis ante:* Beginn des dem Bischof Ambrosius von Mailand zugeschriebenen Hymnus im kirchlichen Abendgebet (Complet): Bevor der Tag versinkt in Nacht ..., in dem man Gott um Schutz und Frieden für die Nacht bittet.

20 *der Schleier:* der Allegorie.

26 *zwei Engel:* Sinnbilder der Helfenden Gnade Gottes, die in der Versuchung beisteht.

26 *zwei feuerroten Schwertern:* Symbol der Gerechtigkeit Gottes.

27 *abgebrochen:* weil Gottes Gerechtigkeit gleichzeitig barmherzig ist.

28 *so grün:* Farbe der Hoffnung. – Alle Seelen des Purgatorio hoffen auf den endgültigen Einzug in das ewige Paradies.

35 *geblendet:* da Dante noch nicht so tugendhaft ist, um den Anblick ihres Gesichtes zu ertragen.

37 *aus Marias Schoße:* aus dem höchsten Himmel, dem Empyreum, wo die Hl. Maria ihren Sitz hat.

39 *die Schlange:* Symbol der Versuchung.

53 *Nino:* Nino Visconti, Richter von Gallura auf Sardinien, gest. 1296. Dante kannte ihn wohl persönlich (vgl. Inf. XXII 81).

65 *Currado:* Corrado Malaspina, siehe unten Vs. 118.

67/69 Gott, dessen letzte Beweggründe für seine Handlungen den Menschen verborgen sind.

71 *Giovanna:* Die einzige Tochter Ninos, 1300 etwa neun Jahre alt, starb ohne Nachkommen und arm 1337.

73 *die Mutter:* Beatrice d'Este, die nach dem Tode Ninos den Galeazzo Visconti von Mailand heiratete. Daher nennt er sie nur die Mutter seiner Tochter, nicht seine Frau.

74 *die weiße Binde:* Kennzeichen der Witwentracht im MA.

75 *Im Elend:* Ihr zweiter Gemahl, Galeazzo, wurde aus Mailand vertrieben und starb arm in der Verbannung zu Padua.

80 *die Schlange:* Wappen der Visconti aus Mailand, also Galeazzos.

81 *beim Hahne von Gallura:* Wappen der Visconti aus Pisa, also Ninos; hätte sie dieses Wappen auf ihrem Grabstein tragen können, so hätte sie sich mit diesem Beweise der Liebe und Treue selbst geehrt.

86 *wo sich die Sterne langsam drehen:* zum Südpol.

89 *nach jenem Dreigestirne:* allegorisch für die drei theologischen Tugenden: Glaube, Hoffnung, Liebe.

98 *eine Schlange:* im Anschluß an Geh. Off. 12,9 Symbol des Versuchers. – Im Purgatorio selbst gibt es keine Versuchung mehr; hier sind wir aber noch im Vorpurgatorio. Doch können auch die Seelen des Vorpurgatorio der Versuchung nicht mehr erliegen. Aber ihre subjektive Furcht vor der Versuchung soll sie zum inständigen Gebet an Gott mahnen; an den sie in ihrem Leben erst so spät, nämlich in der Todesstunde, gedacht haben. Diese Furcht gehört wohl zu ihrer Strafe.

104 *Himmelsvögel:* die Engel.

109 *zum Richter:* Nino Visconti, vgl. oben Vs. 64.

118 *Currado Malaspina:* der Jüngere, Sohn des Federigo Malaspina I. von Villafranca, dem Stammsitz der Malaspina in der Valdimagra (Lunigiana), gest. gegen 1294. – Als Dante verbannt war, fand er 1306 Aufnahme bei den Grafen Malaspina.

120 *den Meinen galt die Lieb':* jedoch nur den Seinen; in der liebenden Sorge um seine Familie vergaß er, an das eigene Seelenheil zu denken.

129 *den Preis der Börse:* d.i. den Ruhm der Freigebigkeit, die das Gegenteil des Geizes ist, von dem alle irdischen Übel ausgehen, vgl. 1. Tim. 6,10.

134 keine sieben Mal wird die Sonne in das Sternbild des Widders treten, was jeweils am 21. März geschieht, d.h., es wird keine sieben Jahre dauern (nämlich bis zum Oktober 1306) bis du, verbannt, aus eigener Erfahrung die Gastfreundschaft der Malaspina kennenlernen wirst.

## Neunter Gesang

2 *des alten Titon Gattin:* Aurora oder Eos, die ewig junge Morgenröte. – In Liebe zu Titon, dem Bruder des Priamus, entbrannt, erreichte sie von Zeus, daß Titon unsterblich wurde. Sie hatte aber vergessen, auch für ewige Jugend für ihn zu bitten, und so alterte Titon, ohne zu sterben; daher der »alte« Titon.

5 *des kalten Tieres:* Manche verstehen darunter den Fisch; doch spricht man in der Astronomie nur von den zwei Fischen; außerdem schlägt ein Fisch normalerweise nicht nach den Menschen aus. Vielfach denkt man daher an das Sternbild des Skorpions, der mit seinem giftigen Stachel den Menschen angreift. – Doch sind Vs. 1–19 in ihrer Auslegung sehr umstritten.

7/9 die Zeitangabe will wohl besagen: auf der nördlichen Halbkugel beginnt die Morgenröte aufzusteigen, während hier im Purgatorio seit etwa drei Stunden Nacht ist.

10 *Adams Erbe:* den irdischen Leib.

15 Prokne, Gemahlin des Tereus, wurde in eine Schwalbe verwandelt. Sie

hatte im Verein mit ihrer Schwester Philomele, die von Tereus vergewaltigt worden war und der er die Zunge herausgeschnitten hatte, damit sie nicht mehr sprechen könne, dem Tereus seinen eigenen Sohn Itys zum Mahle vorgesetzt. Als Schwalbe und Nachtigall klagen die beiden Schwestern über diese Tat. Doch wurden schon im Altertum die Verwandlungen der beiden Schwestern vertauscht.

18 *beinah göttlich werdend:* die Träume kurz vor dem Erwachen galten als Wahrträume.

22 *dort:* am Berg Ida, wo Ganymed, des Troerkönigs Sohn, wegen seiner Schönheit auf Veranlassung Jupiters von einem Adler geraubt und in den Olymp verbracht wurde, um dort an der Tafel der Götter als Mundschenk zu dienen.

30 *zum höchsten Feuer:* nach ma. Anschauung lag zwischen der Atmosphäre und der Mondsphäre die Feuersphäre.

34/39 Thetis hatte ihren Sohn Achill zunächst dem Centauren Chiron (vgl. Inf. XII 71) anvertraut, holte ihn aber, um zu verhindern, daß er am Trojanischen Krieg teilnehme, von dort weg und trug ihn im Schlafe auf die einsame Insel Skyros zum König Lykomedes, von wo ihn aber Odysseus und Diomedes, nachdem sie ihn trotz seiner Mädchenkleider erkannt hatten, mit in den Krieg nahmen.

49 Bisher waren sie im Vorpurgatorium.

55 *Lucia:* vgl. Inf. II 97; 100.

76/78 Engel, Tor und Stufen symbolisieren das Sakrament der Buße. Der Engel ist der Priester, der drei Stufen die drei Teile, die zur Beichte gehören: Reue, Sündenbekenntnis, Sühne.

82 *ein bloßes Schwert:* Abzeichen der richterlichen Gewalt.

86 *der Begleiter:* der Engel, der sonst die Seelen hierher zu geleiten pflegt.

96 *mein wirklich Bild:* Klare Selbsterkenntnis und Reue.

97 *von dunkelroter Farbe:* Das Bekennen der Sünden in der Beichte entschleiert die Dunkelheit des Herzens.

99 *gespalten:* Weil das Sündenbekenntnis die Herzenshärte bricht und eine innere Wandlung hervorruft; die Sünden werden vollständig nach Häufigkeit und unter Angabe der näheren Umstände gebeichtet.

101 *Feuer:* versinnbildlicht die Liebe, die nach erfolgter Lossprechung in der Beichte zur sühnenden Wiedergutmachung und zu guten Werken drängt.

105 *aus Diamant geschnitten:* Symbol des unvergänglichen Erlösungswerkes Christi, das die Grundlage für den Nachlaß der Sünden bildet, damit Sinnbild der unveränderlichen Festigkeit des Bußsakramentes.

112 *sieben P:* Abkürzung für »peccata« = Sünden. Es sind sieben, da es sieben Hauptsünden gibt.

114 *drinnen:* im Purgatorio. – Jedesmal, wenn Dante in einen neuen Kreis eintritt, wischt ihm ein Engel ein »P« von der Stirne.

115 *Asche und Erde:* Symbol der Demut. – Der Beichtvater waltet seines Amtes nicht aus eigener Machtvollkommenheit, sondern als Beauftragter und in der Kraft Gottes.

117 *zwei Schlüssel:* Die Himmelsschlüssel (vgl. Matth. 16,19), deren einer, der silberne, das Wissen und die Urteilsbildung des Priesters in der

Beichte versinnbildlicht, während der andere, der goldene, die priesterliche Autorität und die Vergebung der Sünden kraft des Wortes Gottes symbolisiert. Zunächst muß sich der Beichtvater ein Bild von der Schwere und Art der gebeichteten Schuld machen, erst dann kann er die Lossprechung erteilen.

123 Die Beichte ist ungültig, wenn der Priester nicht das richtige Wissen von der nachzulassenden Schuld oder von der Aufrichtigkeit der Bußgesinnung des Beichtkindes besitzt oder wenn ihm die erforderliche Machtbefugnis fehlt. Bestimmte, sehr schwere Sünden können z.B. nur von einem Bischof oder nur vom Papste nachgelassen werden, nicht aber von einem gewöhnlichen Priester ohne besonderen Auftrag.

124 *mehr war der Preis des goldnen:* Die Machtbefugnis des Priesters, Sünden nachzulassen, gründet sich auf das Erlösungswerk und auf den Auftrag Christi.

126 *der uns den Knoten löset:* er bildet die natürliche und notwendige Voraussetzung für die Lossprechung.

127/129 d.h. die Sünden eher nachlassen als behalten. – Der hier sprechende Engel ist dem Irrtum nicht unterworfen, wohl aber der Beichtvater, den der Engel symbolisiert.

132 Anlehnung an Lukas 9,62. – Wer nach der Beichte wieder in die schwere Sünde verfällt, verliert den Stand der heiligmachenden Gnade.

136 es öffnet sich nur selten, da der Auserwählten nur wenige sind (vgl. Matthäus 20,16).

137 *das Tarpeische:* der römische Staatsschatz wurde im Tarpeischen Felsen (am Kapitol) aufbewahrt. Bei der Einnahme Roms durch Cäsar (49 v.Chr.) verteidigte der römische Tribun Caecilius Metellus diesen Schatz, in dessen Besitz sich Cäsar nur durch Betrug und Gewalt zu setzen vermochte. Als Cäsar in die Schatzkammern eindrang, soll der ganze Fels, als sei er über diesen Frevel empört, furchtbar gedröhnt haben.

140 *Te Deum laudamus:* Der Ambrosianische Lobgesang: »Großer Gott, wir loben dich …«

## Zehnter Gesang

2 nach Dante ist die Liebe im weitesten Sinne die Triebfeder aller Handlungen. Die rechte Liebe tut Gutes, die falsche Liebe schafft das Böse.

8 Es ist nicht an eine wirkliche Bewegung zu denken, sondern Dante will sagen, daß dieser Kamin nicht einen geradlinigen, sondern nur einen Aufstieg in Zick-Zack-Form ermöglichte.

9 die mehr oder minder hervorstehenden Steine an den Wänden werden mit Wellen und deren Bewegungen am Strande verglichen.

18 Der Läuterungsberg hat Kegelform, wird also nach oben zu immer schmäler.

32 *Polikletus:* Berühmter griechischer Bildhauer, Zeitgenosse des Phidias (5. Jahrhundert v. Chr.).
33 Die Natur ist die Tochter Gottes, die Kunst die Tochter der Natur (vgl. Inf. XI 97ff.).
34 *der Engel:* Der Erzengel Gabriel bei Mariae Verkündigung.
35 *von jenem Frieden:* zwischen Gott und den Menschen; dem Neuen Bund.
40 *jene:* die Hl. Maria.
44 Die Antwort Mariens: »ich bin die Magd des Herrn.«
48 *wo das Herz geborgen:* d.h. links von Vergil. – Im Purgatorio gehen die beiden Wanderer immer nach rechts, d.h. gegen den Uhrzeigersinn. Vergil geht rechts von Dante, an der Außenseite des Weges, um ihn vor dem Absturz zu schützen.
51 *jener:* Vergil.
56 Bei der Überführung nach Jerusalem wurde die Bundeslade auf einem neuen Ochsenwagen gefahren. – Zum ganzen David-Bild vgl. 2. Buch Samuel, Kap. 6.
57 Oza, der mit der Führung des Karrens betraut war, überschritt die Befugnisse dieses Auftrages, indem er, als die Ochsen stürzten, die Bundeslade mit der Hand festhalten wollte. Er wurde dafür von einem Blitz niedergeschmettert.
65 *den milden Psalmensänger:* König David.
66 vor Gott mehr, wegen seiner Demut; vor den Menschen weniger, weil ein solches Tanzen einem König nicht anstand.
68 *Mikal:* Tochter Sauls und Frau Davids; sie verachtete David wegen dieses Tanzens.
73/74 Trajan (98–117) galt sprichwörtlich als der beste Kaiser Roms.
74 *durch ihre Tugend:* die Gerechtigkeit.
75 Nach einer ma. Legende soll Papst Gregor der Große durch seine Gebete den als Heiden verstorbenen Trajan aus der Hölle befreit und ihm den Zugang zum Paradies eröffnet haben. Vgl. Par. XX 106ff.
81 die römischen Feldzeichen.
83/84 Die hier bittende Witwe hatte ihren Sohn durch die Willkür einiger Soldaten des Trajan verloren.
86 Trajan war gerade auf einem Kriegszug.
94 *der Herr, der niemals etwas Neues kannte:* der ewige, allwissende Gott.
110 *das Ende:* die ewige Seligkeit.
125 *Engels-Schmetterling:* unsere Seele, die für die Ewigkeit bestimmt ist.
125 *schutzlos:* Reichtum und Ehre, worauf einer stolz war, begleiten ihn nicht vor den Richterstuhl Gottes: bloß und nackt steht die Seele vor Gott.
127 d.h. »was seid ihr hochmütig und stolz?«
138 *der Geduldigste in seinen Mienen:* d.h. derjenige, der den leichtesten dieser Steine trug.

## Elfter Gesang

1/24 Paraphrase des Vaterunsers.
3 *der Kraft der ersten Sphären:* d.h. den Himmeln und den Engeln.
6 *deine süßen Düfte:* d.i. die Weisheit Gottes: »sie ist ein Hauch der Gotteskraft« (Weisheit 7,25).
13 *unser täglich Brot:* die göttliche Gnade, Nahrung der Seele.
24 *die zurückgeblieben:* die Hinterbliebenen.
33 *deren Willen gute Wurzel nähret:* die, die im Stande der heiligmachenden Gnade sind.
67 *Umberto:* Aldobrandesco, Graf von Santafiore, fand wegen seines unerträglichen Hochmuts auf Betreiben der Sienesen im Schloß Campagnatico (im sienesischen Valdombrone) den Tod in einem Kampf oder durch einen Mordanschlag, bei dem er im Bett erstickt wurde (1259).
68 *die Gefährten:* die anderen Mitglieder des hochmütigen Grafengeschlechtes.
71 *um seinetwillen:* d.i. des Hochmutes.
79 *Oderisi:* berühmter Miniaturenmaler aus Gubbio – einer alten umbrischen Stadt –, ging 1295 nach Rom, um in der päpstlichen Bibliothek Handschriften auszumalen; starb dort 1299.
83 *Franco von Bologna:* Jüngerer Zeitgenosse des Oderisi, vielleicht dessen Schüler, malte zur gleichen Zeit wie Oderisi in der päpstlichen Bibliothek in Rom. Vasari, der von beiden Handzeichnungen besaß, berichtet einige Einzelheiten über beide in seinem »Leben Giottos«.
89 *nicht hier:* sondern im Vorpurgatorio, wo die Säumigen sind.
90 *zur Sündenzeit:* als ich noch sündigen konnte; im Purgatorio kann man nicht mehr in Sünde fallen.
94 *Cimabue:* der berühmte Florentiner Maler, Lehrer Giottos, um 1300 gestorben.
95 *Giotto:* di Bondone, geb. in Vespignano bei Florenz 1266, der hervorragendste italienische Maler des 14. Jahrhunderts, gest. 1337.
98 *des andern Dichterruhm:* Guido Cavalcanti dem Guido Guinizelli. Guido Cavalcanti (vgl. Inf. X 60), Haupt der Schule des »süßen neuen Stils« in Florenz. Guido Guinizelli (vgl. Purgatorio XXVI 92) aus Bologna gilt als der Vater des Dolce stil novo.
99 aus der Situation heraus vielleicht nicht auf Dante zu beziehen, sondern allgemein zu fassen.
108 *des letzten Himmels:* der letzte, der Fixsternhimmel, legt in 100 Jahren nur einen Grad zurück.
110 *vor mir:* Provenzan Salvani, Ghibelline aus Siena, Oberhaupt der Stadt um 1260, als die Florentiner Guelfen bei Montaperti besiegt wurden. Wurde 1269 im Kampf gegen die Florentiner am Colle die Valdelsa getötet. Im gleichen Jahre übernahmen die Guelfen die Leitung der Stadt, zerstörten die Häuser Salvanis und alles, was an ihn erinnerte.
112/113 *als gebrochen wurde die Wut der Florentiner:* bei Montaperti.
133/137 Um einen Freund, der in der Schlacht von Tagliacozzo auf seiten Konradins gegen Karl I. von Anjou gekämpft hatte, aus der Gefangenschaft loszukaufen, bettelte Salvani auf dem Marktplatz von Siena.

138 den Schauer zu empfinden, den ein vornehmer Mensch hat, wenn er betteln muß.

141 *von Deinen Nachbarn:* den Florentinern, die ihn verbannen und zum Betteln zwingen werden.

## Zwölfter Gesang

9 *immer noch gebeugt und müde:* wegen der Weissagung des Oderisi.

25/27 *jenen:* Luzifer, der als der edelste von allen Engeln geschaffen war, beim Sturz aus dem Himmel.

28 *Briareus:* der hundertarmige Riese (vgl. Inf. XXXI 98).

28 *vom Pfeil:* dem Blitz.

29 *auf der andern Seite:* d.h. das Bild mit Briareus ist auf der dem Luzifer-Bild gegenüberliegenden Seite.

32 *um ihren Vater:* Jupiter.

33 *Nimrod:* ließ den Turm von Babel in der Ebene Sinaar errichten (vgl. Inf. XXXI 77).

35 *wirr und verstört:* wegen der Sprachverwirrung.

37 *Niobe:* Tochter des Tantalus, Frau des Thebanerkönigs Amphion, stolz auf ihre Abkunft, ihre Schönheit, ihren Kinderreichtum, hatte von den Thebanern verlangt, daß sie ihr und nicht der Latona opfern sollten. Latona ließ durch ihre beiden Kinder Apollo und Diana die 14 Kinder der Niobe mit Pfeilschüssen töten.

40 *Saul:* König von Israel, wegen seines Hochmuts von Gott verlassen, unterlag gegen die Philister am Berge Gilboa in Palästina und stürzte sich ins eigene Schwert (2. Samuel 1,21).

42 Da David ihn verfluchte: »Berge Gilboas, nicht Tau, nicht Regen falle auf euch ...« (2. Samuel 1,21).

43 *Arachne:* die stolze Spinnerin aus Lydien, die Minerva zum Wettstreit in ihrer Kunst herausgefordert hatte und von dieser in eine Spinne verwandelt wurde (vgl. Inf. XVII 18).

46 *Rehabeam:* Roboam wies die Juden, als sie nach dem Tode Salomons um gewisse Erleichterungen baten, mit hochmütigen Worten ab. Daraufhin erhoben sich zehn Stämme gegen ihn, so daß er rasch nach Jerusalem fliehen mußte (vgl. 1. Könige 12,1–18).

50 *das unglückselige Geschmeide:* dieses Geschmeide, das einst Venus der Hermione, der Tochter der Helena und Gemahlin des Orestes geschenkt hatte, machte seinen jeweiligen Besitzer unglücklich.

51 *Alkmäons Mutter:* Eriphyle verriet um ein Halsband, das Polyneikes ihr schenkte, ihren Gatten, den Seher Amphiaraus (vgl. Inf. XX 34), der sich, da er seinen Tod vor Theben voraussah, versteckt hatte, um nicht an der Schlacht teilnehmen zu müssen. Alkmäon, der Eriphyle und des Amphiaraus Sohn, rächte seinen Vater, indem er seine Mutter tötete.

53 *Sanherib:* Der Assyrerkönig Sanherib hatte sich über das Gottvertrauen des Königs von Israel, Ezechias, lustig gemacht. Ein Engel aber

vernichtete sein Heer in der Nacht. Sanherib kehrte nach Ninive zurück, wo ihn, als er im Tempel betete, seine Söhne töteten (2. Könige 19, 13 ff., 35 ff.).

56 *Tomiris:* Die Skythenkönigin Tomiris, deren Sohn der Perserkönig Kyros trotz all ihrer Vorstellungen hatte töten lassen, ließ dem besiegten toten Kyros das Haupt abschlagen und steckte es in einen mit Menschenblut gefüllten Weinschlauch.

59 *Holofernes:* assyrischer Feldherr, hochmütig und anmaßend, wurde von Judith getötet. Nach seinem Tode flohen die Assyrer, den Rumpf des Holofernes mit sich führend.

68 wenn einer selbst bei den auf den Bildern dargestellten Ereignissen dabeigewesen wäre.

70 ironisch.

94 d.h. nur wenigen gegenüber spreche ich diese Einladung aus.

96 d.h. warum erliegt ihr der Versuchung des nichtigen Stolzes?

98 um das erste der sieben P zu löschen.

99 »dem Hochmütigen widersteht Gott, dem Demütigen aber gibt er Gnade« (1. Petrus 5, 5).

100 *zum Berge:* Monte alle Croci (Kreuzberg) über San Miniato bei Florenz.

101 *auf dem die Kirche steht:* San Miniato, die älteste Kirche von Florenz.

102 *die wohlregierte Stadt:* ironisch in bezug auf Florenz.

102 *Rubaconte:* Name einer Brücke in Florenz, benannt nach einem Stadtobern (podesta) dieses Namens, der 1237 den Grundstein zu dieser Brücke legte; heute Ponte alle Grazie.

105 1299 hatte Niccolò Acciaiuoli ein von ihm begangenes Vergehen aus dem öffentlichen Strafregister herausradiert. Ein Stadtbeamter aus der Familie der Chiaramontesi maß beim Verkauf des Salzes an das Volk mit einem kleineren Maß und erzielte so große Gewinne für sich.

110 *Beati pauperes:* »Selig die Armen im Geiste«, die erste der acht Seligpreisungen aus der Bergpredigt (Matthäus 5, 3).

111 es singt der Engel.

116 *um vieles leichter:* Da Dante seinen Hauptfehler, den Stolz, gesühnt hat.

135 *der mit den Schlüsseln:* Der Engel am Eingang zum Purgatorio (Purgatorio IX 112).

## Dreizehnter Gesang

16 *O liebes Licht:* Sonne, Abbild der Gnade Gottes.

29 *Vinum non habent:* »Herr sie haben keinen Wein mehr.« Worte der Hl. Maria zu Christus, als bei der Hochzeit zu Kana der Wein ausgegangen war. Christus wirkte dabei sein erstes Wunder. – Beispiel für die Nächstenliebe.

33 *Orest:* Um seinen Freund Orest vom Tode zu erretten, hatte sich Pylades für Orest ausgegeben, dieser aber, dazukommend, rief die angeführten Worte.

36 *liebet eure Feinde!:* Matthäus 5,44.

40 *der Zügel:* d. h. die Beispiele für bestraften Neid, am Ende des Kreises.

42 *der Vergebung Schwelle:* beim Übergang zum nächsten Kreis.

50/51 Die Büßer singen die Allerheiligenlitanei.

71/72 Um die Falken für die Jagd zu zähmen, nähte man ihnen eine gewisse Zeitlang die Lider zu.

92 *Lateinerseelen:* Italiener.

93 ich kann ihnen, wenn ich sie kenne, das Fürbittgebet der Hinterbliebenen vermitteln.

96 *als Pilger:* unsere wahre Heimat ist die Ewigkeit; auf Erden sind wir nur Pilger.

106 *Sienesin:* Sapia aus Siena, wohl aus der Familie der Salvani.

109 *die Weise:* man brachte den Namen Sapia mit sapere, »wissen, weise sein«, zusammen.

115 *bei Colle:* Colle di Valdelsa, wo Provenzan Salvani fiel (1269; vgl. Purgatorio XI 121).

123 wohl eine bestimmte Fabel, derzufolge die Amsel, demütig im Winter, beim ersten warmen Frühlingstag Gott übermütig herausfordert, nicht bedenkend, daß noch viele kalte und arme Tage kommen werden.

128 *Pier Pettignano:* Peter der Kammacher (= Pettignano), Mitglied des franziskanischen III. Ordens (Tertiarier), starb 1289 zu Siena im Rufe der Heiligkeit.

133 *die Augen werden nur hier noch verschlossen:* wenn ich mich nach dem Tode hier läutern muß.

137 *jene Sünde, die man drunten büßet:* den Hochmut, der im ersten Kreis gesühnt wird.

152 *Talamone:* Meerhafen und Burg in den Toskanischen Maremmen, wenig nördlich von Orbetello. Die Sienesen kauften ihn 1303, steckten viel Geld hinein, konnten ihn aber nicht ausnutzen, da das ganze Gebiet schwer malariaverseucht war.

153 Die Florentiner sagten den Sienesen nach, sie würden mit großem Kostenaufwand einen unterirdischen Fluß Diana suchen, um dem Wassermangel in ihrer Stadt abzuhelfen. In Wirklichkeit aber dienten diese Erdarbeiten dazu, das wenige Grundwasser zu sammeln und auszunutzen.

154 *die Admirale:* Diejenigen, die im Zusammenhang mit dem Erwerb des Hafens schon auf einen Admiralsposten gehofft haben. – Nach anderen sind unter den »Admiralen« die Bauunternehmer zu verstehen.

### Vierzehnter Gesang

14 *über deine Gnade:* die Gnade, die Gott dir gewährt hat.

17 *Falterona:* der Monte Falterona, an der Grenze zwischen der Toskana und der Romagna; dort sind die Quellen des Arno, der am Anfang ein unscheinbares Flüßchen ist.

19 *an seinem Ufer:* in Florenz.

32 *Peloro:* der Apennin. – Peloro, heute Punta del Faro, auf Sizilien nördlich Messina. Schon die Alten glaubten, daß Sizilien einstens mit Italien zusammengehangen habe, der Apennin sich also in Sizilien fortsetzte.
42 *Circe:* Die Zauberin Circe hat die Gefährten des Odysseus in Tiere verwandelt.
43 *zu wüsten Schweinen:* die Bewohner des Casentino; besonders die Grafen Guidi, mit dem Beinamen »di Porciano« (italienisch porco = Schwein).
46 *Köter:* die Aretiner.
47 mehr frech und streitsüchtig als mächtig.
50 *Wölfe:* die Florentiner; wegen ihrer Geld- und Machtgier.
52 gemeint sind die Arno-Schleifen hinter Signa (Golfolina).
53 *Füchse:* die Pisaner.
56 *für jenen:* Dante.
58 *deinen Neffen:* Guido del Duca (siehe Vs. 81) sagt dem Rinieri da Calboli (siehe Vs. 88) voraus, daß dessen Enkel, Fulcieri da Calboli aus der Romagna, als Stadtoberer von Florenz furchtbar gegen die Weißen wüten wird (1302).
61 *ihr Fleisch verkauft:* nämlich die »Weißen« an die »Schwarzen«; dafür bestätigten ihn die Schwarzen für weitere sechs Monate im Amt.
64 *aus jenem bösen Walde:* Florenz.
81 *Guido del Duca:* Sohn des Giovanni degli Onesti aus Ravenna, zweimal in Urkunden (1202 und 1249) erwähnt, sonst nicht näher bekannt.
85 d.h. für meinen Neid erleide ich hier die Strafe.
87 siehe Purgatorio XV 45.
88 *Rinieri:* aus Forlì, Podestà in verschiedenen Städten, bemächtigte sich Forlìs und wurde dort, angeblich von seinem Bruder, getötet (1296).
89/90 er hatte keinen würdigen Nachfolger.
92 die Grenzen der Romagna zur Zeit Dantes.
93 *was für die Welt und was für Gott von Nöten:* die Tugend.
95 *mit giftigem Gestrüppe:* von üblem Volk.
97 *Lizio:* da Valbona, Mann von hohen ritterlichen Tugenden, vielleicht Herr von Ravenna (zweite Hälfte des 13. Jahrhunderts).
97 *Manardi:* Arrigo Manardi, aus der Familie der Herren von Brettinoro, vielleicht ein Freund Guidos del Duca.
98 *Pier Traversaro:* Älterer Zeitgenosse Kaiser Friedrichs II., 1218 bis 1225 Herr von Ravenna; starb 1225.
98 *Guido:* aus dem Grafengeschlecht der Carpigna im Montefeltro, zweite Hälfte des 13. Jahrhunderts, bekannt wegen seiner Großzügigkeit.
100 *Fabbro:* wahrscheinlich Fabio Lambertazzi, Haupt der Ghibellinen in der Romagna, Podestà in verschiedenen Städten, gest. 1259.
101 *Bernardin del Fosco:* Hat sich 1240 bei der Verteidigung Faenzas gegen Friedrich II. ausgezeichnet; soll von niederer Abkunft gewesen sein.
104 *Guido da Prata:* aus Prata bei Faenza, eng befreundet mit Ugolin d'Azzo.

105 *Ugolin d'Azzos:* aus der florentinischen Familie der Ubaldini, in Faenza geboren, dortselbst 1170 Konsul.
106 *Federigo Tignosos:* Edelmann aus Rimini, lebte fast immer auf seinem Schloß in Brettinoro.
107 *Traversara, Anastagi:* zwei hochangesehene vornehme Familien in Ravenna, die, als Dante nach Ravenna kam, bereits ausgestorben waren.
112 *Brettinoro:* kleine Stadt zwischen Forlì und Cesena, deren Herren die Manardi gewesen sind. Heute Bertinoro.
113 Die Ghibellinen wurden 1295 aus Brettinoro verbannt.
115 *Bagnacaval:* kleiner Ort zwischen Lugo und Ravenna, dessen Herren die Grafen Malvicini gewesen sind.
116 *Castracaro:* im Montone-Tal bei Forlì, um 1300 im Besitz der Ordelaffi von Forlì.
116 *Conio:* Burg bei Imola, gehörte den Grafen von Barbiano.
118 *Pagani:* vornehme Familie aus Faenza.
118 *der Teufel:* gemeint ist ihr damaliges Familienoberhaupt Maghinardo Pagano da Susinana mit dem Beinamen »der Teufel«, gest. 1302 (vgl. Inf. XXVII 49).
121 *Ugolin dei Fantolin:* angesehener edler Ritter aus Cersugnano bei Faenza, fiel im Kampfe 1278. Seine zwei Söhne starben früh, ohne männliche Erben.
133 es sind die Worte Kains (vgl. Gen. 4,14). – Beispiele bestraften Neides.
139 *Aglaurus:* Tochter des Athenerkönigs Kekrops, neidete ihrer Schwester Herse die Liebe Merkurs und wurde von diesem in Stein verwandelt.
147 vgl. Purgatorio XIII 40.

## Fünfzehnter Gesang

1/2 Es ist Frühling; der Tag beginnt also etwa um 6 Uhr.
4/5 Es war etwa 3 Uhr nachmittags.
6 *Abend:* eigentlich Zeit des Vespergebets.
6 *hier unten:* in Italien.
22/23 Es ist das von Gott auf das Antlitz des Engels ausstrahlende Licht, das in dem Engelsgesicht wie in einem Spiegel gebrochen in Dantes Auge fällt.
31 *gar bald:* Im Maße Dante von seinen Sünden gereinigt sein wird.
38 *Beati misericordes:* »Selig die Barmherzigen ...«, die fünfte Seligpreisung aus der Bergpredigt (Matthäus 5,7).
39 *freut euch des Sieges:* vgl. besonders Geh. Off. 2,7.
44 *der Geist aus der Romagna:* Guido del Duca.
45 *unteilbar:* siehe Purgatorio XIV 87.
48 *damit man weniger klage:* d.h. weniger Schaden habe.
50 *Dinge, die durch Teilung sich vermindern:* irdische Güter.

70/72 Je größer die Liebe der einzelnen Seele ist, desto mehr teilt Gott sich ihr mit.

80 *noch fünf Wunden:* die noch verbliebenen fünf P.

88 *eine Frau:* die heilige Maria, nach dreitägiger Suche Jesus im Tempel wiederfindend (vgl. Lukas 2,48).

94 *eine andere Frau:* Die Frau des Pisistratus, des berühmten Tyrannen von Athen (etwa 605–527 v. Chr.). Ein verliebter junger Mann hatte ihre Tochter öffentlich geküßt, und nun fordert sie empört dessen Bestrafung von ihrem Mann.

98 *sich die Götter stritten:* außer der Siegerin Athene, Poseidon.

100 *an jenen frechen Armen:* d.i. an dem jungen Mann.

107 *einen Jüngling:* der Hl. Erzmartyrer Stephanus, dessen Steinigung und dessen Fürbitte für seine Peiniger in Anlehnung an Apostelgeschichte 7,58 ff. beschrieben wird.

131 *des Friedens Wassern:* Sie löschen das Feuer des Zornes.

132 *der ewigen Quelle:* Gott (vgl. Jeremias 2,13).

142/143 *eine Wolke von Rauch:* in ihm büßen die Zornmütigen.

## Sechzehnter Gesang

19 *Agnus dei:* Lamm Gottes.

26 Dante hatte »Seelen« gesagt.

46 *Marco:* aus Venedig, Hofmann des 13. Jahrhunderts, in Novellen mehrfach erwähnt, jedoch ist nichts historisch Gesichertes über ihn bekannt.

47 *jene Werte:* feine Sitte und edles höfisches Wesen.

57 *ein früheres Wort:* hervorgerufen durch die Worte Guidos del Duca (Purgatorio XIV 37 ff.) über das Schwinden der Tugend in der Welt.

63 *im Himmel:* d.h. in den Sternen.

63 *drunten:* d.h. im freien Willen des Menschen.

68 *vom Himmel:* d.h. von den Sternen.

73/78 Im MA glaubte man, daß die Handlungen des Menschen von den Sternen beeinflußt sein können. Dante, auch Thomas von Aquin leugnen das nicht, doch wird nicht das ganze Tun des Menschen beeinflußt, sondern allenfalls einzelne Handlungen. In jedem Fall aber bewirkt der Einfluß der Sterne nur eine Disposition, so oder so zu handeln, er zwingt nicht, und der Mensch kann sich mit seinem freien Willen, geführt vom Lichte des Verstandes und der Offenbarung, über diese Einflüsse erheben.

79 *der höhern Macht:* Gott, aber unter Bewahrung eures freien Willens.

85 *aus dessen Händen:* Gottes. – Gott schafft jede Menschenseele in unmittelbarem Schöpfungsakt.

86 *noch eh sie lebt:* Bevor die Seele ins Dasein tritt, ist sie von Ewigkeit her in Gottes Idee enthalten.

95/96 *der wahren Stadt:* dem Paradies (vgl. Purgatorio XIII 95).

96 *die Türme:* D.i. die Gerechtigkeit, die zum Paradiese führt.

97 *wer will Hand dran legen:* um ihnen Geltung zu verschaffen.

98 *der Hirte:* der Papst.
99 *nicht die Klauen spaltet:* Nach dem mosaischen Gesetz gelten als reine Tiere »was die Klauen spaltet und wiederkäut«. – Das Wiederkäuen versinnbildlicht das Meditieren über die Hl. Schriften, symbolisiert also die theologische Weisheit. Die gespaltene Klaue bedeutet allegorisch Gerechtigkeit, d. h. die Unterscheidung zwischen Gut und Böse, sowie zwischen geistlichen und weltlichen Gütern.
100 *den Führer:* dem Papst.
101 *jener Speise:* die weltlichen Güter, die nach Dantes Anschauung nur den Kaiser angehen.
107 *zwei Sonnen:* den Kaiser, der den Weg zum irdischen Wohlergehen, den Papst, der den Weg zur ewigen Seligkeit zeigte. Als Dante dies schreibt, hat Rom nur noch eine Sonne, den Papst, der auch die weltliche Macht an sich gezogen hatte.
109 der Papst den Kaiser.
112 *so vereinigt:* d.i. in einer Person.
115 die Lombardei, Mark Treviso und große Teile der Emilia.
117 *Friedrich:* Kaiser Friedrich II. in den Streit mit den Päpsten.
124 *Currado:* Graf Currado III. aus Brescia, 1288 Podestà in Piacenza. Er, wie die beiden folgenden, ist ein Beispiel alter Rechtschaffenheit.
125 *Gherardo:* da Camino, 1283 bis zu seinem Tode (1306) als Capitano generale Herr von Treviso.
125 *Guido da Castel:* aus Reggio (Emilia), soll 1318 in Verona noch in Verbannung gelebt haben.
128 *zwei Gestalten:* die geistliche und die weltliche.
132 *die Söhne Levis:* aus dem Stamme Levi wurden bei den Juden die Priester genommen.
140 *Gaia:* heiratete einen Verwandten, Tolberto da Camino, starb 1311, sonst ist nichts Sicheres über sie bekannt. Vielleicht war sie wegen ihrer Schönheit und Tugend in ganz Italien berühmt; wahrscheinlicher jedoch stand sie im Rufe eines ausschweifenden Lebens, denn es soll ja hier der Verfall der neuen Zeit dargestellt werden.

## Siebzehnter Gesang

3 *ein Maulwurf:* beim südeuropäischen Maulwurf ist die Lidspalte verwachsen.
18 *von selbst:* der Einfluß der Sterne.
18 *von niederschauendem Willen:* der Wille Gottes.
20 *in jenen Vogel:* d. h. die Gestalt der Prokne, die ihren Sohn Itys ihrem Gemahl Tereus zur Speise gab. Prokne wurde in eine Nachtigall verwandelt (vgl. jedoch Purgatorio IX 15).
26 *ein Mann am Kreuze:* Aman, Minister des Perserkönigs Assuerus (oder Ahasverus), betrieb die Vernichtung der Juden, besonders aber des zu Einfluß gelangten gerechten Juden Mardochäus, des Onkels der Königin Esther, wurde aber an dem Galgen, den er selbst schon für

Mardochäus hatte errichten lassen, auf Befehl des Königs gehenkt (vgl. Esther, Kapitel 3–7).

34 *eines Mädchens:* Lavinia, Tochter des Latinerkönigs Latinus und der Königin Amata, wurde von ihrem Vater, gegen Amatas Willen, die sie dem Rutulerkönig Turnus versprochen hatte, dem Aeneas zur Frau gegeben. Auf das falsche Gerücht hin, Turnus sei schon durch die Hand des Aeneas gefallen, erhängte sich Amata aus Zorn.

39 *als um seinen:* d.i. des Turnus, den Amata für tot gehalten hatte.

47 *eine Stimme:* des Engels, der zum Aufstieg einlädt.

58 so wie der Mensch für sich selbst sorgt, d.h. so wie die menschliche Selbstliebe. Du sollst deinen Nächsten lieben wie dich selbst.

63 *bis zum Tage:* d.h. vom Einbruch der Nacht bis zum Beginn des Tages.

68 *im Gesicht:* es wird das dritte P von Dantes Stirn getilgt.

68/69 die siebente der acht Seligpreisungen (Matthäus 5,9).

77/78 die Nacht ist hereingebrochen; sie können daher nicht mehr weiter (vgl. Purgatorio VII 52f.).

94 *die der Natur:* unter natürlicher Liebe sind hier die von Gott in alles Geschaffene hineingelegten Ordnungsgesetze zu verstehen, wie z.B. die Schwerkraft der Körper oder der Instinkt der Tiere. – Die menschliche Liebe, auch wenn sie ausschließlich sinnlichen Charakter trüge, gilt nicht als »natürlich« in dem hier gemeinten Sinne; sie ist immer affektiv und damit »geistig« im Sinne der scholastischen Einteilung.

99 zu verstehen: Solange die (geistige) Liebe auf die Dinge des Himmels gerichtet ist und sich hinsichtlich der irdischen Güter im rechten Maße hält, kann sie nicht sündigen.

102 zu verstehen: Gegen Gott sündigt, 1. wer das Böse sucht; 2. wer Gott und die himmlischen Güter mit zu geringem Eifer sucht; 3. wer die irdischen Güter mit zu großem Eifer sucht.

110 *vom ersten Wesen:* von Gott.

120 *das Gegenteil:* d.i. die Erniedrigung des Nächsten.

124 in den drei ersten Kreisen des Purgatorio, die die Wanderer hinter sich haben.

127 *ein unbestimmtes Gutes:* Jeder Mensch hat eine, wenn im einzelnen vielleicht auch unklare Vorstellung von einem höchsten Wesen, von Gott.

133 *ein andres Gut:* die irdischen Güter.

## Achtzehnter Gesang

14 *die Liebe:* d.h. das Wesen der Liebe.

18 *der Blinden:* am Geiste, die erklären, daß jede Liebe lobenswert sei; es sind die Epikuräer (vgl. Vs. 35).

30 *wo ihre längste Lebensdauer:* nämlich in Richtung auf die Sphäre des Feuers, die über der Atmosphäre liegt.

31 *den gebundnen:* d.h. den vom Gefallen gefesselten Geist.

35 *vor den Leuten:* den Epikuräern.
38 *der Stoff:* entweder die natürliche, dem Menschen eingeborene Liebe, d.h. die Fähigkeit und die Disposition zu lieben, oder das Ideal des Menschen, auf das sich seine an sich gute Liebe richtet. Auch wenn der Gegenstand der Liebe an sich schlecht ist, so ist er doch insoweit gut, als auf ihn die Liebe gerichtet wird.
43 siehe oben, Vs. 21.
43/45 Sinn: Wenn einerseits die Liebe nur durch Gefallen, d.h. von außen her erweckt wird, und wenn andererseits die Liebe die Wurzel aller menschlichen Handlungen ist, wie ist da die Willensfreiheit, die Voraussetzung für Recht oder Unrecht unserer Handlungen und damit Voraussetzung für Lohn und Strafe, noch möglich?
46/48 Soweit dies der nur menschliche Verstand erkennen kann, vermag es Vergil (allegorisch für die natürliche Vernunft) zu erklären. Das weitere wird Beatrice (= die Theologie) erklären.
49 *alle Wesensformen:* gemeint sind die substantiellen Formen. Die substantielle Form bedeutet das, wodurch das Individuum seiner Art nach ist, was es ist, d.h. sein eigentliches Wesen. Die substantielle Form des Menschen ist die Seele, sie ist vom Stoff (d.h. vom Körper) verschieden, aber mit ihm vereinigt (auf Erden und nach der Auferstehung der Toten).
50 *getrennt:* lies: verschieden.
51 *besondere Wirkungskraft:* d.h. die natürliche Disposition zu lieben.
52 Da es sich nur um eine virtuelle Anlage handelt, kann man sie nur an ihren Wirkungen nachweisen, wie man die Lebenskraft der Pflanze als solche nicht erkennen kann, sondern nur an ihrer Wirkung, nämlich den grünen Blättern.
56 *der ersten Dinge:* d.h. der Prinzipien der menschlichen Vernunft, wie z.B. der logischen Axiome.
57 *der ersten Wünsche Regung:* d.h. er weiß nicht, woher die elementaren Neigungen, wie Liebe zur Wahrheit, Schönheit usw. kommen.
61 *alle andern:* nämlich Affekte, Neigungen.
62/63 *die Urteilskraft:* die Urteilskraft muß entscheiden, ob der Mensch einer Neigung folgen darf oder nicht.
67 die antiken Philosophen.
69 *Sittlichkeit:* d.h. Werke über die Sittenlehre, die Ethik.
72 ihr habt die Macht, der Neigung (Liebe) zu folgen oder nicht.
73 Gemäß der Theologie (Beatrice) beruht die Freiheit des Willens in der Fähigkeit des Menschen, die Neigungen (Affekte) zu regeln, indem er ihnen nach freiem Entscheid folgt oder nicht.
75 Paradiso V 19.
80/81 wenn man von Rom aus die Sonne in der Richtung zwischen Sardinien und Korsika sinken sieht, ist es Spätherbst; die Sonne steht dann im Skorpion, in welchem sich jetzt der Mond, von West nach Ost ziehend, befindet.
82 *Pietola:* kleiner Ort bei Mantua, soll das alte Andes gewesen sein, wo Vergil geboren wurde.
84 *meine Last:* die Zweifel.

91 *Ismenus und Asopus:* zwei kleine Flüsse in Böotien, wo die Thebaner die Bacchanalien zu begehen pflegten.

100 Lukas 1,39.

101/102 Im Jahre 49 hatte sich Marseille erhoben, Cäsar eilte hin, schlug den Aufstand nieder und begab sich unmittelbar darauf nach Spanien, wo er das von den Pompejanern verteidigte Lerida (am Segre) im Sturm nahm.

118 *ich:* es ist Gherardo II. (gest. 1187). Über ihn ist nichts Näheres bekannt.

119/120 Barbarossa hatte, nach Dantes Anschauung mit Recht, Mailand zerstört (1162).

121 *ein Mann:* Alberto della Scala, Herr von Verona. Er starb 1301.

122 *alsbald:* nach seinem Tode, im Inferno.

124 *seinem Sohne:* Alberto hatte seinen verkrüppelten, natürlichen Sohn Giuseppe zum Abt von San Zeno gemacht (1292–1313).

133/135 Es spricht einer von den Juden, die in der Wüste gegen Gott gemurrt und sich gegen Moses erhoben hatten, obwohl ihnen Gott beim Durchzug durch das Rote Meer so sichtlich geholfen hatte. Zur Strafe dafür sollte keiner von ihnen den Jordan, d. h. das Gelobte Land, sehen (vgl. 5. Buch Moses 1,26–36).

136 *Jene:* Der Strapazen müde blieb eine Gruppe der Gefährten des Aeneas unter Akestes in Sizilien zurück, gründete dort eine Stadt (Ageste) und nahm nicht mehr an dem ruhmvollen Unternehmen des Aeneas zur Begründung der römischen Macht teil.

## Neunzehnter Gesang

1 kurz vor Tagesanbruch, da die Träume wahr sein sollen (vgl. Inf. XXVI 7; Purgatorio IX 116ff.).

2/3 Mond, Erde und Saturn galten als natürlicherweise kalte oder Kälte verbreitende Gestirne. Zur Morgenstunde reicht die von der Erde aufgespeicherte Sonnenwärme des Vortags nicht mehr aus, um die Kälte des Mondlichts auszugleichen. Die so erklärte kühle Temperatur ist also typisch für die Morgenfrühe kurz vor Sonnenaufgang.

4 *gute Kunde:* d. h. es ist die Stunde, da im Osten der Wassermann und ein Teil der Fische aufgezogen ist. Die Figur, die die Sterne dieser beiden Zeichen in dieser Stellung bilden, galt bei den Wahrsagern als Glückszeichen.

7 *eine Frau:* Symbol des Geizes, der Gaumen- und Fleischeslust. Die Anregung zu dieser Gestalt nahm Dante wohl aus dem Buch der Sprüche 7,10–12.

15 unter den Blicken Dantes wird diese Frau schön, so wie dem Menschen die sündigen irdischen Güter, die in Wahrheit häßlich sind, schön erscheinen, wenn er sein Auge verlangend auf sie richtet.

22 Odysseus hat aber der Sirene widerstanden. – Vielleicht ist es eine Anspielung auf die Zauberin Circe, in deren Netze Odysseus fiel.

26 *eine Frau, hilfreich und heilig:* Symbol der Klugheit, die den richtigen Gebrauch der irdischen Güter lehrt.
28 die Klugheit wendet sich an Vergil, d.h. an die Vernunft.
31 die gute Frau griff nach der häßlichen.
49 er löscht das vierte P von Dantes Stirn.
50/51 die zweite der acht Seligpreisungen (Matthäus 5,4).
58 *die alte Hexe:* das Symbol der irdischen Güter.
63 vgl. Purgatorio XVII 127f.
64 *dem Falken gleich:* nämlich solange er auf der Hand des Falkners sitzt.
65/66 wenn der Falkner ihn auf das Jagdtier losläßt, schießt der Falke davon: so tat es nun Dante. Dem Falken pflegte man einen Teil des erlegten Tieres zum Fressen zu geben.
73 Die Worte sind aus Psalm 118,25.
81 ihr sollt Eure Rechte immer an der Außenseite des Berges haben.
84 *ein andrer:* d. i. der Sprechende; er ist »verborgen«, weil sein Gesicht dem Boden zugewandt ist und Dante es deshalb nicht erkennen kann.
92 die Sühnung der Schuld, die Reinigung der Seele.
93 *von deiner größern Sorge:* nämlich der Reinigung, die die größte Sorge der Seelen im Fegefeuer ist.
99 Es spricht Papst Hadrian V., Ottobuono Fieschi, aus dem Hause der Grafen von Lavagna (Genua); er starb nach etwa einmonatigem Pontifikat 1276.
100 *Chiàveri und Sestri:* Zwei Städtchen bei Genua, zwischen denen die Lavagna fließt. Nach ihr benannten sich die Grafen.
104 *den großen Mantel:* die Papstwürde.
105 *dann:* d.h. im Vergleich dazu.
108 *das falsche Leben:* das er bis dahin geführt hatte.
110 *in jenem Leben:* dem jenseitigen Leben.
131 *um eurer Würde willen:* Dante will seiner Ehrfurcht vor der Papstwürde Ausdruck verleihen.
137 Auf die Frage der Sadduzäer, wem eine Frau, die mehrmals verheiratet war, nach der Auferstehung der Toten gehöre, hatte Jesus geantwortet, daß die Auferstandenen nicht mehr heiraten, sondern wie die Engel leben werden (Markus 12,18–26). – Damit ist gesagt, daß es im Himmel weder Verwandtschaftsgrade noch daraus hervorgehende Würden gibt. Im MA wurde der Papst als der »Gemahl der Kirche« bezeichnet; die aus der Ehe mit der Kirche hervorgehende Würde des Papstes hat also im Jenseits keine Bedeutung mehr.
142 *Alagia:* dei Fieschi, Frau des Moroello Malaspina, die Dante als ehren- und tugendhafte Frau kannte.
145 sie ist die einzige von meinen Verwandten, die für mich beten kann; denn Gott erhört nur das Gebet der Guten.

## Zwanzigster Gesang

1 Dantes Wissensdurst kämpft gegen Hadrians berechtigten Wunsch, seine Buße fortzusetzen.

3 Das Bild will besagen, daß Dante nicht mehr weiter fragte, obwohl er gerne noch einiges erfahren hätte.

10 *Wölfin:* der Geiz (vgl. Inf. I 49 und 97).

13/14 der Einfluß der Gestirne, an den Dante bis zu einem gewissen Grade glaubte (vgl. Purgatorio XVI 67ff.).

15 *der:* der Retter Italiens (vgl. Inf. I 101).

23 *an jenem Lager:* dem Stall von Bethlehem.

25 *Fabritius:* Caius Fabritius, römischer Konsul 282 und 278 v. Chr., wies die Dankgeschenke der Samniten für den von ihm vermittelten Frieden zurück, ebenso die Geschenke des Pyrrhus für einen Gefangenenaustausch. Er starb so arm, daß er auf öffentliche Kosten bestattet werden mußte und seinen Töchtern von Staats wegen eine Mitgift gegeben wurde.

32 *Nikolaus:* der hl. Nikolaus von Myra hatte drei Mädchen, die wegen ihrer Armut keinen Mann finden konnten und daher von ihrem Vater zu einem schlechten Lebenswandel gezwungen werden sollten, nachts in aller Heimlichkeit – um keinen Dank zu empfangen – soviel Geld durch das Fenster geworfen, daß es als Mitgift für alle drei reichte und sie sich glücklich verheirateten.

43 *ich:* Es spricht Hugo Capet, König von Frankreich (987–996). Wenn Dante ihn als Stammvater des französischen Königshauses der Capetinger bezeichnet, so verwechselt er ihn mit dessen Vater, dem Grafen von Paris, Hugo dem Großen, der 956 starb.

44/45 Die Capetinger herrschten um 1300 in Frankreich, Neapel, Spanien.

46 Die vier bedeutendsten Städte Flanderns.

49/50 Anspielung auf die Kriege zwischen den Flamen und Philipp dem Schönen, besonders auf die von den Franzosen blutig verlorene Schlacht von Coltrai (1302).

50 Von 1060 bis 1316 regierten in Frankreich vier Philippe und fünf Ludwige. Um 1300 war es Philipp der Schöne.

52 *ein Pariser Fleischer:* Dante folgt hier einer der ma. Legenden um die Herkunft der Capetinger. In Wirklichkeit war Hugo Capet der Sohn des Grafen von Paris.

53 *alle alten Könige:* die Karolinger; doch ist zu bedenken, daß Dante Hugo Capet falsch identifiziert, im einzelnen also historische Unstimmigkeiten bestehen.

54 *der letzte:* gemeint ist wahrscheinlich Herzog Karl von Niederlothringen, der 991 in der Haft des Hugo Capet starb. Wenn Dante hier annimmt, daß er ins Kloster ging (wie man den »grauen Mantel« auszulegen pflegt), so verwechselt er ihn mit dem letzten Merowinger, Childerich III. Vielleicht will aber der graue Mantel nur besagen, daß Karl in Not und Elend starb.

58 *meinem Sohne:* Robert, der in Wirklichkeit 988 gekrönt wurde.

58 *die verwaiste Krone:* nach dem Tode des letzten Karolingerkönigs, Ludwigs V. (987).

61 *Erbschaft der Provence:* Ludwig IX. vermählte sich 1234 mit Margareta, der ältesten Tochter des Grafen von der Provence, Raimund

Berengar IV. (vgl. Purgatorio VII 129; Par. VI 133). Nach Berengars Tod heiratete Karl von Anjou, der Bruder des Königs, die durch Intrigenspiel zur Erbin der Provence erklärte jüngste Tochter Berengars, Beatrix (1245).

65 *als Sühne:* ironisch, so auch im folgenden; d.h. sie »sühnten« jedes Verbrechen durch ein noch größeres.

66 Die Normandie hatte schon Philipp August erobert (1204). Die beiden anderen Landschaften erwarb mit Lüge und Gewalt Philipp der Schöne von Eduard I. von England (1294).

68 *Konradin:* Der Kriegszug Karls I. von Anjou gegen König Manfred (1265) und Konradins, des letzten Hohenstaufen, Hinrichtung (1268).

69 *Thomas:* Vermutlich zu Unrecht behauptete man, Karl von Anjou habe Thomas von Aquin auf der Reise nach Lyon vergiften lassen, weil er befürchtete, er könnte ihn auf dem dortigen Konzil zum Gegner haben. Thomas starb 47jährig 1274.

71 *ein andrer Karl:* Karl von Valois, Bruder Philipps des Schönen, kam 1301 von Bonifaz VIII. gerufen als Friedensstifter nach Florenz (vgl. Inf. XXIV 143), wo er den Schwarzen zum Sieg verhalf, was die Ursache zu Dantes Verbannung war.

73 *allein:* ohne bedeutende Heeresmacht.

73/74 *die Lanze, mit der Judas gekämpft:* den Verrat.

75 durch die Verräterei Karls verlor Florenz viel Blut, Geld und hervorragende Bürger, darunter auch Dante, die in die Verbannung gehen mußten.

76 Karls Absichten auf Sizilien, dessen er sich bemächtigen wollte, scheiterten (1302).

79 *den andern:* Karl II. von Anjou (1243–1309), Sohn Karls I. von Anjou, wurde in der Seeschlacht gegen Peter von Aragon (1284) im Golf von Neapel gefangengenommen und bis 1288 in Sizilien in Haft gehalten.

80 1305 vermählte er seine noch sehr junge Tochter an den alten Azzo VIII. von Este um materieller Vorteile willen (vgl. Purgatorio V 77).

85 damit alle frühere und zukünftige Schande noch übertroffen werde.

86 *Die Lilie:* Wappen Frankreichs; hier: Philipp der Schöne.

86 *Alagna:* heute Anagni in der Campania, Heimat Bonifaz' VIII.

87 Philipp der Schöne ließ Bonifaz VIII. durch Wilhelm von Nogaret und Sciarra Colonna, den Todfeind des Papstes, auf schmachvolle Weise gefangennehmen (7. Sept. 1303).

88 *ihn:* Christus. – Wenn Dante Bonifaz auch in die Hölle versetzt, so sieht er in ihm, als dem Papst, doch den Stellvertreter Christi: was man ihm antut, tut man Christus an.

90 Nogaret und Colonna, die den Auftrag Philipps ausführten, werden hier mit den beiden Schächern verglichen, nur mit dem Unterschied, daß sie am Leben blieben.

91 *Pilatus:* Philipp der Schöne, der Bonifaz VIII. in die Hände seiner Todfeinde gab, so wie Pilatus Christus den Juden übergab.

93 *ohne Urteil:* Ohne alle gerichtliche Untersuchung einer etwaigen Schuldfrage löste Philipp der Schöne den Templerorden (Ritter vom Hl. Grab) auf und beschlagnahmte seine Güter (1312).

97 *von der einzigen Braut:* von der Hl. Maria, in Vers 19.

100/102 d.h. tagsüber nennen die Büßer Beispiele von Armut und Freigebigkeit, nachts von bestraftem Geiz.

103 *Pygmalion:* König von Tyrus, Bruder der Dido von Karthago, tötete deren Gemahl, Sichäus, um sich in den Besitz von dessen Schätzen zu bringen.

105 *zum Verräter:* nämlich an seiner Schwester Dido.

106 *Midas:* König von Phrygien, hatte sich aus Habgier gewünscht, daß alles zu Gold werden solle, was er berührt.

109 *Achan:* hatte Stücke aus der Beute von Jericho geraubt und wurde dafür auf Anordnung Josues gesteinigt (vgl. Josue 7,1ff.).

112 Saphira und Ananias hatten dem Hl. Petrus falsche Angaben über den Verkaufspreis eines Ackers gemacht, um für sich etwas zu unterschlagen. Von Petrus zur Rede gestellt, fielen sie tot zu Boden (Apostelgeschichte 5,1ff.).

113 *Heliodor:* wollte den Tempelschatz von Jerusalem rauben, wurde aber von einem überirdischen Reiter, dessen Pferd ihn mit den Hufen niedertrat, daran gehindert (2. Makk. 3,25–26).

115 *Polymnestor:* Der Thrakerkönig Polymnestor erschlug den Priamussohn Polydor, um so in den Besitz des Schatzes von Troja zu kommen, den ihm Polydor zur Aufbewahrung gegeben hatte (vgl. Inferno XXX 18).

116 *Crassus:* Der reiche und geizige Markus Licinius Crassus (114 bis 53 v. Chr.) fand den Tod im Kampf gegen den Partherfeldherrn Surena. Der Partherkönig soll dem Toten flüssiges Gold in den Mund gegossen haben.

121 *bei dem Gut:* beim Nennen der Beispiele von Armut und Freigebigkeit.

130 *Delos:* eine der Kykladen, im Ägäischen Meer. – Der Sage nach trieb die Insel Delos allen Erschütterungen ausgesetzt auf dem Meere umher, bis Latona ihre beiden Kinder Apollo (Sonne) und Diana (Mond), d.i. die beiden Himmelsaugen geboren hatte. Erst dann wurde aus Dankbarkeit Delos eine feste Insel.

136 »Ehre sei Gott in der Höhe«, der Jubelgesang der Engel bei der Geburt Christi; die Hirten von Bethlehem hörten ihn zum erstenmal.

## Einundzwanzigster Gesang

1 *Durst:* der Wissensdurst.

2/3 Jesus versprach der Samariterin am Brunnen, ihr von einem Wasser zu geben, das den, der davon getrunken hat, in Ewigkeit nicht mehr dürsten lassen wird (vgl. Johannes 4,14).

8 der Emmausgang, Lukas 24,15.

18 *in ewige Verbannung:* in den Limbus.

22 *die Zeichen:* die noch übrigen drei P.

25 *die Frau:* die Parze Lachesis.

27 *Klotho:* die zweite der Parzen; sie mißt jedem Menschen seine Lebenszeit zu.
31 *aus dem weiten Schlunde:* von da, wo die Hölle noch sehr weit ist, am Eingang, d.h. aus dem Limbus.
43 Die Naturelemente üben hier im Purgatorio keinen Einfluß mehr aus.
44 nämlich die geläuterte Seele; der Himmel über dem Purgatorio nimmt nicht mehr Wasser auf, wie der Wolkenhimmel über der Erde, sondern Seelen, die dem Himmel gehören.
48 *zur dreigestuften Treppe:* den Eingang zum Purgatorio.
52 *trockner Dunst:* er erzeugt nach Aristoteles Wind, Blitze, Meteore und Erdbeben.
54 *des Vertreters Petri:* der Wächter-Engel (vgl. Purgatorio IX 103; 127).
55 *drunten:* im Vorpurgatorio.
56 Man erklärte das Erdbeben durch die Wirkung unterirdischer Winde.
61/63 der Wille, in den nächsten Kreis emporzusteigen, zeigt an, daß die Läuterung beendet ist.
64/66 Sobald die Seele ins Purgatorium kommt, will sie wohl – in absoluter Hinsicht – zum Himmel emporstreben; aber die Einsicht in die göttliche Gerechtigkeit erweckt – gegen jenen absoluten Willen – das Begehren, nach Maßgabe der Sünde Sühne zu leisten.
82 *Titus:* Kaiser Titus Vespasianus (69–79) unternahm einen Feldzug gegen die Juden, in dessen Verlauf sein Sohn Titus i.J. 70 Jerusalem einnahm und so nach Dantes Anschauung den Tod Christi an den Juden rächte.
85 *mit dem Ehrennamen:* nämlich »Dichter«.
86 *der Geist:* es spricht Papinius Statius (etwa 45–96), berühmtester Dichter der Silbernen Latinität, Verfasser der Silvae und 2 Epen, nämlich der Thebais und der unvollendet gebliebenen Achilleis, erfreute sich im MA hohen Ansehens. Geboren wurde er in Neapel; wenn Dante ihn sagen läßt, er komme aus Toulouse, so verwechselt er ihn mit einem Redner gleichen Namens aus Südfrankreich. Zur Zeit Vespasians war Statius noch nicht bekehrt.
90 Anspielung auf die Dichterkrönung. Sie ist unhistorisch. Doch heißt es, daß Statius die Krönung verdient hat, nicht, daß er wirklich gekrönt wurde.
93 er starb vor Vollendung der Achilleis.
112 *deine Mühe:* dein Aufstieg zum Paradies.
125/126 *Kraft zum Gesang:* nämlich in seinen beiden Epen.
134 Statius verdankt Vergil nicht nur die Dichtkunst, sondern auch die Bekehrung zum Christentum, wie er selbst Purgatorio XXII 73 sagt.
135 *unsre Nichtigkeit:* d.h. Körperlosigkeit.

## Zweiundzwanzigster Gesang

3 *ein Mal:* das fünfte P.
5/6 *Beati:* die vierte der acht Seligpreisungen: selig die Hunger und Durst haben nach der Gerechtigkeit; denn sie werden gesättigt werden

(Matthäus 5,6). Er sagte also nur: Selig, die nach der Gerechtigkeit Durst haben; »hungern« wird erst Purgatorio XXIV 154 gesagt.
14 *Juvenalis:* der berühmte lateinische Satiriker, Zeitgenosse und Bewunderer des Statius (etwa 47–130).
18 da ich sie in deiner Gesellschaft hinansteige.
33 *in jenen Kreis:* nämlich der Geizigen.
35 Statius büßte für seine Verschwendung. Vergil wußte nicht, daß in dem gleichen Kreise auch die gegenteilige Sünde gebüßt wird.
40/41 die von Dante aus Aen. III 56 übersetzte Stelle ist in ihrer Auslegung sehr umstritten. In der Äneis stellt sie im Zusammenhang mit der Erzählung von Polymnestor und Polydor (Purgatorio XX 115) einen Ausruf der Empörung dar: Wozu treibst du nicht die Menschen, verfluchter Hunger nach Gold! Dante hat jedenfalls irrtümlich oder absichtlich den Sinn dieser Vergilstelle in der Weise ausgedeutet, daß der heilige Hunger nach Gold eine Tugend sei, fähig, den Geiz, aber auch die Verschwendung zu zügeln, indem der »heilige Hunger« als das rechte Verhältnis zum Besitz überhaupt gefaßt wird.
46 *ohne Haare:* d.h. als Verschwender; vgl. Inferno VII 57.
48/51 in jedem Kreis wird die Sünde und die ihr entgegengesetzte Sünde (z.B. Geiz und Verschwendung) gebüßt.
56 *im doppelten Verhängnisse Jokastes:* der Bruderkampf des Eteokles und Polyneikes, der Söhne des Ödipus und der Jokaste, wird in der Thebais geschildert.
58 *Klio:* Muse der Geschichte. – Nach Inhalt und Auffassung deiner Thebais scheinst du damals noch Heide gewesen zu sein.
59/60 Der Glaube ist die Voraussetzung für die Rechtfertigung.
63 *zum rechten Fischer:* zum Hl. Petrus, d.h. zur Kirche (vgl. Lukas 5,10).
65 *zum Parnaß:* zum Berg Apolls und der Musen, d.h. zur Dichtkunst.
70/72 diese Stelle aus dem vierten Hirtengedicht Vergils wurde im MA auf die Ankunft des Erlösers gedeutet.
82 Die Heiligkeit in der Lebensführung der ersten Christen wurde auch von den Kirchenvätern als einer der Beweise für die göttliche Herkunft der christlichen Religion genannt.
83 *Domitianus:* der zweitgeborene Sohn Vespasians; Kaiser 81–96. Die Ausmaße der unter ihm stattgefundenen Christenverfolgung wurden bedeutend übertrieben.
88/89 d.h. bevor ich noch die Thebais schrieb. – Die beiden Flüsse sind Ismenus und Asopus, bei Theben.
92 *im vierten Kreise:* der Lässigen.
97 *Terenz:* römischer Lustspieldichter (192–159 v.Chr.).
98 *Plautus:* römischer Lustspieldichter (254–184 v.Chr.).
98 *Varius:* römischer Dramatiker, Zeitgenosse und Freund Vergils und Horazens. – Die Schreibweise des Namens in anderen Codices läßt auch an den Dichter und Altertumsforscher Varro (116–27 v.Chr.) denken.
98 *Caecilius:* römischer Dramatiker, gest. 167 v.Chr.
100 *Persius:* berühmter römischer Satiriker, aus Volterra, 34–62 n.Chr.

101 *mit jenem Griechen:* Homer.

103 *im ersten Gürtel:* im Limbus.

104 *von jenem Berge:* vom Parnaß, dem Sitz der Musen.

106 *Euripides:* griechischer Tragiker (480–406 v. Chr.).

106 *Antiphon:* griechischer Tragiker, den der Tyrann Dionys töten ließ (4. Jahrhundert v. Chr.).

107 *Simonides:* griechischer Lyriker (559–469 v. Chr.).

107 *Agathon:* griechischer Tragiker aus Athen (448 bis etwa 401 v. Chr.).

110 *Antigone:* Tochter des Oedipus und der Jokaste, bestattete, entgegen dem Befehl des Tyrannen Kreon, ihren gefallenen Bruder Polyneikes.

110 *Deiphile:* Gemahlin des Tideus (vgl. Inf. XXXII 130), Mutter des Diomedes.

110 *Argia:* Schwester der Deiphile, Frau des Polyneikes (vgl. Purgatorio XII 51).

111 *Ismene:* Schwester der Antigone, die den Tod all ihrer Familienangehörigen und ihres Bräutigams erleben mußte.

112 *jene:* Hypsipyle (vgl. Inf. XVIII 92). – Sie zeigte den Sieben vor Theben die Quelle Langia (vgl. Purgatorio XXVI 94ff.).

113 *Tochter des Tiresias:* nämlich Manto (vgl. Inf. XX 55). – Sie ist im Höllenkreis der Wahrsager, nicht im Limbus; also eine kleine Unstimmigkeit.

113 *Thetis:* Meeresgöttin, Gemahlin des Peleus, Mutter des Achill.

114 *Deidamia:* Tochter des Königs Lykomedes, bei dem Achill verborgen war, Braut des Achilles (vgl. Inf. XXVI 62). – Sie, ihre Schwestern und Thetis kommen in der Achilleis vor.

118 *des Tages Dienerinnen:* Stunden.

120 Es geht auf Mittag zu; es ist ungefähr 11 Uhr.

126 *jene würdige Seele:* Statius, dessen Wegkenntnis sie mehr vertrauen können als bisher ihrer eigenen.

134 Er war also unten schmal und oben breit.

136 *auf jener Seite:* d.h. wo der Fels des Berges war.

141 *zu verstehen:* Von diesen Früchten werdet ihr nicht essen, solange bis ihr von der Sünde der Gaumenlust entsühnt seid.

142 *Maria:* als sie bei der Hochzeit zu Kana Christus um das Weinwunder bat (Johannes 2,1–11).

145/146 in der sittenstrengen Zeit der römischen Republik tranken die Frauen keinen Wein.

147 um nicht gegen die jüdischen Speisegesetze verstoßen zu müssen, ließ sich Daniel an der Tafel des Königs Nebukadnezar nur Gemüse geben, erlangte dadurch ein besseres Aussehen als die anderen Tischgenossen und wurde klüger als sie (Dan. 1,1).

148 *das erste Alter:* das Goldene Zeitalter.

154 Anspielung auf Matthäus 11,11 und Lukas 7,28: unter den vom Weibe Geborenen gibt es keinen größeren als Johannes.

## Dreiundzwanzigster Gesang

11 *Labia mea Domine:* »Herr, öffne meine Lippen« (auf daß mein Mund Dein Lob verkünde), Psalm 50, 17.

26 *Erysichthon:* Sohn des Thessalierkönigs Triopas, hatte einen der Ceres geweihten Wald vernichten wollen und wurde von dieser mit einem unstillbaren Hunger bestraft, so daß er, um diesen Hunger zu sättigen, seine ganze Habe und seine Tochter verkaufte und schließlich seine eigenen Glieder benagte.

30 Bei der Belagerung Jerusalems (70 n. Chr.) litten die Juden solche Hungersnot, daß die vornehme Mirjam, Tochter Eleazars, ihr eigenes Kind tötete, um es zu essen.

32 *OMO:* italienisch = Mensch. Die oberen Bogen der Augenhöhlen und das Nasenbein bilden ein M, die Augenhöhlen selbst die beiden O. Infolge der Magerkeit treten diese knochigen Teile stark hervor.

48 *Foreses:* Forese Donati, Sohn des Simone, Bruder des Corso (Purgatorio XXIV 82) und der Piccarda (Purgatorio XXIV 10 und Par. III 34 ff.), gestorben 1296. Dichter aus Florenz, Freund Dantes, mit dem dieser eine Reihe von Sonetten wechselte, in denen auch auf die Schlemmerei Foreses hingewiesen wird.

70 *nicht nur einmal:* sondern immer, wenn sie zu dem Baum kommen.

72 *Freude:* da die Sühne zum Himmel führt.

74 *Eli:* »Mein Gott, warum hast du mich verlassen«, Christi Worte in der schmerzvollsten Todesangst am Kreuze (Matthäus 27, 46).

79/81 Sinn: Wenn du erst in der Todesstunde bereut hast.

84 *Wo man die Sünde Stund um Stunde büßet:* Bei den Säumigen im Vorpurgatorio.

86 *Nella:* Die Frau des Forese Donati.

95 Nach dem Bericht des Heiligen Gregor lebten in einer sardinischen Berglandschaft die Menschen wie vernunftlose Tiere. Besonders die Frauen seien dort sehr sittenlos.

96 *in der Wildnis:* in Florenz.

109/111 Allgemeiner Hinweis auf die unheilvollen Jahre, die Florenz nach 1300 getroffen haben.

115/117 Die Freundschaft mit Forese fällt in die dunkelsten, von mancherlei Verirrungen gekennzeichneten Jahre in Dantes Leben.

122 *der wahrhaftigen Toten:* die den zweiten Tod erlitten haben, das heißt die Verdammten.

131 *jener andre Schatten:* Statius.

## Vierundzwanzigster Gesang

8 *er:* die Seele des Statius.

9 *des andern:* Vergils, in dessen Gesellschaft er noch weilen will.

18 *so ausgemergelt:* daß man es ohne Namensnennung nicht erkennen kann.

19 *Bonagiunta:* Dichter der alten toskanischen Schule, die in unfreier Abhängigkeit von den Provenzalen stand; gestorben bald nach 1296.

22/24 Martin IV., Papst von 1281–1285. Er war Franzose und begünstigte stark Karl von Anjou. Er stammte aus der Brie, nicht aus Tours, war aber lange Jahre Schatzmeister der Kathedrale von Tours. – Er ließ Aale aus dem Bolsena-See (bei Orvieto) in Weißwein töten, um ihnen so einen besonders feinen Geschmack zu geben.

29 *Ubaldin:* aus dem Hause der Ubaldini, die sich nach dem Schloß Pila benannten, Bruder des Kardinals Ottaviano (Inf. X 120) und des Ugolino d'Azzo (Purgatorio XIV 105), Vater des Erzbischofs Ruggieri (Inf. XXXIII 14).

29 *Bonifatius:* dei Fieschi, Erzbischof von Ravenna, gestorben 1294.

31 *den Herrn Marchese:* aus der Familie der Argugliosi von Forlì, immer-durstiger Trinker.

37 *Gentucca:* Wer diese Gentucca ist, ist ungeklärt, da es mehrere Frauen dieses Vornamens in Lucca im ersten Viertel des 14. Jahrhunderts gegeben hat. Gewöhnlich nennt man Gentucca Morla, Frau des Bonaccorso Fondara, die 1317, als Dante in Lucca war, in der Blüte ihrer Jahre stand. Daß Dante zu ihr eine sinnliche Neigung gefaßt habe, ist aus dem Zusammenhang, in dem sie hier genannt wird, sehr unwahrscheinlich. Vielleicht gewährte sie dem Verbannten Freundschaft oder vermittelte ihm gastfreundliche Aufnahme in der Stadt, vielleicht erregte sie seine Bewunderung durch ihre Schönheit und gleichzeitige Tugendhaftigkeit.

43 Gentucca, die noch keine Haarbinde trägt wie die Frauen, also noch unverheiratet oder gar ein Kind ist.

45 Lucca stand in schlechtem Ruf; vgl. Inf. XXI 41 ff.

51 Beginn einer Canzone Dantes aus dem »Neuen Leben«.

56 *den Notar:* Jacopo da Lentini, aus der sizilianischen Dichterschule unter Friedrich II., gestorben um 1250.

56 *Guitton* del Viva aus Arezzo, Haupt der sogenannten Übergangsschule in der Toskana, die zwischen der sizilianischen Dichterschule und dem Dolce stil novo liegt. Er starb etwa 1294.

57 *neuen Stil:* die von Guido Guinizelli begründete, von Guido Cavalcanti und Dante zu höchstem Ansehen geführte neue Dichterschule, die sich von der provenzalischen Schablone freimachte, eine philosophisch vertiefte Auffassung der Liebe verkündete und dem eigenen Empfinden selbständigen Ausdruck verlieh in einer von Dialektismen gereinigten und edlen Sprache.

59 *dem der diktiert:* d.h. dem Liebesgott Amor.

64 *Die Vögel:* die Kraniche.

75 man darf aus dieser Frage schließen, daß Dante sich der Gaumenlust anklagt.

79 *jener Ort:* Florenz.

82 *der am meisten schuldig:* Der Bruder des Sprechenden, Corso Donati, Haupt der Schwarzen in Florenz. Nachdem er auf der Flucht eingeholt war, ließ er sich vom Pferde fallen, wurde ein Stück geschleift und dann von seinen Verfolgern getötet (1308). Die Einzelheiten sei-

nes Todes werden verschieden berichtet, und Dante, der zu dieser Zeit im Exil war, hatte vielleicht eine etwas andere Version gehört. Es ist aber gut möglich, daß Dante seine Darstellung absichtlich änderte, um so symbolisch anzuzeigen, daß Corso nach Art der für Verräter damals üblichen Hinrichtungsweise am Schweif eines Pferdes zum Richtplatz, d.h. hier zur Hölle geschleift wurde.

116 *dort oben:* im irdischen Paradies.

121/123 Die Söhne des Ixion und der Wolke, die Centauren, wollten im Rausche bei der Hochzeit des Pirithous, dessen Braut Hippodamia und die anderen Mädchen rauben, unterlagen aber dabei im Kampf gegen Theseus, der viele von ihnen tötete (vgl. Inf. XII 72).

124/126 Für den Kampf gegen die Madianiten wählte sich Gideon auf Weisung Gottes aus zehntausend Mann nur diejenigen dreihundert aus, die nach einem durstigen Marsche soviel Beherrschung zeigten, daß sie das Wasser mit der Hand zum Munde führten und nicht wie alle anderen sich auf die Knie niederließen, um gierig mit dem Munde aus dem Fluß zu trinken. Alle, die gierig getrunken hatten, wies er zurück (vgl. Richter Kap. 7).

139 *jenen:* den Engel.

150 Es wird das sechste P gelöscht.

151/154 Paraphrase zu Matthäus 5,6.

## Fünfundzwanzigster Gesang

1 Es ist, wie aus dem folgenden hervorgeht, 2 Uhr nachmittags; die Wanderer dürfen also keine Zeit mehr verlieren.

3 *dem Stier:* im Purgatorio.

3 *dem Skorpion gewichen:* in Jerusalem.

21 im Kreis der Schlemmer.

22 *Meleager:* Nach dem Schicksalsspruch der Parzen sollte Meleager, der Sohn der Althäa, so lange leben, bis ein bei seiner Geburt gerade brennendes Holzscheit völlig verbrennen würde. Althäa löschte das Scheit und legte es zur Seite. Als aber ihr Sohn erwachsen war und die Brüder seiner Mutter tötete, warf sie das Scheit wieder ins Feuer, und Meleager starb. – Dante will damit sagen, daß nicht nur Hunger und Durst den menschlichen Körper aufzehren können, sondern auch eine geheimnisvolle Macht, wie in dem angeführten Beispiel.

30 *deine Wunden:* d.i. Zweifel.

31 *den ewigen Anblick:* d.h. das, was man im Purgatorio sieht, nämlich das Abmagern der Leiber im Kreis der Schlemmer.

37 *vollkommnes Blut:* das ausschließlich zur Samenbildung dient.

43 *nochmals verdauet:* sobald es sich in Sperma umgewandelt hat.

45 *in ein natürlich Becken:* in die Gebärmutter.

52/54 Der Embryo hat am Anfang eine vegetative Seele, jedoch insofern von der der Pflanze verschieden, als sie sich weiterentwickelt.

56 *ein Meerschwamm:* der als Tier eine sensitive Seele besitzt.

63 *ein Weiserer als du:* Averroes (vgl. Inf. IV 144) leugnete in seiner See-

lenlehre die persönliche Unsterblichkeit und damit die Möglichkeit von Lohn oder Strafe nach dem Tode.

70 *der erste Reger:* Gott schafft in unmittelbarem Schöpfungsakt jedem Kinde eine persönliche Seele.

74 *eine Seele:* d. h. eine einzige Seele, die zugleich vegetativ, sensitiv und intellektuell ist.

86 *an eins der beiden Ufer:* an den Acheron (Inf. III 122) oder an den Tiber (Purgatorio II 100).

88/90 an einem der Flüsse angekommen, strahlt die Formkraft der Seele in der Weise aus, daß sie in der Luft einen Astralleib um sich bildet, wie sie auf Erden einen irdischen Leib um sich hatte.

94 *ihr:* d. h. der Seele mit ihrer Gestaltungskraft.

121 *Summae Deus clementiae:* »O Gott der höchsten Milde«, durch Dante leicht abgeänderter Beginn des Hymnus aus der Matutin zum Samstag, in dem um Befreiung von böser Lust gebetet wird.

128 *Virum non cognosco:* Worte Mariens bei der Verkündigung: »Wie wird das geschehen, da ich keinen Mann erkenne« (Lukas 1, 34).

130/132 Diana, Göttin der Jungfräulichkeit, wohnte ferne von den Menschen und ihrem Umgang im Wald. – Helike (Kallisto), eine Nymphe aus Dianas Gefolge, ließ sich von Jupiter verführen, wurde von Diana deswegen aus dem Walde verjagt, von Juno in eine Bärin verwandelt und von Zeus als große Bärin an den Himmel versetzt.

## Sechsundzwanzigster Gesang

3 Gib acht auf den Weg, ich habe es dir gesagt.

7/8 dadurch, daß Dantes Schatten auf das Läuterungsfeuer fiel, erschien es an diesen Stellen lebhafter rot.

29 *Leute diesen hier entgegen:* die Homosexuellen.

32/33 »Grüßet einander mit heiligem Kusse« hat Paulus in Römer 16, 16 geschrieben. – Mit dem heiligen Kusse sühnen die Büßer hier ihre wollüstigen Küsse auf Erden.

40 *sie:* die Homosexuellen.

40 *andre:* die der Unzucht mit dem anderen Geschlecht gehuldigt haben.

41/42 *Pasiphae:* Sie begab sich in eine hölzerne Kuh, um so von einem Stier ihren Sohn Minotaurus zu empfangen (vgl. Inf. XXII 12).

43 *Rifgebirge:* die Ripheischen Berge, von den griechischen Geographen sehr unbestimmt im Norden Europas vermutete Berge.

50 *die gleichen:* die durch natürliche Unzucht gesündigt hatten.

55/56 d. h. ich bin nicht gestorben, weder jung noch alt.

59 *Frau:* die heilige Maria (vgl. Inf. II 94–96).

77 *für das:* die Homosexualität.

77/78 Wegen seiner homosexuellen Beziehungen zum König Nikomedes von Bithynien riefen die Soldaten Cäsar bei seinem Triumphzug für die Eroberung Galliens zu: »bithynische Königin«. – Dante benützt hier in freier Anlehnung den Geschichtsschreiber Sueton.

82 Wir frönten der natürlichen Unzucht.

83 Wir verletzten die Gesetze der Menschenwürde, indem wir wie Tiere unseren Trieben folgten.
86 *den Namen jener rufen:* der Pasiphae.
92 *Guido Guinizelli:* dei Principi aus Bologna, 1276 in Verbannung gestorben, ist der Vater des »süßen neuen Stils« (vgl. Purgatorio XI 97).
94/95 Hypsipyle war an König Lykurgos von Nemea als Sklavin verkauft worden und hatte die Aufgabe, dessen Söhnchen Opheltes zu hüten. Um einem der Sieben vor Theben, dem durstigen Adrastus, die Quelle Langia zu zeigen (vgl. Purgatorio XII 112), legte sie das Kind auf den Boden, wo es von einer Schlange gebissen wurde und starb. Deswegen zum Tode verurteilt, wurde sie zur Richtstätte geführt. Da aber begegneten ihr ihre beiden Söhne Thoas und Euneus, fielen ihr in die Arme und befreiten sie.
96 Ich empfand die Freude der Söhne beim Wiedersehen mit der Mutter, d. h., ich wagte Guinizelli (wegen der Flammen) nicht zu umarmen, so wie die Söhne getan hatten.
117 *der beste Schmied der Muttersprache:* Arnaut Daniel, hervorragender provenzalischer Troubadour, Meister des sog. »dunklen Dichtens«, von Dante aufrichtig bewundert; gest. um 1200.
120 *Limusiner:* Giraut de Borneilh aus der südfranzösischen Landschaft Limousin, ein anderer berühmter provenzalischer Troubadour, gest. etwa 1220.
124 *Guittone:* Haupt der alten toskanischen Dichterschule (vgl. Purgatorio XXIV 56).
128 *nach dem Kloster:* dem Paradies.
130/132 ohne die Bitte »Führe uns nicht in Versuchung« (vgl. Purgatorio XI 22–24).

## Siebenundzwanzigster Gesang

1/5 Sonnenaufgang in Jerusalem – Mitternacht in Spanien – Mittag am Ganges – Sonnenuntergang im Purgatorio.
8 *Beati mundo corde:* »Selig die reinen Herzens sind«, die sechste der acht Seligpreisungen (Matthäus 5, 8).
15 eigentlich: wie einer, der lebendig begraben werden soll (vgl. Inf. XIX 49 ff.).
18 die Verbrennung bei lebendigem Leib war eine mittelalterliche Strafe, die Dante sicher einmal gesehen hatte.
23 vgl. Inf. XVII 79 ff.
35/36 dies Feuer allein trennt dich von Beatrice.
37/39 Pyramus erstach sich unter einem Maulbeerbaum, nachdem er Thisbes blutbefleckten Schleier gefunden und daraus fälschlich geschlossen hatte, daß sie von einem Löwen zerrissen worden sei. Als Thisbe den schon Sterbenden fand, öffnete dieser noch einmal die Augen, als sie ihren Namen nannte. Auch sie tötete sich, und zum Gedenken an diesen doppelten Selbstmord trägt die Maulbeere zuerst rote, und wenn sie reif ist, schwarze Farbe.

41 *bei dem Namen:* Beatrice.
44/45 Wie man lächelt über Kinder, die plötzlich, nachdem man ihnen einen Apfel versprochen hat, gerne tun wollen, wogegen sie sich vorher mit aller Kraft gesträubt hatten.
48 Statius war vorher immer zwischen Vergil und Dante gegangen.
58 *venite, benedicti patris mei:* »Kommt, Ihr Gesegneten meines Vaters«, die Worte, die Christus beim Weltgericht zu den Seligen sprechen wird (Matthäus 25,34).
59 *aus einem Lichte:* ein Engel.
63 nachts kann man im Purgatorio nicht steigen.
65 *in solcher Richtung:* nach Osten.
70/71 bevor die durch ihre Finsternis alles gleichmachende Nacht eintrat.
92/93 vgl. Inf. XXVI 7; Purgatorio IX 16.
95 Die Venus, bei uns Abendstern, ist im Purgatorio Künderin des nahenden Morgens.
101 *Lea:* Tochter des Laban, erste Frau Jakobs, Symbol des tätigen Lebens.
104 *Rahel:* die zweite Frau Jakobs, Symbol des betrachtenden Lebens.
115 *die süße Frucht:* das wahre Gut.
115 *in so vielen Zweigen:* auf so viele verschiedene Arten.
127 *das zeitliche und das ewige Feuer:* Purgatorio und Inferno.
129 Die irdische Vernunft reichte aus, um bis an das irdische Paradies zu gelangen; nun aber bedarf es der Offenbarung als Führerin.
133 allegorisch: Die Gnade Gottes (Sonne) leuchtet auf die von den sieben P befreite Stirne Dantes und wird ihn sicher geleiten.
135 *aus sich selbst:* d.h. ohne Samen.
136/137 die Augen Beatrices (vgl. Inf. II 116).

## Achtundzwanzigster Gesang

11/12 *nach der gleichen Seite:* d.h. nach Westen; der Wind weht also nach Osten.
20 *Chiassi:* bei Ravenna; heute Classe (San Apollinare in Classe).
21 *Äolus:* der Gott der Winde.
25 *ein Bächlein:* es ist der Lethefluß, dessen Wasser im irdischen Paradies nicht wie in der antiken Mythologie vollständiges Vergessen der Vergangenheit gibt, sondern nur die Sünden, ihre Folgen und ihre Strafen, die ja von der dort ankommenden Seele gesühnt sind, vergessen läßt.
31/33 Der Bach fließt im Schatten von Bäumen und Blumen.
40 *eine Frau:* Es ist Matelda, wahrscheinlich eine Freundin Beatrices aus Florenz, die den jungen Dante einst zu Beatrice hingeführt hat. Sie symbolisiert wohl die tätige christliche Liebe – sie pflückt Blumen wie Lea in Purgatorio XXVII 101 – und führt hin zu Beatrice (Theologie).
50 *Proserpina:* Tochter der Ceres, wurde vom Gott der Unterwelt, Pluto, beim Blumenpflücken geraubt. Er machte sie zu seiner Frau (vgl. Inf. IX 44).
51 Proserpina ließ dabei die gepflückten Blumen fallen.

64/66 Venus, von ihrem Sohn Amor zufällig durch einen seiner Pfeile verletzt, entbrannte in Liebe zu Adonis.

71/72 Der Perserkönig Xerxes überschritt mit einem gewaltigen Heer den Hellespont (Dardanellen), um Griechenland zu unterwerfen. Nach der Niederlage in der Seeschlacht bei Salamis (480 v. Chr.) mußte er fliehend über den Hellespont zurückkehren, was allen als warnendes Beispiel bestraften Hochmuts gelten kann.

73/74 Leander durchschwamm täglich den Hellespont von Abydos, seiner Heimatstadt auf der einen Seite der Meerenge, nach Sestos am gegenüberliegenden Ufer, um dort seine Geliebte Hero zu besuchen. Bei einem Sturm ertrank er schließlich.

75 *weil es sich da nicht öffnet:* so wie einst das Rote Meer den Juden.

78 Gott hatte das Paradies als natürlichen Sitz der Menschheit geplant.

80 *Delectasti:* »Denn Du, o Herr, erfreust mich«, Psalm 91,5: ein jubelnder Lobgesang auf die Schöpfung Gottes als Quelle der Freude für den Menschen.

85/87 Von Statius hatte Dante vor kurzer Zeit erfahren (Purgatorio XXI 43 ff.), daß es vom Eingang zum eigentlichen Purgatorio nach oben keine Naturerscheinungen, wie Regen, Wind u. a., gäbe.

91 *das höchste Gute:* Gott; da es kein anderes Wesen gibt, das auch nur annähernd so vollkommen wäre wie Gott, kann er die vollkommene Liebe nur in sich selbst finden.

98/99 nach Aristoteles besitzt die Wärme Anziehungskraft.

101/102 d. h. Gott legte für Adam und Eva das Paradies so hoch auf dem Berge, der nun der Läuterungsberg ist, an, damit die atmosphärischen Störungen, die nur zum Purgatorio-Tor reichen, hier oben keinen Einfluß ausüben können.

104 *mit dem ersten Kreise:* Der vom Empyreum, dem Sitze Gottes, aus gerechnet erste Himmelskreis, das Primum Mobile, ist von der Erde aus gesehen der neunte oder der Kristallhimmel. Er dreht sich einmal in 24 Stunden um seine Achse, alle anderen Himmel, unbeschadet ihrer Eigenbewegung, mit sich reißend. Die Erde hat an dieser Bewegung keinen Anteil; wohl aber die Atmosphäre, die zu langsamer, gleichmäßiger Bewegung gebracht wird. Wo ihr, wie im Paradies, keine Hindernisse entgegenstehen, behält sie stets die gleiche Richtung bei, dagegen können auf Erden unter dem Einfluß der Dünste und der Berge verschiedene Winde entstehen.

110 *von ihrer Kraft:* den Samen. – Die kreisende Atmosphäre trägt diese Samen zur Erde, wo sie je nach Bodenbeschaffenheit und Klima aufgehen.

112/114 Alle Pflanzen der Erde stammen aus dem irdischen Paradies, auch solche, die plötzlich als neue Formen auf Erden wachsen, ohne daß man weiß, von wo sie herkommen.

124/126 die Quelle speist außer dem Lethefluß auch noch den Fluß Eunoe, dessen Wasser die guten Taten ins Gedächtnis zurückruft und zu Bewußtsein bringt.

139 *die Dichter:* besonders Ovid.

142 *hier:* d. h. im irdischen Paradies.

## Neunundzwanzigster Gesang

3 *beati, quorum tecta sunt peccata:* »Wohl dem, dem seine Missetat vergeben und dem verziehen seine Sünden« (Ps. 31,1).

8 *nach oben längs:* flußaufwärts; d.i. nach Süden.

10 *nicht hundert Schritt:* d.h. Matelda und Dante hatten noch nicht je 50 Schritte gemacht.

40 *Helikon:* Berg in Böotien, Sitz der Musen; steht hier für die beiden Quellen Aganippe und Hypokrene, die auf ihm entspringen.

41 *Urania:* Muse der Sternkunde; sie kann helfen, weil Dante von himmlischen Dingen zu berichten hat.

50 *sieben Leuchter:* die sieben Geister Gottes (vgl. Geh. Off. 4,5), die Quelle der Sieben Gaben des Hl. Geistes.

52 die sieben Leuchter strahlten in ihrem oberen Teil.

56/57 d.h. Vergils Antwort war Staunen; er konnte auch keine Erklärung geben.

65 *hinter ihren Führern:* d.h. hinter den Leuchtern als ihren Führern.

73 *die Flämmchen:* d.h. die sieben brennenden Leuchter. Jeder von ihnen läßt einen langen Streifen in der Luft über der Prozession – Symbol der Kirche – zurück, der jeweils einer Farbe des Regenbogens entspricht. Die Farbstreifen symbolisieren die Sieben Gaben des Hl. Geistes; sie lenken die Kirche.

81 Der Abstand zwischen den beiden äußersten Leuchtern war zehn Schritte. 10 ist eine heilige Zahl und bedeutet Vollkommenheit; hier versinnbildlicht sie die Fülle der erleuchtenden und heiligmachenden Kraft, die der Hl. Geist der Kirche gegeben hat.

83 *vierundzwanzig Greise:* Sie stellen die 24 Bücher des Alten Testamentes (nach der Einteilung des Hl. Hieronymus) dar. Vgl. Geh. Off. 4,4, wo die 24 Ältesten allerdings die Patriarchen und Apostel verkörpern.

84 *mit Lilien:* Wohl Symbol der Reinheit der in den Büchern enthaltenen Lehre oder auch Sinnbild des Glaubens an den kommenden Erlöser.

85/87 Ausgeschmückte Form des Engelsgrußes bei Mariae Verkündigung (vgl. Lukas 1,28 und 42).

92 *vier Tiere:* Die Symbole der vier Evangelisten.

94 *sechs Flügel:* Die Flügel bedeuten wohl die rasche Verbreitung des Evangeliums.

95 *Argus:* Der vieläugige Wächter der Io, der von Merkur überlistet und getötet wurde.

100/102 Ezechiel 1,4–14.

105 bei Ezechiel haben die vier Lebewesen je vier Flügel, bei Joh. Geh. Off. 4,8 dagegen je sechs. Dante folgt Johannes.

107 *ein Wagen des Triumphes:* Symbol der Weltkirche.

107 *auf zwei Rädern:* werden verschieden gedeutet: als das Alte und Neue Testament, als die römische und griechische Kirche, als der Franziskaner- und Dominikanerorden, als der Ordens- und Weltklerus u.a.

108 *eines Greifs:* Ein Wesen, halb Löwe, halb Adler. – Symbol des Gottmenschen Christus.

113/114 Die vom Adler versinnbildlichte göttliche Natur ist aus Gold, die vom Löwen versinnbildlichte menschliche Natur hat die Farbe von Fleisch und Blut. Anlehnung ans Hohelied 5,10–11.

116 *Africanus:* Scipio Africanus, der Sieger über Hannibal.

118/119 Als der von Phaeton aus der Bahn gelenkte Sonnenwagen sich der Erde näherte, zerschmetterte und verbrannte ihn Jupiter auf Bitten der Erde.

120 unklare Stelle: entweder nach seinem unerforschlichen Ratschluß oder um den Vater Helios in seinem Sohne zu bestrafen, oder um ein Exempel bestrafter Anmaßung zu statuieren.

121 *drei Frauen:* die drei göttlichen Tugenden.

122 *die eine:* die Liebe.

124 *die andre:* die Hoffnung.

126 *die dritte:* der Glaube.

127/128 Die Hoffnung, die Glauben und Liebe zur Voraussetzung hat, kann den Reigen nicht anführen.

130 *vier andre:* die vier Kardinaltugenden: Gerechtigkeit, Starkmut, Mäßigung, Klugheit.

131 *mit Purpur:* dem Symbol der Liebe; denn ohne Liebe keine Tugend (1. Kor. 13,1–3).

132 *die drei Augen:* die Klugheit, welche Vergangenheit, Gegenwart und Zukunft überschaut.

134 *in verschiednen Kleidern:* beide weiß, jedoch von verschiedenem Schnitt.

137 *des höchsten Arztes:* d.i. Hippokrates (470–356 v.Chr.), des Begründers der Medizin.

138 *den Wesen:* gemeint sind die Menschen. – Die ganze Terzine beschreibt das Symbol der Apostelgeschichte, deren Verfasser, der Hl. Lukas, von Beruf Arzt gewesen ist.

139 *der andre:* Er symbolisiert die Briefe des Hl. Paulus.

139 *eine andre Sorge:* Im Gegensatz zu dem die Wunden heilenden Arzt Lukas, vermag das Schwert, welches das Symbol der Paulusbriefe führt, Wunden zu schlagen.

140 das Schwert des Geistes (Epheser 6,17).

142 *vier mit demutsvoller Miene:* Symbole der katholischen Briefe der Apostel Petrus, Johannes, Jakobus und Judas Thaddäus.

143/144 *ein Greis:* Symbol der Geheimen Offenbarung des Johannes. Greis, weil Johannes in sehr hohem Alter gestorben ist; »schlafen« heißt in Verzückung hingerissen; »allein«, weil die Geheime Offenbarung das einzige prophetische Buch des Neuen Testamentes ist.

145/146 *mit dem ersten Gefolge:* den Symbolen der 24 Bücher des Alten Testamentes.

148 *von Rosen:* als Symbolen der Liebe, die die Bücher des Neuen Testaments in besonderer Weise kennzeichnet.

149/150 Hätte man sie nur aus der Ferne gesehen, so daß das Rot der Blumenkränze auf ihren Häuptern nicht im einzelnen erkennbar gewesen wäre, so hätte man geglaubt, sie würden über ihren Augen gebrannt haben.

153 Die Kirche zeigt sich Dante als der Gute Hirte, der nach dem verirrten Schäflein sucht und anhält, wo er es gefunden hat (vgl. Lukas 15,4–10).

## Dreißigster Gesang

1 *das Nordgestirn:* d.h. die sieben Leuchter, die hier mit den sieben Sternen des Kleinen Bären verglichen werden.
2 die sieben Geister Gottes (die Leuchter) sind ewig.
3 kein irdischer Nebel kann die Leuchter Gottes verdecken, nur die Sünden der Menschen sie für diese verhüllen.
5 *sein kleiner Bruder:* das wirkliche Sternbild des Kleinen Bären.
10 *einer:* derjenige, der das Hohelied versinnbildlicht.
11 *Veni sponsa de Libano:* »vom Libanon, komm, meine Braut« (Hohelied 4,8).
17 *ad vocem tanti senis:* »Auf die Stimme eines solchen Greises«.
19 *benedictus, qui venis:* »Hochgelobt seist Du, der kommt«, Ruf der Juden beim Einzug Christi in Jerusalem; bezieht sich hier wohl auf das Kommen Beatrices.
21 *manibus o date lilia plenis:* »Spendet Lilien mit vollen Händen«, mit diesen Worten begrüßt prophetisch der Schatten des Anchises den Neffen des Augustus, Marcellus.
32 *eine Frau:* Beatrice.
42 Als Dante Beatrice zum erstenmal sah, war er neun Jahre.
52 *alles, was verlor der Menschen Mutter:* Alle Schönheit des irdischen Paradieses, die durch Evas Schuld den Menschen verlorenging.
63 Dante hatte in einer seiner Schriften (Convivio II, 2) erwähnt, daß der Dichter nicht ohne Notwendigkeit sich selber nennen bzw. von sich handeln soll.
68 *Minervas Laub:* Olivenzweige, die der Minerva heilig waren.
73/75 Diese Worte Beatrices enthalten einen Vorwurf für Dante, der im Geiste die alte Liebe erneuert und der über das Verschwinden Vergils geweint hatte, denn diese seine Gedanken mußten eitel gelten an diesem erhabenen Ort.
79 *erscheinen:* jedoch nur scheinen, ohne es zu sein.
83 *in te, Domine, speravi:* »Auf Dich, o Herr, vertraue ich«, Ps. 30; die Engel singen die ersten neun Verse bis »hast meinen Fuß auf weiten Plan gestellt«.
106/107 Da die Engel den Lauf der Welt, auch in ihren Einzelschicksalen, kennen, bedürfte es keiner eingehenden Darstellung von seiten Beatrices, wenn sie damit nicht auch gleichzeitig das Herz Dantes rühren wollte.
108 *Schmerz:* d.i. Reueschmerz.
109 *durch Wirkung aus den höchsten Kreisen:* d.h. durch den Einfluß der Gestirne. – Dante ist unter dem freundlichen Sternbild der Zwillinge geboren.
112/114 das Wirken der Gnade Gottes ist unerforschlich: auch Beatrice kann sie nicht ergründen (unsere Augen = Beatrices Augen).

121 *für kurze Zeit:* etwa 16 Jahre lang.
125 Das zweite Lebensalter beginnt mit 25 Jahren; in diesem Alter starb Beatrice.
126 allegorisch: wandte sich ab von der Theologie und ergab sich ganz der menschlichen Wissenschaft.
127/129 Dante hat zwar nie aufgehört, mich zu lieben, aber mit weniger Glut; auch hier bedeutet Beatrice allegorisch die Theologie.
131 *trügerisches Wunschbild:* philosophische Spekulationen.
140 *jenen:* Vergil, Symbol der menschlichen Weisheit und Wissenschaft, deren Jünger Dante gewesen war.
142/145 Es wäre gegen das Gesetz Gottes, wenn Dante ohne wahre Reuetränen vom Wasser Lethes trinken wollte.

## Einunddreißigster Gesang

9 *von ihrem Werkzeug:* d.i. aus Kehle und Mund.
23 *zur guten Liebe:* d.h. zur Liebe zu Gott, jenseits welcher nichts mehr zu erstreben ist.
36 *sobald sich Euer Antlitz mir verborgen:* etwa ein Jahr nach Beatrices Tod.
39 *solch ein Richter:* Gott.
40/42 wenn ein Sünder am himmlischen Gerichtshof seine Schuld beichtet, dann dreht sich der Schleifstein, an dem das Schwert der göttlichen Gerechtigkeit durch die Sünden geschliffen wird, rückwärts und macht es stumpf.
45 *die Sirenen:* die irdischen Lockungen.
55 *bei dem ersten Pfeile:* d.h. bei Beatrices Tod.
61/63 Dantes Fehler wären vielleicht erklärlich, wenn er damals sehr jung gewesen wäre; so aber stand er im vollen Mannesalter.
67/69 d.h., hebe dein Gesicht und schaue mich an, dann wirst du, überwältigt von meiner himmlischen Schönheit, noch größere Reue empfinden.
72 *aus des Jarbas Lande:* d.h. von den Südwinden aus Afrika. – Jarba, König von Libyen, Rivale des Aeneas in der Liebe zu Dido.
74/75 Beatrice bringt Dante zu Bewußtsein, daß er ein gereifter Mann ist, seine Schuld und Verantwortung also größer sind.
77 *jene ersten Wesen:* Die Engel, die ersten Wesen der Schöpfung Gottes.
80 *zu dem Tier:* dem Greif, d.i. Christus mit seiner göttlichen und menschlichen Natur.
88 *Erkenntnis:* d.h. Reue.
92 *die Frau:* Matelda.
98 *asperges me:* »Besprenge mich mit Ysop und ich werde rein«, Ps. 50,9, wird bei der Weihwasserausteilung vor der feierlichen Messe gesungen.
104 *der vier schönen Frauen:* der Kardinaltugenden.
106 *hier:* in dem zum Erdball gehörigen irdischen Paradies.
106 *im Himmel Sterne:* die vier Sterne, die über dem Purgatorio leuchten

(vgl. Purg. I 23). Allegorisch: die vier Tugenden strahlen dem Menschen vom Himmel, sind aber gleichzeitig seine freundlichen Begleiterinnen auf Erden.

105/106 Bevor noch die Kirche gegründet wurde, hatten wir die Aufgabe, als natürliche Tugenden die Welt darauf vorzubereiten.

111 *der Frauen dort:* der drei theologischen Tugenden.

116 *die smaragdnen Augen:* Es sind die Augen Beatrices, die Dante in einem Sonett besungen hat. (Dagli occhi della mia donna si muove.)

121/122 der Gottmensch Christus spiegelt sich auf Erden wider in der Kirche, die Christus sichtbar darstellt, bald nach seiner göttlichen, bald nach seiner menschlichen Natur.

130 *jene drei:* Glaube, Hoffnung und Liebe.

137 *deinen Mund:* der den Ausdruck des seligen Lächelns trägt.

## Zweiunddreißigster Gesang

22/23 Die 24 Greise ziehen als Symbole des Alten Testaments dem Wagen voran.

29/30 *dem Rade:* dem rechten Rad.

32 *jener:* Evas. Durch die Stammeltern ist die Sünde in die Welt gekommen. Da ihr die meisten Menschen verfallen, gelangen nur wenige ins Paradies.

38 *eine kahle Pflanze:* den Baum der Erkenntnis, Symbol des römischen Kaiserreiches und damit des Kaisertums überhaupt. Der Wagen ist Symbol der Kirche.

41 *bei den Indern:* in Indien gibt es Bäume, deren Wipfel man nicht mit einem Pfeilschuß erreichen kann.

44 *von dem süßen Holze:* d. h. von der weltlichen Macht. – Christus hatte die Unterwerfung unter die weltliche Macht gefordert (Matthäus 22,21) und unterwarf sich ihr selbst.

48 *den Samen der Gerechten:* d. h. die Grundlage der Gerechtigkeit.

49 *zur Deichsel:* Symbol der Führung der Kirche, also des römischen Papstes.

51 Christus bindet das römische Papsttum an das römische Kaiserreich.

54 *nach dem Licht der Himmelsfische:* dem Sternbild des Widders; also im Frühling.

57 *zu einem andern Sterne:* im Sternbild des Stiers, das auf den Widder folgt.

58 *fast rosen- mehr als veilchenfarben:* das Ganze bedeutet wohl purpurfarben, die Farbe der Kardinaltugenden, die in der rechten Verteilung von päpstlicher und kaiserlicher Macht erblühen würden.

64/66 *Argus,* der augenübersäte Wächter der Io, ließ sich durch Merkurs Erzählung von der Liebe des Paris zur Nymphe Syrinx einschläfern und bezahlte diesen Schlaf mit dem Leben, da Merkur ihn tötete.

71 *ein Leuchten:* das vom Greif und von der ganzen in den Himmel zurückkehrenden Prozession ausging.

72 Anlehnung an die Worte, die Christus nach seiner Verklärung auf dem Berge Tabor an seine Jünger gerichtet hat (Matthäus 17,8). – Matelda spricht sie.

73/82 In diesen Versen schildert Dante sein Erwachen und vergleicht es mit dem Erwachen der Jünger aus der Verzückung bei der Verklärung Christi am Berge Tabor (Matthäus 17,1–8).

73 *jener Apfelblüten:* Im Anschluß ans Hohelied 2,3 versinnbildlicht der Apfelbaum Christus. Seine Verklärung auf dem Berge Tabor ist nur ein Vorgeschmack seiner ewigen Glorie im Himmel und verhält sich dabei wie die Apfelblüte zur Frucht.

74 Die Engel hungern nach dem Anblick Gottes (1. Petrus 1,12).

75 *ein ewiges Fest:* das himmlische Hochzeitsmahl (Matthäus 22,2; Geheime Offenbarung 19,9).

77/78 Christi Wort »Stehe auf!« hat schon aus dem Todesschlaf erweckt (z. B. den Lazarus).

81 Nach dem Erwachen aus der Verzückung waren Moses und Elias verschwunden, und sie sahen Christus allein, und zwar wieder in Menschengestalt.

86/87 Beatrice sitzt unter der Laubkrone des mystischen Baumes, der das Kaisertum darstellt, auf der Wurzel, die Rom, den Sitz des Papstes bedeutet. Nach Dantes Ideal soll das Kaisertum das Papsttum schützen, wie die Laubkrone die Wurzel.

88 *die Begleiterinnen:* Es sind die sieben Tugenden.

94 *auf der wahren Erde:* Wenn man »wahre« Erde im Sinne von blankem Boden fassen darf, so enthält diese Schilderung wohl eine Anspielung auf die christliche Armut der frühen Päpste, die kein Geld und Gut, sondern nur die sieben Tugenden um sich versammelten.

100 *hier:* im irdischen Paradies.

102 *in jenem Rom:* in der heiligen Stadt, d. h. im Himmelreich.

112 *den Vogel Jupiters:* den Adler. – Dieser Adler ist aus Ezechiel (17,3) genommen, wo er den König von Babylon, den Verfolger des alttestamentlichen Judentums, darstellt. Hier ist er Symbol der römischen Kaiser von Nero bis Diokletian, unter denen die zehn Christenverfolgungen des römischen Reiches stattfanden.

113/114 Die Christenverfolgungen schadeten mehr dem Reiche als der Kirche.

119 *ein Fuchs:* Symbol der Irrlehren; wird von Beatrice, der Theologie, vertrieben.

120 zu verstehen: der nichts von der rechten Glaubenslehre in sich hatte.

125 *den Adler:* Wiederum versinnbildlicht der Adler römische Kaiser, im besonderen Konstantin den Großen.

126 *viel von seinen Federn lassend:* irdische Güter und weltliche Macht; Anspielung besonders auf die sogenannte Konstantinische Schenkung (vgl. Inf. XIX 115ff.; Par. XX 55ff.).

129 Der Legende nach soll, als dem Papst die Konstantinische Schenkung gemacht wurde, eine Stimme vom Himmel gesagt haben: »Heute ist Gift in meine Kirche gegossen worden.« Dante übersetzt dieses Wort frei.

131 *ein Drache:* Der Satan in Anlehnung an Geheime Offenbarung 12,3–4. Er raubt der Kirche den Geist der Demut und Armut.
136 *von den Federn:* den irdischen Gütern und der Gier nach ihnen.
143/146 Also sieben Köpfe und zehn Hörner (vgl. dazu Inf. XIX 109ff.). Der Wagen nimmt also die Form des Tieres aus der Geheimen Offenbarung an (17,1–18). Die sieben Köpfe sind die sieben Hauptlaster: Hochmut, Zorn, Geiz, Neid, Wollust, Trägheit und Gaumenlust. Da sich die ersten drei Laster gegen Gott *und* den Nächsten richten, tragen sie zwei Hörner, die anderen je eines.
149 *eine lose Dirne:* Symbol der römischen Kurie zur Zeit Dantes, besonders unter Bonifaz VIII. und Clemens V. Wegen der Herkunft der Bilder vgl. Geheime Offenbarung 17,1–18.
152 *einen Riesen:* die Könige von Frankreich, besonders Philipp der Schöne.
154/155 Anspielung auf die Verhandlungen Bonifaz' VIII. mit König Karl von Neapel, mit König Friedrich von Sizilien und besonders mit Albrecht von Österreich.
156 Anspielung auf die Mißhandlung des Papstes Bonifaz VIII. durch Philipp den Schönen in Agnani (vgl. Purgatorio XX 86ff.).
158/160 Anspielung auf die unter Clemens V. erfolgte Verlegung des päpstlichen Sitzes nach Avignon (1304).

## Dreiunddreißigster Gesang

1 *Deus, venerunt gentes:* »O Gott, die Heiden sind gedrungen in dein Erbe« (Ps. 78,1).
3 *die Frauen:* Die Tugenden.
10/12 »Noch eine kleine Weile, und ihr seht mich nicht mehr; und wiederum eine kleine Weile, und ihr seht mich wieder«, Worte Christi beim Letzten Abendmahl (Johannes 16,16). – Hier bedeuten diese Worte das Vertrauen auf die Rückkehr des Papstes nach Rom als seinem gottgewollten Sitz und auf die innere Erneuerung der Kirche an Haupt und Gliedern.
15 *die Frau:* Matelda.
15 *den Weisen:* Statius.
34/35 Vgl. Geheime Offenbarung 17,8. – Nach Dantes Auffassung war das Papsttum in Avignon nicht rechtmäßig, Bonifaz VIII. und Clemens V. keine rechtmäßigen Nachfolger des Hl. Petrus.
35 *der Schuldige:* Philipp der Schöne.
38 *der Adler:* das Kaisertum. – In Dantes Augen galt der Kaiserthron so gut wie unbesetzt vom Tode Friedrichs II. bis zur Wahl Heinrichs VII., auf welch letzteren er große Hoffnungen gesetzt hatte.
39 die verweltlichte Kirche.
43 *Fünfhundertfünfzehn:* Die Zahl enthält in Anlehnung an die geheimnisvollen Zahlen der Geheimen Offenbarung (13, 18) eine sehr umstrittene Symbolik. Aus der Lateinisch geschriebenen Zahl 515 = DXV läßt sich DVX = »Führer« herstellen. Dieser Führer wird viel-

fach identifiziert mit dem Veltro (Inf. I 100 bis 111). Ob hier an eine bestimmte Person zu denken ist, und wenn ja an welche, ist ebenso umstritten wie die Deutung der Veltro-Stelle.

47 *Themis:* Tochter des Uranos und der Gaia, war ebenso wie die Sphinx von Theben, die von Ödipus besiegt wurde, wegen der Dunkelheit ihrer Rätsel berühmt.

49/50 Ödipus, der das Rätsel der Sphinx löste, war der Sohn des Laius. – Die bald eintretende Verwirklichung meiner Prophezeiung wird alle sehend machen.

51 Aus Zorn darüber, daß Ödipus das Rätsel der Sphinx gelöst hatte, sandte Themis den Thebanern einen Wolf, der ihre Herden heimsuchte und ihre Felder verwüstete.

57 *zweimal:* das erste Mal von Adam, das zweite Mal von dem Riesen.

61 *die erste Seele:* Adam. – Dante hält sich an die Chronologie des Eusebius, demzufolge Christus 5200 Jahre nach Erschaffung der Erde geboren wurde.

63 Christus sühnte die Schuld Adams.

68 *Elsawasser:* Die Elsa ist ein kleiner Nebenfluß des Arno. Ihr Wasser ist stark kohlensäure- und kalkhaltig, so daß es eingetauchte Gegenstände mit einer Schicht überzieht.

69 Purgatorio XVII 37ff.

70/72 d.h. du würdest erkannt haben, daß Gott die Unverletzlichkeit des Kaisertums und den Respekt vor ihm gewollt hat.

78 *gleich einem Pilgerstabe:* mit dem man nachweisen konnte, daß man im Heiligen Land gewesen war.

85 *jene Schule:* der menschlichen irdischen Wissenschaft, der sich Dante nach Beatrices Tod ergeben hatte.

92 *euch:* d.h. der Theologie.

104/105 Die Mittagsstunde ist in den einzelnen Ländern verschieden.

112/114 Dante steht vor der Quelle, aus der, nach verschiedenen Richtungen fließend, Lethe und Eunoe entspringen. Dieser gemeinsame Ursprung wird verglichen mit der Quelle, aus der nach Dantes Ansicht, der hierin Boethius folgt, Euphrat und Tigris gemeinsam entspringen.

119/121 d.h. wie jemand, der einen Vorwurf zurückweist, der ihn nicht betrifft.

124 *eine größre Sorge:* nämlich die konzentrierte Aufmerksamkeit auf Beatrice und ihre Worte, die Prozession und die Vorgänge um den Baum und den Wagen.

139/141 Dante achtet streng auf rein symmetrischen Aufbau der Komödie, die, außer dem Aufgesang zu dem ganzen Werk am Anfang, in jeder Cantica 33 Gesänge umfaßt.

145 *Sterne:* mit diesem Wort enden alle drei Cantiche.

## DAS PARADIES

### Erster Gesang

13 *Apollo:* Gott der Dichtkunst und Führer der Musen.

17 *mit beiden:* Der Parnaß hatte zwei Gipfel; der eine war der Sitz der Musen, der andere der Apolls. Bisher kam Dante mit dem Beistand der Musen allein aus, jetzt bedarf er noch der Hilfe Apolls.

20 *Marsyas:* Apollo hatte einst den Satyr Marsyas, der ihn anmaßend zum Wettgesang herausgefordert hatte, besiegt und ihm zur Strafe die Haut abgezogen.

23 *den Schatten:* d.h. das nur schwache Bild, das mir verblieben ist.

25 *dein geliebtes Holz:* d.h. den Lorbeer.

28 *Vater:* Apoll galt als Vater der Helden, der Dichter und der Seher.

32 *Der Daphne Blätter:* der Lorbeer. – Daphne war in einen Lorbeerbaum verwandelt worden.

36 *Cirrha:* Name des einen Parnaßgipfels, auf dem Apollo wohnte. Hier für Apollo selbst.

37/38 Die Menschen sehen die Sonne, je nach der Jahreszeit, an verschiedenen Punkten des Horizontes aufgehen.

39 *zu drei Kreuzen:* wird verschieden gedeutet. Gewöhnlich nimmt man die Stelle an, an der Horizont, Tierkreis, Äquator und Äquinoktialkolur sich schneiden und dadurch drei Kreuze bilden. Gemeint ist also der Punkt, an dem die Sonne zu Frühlingsanfang aufgeht. Die Sonne steht dann im Widder, dessen Bahn als die beste bezeichnet wird, da sie die schönen Tage bringt und weil der Widder das Sternbild ist, das nach ma. Auffassung bei der Erschaffung der Welt leuchtete. Von seinen Sternen gehen gute Einflüsse auf die Menschen aus. – Im allegorischen Sinne ist unter der Sonne die Gnade Gottes, unter den vier Kreisen und drei Kreuzen sind die sieben Kardinaltugenden zu verstehen; das Zusammentreffen der Gnade und Tugend versinnbildlicht die von den Menschen verlangte Mitarbeit mit der göttlichen Gnade.

43 *drüben:* im irdischen Paradies.

43 *hier:* auf unserer Hemisphäre.

48 nach Aristoteles kann der Adler als einziges irdisches Lebewesen direkt in die Sonne schauen.

49/50 so wie ein Lichtstrahl, der von oben kommt, vom Spiegel wieder in Richtung nach oben zurückgeworfen wird.

55 *dort:* im irdischen Paradies.

68 *Glaucus:* Fischer aus Böotien, der sich durch den Genuß eines Wunderkrautes in einen Meergott verwandelte.

73/75 d.h. daß ich nicht nur mit der Seele, sondern auch mit dem Leib im Paradiese weilte, weißt Du, o Gott. – Die Seele wird »neugeschaffen« genannt, weil sie von Gott dem Menschen im Mutterleib, nachdem der Körper sich schon gebildet hat, eingehaucht wird.

76/77 d.h. »als ich meine Aufmerksamkeit auf die Himmel lenkte, die Du, o Gott, ewig in Bewegung hältst«.

80/81 d.h. weder ein Regen noch ein Fluß hat je einen See von solcher Ausdehnung gebildet, wie die Flut des Lichtes dort war.

92 *von dem eignen Ursprung:* d.h. vom Feuerhimmel.

99 *durch diese leichten Körper:* d.h. durch die Luft-, Äther- und Feuersphäre.

103/105 Gott ist die vollkommene Ordnung. Die Ordnung im Weltall ist sein Abbild.

106 *die hohen Wesen:* d.h. die vernunftbegabten Wesen (Engel und Menschen) sehen in der Weltordnung das Abbild Gottes, des letzten Zieles aller Dinge.

111 *näher oder ferner:* je nachdem sie Gott näher oder ferner sind.

115 ein Trieb regelt das Brennen des Feuers, das immer nach oben, in Richtung auf die Feuersphäre strebt.

116 dem Zusammenhang nach zu schließen, denkt Dante hier wohl nicht an die Menschen, sondern an den Instinkt der Tiere.

117 die Schwerkraft.

118/119 *ferne von dem Verstande:* d.h. die vernunftlosen Lebewesen.

119 d.h. der von der göttlichen Ordnung in alle Wesen hineingelegte natürliche Trieb.

122/123 das Empyreum, der Sitz Gottes und der Seligen, bewegt sich nicht; aber der Himmel unter ihm, das Primum Mobile, dreht sich am raschesten von allen Himmelssphären.

124 *dorthin:* d.h. nach dem Empyreum, dem gottgewollten Ziel aller Menschen.

126 Der natürliche Instinkt weist alle Lebewesen auf Gott hin, dem letzten Ziel und der vollkommenen Freude.

130/132 Der von Gott in den Menschen gelegte Trieb zwingt den Menschen nicht und schließt seine Willensfreiheit nicht aus.

133/135 Die natürlicherweise auf Gott hinzielende Anlage des Menschen kann sich, verlockt von falschen Freuden, der Erde zuwenden, so wie der Blitz, obwohl aus der Feuersphäre stammend und seiner natürlichen Anlage für diese bestimmt, manchmal zur Erde niederfährt.

## Zweiter Gesang

1 *in einem kleinen Kahne:* d.h. mit geringen philosophischen und theologischen Kenntnissen.

9 d.h. weisen mir die Richtung.

11 *nach dem Brot der Engel:* d.h. nach der Theologie.

12 *hier:* auf Erden.

18 Jason, der Führer der Argonauten, mußte, um in den Besitz des Goldenen Vlieses zu gelangen, einen Acker mit zwei von ihm gezähmten Stieren pflügen, die aus ihren Nüstern Feuer sprühten.

20 *nach jenem gottgestalteten Reiche:* dem Empyreum.

30 *zum ersten Sterne:* dem Mond, der von der Erde aus gesehen der erste Stern ist.

31 *als ob uns eine Wolke deckte:* nämlich als wir in das Innere des Mondes eintraten.
34 *die ewige Perle:* der Mond.
38 d.h. wie ein Körper, ohne sich zu öffnen, einen anderen Körper in sich aufnehmen konnte.
41 *die Sehnsucht:* die Sehnsucht, Christus zu sehen, in dem die göttliche Natur sich mit der menschlichen verbunden hat.
47 *ihm:* Gott.
49/51 Dante fragt nach den Mondflecken. Sie bilden eine menschenähnliche Gestalt mit einem Dornenbüschel auf dem Rücken, die man als Kain deutete (vgl. Inf. XX 126).
59/60 das war die Ansicht des Averroes und nach ma. Anschauung auch die Meinung des Aristoteles.
64 *die achte Sphäre:* der Fixsternhimmel.
65/66 d.h. man unterscheidet die Sterne nach Lichtstärke und Farbe.
73/78 d.h. a) entweder müßte der Mond an einigen Stellen sehr dünn sein (also etwa Löcher haben) oder b) es müßte jeweils eine dünne (und damit für das Licht durchdringbare) Schicht über einer undurchsichtigen, dichten Schicht gelagert sein, so wie das Fett eine Schicht über dem Mageren bildet oder wie die Seiten eines Buches übereinander gelagert sind.
88/90 d.h. wenn die dünne Schicht nicht von der einen zur anderen Seite, also durch das ganze Volumen des Mondes hindurch reicht, dann muß irgendwo die undurchsichtige, dichte Schicht kommen, die das Licht am weiteren Vordringen hindert und es wie das Blei hinter dem Glase des Spiegels zurückwirft.
91/93 zu verstehen: Nun wirst du (wie Avicenna) sagen, daß die Mondflecken dadurch zustande kommen, daß das Licht an manchen Stellen von einer dichten Schicht nahe der Oberfläche des Mondes zurückgeworfen wird, während es an anderen Stellen tiefer in den Mond eindringt, bis es auf eine undurchsichtige Schicht stößt. In dem letzteren Falle, meinst du, ist das reflektierte Licht schwächer.
96 *von Euren Künsten:* der menschlichen Wissenschaften.
112 *im Innern:* dem Empyreum.
113 *dreht sich ein Körper:* das Primum Mobile, in dessen Kraft das Sein aller Dinge, die vom Primum Mobile umschlossen werden, seine Grundlage hat.
115/117 Der Fixsternhimmel teilt die Kraft, die er vom Primum Mobile (9. Himmel) empfängt, seinen eigenen Sternen, die zwar in ihm enthalten, aber nicht mit ihm identisch sind, mit.
118/120 Die übrigen Sphären müssen, unter Wahrung der ihnen zukommenden Unterschiede, die ihnen von der jeweils höheren Sphäre verliehene Kraft gemäß ihren jeweiligen Aufgaben und Anlagen, die sie zu verwirklichen haben, verwenden.
122 *die Glieder dieser Welt:* die Himmelssphären, durch die die Welt gelenkt wird.
129 *den seligen Bewegern:* d.h. den Engeln, denen die Leitung der einzelnen Sphären anvertraut ist, also den »bewegenden Intelligenzen«.

130 der Fixsternhimmel.

136/138 So wie die menschliche Seele den verschiedenen Gliedern des Leibes verschiedene Fähigkeiten verleiht (z. B. dem Auge das Sehen), so verteilt die bewegende Intelligenz ihre Kraft an die verschiedenen Sterne, ohne dabei jedoch ihre Einheit aufzugeben.

139/141 Die Kraft der bewegenden Intelligenz verbindet sich auf verschiedene Weise mit den Sternen, denen sie Leben verleiht, so wie die Seele dem Körper.

142 *aus frohem Ursprung:* nämlich von Gott, der die Freude ist.

143/144 *die Kraft:* nämlich die bewegende Intelligenz in ihrem Stern.

145 *von ihr:* d.h. von dem verschiedenen Grad der Durchdringung des körperlichen Sternes durch die bewegende Intelligenz, nicht von der jeweiligen physischen Dichte. Der verschiedene Grad der Durchdringung erklärt die verschiedene Leuchtkraft der einzelnen Sterne unter sich, aber auch die verschiedene Helligkeit einzelner Stellen innerhalb des gleichen Sternes wie beim Mond.

## Dritter Gesang

1 *Die Sonne:* Beatrice.

18 *Narziß:* Narziß hielt sein Spiegelbild für sein wirkliches Gesicht, Dante hingegen hält die wirklichen Gesichter, die er erblickt, für Spiegelbilder.

30 *hier:* im untersten Himmel, also in der Mondsphäre. – Es ist aber zu bedenken, daß alle Seligen ihren Sitz im Empyreum haben und Dante in den einzelnen Sphären nur erscheinen, um ihm eine Vorstellung von den verschiedenen Graden der Seligkeit zu geben.

32 *das wahre Licht:* d.i. Gott, der die Seligen keine Lüge sagen lassen wird.

37 *wohlgeborener:* d.h. »du, zu deinem Heil geborener Geist«.

43/44 unsere Liebe versagt sich deinem gerechten Wunsche nicht, genau so wie sich uns Gott, der die Liebe ist, nicht versagt.

44/45 Gott will, daß alle Seligen in Liebe ihm ähnlich sind.

49 *Piccarda:* Tochter des Simone (Inf. XXX 32), Schwester des Forese (Purg. XXIII 48) und des Corso Donati (Purg. XXIV 82 ff.), Klarissin, wurde von Corso gewaltsam aus dem Kloster entführt und gegen ihren Willen mit einem florentinischen Adeligen, Rossellino della Tosa, verheiratet.

51 *in der letzten:* d.h. in der untersten, der Mondsphäre.

66 *enger zu befreunden:* nämlich mit Gott.

95 *von dem Tuche:* allegorisch für das nicht bis zum Lebensende beobachtete Gelübde.

98 *eine Frau:* Die heilige Klara von Assisi (1194–1253) gründete auf Anraten des hl. Franz den Klarissenorden.

101 *dem Bräutigam:* Christus.

106/108 Um das Leben Piccardas nach der Entführung aus dem Kloster ranken sich verschiedene Legenden. Dante scheint jedenfalls zu glauben, daß Piccarda nicht mit äußerster Entschlossenheit ihr Gelübde verteidigt hat.

118 *Kaiserin Konstanze:* 1154–1198, Frau Kaiser Heinrichs VI. und Mutter Friedrichs II. Im MA glaubte man, sie sei mit Gewalt aus dem Kloster entführt und mit Kaiser Heinrich vermählt worden.

119 *aus dem zweiten Sturm:* wohl eine Anspielung auf die im ganzen kurze, aber mächtige Regierungszeit des Hohenstaufenhauses. Der erste Sturm ist Friedrich I. Barbarossa (1123–1190), der zweite dessen Sohn Heinrich VI. (1165–1197); dessen Sohn (mit Konstanze) ist Friedrich II. (1194–1250).

## Vierter Gesang

13/15 Der Prophet Daniel erriet den Traum Nebukadnezars, deutete ihn und besänftigte so den König, der in ungerechtfertigtem Zorne befohlen hatte, alle Traumdeuter seines Reiches zu töten. – In gleicher Weise errät Beatrice die Zweifel Dantes, löst sie und beruhigt so sein Gemüt.

22/24 Platon sagt im Timaios, daß die Seele, bevor sie in einen Körper eintritt, auf irgendeinem Stern existiert und daß sie nach dem Tode des Menschen wieder dorthin zurückkehrt.

28 *der Engel:* der höchste Seraph, der am tiefsten in die Gottanschauung versunken ist.

30 *den du dir wählst:* also entweder Johannes der Täufer oder der Evangelist Johannes.

31/32 d.h. alle Seligen sind im Empyreum.

33 weder hinsichtlich des Ortes noch hinsichtlich der gleich ewigen Dauer kennt ihre Seligkeit irgendwelche Unterschiede, sondern nur hinsichtlich des Grades der Mitteilung Gottes.

34 *die erste Sphäre:* das Empyreum.

39 *der ferne von dem höchsten:* d.h. also der niedrigste Grad der Seligkeit.

48 *der Tobias heilte:* Der Erzengel Raphael, der dem alten Tobias das Augenlicht wiederschenkte.

49 *Timäus:* die Hauptfigur in dem gleichnamigen Dialog Platons.

54 d.h. als sie in den Körper eintrat.

58/60 Wenn Plato damit sagen will, daß nach dem Tode des Menschen die von den Sternen ausgehenden guten oder schlechten Einflüsse dorthin wieder zurückkehren, so mag er damit recht haben.

61/63 die irrige Anschauung, daß die Seelen selbst zu ihrem Sterne zurückkehren, veranlaßte die Menschen anzunehmen, daß hervorragende Wesen wie Jupiter, Merkur, Mars zu ihren Sternen wieder emporgestiegen seien.

66 *von mir:* d.h. von der Theologie weg. – Während die platonische Lehre, die auch von einzelnen christlichen Autoren wie Origenes und Prudentius vertreten worden war, von der Kirche im Jahre 540 verdammt worden ist, hatte sich das kirchliche Lehramt noch nicht bin-

dend über die Verletzung des Gelübdes im Falle höherer Gewalt ausgesprochen.

67 *unsere:* d. h. des Himmels.

79/80 Die Seelen der Mondsphäre sind dadurch unvollkommen, daß sie der Gewalt in einem gewissen Maße auch innerlich gehorchten, indem sie nicht wieder in das Kloster zurückkehrten.

83 *Laurentius:* Der Martyrer Laurentius hat, obwohl auf dem glühenden Roste liegend, in nichts dem Willen seiner Henker nachgegeben.

84 *Mutius:* M. Scaevola legte seine rechte Hand in ein glühendes Kohlenbecken, um sie dafür zu bestrafen, daß sie den Todesstoß gegen Porsenna verfehlt hatte.

95 vgl. Par. III 32.

98 vgl. Par. III 118.

103/104 vgl. Inf. XX 31ff.; Purg. XII 49ff.

107/108 d. h. wenn zu der fremden Gewalt eine auch noch so geringe Einwilligung von seiten des die Gewalt Erleidenden kommt, ist letzterer nicht ganz frei von Schuld.

109 d. h. im Falle der Konstanze richtet sich der absolute Wille nicht auf das Böse (absichtlich Böses wollte sie ja nicht tun), doch hat ihr respektiver Wille aus Furcht vor einem größeren Übel, dem kleineren zugestimmt.

115 *jenes heiligen Wassers:* der heiligen Wahrheit, wie sie von Beatrice dargelegt wurde.

116 löste meine beiden Zweifel.

118 *des ersten Liebenden:* Gottes.

125 *die Wahrheit:* Gott, in dem alle Wahrheit ist.

## Fünfter Gesang

1/6 Je mehr das Auge der Seligen Gottes Herrlichkeit erkennt, desto heller strahlt es davon wider. Der Glanz in Beatrices Augen nimmt mit dem Steigen der Kreise zu.

15 *aus dem Streite löse:* d. h. vor dem Zorne Gottes bewahre.

32 *den vernunftbegabten Wesen allen:* den Engeln und Menschen.

29 *jener große Schatz:* d. h. der freie Wille.

35 die Kirche kann von Gelübden befreien.

44 *die Sache:* d. h. der Gegenstand des Gelübdes, z. B. Jungfräulichkeit, Demut usw.

49/51 Bei den Juden war das Opfer als solches vorgeschrieben, doch konnte in bestimmtem Umfang die Opfergabe gewechselt werden. Vgl. Lev. Kap. 27.

56/57 *ohne Drehung des Schlüssels:* d. h. ohne Erlaubnis durch die Kirche. – Wegen der Schlüssel vgl. Purg. IX 117ff.

59/60 d. h. wenn der neue Gegenstand des Gelübdes nicht größer ist als der frühere, so wie 6 größer ist als 4.

61/62 nämlich z. B. nach Ansicht Dantes das Gelübde der Jungfräulichkeit.

66 *Jephta:* Einer der Richter Israels. Er hatte, um den Sieg über die Ammoniter zu erringen, gelobt, Gott das erste Lebewesen, das bei seiner siegreichen Heimkehr aus seinem Hause ihm entgegenkomme, zu opfern. Es war dies sein einziges Kind, seine Tochter. – Mit den Kirchenvätern glaubte Dante, daß Jephta seine Tochter als Brandopfer dargebracht habe, doch gibt der Text (Richt. Kap. 11) der moderneren Interpretation Raum, daß Jephtas Tochter als Jungfrau dem Dienste Gottes geweiht wurde.

69 *der Griechen Großfürst:* Agamemnon opferte seine Tochter Iphigenie, um von den Göttern günstigen Wind für seine Fahrt nach Troia zu bekommen.

71 *Weise sowie Narren:* ein sprichwörtlicher Ausdruck für »alle«.

73 *euch zu rühren:* d.h. Gelübde zu machen.

75 nicht jedes Gelübde wird von Gott angenommen und nicht jedes sichert euch seine Barmherzigkeit.

79 *wenn böse Habgier:* wie im Falle Jephtas und Agamemnons, die ihre Gelübde um irdischer Vorteile willen machten.

81 *die Juden:* deren Gesetzgebung hinsichtlich der Gelübde genaue Vorschriften aufstellte.

87 *dort:* nach oben, in Richtung auf die Sonne.

93 *zum zweiten Reiche:* zum Himmel Merkurs.

121 *von einem:* nämlich von Kaiser Justinian; vgl. Par. VI 10.

128 *in dieser Sphäre:* nämlich des Merkur, dessen Licht, von der Sonne überstrahlt, nur selten auf Erden sichtbar ist.

## Sechster Gesang

1 Konstantin der Große verlegte den Sitz der römischen Macht nach Konstantinopel.

1 *den Adler:* Symbol und Feldzeichen Roms.

2 *des Himmels Lauf entgegen:* d.h. von West nach Ost.

3 der römische Adler war Aeneas, dem Gemahl der Latinustochter Lavinia, von Troia nach Italien gefolgt.

4 *hundert Jahre:* Aus dem Original ist zu entnehmen, daß Dante an mehr als 200 Jahre dachte. – Konstantinopel wurde Sitz der römischen Macht im Jahre 330, die Thronbesteigung des hier sprechenden Justinian erfolgte 527, seine ersten Eroberungen auf weströmischem Gebiet fallen aber erst in das Jahr 536, also insgesamt 206 Jahre später. – Geht man von der Gründung Konstantinopels (im Jahre 326) aus, so ergeben sich 201 Jahre.

5 *an Europas Grenzen:* der Bosporus galt als Grenze Europas.

6 *den Bergen:* d.i. den Bergen von Troia.

8 *von Hand zu Hand:* d.h. ein Kaiser folgte dem anderen.

10 im Himmel gibt es keine weltlichen Würden mehr, dagegen bleibt der Taufname.

10 *Justinianus:* Kaiser von 527 bis 565, kämpfte siegreich gegen die Van-

dalen und Ostgoten, besorgte die berühmte Gesetzessammlung, die nach ihm Codex Iustiniani benannt wird.

11 *nach der ersten Liebe Willen:* unter dem Beistand des Hl. Geistes.

13/15 Nach Auffassung des MA soll Justinian unter dem Einfluß seiner Gemahlin Theodora Anhänger der Sekte der Monophysiten gewesen sein, die in Christus nur eine, nämlich nur die göttliche Natur annahmen.

16 *der heilige Agapet:* der erste dieses Namens; Papst von 533 bis 536. Er starb in Konstantinopel, wohin er sich begeben hatte, um einen Frieden zwischen dem Ostgotenkönig Theodat und Justinian zustande zu bringen.

19 *was sein Glaube sagte:* nämlich die gott-menschliche Natur Christi.

21 aus dem Widerspruch zweier sich widerstreitender Urteile kann die menschliche Vernunft erkennen, daß eines richtig, das andere falsch sein muß.

22 *mit der Kirche eins geworden:* d.h. die Lehre der katholischen Kirche hatte.

24 *zum hohen Werk:* nämlich zur Gesetzessammlung.

25 *Belisar:* der berühmte Feldherr Ostroms (505–565); er vertrieb die Goten aus Italien. – Daß ihn Justinian später einsperren ließ und sich damit höchst undankbar zeigte, scheint im MA nicht bekannt gewesen zu sein, ebensowenig wie die Tatsache, daß der eigentliche Reformator des römischen Rechtes Tribonian gewesen ist, der im Auftrage Justinians arbeitete.

27 *daß ich still mich halten sollte:* daß ich mich nur den Künsten des Friedens widmen sollte.

28 *auf die erste Frage:* nämlich Par. V 127.

32 *jenes heilige Zeichen:* den Adler als Symbol des Kaisertums.

33 *wer es sich anmaßt:* die Ghibellinen, die den Kaiseradler im Wappen führten.

33 *wer ihm widerstreitet:* die Guelfen.

36 *Pallas:* Sohn Evanders, des Königs von Latium, Freund und Verbündeter des Aeneas; er fiel durch die Hand des Turnus.

37 *Alba:* Alba Longa in Latium, der Sage nach vom Sohne des Aeneas, Ascanius, gegründet, galt als die Mutter Roms.

38/39 *bis zum Tage:* Bis zum Kampf der drei Curiatier und der drei Horatier. Infolge des Sieges der römischen Horatier fiel die Macht an Rom.

40/42 d.h. du kennst die Entfaltung der römischen Macht unter den sieben Königen vom Raub der Sabinerinnen an (unter Romulus, dem ersten römischen König) bis zum Freitod der Lukretia (vgl. Inf. IV 128), der zur Vertreibung des letzten römischen Königs, Tarquinius Superbus, führte.

44 *Brennus:* der Führer der Gallier bei deren Überfall auf Rom.

44 *Pyrrhus:* König von Epirus, der die Tarentiner im Krieg gegen Rom unterstützte.

46 *Torquatus:* Titus Manlius Torquatus, Sieger über die Gallier und Latiner.

46 *Quintius:* Quintius, nach seinem krausen Haar Cincinnatus (lateinisch cirrus = Locke) benannt, der berühmte Diktator, der vom Pfluge weg an die Spitze des Staates berufen wurde.

47 *Decier:* gemeint sind die drei berühmten Feldherren aus dem Hause der Decier, die sich für das Vaterland opferten: P. Decius Mus fiel im Kampf gegen die Latiner, sein Sohn im Kampf gegen die Samniten, dessen Sohn wiederum kämpfte gegen Pyrrhus und die Sklaven.

47 *Fabier:* die dreihundert Patrizier aus dem Hause der Fabier, die an der Cremera fielen (477), und andere Mitglieder des Geschlechts. Der bekannteste unter diesen ist Qu. Fabius Maximus Cunctator, der durch seine hinhaltende Strategie den entscheidenden Sieg Hannibals in Italien verhinderte.

49 *der Araber:* d.h. der Karthager.

51 der Po entspringt am Monviso, der zu den Cottischen Alpen gehört.

52 Scipio Africanus (d.Ä.) kämpfte mit 17 Jahren gegen Hannibal am Ticinus, mit 19 Jahren bei Cannae, mit 20 Jahren eroberte er Spanien, mit 33 Jahren trug er den endgültigen Sieg über Hannibal davon. – Pompeius wurde mit 25 Jahren die Ehre des Triumphes zuerkannt.

54 Pompeius soll als Feldherr bei der Belagerung und Zerstörung Fiesoles (über Florenz) beteiligt gewesen sein. Fiesole galt als Zentrum der Catilinarier.

55/56 *um die Zeit...:* nicht allzu lange vor der Menschwerdung Christi.

58/60 die Eroberung Galliens durch Caesar. Der Varus (Var, bei Nizza ins Meer mündend) war der Grenzfluß zwischen den beiden Gallien.

61 nach dem Sieg in Gallien verweilte Caesar einige Zeit in Ravenna und überschritt dann den Rubico.

64 *nach Spanien:* Caesars Kampf gegen die Pompeianer in Spanien.

65 *Durazzo:* Stadt in Illyrien, in der Caesar von den Pompeianern belagert wurde.

65 *Pharsalus:* in Thessalien, wo Caesar dem Pompeius die entscheidende Niederlage beibrachte.

66 als Folge der Niederlage wurde Pompeius in Ägypten, wohin er sich geflüchtet hatte, verräterisch ermordet.

67 *Simois:* Stadt und Fluß bei Troia, die Caesar nach dem Tode des Pompeius aufgesucht haben soll.

68 von Antandros aus stach Aeneas in See.

69 Caesar entthronte den Ägypterkönig Ptolemäus und setzte dessen Schwester Kleopatra als Königin ein.

70 Caesars Kampf gegen Juba, den König von Mauretanien, der die Sache der Pompeianer begünstigt hatte.

71 *in euren Westen:* nach Spanien. Dort besiegte Caesar die Reste der Pompeianer bei Munda (45 v.Chr.).

73 *beim nächsten Träger:* Octavianus Augustus; er rächte den Tod Caesars an dessen beiden Mördern Brutus und Cassius (vgl. Inf. XXXIV 64ff.).

75 Bei Modena besiegte Augustus den Marcus Antonius, bei Perugia dessen Bruder Lucius und suchte beide Städte schwer heim (41 v.Chr.).

79 Augustus eroberte Ägypten und gelangte so bis zum Roten Meer.

80 *so großen Frieden:* die berühmte Pax Augusta.
81 Der Janustempel auf dem Forum in Rom wurde nur geschlossen, wenn Rom mit keinem Volke Krieg führte.
83 *zuvor und später:* d.h. vor und nach dem dritten römischen Kaiser, nämlich Tiberius, unter dem Christus starb.
88 *das lebendige Recht:* die göttliche Gerechtigkeit.
90 d.h. den gerechten Zorn Gottes durch den Erlösertod Christi zu besänftigen.
92/93 Der Tod Christi war im Rahmen des Heilsplanes gerecht und von Gott gewollt; er war notwendig für die Erlösung der Menschheit. Der höchste Ruhm des römischen Adlers ist es, Werkzeug des göttlichen Willens und damit der Erlösung gewesen zu sein. Gleichzeitig aber war die Kreuzigung Christi die schwerste Sünde der Menschen, und deshalb gereicht es Rom zum Ruhme, daß es unter Titus Jerusalem zerstörte, worin man im MA die Strafe für die Kreuzigung Christi durch die Juden erblickte.
93 die alte Sünde ist die Schuld Adams; die Rache an ihr der Erlösertod Christi.
95/96 Von Papst Hadrian I. gerufen, zog Karl nach Italien und besiegte den Langobardenkönig Desiderius (773). – Karl war damals zwar noch nicht Kaiser, doch sieht Dante in ihm den de-jure-Erben des römischen Imperiums.
97 *über jene:* Die Guelfen und Ghibellinen. – Vgl. oben Vs. 31ff.
101 *die Lilien:* Wappen der Guelfen, deren Haupt damals Karl II. von Anjou war.
107 *die Krallen:* d.h. die kaiserliche Macht.
110/111 der Adler, der Vogel Gottes (siehe oben Vs. 4), wird immer das Symbol der gottgewollten universal-kaiserlichen Macht bleiben.
112 *den kleinen Stern:* Merkur.
125 *verschiedne Orte:* d.h. verschiedene Grade der Seligkeit.
127 *in dieser Perle:* der Merkur.
128 *Romieu:* de Villeneuve, Graf der Provence (etwa 1170–1250), erster Minister des Raimund Berengar IV. von Provence und nach dessen Tod Vormund der jüngsten Tochter Berengars, Beatrix. – Der Sage nach ist Romieu als Pilger an den Hof der Provence gekommen, hat dort die Staatsgeschäfte in Ordnung gebracht und die vier Töchter Berengars an vier Könige verheiratet. Auf Grund von Verleumdungen soll er vertrieben worden und in Armut gestorben sein.
133 Margarete, Eleonore, Sanzia, Beatrix waren verheiratet mit Ludwig IX. von Frankreich, Heinrich III. von England, Richard von Cornwallis (1257 zum deutschen König gewählt), Karl I. von Anjou.
136 *ihn:* Berengar.
137 *von dem Gerechten:* Romieu.
138 der ihm großen Gewinn verschafft hatte.

## Siebenter Gesang

1/3 *Osanna ...:* »Gegrüßet seist Du, heiliger Gott der Heerscharen, der Du mit Deinem Glanz die seligen Feuer (d.i. die Engel und Heiligen) dieser Reiche von oben her erfüllst.«

5 *jenes Wesen:* Justinian.

6 wohl eine Anspielung auf Justinians doppelte Eigenschaft als Gesetzgeber und Kaiser.

17/18 vgl. Purg. XXVII 52ff.

19 Die Seligen im Paradies sind vom Irrtum ausgeschlossen.

20/21 vgl. Par. VI 88–93.

25 *jener Mensch:* Adam.

35 *vereint mit ihrem Schöpfer:* d.h. vor dem Sündenfall.

37 *durch sich selber:* durch die Sünde, deren die menschliche Natur fähig war.

39 *von ihrem Leben:* d.h. von Gott.

40/42 Der Sühnetod Christi war gerecht im Hinblick auf die von ihm angenommene menschliche Natur, die sich ja durch den Sündenfall Gott entfremdet hatte.

43/45 Im Hinblick auf die gott-menschliche Person Christi aber war der Kreuzestod ein Verbrechen, da weder die menschliche noch die göttliche Person des Erlösers Strafe verdiente.

50 *die gerechte Rache:* der für die Erlösung der Menschheit gottgewollte Sühnetod Christi.

51 *beim rechten Hofe:* d.h. durch Titus, dem Zerstörer Jerusalems, zu dessen Rechtsbereich Jerusalem gehörte.

61 *auf dieses Zeichen:* gemeint ist das Dogma der Menschwerdung Christi und seines Erlösertodes.

71/72 *den Kräften der neuen Dinge:* dem Einfluß der Gestirne oder überhaupt der wandelbaren Akzidenzien.

68/75 Anspielung auf die drei Vorrechte des Menschen; er ist unmittelbar von Gott geschaffen und daher unsterblich (Vs. 68); er hat einen freien Willen (Vs. 71), er ist nach Gottes Bild und Gleichnis geschaffen (Vs. 73–75) und daher Gott besonders wohlgefällig.

82 *seine Würde:* d.h. seine Unsterblichkeit, Freiheit und Gottähnlichkeit.

85 *in ihrem Samen:* Adam.

105 *auf eine oder beide Weisen:* entweder mit der Barmherzigkeit allein oder mit Barmherzigkeit und Gerechtigkeit.

110 *auf allen ihren Wegen:* die beiden genannten Wege.

112 d.h. vom ersten Tag der Schöpfung bis zum letzten Abend des Weltgerichts.

124/129 siehe oben Vs. 67ff.

130 *das reine Leben:* die Himmelssphären, die nach scholastischer Lehre unvergänglich sind.

132 *in ihrem ganzen Wesen:* d.h. ganz und gar unmittelbar von Gott geschaffen, ohne Einwirkung von Zweitursachen.

135 *von geschaffner Kraft:* also nicht unmittelbar von Gott, sondern auf dem Wege über eine von Gott geschaffene Kraft.

142 *euer Leben:* die menschliche Seele wird von Gott in einem unmittelbaren Schöpfungsakt geschaffen.

145/148 auch der menschliche Leib wird nach der Auferstehung unvergänglich sein, da Gott den Adams und Evas selbst und unmittelbar geschaffen hat.

## Achter Gesang

1 *in ihren Unglückszeiten:* d.h. vor ihrer Erlösung.

9 Nach Vergil saß Cupido in der Gestalt des Aeneassohnes Ascanius auf dem Schoß der Karthagerkönigin Dido, um diese zur Liebe zu Aeneas zu entflammen.

10 *von ihr:* Venus.

15 Beatrices Schönheit wächst im Maße, in dem sie sich Gott nähert.

17/18 wenn eine Stimme den Ton hält, während andere ihn modulieren.

19 *andre Lichter:* strahlende Seelen.

21 d.h. gemäß ihrer graduell verschiedenen Gottanschauung.

27 *mit den Seraphinen:* d.h. im höchsten Himmel; alle Seligen haben ihren Sitz im Empyreum. Sie kommen Dante nur in den einzelnen Himmelskreisen entgegen.

32 *eines:* einer der Engelchöre. – Nach scholastischer Auffassung werden die einzelnen Sternsphären von je einem der neun Himmelschöre geleitet und bewegt.

37 *den dritten Himmel:* d.h. den Himmel der Venus. – Der Vers ist der Beginn einer Canzone Dantes.

46/48 Das Licht dieser Seele wächst aus Freude darüber, nunmehr einen Liebesdienst erweisen zu dürfen.

49 es spricht Karl Martell, der Erstgeborene Karls II. von Anjou, geb. 1271, zum König von Ungarn gekrönt 1290, gest. 1295. – Dante hatte ihn wohl persönlich 1294 in Florenz kennengelernt.

55 entweder darf man eine freundschaftliche Bekanntschaft zwischen den beiden annehmen, oder es ist ein Hinweis auf die große Beliebtheit, deren Karl Martell sich bei den Florentinern erfreute.

57 *mehr als nur das Laub:* nicht nur unbestimmte Hoffnungen, sondern auch Früchte.

59 *die Sorga:* Die Sorgue entspringt in Vaucluse und mündet etwas nördlich von Avignon in die Rhone. – Das Ganze ist eine Umschreibung für das Gebiet der Provence, das Karl Martell als Erbe zugefallen wäre.

61/63 gemeint ist das Königreich Neapel, das durch die genannten Städte und durch die beiden Flüsse näher bezeichnet wird.

65 *von jenem Lande:* Ungarn.

70 Die Küste von Catania zwischen dem Kap Pachino (heute Passero) im Süden und dem Peloro (heute Faro) im Norden leidet unter Schwefeldämpfen, die der Ostwind vom Ätna herführt; Dämpfe also, die, wie Dante sagen will, einen geologischen Ursprung haben, nicht wie die

Legende erzählt, von dem noch halb lebendigen Riesen Tiphäus (vgl. Inf. XXXI 124), der von Jupiters Blitz getroffen mit dem Ätna zugedeckt worden ist, herrühren.

71/72 Sizilien hätte auf seine rechtmäßigen Könige warten können, die ich ihm als Sohn Karls II. von Anjou und als Schwiegersohn Rudolfs von Habsburg hätte geben können.

73/75 d.h. wenn nicht die Gewaltherrschaft Karls I. von Anjou zur Sizilianischen Vesper (1282) geführt hätte, die ihren Ausgang in Palermo nahm und die Lostrennung Siziliens vom Königreich Neapel zur Folge hatte.

76/78 wenn mein Bruder Robert (der 1309 den Thron bestieg) jetzt schon sehen könnte, daß eine tyrannische Herrschaft immer zu Aufstand und endlich zum Verlust des Landes führt, würde er sich nicht aussaugerische katalanische Beamte mit nach Sizilien nehmen.

80 *sein volles Schifflein:* gemeint ist der Geiz Roberts oder die ohnehin schon angespannte Lage in Sizilien.

82 *von Natur:* d.h. von seinem Vater her.

83/84 Robert, von 1288 bis 1295 für seinen Vater als Geisel in Katalonien, brachte von dort verschiedene vornehme Freunde mit nach Sizilien, die als königliche Beamte das Land für ihre persönlichen Zwecke ausbeuteten.

93 d.h. wie gute Väter schlechte Söhne haben können.

95/96 d.h. du wirst die Wahrheit ebenso klar erkennen, wie du sie jetzt nicht erkennst.

98/99 *in diesen großen Körpern:* den Sternen.

101 *in jenem Geist:* d.h. in Gott, der die Wesen nicht nur hinsichtlich ihrer bloßen Existenz, sondern auch mit dem Ziele ihres Wohlergehens plant.

103/105 d.h. alles, was der Einfluß der Sterne vermag, steht in zielstrebigem Einklang mit der göttlichen Vorsehung.

109/110 die mit der Leitung der Himmelssphären betrauten Engelchöre.

116 Bürger im Sinne von Wesen, das auf Gesellschaft angewiesen ist (animal sociale).

117 *ich frage nicht nach Gründen:* da nur dies evident erscheint.

118/119 ist es denkbar, daß die menschliche Gesellschaft ohne soziale Arbeitsteilung bestehen kann?

120 *euer Meister:* Aristoteles, der in seiner Staatslehre und in seiner Ethik auf die Notwendigkeit verschiedener Berufe für die menschliche Gesellschaft hingewiesen hat.

125 *Melchisedek:* Priester wie Melchisedek aus Salem, eine Praefiguration Christi (vgl. Genes. XIV 18–20).

125/126 *wieder einer…:* Erfinder und Künstler wie Daedalus, der für sich und seinen Sohn Flügel anfertigte, beim Überfliegen des Meeres aber seinen Sohn Ikarus verlor. (Vgl. Inf. XVII 109ff. und XXIX 116.)

127/129 Die Wirkungskraft der Himmelssphären verteilt zwar ordnend die verschiedenen Berufe, doch ohne Rücksicht auf die Abkunft der einzelnen Individuen.

130/131 Obgleich Zwillinge, waren Esau und Jakob äußerlich wie in ihrem Innern grundverschieden. Schon im Mutterleib stießen sie sich, wie Genes. XXV 21–27 berichtet wird.

131 *Quirinus:* Beiname des Romulus. – Die Mutter des Romulus war vergewaltigt worden, und nachträglich hat man dann als Vater den Mars bezeichnet, um ihm eine hohe Abkunft zu geben.

136 was du vorher nicht verstanden hast, kannst du nun klar erkennen.

145/146 Anspielung auf Ludwig, einen Bruder des hier sprechenden Karl Martell, der Priester und Bischof wurde.

147 Anspielung auf seinen Bruder Robert, König von Neapel, der seiner Anlage und Tätigkeit nach eher zum Prediger als zum Herrscher bestimmt schien.

## Neunter Gesang

1 *Clemenza:* So hießen die Frau und die Tochter Karl Martells. Wer von beiden gemeint ist, bleibt strittig. Seine Frau starb schon 1295, seine Tochter lebte hingegen noch 1328.

3 Anspielung auf die betrügerische Verdrängung Karl Roberts, des Sohnes Karl Martells, vom Thron von Neapel durch dessen Onkel Robert.

9 *zu jener Glut:* Gott.

26 *Rialto:* die Hauptinsel Rialto steht hier für Venedig.

26/27 Umschreibung für das Gebiet der Mark Treviso.

28 *ein Berg:* der Colle di Romano, auf dem das Stammschloß Ezzelinos III. (vgl. Inf. XII 110) stand; unweit von Bassano.

29 *eine Fackel:* Ezzelino III.; vor der Niederkunft hatte seine Mutter geträumt, daß sie eine Fackel gebären werde, die die Mark Treviso verbrennen würde.

31 die hier sprechende Cunizza da Romano und Ezzelino III. sind beide Kinder Ezzelinos II. und der Adelaide degli Alberti, der dritten Frau Ezzelinos.

33 *dieses Sternes:* Cunizza hatte einen starken natürlichen Hang zur Liebe. Was sie dieser Anlage entsprechend durch irdische Liebe gesündigt hat, kann sie vergessen, denn ihre Liebesfähigkeit wandte sich schließlich Gott zu, der sie unter die Seligen aufnahm.

34/35 der Venus. – Cunizza, die im alten Florenz lebte, war durch ihre vielen Liebschaften, aber auch durch ihre Güte berühmt. Sie ist im Himmel, weil ihre Liebe den Weg zur christlichen Caritas, zur helfenden Liebe, fand.

37 *von diesem ... Steine:* gemeint ist der provenzalische Troubadour Folquet von Marseille. 1195 wurde er Zisterzienser, 1205 Bischof von Toulouse. Er predigte den Kreuzzug gegen die Albigenser. Gestorben 1231.

39/40 d.h. sein Ruhm wird lange dauern.

41/42 d.h. an Folquet kannst du sehen, daß große Taten langen Ruhm verdienen.

44 *Etsch und Tagliamento:* die Grenzflüsse der Mark Treviso im Westen und Osten.

47 *das Wasser:* der Bacchiglione.

48 die Stelle wird sehr verschieden ausgelegt. Vielleicht ist gemeint, daß die Paduaner, da sie sich gegen die Gerechtigkeit stellen, mit ihren Leichen den Fluß stauen, so daß er, ähnlich wie der Simois bei Troia, aus den Ufern treten und einen Sumpf bilden wird. Das wäre eine Anspielung auf die Niederlage der Paduaner durch Cangrande della Scala (1314).

49 *dort:* in Treviso.

50 *einer:* Rizzardo da Camino, Sohn des buon Gherardo (Purg. XVI 124), folgte seinem Vater in der Herrschaft und war kaiserlicher Statthalter. 1312 wurde er beim Schachspiel von Verschwörern ermordet.

53 *des ungetreuen Hirten:* Alessandro Novello, Bischof von Feltre von 1298 bis 1320, lieferte 1314 einige politische Flüchtlinge aus Ferrara, die bei ihm Schutz gesucht hatten, an die Ferraresen aus, von denen sie enthauptet wurden.

54 *Malta:* Gefängnis, wahrscheinlich am Bolsena-See.

59/60 diese gemeinen Taten werden gut passen zu der Verderbtheit der Mark Treviso.

61 *droben:* im Empyreum.

61 *Spiegel:* die bewegenden Intelligenzen, die wie Spiegel ihr Licht von Gott empfangen.

61 *Throne:* der Engelchor, der den Himmelskreis der Venus leitet, wird von den »Thronen« gebildet.

63 d.h. meine Voraussagen sind gut und damit wahr, weil alles Gute auch wahr ist, wie die Scholastik lehrt.

67 *das andre Freudenlicht:* Folquet.

70/72 Im Paradies äußert sich die Freude durch helleres Erstrahlen, auf Erden durch Lächeln; umgekehrt werden im Inferno die Schatten um so dunkler, je mehr sie Schmerz erleiden.

77 *der frommen Leuchten:* der Seraphim, die sechs Flügel haben.

82 *das größte Tal:* das Mittelmeer.

85/87 Dante folgt hier der Auffassung seiner Zeit und gibt infolgedessen die Ausdehnung des Mittelmeeres zu groß an. Es mißt der Länge nach nicht 90 Grad (d.h. den Unterschied zwischen Horizont und Mittagskreis), sondern nur etwa 41 Grad.

92 *Bugea:* Budscheia in Algerien und Marseille, wo Folquet geboren wurde, liegen auf dem gleichen Meridian.

92/93 Anspielung auf die Niederlage Massilias, als Caesars Feldherr Brutus die massilische Flotte schlug (49 v.Chr.).

95 *diesen Himmel:* d.h. den Venus- oder Liebeshimmel.

97 *des Belus Tochter:* Dido.

98 Dido war Witwe des Sichäus, Aeneas Witwer der Creusa. Mit ihrer Liebe zu Aeneas verletzte sie diese beiden Treueverhältnisse.

99 *solang es meinen Haaren ziemte:* in meiner Jugend.

100 *die Rhodopeerin:* Die thrakische Königstochter Phyllis, nach dem Gebirge ihrer Heimat »Rhodoperin« benannt, erhängte sich wegen der Untreue ihres Bräutigams Demophoon, des Sohnes des Theseus, und wurde in einen Mandelbaum verwandelt.

101 *der Alkide:* Herkules entbrannte in Liebe zur thessalischen Königstochter Jole und wollte sie heiraten. Von seiner eifersüchtigen Frau Deianira aber bekam er das Hemd des Nessus und starb unter Qualen, als er es anzog (vgl. Inf. XII 67ff.).

116 *Rahab:* Die Dirne Rahab aus Jericho hatte die Kundschafter Josues in ihrem Hause verborgen gehalten und so entscheidend zur Besitznahme des Gelobten Landes durch die Juden beigetragen (vgl. Josue, Kap. 2).

118/119 nach ma. Anschauung reichte der Schattenkegel der Erde bis in den Venushimmel. Allegorisch bedeutet das, daß den Seelen in den drei ersten Himmelskreisen noch Mängel ihres irdischen Lebens anhaften.

120 *beim Siege Christi:* bei der Erlösung.

122 *jenes Sieges:* Josues Sieg durch die wunderbare Einnahme von Jericho (vgl. Jos., Kap. 6).

126 *der Papst:* Bonifaz VIII., der nach Dantes Ansicht die Pflicht gehabt hätte, einen Kreuzzug zu befehlen.

127 *deine Stadt:* Florenz, hier eine Gründung des Teufels genannt.

130 *den verfluchten Gulden:* den Goldflorentiner (fiorino d'oro).

131 *Schaf und Lämmlein:* Große und Kleine.

133/134 *die großen Lehrer:* die Kirchenväter.

134 *die Dekretalien:* nur die Erlässe der Päpste, allgemein das Kirchenrecht, studiert man noch, um Geld- und Pfründeansprüche daraus abzuleiten.

135 *an ihren Rändern:* entweder an den Gebrauchsspuren oder an den vielen Randbemerkungen.

139/140 der Vatikan und die anderen frühchristlichen Grabstätten stehen hier für die Stadt Rom überhaupt.

140 *dem Gefolge:* den Märtyrern und Heiligen.

142 weniger wohl ein konkreter Hinweis als eine sehnsüchtige Hoffnung auf einen kommenden Retter.

## Zehnter Gesang

1/6 Die Welt wurde erschaffen von Gott Vater durch Gott Sohn im Hl. Geist. Die erste Macht, d.i. Gott Vater, der die Schöpferkraft aus sich selbst besitzt, schaut auf den göttlichen Sohn, der die Weisheit ist, und nimmt von ihm die Prinzipien der Weltordnung und schafft die sichtbare und unsichtbare Welt in Liebe, d.h. im Hl. Geist, der die ewige Beziehung zwischen Gott Vater und Gott Sohn ist, als ewiger Hauch von beiden ausströmend.

8/10 *zu jenem Orte:* der Punkt der Tag- und Nachtgleiche, an dem Äquator und Tierkreis sich schneiden.

11 *des Meisters:* Gottes.

14 *der schräge Kreis:* der Tierkreis; er steht zum Äquator in einem Winkel von etwa 23 Grad.

14/15 die Welt verlangt nach dem Einfluß der Planeten.

16/18 ohne die Schrägstellung des Tierkreises gäbe es keine Unterschiede in den Jahreszeiten.

28 *der Dienerinnen höchste:* die Sonne.

29 nach ma. Anschauung verdanken auch die Fixsterne der Sonne Licht und Wärme.

31 *mit dem obengenannten Bilde:* dem Widder.

40/41 die Seelen im Sonnenhimmel strahlten heller als die Sonne selbst.

49 *das vierte Hausgefolge:* der vierte Himmelskreis.

51 *seines Geistes Hauch:* des Hl. Geistes.

52 *der Engel Sonne:* d.h. Gott.

61/63 Durch ihr Lächeln leuchtete Beatrice so auf, daß Dantes ganz auf Gott gerichteter Sinn wieder auf Beatrice gelenkt wurde.

64 *starke und lebendige Lichter:* die Seligen des Sonnenhimmels, die hl. Theologen und Philosophen.

70/72 Sinn: Droben im Himmel, wo ich war, gibt es Heilige, deren Schönheit und Glanz ich nun, da ich wieder auf Erden bin, nicht mit Worten schildern kann.

73/75 Wer nicht durch Übung der Tugend in den Himmel gelangt, wird sich nie eine Vorstellung von der Schönheit dieser Heiligen und ihres Gesanges machen können, genau so wenig, wie man von einem Stummen Worte hören kann.

85/87 Wer einmal einen Blick in den Himmel getan hat, wird sich nie mehr durch die Lockungen der Erde in die Irre führen lassen und so zum Himmel dereinst wieder zurückkehren.

88/89 *Wer deinen Durst...:* wer deinen Wissensdurst nicht stillen wollte.

89/90 das Wasser strömt nur dann nicht zum Meer, wenn es gewaltsam durch ein Hindernis aufgehalten wird.

94/95 d.h. ich gehörte zum Dominikanerorden.

98 *Albertus:* Albertus Magnus, geb. 1193 in Lauingen (Schwaben), gest. 1280 in Köln, Dominikaner, seit 1260 Bischof von Regensburg, einer der bedeutendsten Theologen und Philosophen seiner Zeit, lehrte u.a. auch in Paris, wohin ihm sein Lieblingsschüler Thomas von Aquin folgte. Wegen seines umfassenden Wissens wurde er doctor universalis genannt.

99 *Thomas von Aquino:* Thomas, aus dem Hause des Grafen von Aquino, der große Kirchenlehrer, der die Scholastik auf ihren Höhepunkt führte (1226–1274), Dominikaner (vgl. Purg. XX 69). Sein Hauptwerk ist die Summa Theologiae, aus dem auch Dante reichlich geschöpft hat. Er lehrte besonders in Köln, Paris, Neapel. Sein Beiname ist doctor angelicus. Heiliggesprochen 1323.

104 *Gratian:* Francesco Graziano aus Chiusi (Toskana), camalduenser Benediktiner, berühmter Kirchenrechtler des 12. Jahrhunderts. Sein Hauptwerk ist die Concordia discordantium canonum, kurz unter dem Namen Decretum Gratiani bekannt, in dem er kirchliches und ziviles Recht in Einklang zu bringen sucht.

107 *Petrus:* Petrus Lombardus, Sohn armer Eltern, geb. Anfang des 12. Jahrhunderts, gest. als Theologieprofessor und Bischof von Paris um 1160. Seine vier Bücher Sententiarum wurden Vorbild für alle enzy-

klopädischen Darstellungen der Glaubenslehre (die sog. Summen). Er hat für die Dogmatik das geschaffen, was Graziano für das Kirchenrecht geschaffen hat.

108 Anspielung auf eine Stelle im Vorwort zu den Sententiarum libri des Petrus Lombardus, in dem dieser in Anlehnung an Lukas 21, 1–4 (Scherflein der Witwe) davon spricht, daß er in seinem Werk von seiner Armut eine Gabe spenden will.

109 *das fünfte Licht:* König Salomon.

110 *solche Liebe:* Salomon ist der Verfasser des Hohenliedes, das im MA als Brautgesang der Kirche galt.

110/111 Die Theologen stritten darüber, ob Salomon selig oder verdammt sei, wegen der Strafandrohung Gottes in 1. Kön. 1ff.

113 *wenn Wahres wahr ist:* d.h. wenn die Hl. Schrift wahr ist.

114 Anspielung auf 1. Kön. 3,12, wo Gott zu Salomon spricht: »Siehe, so habe ich ... dir ein weises und verständiges Herz gegeben, so daß deinesgleichen nicht vor dir gewesen und nach dir nicht aufstehen wird.« – »erstanden« ist in prägnantem Sinne zu fassen, d.h. »als König erstanden«; als Mensch ist Salomon geringer als Adam und Christus.

115 *jenes Lichtes:* Dionysius Areopagita (Apostelgesch. 17, 34), erster Bischof von Athen. Im MA hielt man ihn irrtümlicherweise für den Verfasser eines Werkes über die himmlische Hierarchie (De coelesti Hierarchia), in welchem die Natur und das Wirken der Engel erklärt wird.

119 *den großen Anwalt:* Die Auslegung der Stelle ist umstritten. – Der Übersetzer denkt an Laktanz, den Schöpfer des Kirchenlateins. – Ich bin mit einem Teil der Kommentatoren der Ansicht, daß es nur Paulus Orosius, Schüler und treuer Helfer Augustins, Verfasser der ersten christlichen Weltgeschichte (Historiarum libri 7 adversus Paganos) sein kann. Die apologetische Tendenz rechtfertigt den Ausdruck »Anwalt«, denn tatsächlich verteidigt Orosius die Christen oder die christliche Ära gegen die Vorwürfe der Heiden, und tatsächlich stützt sich Augustin für seine apologetischen Schriften auf das Material des Orosius. Latein ist hier nicht in sprachlich-stilistischem Sinne zu verstehen, sondern wie auch anderwärts in der Commedia als klare, verständliche Darstellung. (Vgl. Par. III 63, XII 144, XVII 35.)

123 *nach dem achten:* Es ist Severinus Boethius, langjähriger Vertrauter Theoderichs des Großen, dann von diesem wegen angeblichen Verrats eingekerkert und 525 in Pavia hingerichtet. Im Gefängnis schrieb er den berühmten »Trost der Philosophie«. Er wurde in San Pietro in Ciel d'oro zu Pavia beigesetzt.

131 *Isidor:* Bischof von Sevilla, etwa 560 bis 636, einer der größten Gelehrten seiner Zeit, Verfasser bedeutender Werke, die im MA in höchstem Ansehen standen.

131 *Beda:* Beda Venerabilis, geb. 674 zu Weremouth (England), gest. 735 zu Jarrow. Englands größter ma. Gelehrter. Von seinen Werken ist vielleicht am bekanntesten die Kirchengeschichte Englands.

131 *Ricardus:* Richard, schottischer Herkunft, Prior des Stiftes Sankt Vic-

tor bei Paris, einer der hervorragendsten Mystiker des 12. Jahrhunderts, Verfasser verschiedener theologischer Werke.

133 *der dort:* Siger von Brabant, Philosoph und Theologe, Hauptvertreter des Averroismus, lehrte um 1270 an der Universität Paris, die damals in der Rue de Fouarre war; seine kühnen Lehren trugen ihm die Verfolgung des Pariser Bischofs Stephan Tempier ein. Er fiel von Mörderhand 1282 oder 1284 in Orvieto (Umbrien). Er ist der Verfasser der Quaestiones naturales und der Impossibilia.

133 er steht links von Thomas von Aquin und ist der letzte im Kreis, so daß Dantes Auge von ihm wieder zu Thomas zurückkehren wird.

135 Todessehnsucht, nicht wegen irdischen Leides, sondern aus der philosophischen Erkenntnis der Nichtigkeit der Welt.

140 *Gottes Braut:* die Kirche.

141 *den Bräutigam:* Christus.

141 *zur Liebe aufzurufen:* beim Morgengebet, das hier verglichen wird mit einer Alba, dem Morgenlied der Liebenden.

## Elfter Gesang

5 d.h. einer obliegt der Sorge für seine geistlichen Pfründe.

16 *jenes Lichtes:* Thomas von Aquin.

25 vgl. Par. X 96.

26 vgl. Par. X 114.

31 *zu ihrer eignen Freude:* zu Christus.

32/33 durch die Worte Christi am Kreuz.

37 *der eine:* der hl. Franz von Assisi.

36 *der andre:* der hl. Dominikus.

43 *Tupino:* Kleiner Fluß, der bei Assisi vorbeifließt und in den Tiber mündet.

45 *dem Wasser:* dem Chiascio, der von dem Hügel herunterfließt, auf dem der selige Ubaldo als Einsiedler lebte. – Ubaldo (1084–1160) war seit 1129 Bischof von Gubbio.

45 *den Berg:* den Monte Subasio.

47 *Sonnentor:* Ehemaliger Name eines Assisi zugewandten Stadttores von Perugia.

47/48 diese Stelle wird verschieden ausgelegt. Die Orte Gualdo und Nocera liegen hinter dem Hange des Subasio und trugen die Herrschaft Perugias, dem sie unterstanden, schwer.

50 *eine Sonne:* der hl. Franz; geb. 1182. – Der Vergleich mit der aufgehenden Sonne ist eine Anspielung auf die Lebensbeschreibung des hl. Franz durch Thomas Celano, der diese mit den Worten beginnt: »Wie die aufgehende Sonne ...«

50/51 strahlend wie die Sonne, wenn sie an der Mündung des Ganges aufsteigt: also zur Zeit der Sommersonnenwende, wo sie am hellsten und wärmsten ist.

53 *Ascesi:* die alte Form für Assisi.

53 *Oriente:* d.h. Aufgang; Anlehnung an Lukas 1,78: »Damit hat er uns

heimgesucht, der Aufgang aus der Höhe, um denen zu leuchten, die in Finsternis und Todesschatten sitzen.«

55 *Ausgang:* Geburt; d.h. er war noch jung.

59 *eine Frau:* die Armut. Damit zog er sich den Zorn seines Vaters zu, der aus ihm einen tüchtigen Kaufmann machen wollte.

61 *an jenem geistlichen Hofe:* d.h. vor dem Bischof von Assisi.

64 *ihres ersten Gatten:* Christi.

67 *Amyclas:* ein armer Adriafischer, der inmitten der Plünderungen und Räubereien im Bürgerkrieg zwischen Caesar und Pompeius seelenruhig bei offener Haustüre schlief und sich auch durch Caesars Stimme nicht aus der Ruhe bringen ließ.

69 *der:* Caesar.

70 *nichts half es:* nämlich um die Armut bei den Menschen beliebt zu machen.

71/72 Daß Christus seiner Kleider beraubt am Kreuze starb, legte die franziskanische Literatur, der Dante hier folgt, als ein Symbol seiner äußersten Armut aus.

76/78 das gute Beispiel der Armut, das der hl. Franz gab, ließ viele ihm nacheifern.

79 *Bernardo:* da Quintavalle, ein reicher Bürger aus Assisi. Er wurde der erste Jünger des hl. Franz (1209).

82 d. h. es kam ihm vor, als sei er zu spät erst dem hl. Franz gefolgt.

83 *Ägidius und Sylvester:* beide gehören zu den ersten Jüngern des hl. Franz.

84 *dem Gatten:* dem hl. Franz.

84 *die Gattin:* die Armut.

88/90 d. h. er schämte sich nicht, daß er, Sohn des reichen Pietro Bernardone, verächtlich schien wegen seiner Armut.

91 *die harten Pläne:* die strenge Ordensregel der Franziskaner.

91/93 Papst Innozenz III. erteilte 1210 dem hl. Franz mündlich die Erlaubnis zur Ordensgründung.

96 *besser in des Himmels Glorie:* als hier auf Erden in den zu Dantes Zeit lau gewordenen Franziskanerklöstern.

98 *Honorius:* die Ordensgründung wurde feierlich bestätigt durch Papst Honorius III. i. J. 1223.

99 *dieses Oberhirten:* der hl. Franz in seiner Eigenschaft als Oberer des Ordens der Minderen Brüder.

101 *vor den stolzen Sultan:* Malek al Kamel; 1219 machte der hl. Franz einen Missionsversuch bei den Sarazenen.

106 *im Felsen:* Auf dem Berg Verna im Casentino empfing der hl. Franz i. J. 1224 die Wundmale Christi.

107 nach der zweimaligen Bestätigung des Ordens durch den Hl. Geist, der in Innozenz und Honorius wirkte, empfing er als dritte Bestätigung die Stigmata.

108 *zwei Jahre:* bis zu seinem Tod 1226.

113 *die teuerste der Gattinnen:* die Armut.

117 keine Bahre, nur den Schoß der Armut.

119 *ein würdiger Bruder:* nämlich des hl. Franz; Thomas spricht vom hl.

Dominikus, dem Gründer des Dominikanerordens, dem Thomas von Aquin angehörte.

123 allegorisch: den siehst du Schätze für das Himmelreich erwerben.

124 *seine Herde:* der Dominikanerorden.

125 *nach neuem Fraß:* nach kirchlichen Würden und Ehrenstellen.

127/129 d. h. sie haben keine Nahrung, mit der sie, wie sie sollten, andere nähren könnten.

131 *zum Hirten halten:* d. h. an die Ordensregel halten.

136 *zum Teil:* d. h. was den einen deiner beiden Zweifel betrifft (s. o. Vs. 25).

137 *wo sich die Pflanze spaltet:* d. h. worin die Ursache für den Niedergang des Dominikanerordens liegt.

## Zwölfter Gesang

3 *die heilige Mühle:* der Kreis der 12 Heiligen.

12 *Magd:* Iris, die Götterbotin, besonders der Juno. Nach der Mythologie war der Regenbogen ihre Schärpe.

13 Im MA glaubte man, daß bei doppeltem Regenbogen der äußere von dem inneren hervorgerufen würde.

14 *jener schönen Nymphe:* Echo, die sich in der Liebe zu Narziß so verzehrte, daß nur ein Lufthauch von ihr zurückblieb.

17/18 Der Regenbogen war das Unterpfand des Bundes zwischen Gott und Noah dafür, daß nie mehr eine Sintflut kommen wird (vgl. Genesis 9,8ff.).

29 *eine Stimme:* Die Stimme des heiligen Bonaventura aus dem Franziskanerorden (s. u. Vs. 127).

32 *vom andern Führer:* vom hl. Dominikus, dem Begründer des Dominikanerordens.

33 d. h. durch den hl. Dominikus wurde es bewirkt, daß der Dominikaner Thomas von Aquin so gut sprach über den hl. Franz, der für den Franziskaner Bonaventura das Ordenshaupt ist.

37 *zu waffnen:* nämlich gegen Häresie und Unglauben.

38 *ihrem Zeichen:* dem Kreuz, Symbol des christlichen Glaubens.

40 *der Kaiser:* Gott.

43 *der Braut:* der Kirche.

46 *in jenem Lande:* in Spanien, von dem der Westwind kommt, der den Frühling nach Europa bringt.

52 *Calahorra:* Stadt in Altkastilien; reich beglückt, weil Dominikus dort geboren wurde. Das Wappen der Könige von Kastilien hatte in der Mitte des Feldes eine Burg, darunter und darüber je einen Löwen.

57 *grausam seinen Feinden:* Dominikus führte einen harten Kampf gegen die Sekte der Albigenser.

58/60 Nach der Legende träumte der Mutter des hl. Dominikus in der Schwangerschaft, daß sie einen schwarz- und weißgefleckten (die Farben der Dominikaner) Hund gebären würde, der, eine brennende Fackel in der Schnauze tragend, die Welt in Brand stecke.

61 *seine Hochzeit mit dem Glauben:* die Taufe.
64 *die Frau, die für ihn Ja gesprochen:* die Taufpatin, die an Stelle des Täuflings das Taufgelübde ablegte.
65 Seine Patin träumte, daß er auf der Stirne einen Stern trug, mit dem er die Welt erleuchten würde.
68 *des Geistes Hauch:* eine Eingebung des Himmels.
70 *Dominikus:* d.h. zu deutsch: der dem Herrn Gehörende.
72 *für seinen Garten:* die Kirche.
75 *dem ersten Rat:* der Armut.
78 *dazu bin ich gekommen:* nämlich arm zu sein, wie das Liegen auf dem blanken Boden versinnbildlichen soll.
79 Felix heißt »glücklich«.
80 *Johanna:* den hebräischen Namen deutete man als »Gottbegnadete«.
83 *den von Ostia:* Enrico di Susa, Kardinal und Bischof von Ostia, gest. 1271, Verfasser eines berühmten Kommentars zum kanonischen Recht.
83 *Thaddäus:* d'Alderotto (1215–1295), Florentiner, berühmter Arzt und Verfasser medizinischer Schriften.
84 *zu dem wahren Brote:* zur geistlichen Nahrung, nicht zu irdischer Gelehrsamkeit.
86 *in jenem Weinberg:* in der Kirche.
87 *der Winzer:* der Papst.
88 *von dem Stuhle:* d.h. vom Hl. Stuhl.
89 *nicht aus sich selber:* es ist nicht die Schuld des Papsttums als solchen.
90 *durch den Besitzer:* den Papst.
91 zu verstehen: er erbat sich nicht die Vergünstigung, für 6 nur 2 oder 3 geben zu müssen.
93 er erbat für sich auch nichts von dem Zehnten, der für die Armen bestimmt war.
94 *um die Erlaubnis:* zur Ordensgründung, die ihm von Papst Innozenz III. mündlich (1215) und dann von Papst Honorius III. (1216) feierlich genehmigt wurde.
96 *die vierundzwanzig Bäume:* d.h. die 24 Heiligen, die Dante umgeben.
100 *die abgeirrten Ranken:* die Häretiker, hier im besonderen die Albigenser.
101 *dort:* in der Provence, besonders in der Gegend von Toulouse.
103 *verschiedne Bäche:* vielleicht eine Anspielung auf die 3 dominikanischen Orden.
106 *an dem Wagen:* gedacht ist hier an den antiken zweirädrigen Streitwagen als Symbol der Kirche. Vgl. Purgatorio XXIX 107.
108 *ihrem Bürgerkrieg:* den Kampf zwischen Häretikern und Gläubigen.
109 *des andern:* das andere Rad ist der hl. Franz.
112/113 die Deutung dieser Stelle ist umstritten. Man darf sie sinngemäß wohl so fassen: die Franziskaner folgen nicht mehr der vorgezeichneten Spur ihres Ordensgründers.
114 d. h. an Stelle des Guten wuchert jetzt das Schlechte. Das Bild ist von den Weinfässern genommen: sie haben innen eine feste Kruste, wenn

sie gut gepflegt und häufig gefüllt werden, dagegen wächst in ihnen Schimmel, wenn sie vernachlässigt werden.

117 dunkler Vers; vielleicht: sie gehen vorwärts, wo Franziskus rückwärts ging, d. h. sie tun das gerade Gegenteil von dem, was Franziskus wollte.

118/120 vielleicht ein Hinweis auf die Spaltung des Ordens in Spiritualen, die das Gebot der Armut ganz streng nahmen, aber der Ketzerei verdächtigt wurden, und in Konventualen, die es lockerten. Bonifaz VIII. hob 1302 die Spiritualen auf, und diese Entscheidung wurde mehrfach bestätigt. – Allgemeiner kann man diese Stelle so auffassen: die schlechten Brüder werden erleben, daß ihnen das Paradies versagt wird.

121 *in unsrem Buche:* d. h. in unserem ganzen Orden.

122 *von Blatt zu Blatt:* von Bruder zu Bruder.

123 d. h. ich bin so, wie ich es nach der ursprünglichen Regel des hl. Franz sein soll.

124 *bei Acquasparta und Casale:* doch könnte er die obige Feststellung nicht bei Bruder Matteo von Acquasparta (bei Todi) machen, der die Regel des hl. Franz (nach Dantes Ansicht) allzusehr milderte, noch bei Bruder Ubertino aus Casale, der im Generalkapitel von 1310 die Ordensregel so streng gehandhabt wissen wollte, daß er den Orden sogar verlassen mußte.

125 *zu den Schriften:* der Ordensregel.

127 *Bonaventura:* geb. 1221 in Bagnoregio (heute Bagnorea) unweit des Bolsena-Sees, trat 1242 in den Franziskanerorden ein, 1272 Kardinal und Bischof von Albano, gest. 1274 in Lyon. Verfasser zahlreicher theologischer Werke, Hauptvertreter der spekulativen Mystik, der »Plato« unter den Scholastikern.

130 *Illuminat:* aus Rieti, einer der ersten Jünger des hl. Franz und dessen Begleiter auf seiner Reise nach Ägypten.

130 *Augustinus:* ebenfalls einer der ersten Jünger des hl. Franz.

132 *mit dem Stricke:* Abzeichen der Ordenstracht der Franziskaner.

133 *Hugo von Sankt Victor:* berühmter Mystiker, geboren 1097 bei Ypern, lebte bis 1115 als Mönch in Hamersleben bei Magdeburg, wurde dann Kanonikus in Sankt Victor bei Paris, gest. 1141.

134 *Petrus Comestor:* französischer Theolog, geb. am Anfang des 12. Jh. in Troyes, Dekan der Kathedrale von Troyes, seit 1164 Kanzler der Universität Paris. Starb zurückgezogen in der Abtei Sankt Viktor 1179. Sein Hauptwerk ist die Historia scholastica.

134 *Petrus Hispanus:* Petrus Juliani aus Lissabon, geb. um 1226, zunächst Arzt, dann Theolog, Kardinal und Erzbischof von Prag, 1226 als Johann XXI. zum Papst gewählt, fand den Tod beim Einsturz eines Hauses in Viterbo (1277).

135 *mit zwölf Büchern:* die Summulae logicales, das bekannteste Werk des Petrus Juliani.

136 *Nathan, der Prophet:* hielt dem David seine Sünden vor (vgl. 2. Samuel 12,1)

137 *Chrysostomus:* geb. um 347 in Antiochia, seit 398 Metropolit von

Konstantinopel, zählt zu den griechischen Kirchenvätern, berühmt wegen seiner Beredsamkeit; er starb in Verbannung 407.

137 *Anselmus:* von Canterbury (1033–1109), aus Aosta stammend, 1093 zum Erzbischof von Canterbury ernannt.

137 *Donatus:* Aelius Donatus, um die Mitte des 4. Jh., berühmter lateinischer Grammatiker, Lehrer des hl. Hieronymus, Verfasser einer durch viele Jahrhunderte hindurch grundlegenden lateinischen Grammatik.

139 *Rhabanus:* Maurus, aus Mainz (776–856), Erzbischof von Mainz, der »Praeceptor Germaniae«.

140 *Joachim:* Abt von Fiore bei Cosenza (etwa 1130–1202), soll die Prophetengabe besessen haben. Er kommentierte die Geheime Offenbarung.

142 *den hohen Paladin:* den hl. Dominikus.

144 *des Bruders Thomas:* Thomas von Aquin wurde erst zwei Jahre nach dem Tod Dantes kanonisiert (1323).

## Dreizehnter Gesang

7/8 der Wagen, der bei seinem Lauf die nördliche Himmelssphäre nicht verläßt.

10 *Mündung jenes Hornes:* d.h. die zwei Schwanzsterne des Kleinen Bären, der seiner Form nach hier mit einem geschwungenen Füllhorn verglichen wird.

11 *jener Achse:* am nördlichen Himmelspol.

12 *der erste Himmelskreis:* der Fixsternhimmel.

13 d.h. stelle dir nun vor, die 24 Sterne (15 + 7 + 2) bilden zwei gegeneinander kreisende Kränze.

14 *Minos Tochter:* Ariadne (vgl. Inf. XII 20). Nach ihrem Tode versetzte Bacchus, der sie über den Verrat des Theseus getröstet hatte, ihren Blumenkranz als »Nördliche Krone« an den Himmel.

20 *des wahren Sternbilds:* d. h. der Lichter der 24 Seligen.

21 *an jener Stelle:* Dante stand in der Mitte.

23 *des allerhöchsten Himmels:* des 9. oder Kristallhimmels, der sich am schnellsten dreht.

24 *Chiana:* ein zu Dantes Zeiten sehr langsam fließender Fluß bei Arezzo.

25 *Päan:* Lobgesang auf Apollo.

32 *die Leuchte:* der hl. Thomas, der das Leben des hl. Franz berichtet hatte.

34/36 d.h. nachdem ich dir den einen Zweifel gelöst habe (Par. XI 25ff., 133ff.), will ich dir auch den anderen, der Salomon (Par. X 114) betrifft, zerstreuen.

41/42 *soviel hat erduldet:* durch sein Erdenleben, sein Leiden und seine Höllenfahrt. – Doch erlaubt das Original auch zu verstehen: der Genugtuung geleistet hat für alle Sünden vor und nach ihm.

45 *jene Macht:* Gott, der Adam und die Menschennatur Christi in unmittelbarem Schöpfungsakt schuf.

48 *das Gute:* d. h. die Weisheit.
48 *im fünften Licht:* des Kranzes, d. h. in Salomon.
52 *was nicht stirbt:* Die Engel, die Menschenseelen und die Himmel.
52 *was bestimmt zu sterben:* die vergängliche Kreatur.
55 *das lebendige Licht:* Gott Sohn.
55 *von der Leuchte:* Gott Vater.
57 *von der Liebe:* Gott Heiliger Geist.
59 *in neun Wesenheiten:* in den neun Engelchören, die die neun Himmel lenken. In der Scholastik wurden die neun Himmel als die Eigenschaften Gottes gedeutet.
79 *heiße Liebe:* der Heilige Geist.
80 *entwirft und ausgestaltet:* d. h. durch unmittelbaren Schöpfungsakt setzt.
82/83 durch direkten Schöpfungsakt hat Gott Adam aus Erde erschaffen, der vollkommen war.
84 Maria empfing vom Heiligen Geist Christus, der also auch in seiner menschlichen Natur vollkommen war.
85 *deine erste Meinung:* vgl. oben Vs. 37ff.
87 *in jenen beiden:* Adam und Christus.
89 *jener ohnegleichen:* Salomon.
92 *wer er war:* nämlich König und als solcher erbat er sich, als Gott ihn aufforderte eine Bitte auszusprechen, Weisheit für die richtige Führung seiner Staatsgeschäfte (vgl. 1. Kön. 3,5ff.).
97/102 zu verstehen: Salomon hat nicht darum gebeten, zu wissen, ob es neun bewegende Intelligenzen gibt (theol. Wissen), nicht, ob man bei zwei gegebenen Voraussetzungen, von denen die eine notwendig, die andere zufällig ist, eine Notwendigkeit erschließen kann (Logik im Sinne der Philosophen), nicht darum, ob die Bewegung endlich oder unendlich sei (physikalisches Wissen) und nicht darum, ob man einem Halbkreis ein nichtrechtwinkliges Dreieck einbeschreiben kann (mathematisches Wissen), sondern er bat um die für einen König erforderliche Weisheit.
112 d. h. und dies soll dich immer zur Vorsicht im Urteil über Dinge mahnen, die du noch nicht klar erkannt hast.
117 *beim einen wie beim andern Schritte:* d. h. wo er ja oder nein sagen müßte.
121 *mehr als umsonst:* d. h. sogar zu seinem Schaden.
121/123 d. h. wer in unrichtiger Weise die Wahrheit sucht, verfällt leicht in den Irrtum. Dieser aber ist schlimmer als die Unwissenheit, in der der Wahrheitsucher sich befand, bevor er sich aufmachte, die Wahrheit zu suchen.
125 griechische Philosophen, die dem Irrtum verfielen: Parmenides wollte die Menschen von der Sonne erzeugt wissen, Melissus leugnete die Existenz der Bewegung, Bryson glaubte die Quadratur des Kreises gefunden zu haben.
127 *Sabellius:* bekannter Häretiker des 3. Jh., leugnete das Dogma der Dreifaltigkeit.
127 *Arius:* Begründer der Sekte der Arianer; er leugnete die Ewigkeit so-

wie die Konsubstantialität des Göttlichen Wortes (Christi) mit Gott Vater.

128 d. h. in ihren Schriften spiegelt sich die Hl. Schrift so verzerrt wie ein Menschenantlitz, wenn man es in einem Schwert betrachtet. Andere legen das Bild so aus, als seien die häretischen Schriften gleichsam Schwerter, die die Hl. Schrift verstümmeln. Das ist aber im italienischen Text nicht gesagt.

## Vierzehnter Gesang

7/9 Beatrice stand mit Dante in der Mitte der beiden konzentrischen Kreise, die die Seligen bildeten. Der hl. Thomas hatte zum Mittelpunkt hin gesprochen, Beatrice spricht zum Kreis hin.

25/26 *die Erfrischung des ewigen Regens:* die Seligkeit, die gleichsam von dort herniederregnet.

34 *im göttlichsten der Lichter:* wohl Salomon.

37 *solang:* d. h. in alle Ewigkeit.

40 d. h. der Glanz wird hervorgerufen durch die Glut unserer Liebe.

41 unsere Liebesglut ist die Folge der Anschauung Gottes.

45 *vollkommen:* da der vollkommene Mensch aus Seele und Leib besteht.

86 *jenes Sternes:* des Mars.

89 *ein Opfer:* nämlich sich selbst.

95 es sind die Blutzeugen, die für den Glauben gekämpft haben.

99 *Galaxia:* die Milchstraße, über deren Natur die größten Philosophen sich uneinig waren.

101/102 *jenes heilige Zeichen:* ein Kreuz mit gleich langen Armen.

109 *von Arm zu Arm:* nämlich dieses Kreuzes.

114 *die allerkleinsten Körper:* die Sonnenstäubchen.

125 *Du stehst auf als Sieger:* Worte, die wohl zum Lobe Christi erklingen.

131 *die schönen Augen:* Beatrices.

135 Dante hatte im Marshimmel seinen Blick noch nicht auf die Augen Beatrices gerichtet.

## Fünfzehnter Gesang

4/6 der Gesang der Seligen hört auf.

14 *ein plötzlich Feuer:* eine Sternschnuppe.

21 *von jenem Sternbild:* dem gleicharmigen Kreuz.

22 *der Edelstein:* d. h. die leuchtende Seele des Ahnherrn Dantes, Cacciaguidas.

22 *ließ nicht von seinem Bande:* d. h. verließ nicht das Kreuz.

26 *unsere höchste Muse:* d. h. unser größter Dichter, nämlich Vergil.

50 *im großen Buche lesend:* es ist das Vorauswissen Gottes, an dem die Seligen durch ihre Gottanschauung teilhaben.

56 *von jenem Ersten:* von Gott.

56/57 Das Denken der Seligen fließt aus Gott, so wie die Zahlen sich aus der Einheit ableiten.
62 *in diesem Leben:* d. h. im Paradies.
62 *in den Spiegel:* in den Geist Gottes.
73/75 Gott, dessen Eigenschaften alle gleich vollkommen sind, so daß man von ihm sagen kann, Gott ist die Liebe, Gott ist die Weisheit, usw.
83/84 *mit meinem Herzen nur:* d. h. Dante kann nicht mit Worten ausdrücken, was er für Cacciaguida empfindet.
91/92 *erstmals deinen Namen getragen:* Aldighiero I., zusammen mit seinem Bruder Preitenitto 1189 in einer Urkunde erwähnt, Vater des Bellincione, der Aldighiero II., den Vater Dantes, zum Sohne hatte. Dante glaubte, daß Aldighiero I. schon vor 1200 gestorben sei. Eine Urkunde aber nennt ihn noch 1201 als lebend.
93 *auf seiner ersten Stufe:* also bei den Hochmütigen im Purgatorio.
97 Die alten noch auf die Römer zurückgehenden Stadtmauern wurden nach dem irrtümlichen Bericht des Geschichtsschreibers Villani (dem Dante folgt) 1078, in Wirklichkeit aber erst 1173, also nach Cacciaguidas Zeit, ersetzt und erweitert.
98 *an denen man noch Früh und Mittag läutet:* nämlich in der unmittelbar an der alten Stadtmauer gelegenen Benediktinerabtei, der Badia.
100 *Kronen:* goldene oder silberne Diademe, wie sie zu Dantes Zeit reiche Florentinerinnen trugen.
103/104 zu Dantes Zeit heirateten die Mädchen schon in unreifen Jahren.
106 *keine menschenleeren Häuser:* weder als Folge von Kriegen oder Verbannungen, noch als Folge des Sittenzerfalls, noch als Folge sinnloser Großtuerei, aus der heraus man zu Dantes Zeit riesige Paläste für sehr kleine Familien baute.
107 *Sardanapal:* König von Assyrien (667–626 v. Chr.), sprichwörtlicher Inbegriff raffinierter Wollust. – Hier allgemein für Sittenverfall.
109 *Monte Mario:* Berg nördlich von Rom, von dem aus man die Ewige Stadt überblickt.
110 *Uccelatoio:* Höhe bei Trespiano, unweit Florenz, mit Ausblick auf die Stadt und das Arnotal. Sinn der Terzine: Damals hat der Ausblick auf Florenz noch nicht durch seine Pracht den Ausblick auf Rom vom Monte Mario übertroffen, Florenz war bescheidener, schlichter als Rom. Aber Florenz wird einst auch im Zusammensturz seines angemaßten Prunkes Rom übertreffen.
112 *Bellincion Berti:* Vater der Gualdrada (vgl. Inf. XVI 37), aus der adeligen Familie der Ravegnani, 1176 urkundlich erwähnt.
113 *Mit Bein und Leder:* im Lederwams, das mit einer Knochenfibel zusammengehalten wurde.
115 *Nerli, Vecchio:* die Namen zweier vornehmer alter Geschlechter aus Florenz.
118/119 *sicher der Grabesstätte:* da es keine Verbannungen gab und auch die Männer noch nicht aus Profitgier als Kaufleute sich im Ausland niederließen.
120 *um Frankreichs Willen:* zu Dantes Zeit gingen viele Florentiner be-

sonders nach Frankreich, um Handels-, vor allem aber Geld- und Wuchergeschäfte zu betreiben.

122/123 *in der Sprache:* in der kindlichen Sprache, an der sich die Eltern noch selbst erfreuten, während zu Dantes Zeit sich nur Ammen und Kindermädchen mit den Kindern befaßten.

128 *Cianghella:* eine hochmütige und ausschweifende Witwe; sie lebte in Florenz bis gegen 1330.

128 *Lapo Salterello:* Dichter, Rechtsgelehrter und Parteifreund Dantes, aber politisch schwankend, dazu ein eitler Geck.

129 *Cincinnatus:* der berühmte römische Diktator (vgl. Par. VI 46).

129 *Cornelia:* Mutter der Gracchen oder auch Frau des Pompeius (vgl. Inf. IV 128).

132/133 *Maria:* die heilige Maria, die von Cacciaguidas Mutter bei der Entbindung angerufen wurde.

134 *in eurem alten Batistero:* di San Giovanni, gegenüber dem Dom, das schon auf die römische Zeit zurückgeht.

136 *meine Brüder:* von ihnen weiß man nichts Sicheres.

138 *ihren Namen:* Alighieri.

139/144 Konrad III. von Hohenstaufen (1137–1152) zog 1147 zum zweiten Kreuzzug aus. – Konrad III. war aber nie in Italien, und es ist nicht bekannt, daß er Florentiner in seinem Heere gehabt habe. So hält man es für möglich, daß Dante Konrad II. (1024–1039) meinte, der sich in Florenz längere Zeit aufgehalten und mehrere vornehme Florentiner in den Ritterstand erhoben hat. Er unternahm einen Kriegszug gegen die Sarazenen in Kalabrien. Daß Cacciaguida im Heiligen Land gegen die Mohammedaner gekämpft habe, geht nicht zwingend aus seinen Worten hervor.

142 *gegen jenen Glauben:* den islamischen Glauben.

144 *der Hirten:* der Päpste.

148 *aus Märtyrtum in diesen Frieden:* d. h. nicht auf dem Weg über das Purgatorio, sondern unmittelbar vom Tod, den ich im Kampf um den christlichen Glauben erlitten habe.

## Sechzehnter Gesang

10 Dante glaubte, daß die Höflichkeitsform »Ihr« zum ersten Mal von Römern Caesar gegenüber verwendet worden sei, als dieser alle Ämter in seiner Person vereinigt hatte. In Wirklichkeit kam sie jedoch erst im 3. Jahrhundert nach Christus auf.

14 *jener:* der Dame Malehaut, dem Kammerfräulein der Königin Ginevra im Lanzelot-Roman; sie hustete, um damit zu verstehen zu geben, daß sie Lanzelots Liebeserklärung an die Königin, die diese herausgefordert hatte, zur Kenntnis genommen haben. (Vgl. Inf. V 127.)

25 *von der Stadt:* von Florenz, dessen Schutzpatron Johannes der Täufer ist.

34 *seit jenem Tag:* d. h. seit Mariae Verkündigung. Im damaligen Florenz

zählte man das Jahr vom 25. März an, d. h. also von der Gedenkfeier der Menschwerdung (nicht von der Geburt) Christi an.

37/38 d. h. es vergingen 580 Marsjahre zu je etwa 687 Tagen. Demnach müßte Cacciaguida zu Beginn des Jahres 1091 geboren sein.

39 *sich zu entflammen:* d. h. Mars entzündet sich immer neu am feurigen Löwen.

40/42 das Geburtshaus Cacciaguidas lag dort, wo bei den alljährlichen Pferderennen am Johannistag die Pferde die Grenze des Stadtviertels Porta San Piero erreichten, d. h. in der Via de'Speziali.

43/45 Diese Worte im Munde Cacciaguidas sind Ausdruck seiner Bescheidenheit. Aber Dante wußte nichts Weiteres über seine Vorfahren. – Einen Hinweis auf niedrige Abkunft in diesen Versen sehen zu wollen, wäre abwegig.

47 Die Marsstatue auf dem Ponte Vecchio (vgl. Inf. XIII 144) und das nachmalige Baptisterium San Giovanni bezeichneten zu Cacciaguidas Zeiten die Grenzen der Stadt.

49/50 gemischt mit Familien aus Campi am Bisenzio bei Prato, aus Figghine (jetzt Figline) im oberen Valdarno nach Arezzo zu, aus Certaldo an der Elsa.

53 *Galluzzo:* Dorf, zwei Meilen südlich von Florenz an der Straße nach Siena.

54 *Trespiano:* drei Meilen nördlich von Florenz auf dem Wege nach Bologna.

56 *Aguglion:* gemeint ist Baldo d'Aguglione (alte Burg in Val di Pesa). Ein einflußreicher Zeitgenosse Dantes, der Dante in seiner sogenannten Riforma von 1311 von der Rückkehr aus der Verbannung ausschloß. Auf eine Betrügerei dieses Mannes hat Dante schon Purg. XII 105 hingewiesen.

56 *Signa:* Tazio dei Morubaldini aus Signa (am Arno unweit von Florenz), Rechtsgelehrter, ein übler Verkäufer von Staatsämtern.

58 *aus der Art geschlagen:* nämlich der Klerus.

62 *Semifonte:* fester Platz im oberen Elsatal, 1202 von den Florentinern zerstört.

64 *Montemurlo:* Schloß zwischen Pistoia und Prato, das die Grafen Guidi, als sie es auf die Dauer nicht gegen Pistoia halten konnten, an Florenz verkauften.

65 *die Cherchi:* eine Familie, der um 1300 ein großer Teil des Florentiner Stadtviertels Porta San Piero gehörte.

65 *Acone:* im Sievetal.

66 *Grevetal:* südlich von Florenz. Dort lag das Schloß der Buondelmonte, Montebuoni, das 1135 von den Florentinern eingenommen wurde, wodurch die Buondelmonte gezwungen waren, sich in Florenz niederzulassen.

69 *die er aufnimmt:* d. h. im Übermaß aufnimmt.

70 *ein blinder Stier:* ein zu großes Volk.

71/72 die Einwohner von Florenz waren um das Fünffache gestiegen. – Oft ist ein kleineres Heer schlagfertiger als ein allzu großes.

73 *Luni:* alte Etruskerstadt am linken Ufer der Magra, zur Zeit Dan-

tes bereits zerstört. Von ihr blieb nur der Name in »Lunigiana« erhalten.

73 *Urbisaglia:* alte Stadt in der Mark Ancona, unweit von Macerata, zu Dantes Zeit in vollem Niedergang.

75 *Chiusi:* in Valdichiana, einst eine blühende Etruskerstadt, zu Dantes Zeit in unaufhaltsamem Verfall.

75 *Sinigaglia:* gehörte zu Dantes Zeit zur Mark Ancona. Infolge der Sarazenenüberfälle und der Malaria stand es am Rande des Abgrunds.

88 *die Ughi:* alte Familie, deren Besitzungen auf dem nach ihr benannten Berg Montughi lagen.

88 *die Catellini:* starben gegen 1350 aus.

89 alte florentinische Familien. – Die Greci hatten ihre Häuser in dem nach ihnen benannten Borgo dei Greci; die Ormanni, die sich später Foraboschi nannten, wohnten beim Palazzo del Popolo. Die Alberighi hatten ihre Häuser bei denen der Donati, in der Pfarrei Santa Maria.

92 *Sannella:* aus der Gegend um den Neuen Markt.

93 weitere berühmte Familien aus Florenz. – Die Soldanieri waren Ghibellinen von der Porta San Pancrazio. – Die Bostichi waren Guelfen vom Neuen Markt (Mercato Nuovo).

94 *an dem Tor:* Porta San Piero, wo die wankelmütigen, ihre Partei oft wechselnden Cerchi ihre Häuser hatten.

96 *das Schiff:* nämlich die Republik Florenz.

97 *die Ravignani:* ein hochangesehenes, tüchtiges Geschlecht, aus dem Guido Guerra VI. stammte (vgl. Inf. XVI 38).

99 *Bellincion:* Bellincione Berti (vgl. Par. XV 112), Vater der Gualdrada. Die Nachkommen des Ubertino Donati, des Schwiegersohnes von Bellincione, nannten sich Bellincioni.

100/101 d. h. er war schon zu den höchsten Ämtern emporgestiegen. – Die Familie der Pressa verriet die Florentiner in der Schlacht von Montaperti.

102 d. h. die Galigai waren schon zu Rittern geadelt, wodurch sie das Recht hatten, den Schwertknauf vergoldet zu tragen.

103 *die Vaio-Säule:* die Pigli von Porta San Pancrazio, die ihr rotes Wappenfeld mit einem Pelzstreifen (vaio) umsäumten.

104 *Sacchetti:* alte Guelfenfamilie, zur Zeit Dantes von unerträglichem Hochmut.

105/106 die genannten Familien waren alle Ghibellinen und zu Dantes Zeit unbedeutend geworden.

105 *die:* die Chiaramontesi; zu der Anspielung vgl. Purg. XII 105ff.

106 *der Stamm:* die Donati.

108 zwei vornehme florentinische Familien, zur Zeit Dantes fast ausgestorben.

110 *durch ihren Hochmut:* nämlich die Uberti, die zu Cacciaguidas Zeiten geradezu die Herren der Stadt waren.

110 *die goldnen Kugeln:* Wappen der Lamberti.

112 *die Väter derer:* der Visdomini und der von ihnen abgezweigten Tosinghi. Diese beiden Familien hatten bei Vakanz des florentinischen

Bischofsstuhles das Recht, die bischöfliche Verwaltung bis zur Neubesetzung zu führen.

115 *die freche Sippe:* die Adimari, zu Dantes Zeit so unbedeutend, daß die Donati die eheliche Verbindung mit ihnen ausschlugen. Einer von ihnen, Boccaccio Adimari, war ein erbitterter, persönlicher Feind Dantes.

118 *von kleinen Leuten:* Die Adimari gehen auf den Markgrafen Bonifazio (gest. 953) zurück. Vielleicht wußte oder glaubte das Dante nicht.

119 *Donato:* Ubertino Donati.

120 *der Schwäher:* Bellincione Berti; doch ist diese Sache legendär.

121 *Caponsacco:* bedeutende Ghibellinenfamilie aus Fiesole.

123 *Guida und Infangato:* zwei ghibellinische Familien, um 1300 ohne Bedeutung.

126 *Della Pera:* eine der ältesten Familien von Florenz, nach der ein Tor im ältesten Teil der Stadt seinen Namen hat. Wenn man die heutigen Mitglieder der Familie della Pera betrachtet, so will Dante sagen, möchte man es für unmöglich halten, daß ihre Ahnen so weit zurückreichen.

127 *mit dem schönen Zeichen:* dem Wappen.

128 *des großen Herrn:* Markgraf Hugo von Toskana, am Thomastag (21. Dez.) 1001 gestorben. Er war der Sohn der Stifterin der Badia, in der alljährlich sein Andenken gefeiert wurde. Er soll mehreren florentinischen Familien die Ritterwürde verliehen haben, so daß diese mit kleinen Abweichungen sein eigenes Wappen führten.

132 *der:* Giano della Bella, dessen Familie einst von Hugo geadelt worden war und die ihr von Hugo übernommenes Wappen mit einem goldenen Saum versah, warf sich 1293 zum Führer der plebeischen Partei auf.

133 *Gualterotti und Importuni:* zwei einst bedeutende Guelfenfamilien, die im Stadtviertel Borgo Santo Apostolo wohnten.

134/135 d. h. wenn nicht die Buondelmonti in diesen Borgo gezogen wären.

136 *das Haus:* der Amidei. Durch dieses Geschlecht wurde nach der Ermordung des Buondelmonte Buondelmonti (1215) die Teilung der florentinischen Bürgerschaft in Guelfen und Ghibellinen hervorgerufen.

141 *die Vermählung:* mit dem Hause der Amidei. – Buondelmonti ließ sich von Gualdrada Donati überreden, deren Tochter zu heiraten, obgleich er schon der Tochter des Lambertuccio degli Amidei ein verbindliches Eheversprechen gegeben hatte.

143 *Ema:* ein Nebenfluß der Greve, den Buondelmonti überschreiten mußte, wenn er von seinem Stammschloß nach Florenz ging.

145/146 *jenem blöden Steine:* die Marsstatue auf dem Ponte Vecchio (vgl. Inf. XIII 144), an der Buondelmonte Buondelmonti ermordet wurde.

151/153 d. h. Florenz wurde damals von keinem besiegt.

154 In den Parteikämpfen behielten die Ghibellinen die weiße Lilie im roten Feld, während die Guelfen die rote Lilie im weißen Feld annahmen.

## Siebzehnter Gesang

1/3 Der Sohn der Climene, Phaeton, eilte zu seiner Mutter, um sie zu fragen, ob er der Sohn Apollos sei, was Epaphus, der Sohn des Zeus und der Io, ihm gegenüber in Zweifel gezogen hatte. Climene schickte Phaeton zu seinem Vater, dem Sonnengott Apollo, der ihm vorschnell die unheilvolle Erlaubnis gab, den Sonnenwagen zu führen. Das traurige Ende Phaetons (vgl. Inf. XVII 106ff.) ist für alle Väter eine Mahnung, den Wünschen ihrer Söhne gegenüber zurückhaltend zu sein.

5 *der heiligen Leuchte:* Cacciaguida.

15 *zwei Stumpfe:* zwei stumpfe Winkel.

23 *manch hartes Wort:* nämlich Inf. X 79ff. und 121ff.; Purg. VIII 133ff., XI 139ff., XXIV 43ff.

23 *vierschrötig:* d. h. unerschütterlich.

31 *mit den Rätseln:* den Orakelsprüchen.

37/45 in den Augen des ewigen Gottes, für den es keinen Zeitablauf gibt, spiegeln sich alle für irdische Begriffe aufeinanderfolgenden Ereignisse in ewiger Gegenwart zugleich wider, ohne daß dieses Geschehen aber davon Notwendigkeit empfinge. Diese Worte verteidigen die Freiheit des Willens und richten sich gegen die Praedestinationslehre.

46/48 Hippolyth hatte die Liebesanträge seiner Stiefmutter Phädra, der Gattin des Theseus, zurückgewiesen, wurde aber von Phädra des versuchten Ehebruchs und der Blutschande bezichtigt und auf Grund dieser verleumderischen Anklage aus Athen verbannt.

50 *dort:* in der päpstlichen Kurie, wo Bonifaz VIII. mit Karl von Valois in Verhandlungen zur Niederwerfung der Weißen in Florenz getreten war. Karl von Valois kam 1301 nach Florenz und vertrieb die Weißen, zu deren Partei auch Dante gehörte, aus der Stadt.

52/54 d. h. Gott wird die wahrhaft Schuldigen bestrafen. – Auf bestimmte historische Ereignisse wird hier wohl nicht angespielt.

62 *die … Weggenossen:* die mit Dante verbannten anderen Weißen, mit denen Dante sich aus heute nicht mehr klar erkennbaren Gründen überwarf.

63 *in dieses Tal:* d. h. Elend, Jammertal.

64/66 Wahrscheinlich eine Anspielung auf die Niederlage, die die Weißen bei einem Handstreich auf Florenz bei Lastra (1304) erlitten.

71 *bei jenen … Lombarden:* Bartolommeo della Scala, dem Herrn von Verona.

72 *den heiligen Vogel:* das Wappen der Scaliger zeigte eine silberne Leiter in rotem Feld mit dem Kaiseradler darüber.

76 *den:* Cangrande, Bruder des Bartolommeo Scaliger, 1312–1329 Herr von Verona.

77 *von diesem starken Sterne:* d. h. vom Mars; also kriegerisch.

81 Cangrande wurde 1291 geboren.

82 *der Baske:* Papst Clemens V. aus der Gascogne (vgl. Inf. XIX 82), der Heinrich VII. zu einem Italienfeldzug aufforderte, ihm aber, als Heinrich tatsächlich in Italien war, entgegenarbeitete (1312).

96 Dante wurde 1302 verbannt.

101/102 d. h. daß sie auf meine gedrängte Frage erschöpfende Antwort gegeben hatte.
110 *den liebsten Ort:* die Heimat.
111 *die andern:* wo er Zuflucht suchen will.

## Achtzehnter Gesang

1 *an seinem Worte:* hier soviel wie »Gedanke«.
25 *der heiligen Leuchte:* Cacciaguida.
29 *des Baumes:* d. h. des Paradieses.
38 *Josua:* Nachfolger des Moses. Er führte die Juden ins Gelobte Land (vgl. Purg. XX 11).
40 *des großen Makkabäers:* Judas Maccabäus, der jüdische Freiheitsheld, der sein Volk von der Gewaltherrschaft des Syrerkönigs Antiochus Epiphanes befreite (vgl. 1. Makk. Kap. 3–8).
46 *Willehalmus:* Guillaume d'Orange, Held altfranzösischer Epen, Verteidiger Südfrankreichs gegen die Sarazenen. Er starb als Mönch im Jahre 812.
46 *Rainardus:* Renouard, ebenfalls ein Recke der altfranzösischen Heldenlieder. Er war der Sohn eines afrikanischen Sarazenenkönigs und ein gefürchteter Krieger. Er wurde als Knabe gefangen, kämpfte unter Guillaume d'Orange und trat zum Christentum über.
47 *Herzog Gottfried:* von Bouillon, Führer des ersten Kreuzzuges, König von Jerusalem, gest. 1100.
48 *Robert Guiscard:* Normanne, Sohn Tancreds, vertrieb die Sarazenen aus Kalabrien und Sizilien; Mitbegründer des Normannenreiches in Süditalien. Gest. 1085 in Salerno.
61/63 Dante merkt daran, daß Beatrice (Wunder) wieder an Schönheit zugenommen hat, daß er in einem neuen – und da von den Himmeln der eine jeweils den anderen umschließt – in einem größeren Himmel, dem Jupiterhimmel, angelangt ist.
68 *jenes milden Sternes:* des Jupiter; er leuchtet – im Gegensatz zum rotfunkelnden Mars – in weißem Licht.
72 *unsre Worte:* Buchstaben unseres Alphabets.
82 *Pegasea:* Name der Musen nach Pegasus, der durch seinen Hufschlag die Musenquelle Hippokrene hervorrief.
91 *Diligite Justitiam:* »Liebet die Gerechtigkeit«.
93 *Qui judicatis terram:* »die Ihr über die Welt herrscht«, so beginnt das Buch der Weisheit Salomons.
94 *des 5. Wortes:* terram; dieses M soll mondo = terra = Erde, Welt bedeuten.
96 *vom Golde:* die Seelen strahlten in goldenem Glanz.
100/102 Aus den Funken weissagte man das Geraten der Ernte, Reichtum usw.
106/108 Das gotisch geschriebene M hatte sich in die Gestalt eines Adlers, des Vogels Jupiters und Symbols der kaiserlichen Macht verwandelt.

109 *der dort gemalt hat:* nämlich Gott; er braucht keinen Meister, auch nicht die Natur, die die Lehrmeisterin für die menschliche Kunst ist.
110/111 Gott hat den Vögeln den Instinkt gegeben, kunstvolle Nester zu bauen. – Nach anderer Auffassung bedeuten die Nester hier die Himmelssphären, die Gott ebenfalls geschaffen hat.
114 *die folgte nun dem Bild:* d. h. schloß sich zur Gestalt eines Adlers zusammen.
115/117 Dante schreibt die Gerechtigkeit auf Erden dem Einfluß des Jupiter zu.
120 *woher:* nämlich von der römischen Kurie.
121/123 Vgl. Matth. 21,12; Joh. 2,14. Der Tempel bedeutet hier die Kirche, die aus den Wundern und dem Leiden Christi und der Heiligen aufgebaut ist.
124 *O Kriegerschaft des Himmels:* d. h. ihr Seligen des Jupiterhimmels.
126 *dem schlechten Beispiel:* der Hirten der Kirche.
128 *durch Entzug des Brotes:* d. h. durch die Exkommunikation, durch welche die Betroffenen vom Sakramentenempfang ausgeschlossen sind.
130 *doch Du:* Die Anrede gilt wohl dem geldgierigen Papst Johann XXII. (1316–1334), der Exkommunikationen verhängte und gegen Geld rasch wieder aufhob.
134 *dem, der in der Wüste lebte:* Nämlich Johannes der Täufer, den Herodes zur Belohnung des Tanzes der Salome hinrichten ließ (vgl. Matth. 14,1–12; Mark. 6,21–28). – Der Vers ist voll beißenden Spottes. Johannes der Täufer war nämlich auf die florentinischen Goldmünzen geprägt, und diesen Münzen, so will Dante sagen, galt die ganze Liebe Johanns XXII., so daß er selbst die Apostelfürsten Petrus (Fischer) und Paulus darüber ganz vergessen hat.

## Neunzehnter Gesang

2 *das schöne Bild:* nämlich den Himmelsadler.
11/12 d. h. die vielen Stimmen der Seligen klangen wie eine einzige. Symbolisch soll damit die Einheit des römischen Weltreiches dargestellt werden, das der Adler versinnbildlicht.
25 *das große Fasten:* d.i. Zweifel.
27 *Kost:* d. i. Erklärung.
28 *im andern Himmelkreise:* nämlich in dem der Throne; vgl. Par. IX 62ff.
44 *mit seinem Worte:* scholastischer Ausdruck für die göttliche Weisheit.
46 *jener erste Stolze:* Luzifer.
48 Bevor die Engel in den höchsten Gnadenstand, der auch die Unmöglichkeit zu sündigen einschließt, versetzt wurden, hatten sie eine Probezeit zu bestehen.
49 *jedes kleinere Wesen:* nämlich der Mensch.
52/57 zu verstehen: der menschliche Verstand kann die göttliche Weisheit nie in erschöpfendem Maße erkennen. Vielmehr muß der Mensch

feststellen, daß der Ursprung seines eigenen Intellekts, nämlich die göttliche Weisheit, von der der menschliche Verstand nur ein schwaches Abbild ist, weit über die Grenzen des für den Menschen Erkennbaren hinausreicht.

64/65 Mit dem Licht ist die Offenbarung gemeint.

82 *mit mir:* d. h. dem Adler, dem Symbol der göttlichen Gerechtigkeit.

86/87 der göttliche Wille kann sich nie von seinem Wesen, das das Gute ist, entfernen; da nur Gott das höchste Gut ist, kann nur das, was mit seinem Willen in Einklang steht, gerecht sein.

99 *das ewige Urteil:* d. h. die göttliche Gerechtigkeit.

106 *viele:* nämlich die Namenschristen, bei denen die aus dem rechten Glauben hervorgehenden Werke nicht Schritt halten mit dem Lippenbekenntnis (vgl. Matth. 7,22ff.).

109 *der Äthiopier:* allgemein für »Heiden«. – Vgl. Matth. 12,41–42.

112 *Perser:* d. h. Heiden.

113 *das Buch:* des Lebens; vgl. Geh. Off. 20,12.

115/117 Kaiser Albrecht verwüstete im Krieg gegen Wenzel II. Böhmen (1304).

118 *an der Seine:* d. h. in Paris.

119/120 Philipp der Schöne; er ließ Geld von minderwertiger Legierung prägen. Er fand auf einer Eberjagd den Tod (1314).

121/123 Hinweis auf die mit Eduard I. von England und Robert von Schottland beginnenden Kriege zwischen diesen beiden Ländern.

125 *des Spaniers:* Ferdinand IV. von Kastilien (1295–1312).

125 *des Böhmenkönigs:* Wenzel von Böhmen (vgl. Purg. VII 101).

127 *Ciotto:* Karl II. von Anjou, König von Neapel (vgl. Purg. XX 79), führte auch den Titel eines Königs von Jerusalem. Er hatte den Beinamen Ciotto = der Lahme.

131 *des Königs:* Friedrich II. von Aragon, König von Sizilien (1272 bis 1337). Vgl. Purg. VII 119.

134 Anchises starb in Trapani.

137 *des Oheims:* Jakob von Mallorca (1243–1311), der sich mit Philipp dem Kühnen zum Krieg gegen seinen Bruder, Peter III. von Aragon, verband.

137 *des Bruders:* König Jakob II. von Aragon; vgl. Purg. VII 119.

139 *den von Portugal:* König Diniz von Portugal (1279–1325), galt im MA als habgierig, während man heute günstiger über ihn urteilt.

139 *von Norwegen:* Haakon VII., König von 1299–1319, war in andauernde Kämpfe mit Dänemark verwickelt. Dante wußte von ihm wohl nur sehr wenig.

139/140 Stephan Urosch II. Milutin (gest. 1321), König von Altserbien, zu dem damals auch ein Teil von Dalmatien gehörte. Er ließ Münzen prägen, die den venezianischen ähnlich, aber von minderwertiger Legierung waren.

142/143 In Ungarn dauerten die Thronstreitigkeiten auch nach 1300 an und fanden ein Ende erst um 1310 mit der Anerkennung von Karl Robert, dem Sohn Karl Martells aus dem Hause Anjou (1301–1342).

144 *mit seinem Grenzgebirg:* nämlich gegen die französischen Machtan-

sprüche. – Die Erbin Navarras, Johanna, Gemahlin Philipps des Schönen, regierte in ihrem Lande selbständig. Nach ihrem Tode aber (1304) ging die Krone auf ihren Sohn Ludwig II., der als Ludwig X. König von Frankreich war, über (1314–1316). Dadurch wurde Navarra mit Frankreich vereint. Der Adler warnt davor.

146 *Nicosia und Famagosta:* die beiden bedeutendsten Städte der Insel Cypern.

147 *Bestie:* gemeint ist Heinrich II., Graf von Lusignan, im Jahre 1300 König von Cypern, war wegen seiner Grausamkeit und wegen seines ausschweifenden Lebens berüchtigt.

148 *hinter jenen andern:* hinter den anderen christlichen Herrschern.

## Zwanzigster Gesang

5 im MA glaubte man, daß alle Sterne, einschließlich der Fixsterne, ihr Licht von der Sonne entlehnten.

8 *jenes Führerzeichen:* der Adler.

17 *der sechste Himmel:* d. i. der Jupiterhimmel.

31 *der Teil von mir:* das Auge; vgl. Par. I 48.

38/39 *des Heiligen Geistes Sänger:* König David, der die Bundeslade vom Hause des Abinadab nach Jerusalem verbrachte (vgl. 2. Sam. Kap. 6).

41 d. h. soweit die Psalmen nicht Inspiration des Heiligen Geistes sind; denn dafür gebührt ihm kein Verdienst.

45 *dem toten Sohn:* Kaiser Trajan; vgl. Purg. X 73ff.

46/48 *Wieviel der verlor'n:* Trajan war 500 Jahre lang im Inferno.

49/51 Ezechia, König von Israel, war auf den Tod erkrankt. Da gewährte ihm Gott noch weitere 15 Lebensjahre (vgl. 2. Kön. Kap. 20; Isaias 38, 1–22). Der Hinweis auf seine Bußgesinnung entspringt einem chronologischen Irrtum Dantes im Anschluß an 2. Paral. 32,24.

55 *der Nächste:* Konstantin der Große, der – nach ma. Auffassung – den Sitz des römischen Reiches in das griechische Byzanz verlegte, um Rom dem Papst zu überlassen.

59 *aus seiner Wohltat:* der sog. Konstantinischen Schenkung; vgl. Inf. XIX 115.

62 *Wilhelm:* Wilhelm II., der Gute, König von Sizilien (1166 bis 1189), Vater der Gemahlin Heinrichs VI., Konstanze.

63 *weint im Leben:* wegen Karl II. Ciotto (von Sizilien und Jerusalem); vgl. Purg. XX 79; Par. XIX 127. – Wegen Friedrich II. von Sizilien vgl. Purg. VII 119; Par. XIX 131. – Sizilien beweint Wilhelm den Guten und weint über die Gewaltherrschaft der beiden letztgenannten Könige.

68 *Ripheus:* gemäß Vergil der Gerechteste unter den Verteidigern Troias.

70/72 er erkennt die göttliche Gnade viel mehr, als menschliches Denken es vermag, aber erschöpfend kann er sie auch jetzt nicht erkennen.

79/80 obwohl den Seligen meine Zweifel sichtbar waren, wie Farben hinter Glas.

94 vgl. Matth. 11,12.

100 *das erste:* Trajan; s. oben Vs. 43ff.
100 *das fünfte:* Ripheus; s. oben Vs. 67ff.
106/107 der Legende nach soll Trajan durch die Gebete Gregors des Großen zum Leben wieder erstanden sein und so die Gnade erhalten haben, als Christ zu sterben (vgl. Par. XX 46–48).
108 *für ein lebendig Hoffen:* nämlich für das Hoffen Gregors d. Gr.
111 d. h. daß Trajans Wille sich Gott zuwenden konnte, er sich also zum Christentum bekehren konnte.
118 *die andre (Seele):* nämlich Ripheus, den Vergil »amantissimus aequi« nennt.
127 *die drei Frauen:* Glaube, Hoffnung, Liebe.
129 *eh man taufte:* Bevor die Taufe durch Christus eingesetzt wurde. – Dante stützt sich hier auf die scholastische Lehre von der Bußtaufe.
130 *o Vorbestimmung:* nämlich zur ewigen Seligkeit. – Dante will sich damit nicht zur sogenannten Prädestinationslehre bekennen, sondern seine ehrfurchtsvolle Bewunderung darüber ausdrücken, auf wie wunderbaren Wegen Gott diese beiden Seelen zur ewigen Glorie geführt hat.
136/137 unsere Glückseligkeit wächst mit der Glückseligkeit, Gottes Willen zu erfüllen.

## Einundzwanzigster Gesang

6 *Semele:* Tochter des Kadmus, Geliebte des Zeus, wollte, von der eifersüchtigen Juno angestiftet, Zeus im vollen Glanz seiner göttlichen Majestät sehen und verbrannte in seinem Anblick zu Asche.
13 *zum siebten Glanze:* zum Himmel des Saturn; der Saturn steht im Frühling im Zeichen des Löwen.
24 *das eine mit dem andern aufzuwiegen:* d.h. die Freude, Beatrice zu betrachten, und die Freude, ihr zu gehorchen.
25 *in dem Kristalle:* Stern.
26 *von seinem teuren Führer:* nämlich Saturn, dem Herrscher des Goldenen Zeitalters.
29 *eine Leiter:* es ist die Himmelsleiter, die Jakob im Traume sah (vgl. Genes. 28,12ff.).
46 *die:* Beatrice.
63 *schweigt hier der Sang:* nämlich weil dein sterbliches Ohr ihn nicht ertragen könnte.
67/69 d.h. in mir ist nicht größere Liebe als in den anderen Seligen wirksam; vielmehr sind wir auf dieser Leiter in Liebe alle gleich, ja die anderen Seligen sind an Liebe noch reicher als ich, wie du an ihrem helleren Leuchten erkennen kannst. – Ausdruck demütiger Bescheidenheit.
106 *Felsen:* der toskanisch-umbrische Apennin.
109 *Catria:* nordöstlich von Gubbio (1702 Meter).
110 *eine heilige Klause:* das Camalduenserkloster Santa Croce die Fonte Avellana.

115 *Speisen vom Olivenöle:* d.h. Fastenspeisen, die nicht mit tierischen Fetten zubereitet wurden.

121/122 Der hl. Petrus benannte sich mit seinem zweiten Namen Damiani nach seinem Bruder, der ihm die theologischen Studien ermöglicht hatte. Später, aus mönchischer Demut, nannte er sich Petrus der Sünder (peccator). Geboren wurde er 1007 in Ravenna, wurde Mönch 1037, Kardinalbischof von Ostia 1058, starb in Faenza 1072. Berühmter Theolog, der sich besonders um die Hebung der Klosterzucht bemühte.

123 die Auslegung dieser Stelle ist im einzelnen umstritten. Gemeint ist vielleicht das Kloster Santa Maria Pomposa bei Comacchio, nach anderen Santa Maria in Porto zu Ravenna.

125 *zu jenem Hut:* Kardinalshut.

127 *Petrus:* der Apostel.

127/128 *der große Träger des Heiligen Geistes:* der hl. Paulus.

129 Anspielung auf 1. Kor. 10,27.

## Zweiundzwanzigster Gesang

14 *die Rache:* Die Strafe Gottes für die Entartung geistlicher Würdenträger. Vielleicht Anspielung auf die Gefangennahme Papst Bonifaz' VIII. in Anagni (Purg. XX 86ff.), oder auf die Erniedrigung der römischen Kurie in Avignon (vgl. Purg. XXXII 151ff.).

40 *ich war der erste:* Es spricht der hl. Benedikt von Nursia (480 bis 543), Begründer des Benediktinerordens. Er zerstörte auf dem Monte Cassino einen dort errichteten Apollotempel und begründete an dessen Stelle das damals größte abendländische Kloster (529).

49 *Macarius:* wohl der aus Alexandria stammende und 404 gestorbene Schüler des hl. Antonius. Er war das geistliche Oberhaupt von etwa 5000 Einsiedlern zwischen dem Nil und dem Roten Meer.

49 *Romualdus:* der hl. Romuald aus der adeligen Familie der Onesti in Ravenna, Begründer des Klosters Camaldoli (vgl. Purg. V 94), gest. 1027.

62 *in der letzten Sphäre:* im Empyreum, dem wirklichen Sitz der Seligen (vgl. Par. IV 28).

67 Das Empyreum ist außerhalb des Raumes, ist unbeweglich und hat im Gegensatz zu den Himmelssphären keine Pole.

73/75 d.h. meine Ordensbrüder widmen sich nicht mehr der religiösen Betrachtung, sondern gehen in der Sorge um diesseitige Güter auf.

80 *die bösen Früchte:* d.i. der Besitz und Reichtum der Klöster.

83 *die um Gottes Willen bitten:* d.h. den Armen.

85 *schlimmeren Anhang:* der Kleriker.

87 *den Eichelfrüchten:* Die menschliche Schwäche vermag nicht bei einem guten Anfang auch ein gutes Ende zu gewährleisten.

88 *Petrus:* der Apostel, der von sich sagte: »Gold und Silber habe ich nicht.« Apostelgeschichte 3,6.

94 vgl. Josue 3,14–47.
95 Exodus 14,21–29.
96 um die Ordensleute wieder auf den rechten Weg zu führen, reichen kleinere Wunder aus, als Gott sie schon gewirkt hat.
107 *zum frommen Fest:* d.h. zum Paradies.
110 *das Zeichen:* nämlich das Sternbild der Zwillinge, in dem Dante geboren wurde, verleiht Weisheit.
119 *zum hohen Kreis:* zum Fixsternhimmel.
123 *zum schweren Gange:* zu dem schwierigen Unternehmen, die letzten Höhen des Paradieses zu schildern.
124 *dem allerletzten Heil:* Gott.
137 *nach andrem:* nämlich nach den ewigen Gütern.
139 *die Tochter der Latona:* den Mond (vgl. Purg. XX 131; Par. X 67).
140 *nicht mit dem Schatten:* den Mondflecken; vgl. Par. II 46ff.
142 *deines Sohnes:* nämlich der Sonne. – Hyperion ist der Sohn des Uranos und der Gaia (Himmel und Erde) und Vater der Sonne.
144 *Maia:* eine der Pleiaden, Tochter des Atlas und Mutter des Merkur, der hier gemeint ist.
144 *Dion:* Der italienische Text meint die Tochter der Dione, nämlich Venus.
145 Mars, Sohn Jupiters; Saturn, Vater Jupiters.
146 *der milde Jupiter:* da er weder die Hitze des Mars, noch die Kälte des Saturn besitzt.

### Dreiundzwanzigster Gesang

19/21 Anspielung auf den Einfluß der Himmelssphären auf die Menschen.
26 *Trivia:* Beiname der Diana; hier = Mond.
29 *ein Sonnenlicht:* Christus; vgl. Matth. 17,2.
37/39 Christus ist die Weisheit Gottes (vgl. 1. Kor. 1,24) und der lang ersehnte Erlöser der Welt.
42 *gegen die Natur:* seiner feurigen Natur nach müßte der Blitz nach ma. Auffassung zur Feuersphäre, also nach oben, streben.
53 *im Buche:* d.h. in der Erinnerung.
56 *Polyhymnia:* Muse der lyrischen Dichtung.
73 *die Rose:* die heilige Gottesmutter Maria, die mystische Rose, wie sie in den Litaneien genannt wird.
74 *Lilien:* die Heiligen, besonders die Apostel, die den Weg zum Christentum durch Lehre und Leben gewiesen haben.
75 vgl. 2. Kor. 2,14ff.
85 *o gütige Kraft:* Christus.
88 *der schönen Blume Namen:* Maria.
89 *am Morgen und am Abend:* beim Ave-Maria-Läuten.
92 *des lebendigen Sterns:* Mariens; in der Litanei wird die heilige Maria als Meerstern (stella maris) angerufen.
93 Maria überstrahlt mit ihrer Glorie alle Heiligen des Himmels, so wie

sie auf Erden alle Menschen durch die Fülle der ihr zuteil gewordenen Gnade übertraf.

94 *eine Fackel:* der Verkündigungsengel Gabriel.

101 *der schöne Saphirstein:* die heilige Maria.

103/108 Sang des Erzengels Gabriel.

112 *Mantel aller Sphären:* der 9. Himmel oder das Primum Mobile, der alle anderen Himmelssphären umschließt.

119 *gekrönte Flamme:* Maria.

123 d.h. die Liebe des Kindes tut sich auch nach außen kund.

128 *Regina Coeli:* Marienhymnus, der in der Osterzeit gesungen wird: »Freu' Dich, Du Himmelskönigin ...«

131 *in jenen reichen Schreinen:* in den Heiligen.

134 *im fremden Babel:* d.h. im irdischen Leben, das mit der babylonischen Gefangenschaft der Juden verglichen wird.

139 *der:* der hl. Petrus.

## Vierundzwanzigster Gesang

1 *ihr geladnen Gäste:* die Heiligen an der ewigen Hochzeitstafel Christi (vgl. Matth. 22,3).

11 d.h. sie drehten sich um sich selbst.

34 Beatrice spricht mit dem hl. Petrus, dem Christus auf Erden die Schlüsselgewalt übertragen hat (vgl. Matth. 16,19).

42 *dorthin:* in Gott, in dem die Seligen wie in einem Spiegel alles, auch die Gedanken der Menschen, erkennen können. (Vgl. Par. XVII 37ff.)

59 *vor jenem hohen Kämpfer:* dem hl. Petrus.

62 *deines Bruders:* d.h. Paulus; vgl. 2. Petr. 3,15.

64/66 Der Urtext ist die wörtliche Übersetzung von Hebräer 11,1 aus der Vulgata. Als Verfasser des Hebräerbriefes galt Dante unzweifelhaft der hl. Paulus, während man heute annimmt, daß dieser Brief nach Anweisungen des hl. Paulus möglicherweise von einem anderen formuliert und niedergeschrieben wurde.

73/75 d.h. der Glaube muß Substanz, oder allgemeiner, Fundament der aus ihm hervorgehenden Hoffnung sein.

84 *dieser Münze:* d.i. des Glaubens.

101 *aus jenen Werken:* den Wundern, die nicht natürlicher, sondern übernatürlicher Herkunft sind.

103/105 Den Wahrheitsbeweis für die Wunder entnimmst du ja den Heiligen Schriften selbst, von denen du ja erst nachzuweisen hast, ob sie wirklich wahr sind.

106/108 Die Wahrheit der Heiligen Schrift und die Echtheit der in ihr berichteten Wunder sieht Dante erwiesen durch die Bekehrung der Welt zum Christentum.

109 *arm und hungrig:* d.h. ohne äußere Macht und ohne wissenschaftliche Bildung, die dem hl. Petrus vielleicht erlaubt hätten, der Welt den neuen Glauben aufzuzwingen oder sie durch die Macht seiner Beredsamkeit für diesen Glauben zu gewinnen.

111 *ein Dornbusch jetzt:* Anspielung auf die Verweltlichung der Kirche zu Dantes Zeit.
113 *Te Deum laudamus!:* der sog. Ambrosianische Lobgesang: »Großer Gott, wir loben Dich...«
124/126 vgl. Joh. 20,1–10 – zwar gelangte der jüngere Johannes am Auferstehungsmorgen als erster an das Grab Christi, aber Petrus war der erste, der es betrat.
127 *Die Formen:* d.h. den Inhalt, die Gegenstände.
128 *von meinem schnellen Glauben:* der sich nicht aufhält mit zögernden Zweifeln.
133 *Beweise:* die fünf natürlichen und metaphysischen Gottesbeweise bei Thomas von Aquin.
142/144 vgl. Matth. 28,19; Joh. 14,15–16.

## Fünfundzwanzigster Gesang

1 *dem heiligen Liede:* nämlich der Göttlichen Komödie.
5 *aus der schönen Hürde:* aus Florenz.
6 *als Lamm:* d.h. als guter Bürger.
7 *mit andrem Ton und Haare:* Nicht mehr als Sänger irdischer Minne und nicht mehr mit dem Haar meiner Jugendzeit.
9 *wo ich getauft:* in der Taufkapelle San Giovanni.
17 *den Herren:* den Apostel Jakobus, dessen Grabstätte in Santiago de Compostela (Galicia) das vielbesuchte Ziel der ma. Pilger gewesen ist.
24 *die Speise:* das himmlische Gastmahl, wie Par. XXIV 1.
30 *dereinst beschrieben:* im Brief des hl. Jakobus 1,5 und 1,17.
33 *euch Dreien:* nämlich Petrus, Jakobus und Johannes, z.B. bei der Verklärung Christi am Berge Tabor. – Dante faßt diese drei Apostel zugleich als Sinnbilder von Glaube, Hoffnung und Liebe.
37 *von dem zweiten Feuer:* nämlich dem hl. Jakobus.
38 *zu den Höhen:* d.h. zu den Aposteln Petrus und Jakobus.
40 *unser Kaiser:* Gott.
42 *mit seinen Grafen:* d.h. mit den Seligen.
44 *Lieb:* nämlich zu den himmlischen Dingen.
49 *jene Fromme:* Beatrice.
54 *in jener Sonne:* in Gott, in dessen Geist die Seligen alle Dinge erkennen können.
55 *aus Ägypten:* d.h. aus der irdischen Welt, die sich zum Himmel, der wahren Heimat der Christen, verhält wie Ägypten, das Exil der Juden, zum Gelobten Land.
56 *Jerusalem:* das himmlische Jerusalem (vgl. z.B. Galat. 4,26; Geh. Off. 3,12), d.h. der Himmel.
67/69 wörtliche Anlehnung an die Definition der Hoffnung, die Petrus Lombardus gibt.
70 *von vielen Sternen:* d.h. aus vielen Stellen der Heiligen Schrift und der Kirchenväter.
72 König David in seinen Psalmen.

73 *Sperent in te:* »Drum sollen fest auf dich vertrauen, die deinen Namen kennen«, Psalm 9,11.
75 d.h. wer kennte als Christ den Namen Gottes nicht?
76 *mit seinem Tranke:* nämlich Davids.
77 *in deinem Brief:* z.B. Jak. 1,12; 2,5; 4,8.
83 *für jene Tugend:* die Hoffnung.
84 *bis zu der Palme und des Kampfes Ende:* bis zu meinem Märtyrertod. – Für die Seligen, die ja am Ziele angelangt sind, existiert die Hoffnung nicht mehr.
92 *mit doppeltem Gewande:* Mit der Seligkeit der Seele und des Leibes; vgl. Isaias 61,7.
94 *dein Bruder:* der Apostel Johannes in der Geh. Off. 7,9 und 7,13–17.
100/102 Wenn das Sternbild des Krebses, das in den Nächten um die Wintersonnenwende kulminiert, einen einzigen Stern von der Leuchtkraft des hier erschienenen Lichtes (d.i. des hl. Johannes) hätte, so würde es zwischen dem 21. Dezember und 21. Januar niemals Nacht werden.
112 *der Mann:* der Lieblingsjünger Johannes.
112 *unsrem Pelikane:* Christus; vgl. Psalm 101,7.
114 *zum großen Amt:* nämlich bei Maria Sohnesstatt zu versehen; vgl. Joh. 19,26–27.
119 Es ist an eine partielle Sonnenfinsternis gedacht. Wer sie mit bloßem Auge erkennen will, wird geblendet.
124/126 In Anlehnung an Joh. 21,20–23 hatte sich die Legende gebildet, Johannes sei nicht gestorben, sondern lebe noch verborgen auf der Erde. Johannes stellt diese Legende richtig.
126 Bis die Zahl der Seligen vollständig ist, d.h. bis zum Jüngsten Tag.
127 *mit beiden Hüllen:* mit Seele und Leib.
127 *im seligen Kloster:* im Himmel.
128 *jene beiden ... Lichter:* Christus und Maria.
138/139 Dante war von dem Versuch, Johannes anzuschauen, noch geblendet.

## Sechsundzwanzigster Gesang

12 *Ananias' Hand:* Der Jünger Ananias aus Damaskus gab auf Gottes Geheiß dem erblindeten Paulus durch Handauflegen das Augenlicht wieder. Vgl. Apostelgesch. 9,7–19.
16/18 Die Auslegung dieser Terzine ist im einzelnen umstritten. Sinn: Gott ist Gegenstand all meiner großen und kleinen Liebe.
25 *aus philosophischer Begründung:* d.h. aus Vernunft.
26 *durch die Macht, die niedersteigt von oben:* d.h. auf Grund der Offenbarung.
38 *der:* wahrscheinlich Aristoteles, der in Gott den Urgrund aller Dinge sieht.
42 Exod. 33,19.
44 *der hohen Botschaft:* Geh. Off. 1,8.
52 *dieses Adlers:* Symbol des hl. Johannes Ev.

61 *dem lebendigen Wissen:* nämlich daß Gott das höchste Gut ist.
64 *die Blätter:* die Geschöpfe.
64 *im ganzen Garten:* auf der Welt.
65 *des ewigen Gärtners:* Gottes.
83 *die erste Seele:* Adam.
92 *schon reif geschaffen:* Als einziger Mensch hatte Adam keine Kindheit.
110 *in dem erhabenen Garten:* d.h. wenn Gott mich erschuf im irdischen Paradies, wo dich Beatrice zum Aufstieg in die Himmel vorbereitet hat.
112 wie lange ich im Paradiese weilte.
113 *des großen Zornes:* der zur Vertreibung aus dem Paradies führte.
118 *dort:* im Limbus, bis zur Höllenfahrt Christi.
118/123 d.h. Adam lebte 930 Jahre lang. – Hinsichtlich der Zahlen hält sich Dante an die Angaben der Genesis (5,5) und des Eusebius.
125 *zu dem unmöglichen Werke:* Dem Turmbau von Babel.
126 vgl. Inf. XXXI 77 und Purg. XII 34.
134 *I:* Symbol der Einheit, Anfangsbuchstabe von Iehova, Ausdruck der Freude.
136 *El:* hebräisch »der Mächtige, der Starke«.
139 *der höchste Berg:* Das irdische Paradies, das auf dem Gipfel des Läuterungsberges liegt.
140 *mit reinem und mit sündigem Leben:* d.h. vor und nach dem Sündenfall.
141 *bis zur Stunde:* also bis 1 Uhr nachmittags. – Demnach hätte Adam nur sieben Stunden im Paradies verbracht.

## Siebenundzwanzigster Gesang

11 *der Fackeln vier:* die drei Apostel und Adam.
11 *die zuerst gekommen:* der hl. Petrus.
13/15 d.h. so wie wenn Jupiter die rötliche Farbe des Mars annehmen wollte.
19/27 es spricht der hl. Petrus.
21 *alle:* alle Seligen, die hier sind.
23 *meine Stelle:* das Pontifikat.
23/25 Dante will hiermit nicht die Rechtmäßigkeit des im Jahre 1300 regierenden Papstes Bonifaz VIII. bestreiten, sondern nur zum Ausdruck bringen, daß Christus, der Herr der Kirche, ihn für unwürdig hält. Dante dachte hier wohl auch gleichzeitig an Johann XXII., der z.Z. der Niederschrift des Paradiso Papst war.
25 *meine Grabesstatt:* Rom.
26 *der Verruchte:* Luzifer in der Hölle.
40 *die Braut des Herren:* die Kirche.
41 *Linus, Cletus:* nach der Tradition die beiden ersten Nachfolger des hl. Petrus auf dem Bischofsstuhl in Rom. Beide Märtyrer.
44 frühchristliche Päpste und Märtyrer des 2. und 3. Jahrhunderts.

47 *ein Teil der Christen:* nämlich die Guelfen als Schützlinge des Papstes.
48 *ein andrer:* die Ghibellinen, gegen die der Papst kämpfte.
50 Seit 1229 trug das päpstliche Heer die Schlüssel des hl. Petrus auf seiner Fahne.
52 *auf dem Siegel:* Das päpstliche Siegel trägt das Bild des hl. Petrus.
58 *der Baske:* Papst Clemens V. aus der Gascogne (vgl. Inf. XIX 82ff.; Purg. XXXII 148ff.; Par. XVII 82).
58 *Caorsiner:* Papst Johann XXII. aus Cahors (vgl. Par. XVIII 130).
58/59 *trinken von unsrem Blute:* d.h. reißen nieder, was wir mit unserem Blute aufgebaut haben.
67/69 zu Wintersanfang.
71 Der Aufstieg der Seligen zum Empyreum, die sich bei Dante und Beatrice verhalten hatten, wird mit Schneeflocken, die nach oben treiben, verglichen.
79/81 Die bewohnte Erdoberfläche teilte man damals in 7 Zonen ein. Die Mitte der 1. Zone ist der Meridian von Jerusalem; dort standen die Zwillinge, als Dante zum ersten Male auf die Erde zurückblickte. Inzwischen ist er fast 90 Grad weiter nach Westen gerückt. 6 Stunden sind seitdem vergangen.
83 *die Ufer:* nämlich von Phönizien. Von dort hatte Zeus in der Gestalt eines Stieres die Europa geraubt und auf seinem Rücken davongetragen.
98 *vom Neste Ledas:* d.h. vom Sternbild der Zwillinge Kastor und Pollux, die der Mythologie nach aus dem Ei der Leda, die Zeus in der Gestalt eines Schwanes verführt hatte, hervorgegangen sind.
99 *zum schnellsten Himmel:* in den 9. Himmel, der Kristallhimmel oder Primum Mobile heißt.
106 *ihre eigne Mitte:* d.i. die Erde, die nach antiker und ma. Auffassung im Mittelpunkt des kreisenden Weltalls stillsteht.
107/108 Alle Bewegung geht vom Primum Mobile aus; jenseits des Primum Mobile aber gibt es keine kosmische Bewegung mehr, da sich das anschließende Empyreum nicht bewegt.
109/111 das Primum Mobile ist nicht wie die anderen Sphären in einem weiteren Himmel enthalten, sondern empfängt seinen Antrieb und seine Kraft von Gott selbst her.
113/114 Auf welche Weise Gott das Primum Mobile umschließt, kann nur Gott selbst verstehen.
116/117 das Primum Mobile bestimmt mit seiner Bewegung die Bewegung aller anderen Himmelskreise.
118 *Schale:* hier bildlich für das Primum Mobile. Dieses dreht sich unsichtbar einmal am Tage und bestimmt damit die für den Menschen an den sichtbaren Gestirnen meßbare Zeit.
125 *der erste Regen:* der Hang zum Bösen.
136/138 eine sehr dunkle Terzine. – Mit dem Licht ist im Wortsinne die Sonne gemeint, ihre Tochter ist die Morgenröte. Vielleicht ist gemeint, daß die Unschuld des Menschen, die er aus der Taufe mitbringt, sich schon bei der ersten Berührung mit dem Lebenskampf zu verlieren beginnt.

140 Unbesetzt ist in den Augen Gottes Petris Stuhl (s. oben Vs. 23), und der Kaiser kümmert sich nicht um Italien.

142/143 Bevor der Januar in den Frühling fällt infolge der Abweichung des Julianischen Kalenders von der wirklichen Sternzeit. Diese Differenz, die durch die Kalenderreform Gregors XIII. (1582) beseitigt wurde, betrug im Jahr etwa 13 Minuten. – Dante denkt aber nicht an eine bestimmte Zeitangabe, denn der Zeitpunkt, von dem er dann spräche, könnte astronomisch erst nach vielen Jahrhunderten eintreten; vielmehr handelt es sich um einen rhetorisch übertreibenden Ausdruck mit der Bedeutung: in nicht allzuferner Zeit.

145 *jenes Schicksal:* der künftige Retter Italiens, der den bisherigen Lauf der Dinge wenden und ihm eine neue Richtung geben wird.

148 dann werden die Menschen das Gute nicht nur wollen, sondern auch vollbringen.

## Achtundzwanzigster Gesang

16 *ein Punkt:* Gott; der Punkt soll versinnbildlichen, daß Gott unteilbar und unmateriell ist.

19/21 Der Punkt schien also Dante sehr klein, so daß ihm der uns als kleinster erscheinende Stern daneben wie ein Mond vorkam.

25 *ein Feuerkreis:* dieser und die folgenden Feuerkreise bilden die 9 Engelchöre: Seraphim, Cherubim, Throne, Herrschaften, Kräfte, Mächte, Fürstentümer, Erzengel, Engel.

32/33 d.h. ein zum Kreis ergänzter Regenbogen (Iris, Botin der Juno) hätte ihn nicht umspannen können.

56 warum die Welt nicht analog der himmlischen Ordnung eingerichtet ist.

57 *ich allein:* d.h. ohne deine Hilfe.

70 *dieser:* das Primum Mobile.

71 *dem Kreis:* der Seraphim.

75 *der Wesenheiten:* der Engel.

75 *rund:* d.h. im Kreise sich bewegend.

76/78 Als die höchsten Engel leiten die Seraphim das Primum Mobile; je nach ihrer Würde stehen die anderen Engelchöre den jeweils kleineren Himmelssphären vor.

93 Anspielung auf die bekannte Aufgabe vom Schachbrett und den Getreidekörnern, bei der eine 20stellige Zahl als Ergebnis herauskommt. Hier bedeutet es die Unzählbarkeit der Engel.

101/102 Infolge der ungeheuren Geschwindigkeit wirkt der Kreis wie ein Punkt. Dadurch werden sie entsprechend dem Grade ihrer Gottanschauung dem Punkt, den sie umkreisen, ähnlich.

103/105 die Throne bilden den Abschluß der ersten drei, Gott unmittelbar nahen Engelchöre. Nach Gregor d. Gr. sitzt Gott als Richter auf ihnen, weshalb Dante von ihnen in Par. IX 61 ff. gesagt hatte: »Spiegel, aus denen Gott der Richter zu uns leuchtet.«

115 *das andere Dreiblatt:* die drei nächsten Engelchöre.

117 der Widder ist das Herbstgestirn.
121 *drei Gotteswesen:* d.h. drei andere bewegende Intelligenzen.
122/123 *Dominationes, Virtutes, Potestates:* Herrschaften, Kräfte, Mächte.
125 *Arcangeli und Principatus:* Erzengel und Fürstentümer.
129 *auch ziehen:* nämlich den ihnen jeweils folgenden Kreis.
130 *Dionysios:* Areopagita; ihm wurde die Ordnung der Engel vom hl. Paulus, dessen Schüler er war, mitgeteilt; vgl. Par. X 115ff. Paulus kannte die Ordnung der Engel, weil er in Verzückung in den dritten Himmel versetzt worden war (vgl. 2. Kor. 12,2ff. und Inf. II 28ff.).
133 *Gregor:* der Große; vgl. Purgatorio X 75; Par. XX 106ff.
135 Dante belächelt sich hier selbst, weil er in seinem Convivium (II,6) der Meinung Gregors gefolgt war.
136 *ein Sterblicher:* wie Dionysius Areopagita.
138 *der es droben sah:* nämlich der hl. Paulus, wie Dionysius selbst sagt.

## Neunundzwanzigster Gesang

1 *beide Kinder der Latona:* Apollo und Diana; d. i. Sonne und Mond.
4/6 Wenn bei Tag- und Nachtgleiche Sonne und Mond einander diametral gegenüberstehen, was nur einen Augenblick lang der Fall ist.
12 *dort:* in Gott, in dem die Begriffe von Raum und Zeit zusammenfallen.
18 *in neuen Liebeswesen:* d.i. den Engeln.
20 *weder vorher noch hernach:* da es für Gott keinen Zeitbegriff gibt.
24 *drei Pfeile von drei Bogen:* d.h. reine Form (Engel), reiner Stoff (unbelebte Materie), Mischung aus Form und Stoff (Menschen) sind vollkommen und gleichzeitig aus Gottes Hand hervorgegangen.
32 *den Wesenheiten:* den Engeln, die den höchsten Platz in der Schöpfung, nämlich über allen Himmeln, einnehmen.
34/36 Nach scholastischer Lehre sind die Engel reine Form, und da Form und Akt identisch sind, reines Handeln. Sie nehmen den höchsten Platz ein. Die »reine Kraft« oder Potenz, mit anderen Worten die rein passiv geschaffenen Substanzen, die Einfluß von außen her erleiden müssen (wie z.B. die Menschen), wohnen unter der Mondsphäre, der untersten der Himmelssphären. Dazwischen liegen die Himmelssphären, die einerseits Einfluß von den jeweils höheren Himmelssphären empfangen, aber auch gleichzeitig Einfluß auf die jeweils niedrigeren ausüben (vgl. Par. II 123).
37 *Hieronymus:* einer der großen abendländischen Kirchenväter; er gab der Bibel die heute noch gültige lateinische Form (Vulgata). Gest. 420.
37 *hat euch davon berichtet:* bei der Auslegung einer Stelle im Titusbrief 1,2. – Dante tritt dieser Auffassung entgegen, indem er Thomas von Aquin folgt (Sum. theol. I, 63,3f.).
40 *diese Wahrheit:* daß die Engel gleichzeitig mit der übrigen Welt erschaffen worden sind.
41 in der vom Hl. Geist inspirierten Hl. Schrift, z.B. Genesis 1,1.
43/45 Sinn: Wären die Engel, die bewegenden Intelligenzen der Him-

melssphären, vor dem Kosmos erschaffen worden, so wären sie nicht vollkommen gewesen, da sie ihrer Aufgabe, die Himmelssphären zu bewegen, nicht hätten nachkommen können. Das widerspräche aber der oben dargelegten Anschauung.

50/51 d.h. kurz nach der Erschaffung empörte sich ein Teil der Engel gegen Gott und wurde in die Erde, das unterste der vier Elemente, gestürzt.

56 *des Bösen:* Luzifers.

61 *so erhoben:* nämlich zur Anschauung Gottes.

62 dadurch, daß die Engel die erleuchtende Gnade annahmen, verdienten sie sich auch die vollbringende Gnade.

63 von der Gnade Gottes erleuchtet, kann ihr vollkommener Wille nicht sündigen.

84 *in dem einen:* nämlich in dem, der wider besseres Wissen seine Träumereien für Wahrheit ausgibt.

85 *nicht auf einem Pfade:* sondern auf verschiedenen Wegen geht euer Denken, so daß es fast soviel Denksysteme als Philosophen gibt.

87 *die Liebe zu dem Schein:* d.h. der Gedanke, vor den Menschen zu glänzen.

90 *Hintangesetzt und mißgedeutet:* nämlich einem irdisch-philosophischen System zuliebe.

91 *wieviel Blut:* von Märtyrern.

92 *wie genehm sind:* in den Augen Gottes.

106/108 Der Christ ist verpflichtet, die wesentlichen Heilswahrheiten zu wissen bzw. sich deren Kenntnis unbedingt zu verschaffen. Auch schlechte Predigten entbinden ihn nicht von dieser Verpflichtung.

117 *schwillt die Kapuze:* d.h. ist die Eitelkeit des Predigers befriedigt.

118 *solch ein Vogel:* der Teufel.

122 *ohne irgendwelches Zeugnis:* d.h. ohne ein Schreiben, das die Prediger für berechtigt erklärt, einen Ablaß unter bestimmten Bedingungen zu erteilen.

124 *Antonius:* Der Einsiedler Antonius von Ägypten (251–356) wurde bildlich dargestellt mit einem Schwein zu seinen Füßen, da ihn in dieser Gestalt der Teufel versucht haben soll. – Der hl. Antonius steht hier für die Mönche seines Ordens.

125 *noch viel größre Schweine:* nicht nur schlechte Mönche, sondern auch deren noch übleren Anhang.

126 *mit ungeprägter Münze:* d.h. mit Ablässen, die zu erteilen sie nicht berechtigt sind und die infolgedessen wirkungslos sind.

133 Daniel 7,10.

136/138 d.h. jeder einzelne Engel ist in seiner Gottesschau verschieden vom anderen.

142/145 Bei dieser unzähligen Widerspiegelung ist Gott doch immer der Eine und Einfache, der er vor der Erschaffung der Engel schon war.

## Dreißigster Gesang

1/3 Wenn etwa einen Erdquadranten (d.i. 5100 oder rund 6000 Meilen bei dem von Dante angenommenen Erdumfang von 20400 Meilen) von unserem Standpunkt entfernt die Sonne im Mittag steht und wenn die Schatten der Nacht zum westlichen Horizont hin (ebenes Bett) entschwinden, dann naht in etwa einer Stunde der Morgen.

6 einige Sterne leuchten nicht mehr bis zur Erde.

8/9 die aufsteigende Morgenröte löscht einen Stern nach dem andern, zum Schluß auch den am hellsten leuchtenden.

11 Vgl. Par. XXVIII 16.

12 dem Anschein nach umschließt der Kranz der Seraphim den Punkt (Gott), in Wirklichkeit sind aber die Engel wie alle Geschöpfe von Gott umschlossen.

33 *verzichten vor dem letzten Ziele:* wie jeder Dichter oder Künstler, wenn er bei dem für ihn vollkommensten Grad seiner Kunst angelangt ist.

34/35 wohl zu verstehen: keine menschliche Zunge kann die Schönheit Beatrices künden, aber man wird sie am Jüngsten Tage sehen.

39 *vom größten Kreis:* aus dem Primum Mobile.

39 *zum Himmel reinsten Lichtes:* im Empyreum.

40 *zum Geisteslichte:* das Licht im Empyreum rührt nicht wie in den Himmelssphären von irgendwelchen Gestirnen her, sondern kommt vom Geiste Gottes.

43 *alle beiden Scharen:* die Engel und die Seligen.

45 Dante wird die Seligen in der Gestalt ihres einst am Jüngsten Tage verklärten Leibes sehen.

54 die Kerze bedeutet die Seele, die Glut ist die göttliche Gnade; die eine wird an der anderen entzündet.

61 *Licht:* die erleuchtende Gnade.

65 *die Blumen:* die Seligen.

78 d.h. was du hier im Augenblick erkennen kannst, ist nur ein schattenhaftes Abbild der dahinterstehenden göttlichen Wahrheit und Realität.

79/81 weil Dante, der seine Augen noch nicht im Gnadenstrom gebadet hat, der unmittelbaren Gottesschau, wie sie die Seligen besitzen, noch nicht fähig ist, sondern vorläufig nur Symbole und Zeichen sieht.

80 Da Dante nun den Seligen gleich ist an unmittelbarer Anschauungskraft, löst sich die schattenhafte Vorstellung, die er vom Gnadenstrom hatte, auf. Auf der Zeitform des dahinfließenden Stromes wird die Ewigkeitsform des in sich geschlossenen und vollkommenen Kreises; was er als Blumen und Funken gesehen hatte, erkennt er nun als Selige und Engel.

100 *ein Licht:* die erleuchtende Gnade; nach anderen Interpreten der Hl. Geist.

103 *in einer Runde:* es ist die Himmelsrose.

126 *der Sonne:* dem dreieinigen Gott.

130 *unsre Stadt:* das himmlische Jerusalem.

132 *daß wenig Leute nur noch bei uns fehlen:* vielleicht, weil Dante an ein baldiges Weltende glaubte; vielleicht aber nur ein allgemeiner Hinweis auf die Verderbtheit der Welt.
135 *eh du speisen wirst:* d.h. noch vor deinem Tod.
137 *des hohen Heinrich:* Kaiser Heinrich VII. (1308–1313), der Lützelburger, auf den Dante seine höchsten Hoffnungen hinsichtlich der Rettung Italiens, der Wiederherstellung eines gesunden Verhältnisses zwischen weltlicher und geistlicher Macht und hinsichtlich seiner Rückkehr nach Florenz gesetzt hatte.
143 *ein Mann:* Clemens V. (vgl. Inf. XIX 82ff.; Par. XVII 82), der sich offen und insgeheim den Plänen Heinrichs VII. entgegenstellte.
145 Aus dem Urtext ist zu verstehen, daß Clemens nach Heinrichs Tod nur noch kurz Papst sein wird. Clemens starb acht Monate nach Heinrichs Tod (20. April 1314). Er war Papst von 1305 an.
147 *wo seine Sünde büßt:* d.h. in die 3. Bolgia des 8. Höllenkreises (vgl. Inf. XIX).
148 *den von Alagna:* Papst Bonifaz VIII. (vgl. Inf. XIX 52–57; 76–87; Purgatorio XX 86). – Dies sind die letzten Worte Beatrices.

## Einunddreißigster Gesang

4 *die andre:* die Schar der Engel.
26 die Seligen des Alten und Neuen Bundes.
33 *mit seinem Sohne:* Bootes.
35 *Lateranus:* Einer der Hügel Roms; steht hier für das weltbeherrschende Rom.
39 vgl. die Worte Dantes über Florenz in Purgatorio VI 149ff.
50 *mit fremdem Licht:* d. h. von Gott ausstrahlendem Licht.
59 *ein Greis:* der hl. Bernhard von Clairvaux. Vgl. u. Vs. 102.
68 *im höchsten Rang:* d.h. im 3. Kreis von oben. Im 1. Kreis ist Maria, im 2. Eva, im 3. neben Rachel sitzend, Beatrice.
71/72 Die Strahlen gehen von Gott aus, treffen auf das Gesicht Beatrices und werden von dort, einen Kranz bildend, zurückgeworfen.
73 *von jener Sphäre, die am höchsten donnert:* d.h. vom obersten Rand der Atmosphäre.
85 *Freiheit:* d.h. zur Freiheit der Kinder Gottes; vgl. Römer 8,21.
92 *lächelnd:* zum Zeichen der Erhörung.
102 *Bernhard:* von Clairvaux, geb. 1091 in Fontaines (bei Dijon), 1114 Mönch in Citeaux (Zisterzienser), 1115 erster Abt von Clairvaux, gest. 1153. Er predigte den 2. Kreuzzug und war ein hervorragender Ratgeber der regierenden Häupter und der Päpste.
103 *aus Kroatien:* hier wohl lediglich ein Beispiel eines abseitsliegenden und wenig bekannten Landes.
104 *das Tuch Veronikas:* das Schweißtuch mit dem darin abgedrückten Antlitz Christi wurde in Sankt Peter in Rom aufbewahrt und verehrt.
116 *Königin:* die hl. Maria.

121 *vom Tal zum Berge:* von den untersten Kreisen der Himmelsrose zu den obersten emporschauend.
123 Maria überstrahlt mit ihrem Licht die anderen Seligen.
124 *der Ort:* der Osten.
125 *die schlecht von Phaeton geführt:* d.h. kurz vor Sonnenaufgang. – Zu Phaeton vgl. Inf. XVII 107.
126 die Sterne verblassen vor dem aufgehenden Tag.
127 *dieses friedensreiche Banner:* der hellste Teil der Himmelsrose.
128 *in seiner Mitte:* wo Maria ihren Sitz hat.
134 *eine Schönheit:* die hl. Maria.

## Zweiunddreißigster Gesang

2 *der Beschauliche:* der hl. Bernhard.
4 *die Wunde:* die Sünde.
5 *jene:* Eva.
8 *Rahel:* Sinnbild des betrachtenden Lebens. Vgl. Inf. II 102; Par. XXXI 67.
10 *Sara:* die Frau des Patriarchen Abraham und somit Mutter all derer, die im Alten Bunde an den einst kommenden Erlöser glaubten. Vgl. Hebr. 11,11.
10 *Rebecca:* Frau des Isaak; vgl. Genes. Kap. 24–25.
10 *Judith:* tötete den Holofernes und befreite so die Juden. Vgl. Purgatorio XII 58ff.
10 *jene:* Ruth, Urgroßmutter Davids.
11 *die Sünde:* den Ehebruch mit Bethsabee und die Beseitigung des Urias. Vgl. 2. Samuel Kap. 11ff.
12 *Miserere mei:* »Erbarm dich meiner, Gott«; Ps. 50.
16 *vom siebten Ringe abwärts:* d.h. vom siebten bis zum ersten Ringe. – Vom obersten Rand der Himmelsrose (Sitz Mariens) bis zur Mitte ist die Rose durch 2 senkrechte Linien in 2 Hälften geteilt. Die Trennungslinie bilden auf der einen Seite heilige Frauen des Alten Bundes, auf der anderen Seite Johannes d.T. und heilige Ordensstifter. So sind die Seligen des Alten und Neuen Bundes voneinander geschieden.
19/20 d.h. je nachdem die Seligen an den erst kommenden oder an den schon fleischgewordenen Erlöser geglaubt haben.
22/24 Da der Alte Bund schon abgeschlossen ist, sind auf dieser Seite alle Sitze schon eingenommen.
31 *Sankt Johannes:* der Täufer; er erlitt zwei Jahre vor Christi Tod das Martyrium und verbrachte infolgedessen die Zeit bis zu Christi Abstieg in die Unterwelt im Limbus.
35 *Franziskus:* von Assisi; Begründer der Bettlerorden.
35 *Benedikt:* der Vater des abendländischen Mönchtums; Stifter des Benediktinerordens.
35 *Augustinus:* der große Kirchenlehrer; er wird hier, obwohl kein Ordensgründer, genannt, weil er durch seine theologischen Schriften

gleichsam in Nachfolge des hl. Johannes d. T. dem »Herrn ein williges Volk« bereitete (vgl. Lukas 1,17).

39 die Zahl der Seligen aus dem Alten und dem Neuen Bund ist gleich groß.

40/41 gemeint ist die untere Hälfte der Himmelsrose, wo die seligen Kinder weilen.

42 *ohne eigenes Verdienst:* d.h. nur durch den Glauben der Eltern, die ihre Kinder taufen ließen, und durch Christi Erlösungstat.

43 während allgemein zur Erlangung der Seligkeit der Glaube unbedingt erforderlich ist, bilden hierin die Kinder eine besondere Ausnahme.

60 *mit verschiednen Würden:* d. h. auch die Kinder sind verschiedener Grade der Seligkeit teilhaftig, jedes natürlich subjektiv des höchsten Grades der Seligkeit.

61/63 Alle himmlischen Güter sind vollkommen, und mehr als Vollkommenheit kann der Wille nicht erstreben, wenn es auch objektiv eine himmlische Güterordnung gibt.

66 *verschiedne Gnade:* d.h. nach freier Gnadenwahl, die erforschen oder verstehen zu wollen der Mensch in Rücksicht auf seine begrenzte Verstandeskraft in Demut verzichten soll.

68 *an jenen beiden Zwillingen:* Esau und Jakob (Genes. 25, 21). Schon vor der Geburt hatte Gott nicht Esau, sondern Jakob für sich erwählt. Dante folgt hier in enger Anlehnung den Worten des hl. Paulus in Römer 9,10ff.

70 die Farbe der Haare steht hier sinnbildlich für das Maß der Gnade, das Gott den beiden nach freier Wahl zugedacht hat.

75 *nach der Unterscheidung erster Triebe:* d.h. nach der Fähigkeit, Gott klar oder weniger klar zu erkennen. Diese Fähigkeit wird dem Menschen schon bei seiner Erschaffung durch Gott nach freier Gnadenwahl mitgegeben.

76 *in jenen frühen Zeiten:* von Adam bis Abraham.

79 *als dann:* d.h. in der Zeit von Abraham bis Christus.

82/84 Seitdem Christus das Sakrament der Taufe eingesetzt hat, verbleiben die unschuldigen, aber ungetauften Kinder im Limbus, außer den unschuldigen Kindern, die durch ihren Martertod die Bluttaufe empfangen haben.

85 *in jenes Angesicht:* nämlich Mariens.

94 *jene Liebe:* der Erzengel Gabriel.

95 *Ave Maria gratia plena:* »Gegrüßet seist du, Maria«; Gruß des Engels bei der Verkündigung.

100 *o heiliger Vater:* Dante spricht zum hl. Bernhard.

109/114 der Erzengel Gabriel besitzt das höchste Maß an Seligkeit unter den Engeln und Heiligen des Himmels. Die Seligen empfinden aber deshalb keinen Neid, sondern höchste Freude, denn ihr Wille ist in vollkommenem Einklang mit dem Willen Gottes, der Gabriel auszeichnen wollte.

118 *die zwei:* Adam und Petrus.

120 *die zwei Wurzeln:* weil Adam der Stammvater der Seligen des Alten Bundes, Petrus der Vater der Seligen des Neuen Bundes ist.

121 *auf der linken Seite:* da das Neue Testament erhabener ist als das Alte, sitzt Adam links.
126 *der schönen Blume:* der Himmelsrose, d.h. des Himmels überhaupt.
127 *jener:* Der hl. Johannes Ev., Verfasser der Geheimen Offenbarung.
128 *der schönen Braut:* der Kirche.
129 *mit Lanze und mit Nägeln:* durch Christi Erlösertod am Kreuze.
131/132 *der Führer jenes … Volkes:* Moses, der Führer der Juden durch die Wüste, wo sie 40 Jahre von Manna lebten. Vgl. Exod. 16,13–35.
133 *Anna:* Frau des Joachim und Mutter der hl. Maria.
137 *Lucia:* Vgl. Inf. II 97–100; Purgatorio IX 55ff.
148 *Gnade von der:* Maria, die Hilfe der Christen.

## Dreiunddreißigster Gesang

48 *vollendet:* d.h. Dantes Sehnsucht erreichte ihren Höhepunkt.
66 *der Sibylle Spruch:* die Orakel der kumäischen Sibylle waren auf lose Blätter geschrieben, die der Wind in alle Richtungen zerstieb, sobald die Türe zu ihrer Höhle geöffnet wurde. (Vgl. Aen. III 441ff.)
76/78 Dante glaubt, daß er nichts mehr hätte sehen können, wenn er einmal den Blick von der Dreifaltigkeit gewandt hätte. Das ist vielleicht so zu verstehen: Gottes Licht, an das sich Dantes Auge eben gewöhnt hatte, war so hell, daß er, hätte er seinen Blick von ihm gewandt, nichts mehr hätte erkennen können, so wie einer, der längere Zeit in eine helle Flamme geschaut hat, nicht in der Lage ist, andere, weniger helle Gegenstände zu sehen. – Doch ist diese Stelle umstritten.
88 gemeint sind die verschiedenen akzidentiellen Seinsweisen der Dinge, die Eigenschaften. Gott ist reines, wesenhaftes Sein, und damit hat er keine Eigenschaften, sondern ist seine Eigenschaften wesenhaft.
91 *dieses Knotens:* von Substanz und Akzidenz.
94/96 eine sehr dunkle Stelle: Alle Bewunderung, die in 25 Jahrhunderten der Argonautenfahrt gezollt wurde, ist geringer als die, die ich in diesem Augenblick der Gottanschauung empfand. Oder: Ein einziger Augenblick nach meiner Gottesschau bewirkte in mir ein größeres Vergessen als 25 Jahrhunderte hinsichtlich der Argonautenfahrt. – Als Neptun die Argo, das erste Schiff, sah, war er sehr verwundert. Nach ma. Ansicht fand die Argonautenfahrt 1223 v. Chr. ihr Ende.
100/102 Die Anschauung Gottes zieht den Menschen so vollständig in ihren Bann, daß er nicht mehr die Freiheit hat, anderes als Gott sehen zu wollen.
116/117 Die drei Kreise sind die drei Personen Gottes; der gleiche Umfang der Kreise bedeutet die Gleichheit in der Wesenheit und Majestät der drei göttlichen Personen, die Farben der Kreise bedeuten die Verschiedenheit (proprietas) der drei göttlichen Personen.
118 *zweie:* Gott Vater und Gott Sohn, das Licht geht vom Vater aus. Anlehnung an das Glaubensbekenntnis. »Licht vom Lichte.« – Wegen des Regenbogens, vgl. Par. X 1ff.; XIII 55ff.

119 *der dritte:* der Hl. Geist, der vom Vater und vom Sohne in gleicher Weise ausgeht.
127 *des Kreises Umfang:* der Kreis, der Gott Sohn darstellt.
130/131 Dante erschaute das Geheimnis der Vereinigung der göttlichen und menschlichen Natur in Christus (unio hypostatica).
134 *den Kreis zu messen:* gemeint ist die Quadratur des Kreises.
137 *wie sich das Bild zum Kreise:* die Menschennatur Christi zu seiner Gottnatur.
140/141 Ein Strahl göttlicher Erleuchtung ließ Dante die Wahrheit erschauen.
145 *die Liebe, die beweget Sonn' und Sterne:* Gott, mit dem Dantes Wille in Einklang steht.

# NACHWORT

Dante Alighieri wurde 1265 zu Florenz geboren. Aus einem – freilich etwas anekdotenhaften – Bericht des Novellisten Boccaccio sowie aus der Tatsache, daß die heilige Lucia, deren Fest man damals am 30. Mai in Florenz beging, eine besondere Rolle in der Göttlichen Komödie spielt, glaubt man, diesen Tag als den Geburtstag Dantes erschließen zu können. Verbürgt ist aber nur, daß er im Sternbild der Zwillinge geboren wurde, d.h. zwischen dem 18. Mai und 17. Juni (vgl. Par. XXII, 112–117). Er stammt aus einer zwar nicht sehr begüterten, aber angesehenen Familie, deren Ahnherr, Cacciaguida, wegen seiner Tapferkeit in einem Unternehmen gegen die Ungläubigen, vermutlich die Sarazenen in Unteritalien, von Kaiser Konrad III. in den Ritterstand erhoben worden war. Was Dante von der Geschichte seiner Familie weiß, läßt er Cacciaguida aussprechen (Par. XV, 130ff.). Die Familie Alighieri nannte sich nach dem Namen der Gattin Cacciaguidas. Großen Wert legte Dante auf seine römische Abkunft, die er in Cacciaguida gesichert sah. Seine Mutter, Bella, scheint er früh verloren zu haben. Sein Vater, Alighiero (II.), ging eine zweite Ehe ein, starb aber schon vor 1283.
Was Dantes Bildungsgang betrifft, so sind wir im wesentlichen auf Rückschlüsse angewiesen. Der gesellschaftlichen Stellung seiner Familie entsprechend wird er die Sieben freien Künste (Trivium und Quadrivium) studiert haben, vermutlich bei den Franziskanern und bei den Dominikanern in Florenz. Dort konnten ihm die tiefe Gläubigkeit sowie die innige Liebe zum heiligen Franz und den franziskanischen Idealen eingepflanzt werden, die in der Commedia immer wieder hervortreten und sie über alle Kunst hinaus zu einem religiösen Werk im tiefsten Sinne des Wortes machen. Gerade diese Tatsache darf bei der Interpretation nicht außer Acht bleiben. Das Bewußtsein seiner festen Verankerung im Glauben und in der Lehre der Kirche gibt ihm die innere Freiheit, das scholastische Lehrgebäude ethisch zu durchdringen und die ihm eigentümliche synthetische Kraft im Aufbau des jenseitigen Kosmos seiner ausgeprägten Originalität entsprechend zu entfalten. Himmel und Erde, Welt und Überwelt sind in der Göttlichen Komödie innig verschmolzen zu einer wunderbaren Ganzheit, zu einer Harmonie, in der weder das Religiöse zum Fanatismus oder zum Frömmlertum noch das Menschliche zur prometheischen Auflehnung oder zur renaissancehaften Überbetonung des Diesseits wird. Dantes Jugendwerk, das Neue Leben,

beweist seine Vertrautheit mit dem Bildungsgut der mittelalterlichen Schule und zeigt, daß Dante auch Latein, Französisch und Provenzalisch verstand. Freilich übersteigt das Wissen, das er in seinen Werken, besonders in der Commedia, vor uns ausbreitet, bei weitem den Rahmen dessen, was an der Schule und selbst von Brunetto Latini gelehrt werden konnte. Ob sich Dante diese umfassenden Kenntnisse anders als durch eifriges Selbststudium und durch den Umgang mit der gebildeten Welt erworben hat, kann man nicht mit Sicherheit sagen. Mit Recht darf man *Brunetto Latini,* den Verfasser des in französischer Sprache geschriebenen Schatzbuches (Li Livres dou Tresor), einer Summe des mittelalterlichen Wissens, und des italienischen Tesoretto, einer weitverbreiteten kurzen Fassung des Tresor, als den Lehrmeister Dantes bezeichnen. Aber Brunetto war ihm wohl noch mehr als eine Quelle des Wissens. Das zweimalige »figliuol« (Inf. XV, 31; 37) in der Anrede Brunettos an Dante und dessen Worte »la cara e buona imagine paterna di voi« (Inf. XV, 83) legen nahe, daß der frühverwaiste Dante in ihm einen aufrichtig verehrten Vater sah. Zweifelhaft ist es, ob Dante, wie man vielfach vermutete, in Bologna studiert hat. Nicht nachweisbar ist sein angeblicher Aufenthalt in Paris; sein Besuch in Oxford gehört der Legende an. Schon seit Boccaccio, dem ersten Dante-Biographen, dringen legendäre Züge in die Lebensbeschreibungen des Dichters und erschweren die Scheidung von sicherem Wissen und apokrypher Überlieferung. Dante selbst folgt der Forderung, daß der Dichter hinter seinem Werk zurückzutreten habe.

In Dantes frühe Jugend fällt ein Ereignis, das sein Leben und sein dichterisches Schaffen wesentlich bestimmt hat. Als Neunjähriger sieht er zum ersten Male die damals im neunten Lebensjahre stehende Beatrice. Nach weiteren neun Jahren, 1283, als Beatrice seinen Gruß huldvoll erwidert, flammt jene reine und ideale Liebe in ihm auf, die seinen Dichtergenius ein Leben lang beflügelte. Beatrice gilt sein erstes Werk, die *Vita Nova,* das in einer Reihe von Liebesgedichten, zu denen Dante später einen verbindenden Prosatext schrieb, die Geschichte dieser Liebe und Beatrices Tod erzählt. Es wird drei Jahre nach dem Tod der Geliebten abgeschlossen (1293). Wie ein Stern strahlt sie über Dantes Leben, manchmal zwar verdunkelt, wenn Dante in die Irre geht, wie in der Zeit der Freundschaft mit Forese Donati oder in der Periode der *Rime pietrose,* aber immer wieder leuchtet Beatrices Bild zu seiner Rettung vor ihm auf. In der *Vita Nova* legt Dante das Versprechen ab, von Beatrice einst zu sagen, was noch von keiner

Frau gesagt worden ist. Darin sieht man allgemein einen ersten Hinweis auf die Divina Commedia. Dante hat gehalten, was er dort gelobt hat. In der Göttlichen Komödie wird Beatrice, die ihren Sitz im höchsten Himmel hat, zum Inbegriff des übernatürlichen Lebens. In ihrer Gestalt sind Theologie und Gnade verkörpert. Sie ist die Führerin des Dichters zu Gott.

Wir haben keinen Anlaß, an der tatsächlichen Existenz Beatrices zu zweifeln. Man identifiziert sie, schon seit Boccaccio und Dantes Sohn Pietro Alighieri, als die Tochter Bice des Folco Portinari, eines wohltätigen und wohlhabenden Nachbarn von Dantes Familie. Sie war die Frau des Simone de'Bardi und starb mit 24 Jahren, nach Dantes Angabe im Juni 1290.

Im Jahre 1289 nahm Dante an zwei kriegerischen Unternehmungen der Stadt Florenz teil, an der Schlacht von Campaldino und bei der Einnahme der Pisaner Festung Caprona.

Nach dem Tode Beatrices sucht er Trost im intensiven Studium der Philosophie. Um diese Zeit entstehen die philosophischen *Canzonen,* von denen er einige im *Convivio* erklärt hat.

Bald nach 1291 verheiratete er sich mit Gemma aus dem altadeligen Geschlecht der Donati. Dieser Ehe entsprangen vier Kinder: Pietro, Jacopo, Antonia und Beatrice. Aus der Tatsache, daß Dante seine Frau nirgends in seinen Werken erwähnt, wollte man schließen, daß die Ehe unglücklich gewesen sei. Doch bieten sich hierfür keine stichhaltigen Anhaltspunkte. Wenn Dante sie nie nennt, so deshalb, weil die Gattenliebe als zu den intimen persönlichen Verhältnissen gehörend damals nicht Gegenstand der Dichtung sein konnte. Die Liebe, die der Dichter besingen durfte, mußte rein platonischer Art sein und die reale Vereinigung ausschließen. Dante stand hierin in der Tradition der Liebesauffassung, die ihren Ursprung bei den provenzalischen Minnesängern nimmt, in Italien zunächst in der Sizilianischen Dichterschule unter Friedrich II. fortgesetzt wurde und schließlich ihre entscheidende philosophische Erhöhung und Vergeistigung mit Guido Guinizelli, den beiden Cavalcanti und Dante selbst im *Dolce stil novo* gefunden hat. In politischer Beziehung aber griff Dantes Ehe tief in sein Leben und in sein Schicksal ein. Durch Gemma war er mit den Donati verschwägert und stellte sich bei der Spaltung der Guelfen von Florenz in Schwarze und Weiße auf die Seite der weißen Guelfen, die von den adeligen Donati gegen die bürgerlichen, dem Kaufmannsstand angehörenden Cerchi (schwarze Guelfen) angeführt wurden.

Mit 30 Jahren (1295) erlangte Dante die Wählbarkeit für öffentliche Ämter und widmete sich der politischen Laufbahn. Zu diesem Zweck mußte er sich den damals gültigen demokratischen Bestimmungen entsprechend als einer, der nicht zum Volk im engeren Sinne zählte, in eine Zunft eintragen lassen, um so an der Leitung des Staatswesens teilnehmen zu können. Die Berufsausübung des betreffenden Handwerks war dabei nicht erforderlich. Dante trat der Zunft der Ärzte, Apotheker und Maler bei. 1296 und 1297 gehörte er dem Rat der Hundert an. Sein höchstes politisches Amt hatte er als Stadtprior vom 15. Juni bis 15. August 1300 inne. Die Prioren waren für jeweils zwei Monate wählbar und bildeten ein kleines Kollegium, dem die Leitung des Staatswesens in innen- und außenpolitischer Hinsicht oblag. Auch nach Ablauf seines Priorates war er noch weiter in öffentlichen Ämtern tätig; so wurde er z.B. mit der ehrenvollen und schwierigen Aufgabe einer Gesandtschaft nach Rom betraut (1301). Als Dantes Gegenpartei, die Schwarzen, die Herrschaft über die Stadt gewannen, wurde er im Frühjahr 1302, als er vermutlich von Florenz abwesend war, auf Grund verleumderischer Verdächtigungen angeklagt, zu 5000 Gulden Strafe, die binnen dreier Tage zu bezahlen war, verurteilt und für zwei Jahre aus der Toskana verbannt. Da er dieser Aufforderung nicht nachkam und sich auch dem Gericht nicht stellte, wurde er am 10. März 1302 zum Feuertod verurteilt, falls er der Gemeinde in die Hände fiele. Das war die Acht auf Lebenszeit. Seine Familie blieb nach Boccaccios Bericht in Florenz zurück. Da mit der Verbannung auch die Gütereinziehung verbunden war, wuchsen seine Kinder in kärglichen Verhältnissen heran. Dante selbst beteiligte sich anfangs an einem Versuch der Verbannten, gewaltsam in die Stadt einzudringen, fühlte sich aber durch die kleinlichen Interessen seiner Schicksalsgenossen abgestoßen und bildete für sich selbst Partei, wie er sich durch seinen Ahnherrn Cacciaguida raten läßt (Par. XVII, 69). Ein späteres Angebot der Stadt Florenz, seine Verbannung aufzuheben, wenn er sich den ihm auferlegten demütigenden Bedingungen unterwürfe, lehnte Dante in edlem Stolz und im Bewußtsein seiner Schuldlosigkeit ab. Von brennender Liebe zu seiner Heimat erfüllt, sehnlichst den Tag seiner ehrenvollen Rückkehr nach Florenz erwartend, zog Dante ruhelos landauf, landab. Verona, Padua, dann die Lunigiana (1306), Lucca (1314) und schließlich Ravenna sind die bedeutungsvollen Stationen seiner Verbannung. Manchem seiner Gönner, bei dem er freundliche und verständnisvolle Aufnahme gefunden hatte, setzte er ein unvergängliches Denkmal in seiner Commedia. Freilich fand er nirgends endgültige Ruhe und Rast; zu sehr sträubte sich sein Stolz dagegen, in so unverdienter Weise wie ein Bettler von der Gunst anderer Menschen leben zu müssen (vgl. Par. XVII, 58–60).

Seit etwa 1317 war er bei Guido Novello in Ravenna. Dort starb er, nach dem Bericht des Geschichtsschreibers Villani an Malaria, am 14. September 1321, dem Feste der Kreuzerhöhung. Guido konnte ihm das Grabmal nicht mehr setzen, da er 1322 gestürzt wurde. Die verschiedentlichen Bemühungen der Stadt Florenz, die Gebeine ihres größten Sohnes in ihren Mauern bestatten zu dürfen, waren ohne Erfolg, und noch heute ruht Dante in Ravenna unter dem Grabmal, das ihm Bernardo Bembo 1483 setzen ließ.

Um das Lebenswerk Dantes, die Divina Commedia, rankt sich eine Reihe anderer Werke in italienischer und lateinischer Sprache, die uns über manche Einzelheiten in der Denkungsart Dantes, wie sie uns in der Commedia entgegentritt, Aufschluß zu geben vermögen.

Von der *Vita Nova* haben wir bereits oben kurz gesprochen. Zeitlich folgt darauf das unvollendet gebliebene *Convivio,* ein von Dante selbst verfaßter Kommentar zu einigen seiner philosophischen Canzonen. Es ist wohl zwischen 1304 und 1307 entstanden und sollte in 15 Büchern das Gesamtwissen der Zeit zusammenfassen, freilich nicht nach einem systematischen Plan, sondern jeweils den in den kommentierten Canzonen aufgeworfenen philosophischen, ethischen, politischen und sprachlichen Fragen folgend. Nur vier Traktate hat Dante tatsächlich geschrieben, deren erster einen Gesamtüberblick über die Anlage des Werkes bietet. Trotz seines fragmentarischen Charakters ist es für das Verständnis der Commedia wie auch zur Erklärung der Denkungsart und der seelischen Entwicklung Dantes von grundlegender Bedeutung. Seine lyrischen Gedichte, soweit sie nicht der Vita Nova angehören, hat man später zusammengefaßt unter dem Titel *Rime* oder *Canzoniere.*

Seine lateinischen Werke sind: *De vulgari eloquentia,* ebenfalls unvollendet, die erste sprachphilosophisch-historische Abhandlung der italienischen Literatur, ihrem Inhalt und ihrem Ziele nach eine Art Poetik. Sie enthält u. a. Urteile über italienische und provenzalische Dichter, die für das Verständnis der künstlerischen Auffassungen Dantes von großer Wichtigkeit sind. – *De Monarchia,* eine politische Schrift, in der Dante seine Anschauungen über die Universal-Monarchie und die Verteilung der geistlichen und weltlichen Macht darstellt. – Dazu kommen noch seine *Briefe,* von denen nur wenige, darunter der in literarischer Hinsicht überaus wertvolle an Cangrande della Scala, erhalten sind. Sie haben Bedeutung für die Biographie sowie für die politischen und künstlerischen Anschauungen Dantes und bieten wichtige Anhaltspunkte für die Erklärung der Göttlichen Komödie. – Endlich zwei italienische *Eklogen* an den Bologneser Humanisten Giovanni di Virgilio, in denen Dante Stellung nimmt zu Giovannis Vorschlag, Dante solle zur Erlangung der Dichterkrönung in lateinischer Sprache dichten.

Mit wenigen Strichen wollen wir, soweit es der vorgeschriebene Raum erlaubt, die historische und geistige Umwelt der Commedia umreißen.

Dantes Leben fällt in eine Zeit tiefgreifender politischer Umwälzungen. Italien und besonders Florenz tritt aus dem mittelalterlichen Feudalismus heraus und erstrebt die republikanische Verfassung. Dieser Übergang vollzieht sich unter schweren, blutigen Kämpfen, deren rücksichtslose Grausamkeit an die Bürgerkriege der sullanischen Epoche denken läßt. Scharenweise werden die niedergeworfenen Gegner hingerichtet oder, unter gleichzeitiger Gütereinziehung, verbannt. Ihrer Lebensgrundlage beraubt, rotten sich die Vertriebenen zusammen, suchen Unterstützung und Verbündete in anderen Städten und bei anderen Mächten, die dem jeweils herrschenden Regime in Florenz feindlich sind, und versuchen mit Intrigen und Gewalt in die Stadt zurückzukehren und dort die Macht an sich zu reißen. Gelingt es ihnen, dann nehmen sie ihrerseits ausgiebige Rache für das, was sie erduldet haben.

1282 wurde in Florenz mit Hilfe des niederen Volkes eine Verfassungsänderung angenommen, die dem Volke den wichtigsten Teil der Staatsführung zukommen ließ. 1293 wurden die »Großen«, also alle einflußreichen Männer, die auf Grund ihrer Adelszugehörigkeit oder ihres Reichtums verdächtig waren, die Volksherrschaft zu gefährden, durch die von dem Volksführer Giano della Bella erlassenen »Verordnungen der Gerechtigkeit« von allen Regierungsämtern ausgeschlossen. Gleichzeitig wurde als höchstes innenpolitisches Amt der »Bannerträger der Gerechtigkeit« geschaffen, der, mit tribunizischen Vollmachten ausgestattet, gegen etwaige Übergriffe der »Großen« mit Waffengewalt einzuschreiten hatte. Giano wurde zwar aus Florenz vertrieben und die Bestimmungen hinsichtlich des Ausschlusses aller Großen von der Regierung gemildert, aber der Zugang zu den öffentlichen Ämtern war nur auf dem Wege über die Zugehörigkeit zu einer Handwerkerzunft möglich. – Die Ghibellinen waren schon nach der Schlacht bei Benevent (1266) aus Florenz vertrieben worden, aber der Geist der Zwietracht, ungezügelte Ehrsucht, Macht- und Profitgier schufen innerhalb der allein verbliebenen Guelfenpartei eine neue Spaltung in Schwarze und Weiße. Papst Bonifaz VIII., der die Toskana gerne dem Kirchenstaate einverleibt hätte, hatte ebenfalls seine Hände im Spiel. Von Karl von Valois, dem Bruder Philipps IV. von Frankreich, des Schönen, begünstigt, erlangten 1302 die Schwarzen die alleinige Macht. Noch im gleichen Jahr wurde Dante verbannt.

Erfreulicher ist ein Blick auf den geistesgeschichtlichen Hintergrund der Commedia. Unter Friedrich II. erreichte unter dem Einfluß der provenzalischen Troubadourlyrik die italienische Dichtung in Sizilien eine hohe formale Blüte. Nach dem Tode des großen Staufers fand die sizilianische Dichterschule eine in ihren künstlerischen Zielen wesentlich gleiche Fortsetzung in der Toskana unter Führung des *Guittone d'Arezzo. Guido Guinizelli* aus Bologna erfüllte die überkommenen Formen mit neuem philosophischem Geist und gilt als geistiger Vater der neuen Dichtungsart, die man mit Dante (Purg. XXIV, 57) als *Dolce stil novo* zu bezeichnen pflegt. – Oberitalien dichtet in der Lyrik im 13. Jahrhundert zum Teil noch in provenzalischer Sprache *(Sordello)* bzw. in oberitalienischem Dialekt *(G. Pateg).* Daneben entfaltet es eine umfangreiche didaktisch-religiöse Literatur, aus der *Giacomino da Verona* erwähnt sei, der uns eine Schilderung von Himmel und Hölle hinterlassen hat, die unter den italienischen Vorläufern der Commedia genannt zu werden verdient. – In Umbrien, dem Geburtsland des heiligen Franz, erblüht eine religiöse Dichtung von großer Innerlichkeit, eingeleitet duch *Franz von Assisi* selbst und fortgesetzt in den sog. Laude, z. B. des *Jacopone da Todi.* – In *Thomas von Aquin* (1225–1274) hatte die rationalistische Seite der Scholastik, in *Bonaventura* (1221–1274) die scholastische Mystik ihre Höhepunkte erreicht. Diese beiden Theologen und Philosophen sind von grundlegender Bedeutung für das Verständnis der Divina Commedia. Die Einteilung der Tugenden und entsprechend dazu der Sünden und damit den äußeren Gesamtaufbau der Commedia übernimmt Dante zu nicht geringem Teil von dem Aquinaten. An ihn hält er sich bei der Erörterung theologischer Fragen.

Mit Dante geht in Italien die mittelalterliche Geisteswelt zu Ende. Petrarca und Boccaccio, die unmittelbar auf ihn folgen, verkörpern in ihren Werken schon den neuen Geist des Humanismus und der Renaissance. Dante hat in seiner Commedia noch einmal das mittelalterliche Weltbild in seiner ganzen Tiefe, in seiner ungebrochenen Geschlossenheit, in seiner innigen Vereinigung von Diesseits und Jenseits, von Glauben und Wissen zusammengefaßt und als ein unvergängliches Denkmal der Nachwelt hinterlassen. Die Stilform der Allegorie, erstmals von dem Spanier *Prudentius* (348–410) in die europäische Literatur eingeführt und durch den französischen Rosenroman (13. Jahrhundert) für die volkssprachlichen Literaturen bedeutungsvoll geworden, erfährt bei Dante ihre höchste künstlerische Vollendung und stellt einen wesentlichen Charakterzug der Commedia dar.

Das Motiv der Göttlichen Komödie, eine Reise in die jenseitige Welt, ist alt. Wir begegnen ihm schon in der *Odyssee*. Entscheidend für Dante wurde die Hadesfahrt des Aeneas, die Vergil im 6. Buch der *Aeneis* schildert. Aber noch wichtiger als die Aeneis war für ihn sein Verhältnis zu Vergil selbst. In ihm sah er den Inbegriff des höchsten Dichtertums, das berufen ist, die Menschheit zu führen. Wie Beatrice das übernatürliche, gnadenhafte Sein symbolisiert, so verkörpert Vergil alles, was der im nur natürlichen Bereich stehende Mensch an Hohem und Edlem zu vollbringen vermag. In dieser Liebe zu Vergil wird ein Zug deutlich, der über das Mittelalter hinausweist in die aufgehende Renaissance. Aber weder in der Odyssee oder bei Vergil noch in den verschiedenen mittelalterlichen Bearbeitungen wurde das Motiv der Jenseitsreise ausgestaltet zur Allegorie des menschlichen Lebens überhaupt wie bei Dante: Dem irrenden, in Sünde verstrickten Menschen kommt, vom Himmel entsandt, die natürliche Vernunft (Vergil) zu Hilfe und geleitet ihn bis an die Grenze des menschlichen Erkenntnisvermögens. Ziel der Vernunft ist das Wahre, das Wahre aber ist Gott, der den Menschen auf sich hin geschaffen und sich ihm geoffenbart hat. Durch den Sündenfall ist jedoch der Intellekt des Menschen verdunkelt, so daß er aus eigener Kraft nicht zur unmittelbaren Anschauung Gottes gelangen kann. Daher übergibt Vergil den Wanderer Dante der Führung Beatrices, die die Theologie, zugleich aber auch die Gnade, das übernatürliche Leben schlechthin verkörpert. Der Glaube an die Erlösung macht den durch den Sündenfall zerbrochenen Menschen wieder heil und macht ihn der unmittelbaren Gottanschauung, des letzten Sinnes und Zieles menschlicher Existenz, fähig. Gewiß ist Beatrice auch gleichzeitig die geliebte Frau, aber sie zieht Dante doch in einem viel konkreteren Sinne hinan als das »Ewig-Weibliche« Gretchens. Beatrice tritt in den Rang der Seligen zurück und weist über sich selbst hinaus zu Gott hin, und Dante findet die Erfüllung seiner letzten und tiefsten Sehnsucht in der beseligenden Anschauung des dreieinigen Gottes.

München, April 1954 *R. Baehr*

# INHALT

# DANTE
# DIE GÖTTLICHE KOMÖDIE

ITALIENISCH UND DEUTSCH

Übersetzung und Kommentar von
Hermann Gmelin

1. Band
INFERNO – DIE HÖLLE
427 Seiten

2. Band:
PURGATORIO – DER LÄUTERUNGSBERG
418 Seiten

3. Band:
PARADISO – DAS PARADIES
412 Seiten

DIE HÖLLE – KOMMENTAR BAND I
495 Seiten

DER LÄUTERUNGSBERG – KOMMENTAR BAND II
535 Seiten

DAS PARADIES – KOMMENTAR BAND III
628 Seiten

Klett – Cotta